青年文學會議論文集

異同、影響與轉換：文學越界學術研討會

國家臺灣文學館◎出版
財團法人台灣文學發展基金會・文訊雜誌社◎編印

【序】
台灣文學研究的未來

吳麗珠[*]

　　台灣文學這塊園地中，處處充滿著繁花碩果。前輩作家的創作經驗、中生代作家的努力不懈，年輕作家的不斷投入，我們何其幸運，悠遊在這個擁有豐富文學資產的園地。

　　「青年文學會議」是台灣文學研究的重要會議，由「財團法人台灣文學發展基金會」所屬的《文訊》雜誌社創辦。《文訊》自 1998 年起「一年一會」，每年訂定不同的主題，有些反映當下文學現象，有些則如預言般，展望了台灣文學研究的趨勢，至今已有多年的傳統。這個以「鼓勵青年學子參與文學研究，凝聚青年創意，激發文學的各種可能性」而生的研討會，著重與關心年輕人的熱情與創新，更給予其發聲的機會。

　　今日，我們也看到了當年在這個會議上初露頭角的新秀，有些已在今天的學術領域中佔有一席之地，展現了「青年文學會議」薪傳台灣文學智慧的重要意義，這也是國家台灣文學館支持此項活動並主辦的主要原因。期待在不久的將來，一批又一批更年輕的新秀接續從這裡出發，展開文學研究與知識探索的道路。

　　2005 青年文學會議以「文學越界」為題，探討台灣文學中的「異同、影響與轉換」，在與其他藝術領域的結合下，文學又展現了怎樣的面貌？我們歡喜見到此次由 15 位優秀青年學者發表的 14 篇精采論文，每篇皆歷經

層層關卡脫穎而出，論文主題多樣、內容紮實，呈現了台灣文學越過文字的框架，延展至電影、繪畫、戲曲、科技等範疇，綻放無限丰姿，充分體現本次會議主題之「越界」性格，當然也是年輕一輩研究者無限可能的完美演出。

另外，陳芳明教授的專題演講「進入台灣‧走出台灣：文學的接受、吸收與擴張」，以及以「『理論』重要嗎？——談當前台灣文學研究的重大問題」為題的綜合座談會，切中核心地討論了台灣文學研究當前的重要議題及年輕學子關切的焦點，獲得熱烈的回響，也算是為本次會議打下更扎實的根基。

在此要特別感謝《文訊》雜誌封德屏總編輯的細心擘畫，及工作團隊的用心付出，才會有如此完美的結果，他們的努力應該獲得熱烈的掌聲。連續兩年「青年文學會議」在國家台灣文學館國際會議廳召開。兩天的議程中，會場總是滿滿的，台上學子們虛心求教、台下同學們用心聆聽，也就是在這樣的場景中，我們見證了與會者的熱情，也看到了台灣文學研究的未來。

【前言】

不悔的約定

封德屏*

　　去年（2004 年）的「青年文學會議」，在台南的國家台灣文學館舉行，卻碰上百年難見的「冬颱」，主辦單位及所有工作同仁都忐忑不安，擔心學員的出席會大受影響，但沒想到整個國際會議廳座無虛席，將近兩百個學員，在風雨稍歇、陽光乍現的奇幻天氣下，緊密而愉快地相處兩天，這樣的熱情，給我們很大的鼓勵，堅持舉辦下去，也成為我們和青年朋友不悔的約定。

　　由於持續不斷的累積，厚植了不少經驗及實力，我們卻始終戰戰兢兢，從徵稿、評審，邀請主持人、講評人無一不慎重行事。

　　今年會議第一階段的會議徵稿，總計有 74 人報名，計 23 所大學院校的研究生通過初選，複選選出 25 篇進入決選，最後再選出 14 篇作為此次會議正式發表的論文。當然也對其他沒有入選的同學，表達由衷的謝意，希望來年再接再勵。

　　此次「青年文學會議」的主題為「異同、影響與轉換：文學越界」。我們知道，「文學」早就不是以孤立的自我封閉的現象存在的。她以一種自然而優美的姿態，與其他藝術領域如音樂、美術、戲劇、電影接觸；在教育普及、資訊發達、科技進步的當今社會，「文學」更自然的與其他學科，例如哲學、美學、心理學、社會學、大眾傳播學、文化經濟學等互相影響，

* 財團法人台灣文學發展基金會執行長、《文訊》雜誌總編輯。

無論是各顯丰姿，或各擅勝場，甚至釋放出一種交融後的新的風采，無形中將「文學」的領域擴大，也讓文學的美感經驗，藉由不同的學科、不同的媒介，傳播開來。

這些跨領域跨學科的交互影響，以及透過某一領域、某一學科的特質，所形成的不同樣貌，其中的異同及轉換，值得我們探索及研究。此次會議發表的 14 篇論文，正可以讓我們透過發表、講評、討論的緊密過程，而有一定的收穫及啟發。因此，這本論文集除了 14 篇論文外，我們也將講評的意見附在每篇文章之後；此外，兩天會議的完整實錄——陳芳明教授的專題演講、許劍橋的觀察報告，也一併附上。如此，才能完整呈現這場會議的整體樣貌。

感謝國家台灣文學館在拮据的經費中，仍對此次會議的全力支持，這是非常重要的一股力量，它讓我們了解認真努力做事，終究有好的報償。感謝與會的每一位老師、同學，以及所有的工作同仁，我們一起完成一件值得記憶的文學盛事。

青年文學會議論文集

異同、影響與轉換：
文學越界學術研討會

目錄 CONTENTS

從《妙繆廟》單飛
試論姚大鈞的《文字具象》與曹志漣《澀柿子的世界》

王國安*

摘要

　　姚大鈞與曹志漣兩人在創作觀上有所不同，所以在合作創立了《妙繆廟》網站後，便各自成立了有強烈個人風格的《文字具象》與《澀柿子的世界》兩個網站。在這兩個網站中，我們可以看到兩人對《妙繆廟》的繼承，又在新網站中有個人創作觀的完整發揚。本論文即以觀察兩網站為主，觀察其對《妙繆廟》的繼承以及及創作觀發揚的成果，並以兩人三網站的藝術成就理解兩人在華文數位網路詩壇的位置。

關鍵詞：姚大鈞、曹志漣、妙繆廟、文字具象、澀柿子的世界、數位詩

---
* 中山大學中國文學所博士班，E-mail：yachin3@yahoo.com.tw。

壹、前言

本篇論文爲筆者所撰〈數位的繆思——試論《妙繆廟》〉一文的延續與總結。在該文中，筆者藉由對姚大鈞與曹志漣的創作觀的探討，以及對《妙繆廟》作品的分析，發現姚大鈞與曹志漣夫婦，雖然共同創作了華文數位詩的開山之作——《妙繆廟》，但兩人的創作作品卻有本質上的不同。姚大鈞的數位網路創作觀傾向於「破壞」，是後現代主義對達達主義的傳承，他消解文字意義，而將精神專注於挖掘中國文字的物質性潛能；而曹志漣雖也以數位形式創作網路詩，卻傾向於「繼承」，試圖將傳統詩情以數位形式呈現，而保留文學的意義與傳達性。因此，在同一個數位詩的網站中，其前衛是共同之處，然此「前衛」卻有著創作原點上的分歧。此分歧雖然在《妙繆廟》網站中較不明顯，但當兩人一起從《妙繆廟》網站「單飛」之後，兩人各自創作出的數位文學網站，一方面有著《妙繆廟》的創作基礎，一方面不再受對方理念的牽引羈絆，因此，姚大鈞的全數位詩網站《文字具象》與曹志漣的數位雜文小說網站《澀柿子的世界》，讓兩人在創作原點上的分歧，在此各自走上了自己的道路，從此響葫蘆自是響葫蘆，澀柿子自是澀柿子，在兩人的個人網站中，各自營造出較《妙繆廟》更加鮮明的個人風格。

本文寫作的動機即在於，以對《妙繆廟》之研究爲基礎，對《文字具象》與《澀柿子的世界》作一歷時性的研究，看兩人在「單飛」之後，其個人網站與之前兩人共同創作的網站有無繼承、延續或更進一步的革新，並以之印證兩人創作觀上的歧異，作爲兩人創作觀本質分歧的新佐證。

貳、姚大鈞的《文字具象》

　　姚大鈞是個興趣廣泛[1]，思維創作不受學術背景限制，關注美學上的徹底創新，且自稱在藝術創作上真正感興趣的，是「如何去創一個新的藝種」[2]，因此，對姚大鈞創作觀的理解，「不斷地創新再創新」是第一個面向。

　　再者，姚大鈞創作觀有著後現代主義對達達主義的繼承，其最明顯之處是，在姚的作品中，我們可以發現一種強烈的「破壞」精神，他曾說過，《妙繆廟》裡的內容不能稱爲「文學」，只能算是一種「前衛精神」[3]，連「文學」之名也不願擔負，可見得姚對自身創作能破壞藝術規準的期待。在姚大鈞的心中，破壞與創新，大破與大立之間，在姚的創作觀中完成了辯證。

　　而最後，姚大鈞雖然有上承達達主義之處，但筆者仍以「後現代」稱之，主要的原因在於瀰漫於姚作之中的「遊戲」態度，他曾說過其創作《妙繆廟》詩歌的重要原因是———「我也是爲了好玩。」[4]是的，追求藝術的「可把玩性」也是姚大鈞創作觀的一大特色，所以姚的創作不似達達主義有著

---

[1] 姚大鈞曾自敘其學習歷程言：「高一參加樂隊，高二開始實驗前衛即興音樂，同時開始廢寢忘食地挖掘西方正統前衛音樂、現代爵士舞、前衛藝術、概念藝術、達達、具象詩、制動藝術、約翰凱基、鈴木大拙、禪、莊子、李太白、印度音樂等等。」可見其學習興趣之廣泛。李順興：〈當文字通了電———與姚大鈞談網路文學〉，《聯合文學》，177 期（1999 年 7 月），頁 119-120。

[2] 姚大鈞言：「我的主要關注是美學上的徹底創新，我真正有興趣的是既有文類、藝類之外、之間的創作。我最花心血思考的，不是如何在某個現有文類藝類樂類之中作出一個新作品，而是如何去創一個新的藝種。《文字具象》網站大概可算是一個最近的例子。」李順興：〈當文字通了電———與姚大鈞談網路文學〉，《聯合文學》，177 期（1999 年 7 月），頁 122。

[3] 姚大鈞曾說：「必須說明的是，『妙繆廟』裡的內容並不是「文學」。即使是具象詩，我也不認爲是文學的一種（因爲反敘事性太強），若說是詩的精神的前衛藝術化，應該比較恰當。」李順興：〈當文字通了電———與姚大鈞談網路文學〉，《聯合文學》，177 期（1999 年 7 月），頁 121。

[4] 李順興：〈當文字通了電———與姚大鈞談網路文學〉，《聯合文學》，177 期（1999 年 7 月），頁 125

與世界對抗的悲情，反而有著後現代社會泯除雅俗界線的遊戲態度。但必須強調的是，「遊戲」的態度不代表隨便，而是跟「創新」、「破壞」一樣，要突破傳統藝術的框架，得到「美學上的徹底創新」。

《文字具象》網站成立於《妙繆廟》之後，由姚大鈞獨力完成，其自述創作緣起時言：

> 《文字具象》（本來叫「文字實驗」）是在《妙繆廟》成立兩年後的一個脫胎換骨的躍進，一個 paradigm shift 吧。因為感到有一種強大的新的美學在心裡成形。約在一九九八年底，想開始作一些完全下意識無意識更隨性更豁達些的創作，以我這幾年一直在鑽研的具象音樂（musique concrete）美學為理論依據，而材料全部自限於只用中國文字和它的讀音。[5]

其以「思維轉換」（paradigm shift）來概括其從《妙繆廟》到《文字具象》的轉變，正是說明其已不能滿足於《妙繆廟》的「舊思維」，而以「下意識無意識」作「更隨性更豁達」的創作，此種「創新」與「破壞」的精神，不正是其創作觀的明證。

再者，姚大鈞在此也說明《文字具象》的一大特點，就是姚大鈞延續其在《妙繆廟》對中國文字形、音、義拆解的實驗，而在《文字具象》中，姚大鈞逕以「未來的書法」稱之，他說：

> 我回想我過去作品的形式，想到今後我們將捨去毛筆，甚至鋼筆硬筆，而一切讀寫將電腦化。未來的漢人將不會拿筆寫字，不懂筆畫順序，只能在電腦螢幕上辨認漢字，只記得鍵盤上的日月金木水之類的倉頡或拼音碼。所以說我們現在實驗的這些「字」的藝術形式，

---

[5] 李順興：〈當文字通了電——與姚大鈞談網路文學〉，《聯合文學》，177 期（1999 年 7 月），頁 123。

將是未來的一種書法。[6]

此一「未來的書法」的中國文字網路實驗概念，便是我們理解《文字具象》最重要的面向。以下，將《文字具象》的詩內容粗分為三項來分析。

一、「愛之適則破壞之？」──《文字具象》的文字戀癖與文 字破壞

姚大鈞從不諱言自己對中國文字的「癖戀」，他說過：

> 長年以來自己慢慢體會出中國文化的靈魂在：中文字。長期以來為了作音樂而實驗中文字的發音、音調在電腦上的分析與調變，以及長時期的在螢幕上面對放大的中文點矩自體，讓我養成了一種對螢幕中文字的癖戀（fetish）。……導致我慢慢推演出一種文字通感（synaesthesia）的藝術觀，它是包含了電子原音／電腦音樂和《妙繆廟》及《文字具象》上顯示出的一種個人味道，也就是一種結合中文字「形、聲、意」各方面的整體藝術觀。[7]

在《妙繆廟》中，姚大鈞的中國文字實驗主要在於，將原本形、音、義「三位一體」的中國文字恣意拆解，其單純強調字形或單純強調字音者，如〈自體異化之一〉、〈北京話聲調的運動性之研究〉、〈「新語言」宣言〉等，藉由不相連貫的字、詞的疊加出現，使讀者自然消解掉字義的存在；或是藉由字義與文字單一聯繫，創作出以文字組合成的具象詩，如〈可憐中國夢〉、〈詠雨六首〉、〈五重奏〉、〈華藏香水海〉、〈媽的！我的全唐詩掉到太空艙外面了……〉等，都可說是其文字實驗的精彩呈現。而到了《文字具

---

[6] 李順興：〈當文字通了電──與姚大鈞談網路文學〉，《聯合文學》，177 期（1999 年 7 月），頁 122。

[7] 李順興：〈當文字通了電──與姚大鈞談網路文學〉，《聯合文學》，177 期（1999 年 7 月），頁 120。

象》之中，姚大鈞的文字實驗顯得更爲放肆，我們甚至可以將這些文字實驗，理解爲一種「破壞」的精神與行爲，而姚的這些以文字實驗爲主題的詩作在《文字具象》中更多，且內涵更加豐富。首先，我們看〈以訛傳訛習字本〉一詩：

在這首詩中，文字字音、字義都是不存在的。其中的「冰、冷、江、河」四字之間存在著聯繫，如「冷」字的鄰近使習字者誤將「河」字短少一點，而四字又與習字本本身供臨摹的字體不同，其「冰」字後爲「染」字、「冷」字後爲「塗」字、「江河」二自後爲「淮」字，這些隱藏其後的字體，又造成習字者字體的歪斜，所謂「以訛傳訛」正是此意。在本詩中，中國文字之間僅以「形體」存在著邏輯上的聯繫，若將字音、字義考慮進去，「以訛傳訛」便無法解釋，然社會上「以訛傳訛」之情事，不也僅是由字形、字音、字義三者之一便可達成？姚的〈以訛傳訛習字本〉藉由簡單的兒童習字本傳達深意，此中國文字實驗詩作可說是成功的。

再如其〈藝術高峰〉一詩，原本單看詩題讀者可能猜測姚大鈞將要呈現某種具高度美學意涵的詩作，但打開此詩，只看到一排聲譜，下寫著「藝

術的高峰沒有止境」，將滑鼠按向此聲譜，我們將聽到以女聲呈現的「藝術的高峰沒有止境」。的確，這首詩就只有如此，在這首詩中，詩題到詩內容已開了讀者一個大玩笑，在其中，「藝術高峰」姚無能呈現也無須呈現，因為他的理念是「藝術的高峰沒有止境」，所有試圖擔負「藝術高峰」的作者或作品都將是徒勞無功的。而這樣的徒勞無功，姚竟用一句話，一句僅存在聲音的話來呈現，這種「字形」的消解在《妙繆廟》中多以字形的間斷變化或字形與字義直接連結的具象詩來呈現，但到了《文字具象》的這首詩中，「字形」已不存在，僅以字音來傳達訊息，來宣揚其理念，真可謂一頗為創新的嘗試。

　　以上，可說是姚大鈞在中國文字實驗上，與《妙繆廟》之文字實驗有所繼承與進步之處，而在《文字具象》中，其較之《妙繆廟》之文字「破壞」精神更加突破的地方在於，字形、字音、字義三者皆捨棄不用，而以「輸入法」之「字碼」為創作素材，其文字破壞之放肆竟至於此。我們看〈丹紅的細雨（給朱邦復）〉：

　　朱邦復是「倉頡」輸入法的發明人。我們如果對照姚大鈞對「未來的書法」的想法，他認為未來的中國人將不會提筆寫字，只記得中文輸入法

的倉頡或拼音碼，那麼，朱邦復之地位真可比傳說中有四隻眼睛的造字之神倉頡了。此篇〈丹紅的細雨〉一詩可說是姚向朱邦復的致敬之作，而其中一個個字碼，彷彿紅色的細雨，落滿整個畫面，至於讀者要將字碼組合成什麼文字，則但看讀者的想像力了。這首詩以「字碼」創作具象詩，正是姚大鈞在《妙繆廟》中中國文字拆解實驗進一步突破的形式。再如〈失寫症的鏡像書寫〉一詩，是其「秉持」中國文字的破壞精神後的又一創作：

本詩自身即存在一種弔詭，其既已為「失寫症」患者所寫，其所寫下的文字如何能傳達訊息，又再加上一層的「鏡像書寫」，左右相反的筆畫，更讓本詩中的文字失掉所有能夠傳遞訊息的媒介。本詩亦可對照《文字具象》中另一詩作〈不省人事‧一〉來看，該詩需配合捲軸的拉動，才能讓畫面中的文字逐漸浮現，此捲軸的下拉，正是由意識層面往潛意識層面的探索，然而浮現的文字雖可隱約看出有《莊子》等原文在其中，卻文句分散，彼此無邏輯可言，更遑論從這些潛意識層面浮現的文字能帶來任何訊息了。這兩首詩，可說都是姚大鈞對「潛意識」的探索，文字本身的不帶訊息，正是其對意識層面的否定，而潛意識又如何能以固定字義的中文字與固定邏輯的語法來呈現呢？因此，兩詩已將中國文字完全銷解，訊息不

存在於文字之上，語言與文字已判然二分。

　　而在《文字具象》網站中最有趣之處在於，其中有四首詩作是有明確訊息傳達，甚至可稱為「文字優美」的詩作，我們看其〈程式邏輯機器詩‧一〉：

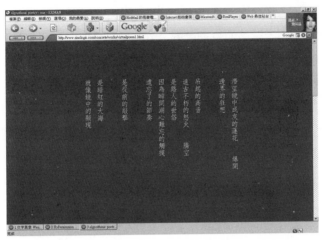

　　該詩用了許多優美的詞彙，每一詩句似乎都飽含著訊息，文法也都正確，而詩句之間雖看似無甚關聯，卻仍有著現代詩中邏輯跳躍之美，似乎本詩代表著姚大鈞在向前行代詩人致敬，對其「放肆」的破壞行為感到抱歉？事實上，是姚大鈞又跟讀者開了個大玩笑。這四首詩皆冠以「程式邏輯機器詩」之名，並非姚大鈞對現代詩人的仿作，而是姚本身即曾於1994年寫「新詩狂想機」之軟體程式，該軟體之人工智慧和機率控制語法和詞彙，可以寫出可讀性頗高的中文新詩，所以此四詩皆是「機器詩」，是「程式詩人」所作。姚大鈞在此以自己設計的程式作出看似傳統現代詩的「好詩」，正是對抱持傳統現代詩藝術規準的人的一大嘲諷，姚大鈞在此簡直要與所有前行代詩人為敵了。其對文字的破壞擴大為對「文學」觀念的破壞，此又是姚大鈞「大破大立」之辯證的又一佐證。

　　總結上述，我們可以知道，姚大鈞在《文字具象》中的延續《妙繆廟》

中的中國文字實驗，在這些詩作中，都可看出其與《妙繆廟》中詩的傳承關係。如〈生態系統〉對〈五重奏〉的繼承，又如其「花瓣系列組詩」：〈花瓣曼荼羅・一〉、〈花瓣曼荼羅・二〉、〈花瓣球〉、〈花瓣海〉四詩對〈華藏香水海〉之繼承等皆可為例。然在《文字具象》中，姚之「野心」已只於文字中字形、字音、字義的拆解，其「破壞」精神竟已讓中國文字銷解於無形，如前文所引之〈丹紅的細雨（給朱邦復）〉、〈失寫症的鏡像書寫〉、〈不省人事・一〉，及該網站中之〈走馬燈的魅影〉、〈她〉、〈戀字癖〉、〈法華經・一〉等詩，皆已無須期待在詩中得到文字所欲傳達的訊息了。我們可以說，姚大鈞在《文字具象》網站中的文字實驗精神已到了「放肆」的程度，其對中國文字的「癖戀」，使其對文字的拆解得心應手，而能夠「破壞」文字結構，甚至銷解文字，「愛之適則破壞之」，卻也給予讀者更加新奇的閱讀經驗與審美感受。

二、純符號展演的再進發

在《妙繆廟》中，姚大鈞創作數位詩最特出之處，在於其創作了數首純符號的詩作，這包括了純符號的〈自拍相〉一詩及符號加動畫的〈龍山寺枯山水對坐──贈恆實法師〉、〈俳句 FMB38〉、〈新編全唐詩（第四卷）〉三詩，其中尤以〈龍山寺枯山水對坐──贈恆實法師〉最為評論者所稱道，可說是在銷解了文字之後，所創造的全新美感。而在《文字具象》中，這種純符號展演的詩作雖然數量減少，卻在美學成就上又更進了一層，此即其〈多聲部五言絕句・覽鏡〉。

點選該詩，將出現「立秋前一日覽鏡／唐　李益」等字，在這兩行字旁，竟有著「等下載結束之後再用滑鼠控制」的字樣，一首五言絕句何須等待下載，又要用滑鼠控制什麼呢？這已讓讀者有了懸疑與期待，若再點選之，該詩便出現如下，是「萬事銷身外，生涯在鏡中。惟將兩鬢雪，明

日對秋風。」一詩，其呈現如下：

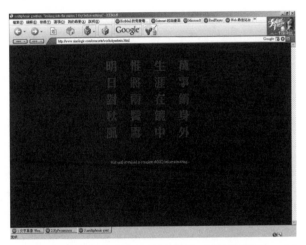

　　該詩每一個文字事實上都是一個按鈕，只要點擊之，每一個字就會發出不同的人聲。據姚大鈞言，這些聲音是來自於其在各地採錄的人的聲音，包括了在河南洛陽半夜的情侶吵嘴、台北電視上的色情電話廣告、香港街頭紀念六四的喊話等等，李益的五言絕句，在此變成了二十個圓形按鈕，文字的銷解自不必說，二十個文字在此處僅是符號而已，甚至只可以稱為一個「介面」，是要表達姚大鈞的「具象敘述」的介面。他用具象音樂（生活中現成的聲音為素材，加以組合拼貼的創作）的概念，再借用某些具話語敘述內容來完成其「具象敘述」。在這首詩中，我們可以聽到這個世界的「眾聲喧嘩」，不論是廣告、宣傳或是單純交談的聲音，都出現在詩中，可說是在手法上及意涵上都頗為特出的一首數位詩。而姚大鈞自述該詩的創作時談到：

　　　　在〈多聲部五言絕句〉這類作品中我想探討／實驗中國（傳統）詩
　　　　中的字、意象、音之間的關係、詩中的字與聯想的關係、字與意象
　　　　的對映、多感官意象拼貼的可能性等等。因為在由少量的字組成的

傳統詩的形式上，加了時間、互動、聲音等多維座標，所以可能性
變得無窮大，還有很多類似的概念，等待將來有空來各個實現。[8]

　　由此可知姚大鈞的創作構想即是其創作觀的又一具體呈現，也就是「美
學上徹底創新」，他將傳統詩化爲介面，又將聲音、話語等元素加入，的確
是完成了一成功的詩作。總而言之，姚大鈞在《妙繆廟》中純符號展演的
詩作得到成功的嘗試，而其於《文字具象》中，僅延續其概念，而讓純符
號亦可由傳統詩的文字替代，讓符號加動畫進步到符號加聲音，增加敘述
內容，一個文字介面下就是一個場景的聲音記錄，彷彿一首傳統詩變成了
二十首數位詩。姚大鈞純符號展演的數位詩，在此得到了一成功的進展，
令人讚嘆。

三、後現代社會的雅俗並置現況的「具象」呈現

　　後現代社會就是高度資本化、資訊化的社會，在西方文明國家，以及
亞洲的開發國家，甚至台灣本身，都已有了後現代社會的特徵。在後現代
狀況中，最明顯之處即在於雅俗界線的泯除。在後現代社會中，由於「文
化工業」的高度發展，原本的深度文化都將成爲商品的一部分，成爲人人
皆可收購的產品，其文化之「深度」泯除於商業行爲的「淺薄」之中，雅
俗界線已消失於無形。

　　姚大鈞在《妙繆廟》網站中，藉由〈淹〉表現社會的嘈雜及人的無力
感，藉由〈可憐中國夢〉表現當代中國改革開放後低階層人民只能鑽漏洞
掙錢的苦處，是其少數「直接」反映社會的詩作。而在《文字具象》中，
姚大鈞此類詩作數量大增，且他摒除了在《妙繆廟》中藉由文字表現社會
的創作方式，而藉由照片───此可謂爲最「具象」的具象詩了───來表現。

---

[8] 李順興：〈當文字通了電──與姚大鈞談網路文學〉，《聯合文學》，177 期（1999 年 7 月），
頁 124-125。

且姚的表現範疇，多在反映中國社會的「後現代狀況」。在此姑不論中國是
否已夠資格稱為「後現代社會」，不過許多先進國家的後現代特徵在中國已
部分展現，甚至「雅俗界線的泯除」此一現象，中國正值經濟改革開放的
時期，五千年文化與商業行為，中國人一者引以為傲，一者趨之若鶩，反
而有許多更能作為後現代特徵的現象。而姚大鈞正以其獨特的眼光，捕捉
到了許多堪為代表的鏡頭。如〈迷你衣櫃乾嘉學派〉一詩，由詩題來看就
是一種弔詭，迷你衣櫃與乾嘉學派有何關聯？但若點選觀看，便會出現如
下的照片一張：

　　此照片真叫人拍案，原來乾嘉學派與迷你衣櫃之關聯是在廣告看板
上，且小「篇幅」又圖文並茂的迷你衣櫃廣告蓋在東北大學中國系列學術
講座的海報之上，一者為最貼近現實生活的家具產品，一者為代表中國之
思想層面的學術講座，就是如此弔詭又如此真實的結合在一起。在現實生
活中，又何處不見此「雅俗並置」之廣告呢？再如其〈古蹟塗鴉‧故宮‧
之二〉，則是照片加上文字動畫之結合，我們看這首詩：

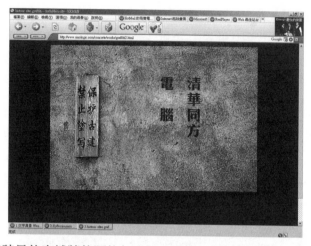

　　這首詩是故宮城牆的照片加上文字動畫所組成。該文字動畫實為兩行字，會隨時間作隨機的變化，表現出廣告或是政治標語的日日更新，且其並置又將造成一隨機的「笑果」，如「可口可樂／冰了更可口」可能會變成「太太／冰了更可口」，「發展／才是硬道理」可能會變成「愛立信／才是硬道理」等。姚大鈞在這首詩中，表現了廣告與古蹟的並存現象，此也正是中國大陸常見的文化與商業並置的文化低落的現況，而於畫面左方的「保護古蹟／禁止塗寫」更加深了諷刺的意涵。姚大鈞在《文字具象》中增加了其反映現實社會的力度，這是在《妙繆廟》中較少被強調的。

　　而姚大鈞反映後現代社會商業盛行文化淺薄現象的詩作，除了上述以照片鏡頭的捕捉展現詩意的「具象」詩之外，姚大鈞更於《文字具象》中增加了幾首「圖像詩」，我們看〈得了貓兒失了牛〉一詩：

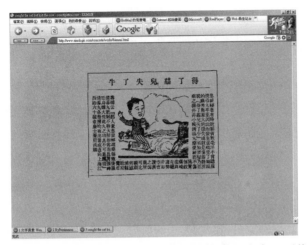

　　這首〈得了貓兒失了牛〉，逗趣的漫畫佔據畫面中央，而此實為一治便秘藥的廣告，其文字解說到許多便秘患者強忍便秘之苦而不買清導丸服用，為了省錢而苦了身體，真是「得了貓兒失了牛」，此詩作簡直令人絕倒。除這首詩外，還有一首〈好立克〉，則是「好立克麥精牛乳粉」的廣告詞，其中老年、幼年、孩童、嬰兒、乳母、少女皆可飲用，商業行為借用對民眾身體健康的關懷進行，而公司賺錢與否與民眾健康與否對執業者而言孰輕孰重，則已不須明言。這兩首詩作頗近於陳黎的〈新康德學派的誕生〉借用「康德六百」的廣告單而加以擅改，廣告單中的「康德六百」成了「康德六百平方」等皆是。而姚、陳二人以藉由對報紙漫畫與廣告文案的戲仿，正是藉以令讀者產生錯愕、新奇的閱讀感受，使平常已讓讀者習以為常的日常生活周邊事物產生新鮮感。而此中與前述之照片具象詩相同的訴求亦在於，對於雅俗界線不明的社會現況的反映，其故作膚淺，深度卻在其中。

　　總結上述，姚大鈞在《文字具象》中對《妙繆廟》的繼承一者在於對中國文字物質性的實驗，一者在於純符號展演詩作可能性的探索，而在繼承之外，又有更進一步的發展，如在中國文字物質性的實驗上，除以其形、音、義獨自作為詩作素材外，更加入中文輸入法倉頡碼的運用，及藉由某

些弔詭的情境（如失寫症、喝醉等）使文字傳達訊息的功能銷解，對中國文字的破壞已到了放肆的程度；而在純符號展演詩作的可能性上，姚隨意選取一首五言絕句傳統詩，而讓原本富有意境的絕句文字，成了一個個圓型按鈕，絕句文字竟只存在介面功能，而各文字背後卻又各有聲音情境，其訊息負荷量時又超過原本五言絕句所能有，確為姚在純符號展演可能性再進發的成功嘗試。而在《文字具象》中，姚增加了反映現實社會詩作的比重，其於《妙繆廟》中亦有數首，但數量較少，且多以文字表達，又或可歸類於中國文字物質性的實驗。但在《文字具象》中姚大鈞藉由鏡頭的捕捉及廣告文案的戲仿的詩作數量就相對較多，其集中反映後現代社會的雅俗並置，文化淺薄的社會現況，用心可見，也提供了我們表現後現代狀況的又一方式。在《文字具象》中，姚大鈞是在《妙繆廟》的基礎上又有了一次大躍進，我們可以說，姚大鈞的進一步發展是成功的。

參、後現代美文──曹志漣的《澀柿子的世界》

曹志漣的創作觀最特出之處，正在於她對「意義」的執著。她曾說：「超文本中的『超』是形式，『文本』是內容。光超來超去沒有意義，文本才是意義產生地。」又說：「如果重點只放在『超』（hyper）這個技巧上，只有徒增匠氣，何必執著於文學？所以我還是要說：超文本沒什麼。超文本只是形式。形式本身是無法製造意義的。」[9]在數位文學的領域裡，曹志漣彷彿是個把筆換成鍵盤、換成軟體程式的傳統文學家，其注重「傳達性」的執著，比起姚大鈞對文字、文學傳達性的反省與破壞，曹志漣與與姚大鈞在創作觀上產生了決定性的分歧。所以，我們對曹志漣的理解，可以從其亦追求美學創新[10]，其亦擅長多媒體技術[11]，亦熱愛數位文學創作[12]，卻求

---

[9] 曹志漣語。引自李順興：〈造訪「澀柿子的世界」──與曹志漣談網路文學〉，《文學台灣》，31 期（1999 年 7 月），頁 95。

[10] 曹志漣曾說：「在我們的時代應該放下十九世紀末闡揚出來的美學分類，找出一套新的時代

創新而不強求顛覆性，行文字物質性實驗卻不銷解文字意義，擅長多媒體卻認為技術僅是「形式」，文本才是「內容」。因此，在《妙繆廟》中，其〈動詞+過〉、〈唐初溫柔海〉、〈復始〉三詩，可說是文字動畫形式呈現的現代詩，傳達性頗強；其〈字象的簡化：單字第一〉、〈字象的簡化：單字第二〉、〈兩性進化研究〉亦是拆解文字卻仍是以其意義展演詩作；又其〈觀瀾賦〉一詩，雖看似全以水字旁的中文字隨機組成賦體，但藉之產生波瀾壯闊的視覺感受，但實際上若細看該賦，會發現其實為一篇合文法的賦，在瞭解其對傳達性的堅持時，亦不得不佩服曹志漣創作美文的功力。

姚大鈞曾提出「未來的書法」的說法，而曹志漣則提出「未來的稿紙」之說，前者是對中國文字的未來性作想像推演，認為在電腦上的文字變化將成為未來的書法，而後者則是將眼光放在數位文學的整體建構，其「未來的稿紙」之說有兩個層面，第一層是創作者的意象提煉，第二層則指「隱晦、深埋」的空間感，要讓讀者想要一再造訪。兩人所談的對象不同，雖皆對數位文學的前景提出看法，卻也看得出兩人創作觀的本質差別。姚重文字實驗，其破壞成規的精神與行為已如前述，而曹的數位詩架構卻可以看成是現代詩的「電腦版」，是傳承現代詩之美感傳達再加上數位技術的運用的「未來版」，姚曹二人的分界，也由此可見。

敏感，超越階級，超越藝術和流行，超越文化。」引自李順興：〈造訪「澀柿子的世界」——與曹志漣談網路文學〉，《文學台灣》，31 期（1999 年 7 月），頁 99。

11 曹志漣曾說：「多媒體是一種語言敘述著多種感覺，創造出來的感動也是多面的——全面震撼的多感語。經歷過新語言的洗禮，面對最鍾愛的文字時，我也期待層次的出現：我開始不能忍受沒有影像、沒有色彩、沒有聲音的句子；我不能忍受沒有溫度變化的句子；我不能接受敏感沒有超載的句子，我不能忍耐為敘述御用的句子。數位化後的耳目，超級靈敏，因此，慾望張狂起來。」曹志漣：〈虛擬曼荼羅〉，
http://www.sinologic.com/aesthetics/mandala/6/9.html。

12 曹志漣說：「網路文學太可以創造出傳統文學之外的新感動。……虛擬的心必須要做的是尋找一個在新世界裡值得建構的新意象。」曹志漣：〈虛擬曼荼羅〉，
http://www.sinologic.com/aesthetics/mandala/6/9.html。

曹志漣的《澀柿子的世界》延續了《妙繆廟》中建立的重視傳達性的原則，而在《澀柿子的世界》中，曹志漣也不自限於數位詩的創作，該網站中，僅有〈想像書1999〉稱的上是數位詩，其他則多爲傳達性強的雜文集或小說。這正是曹志漣在《妙繆廟》之後的新發展。

《澀柿子的世界》首頁上又有《印象書》、《想像書》《某代風流》三個入口，三個入口各爲性質不同的網頁。其中《印象書》爲數位雜文集，《想像書》爲數位詩與數位雜文集的結合，而《某代風流》則是台灣超文本小說的代表作，各個入口都帶給閱覽者不同的感受。我們看該首頁：

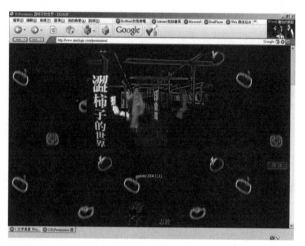

在《澀柿子的世界》首頁上，其瑰麗的畫面已構成一夢幻的效果，其中一在朦朧畫面中穿旗袍的女子正要走出來，正是曹志漣對讀者的召喚，其善用數位技術可見一斑。

一、 超文本小說——《某代風流》

《某代風流》是曹志漣自稱在「九四年破土九六年完稿九七年虛擬出版」的超文本小說。該作品的產生，曹志漣戲稱「是她柏克萊加大歷史博

士的論文副產品」，她：「《某代風流》是翻查史料多年後，累積的感覺結晶。
太個人，沒法寫進學術歷史中，便把這些感覺寫成小說。」[13]是她在修習博
士學位時，試圖藉由文學想像重新為歷史塗上色彩，可說是曹所撰的「稗
官野史」。曹志漣說：「我真正花心思的，是在捕一個古人的感覺。如果一
個古人起死回生，讀到《某代風流》，會興奮地認為和他當年的感覺一致，
那就是我要追求的。」[14]從歷史學術背景到歷史小說的創作，曹志漣並非死
板地運用其歷史知識來建構小說，而是如她所謂，要捕捉的是感覺，而非
史料的堆積。事實上，本小說原本非在網路上流傳，而是曹志漣本著創作
出版的熱心，自己以印表機輸出，並以自製封面，置於臺北朋友的咖啡店
中寄賣，後才於 1997 年置於網站上，反因此成為台灣超文本小說的代表作。
交代至此，有趣的地方在於，若《某代風流》本身只是一平面印刷之作品，
是否掛上網路後就有資格被稱為超文本小說呢？

我們知道，所謂「超文本文學」，便是在內文中包含著超文本鍊接，可
以讓讀者隨意串接故事順序，隨意跳頁，甚至以閱讀者的身份，參與文本
的重新建構（讀者隨意串接故事的時候，便已不再是單純的讀者，而有「讀
寫者」的身份）。而曹志漣的《某代風流》的內文即有可供超文本鍊接之處。
首先，在點選入《某代風流》後，便有「某代章目」可供讀者自由點選。
在「某代章目」中，共有「第一章　本事第一」、「第二章　前因」、「第三
章　結果」、「第四章　本事第二」、「後話」可供讀者自由點選，讀者可以
跳過「第一章　本事第一」，不看劇中人物的介紹直接進入第二章，或直接
跳至「後話」，看劇情結尾。又或是直接點選「某代子曰」，進入更細部的
章節點選，又或是點選「有關某代」，看曹志漣創作該小說的緣起與理念。
又，在曹志漣的小說中，各章節的下方都有一或兩個可供連結的網頁，可

---

[13] 曹志漣：〈有關某代〉，http://www.sinologic.com/persimmon/modai/idea.html。
[14] 曹志漣：〈有關某代〉，http://www.sinologic.com/persimmon/modai/idea.html。

讓由讀者決定要前看或後看，如下「第四章　本事第二」之〈暫別〉：

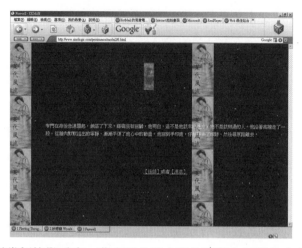

　　由這幾個特徵看來，曹志漣此篇小說的確符合了超文本小說的特徵。但若我們對照其原本是平面印刷出版的作品，是否曹志漣的超文本小說僅存在技術──也就是超文本鍊接──的加入，便得以戴上超文本小說的光環呢？答案是否定的。曹志漣此篇小說最特出之處即在於，該小說有多數章節本身即可獨立，也就是說，該書原本就不存在一線性的閱讀邏輯順序，曹志漣自己在〈有關某代〉中有該小說的「讀法建議」，她說：「讀法建議：每一次任選一段細讀，等所有的段落都讀完後，再按時間順序讀一遍。這是一部一天一小段，花了近兩年時間織出來的作品，要求讀者用心精讀，我想並不為過。」[15]這就是《某代風流》的特出之處。因此，曹志漣在該小說平面印刷出版時即已具備了超文本小說的特色，而其創作方式也正是後現代創作試圖斷裂文本，使文本出現可以讓讀者自行補充的罅隙，「斷裂之美」透過優美的文字，具體地呈現在《某代風流》之中。對《某代風流》，錢欽青言：「《某代風流》乍看之下會有武俠小說的聯想，細讀下去立刻會

---

[15] 曹志漣：〈有關某代〉，http://www.sinologic.com/persimmon/modai/idea.html。

被作者『清麗古雅、字斟句酌的文字』和『時空跳躍、實驗性強的敘述形式』所驚喜或驚嚇，如果沒有放棄的話，在卷終之時，會對本書在玩弄形式之外，也能兼顧內容感到滿意。」[16]給了《某代風流》適當的評價。

在《某代風流》中，我們將會驚訝於曹志漣的語言之準確，文句之流麗，其以充滿罅隙的文本、歷史加奇幻的題材召喚讀者，其形式和內容皆可謂一時之選，《某代風流》之成功，並不在於網路技術的加持，而是其內容便已有著強烈的文學性，即使脫出網路之外，也可以是精彩的小說。正如曹志漣所說，超文本的「超」只是形式，「文本」才是內容，曹在這篇小說中的確完成了其對傳達性的堅持，也創作了一頗為成功的超文本小說。

二、「詩？小說？」──《想像書》

關於《想像書》，曹志漣自序其創作緣起云：「《想像書》始於 1997 年《某代風流》完成之後，原始想法是要擺脫某代的古典莊重，嘗試純文字的危險快感，所以放任即興靈感，意即書之，寄望文字的速度、衝動、轉折、頓挫、膨脹、壓縮種種意象感覺，能夠取代小說應該有的「故事」，而成為吸引閱讀的主角。這段過程篩選出的零落意識片段，勉強連綴成網站《澀柿子的世界》中的〈想像書 1998〉和〈1999〉。」[17]因此，《想像書》與《某代風流》不同，《想像書》不是「故事」，是「零落意識片段」，所以詩性較強，而可算是一嚴格意義上的數位詩者，則以〈想像書 1999〉為代表：

---

[16] 錢欽青：〈某代風流──網路小說的奇葩〉，http://epochtext.com/b5/b5_101.php。
[17] 曹志漣：〈想像書出版紀要〉，http://epochtext.com/b5/b5_206.php。

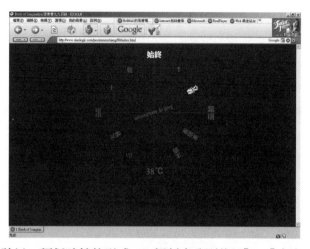

　　該詩以一類似時鐘的形式，12個刻度分別代以「1」、「立春」、「紫項」……「乾」、「始終」，其文字或符號與該位置的的數字或有關連，但此一想像書，讀者立於螢幕前，與指針一起讀秒，一起前進，也隨著指針的指向的詞彙或符號，作天馬行空的聯想。這是一篇運用 Flash 技術的數位詩，曹志漣在此傳達的是意象感覺，是想像的快感，文字意涵並未銷解，反而需要讀者注入各自的想像，因此本詩雖內涵豐富卻無法言明，而曹志漣所希求的正是這份存乎讀者的想像空間的活動與參與。

　　而其〈想像書1998〉的詩成分則不如〈想像書1999〉，可強稱之為散文詩[18]，而曹志漣則以「超現實敘述小說」稱之[19]。該網頁如下：

---

[18] 須文蔚稱此作為詩。須文蔚：《臺灣數位文學論》（臺北：二魚文化，2003），頁61。

[19] 〈作家介紹：曹志漣〉，http://epochtext.com/b5/b5_301.php。白藏亦言：「這是一部表面呈現支離破碎，蘊含多層結構隱喻的小說」。白藏：〈曹志漣與想像書〉，http://epochtext.com/b5/b5_113.php。

　　又該網頁下有「北上篇」、「東行篇」可供連結。當點選「北上篇」後，首先映入眼簾的是佔滿畫面的「麼什寫描要道知不我」，仔細看，原來文字要從下往上讀，是「我不知道要描寫什麼」，此正是「北上篇」的真正意涵，是要讀者由下往上讀的文章。而「東行篇」更為特別，整個畫面的捲軸只存在下方，只能由左往右拉，作者說：「風景是橫向朝右展開」，與「北上篇」相同，都藉由改變讀者閱讀習慣來增加新奇的審美感受。須文蔚讚「東行篇」言：「他透過十四個橫幅的連結，把文字擺設成波浪一樣的形貌，我們透過一次跨越大洋的文字旅行，從文字中可以讀出他對於自我與族群認同、語言乃至家族之間所產生的矛盾，相當前衛而感人。」[20]「前衛而感人」，其形式前衛、其內容感人，正代表了其形式與內容的又一次成功結合。至於究竟應稱〈想像書 1998〉為詩或是小說，事實上也並不影響其藝術價值，或許如此更能夠實現後現代跨文類美學的要求。

---

[20] 須文蔚：《臺灣數位文學論》（臺北：二魚文化，2003），頁 61。

三、多城市網路書寫──《印象書》

在《澀柿子的世界》中，《某代風流》是超文本小說，《想像書》是介於散文詩與小說之間的文類，而《印象書》又不同於兩者，它是一類乎文化批評的雜文集，也是網路的「城市書寫」。曹志漣憑藉其深厚的學術背景，準確的語言文字，及敏銳的審美眼光，對「臺北、柏克萊、大陸、香港」作「城市書寫」。再點選「印象書」後，將出現如下畫面：

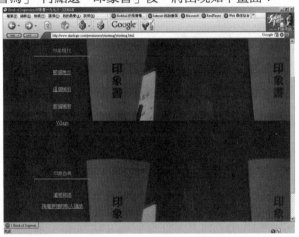

在《印象書》中，包括了「印象現代」與「印象古典」兩個部分。在「印象現代」中，有「那個地方」──大陸、「這個城市」──臺北、「那個城市」──香港及「village」──柏克萊。而「印象古典」則包括「遺憾敘述」──《鶯鶯傳》讀後評論及「陶庵夢憶的私人讀法」兩篇，則不同於《印象書》的旨趣──城市書寫。不過也正因此使得本《印象書》在空間書寫的訴求之外，又加上了時間的元素，豐富也擴大了《印象書》的內容。

在印象書的內容中，我們可以看到曹志漣獨特的人文眼光，例如在〈那個地方 1998.5〉中，曹志漣說大陸人有「倒數的習慣」，她說：「倒數成了

習慣。香港被數到了，現在改數澳門。或許迫近一種改變確實能給一成不變的生活注入興奮和期待，或許這就是倒數的魔力吧。」[21]她由北京大學建校百年的倒數計時的電子鐘聯想到中國人可望躋身世界強國以「重返榮耀」的思維，眼光可謂犀利獨到；在〈這個城市〉中，形容台北有「時間的新單位」，她說：「把遙控器從第一台不停地按到最後一台，這一個輪迴，就是一個新的時間單位。而夜晚，就在九十六個單位的反覆中流失了。」[22]把都市人下班後的百無聊賴的電視生活，九十六台的有線電視，形容成一時間的輪迴，其眼光也令人佩服。在《印象書》中，曹志漣便是對大陸、台北、香港、柏克萊作印象式的人文、文化批評，讓閱覽者可以在網頁中自由遊走於四地。評論者對《印象書》亦有頗高的評價，如夏綠蒂言：「從台北到柏克萊到中國到香港，這本書精準的捕捉了各個變異城市文化的風貌，時而嚴肅時而戲謔，像旅人又像居民，像客觀的紀錄又像私人的筆記。忽遠忽近、忽東忽西、忽新忽舊、忽冷忽熱，錯亂的眼光倒也產生了一種失序的文字韻味，而這節奏竟也逼近了一種時代的新空間氛圍。」[23]給了《印象書》正確也高度的評價。

　　總結上述，曹志漣的《某代風流》、《想像書》與《印象書》最令人驚訝的地方在於，其精準的語言、流麗的文句，皆使其堪稱為當代華文美文作家的代表，若再加入其中作者有意的斷裂文本，提供讀者填補與想像或是重新建構的空間的作法，則逕冠之以「後現代美文」作家之頭銜也絕不為過。由此我們可以知道，在《妙繆廟》中，曹志漣藉由「文字的 MTV」的創作，保留了她對文學傳達性的重視，而在《澀柿子的世界》中，曹志漣將其美文的創作能力進一步發揮，而不拘於文類形式，不論是詩、小說

---

[21] 曹志漣：〈那個地方〉，http://www.sinologic.com/persimmon/yinxiang/there/ there98.html。

[22] 曹志漣：〈這個城市〉，http://www.sinologic.com/persimmon/yinxiang/here/97.html。

[23] 夏綠蒂：〈多城市的空間文字學〉，http://epochtext.com/b5/b5_108.php。

或是雜文，在在皆表現曹志漣不凡的寫作能力。這是她在《妙繆廟》之後成功的再進發，其成就也的確令人眼睛一亮。

肆、結論：姚大鈞、曹志漣在華文數位網路詩壇的定位

姚大鈞與曹志漣在合作《妙繆廟》後，各自架設了更有個人風格與色彩的《文字具象》與《澀柿子的世界》，兩人不但有延續，也有進展，而其個人網站之大不同，實在《妙繆廟》中已現端倪。

《妙繆廟》在華文網路世界的前驅地位，李順興、須文蔚、向陽等數位文學評論家都已給予肯定，《文字具象》與《澀柿子的世界》是兩人的再進發，也都留下了藝術成就頗高的數位文學作品。

首先，姚、曹二人在華文數位網路文壇上最特出之處，實在於兩人對數位技術的掌握，所以兩人的網站至少在視覺效果與美感上，都達到其他華文網路作家所無法企及的高度。若以之對照米羅・卡索（蘇紹連）的《FLASH超文學》或是向陽的《向陽工坊》這些技術上比較「陽春」的網站，至少，在技術層面與視覺效果上，姚、曹二人的三個網站，在華文網路文壇就該保有極高的位置。

而在技術的高度之外，姚、曹二人的第二個成就在於，他們在華文網路文壇上，作了許多創新且成功的嘗試。如首先將西方的數位文學引進成為華文的數位文學的《妙繆廟》網站即是一例；又如曹志漣所創作之《某代風流》更是台灣超文本小說的前驅與代表作；而姚大鈞在《文字具象》中，以倉頡拼字碼、以人聲、以真實照片為創作素材，亦是其他華文數位創作者不曾有過的創舉。兩人在華文網路詩壇的能有「創新」的成就，其原因在於兩人都有深厚的學術背景，其力求突破又不至虛浮假前衛，在加之兩人在創作觀上要求「美學上的徹底創新」，要求「新的時代敏感」，其在華文網路文壇上的「創新」的成就，正是兩人創作觀的具體落實。

　　最後，《妙繆廟》、《文字具象》、《澀柿子的世界》三個網站，實統籌了所有在數位文壇上所可能出現的文類，包括現代詩、具象詩、超文本小說、雜文等，各種文類應有盡有，且都達到頗高的藝術成就，也因此兩人的三個網站實爲後之數位文學創作者的最佳學習範例。

　　總而言之，在爲《妙繆廟》、《文字具象》、《澀柿子的世界》三個網站作了統整研究之後，筆者認爲，兩人的三個網站已足夠在華文網路文壇上不朽，其數位文學的成就，是現今華文網路文壇的最高峰，但我們也相信，姚曹二人不會因爲現在的成就便感到滿足，「創新再創新」，必能爲華文網路文學再立下一個新的里程碑。

參考文獻

專書

- 孟　樊:《台灣後現代詩的理論與實際》,台北:揚智文化,2003 年一月初版一刷。
- 林淇瀁:《書寫與拼圖──台灣文學傳播現象研究》,台北:麥田出版社,2001 年 10 月初版一刷。
- 須文蔚:《台灣數位文學論》,台北:二魚文化,2003 年 4 月出版一刷。

期刊論文

- 李順興:〈造訪「澀柿子的世界」──與曹志漣談網路文學〉,《文學台灣》,31 期,1999 年 7 月,頁 92-107。
- 李順興:〈當文字通了電──與姚大鈞談網路文學〉,《聯合文學》,177 期,1999 年 7 月,頁 119-134。
- 須文蔚:〈2001 網際漫遊──文學的多向蛻變:淺談多向文本對網路與平面文學創作形式的衝擊(下)〉,《幼獅文藝》,568 期,2001 年 4 月,頁 12、13。
- 須文蔚:〈2001 網際漫遊──文學的多向蛻變:淺談多向文本對網路與平面文學創作形式的衝擊(上)〉,《幼獅文藝》,567 期,2001 年 3 月,頁 14、15。
- 須文蔚:〈網路邊緣報導系列之十一──超敏感藝術神經:妙不可言的「妙繆廟」〉,《幼獅文藝》,583 期,2002 年 7 月,頁 6、7。

參考網站

- 林淇瀁:《向陽工坊》,http://www.ndhu.edu.tw/~xiangyang/news.htm。
- 姚大鈞、曹志漣:《妙繆廟》,http://www.sinologic.com/yao/。
- 姚大鈞、曹志漣:《非常美學》,http://www.sinologic.com/aesthetics/。

· 姚大鈞：《文字具象》，http://www.sinologic.com/concrete。

· 姚大鈞：《新邏輯藝文網》，http://www.sinologic.com/。

· 曹志漣：《虛擬曼荼羅》，http://www.sinologic.com/aesthetics/mandala/。

· 曹志漣：《澀柿子的世界》，http://www.sinologic.com/persimmon/。

· 蘇紹連：《FLASH 超文學》，http://residence.educities.edu.tw/poem/。

網路參考論文

· 白　藏：〈曹志漣與想像書〉，http://epochtext.com/b5/b5_113.php。

· 夏綠蒂：〈多城市的空間文字學〉，http://epochtext.com/b5/b5_108.php。

· 徐淑卿：〈歷史堆裡找文學寶藏〉，http://epochtext.com/b5/b5_102.php。

· 錢欽青：〈某代風流——網路小說的奇葩〉，
　http://epochtext.com/b5/b5_101.php。

講評

李順興*

　　90 年代後期，中文界開始將數位技術應用於文學創作，一出場便在文藝媒體引發一連串的討論，之後，學院裏開始出現數位文學專門課程，也有將數位文學納入現代文學課程的現象。整體來說，數位文學的研究與教學在中文界的發展已逐步進入開花結果的階段，王國安屬新生代學者，其投入數位文學研究，可視為例證之一。

　　〈從《妙繆廟》單飛〉一文檢視姚大鈞和曹志漣在《妙繆廟》之後的創作。姚、曹二人屬中文數位文學創作先驅，王選擇姚、曹二人作為研究標的，並給予應有的評價，立意甚佳。王對姚、曹作品的解讀具創意，但研究方法有若干瑕疵，因而未能夠將姚、曹二人的藝術獨特處完全彰顯出來。以下試舉一二例說明。

　　王謂：「姚大鈞創作觀有著後現代主義對達達主義的繼承，其最明顯之處在於，姚大鈞試圖從事一種潛意識的探索……」。同一段落裏，王結論說：「……我們會發現，破壞與創新，大破與大立之間，也就因此在姚的創作中完成了辯證」（第二節）。這段話對「後現代主義」、「達達主義」這兩個重要術語並沒有多加講解，只當普通常識用語看待，結果犯了語焉不詳的毛病。Fredric Jameson, Ihab Hassan 等人的後現代主義文學觀點，不盡相同，甚至有相牴之處，論文中的後現代主義究竟是指哪些評家的觀點，令人無從捉摸。王若能先條列若干後現代主義文學特徵，再與姚作對照，或可增強論文的說服力。而指出姚作品對潛意識的探索是一種達達主義的實踐，似乎誤解了達達主義的原始精神。達達主義者只搞「大破」，拒絕「大立」，亦即，他們只重手段的「破壞」，目的不在於「創新」。如是，以達達主義

---

* 中興大學外國語文學系教授。

詮釋姚作，難以勾勒姚的創作精髓。

　　王在論曹作《某代風流》時，議論方式也值得商榷。王先指出《某代風流》的內文各篇章有「可供鍊接之處」，因此「符合了超文本小說的特徵」，其後，王結論曹「創作了一頗爲成功的超文本小說」（第三之一節）。王花了長篇幅說明《某代風流》是一部超文本，實無必要，因爲《某代風流》是不是符合超文本定義，並不重要，亦即《某代風流》的超文本形式並不具美學功用，其中的超連結功能僅在於進行簡單的文頁切換（若想進一步瞭解超連結的各種美學作用，參考李順興〈超文本文學中的制動點：類型與應用〉）。王甚至也引曹語，謂「超文本的『超』只是形式，『文本』才是內容」，既有此認知，可多花些心思討論《某代風流》的文本創新，以及它如何成爲一部成功的小說，而無需贅言將《某代風流》加冕爲「成功的超文本小說」。

　　王的論文應是姚曹專論的濫觴。先行者礙於參考資料有限，論述總以感受爲主，方法雖有可議之處，但勢必成爲後來者的參引對象，而其勇於跳出傳統研究範圍，挑戰新興作品，精神更值得喝采。

筆名、都市與性別：
論夏宇詩與李格弟歌詞的雙聲辨位

林芷琪[*]

摘要

　　本文主要想探討詩人夏宇與作詞者李格弟在不同筆名的使用上，分別遭遇到的生產行銷環境何以使其各持游擊或游離態度，在都市及愛情生活的書寫上又是展現出什麼樣的性別觀點，全文將扣緊夏宇／李格弟在筆名上、詩／詞在文類上、男／女在性別上的雙聲辨位，梳理透過變身書寫而達成產生意義的位置辨別。

關鍵詞：李格弟、性別、夏宇、都市、筆名

---
[*] 成功大學台灣文學系碩士班，E-mail：k5693105@ccmail.ncku.edu.tw。

壹、前言

．　以「把你的影子加點鹽／醃起來／風乾／老的時候／下酒」[1]傳頌一時的詩人「夏宇」，同時也是膾炙人口的流行歌曲像是「我很醜，可是我很溫柔」的作詞者「李格弟」[2]，更曾以「童大龍」之名獲得散文類及小說類時報文學獎的肯定[3]，這樣多元發展的女性文字創作者，卻行以相對男子形象之名，遊走在各種文類之間，跨越了傳統認知上大眾（歌詞）與小眾（詩）的兩端藝術形式，且都有所成就，雖有不同學科領域對夏宇進行相關研究，夏宇的出現「使得不同詩風、思潮、流派間產生互涉的情形，也打破了彼此間模糊的界線，使得此種新生『陰性』具備流動、滲透，產生超越性別、跨文類、跨藝術、跨文化等超疆界研究」（江足滿 2004：93），但都僅限於其詩人身分，除余欣娟〈現代詩改編成歌曲的變異〉及郭宏昇〈雙面夏宇──解讀詩人的後現代發聲與流行表徵〉兩篇有提到夏宇在詩與歌之間互文的表現外，其他主要都是對夏宇詩中的女性書寫或是性別議題進行討論，及針對文本內部作後現代與符號美學探討，然而郭宏昇也只將視角鎖定在「夏宇」，而無視作詞者「李格弟」的存在意義。對於這一位書寫者，在不同文體間展現的互涉對話，及其使用筆名，尤其是如此相對男性化的意圖策略，始終不見有深入的探究，一個女性作家在創作不同的文類時何以使用不同的筆名？各自面對應付了怎樣不同的生產環境？誠如夏宇《愈混樂隊》的專輯文案上所言，這樣的流動、互涉、交雜正是表現在「詩人／音樂工作者／表演者身份的混，詩／歌詞的混，文學／音樂的混，前衛／通俗的混，以及音樂類型的混」，這些相對的混雜是否造成了詩與歌詞在

---

[1] 夏宇：〈甜蜜的復仇〉，《備忘錄》影印本，自資出版，1984 年，頁 33。

[2] 也有使用其他如李廢、童大龍、夏宇等筆名作詞，但以「李格弟」的數量最多約佔九成，本文為求論述的方便，即以「李格弟」作為黃慶綺（本名）從事歌詞寫作時的通名代稱。

[3] 黃慶綺曾以筆名「童大龍」獲得 68 年度第二屆時報文學獎的散文優等獎：〈蕾一樣的禁錮著花〉，及 71 年度第五屆時報文學獎的小說甄選獎佳作：〈懼高症〉。

文類上、夏宇與李格弟在筆名上以及男或女在性別上雙聲並進的「變身」
且「辨聲」，亦即透過不同身分及領域的參與介入，增加存在空間，並加強
閱聽印象，獲取最大的發聲效果？本文即是想梳理同一個作家使用不同筆
名時是否可達成「透過它，讀者得以認識／辨識寫作者。通過它，寫作者
得以在讀者中找到位置，並且獲得現實利益。」（賀淑瑋 1997：336）且是
否也同時在對都市及性別書寫上的共同關注，仍然表現出可供辨識的異調
雙聲。

　　本論文即在眾多論者對於夏宇詩作的研究基礎上，試圖提出另一種方
法來同時關照詩作與較不為人注意到的歌詞，透過不同的切入視角，從這
一位女性作家的筆名使用，以及她筆下詩跟歌詞，在不同文類中書寫的都
市與愛情所反映出來的性別觀點，提出一個較為不同的解讀可能性。而在
緊扣住筆名、都市與愛情兩大部分的來回辨證中，首先以產銷機制的差異
探討其利用筆名變化兩種身份寫作詩與歌詞的游擊或游離態度，接著提出
夏宇詩與李格弟歌詞在書寫都市及愛情時也有男女不同的性別敘事，本文
的結論得出這一位女性作家藉由夏宇／李格弟在筆名上、詩／詞在文類
上、男／女在性別上的雙聲辨位，進而清楚的辨識出不同的書寫位置，達
到雙聲但並進存在的效果。

貳、筆名游擊／游離：寫詩的「夏宇」與作詞的「李格弟」

　　「有多少人知道紀弦本來叫路逾，商禽叫羅燕？對於讀詩的人而言，
路逾和羅燕完全不具備任何『詩』的意義。詩，必須在路逾轉變成紀弦，
商禽變成羅燕時才開始。」（賀淑瑋 1997：327）同樣的，「黃慶綺」這個名
字，在文學或音樂市場中都不具備有任何位置與意義，直到她「變」身成
為「夏宇」、「李格弟」甚或「童大龍」，始提供他人有辨識其存在的「辨」

聲功能,於是,「姓名變成一種既抽象又實在的存在──它代表個人,個人卻無法／不願被一個名字完全代表。於是,人一方面要用姓名凸顯自己,又必須努力地不要被姓名所侷限。」(賀淑瑋 1997:327)這或許也正說明了多才多藝的黃慶綺為何需要這麼多個筆名。夏宇、李格弟、李廢、童大龍 (或許還有我們未知的其他) 選擇使用如此多個互有殊異且容易混淆性別形象的筆名,橫跨遊走在詩、歌詞、散文、小說、戲劇[4]等多元藝術創作領域內,既可區別書寫對象及自身角色經營,又可加強存在印象以利生產行銷,也因其所具備的多重身分,而擁有更大的空間可以選擇游離或是游擊。

本節擬以「游擊」及「游離」來分別出詩出自於夏宇及歌詞出自於李格弟,這兩者間的筆名身分所展現出來的差異,「游擊」說明著爭取位置,積極而不妥協的建立起自我形象;「游離」則是不固著在位置上,隱身而僅成集體的一部分存在。是游離還是游擊,主要還是決定自「夏宇」以及「李格弟」各自面對的市場生產機制,可從夏宇詩跟李格弟歌詞的形式內容與接受模式來略窺一二。

一、寫詩的夏宇

檢閱夏宇已在市面上出版的四本詩集《備忘錄》、《腹語術》、《摩擦‧無以名狀》、《Salsa》,可發現有許多與眾不同的特點,如:大小各異,不同於一般標準規格的書冊,無法被直接歸位擺放在整齊劃一的書架中;多是自資出版[5]再經由台北的唐山出版社發行,因非大量鋪貨而不易在各式書店

---

[4] 著有《國王的新衣》、《三個乖張女人所撰寫之詞不達意的女性主義論文》等劇本。

[5] 在孟樊的研究中指出台灣出版的文類分佈上:「新詩在主要的創作文類中所佔比例不僅最低而且不成比例。……可見詩集之會被出版商認為是『票房毒藥』,並非空穴來風,從其出版比例之低即可見一斑。正因為如此,所以大部分(特別是年輕的)詩人皆自掏腰包出版自己的詩集,這也就是說,在台灣不少詩集的出版,根本不透過資本主義生產體制的管道……」,並在文中說明了夏宇第一本詩集的初版雖立即售罄,但仍非暢銷的大眾詩。詳見孟樊:《當

中看到；內頁使用的紙張多是較為粗操質感的再生紙，且多相互彌連未經裁剪分頁；而封面及內頁都是由詩人自行設計，不假手於專業的商品設計者，像是目前在市面上已難得一見的夏宇第一本初版詩集《備忘錄》[6]，據羅智成說：「封面是她手工畫上去的，扉頁及插圖還有蠟筆著色」（羅智成2001），並進而混入到繪畫領域[7]，而她的第三本詩集《摩擦‧無以名狀》是第二本詩集《腹語術》從形式以至於內容的拼貼再製，以自主的手工製造去介入且破壞機械式的工業生產，種種這些都造成了與其他書籍成品的格格不入，但也同時形成了閱讀與收藏的新鮮感與趣味[8]。

在詩的展現形式上，夏宇積極主動的邀請讀者參與，並與之交流互動，在進行閱讀前，封連的書頁得自行一一的裁拆，閱讀者或說是購買者被要求介入書本的生成過程；而詩的內容上，如《腹語術》中的一首〈降靈會III〉，使用了無法辨識、顛覆傳統書寫的文字符號，「夏宇巧妙的讓所有想引用她的詩的人，必須透過拷貝，用剪刀，或是用手抄寫，因為電腦是打不出那些字或圖像的。」（江足滿 2004：88） 無論形式內容都是被作者設定為讀者需得自己動手對詩集作實際參與。再舉《Salsa》中〈Tango〉的一段為例：

> 順著內陸棉長的河漂流每經過
> 一個城鎮她下船郵寄她的連載

代台灣新詩理論》，頁210。

[6] 「沒想到這本一九八五年後就絕版的詩集，至今被人不斷影印轉貼流傳，其中的詩作不但進入多種版本的詩選，還一度出現在藝品店販賣的椅墊抱枕上，……」筆者手上的《備忘錄》即為影印本。資料轉引自網頁上，張貝雯因《愈混樂隊》專輯對夏宇的採訪，2002年。

[7] 八大藝術中包含文學、音樂、戲劇、舞蹈、建築、攝影、繪畫、雕塑、電影，行文至此，至少可看到夏宇在文學、音樂、戲劇、繪畫各方面的涉獵參與。

[8] 陳柏伶在研究中也提出夏宇詩集本身的「物質性」，如：詩集的大小、剪裁的樣式、內頁的觸感、出版行銷的方式……等，認為經由這些視覺上的文本物質性及音樂（字詞的音節旋律）可製造並達成閱讀的快感。見陳柏伶：〈發笑的詩──論夏宇詩文本的快感美學〉，《雲漢學刊》，10，（2003.6），頁94-101。

> 小說補充糧食日用遇到喜歡的人
>
> 就邀請他們上船敘述生平所遇
>
> 最煽情又最恐怖的經歷有人才氣
>
> 不夠有人靈感不足她就把他們
>
> 騙到船邊在河深處溺斃（頁 87）

　　整段文字沒有標點符號，斷句隨意，在閱讀解意的時候就時常得因為語氣的轉換斷裂，而回頭調整停頓的位置與順序，陳惠鈴在〈論夏宇詩的遊戲特徵〉一文中也舉夏宇的詩〈無感覺樂隊（附加馬戲）及其暈眩〉（《Salsa》7-11） 為例提到：「夏宇將主導權轉移給讀者。詩不再是詩人的絕對，要有讀者的參予，詩才能完成。」（陳惠鈴 2004：62） 夏宇在詩集中反覆利用封頁使得閱讀者的眼手須並用，或是像詩集《摩擦・無以名狀》並無附上頁碼，均成功地延長了讀者必須與詩集（詩人）共處的時間；而選擇在詩句中使用非既有熟識的漢字句法，則使得讀者在閱讀的時候，眼睛必定得要不時的停頓瀏覽，這些閱讀上的困難性與不便，使作者也得以參與介入閱聽習慣，中斷讀者傳統的思考路數，增加再次閱讀的可能，「當閱讀被阻擋時，文字便挺身而出」（羅智成 2001），夏宇質疑並破壞了文字符號所指與能指間的既存、單向關係，拆解並重構了文字的主體意義。在此她邀請並要求讀者一起實踐這一場寫詩——成書——買書——看詩的共謀，不斷的強調出作者與讀者的存在位置，抵制既有由出版經銷者決定一切甚至於文字的意義，以包裝成為有效商品來吸引消費促進銷量的文化工業生產機制。

二、作詞的李格弟

　　相對來說，「夏宇」詩集已然自成一個品牌，但在作者對形式內容的有意經營下，容易只限於作者想被看到，以及有心想看到的受眾才能有機會

窺之一二；而「李格弟」的歌詞，就多是爲固定幾位歌手如趙傳、齊秦、
陳姍妮、張艾嘉、李麗芬等寫作，這些歌手都曾經因爲幾首膾炙人口的歌
曲而紅極一時，其中不乏有李格弟所作的詞，且多由台灣流行音樂市場中
佔有一席之地，旗下擁有許多暢銷歌手專輯的「滾石唱片公司」發行，歌
詞創作的能見度顯然要比現代詩作要來的普及多了。但也因爲要支撐這樣
普及流通背後的運作體系結構龐大[9]，環環相扣，使得文字要進入音樂市
場，勢必就得有所適應有所妥協，在繁複的商業消費生產機制中，要想有
的賣以至於賣的好，歌詞創作者就無法隨心所欲的自由發揮，而必須考量
到與歌曲、專輯主題、唱片公司、流行趨勢、消費者需求的配合等等。

　　同樣是以詩人身分從事歌詞創作的路寒袖，在一次的訪問中提到：「一
開始就知道是爲了入歌而作，則寫作過程中，就要區分出主歌、副歌，歌
詞句式之間可能要對仗，且段落不可太多，歌詞的篇幅太長對傳唱是不利
的，在平仄上也要注意，比如一句歌詞的尾音最好是平聲，更容易拖長音
節，延伸情感」（楊佳嫻 2004：53），可以想見作爲歌詞的文字是必須要能
遷就音律的。以李格弟爲歌手許美靜寫的詞〈風的嘆息〉爲例：

> 想你的壞　　要你的好
>
> 想你的淚　　要你的笑
>
> 想你的溫柔　　要你的擁抱
>
> 要你的沉默　　想與你共老
>
> 想你愛著我時　　眼裡的柔光
>
> 想我被騙時依然　　戀戀的瘋狂

---

[9] 有關台灣流行音樂工業及市場的研究論述可參考林欣宜：《當代台灣音樂工業產銷結構分
析》，元智大學資訊傳播研究所碩士論文，88 學年度。文中並提到「滾石唱片是首先將市場
行銷概念用在唱片界的唱片公司」，且是台灣唯一具國際性發展的唱片集團，頁 53。

如果　如果　如果　你不能愛我

就請原諒我的寂寞

如果我還繼續愛你

也請原諒我的憂鬱

如果　如果　如果　我還能愛你

而我的憂鬱卻打擾了你

就當它是　就當它是　就當它是風的嘆息

愛你的沉默　痛你的孤獨

痛你的防備　愛你的疲憊

愛你的狂野　痛你的純潔

痛你的揮霍　愛你的誘惑

想你愛著我時　一點一點的渴望

怨你不告而別　要去哪裡流浪

　　文句工整有序，以清楚的對仗突出對比，且符合了「歌需要煽情和押韻」（夏宇 1990：88），除了須配合聲音，歌詞的內容題材上也有一定的限制，「寫『廢話搖滾』兜售四處碰壁，隨便寫首『情歌』夾帶一些寂寞等字眼一下就賣掉了。」（夏宇 1990：90）在此，李格弟也同意了歌詞是接受一套既定遊戲規則的商品。作者與受眾的的關係也在前述的限制前提下，作詞者多僅能成為一個現實景況的「代言人」而已，無法直接表述自己的看法而毫不需考慮作為一首歌的適用性，更必須透過歌手的詮釋來代言廣大聽眾的生活樣貌，作者寫、歌者唱、受眾聽，彼此間較具有交相層疊的關係；詩人則是由讀者代言讀詩，直承詩人所欲傳達的訊息，無論是否誤讀錯解，兩者的關係是互為主體、相參互文的。

三、詩／歌詞，夏宇／李格弟的雙聲辨位

夏宇的詩跟李格弟的歌詞也時常有合作的互文關係，夏宇會以「詩人」的身分介入作詞，多為原本是一首現代「詩」進而入樂成「歌詞」的情形，像是陳珊妮的〈乘噴射機離去〉[10]、艾敬的〈摩擦〉[11]，都原是夏宇的詩篇，這時在唱片內頁的作詞者一欄上寫的就會是「夏宇」而非李格弟，可以看出作者有意的以筆名區分出自己在不同書寫形式上的身分，寫詩的時候就叫夏宇，作詞的時候就叫李格弟。有趣的是，寫詩的夏宇是為透透氣，為免自己的詩被任意的變成椅墊、弄壞斷句[12]，開始寫歌詞成為「李格弟」的，而李格弟則也常是為了透透氣，在滿足自己喜愛押韻的天性完全得逞[13]後，懷想起可以任意斷句擺佈文字的遊戲而又以詩代歌詞，回到了詩人「夏宇」的身分。像是夏宇《愈混樂隊》專輯[14]的出現，「這是一張（文字）概念先確立、而後才完成音樂的專輯。」「先由夏宇自選 13 首被唱片公司退稿的歌詞……是想試試『想像力』能發揮到什麼程度，因此將 13 首各唱片公司未能採用的詞作發給這些音樂人譜曲時，完全不設限，交由他們自行想像、吸收跟釋放，實驗音樂與文字結合的可能性。」[15]在內頁裡寫著負責詩／詞以及 Read 的都是「夏宇」，無論是事前的主腦策劃或是實際的聲音參與，夏宇都是整張專輯的主導生產者，選用了主流唱片公司退稿的歌詞，文字先於音樂，這都代表著，始終還是詩人身分的「夏宇」，相較於「李格弟」，

---

[10] 陳珊妮：〈乘噴射機離去〉，《陳姍妮》同名專輯，台北：友善的狗，1995 年。原為夏宇詩〈乘噴射機離去〉（1983），《備忘錄》，頁 121-131。

[11] 艾敬：〈摩擦〉，《是不是夢》專輯，台北：星文傳播唱片，2003 年。原為夏宇詩〈摩擦·無以名狀〉（1995），《摩擦·無以名狀》，無頁碼。

[12] 夏宇、萬胥亭：〈筆談〉，《腹語術》，現代詩季刊社，1991 年 3 月初版，2003 年 3 月二版五刷，頁 108-109。

[13] 夏宇、萬胥亭：〈筆談〉，《腹語術》，頁 116。

[14] 夏宇：《愈混樂隊》專輯，台北：新力音樂，2002 年。

[15] 資料轉引自網頁 http://www.comixbook.com/philboard_read.asp?id=1328，2005 年 9 月 1 日瀏覽。

更爲積極的突破既定的商品生產方法。

在個人形象的行銷上，「夏宇」無疑是較爲成功的，在不易購得其所有詩集的情況下，夏宇的詩仍有無數的讀者利用各種管道蒐集並傳誦著，但卻少有人會注意到「李格弟」寫了些什麼詞，然而，在商品行銷方面，則出現完全相反的情形，夏宇的詩在出版商眼中仍是文學市場上相較於其他文類的票房毒藥，李格弟的歌詞卻是流行唱片市場上的一劑強效藥，李格弟幫剛出道的趙傳寫了〈我很醜，可是我很溫柔〉，就爲趙傳開啓了台灣市場的接受度，也打破了偶像都是帥哥美女才能賣唱片的魔咒，爲號稱全台灣最醜的男歌手量身訂作直言其醜的歌詞，表現出李格弟對於市場性的掌握與評估能力[16]。

作爲一個創作者在文字生產及行銷機制裡，「夏宇」型塑成爲一個鮮明的品牌符號，從一手包辦了詩集的送打、編排、開本與封面設計，甚至最後還自費出版，以孤軍奮戰的游擊姿態，主動積極的去介入破壞文化工業的產銷機制，而成功的建構出獨具一格的個人形象；「李格弟」則在產銷位置中相對隱匿，相對於夏宇可主導詩集的生產行銷，李格弟的歌詞則需要經過他人的譜曲、演唱、發行甚或宣傳等層層疊遞的市場關係，才能進到受眾的耳朵裡而產生意義，歌詞在整個音樂產品上反而淪爲附屬品，在內容跟形式上扮演了妥協適應市場而游離其間的角色，但也成就了成功的整體商品行銷包裝。而這樣的游擊或游離態度也反映在詩與歌詞各自的經營上，寫詩的夏宇通常是不鳴則已，一鳴驚人，從已出版的詩集來看，平均要四到七年才會有一本新詩集產出，而作詞的李格弟雖然名號鮮爲人知，但卻不斷的在音樂市場中有作品問世，幾乎每年都可在不同的歌手專輯裡發現李格弟的歌詞創作，近幾年來更持續的爲繪本作家幾米的音樂劇如《地

---

[16] 參見郭宏昇：〈雙面夏宇──解讀詩人的後現代發聲與流行表徵〉，《網路社會學通訊期刊》，38 （2004.4.15），無頁碼。

下鐵》、《幸運兒》譜寫歌詞。前者是屬於打響一戰，蓄積能量後才再進行新嘗試的游擊，後者則是看似無聲無息，卻從未消失的游離存在並默默的成就整體。

夏宇在〈寫歌〉這篇文章裡的一段話正可說明她遇到的在詩與歌詞這樣不同的產銷甚至是評論模式中，在所難免會產生的態度差異，「詩壇論詩時而言及的社會性、反映現實企圖等等，寫詩時是置之不理的，不是不屑，反而是不解。寫歌時受命慢慢曲折逼近，有時成功，有時失敗（想要迎合時通常失敗），才發現所謂大眾口味之抽象懸疑，反而變成另一神秘致命之處，砰然心動。」（夏宇 1990：90），在這裡詩人的「不解」說明了夏宇並非無視於現實的存在，而是對所謂現實的構成保持著遲疑的態度，不同於作詞者「受命」必須貼近寫實，配合需要，這也反映在夏宇及李格弟在書寫都市時的不同面貌。本節說明了夏宇與李格弟藉由不同的筆名而可自由的在詩與歌詞間雙聲並發，並成功的在閱聽者中找尋到各自想要建立的位置且提供辨識，接著本文將以在詩與歌詞創作裡共同關心的主題：「都市」與「愛情」來探討男女雙聲的辨位。

參、都市與性別：詩／歌詞中的男／女雙聲辨位

在主動游擊中爭取出辨識位置，成為一個商標符號的「女詩人夏宇」受到了許多論者的青睞，紛紛開展出觀看討論的各種議題面向，像是後現代、女性意識、符號語言的使用等等，夏宇也在詩中充分表露出身為女性的主體思考，李癸雲《朦朧、清明與流動——論台灣現代女性詩作中的女性主體》一書即有相當詳盡的研究，而寫詞者「李格弟」以及「李廢」、「童大龍」在筆名上，使用了「弟」、「廢」、「龍」極具男性形象的詞語，相對於已被驗明正身的「女」詩人夏宇有什麼樣相異的敘事觀點呢？

「都市」生活是夏宇詩與李格弟歌詞裡最常描寫的題材，而愛情則為

都市生活中不可或缺的部分，夏宇詩中的都市以想像寓言的筆調，帶著漸趨敗落但期待重生的氣息，李格弟的歌詞則白描寫實的記錄著現代都市生活的種種樣貌，寂寞、空虛但仍不失希望，這樣的差異與上一節所探討的詩與詞所面對的產銷機制仍然相關，使得詩人自己與聽眾代言人兩者，透過變化兩個身分、兩種文類的敘事觀點，辨識表述著女聲及男腔。

一、都市生活書寫

> 你是一個城市英雄 如此這般的走著在天空和地面之間
> 你是一個城市英雄 如此這般的活著在未來和過去之間
> 你是一個城市英雄 呵…… 呵……
> 每天早上我都看見你匆匆茫茫走在馬路上
> 帶著一副冷漠的臉孔和一顆焦躁的心靈
> 你已經有點老 老的來不及離家出走
> 你有過幾次失敗的戀愛和一些未曾實現的理想
> 你有三雙皮鞋五條領帶和一份固定的工作
> 一份固定的薪水和一個光明的未來
> 每天黃昏我都看見你規規矩矩走在馬路上
> 帶著一副疲倦的臉孔和等待溫情的心靈
> 你已經有點老 老的來不及離家出走
> 要穿過擁擠的城市回家去享受一頓豐富的晚餐
> 看看電視聊聊天喝喝茶也許你才是一個
> 一個真正的英雄粉碎了神話的空洞 （童大龍，〈城市英雄〉）

在這首名為〈城市英雄〉的歌詞裡，詳實的描繪出一幅凡人在時空交錯中的奮力生活圖景，「皮鞋」、「領帶」指涉的是一個男子每天所過的現代生活，失敗的愛情、幻滅的理想，都是生活中的固定命題，外表冷漠、內

心焦躁與歌詞〈我很醜，可是我很溫柔〉裡大聲疾呼的「外表冷漠／內心狂熱／那就是我」，同樣是要表達出面臨夾雜在真假虛實、理想現實間撕裂的自我異化，然而「男子」終將在認清現實後成爲粉碎空洞神話的真正英雄，在這個城市裡，女子可能僅是存在作爲失敗戀愛的對象，或是家裡豐盛晚餐的分享者；相對的，夏宇仍然也是透過書寫看似無奇的平凡事物，舉凡一家九口的浴室、毛巾、肥皂跟大通舖[17]，養著蟑螂的老舊公寓裡傳真機、答錄機、電視、音響等各種家電[18]，來拼湊建構出了人類的都市生存世界，但在寫實的描繪出「都市」圖景時，夏宇更爲積極的質疑都市的真實內容，「這個城市，不可思議的／胃口和生殖率／對峙著某種／虛張聲勢的記憶／……」（夏宇，〈南瓜載我來的〉，《備忘錄》60），企圖去拆解並重構都市神話，在這首〈南瓜載我來的〉男主角允諾女主角規劃設計的城市裡面，隨著都市文明的崩毀，女主角不再也是被動的等著被尋找、被救贖的一方，根據童話所說「你不應該是一個如此／敏於辯駁的女子」（49），在主動爭取並質問結局後轉而「身爲童話史上／最勇於選擇、判斷的女子」（56），都市人物的敘事聲腔進而改變，從原本女主角的女身擬男腔到以女聲爲主調。

而男人在水泥叢林裡的現實生活上受挫與千瘡百孔，李格弟透過趙傳的聲音唱著：「每一個晚上／在夢的曠野／我是驕傲的巨人／每一個早晨／在浴室鏡子前／卻發現自己活在剃刀邊緣／在鋼筋水泥的森林裡／在呼來喚去的生涯裡／計算著夢想和現實之間的差距」（李格弟，〈我很醜，可是我很溫柔〉），巨人、英雄仍然是只存在於想像的夢境中，女人則有現實中包納收容並修護一切的能力：

　　她的心是一個巨大的修車廠

---

[17] 夏宇：〈與動物密談（二）〉，《腹語術》，頁16。
[18] 夏宇：〈somehow〉，《Salsa》，自資出版，唐山發行，1999年9月初版，頁134-136。

他們把門關好
把車子停在這裡
把鑰匙交給她
把問題丟給她
她修理破碎的夢想

那些千瘡百孔的車子列隊排好
如此傷痕累累無處可逃

他們說女人你知不知道
當我在戀愛　妳是完美的女孩
當我結婚你收容我飄泊的靈魂
當我受傷我投靠你溫暖的胸膛

把鑰匙交給她
把問題丟給她
她是個巨大的修車廠
她修理破碎的夢想
她是個巨大的修車廠　（李格弟,〈她的心是一個巨大的修車廠〉）

　　男人破碎的夢想、漂泊的靈魂都可在女人溫暖的胸膛裡得到安慰修復,而在肯定女性的獨特能力時,卻也複製了男性語言中的女性形象:溫柔包容,隨時等候,女人在李格弟的詞中仍然是作為男人的「他者」,雖有女身但仍僅有男聲。

二、都市的愛情生活

　　鍾玲在〈夏宇的時代精神〉一文評論詩〈南瓜載我來的〉時說到「唯一能與城市（即放逐的現實生活）對峙的是愛情」[19]，愛情作爲都市生活中的重要課題，也是夏宇與李格弟主要著力的書寫題材。如在本文第一節裡引用到的歌詞〈風的嘆息〉，即典型的刻畫出在都市裡的愛情生活，女人執著的爲生性愛流浪的男人守候，想念他的壞他的淚他的溫柔，渴望他的好他的笑他的擁抱，自願瘋狂的受騙還深怕對方被自己的憂鬱打擾，女人對於愛情正如童大龍筆下的〈薔薇女子〉，「一個春天才浪漫一次」，甚至是「一輩子才愛一回」，於是一旦愛了便全神貫注、痛徹心扉直到兩敗俱傷；而男人對於女人對於愛情就像是李廢的歌詞〈男孩看見野玫瑰〉：「喜歡容易凋謝的東西像妳美麗的臉／喜歡有刺的東西也像妳保護的心／你是清晨風中最莫可奈何的那朵玫瑰／永遠危險也永遠嫵媚／……／不能抗拒妳在風中搖曳的狂野／不能想像妳在雨中藉故掉的眼淚／你是那年夏季最後最奇幻的那朵玫瑰／如此遙遠　又如此絕對／……」，嫵媚美麗卻也容易凋零，說的是玫瑰是女人也是愛情，男人一邊編織了美好的想像，也同時物化了女人。

　　夏宇筆下的「愛情」則短暫而歸於平淡，「爲蛀牙寫的／一首詩，很／短／唸給你聽：／『拔掉了還／疼 一種／空／洞的疼。』／就是／只是／這樣，很／短／彷彿／愛情」（夏宇，〈愛情〉，《備忘錄》23），就連鼻子上的痘痘都要「比愛情長」，卻還「比曇花短」（夏宇，〈疲於抒情後的抒情方式〉，《備忘錄》47），夏宇詩裡的女人對不愛的人便「像空的寶特瓶不易回收消滅困難」（夏宇，〈秋天的哀愁〉，《腹語術》70）　，若是仍留有餘情的便等著「把你的影子加點鹽／醃起來／風乾／老的時候／下酒」以作爲「甜

---

[19] 鍾玲：〈夏宇的時代精神〉，http://staff.whsh.tc.edu.tw/~huanyin/mofa/siayu.php 　（2005 年 6 月 16 日瀏覽）。

蜜的復仇」。

　　本文上一節另外引到的〈Tango〉一詩更可說明女人在夏宇的詩中握有愛情的主導權,「輕煙瀰漫裡一條船她住在／船艙裡寫她的言情恐怖小說／恐怖是主題言情是裝飾／後來言情的支線逐漸發展恐怖的／氣氛逐漸消滅／／順著內陸棉長的河漂流每經過／一個城鎮她下船郵寄她的連載／小說補充糧食日用遇到喜歡的人／就邀請他們上船敘述生平所遇／最煽情又最恐怖的經歷有人才氣／不夠有人靈感不足她就把他們／騙到船邊在河深處溺斃／……」(《Salsa》,頁87),「她」主動邀請她所喜歡的複數的「他們」上船,若是表現的不足以讓她滿意,便將他們溺斃於河底,除了主導愛情,甚至還掌有生殺大權。

　　在歌詞裡所描寫的愛情顯得典型而刻板,女人總希望男人怎麼樣的去愛,並善於守候而極力配合,等著由男人來定義愛情;詩作裡的愛情則是女人要求男人如何的來愛,女人決定了愛情。

三、詩／歌詞中的男／女敘事

　　　　　　我有一把美麗的梳子
　　　　　　你有一支實用的刮鬍刀
　　　　　　這些事情說來說去　有點老套
　　　　　　我梳我濃密的髮　你刮你叢生的鬚
　　　　　　這個定律每天早上確定不移

　　　　　　我的頭髮　你的鬍鬚
　　　　　　梳了又亂　亂了又梳
　　　　　　刮了又長　長了又刮
　　　　　　啊……

> 像這五彩繽紛的世界
>
> 像這生生不息的大地
>
> 我有一把美麗的梳子
>
> 你有一支實用的刮鬍刀
>
> 每天早上我們都有共同的煩惱
>
> 我梳我梳不完的髮
>
> 你刮你刮不完的鬍
>
> 印證一種惱人永恆的真理　（童大龍,〈梳子與刮鬍刀〉）

　　女人梳髮、男人刮鬍,女人講求形貌美麗,男人在乎功能實用,這樣的性別差異在歌詞中時常是被強調成爲確定不移的定律及永恆的真理,女人跟男人在都市生活及愛情角色裡各自上演著老套固定的戲碼,二元對立的男女特質,以男性的敘事角度複製著現實生活中主流的價值觀念,及傳統的性別文化。

　　「李格弟」的詞多決定於男歌手或是女歌手演唱而影響敘事口吻,像是爲男歌手齊秦、趙傳演唱的歌詞,用字及意境則多較豪邁狂放,表達出男性在現實上的受挫及懷想讚賞女性的溫柔,如〈男孩看見野玫瑰〉、〈荒〉、〈七匹狼〉等;給女歌手的詞則幾乎都在期待愛情或感傷愛情的易逝,像是〈錯不在我〉、〈薔薇女子〉、〈她想〉,但也有例外如女聲男腔的張艾嘉〈一個失戀男子的告白〉,以女聲唱出擬男身的心聲,嘗試諧擬性別的錯置:「就在三天以前我參加了一個／自己愛情的喪禮／打了一個領結爲早逝的戀情／行了三鞠躬禮」、「在這生存與毀滅的一線之間／有誰可以挽救我／我看到我心愛的女孩身邊／一個體面的男人的臉」,女作家透過女歌手挪用了男性口吻,卻反而更是內在強化了主流的性別觀點。而相對的,在一首夏宇

的詩中，經由女人的研究觀察，發現男人是龍墮落而成的，「胎生／直立行
走、小便／長於分析／嗜癢／充滿遠見／極少狎妓／否則必刷牙／洗臉／
偶爾冒用軍警票／裝出嚴峻的神氣／群居／偏食／右耳稍大」（夏宇，〈考
古學〉，《備忘錄》90），以極為生物性的條列語詞，記錄下「男人」跟一般
人事實上並無兩樣，既消解了龍主宰萬物的神話，也鬆動了男人的神聖性
及性別的差異。

肆、結語

　　大抵說來，詩人夏宇用本身女性的觀點發聲，質疑都市現實、主掌愛
情的來去，性別在詩中流動而不僵化；作詞者李格弟則以男子之名及聲腔，
為廣大唱片聽眾的生活代言，接受都市生活、依賴愛情，強調性別的差異。
夏宇說：「我誠心誠意想為像台北這種城市寫歌，像誠心誠意為自己寫詩」
（夏宇 1990：88），說明了她寫歌是為了如實的記錄一座城市，用歌詞來反
映代言大眾的都市生活；而寫詩則是為了忠誠的表現出自己，表達出對都
市的自我想像及感受。夏宇　（李格弟）　所面對的唱片製作人總要她以生
活為題材，寫出那種「要與生活發生共鳴的東西」（夏宇 1990：87），要與
大多數人的生活產生共鳴，難免就得依附著社會的主流脈動，歌詞在經由
文化工業產銷線上的譜曲、演唱、大量發售宣傳後，便又更為加強了主流
價值，如此交相循環、互相強化，詞的聲音就越顯單一而固化了。

　　在郭宏昇：〈雙面夏宇—解讀詩人的後現代發聲與流行表徵〉一文中即
是在處理夏宇如何面對消費社會及其態度，基本上本文同意郭宏昇這篇論
文將資本主義生產脈絡帶進來談夏宇寫詩跟作詞時不同的文字使用及態
度，他並提出夏宇利用二手策略將她詩作裡的後現代實驗精神偷渡到大眾
化的歌詞裡，也就是說她利用作詞者的身分加上透過大眾化歌詞而被消費
市場接受，進而可在這樣現代社會的消費邏輯中繼續進行她的後現代寫作

事業，而本文提出的筆名使用正可補足這兩個身分切換間的矛盾，一個後現代靈魂安在現代的軀體中？而筆名身分則可自由的分別進行游擊及游離的策略，這也回應到本文第一節所引述說明筆名可達成：「透過它，讀者得以認識／辨識寫作者。通過它，寫作者得以在讀者中找到位置，並且獲得現實利益。」（賀淑瑋 1997：336），賀淑瑋在這裡說的現實利益就是郭宏昇所說的二手策略，增加了被接受的存在空間，並可從中獲得更多的發聲機會。

事實上無論是游擊或游離，都是一種無所定位，更說明了黃慶綺作為一女性主體書寫者，透過使用筆名變身成為寫詩的夏宇與作詞的李格弟時，除了可讓閱聽者在書籍與音樂市場的生產行銷中，清楚的辨別出不同身分下各自的書寫位置及態度，更因為作者作品的異調雙聲，不受限於單一的姓名身分，而在區別出自身的角色經營外，也同時共納了所有書寫對象，擴展了發聲的空間，增加自我的存在性。

本文提出了一個新的方法及面向來同時探討夏宇的詩作與李格弟的歌詞創作，而這樣的討論還有可以開展的空間，像是當時這些歌詞的時代背景對創作上有何影響？為什麼會是由這些歌手來詮釋演唱？及更可對歌詞進行更深入的文本分析等等，另外 在文本的蒐集上，除夏宇的四本已出版詩集：《備忘錄》、《腹語術》、《摩擦‧無以名狀》、《Salsa》有確切的文本外，歌詞方面則主要是利用網路搜尋散落在不同歌手專輯內的單首創作，難免還有遺漏之處，以及黃慶綺也曾有使用童大龍的筆名以〈蕾一樣的禁錮著花〉獲得 68 年度第二屆時報文學獎的散文優等獎，與 71 年度第五屆時報文學獎的小說甄選獎佳作：〈懼高症〉，這兩篇作品都比目前所知已出版發行的詩集及唱片歌詞要早，但由於時報文學獎的作品集只編印了第一屆及第八屆之後的得獎作品，中間缺了童大龍獲獎的第二屆及第五屆結集，而主辦的《中國時報》副刊也僅連載當屆的長篇小說首獎，故目前仍無法取

得這兩篇文本，這兩篇作品或可再增加更多文本型類與筆名使用，及對於文學市場接受等面向的討論，這篇論文提出了另外一種思考脈路，並關注到李格弟的存在位置，主要是希望能對夏宇詩作以外的文學表現能有更多的發現，並對於文學的跨界與轉換能有更深入的探討。[20]

---

[20] 本文的完成要特別感謝楊翠老師的指導、丁旭輝老師的評論與簡政珍老師、陳芳明老師的肯定及鼓勵，以及會議現場同學的提問和寶貴的意見，尤其是文訊對整個研討會的細心安排，讓論文發表者有足夠的時間可以書寫及修改論文，在此特表感謝（希望沒有辜負丁老師對於不要濫用註腳的提醒）。

參考文獻
夏宇詩集

- 《備忘錄》影印本，自資出版，1984。
- 《腹語術》，台北：現代詩季刊社，1991。
- 《摩擦‧無以名狀》，自資出版，唐山發行，1995。
- 《Salsa》，自資出版，唐山發行，1999。

歌詞

- 李格弟，〈我很醜，可是我很溫柔〉，趙傳《我很醜，可是我很溫柔》專輯，台北：滾石唱片，1988。
- 李格弟，〈她想〉、〈她的心是個巨大的修車廠〉、〈一個失戀男子的告白〉，張艾嘉《你愛我嗎》專輯，台北：滾石唱片，1997。
- 李格弟，〈風的嘆息〉，許美靜《快樂無罪》專輯，台北：上華唱片，1999。
- 李格弟，〈荒〉，齊秦《黃金十年》專輯，台北：上華唱片，2000。
- 李格弟，〈七匹狼〉，齊秦《呼喚》專輯，台北：SONY 唱片，2002。
- 李廢，〈男孩看見野玫瑰〉，趙傳《趙傳四》專輯，台北：滾石唱片，1991。
- 夏宇，〈乘噴射機離去〉，陳姍妮《陳姍妮》同名專輯，台北：友善的狗，1995。
- 夏宇，〈錯不在我〉，夏宇《愈混樂隊》專輯，台北：新力哥倫比亞股份有限公司，2002。
- 夏宇，〈摩擦〉，艾敬《是不是夢》專輯，台北：星文傳播唱片，2003。
- 童大龍，〈城市英雄〉、〈梳子與刮鬍刀〉、〈薔薇女子〉，李麗芬《梳子與刮鬍刀》專輯，台北：滾石唱片，1986。

相關論著

專書

- 孟樊，《當代台灣新詩理論》，台北：揚智文化事業股份有限公司，1995。
- 林欣宜，《當代台灣音樂工業產銷結構分析》，元智大學資訊傳播研究所碩士論文，1999。
- 李癸雲，《朦朧、清明與流動——論台灣現代女性詩作中的女性主體》，台北：萬卷樓，2002。
- 江足滿，《「陰性書寫／圖像」之比較文學論述：西蘇與台灣女性文學、藝術家的對話》，輔仁大學比較文學研究所博士論文，2004。

期刊論文

- 夏宇、萬胥亭，〈筆談〉，《腹語術》（1991，2003 二版五刷），現代詩季刊社，頁 99-116。原載於《現代詩》，12，未知頁碼，1988。
- 鍾玲，〈夏宇的時代精神〉，http://staff.whsh.tc.edu.tw/~huanyin/mofa/siayu.php （2005 年 6 月 16 日瀏覽）。原載於《現代詩》，13，頁 7-11，1988。
- 夏宇，〈寫歌〉，《曼陀羅詩刊》，9，頁 86-90，1990。
- 賀淑瑋，〈筆名、聯名與匿名——新舊世代作家的「姓名」策略〉，《林燿德與新世代作家文學論》，台北：行政院文化建設委員會，頁 323-349，1997。
- 羅智成，〈詩的邊界〉，《摩擦・無以名狀》，自資出版，無頁碼，2001。
- 陳柏伶，〈發笑的詩——論夏宇詩文本的快感美學〉，《雲漢學刊》，10，頁 77-103，2003。
- 陳惠鈴，〈論夏宇詩的遊戲特徵〉，《國文天地》，19:8=224，頁 59-64，2004。
- 郭宏昇，〈雙面夏宇——解讀詩人的後現代發聲與流行表徵〉，《網路

社會學通訊期刊》，38，http://mail.nhu.edu.tw/~society/e-j/38/
38-04.htm ，2004（2005 年 9 月 1 日瀏覽）。

- 余欣娟，〈現代詩改編成歌曲的變異〉，《文訊》，224 ，頁 47-49，
  2004。
- 楊佳嫻，〈歌聲戀影──路寒袖的詩與音樂性〉，《文訊》，224，頁
  52-53，2004。

講評

丁旭輝[*]

以碩士生而言，作者文筆很好，主旨、論點也都清晰無誤，是一篇不錯的論文。以下我分別來談這篇論文還可以再改善的地方；因為作者目前還是碩士生，所以我也將談及一些比較細微的地方，希望可以對作者有更大的幫助。（編者按：論文發表時題目為筆名、都市與性別：論寫詩的「夏宇」‧寫詞的「李格弟」的雙聲變／辨位）

一、關於命題

1.三個名詞放在冒號前面，讀來有點不通，因為實在看不出冒號的前、後兩者有何相關；另外，也會讓人誤以為全文主旨是在於分別就「筆名」、「都市」、「性別」三者提出「雙聲變位」的討論，但其實不是，而是「筆名」一個，「都市與性別」合為另一個，引出不必要的誤解。其實題目只要表現出論述的對象、範圍與方向即可，細部的論點讀者從論文摘要中就可以看出來了，研究者也可以從關鍵詞中蒐尋到妳的文章。所以，其實可以不必讓題目如此沉重。

2.題目以及全文中的「詞」都容易讓人產生誤解，以為指的是宋詞的「詞」。雖然文中是拿來跟現代的詩對舉，指的是流行歌的「歌詞」，不過在講究嚴謹精確的學術論文裡，「歌詞」可否直接簡稱為「詞」，就是一個問題了！所以我建議「詞」做為名詞單獨出現時都改為「歌詞」。不過，如果「詞」的前面加的是動詞「作」，就比較沒問題了，因為「作詞」在我們這個年代指的就是「寫歌詞」，這個用法在這篇文章中也曾經出現過一次。

3.所以，我建議去掉引號，把題目簡化為〈論寫詩的夏宇、作詞的李格

---

[*] 高雄應用科技大學文化事業發展系副教授。

弟的雙聲變／辨位〉，再簡單一點就叫做〈論夏宇與李格弟的雙聲變／辨位〉，或者把兩個「變」去掉其中一個成爲〈論夏宇與李格弟的雙聲辨位〉就更簡潔響亮了。

二、關於篇、章、節標題所構成的論文美學與內容架構

篇、章、節的標題除了標識內容要旨，同時也是各篇、章、節的內容統帥，這些不同位階的標題形成一篇論文的美學風格，同時也展現一篇論文的架構。所以必須隨時調整、掌控大局。在這點上，我們可以發現本文的一些問題。

1.風格的不統一：依照總標題「變／辨位」的形式，第二節的「游擊／游離」第二個「游」字就該刪去；第三節「詩／詞中的男女雙聲辨位」尾巴的「辨位」也應該改爲「變／辨位」；甚至於如果第三節標題中詩與詞的中間要加上一個斜線，那麼同理，男與女中間也應該加上一個斜線。

2.總標題裡最後面有「雙聲變／辨位」，第一節標題裡沒有，但它的第三小節卻突然出現這個「雙聲變／辨位」；而到了第三節，節的標題裡有「雙聲辨位」，但到第三小節卻又沒有了。如此一來，有點位階混亂了。論文篇、章、節標題的位階有高低，上大於下，以上統下，以下服上，上下之間形成一個由上而下的樹狀開展，各自分享、發展論文總標題的部分內涵，所以各個節與小節最好在標題與內容分量上都能大約平衡，以免頭重腳輕或顧此失彼。

3.這篇論文有三個主要的標題，分別是總標題和二、三兩節的標題，他們都由一個冒號分爲左右兩部分。第二、三節分別處理總標題裡所提到的兩個議題，就三個標題冒號左邊的部分來看，是沒有問題的；但是右半部就有問題了！第二節的右半邊是「寫詩的夏宇與寫詞的李格弟」，根據以上統下的原則，它的第三小節標題裡既然有「雙聲變／辨位」，那麼，它就已

經形同補上「雙聲變／辨位」，所以，跟總標題的右半邊就完全一樣了，這時，如果第三節的右半邊也冠上一樣的標題，那麼就完全平衡、沒有問題，但偏偏第三節卻是「詩／詞中的男女雙聲辨位」，如此一來，就變成第二節佔去總標題的太大部分，而第三節的右半邊則變得跟總標題沒有直接的關係了，因為總標題談的是寫詩的「夏宇」、寫詞的「李格弟」，指的是「人」，而第三節則是「詩／詞中的男女雙聲辨位」，指的是「詩、詞」，對象並不一樣。

三、關於註解

1.註 13：夏宇第三本詩集之為第二本詩集的拼貼再製，這在詩集本身的序裡作者夏宇已經清楚的說明了，所以如果要下註解，引用夏宇自己的話即可，但在這個註裡卻引陳柏伶的文字來說明這種情況，這個引用會讓人以為作者實際上並沒有看過這本詩集與這篇序，而只是轉引他人的二手資料而已。

2.註 27：雖然所引用的孟樊的書前面已經註過，但必須要加上「同註9」，否則會令人不知從何而出。另外，這個註解註的是「夏宇的詩在出版商眼中是『票房毒藥』」中的「票房毒藥」一句，但是孟樊書中提到這句話時所指的並不是夏宇的詩，那麼這個註就犯了嚴重的錯誤了。還有，在下這一個註解的前面，作者才剛剛說過「在不易購得其所有詩集的情況下，夏宇的詩仍有無數的讀者利用各種管道蒐集並傳誦著」，在頁 6（編者按：論文發表時頁碼）第一段最後兩行說作者還曾說夏宇把詩「包裝成為有效商品來吸引消費」，那麼，跟「票房毒藥」之說便顯然矛盾了！

《行過洛津》
小說與戲曲《荔鏡記》的互涉書寫

曹世耘*

摘要

施叔青女士在 2003 年以《行過洛津》寫下「台灣三部曲」的第一部，該小說以伶人、歌妓的視角鋪陳古稱洛津的鹿港興衰，採南管戲的經典名劇《荔鏡記》為媒材，交錯小說人物間的情慾糾葛，造成小說與戲曲的情節脈絡相互交錯的效果。本論文擬以「互涉」的概念討論《行過洛津》與戲曲《荔鏡記》之間的關係，並由小說主要角色的性質：伶人、歌妓來論述其與洛津之間的隱喻。

關鍵詞：伶人、互涉、洛津、《荔鏡記》、〈益春留傘〉

*成功大學中國文學研究所碩士班，E-mail:asama384@hotmail.com。

壹、前言

在 1997 年前後曾以《香港三部曲》打開香港巨幅卷軸的施叔青女士，2003 年 11 月再以「臺灣三部曲」之第一部《行過洛津》，寫下台灣大河小說的另一章。

小說講述一群伶人隨著戲班自泉州來到洛津演出南管戲中的經典名劇《荔鏡記》，演出時戲班不僅轟動當地，戲台上的伶人與戲台下的恩客、歌妓之間也產生了情感糾葛，而小說的主角許情三次前來洛津，除了身陷於當時的情感糾葛，也憶起那段因《荔鏡記》所引起的往事，並在當中見證了洛津的興衰。

故事由許情於咸豐初年第三次來到洛津開始，小說除了敘述前面所提的情感糾葛之外，也提到了許多洛津的風俗掌故與洛津的人文風貌，而這些敘述則圍繞著《荔鏡記》這齣南管戲中最著名的大戲而展開。小說的主角許情是戲班內的當家小旦，他以演出《荔鏡記》的小旦益春獲得好評，他周圍的男性觀眾與恩客：烏秋、石家三公子、海防同知朱仕光，與歌妓阿娟、珍珠點之間的故事，造成日後他永遠的追憶，小說以追憶的方式描寫洛津的興衰，即以伶人、歌妓與圍繞他們周遭的人事物為主軸敘述洛津，這樣的書寫開啓台灣歷史小說書寫的另外一種方式，而在論述洛津史的同時，小說家以許情在戲台上演出《荔鏡記》的記憶與他戲台下的人生遭遇做對應，尤其是《荔鏡記》中的〈益春留傘〉，小說情節與戲曲情節的互涉書寫，讓小說中的伶人產生亦是戲亦是人生之感，最後連帶著讓情節周圍的大環境——洛津，也有了戲夢一場的效果。

本論文以小說中戲班、伶人、歌妓的故事對比洛津同時期的發展，討論前者與「洛津興衰」之間的隱喻性意義，並且在第二節以互涉（intertextuality）[1]的概念來討論《行過洛津》的互涉書寫，並說明此種書

---

[1] 文本互涉（intertextuality）又稱「互文性」，此為保加利亞裔文學理論家克麗絲蒂娃（Julia

寫方式對《行過洛津》的意義。

貳、漂移的時空──戲班行過洛津

　　小說《行過洛津》的第一卷〈行過洛津〉第一節〈勸君切莫過台灣〉第一段第一句作者寫道：

> 大清咸豐初年，泉州錦上珠七子戲班的鼓師許情橫渡海峽到洛津來，
> 這是他第三度前來，此行是應本地戲班班主之邀，前來組織洛津第一
> 個七子戲班，讓七個童伶圍著鼓邊，由他教唱《荔鏡記》，陳三五娘
> 悲歡離合的愛情故事。[2]

許情來過洛津三次，時間分別是嘉慶中葉、嘉慶末年至道光初年、咸豐初年。前兩次許情分別是跟著泉州泉香七子戲班、泉州宜香七子戲班來到洛津，第三次咸豐初年許情則是隻身前來洛津，組織當地第一個七子戲班。

　　這三段時間分別敘述了洛津不同時期的變化，小說藉著不連續的時間點，跳接式的展開洛津的風貌，敘述者許情與他所處的戲班並非長時間在洛津瞻望洛津城時時刻刻的變化，視角的不固定令時間的距離造成他們面對當下的洛津時，產生感觀上的差異與陌生，第三次許情來到洛津，作者在小說的敘述裡提到洛津與前二次許情來到之時的轉變：

> 洛津城在望，舢舨愈駛愈近，從南邊往北看，洛津溪整條河港的形狀
> 景觀，似乎與他先前兩次來時改變了許多，本來彎彎的，半月形狀的

Kristeva）將其所提出的「文本」（text）與巴赫汀（M. M. Bakhtin）的小說理論中的「對話性」（dialogicality）與「多音交響」（polyphony）兩種理論加以發展而成。他們認為，文本會利用交互指涉的方式，將前人的文本加以模仿、降格、諷刺和改寫，利用文本交織且互為引用、互文書寫，提出新的文本、書寫策略與世界觀，其相關介紹可參考呂正惠主編，《文學的後設思考：當代文學理論家》，台北市：正中書局出版，1991 年 9 月初版，1993 年 7 月再版。

2　施叔青：《行過洛津》，台北市：時報文化，2003 年 12 月 1 日出版，頁 1。

海岸線，彷彿不再那麼曲折有致了。[3]

卷一〈行過洛津〉的標題以「行過」爲主要焦點，焦點移動的方式讓洛津在許情眼中產生了洛津前後期的感覺差異：「這情景與許情第一次抵達洛津所見，簡直有天壤之別。[4]」，咸豐初年時的洛津，因海岸線擴張，港口淤積不良於行，於是規模逐漸縮小，在小說的同一頁中，作者將視野轉移到岸上，描寫了規模萎縮後的洛津港：

> 舢舨在洛津城中間的六路口淺水碼頭泊岸，港口停泊著幾隻小船，零星的舢舨、竹筏順流而下……碼頭有挑夫挑著貨物往五福街鬧區急步前去，牛車搖著牛鈴，沿著河邊的砂石路要到車圍去換磨損的車輪……鐵舖前擺了剛打好的鐮刀、牛犁等待菜園附近的農民上門選購。[5]

這段描寫說明了咸豐初年洛津商業貿易的衰弱，此時的洛津港在咸豐時期看似聊備一格，但是在嘉慶中葉，也就是許情第一次抵達洛津之時，施叔青如此描寫許情所看見的洛津港：

> 整條港溪頂自船仔頭，下至利濟橋，兩邊泊滿了大大小小的貨船，只留下當中一條水道，以供船隻進出，舢舨、竹筏來往穿梭，與戎克船爭道，港口擁擠而忙碌。[6]

嘉慶中葉許情隨著泉州泉香七子戲班應洛津郊商石煙城之邀，來到洛津演出，此時是洛津最興盛之時，這時候的洛津首富是石家萬合行，萬合行身爲洛津泉州郊商之首，管理洛津的商業業務，儼然洛津經濟上的領導者。

---

[3] 同前註，頁8。
[4] 同前註，頁9。
[5] 同前註，頁8。
[6] 施叔青：《行過洛津》，台北市：時報文化，2003年12月1日出版，頁9。

在小說裡，海盜「涂黑」於嘉慶年間橫行海上之時，因為感念萬合行主人石萬在涂黑落魄之時的援助，所以下令萬合行的船隻一概不准搶奪，於是造就了石家萬合行的興盛[7]，小說的此段情節根據葉大沛《鹿港發展史》[8]的記錄，嘉慶年間，海盜蔡牽之亂，擁眾數萬，船數百，造成台海與沿海的商旅莫大損失，但蔡牽卻對當時鹿港八郊之一的日茂行給予特殊待遇，下令手下凡鹿港林日茂行之船隻不得搶奪，其中原因葉大沛據鹿港民間的傳說，乃是因為日茂行創辦人林品在蔡牽落魄困頓之時給予接濟，所以日後蔡牽感念當日的恩情，對於日茂行的船隻一律特別優待，不予搶奪，於是日後日茂行業務蒸蒸日上，成為鹿港首富與泉郊之首[9]。

所以將小說對照史料來看，小說中的海盜「涂黑」與萬合行「石萬」就是指向洛津日茂行林品與海盜蔡牽的這段民間傳說，作者施叔青在此另起角色，藉著小說本身的虛構性來讓這段取材自民間傳說的情節看起來更加真實，這中間合理化的過程也讓石家的因商致富增加了傳奇的色彩，並且在小說卷一〈行過洛津〉第二節〈轉眼繁華等水泡〉對巷道的描寫裡，更進一步強調商業對於洛津城整體的重要性。

> 五福街的店家在屋前建屋簷涼亭防曬避雨，俗稱「亭仔腳」的騎樓。每家店鋪又用「四點金柱」的結構，即四支桁樑間各以單柱支撐，再上鋪麻竹葉或月桃葉，然後鋪上瓦片，彼此相銜接，成為有蓋的商店街，即是所謂的不見天，洛津人稱為街路亭。[10]

「不見天」的產生表示洛津對商人的禮遇，提供一個讓來往其中的商人不

---

[7] 同前註，頁 96。小說寫道「時至今日，洛津街頭仍可聽到父老耳語相傳，海盜涂黑落魄時，曾經得到石萬的義助接濟，後來他闖蕩江湖，竟成為海上巨寇，不忘困頓之時，石萬之恩，命令手下各盜：『凡萬合行之船隻，不得搶劫。』」

[8] 鹿港的清代資料參閱葉大沛所著《鹿港發展史》，（左羊出版社，1997 年 6 月初版），均可找到相對應史實，因此小說的史實重建有其對照。

[9] 葉大沛：《鹿港發展史》，左羊出版社，1997 年 6 月初版，頁 269-270。

[10] 施叔青：《行過洛津》，台北市：時報文化，2003 年 12 月 1 日出版，頁 16。

受夏天的酷熱與冬天的風寒影響的買賣環境。

根據史料，鹿港街市的發展從乾隆中葉（西元 1756-1775 年）已經略有規模，到了乾隆四十九年（西元 1784 年），鹿港正式與蚶江直接通航之後，移民湧至，貿易遽增，再經過嘉慶年間持續成長，到了道光初年，鹿港市街的規模已經發展完備，其發展方向大致上由西北向東南延伸，主要街道亦順此方向縱走，整個街區成東西窄、南北長，最早的商業街道由泉州街經打棕埕、新宮口、王宮、埔頭、九間厝、瑤林、暗仔街、后宅、接米市街，向南分為竹篾街（西）、杉行街（東），再會於龍山寺。由泉州街到后宅，昔稱「舊街」。這種古街之建築多具有兩面性：西臨河港，以便碼頭貨物之輸入；東向市街，以利交通活動，因而成為船頭行及重要批發交易場所。從古街的形成來看，鹿港溪早期可能沿著西側於泉州街附近出海，較今之出海口偏北，鹿港有名的大船頭行日茂行便位在泉州街，日茂行原居鹿港溪口北岸，扼帆船進出口咽喉，地理位置優越，成為鹿港最大的船頭行，其太子樓建築更在當日首屈一指。另一條主要街道為乾隆中葉興建的「五福街」，由順興、福興、和興、泰興、長興五街組成，形成鹿港的新商業中心，加上南端的板店街，六街相連上加頂蓋，就是小說裡面所說的鹿港「不見天」。

許情第二次來到洛津時，除了到洛津之外，還沿著台江內海到達台南府城昔日稱為「五條港」那一帶，小說作者施叔青在卷六〈鳥踏〉的第一節〈心肝跛碎魂飄渺〉藉著許情的行腳描述了台南「五條港」的街景：

> 西門外的大井頭街官亭，是五條港最繁華的商業區，有的店家已點了燈，來往行人摩肩擦踵，忙著交易，這種門庭若市景象一直會延續到夜深。……河港裡的畫舫紅樓，兩側的茶肆酒樓也應運而生，成為郊商巨賈的銷金窟，此時也早已燈火通明，弦仔師調琴弄弦準備奏曲，曲折深巷的娼寮，茶店的娼妓，府城人所稱的「邊城貨」，也倚門而

立招睞尋芳客上門。[11]

洛津因商業貿易繁榮，所以整條商店街變成了不見天的商業大街，而許情的府城行腳，也記錄了同為商業型都城的相同氣息。

洛津與府城在當時的人口結構大部份以泉州移民為主，尤其是洛津，該地的泉州移民不僅人數眾多，加上當地的商業團體裡，最有勢力與財力的郊商也是泉郊，因此每當有大型的慶典活動時，當地的居民與郊商便共同出資，或者如泉郊這種財力較為雄厚的郊商獨資邀請內地的南管戲班來台演出，在小說的描述中，從許情第一次到訪洛津開始，南管戲班所到之處都是臺灣人口最多且經濟活動最旺盛之處，這群戲子伶人所遇的人事物，都與城市的繁華息息相關，其中關係最密切的就是郊商，尤其是泉郊，小說在〈勸君切莫過臺灣〉與〈轉眼繁華成水泡〉這兩節中所敘述的郊商石家萬合行，首次登場便以連雲甲第的建築來彰顯其財富，可見此時洛津整體的經濟氣勢是建立在郊商的財富上，以這群郊商為主，讓洛津四處都得以見到他們以財富為勢的蹤影，不論是建築還是酒樓茶肆，都可得見他們在其中的影響力，但是在道光初年洛津港港口日漸淤塞，後來正口移到了王功，再遷徙到番仔挖，後又至海豐，後來對岸商船對鹿港從趨之若鶩到視為畏途，地位不可同日而語，當鴉片戰爭之後，清朝開放沿海五口通商，讓外國商船大舉進入大清國的貿易市場後，洛津與南洋和大陸內地的商業優勢盡失，加上沙岸的泥沙淤積讓洛津港的使用價值愈加低落，清咸豐十年（西元 1860 年）清廷開放安平、淡水、打狗（高雄）、雞籠四口對外通商，素有「二鹿」的鹿港此時已經不能被列為台灣的對外貿易口岸，同治十年（西元 1871 年）丁紹儀於《東瀛識略》一書對鹿港如此描述：「鹿仔港（鹿港）近年沙汕漲坍靡定，漲則不能通，須泊二、三十里外。有時

---

[11] 施叔青：《行過洛津》，台北市：時報文化，2003 年 12 月 1 日出版，頁 252。

通利，亦沙線環繞，非小舟引道，不敢行。」[12]在政經局勢與大自然環境的夾擊下，洛津已經「等水泡」，亦如小說於卷一第二節〈轉眼繁華等水泡〉最後所述：

> 海岸往外擴，海水早已不像從前一樣，可以直到萬合行的大門口了，船仔頭引導船隻進入港的燈樓已然荒廢，亭前的日月池，石家蓄風水靈穴寶地，乾涸見底，當年石煙城整船載運惠安花崗岩，過海興建石樓，才造了一半，地震一來石柱歪斜塌圮，徒然浴於如血的夕陽晚霞。[13]

洛津港屬於沙岸隆起的地形，加上濁水溪帶來的泥沙與官員的袖手旁觀，淤積成了必然的結果，再加上失去與對岸貿易的暢通，因此喪失了做為貿易口岸的條件，郊商石家也隨著洛津從鼎盛走到了衰敗。鴉片戰後除了開放五口通商之外，本來閩台之間運輸用的戎克船，昔日風順一晝夜可往來鹿港與蚶江，但輪船由五虎口到基隆只需十八小時，再加上安平與淡水兩港也可由輪船往返，相當便利省時，負責海上運輸的帆船戎克船後來便由輪船所取代，昔日稱為洛津的鹿港，因淤積的關係輪船無法停泊，所以貿易港的位置就此被完全取代。

　　許情第一次於嘉慶中葉抵達洛津時，洛津的風貌如小說所述是「整條港溪頂自船仔頭，下至利濟橋，兩邊泊滿了大大小小的貨船，只留下當中一條水道，以供船隻進出，舢舨、竹筏來往穿梭，與戎克船爭道，港口擁擠而忙碌。[14]」，到了許情第三次抵達則是「舢舨在洛津城中間的六路口淺水碼頭泊岸，港口停泊著幾隻小船，零星的舢舨、竹筏順流而下……碼頭有挑夫挑著貨物往五福街鬧區急步前去，牛車搖著牛鈴，沿著河邊的砂石

---

[12] 丁紹儀著：《東瀛識略》，台北市：台灣大通，1987 年出版，頁 52。
[13] 施叔青：《行過洛津》，台北市：時報文化，2003 年 12 月 1 日出版，頁 22。
[14] 同前註，頁 9。

路要到車圍去換磨損的車輪……鐵舖前擺了剛打好的鐮刀、牛犁等待菜園附近的農民上門選購。[15]」這中間洛津港從頂盛到衰落的期間，只不過經歷了三代（嘉慶、道光、咸豐）的更替，但是洛津港的變化卻從泊滿大船到零星的舢板，中間的變化之大，顯見洛津港本身的脆弱，小說採取戲班的視角帶領讀者瀏覽洛津的前後期，突顯了洛津「轉眼繁華等水泡」的感覺，而引領我們的戲班本身也是結構不定的組織，小說的主人翁許情經過十六歲變聲後，就被逐出戲班，因為生理的改變與七子戲班的屬性，戲班的成員是來來去去，沒有穩定的班底，而這樣的不穩定，從七子梨園戲班發源自泉州以來，就一直是戲班的常態，童伶們在變聲期就解體星散，歸返民間的行為稱為「散棚」，七子梨園戲班是「班主制」，由班主收買六、七歲至十二、三歲的兒童組班，年限五至十年，並且聘請一位師傅教戲，然後這些童伶便開始過起早上教戲，下午、晚上登台演出的生活，直到十六、七歲的變聲期，此時也剛好契約屆滿，這時班主就宣布「散棚」，讓這些長大的童伶回家去，然後班主再以契約買兒童，重複之前戲班的運作，永遠保持七子班童伶戲班的風貌，因此從七子梨園戲班組班以來，這一百多年間，便歷經了無數次的「散棚」，因此「戲班」與「洛津」兩者之間的對照處就在「不穩定」的成份，它們都有不可抗拒的「被替代性」。戲班的童伶在時間的壓迫下不斷更換、淘汰，以維持小七子梨園的組織，就如同洛津這類的海港型都市，會在某個時刻潰散消失，因此脆弱、漂移的洛津與成份不穩定的戲班，以自己本身的殞落讓小說的標題「行過」顯得觸目驚心，讓「等水泡」的時空場景承載虛實相間的小說敘事，小說裡主角許情最後一次演出，是在一次為慶祝八郊之首的泉郊會館成立，這次許情的戲班為了拼台，貼出全本《荔鏡記》連續演出七天七夜，而此次拼台演出的盛況是「戲迷們奔相走告，從和美、二林、線西爭先恐後駕著牛車趕來看戲，

---

[15] 同前註，頁8。

洛津的連外道路，每一條都爲之壅塞不堪。[16]」，但是等到戲班凱旋歸返泉州之後，許情則是「腮邊長滿了鬍鬚角，喉結突出，嗓子變了，失去了童聲，高音唱不上去[17]」，因此許情被班主趕出了戲班，這次的演出成了他最後一次的演出，而這段演出在小說的敘述中，是以「三年前的冬天[18]」爲起頭，也就是此乃一場回憶，在當時七天七夜的拼台演出中，許情的色藝達到了巔峰，泉郊會館的落成也象徵洛津此刻的繁榮，但是在這段敘述之前，小說則已寫著而三年後的許情從小旦變成副鼓師，服伺鼓師魚鰍，替他清理夜壺，在戲班中管理戲籠，這裡兩相比較，伶人的際遇更加顯出洛津的「不穩定」，也呼應兩者共同的脆弱。

參、〈益春留傘〉的戲內戲外

主人翁許情最初在洛津演出〈益春留傘〉是在嘉慶中葉隨著泉香七子戲班以藝名「月小桂」的身份，演出小旦益春，而〈益春留傘〉是《荔鏡記》中的一折，《荔鏡記》也一直是小說屢屢提及的南管戲劇本。

《荔鏡記》又稱《陳三五娘》，也稱《陳三》，故事來源於泉州地方歷史人物傳說。宋代，泉州隨著經濟的發達與文化的昌盛，出現許多本地或外籍有影響人物的傳說，「陳三」便是其中之一，「陳三」的軼聞今已無源可考，目前我們所知的故事乃是由文人加工成筆記小說的《荔鏡傳》，後來在明代嘉靖演化成戲文《荔鏡記》，梨園戲的《荔鏡記》則是更加精鍊後的舞台演出腳本，而由這段民間軼聞到筆記小說到戲曲的過程中可知，《荔鏡記》一開始就是文本互涉的產物，而到了清代，梨園戲繼承了明代的發展，更趨鼎盛，也深得文人雅士的喜愛，創作了新編的腳本，而其中仍以《荔鏡記》最爲風行，從嘉靖丙寅出版的《荔鏡記》之後，至清

---

[16] 施叔青：《行過洛津》，台北市：時報文化，2003 年 12 月 1 日出版，頁 226。
[17] 同前註。
[18] 同前註。

同治間，三百年來演出不衰，而在廈門和粵東揭陽的方志，也都記載了這齣戲演出時，「婦女觀者如睹」，「傷風敗俗」，而加以禁演，至於台灣演出《荔鏡記》的狀況，請看《澎湖廳志‧風俗》的記載：「澎地演戲，俗名七子班，乃係泉、廈傳來，演唱所傳荔鏡傳，皆子虛之事，蓋此等曲本，最長淫風，男婦具觀殊非雅道。[19]」雖然目前沒有找到臺灣本島的演出記載，但是以當日澎湖也能得見《荔鏡記》，也表示當日這齣戲在臺灣的風行。

益春在《荔鏡記》中是負責替陳三與五娘穿針引線，讓陳三與黃五娘能夠有情人終成眷屬，而小說《行過洛津》卷五〈聲色一場〉的第一節〈益春留傘〉則講述許情在替「逍遙軒」排練此齣戲時引起許情的記憶，許情曾以小旦月小桂的身份演出〈益春留傘〉，也因為〈益春留傘〉[20]讓許情對洛津這地方留下許多美好與不堪的回憶。

附錄中的表格是〈益春留傘〉部份戲詞，分為清順治刊刻版與清光緒刊刻版兩個版本[21]，〈益春留傘〉在明代嘉靖、萬曆，清代順治、光緒的四個版本中出現兩個改變：一個是情節越來越長，再來是戲詞「三哥」的出現次數越來越多。而情節的拉長造成表情與演出日益繁複，戲詞「三哥」的次數增多則讓演出的科步越來越多。而這兩樣改變也透露出〈益春留傘〉在《荔鏡記》中的重要性日益增加，其中在清代順治與光緒這兩個版本中，更看出〈益春留傘〉日後被大幅度的增補。表格左欄的戲詞是清順治刊刻

---

[19] 《澎湖廳志》卷九〈風俗〉，臺灣叢書本，頁 312。

[20] 〈益春留傘〉劇情本事：陳三羈留為奴二年，五娘若即若離，未曾許諾，陳三不堪佳人冷漠、百念俱灰，整束行裝欲回故鄉，益春懇切慰留，轉達五娘款款深情，囑咐陳三莫輕棄別離。

[21] 《荔鏡記》的劇本目前可尋最早的版本是明代嘉靖年的刊刻版，筆者根據吳守禮先生校註的《荔鏡記》戲文整理，比較明代嘉靖、萬曆，清代順治、光緒的四個版本：《明嘉靖刊荔鏡記戲文整校理》、《明萬曆刊荔枝記戲文校理》、《清順治刊荔枝記戲文校理》、《清光緒刊荔枝記戲文校理》，〈益春留傘〉一折在明萬曆刊刻版開始出現，筆者以小說《行過洛津》的時序選擇以清順治、光緒兩時期的版本來比較〈益春留傘〉戲詞的差異。

的《荔枝記》中的〈益春留傘〉，當陳三在黃五娘家中為磨鏡匠並且淪為長工之時，五娘不但不體貼陳三的委屈並且不讓陳三靠近而潑其冷水，陳三心碎之餘大病一場，準備離開五娘家歸返故里，這時前去探望陳三的益春好言相勸，讓陳三留下。「留傘」是舞台上的小生陳三要離去之時攜帶了雨傘，而益春拉住了陳三的傘，句句勸說而留下了陳三，並請陳三修書一封交由益春拿給五娘，表明陳三的心志，因觀眾的喜愛成了《荔鏡記》最常上演的折子戲之一，表格右欄清光緒刊刻的版本中，〈益春留傘〉的戲詞在清光緒刊刻版在清順治刊刻版的基礎上增添了對白，並加強了「留傘」的動作，此段演出，小說在卷五第一節〈益春留傘〉裡如此描述：

> 陳三俯身拾傘，被情急的益春踩傘時，踩了手指，益春只好歉然略退，乘勢拾起傘的陳三，把它挾在脅下出去，益春上前拉住相留，最後陳三 順著益春的拉力一送，突然一收，奪傘在手，益春脫手顛步，再追上拉住雨傘，淒淒切切地喚了聲：「三哥啊！」[22]

在小說《行過洛津》的「益春留傘」裡許情在「逍遙軒」排練此齣戲時，這句「三哥啊！」開啟了許情在如意居的回憶，許情以小旦的身份活在戲班裡，直到在後車路的如意居遇見阿婠之前，許情的身份在假男為女的錯置中已不知不覺地成為習慣，在學戲的時期，由小生轉行到小旦的許情經歷千辛萬苦練成了小旦，後來因為男性恩客—烏秋的喜好讓許情小旦的性別延伸到戲台下，烏秋的慾望讓許情始終以錯置的女體存在，直到在後車路裡遇見阿婠，許情在男扮女裝的軀體裡找到自己身為男性的情慾；許情學戲之初練習的角色是小生陳三，後來轉行到小旦益春，他的身體裡藏著兩個性別，當阿婠與許情在逍遙軒中私底下戲演之時，兩人互換角色，許情改扮小生陳三，阿婠扮演益春，當兩人四目相對：

---

[22] 施叔青：《行過洛津》，台北市：時報文化，2003 年 12 月 1 日出版，頁 218-219。

鼓聲嘎然而止。一個凝止亮相的動作。**陳三的眼睛與益春的眼睛對看，許情的眼睛與阿婠的眼睛對看。**比他矮半個頭的阿婠，仰著臉，淒淒切切地呼喚他，眼睛帶著祈求，拉扯著他的衣角，千呼萬喚，哀懇地祈求他留下來，不要走。<u>真正的許情留下不要走</u>。[23]

這段戲台上下交錯的劇情讓許情陷入這句戲詞裡，陳三在戲詞中的思慕對象是黃五娘，當陳三灰心欲離去時，將陳三留下的人是益春；許情的女體是因為日夜演出小旦而產生的身體慣性，但是當許情回到小生的身份演出陳三，男體的意識被益春／阿婠所喚醒，當益春／阿婠唱著留傘的對白，陳三／許情所聽到的，是自己身為男性的意識被心中思慕的益春／阿婠殷切挽留。

　　如果陳三沒有被益春給留下，陳三五娘追逐愛情的故事不會圓滿；許情如果被阿婠留下，他是否可以結束自己假男為女的生活，從此與阿婠廝守得到幸福？不，許情沒有讓阿婠給留下，情節的關鍵之處許情做出了選擇——許情從來沒有在阿婠面前脫下女裝，往後許情被石家三公子軟禁、被海防同知朱仕光霸王硬上弓的故事，都因許情當初的抉擇，讓他日後在戲台上下與性別交錯的迷亂中無法抽身，直到自己回到泉州，變聲破相被趕出戲班為止。後來許情先是成了宜春七子戲班的副鼓師，往後再以泉州錦上珠戲班鼓師的身份回到洛津，為洛津當地的七子戲班「逍遙軒」排練，而當排練〈益春留傘〉一折之時，童伶蘇螺一句「三哥啊！」讓他再次想起當時的自己，「三哥啊！」的戲詞牽動了兩段時空的記憶。

　　許情因日夜對阿婠的思念，他思念當時在後車路如意居中那段陳三與益春的戲耍，因此隨時想著戲台上的情節與戲台下的人生，他以為自己是三哥，期待〈三人私奔〉的情節能夠實現，其實〈三人私奔〉是說陳三、五娘、益春三人共同私奔同赴泉州的情節，但是現實是許情不需要〈三人

---

[23] 施叔青：《行過洛津》，台北市：時報文化，2003 年 12 月 1 日出版，頁 219。

私奔〉，他想要一起私奔的對象是阿婠，也就是他心目中的益春，許情在此刻一直想像著自己是陳三，他在當下將戲台上的演出與戲台下的境遇，用自己的渴望做了虛實交雜的幻想，他只祈求阿婠跟著他回到泉州故里，許情/陳三的故鄉，但是屬於許情與阿婠的出走戲碼始終沒有完成，戲班散戲後，這段情感隨著他被趕出戲班而結束，許情身陷戲台上的幻想，每日反芻著曾經被呼喚三哥的時光，他的敘事場景隱然又回到了他記憶的背景，小說的場景在角色的回憶拼貼下，以保留並且自我修改的情況下被保存著，小說卷七〈此情誰得知〉的第一節〈月斜三更相牽走〉寫到日後許情回到後車路，佇立在如意居牆外的許情，仍只能在亦是戲亦是人生的交錯裡活著：

> 三哥就在牆門外，等著她「捎起秀羅衣，兜緊秀鞋步步移，一路相扶持」，月斜三更時候，一起走出洛津地界，回到三哥泉州故里。[24]

小說利用戲曲的情節來刻劃角色心中的情感，讓日夜敷演《荔鏡記》的許情因為自己長期日復一日的扮演角色，讓自己往後即使不再身為伶人，他也無法擺脫當時舞台上的幻想與舞台下的現實，這兩者的虛實相間，讓許情不停在戲文與現實之間修改自己的想像，然後進行自己一廂情願的心理投射，而許情在戲與人生的心理投射中，也加強了戲曲情節互涉到小說的情節裡。

肆、伶人對漂移的見證

弦仔師蔡尋，泉州永春人，最初以旅行觀覽的心情渡海來到洛津，原本以為自己會稍做停留便回到家鄉，最後「蔡尋怎麼也沒想到，命運安排他以洛津為家，長住了下來，甚至在把他牽絆於此的愛人長眠地下後，為

---

24 施叔青：《行過洛津》，台北市：時報文化，2003 年 12 月 1 日出版，頁 311。

了呼吸愛人呼吸過的空氣，他還是捨不得離開。[25]」剛到洛津時，來自泉州永春的蔡尋因為家學淵源與生活環境的關係練就了一手「洞簫指」，後來蔡尋也因這手「洞簫指」揚名於洛津曲館之間，但是日後因迷戀歌妓珍珠點，成為後車路如意居的弦仔師，一身絕技的曲館樂師淪為歌妓的伴奏，一方面成為洛津曲館唾棄的對象，另一方面也因此成為洛津的傳奇人物；珍珠點，本名林華，從小賣入後車路如意居做為養女，因嗓子優美婉轉並在鴇母與蔡尋的調教下成為聲色藝三絕的大色歌妓，並以此贏得珍珠點的藝名，後來得了咳嗽不止的症候，咳壞了嗓子，開始吸食鴉片，最後病逝。

「到如今，霜葉兩鬢垂。歎一聲，青春不再來；夜夜床上坐，兩眼淚滾滾。君你設使亡他鄉，亦當在夢裡來。存亡不可知來？將琴彈別調，又恐壞名節。多望春花開來深閨地，深閨終日淚湧成傷哀。又心傷，空斷腸，苦夜長，淚沾裳，悲傷。[26]」這首〈百家春〉是蔡尋每個黃昏在金門館前吟唱的歌謠，蔡尋在珍珠點死後的每個黃昏都用這首歌曲懷念死去的愛人，當初他為了珍珠點散盡金錢，在雨中等著珍珠點見他一面，後來珍珠點派養女送簑衣給他擋雨，並且讓他留在她身邊，從此跟隨她出席各酒宴，為她伴奏唱曲，而今日他日夜吟唱的〈百家春〉歌詞正述說了他的悲傷與不捨，傷感著時間的流逝，也不捨愛人的離開，最後連自己也因此將後半生留在這裡，自己也成了被時間留下的人。

蔡尋與珍珠點這兩人都與許情有所交集，當許情在如意居學習綁腳踩蹺之時，珍珠點，此時以阿娪養母的身份出現在許情面前，藉著小說這樣的安排，許情目睹了珍珠點的美麗，聽到了她婉轉的歌聲，也看到她病逝前的模樣：

病中的珍珠點單眼皮的雙目微睜，雙腮紅赤，傍晚立在窗下，映著天

---

[25] 同前註，頁164。

邊的紅霞，把她的臉也染紅了，像塗了胭脂，美得令許情不敢逼視。
[27]

歌妓的生命週期與童伶相類，當童伶的聲色高峰期一過，他的價值不再就必須離開戲班自尋出路，歌妓的使用週期較長，但是如果巔峰期一過，她們也將失去價值。

蔡尋看著一代接著一代的歌妓在自己眼前走過，珍珠點之後阿婠接收了她的房間，被人稱為妙音阿婠的她繼續珍珠點的路，但是最後因不諳飲酒，阿婠終究沒能成為大色歌妓，繼她之後，又出現一名聲色雙全的歌妓，蔡尋仍舊在旁伴奏，來自泉州永春的蔡尋，本不是洛津人，但是因為珍珠點他在此落戶長居，並且在此終老：

> 蔡尋怎麼也沒想到，命運安排他以洛津為家，長住了下來，甚至在把他牽絆於此的愛人長眠地下之後，為了呼吸愛人呼吸過的空氣，他還是捨不得離開。[28]

蔡尋被珍珠點給留下。許情看見蔡尋，蔡尋有著許情羨慕的遭遇：被愛人留下來朝夕相處。當洛津繁華不再，大色歌妓不知到第幾代之時，蔡尋在破敗的金門館前用壞損的軀體回憶往昔，而這當初是珍珠點用簑衣，蔡尋用自己的洞簫指留住彼此之後的結局。

蔡尋與珍珠點的前半生上演了另一齣〈益春留傘〉，蔡尋是戲中的陳三，珍珠點是黃五娘，而那被派去遞簑衣的養女阿婠是益春，珍珠點差遣阿婠送簑衣並且留下了蔡尋，而在許情眼中，最初能夠留住他的阿婠/益春，卻沒用簑衣留住佇立於如意居門外的許情，同樣的場景，相同佇立於如意居門外的兩個人，許情與蔡尋，兩人的境遇在不同的時刻重疊著，但是蔡

---

[27] 施叔青：《行過洛津》，台北市：時報文化，2003 年 12 月 1 日出版，頁 254。
[28] 同前註，頁 164。

尋被留下了,而許情沒有,自慚形穢的許情仍舊自己黯然離去。蔡尋得以
延續許情幻想的戲碼,也就是被留在愛人身邊,終日廝守,不過被留下的
蔡尋,他與珍珠點的結局是他用餘生日夜呼喚愛人珍珠點,小說在卷四〈招
魂〉第十三節〈弦仔師蔡尋〉第一段便寫出了愛人離去後,蔡尋的身影:

> 幾乎每個黃昏——只要不被叫到後車路的酒樓伴奏——弦仔師蔡尋
> 都會坐在金門館院落那棵含笑花樹下,以他蒼老嘶啞的聲音緩緩地唱
> 著這首〈百家春〉,路過的行人會從斑駁的門神後,隨著悠悠風來,
> 聽到傳過幾句:「到如今,霜葉兩鬢垂。歎一聲,青春不再來;夜夜
> 床上坐,兩眼淚衰滾。君你設使亡他鄉,亦當在夢裡來。」[29]

飄蕩不定的結構中沒有一段故事有圓滿的終局,包括愛情,以洛津這塊土
地為人生的戲臺,最後也隨著洛津進入殞落,圓滿的愛情故事只能留在舞
台上,作者以蔡尋與珍珠點的故事,在小說中呼應了許情的困惑:

> 戲棚上的陳五娘為了愛情膽敢反抗禮教,做出相偕私奔的驚人之舉,
> 最後還是苦盡甘來結為連理,戲棚下的人為什麼不能也有同樣美好的
> 結局?許情悶悶地抽著水煙自問。[30]

　　戲文延伸到舞台下的蔡尋與珍珠點,許情旁觀他們兩人的故事,仔細
思索蔡尋與珍珠點,阿婠與他,他看著他人走入了相同的戲曲情節裡,並
隔著戲曲的情節對照自己與他人,《荔鏡記》的戲文延伸到許情身邊的蔡尋
與珍珠點,他們的故事完成了許情當初幻想卻沒能達成的劇情:阿婠留下
了他。他人的故事讓主人翁許情在自己的想像中繼續編織自己未了的腳
本,但是,現實中的情況是,在這塊飄浮的洛津之上,許情與蔡尋,他們
誰都留不住。

---

[29] 施叔青:《行過洛津》,台北市:時報文化,2003 年 12 月 1 日出版,頁 163。
[30] 同前註,頁 341。

伍、性別覺醒的文本隱喻——洛津之衰

「洛津口門淤廢在即。[31]」這句話是卷二〈小步花磚面〉的第三節〈總鋪師的那套傢伙〉中，石煙城面對洛津港所提示的警語，洛津整體的鬆動在此時已經匕現，當石家萬合行的戎克船擱淺之時，洛津殷富的景況也日漸走下坡，此時洛津城內仍舊以熱鬧的廟會與歌樓酒館的喧鬧延遲洛津隱微的衰頹，只是歡鬧的背後，仍然不能阻擋日後將發生的事實：「此時距離洛津開設正口才第三年，港口已經不良於航。曇花一現。[32]」來到洛津演出的戲班隨著廟會與慶典等大型活動的邀請前來，等到慶典結束，戲棚拆掉，戲班歸返泉州，空蕩的現場讓你無法想像此地曾經聲色一場，戲班演出的可考史料除非是龍山寺內建的固定戲臺，否則戲班的演出只能留在當下或者片段存於石碑[33]、詩詞[34]裡。

梨園七子戲班的男性童伶，在十五歲時美貌與聲音達到巔峰，當十六歲的變聲期一到，童伶成年男性的性徵出現，長出鬍鬚與喉結，此時也就是童伶被戲班淘汰之時，童伶音容的巔峰僅短短一年，戲班伶人的短暫易逝與繁華即將成水泡的洛津港，烏秋看著喉結隆起的許情，心中說出了整部小說，伶人與洛津之間最微妙的關聯：

---

[31] 同前註，頁 97。

[32] 同前註，頁 93。

[33] 泉州市的通淮關帝廟內的石壁，有鐫刻一碑名叫〈勿褻〉，內容是記錄嘉慶二十一年，臺南宮后路的店鋪請戲班演戲，演出的戲碼是〈臨江會〉，演出時有家金帛行中的關公像前的香爐發爐，但是大家並沒有注意到這個現象，結果台上飾演關公的演員突然發瘋亂砍魯肅，隨後不醒人事，隨口說了些話，並命在場人士記錄下來，碑文內容除了演出的時間、地點、劇目，甚至演員的表現均有記錄，是臺灣戲曲活動相當珍貴且完整的文獻，也是難得一見的，詳細內容請見張啓豐：《清代台灣戲曲活動與發展研究》，2004，成功大學中國文學研究所博士論文，頁 182、183。

[34] 清・康熙三十六年，仁和郁永河的〈臺灣竹枝詞〉：「肩披鬒法耳垂璫，粉面朱唇似女郎。媽祖宮前鑼鼓鬧，侏離唱出下南腔。」此乃臺灣戲曲活動最早的文字記錄，見郁永河，《裨海記遊》卷上〈臺灣竹枝詞〉，臺灣文獻叢刊第四十四種，頁 15。

這一切都還剛開始，怎麼就要結束了，果真伶人如彩雲易散，如水蓮泡幻。——怎麼就好像洛津海口一樣短暫，他們南郊益順興正計劃大展鴻圖，大批從瀨窟運進魚苗，批發給瑯橋的漁池，卻聽到進口港泥沙淤積，船進不來了，口門淤廢在即了。……一切才剛開始，怎麼就要結束了？[35]

郊商們的憂慮將這一切的關連娓娓道出，戲班、童伶、洛津，三者都在脆弱的基礎上展現自己的美貌，洛津的商業氣勢是由一群依靠投機買賣起家的貿易商，他們看準時機賤買貴賣，在短短的時刻內累積財富，而洛津這座城市便是由這些投機的財富所打造，洛津城在短時內營造的瑰麗外觀，就像七彩琉璃一樣，但它也是空心的七彩琉璃，無法承受嚴峻的打擊，而這嚴峻的打擊就是戎克船的擱淺，當初帶著許情－泉香七子戲班一票童伶來到洛津的石家戎克船，不僅是通航閩台兩地的主要運輸工具，也是洛津商業發達的象徵：

> 第一次來，那時他才十五歲半，是泉州泉香七子戲班的小旦，藝名月小桂，戲班應允洛津郊商之首石煙城之邀，搭乘石家萬合行旗下的一艘戎克船……。〈勸君切莫過台灣〉[36]

> 這艘擱淺的大船，船身巨大壯觀，風帆卻相當簡易，只適合在台灣海峽隨季風漂蕩行駛，一共有三桅，中央的主桅由甲板深入至龍骨，高聳入天際，竹篾編成的帆蓬頂端懸掛萬合行船頭行的旗幟……。〈擱淺的戎克船〉[37]

在卷一〈行過洛津〉的第一節〈勸君切莫過台灣〉中小說描述了嘉慶中葉

---

[35] 施叔青：《行過洛津》，台北市：時報文化，2003 年 12 月 1 日出版，頁 300。
[36] 同前註，頁 9。
[37] 同前註，頁 237。

的洛津港，石家的戎克船可以直達石家的私人碼頭，顯示著石家航運業務的鼎盛，洛津港闊水深，但是到了卷五〈聲色一場〉第三節〈擱淺的戎克船〉，戎克船的擱淺表示口岸即將淤廢，戎克船往後鮮少出現在洛津中，當洛津的航道正式淤積之時，只有舢舨、竹筏能夠在其中行走，洛津的商業地位不再，戎克船也退出了歷史的舞臺，當初帶著七子戲班來洛津演出的盛況不復見，當初那群坐著戎克船來到洛津的伶人們，他們當時美麗的音容也隨著年齡的增長，悉數被戲班汰換，就像因淤積令戎克船擱淺的洛津港，而這樣的結局看在洛津泉郊之首，石煙城的眼裡，卻只能無奈地消極以對：

> 潮水湧來很快地吞沒了沙岸，改變港口的曲線形狀。恍惚間，石煙城感覺到佇立的碼頭漂浮了起來。……洛津港口正在漂流而逝。它在一夕之間崛起，從一個名不見經傳的海邊荒地，搖身一變變成為大港，轉眼之間看著又將沉寂殞落了。……洛津只不過是暫居之處。[38]

來自泉州的石煙城僅以「行過」的心態面對洛津港的淤塞，小說藉著這名洛津首富說出了洛津這地方無法抵抗的命運。

　　不論是戲班伶人還是郊商，對他們而言，落葉歸根之所仍然直指對岸的故鄉——泉州。而洛津，這座海港都城，就是讓這群遷徙而來的人們來此謀生，接著發達，然後讓他們榮歸故里，往後就如此來來去去，直到洛津的功能消失後，郊商們便重覓他處，最後，洛津港這個台海最大貿易口岸的頭銜便走入歷史。洛津的境遇如此，歌妓們去「飲墨水」的台南府城也遭遇此景，當初宜香七子戲班上演《朱弁》的所在——水仙宮[39]，一座興

---

[38] 同前註，頁97-98。

[39] 咸豐九年（西元1859年）台灣詩人陳肇興之〈赤崁竹枝詞〉中寫到；「水仙宮外是儂家，來往沽船慣吃茶。笑郎身似搖錢樹，好風吹到便開花。」這首詩指出當時府城水仙宮是歌妓與商賈流連之處，水仙宮附近便是當時府城商業中心：五條港的範圍所在，因此此處聚

建於西元 1683 年康熙二十二年的三進廟宇，其富麗堂皇甲於全台諸廟，今日隱身在菜市場中，昔日，這裡是五條港中南勢港的盡頭，也是水陸必經之地，每年除夕都由府城三郊[40]出資於此通宵達旦的演戲，當水路淤積之後，這裡也失去了往日的光景，如同洛津一樣走入「等水泡」，府城比起洛津還有政經文化的累積，典雅的氣氛讓台南仍保有一絲首府的尊嚴，硬體建設的完備與文風鼎盛的文化氣息讓它滄桑卻不失破敗，而全靠商業起家的洛津，卻在瞬間凋零，只剩下為數不多的建築陳述過往的傳奇，多數行過的痕跡全隨海港淤廢消失，到了卷六〈鳥踏〉第三節〈有關萬合行敗落的傳說〉裡，不論如何猜測這一切「等水泡」的原因，也無法阻止昔日繁盛走到敗落：

> 石家傳到第四代，開始災禍頻傳，先是遭回祿之災，棧房及貨物焚為灰燼，隔年船頭行的船隻被颱風襲擊，摧折打沉了數十艘，禍不單行，萬合行又遭強盜入侵搶劫，石煙城手下興建一半的石樓大廈也被震災震塌毀壞。[41]

石家氣勢已盡，這群依附著洛津的郊商也隨之消散，作者藉蔡尋的記憶，表達了不論當時郊商與童伶之間發生了多少的風流軼事，洛津落敗後，最後也只有少數倖存的口語言傳，留在被留下的人的記憶裡，隨著時間消散、模糊：

集戲班伶人與歌館酒女，是著名的銷金窟。該詩參閱陳肇興之《陶村詩稿》，(台北市：龍文出版社，1992 年重印初版)，頁 32。

[40] 府城三郊：府城開發早，人口多，各種需求相對增加，是促進貿易發達的主因。當時台灣最早「郊」的組織，就在開港最早的台江邊出現。先後發展出北郊蘇萬利、南郊金永順、糖郊李勝興等大郊商，並進一步合成一個大組織，就是三郊。三郊的貿易市場各不相同，進出口貨物的內容也互異。北郊以廈門以北各港的貿易為主，專司藥材、絲綢、南北貨等的輸入；南郊與廈門以南各港做生意，專門採辦煙絲、陶瓷、磚瓦等貨物；而糖郊主要從事的則是糖、米、豆、麻等的出口與轉運。

[41] 施叔青：《行過洛津》，台北市：時報文化，2003 年 12 月 1 日出版，頁 276。

蔡尋記起嘉慶年間的塵封舊事，當時洛津首富，萬合行船頭行的石家三公子憑著財大氣粗，硬把許情和另外一個男旦藏在宅邸深處，南郊的掌櫃不甘心愛的孌童被搶走，差點為了一個戲子，引起一場械鬥。[42]

陸、結語：行過——《行過洛津》的歷史戲台

《行過洛津》以圍繞在戲班伶人之間的軼事為主軸展開洛津的興衰史，以伶人、戲班、歌妓等漂移不穩定的元素來營造聲色一場的洛津，施叔青讓「行過」與「洛津」之間找到一種最貼切的書寫方式，利用來自泉州的梨園戲班來敘述洛津的繁華，卻也利用戲班指涉洛津就像在卷一〈行過洛津〉第一節〈勸君切莫過台灣〉中所描寫的石家宅第：「恍如從水中浮起一座華麗無比的水晶宮殿」（頁 11），消逝在飄流的海水裡。從洛津本質上的不穩定，讓作者以繁華的景色映襯了洛津的虛幻，並且援引《荔鏡記》這部陳三五娘的愛情故事的戲文來鋪展小說的情節，陳芳明在序言裡所說：「不同於男性史家構築大歷史（grand history）思維模式，施叔青避開帝王、英雄、將相、事件等等的雄偉敘述，而是抽絲剝繭從名不見經傳的梨園戲優伶切入。」《荔鏡記》的情節只有才子佳人為了自己私人的情愛，勇敢追逐，令戲台上的伶人追憶一生，讓戲台下的觀眾取得短暫的狂喜，而戲文中的愛情故事在散戲後一切回歸「無」，而發生在洛津的愛情故事，藉著小說作者配合史料的考證下繪聲繪影彷彿真有其事，但是作者真正的目的，卻是在用有限的史料來陳述這些多數灰飛煙滅的故事時，突顯故事本身與洛津的相同命運：虛幻且脆弱。史料成了這些已然消逝的故事既含蓄且沉默的隱喻，最後只能用自己的毀損證明可能的存在，存在於眾多流離的記憶裡。

---

[42] 同前註，頁 347。

一切都是行過，在洛津行過。

參考文獻

小說

- 施叔青：《行過洛津》，台北市：時報文化，2003 年 12 月 1 日出版。

戲劇劇本

- 吳守禮：《明嘉靖刊荔鏡記戲文校理》，台北市：吳守禮，2001 年 12 月初版。
- 《明萬曆刊荔枝記戲文校理》，台北市：吳守禮，2001 年 12 月初版。
- 《清順治刊荔枝記戲文校理》，台北市：吳守禮，2001 年 12 月初版。
- 《清光緒刊荔枝記戲文校理》，台北市：吳守禮，2001 年 12 月初版。

戲劇評論類

- 林鶴宜：《臺灣戲劇史》，臺北縣：空大出版社，2003 年出版。
- 吳捷秋：《梨園戲藝術史論》，臺北：施合鄭基金會，1994 年出版。
- 曾永義‧游宗蓉‧林明德合著：《臺灣傳統戲曲之美》，台北市：晨星出版社，2003 年 01 月 30 日初版。

史地考察

- 丁紹儀：《東瀛識略》，台北市：台灣大通，1987 年出版。
- 王世慶：《清代台灣社會經濟》，台北市：聯經出版事業公司，1994 年出版。
- 林　豪：《東瀛紀事》，台北市：台灣大通，1987 年出版。
- 林會承：《清末鹿港街鎮結構》，台北市：境與象出版社，1983 年 6 月初版，1991 年 5 月三版。
- 吳子光：《臺灣紀事》，台北市：台灣大通，1987 年出版。

- 黃文博：《南瀛歷史與風土》，台北市：常民文化出版，1995 年 12 月出版。
- 葉大沛：《鹿港發展史》，左羊出版社，1997 年 6 月初版。
- 董天工：《臺海見聞錄》，台北市：台灣大通，1987 年出版。

相關資料

- 邱旭伶：《台灣藝妲風華》，台北市：玉山社，1999 年 4 月初版。
- 陳肇興：《陶村詩稿》，台灣先賢詩文集彙刊，第一輯，台北市：龍文出版社，1992 年重印初版。
- 呂正惠主編：《文學的後設思考：當代文學理論家》，台北市：正中書局出版，1991 年 9 月初版，1993 年 7 月再版。
- 廖炳惠：《關鍵詞 200》，台北市：麥田出版社，2003 年 9 月 23 日初版一刷，2003 年 12 月 15 日初版三刷。

碩博士論文

- 張啓豐：《清代台灣戲曲活動與發展研究》，2004 年，成功大學中國文學研究所博士論文。
- 簡巧珍：《南管戲「陳三五娘」及其「益春留傘」之唱腔研究》，1987 年，師大音研所碩士論文。

期刊論文

- 康保成：〈囉哩嗹與中國戲曲的傳播〉《民俗曲藝》124 期，2000 年，台北：施合鄭民俗文化基金會。
- 楊翠：〈從定點鄉土到全稱鄉土——李昂從「鹿城」到「迷園」的辯證性鄉土語境〉，2003 年，彰化研究學術研討會論文集，頁 279-301。

附錄

清順治刊刻版	清光緒刊刻版
〔生〕恨恁娘仔無定期，我今半句不敢聽伊。恨我當初無所見，枉力荔枝收爲記。	〔生〕爲著情人無倒邊，放早收拾返鄉里。
〔占〕三哥，荔枝收在前，人情成在後。	〔占〕看爾心腹硬成鐵，因乜一去不相辭？三哥爾卜值去？
〔生〕箅只人情枉相揆置，拜辭小妹便返鄉里。	〔生〕我卜返去，卜值去？
〔占〕三哥寬心且耐性，姻緣亦不在此一時，何必發業歸心如箭，但存心堅，不畏石硬，脩作嫦娥，亦曾降世。	〔占〕乜亞，爾卜返去？不　稟過亞公亞媽，有命即返去？
〔生〕恁啞娘並無半點真心相待。	〔生〕我是官家子弟。來由我來，去由我去，稟依做乜？
〔占〕阮啞娘有真心。阮啞娘伊人果有真心，尊兄你〔左人右再〕捨得拋棄？	〔占〕汝不共阮亞公亞媽呾，都不通共阮亞娘呾一聲？
〔生〕小妹乞你賤兄返去。	薄情個人，呾卜做乜？
〔占〕三哥你障堅執卜返去，小妹亦無奈你何。你今且縱容，待我去共阮啞娘說一聲，看啞娘乞你返去不？[43]	……
	〔生〕小妹聽說：年久月深，惡立起，放早收拾返鄉里。
	〔占〕爾障恨正是恨乜人。
	〔生〕恨恁亞娘無行止。
	〔占〕誤汝值處？
	〔生〕誤我一身只處無倒邊。
	〔占〕有若久了。
	〔生〕艱辛受苦將有三年。

---

[43] 吳守禮：《清順治刊荔枝記戲文校理》，台北市：吳守禮，2001 年初版，頁 118-119。

〔占〕亦是久了。

〔生〕拜辭我小妹，被返故里。

〔占〕三哥三哥回心且返意，寬心放落只行李。

〔生〕我卜返去。

〔占〕見汝卜返去，焉阮心亦悲。障好個姻緣，〔左人又再〕捨得拋棄？

且勿煩惱，有日相見。

〔生〕姻緣值時會得成就？

〔占〕若卜姻緣成就，屈指算來，都亦未使幾時。

〔生〕恨恁亞娘無定期，我今半句不肯聽伊。

〔占〕伊句有荔枝在恁邊。

〔生〕是我當初無所見，枉力荔枝收爲記。

〔生挨。占卻〕三哥，荔枝且留，好事句在後。

〔生〕想見人情枉相耽致。拜辭我小妹，定卜返鄉里。

〔占〕三哥寬心且耐性，姻緣不在一時。

〔生〕 歸心去緊了。

---

44 吳守禮：《清光緒刊荔枝記戲文校理》，台北市：吳守禮，2001 年初版，頁 141-142。

| | 〔占〕何必發業歸心如箭？但存心堅，不畏許石硬。備做嫦娥亦曾降世。
〔生〕恁啞娘並無半點真心相待。
〔占〕阮亞娘有真心。阮亞娘伊人果有真心。尊兄〔左人右再〕捨得拋棄。
〔生〕小妹乞汝賤兄返去。
〔占〕三哥，汝罔乞小妹留一下。
〔生〕踏折我雨傘柄乜事？
〔占〕乞小妹說一人情。
〔生〕是乜人情。
〔占〕三哥，且從容，待阮去共阮亞娘呾一聲，乞汝返去，不都未在後。
〔生〕多承小妹，冥昏早起，捧燒捧冷，伏事汝賤兄，叫汝賤兄。叫：「度小妹汝說，」汝緊去緊來。[44] |

講評

郝譽翔*

這篇論文可說是寫得充滿想像力和感情，作者也努力蒐集了許多的相關史料，好與小說的情節相互印證，可見作者的用心與苦心。

然而感性十足的文字，或是旁徵博引的史料，卻不見得能夠彌補論文本身理性思維的貧乏。換言之，本篇論文最顯著的、最需要改進的缺失，便在於邏輯過於跳躍，文句不夠通暢，而且標點符號的使用（往往一大段落只見逗號，沒有句號），也有很大的改進空間，這些都使得這篇文章讀起來，不僅論述的焦點不清，推理的過程也很難具有說服力。

其次，本篇論文嘗試透過「文本互涉」或「互文」的概念，來解釋小說《行過洛津》與戲曲《荔鏡記》之間的關係。但是，作者卻並未在論文之中說明，究竟何謂「文本戶涉」的概念，以及他又將如何透過此一概念，揭諸文本底下的蘊意。換言之，理論的含混不清，而且多是以註釋的方式，草率地將「互文」的重要論點帶過，都使得本篇論文讀起來不夠嚴謹，而「互文」這一理論也運用得相當浮淺、浮面，無法發揮理論本身的有效性。

其三，本篇論文花費許多篇幅，描述台灣的歷史背景，然而這些歷史背景，究竟與小說美學有何關連呢？恐怕值得深思。故本篇論文耗費在史料上的功夫甚多，但反倒捨本逐末，鮮少著墨於小說美學的分析，有時似乎已經離題甚遠，脫離本篇論文的主題了。

其四，則是論文的標題「活色生香」，必須再加以斟酌。因為何謂「活色生香」呢？這四個字又與文章所要討論的內容，有何關係？一篇論文的標題，本應該要對論述的本身，發揮提綱挈領之用，足以畫龍點睛，否則，曖昧不明的標題，反倒會模糊了論文的焦點，這也使得標題只是文字好看

---

* 東華大學中國語文學系副教授。

罷了，卻缺乏應該具有的問題意識與思辯的空間。以上這四點，便是我個人讀了這篇論文之後的大略想法，也是提供給作者參考，以爲可以再進一步加強思考的地方。

書寫已死‧殘肢重生

以張大春〈預知毀滅紀事〉的宣言為起點

劉淑貞*

摘要

　　戰後的台灣文學場域幾乎是宿命性地必須進入一種後遺式重構的尷尬情境。太快來臨而又倏忽走開的災難總是直指記憶創傷的缺口、與惶惶將至卻始終未至的恐懼脅迫。面對毀滅與災難，書寫因而總是一體兩面地指向自我的療程與遮蔽的發用。在這樣的認識論基礎上，80 年代以張大春為核心的謊言書寫便具有十分弔詭的意義。謊言的技藝是解蔽除魅的開始，同時卻也必然直接成為書寫者的主體危機。從張大春《雞翎圖》時代即已隱然洩漏的「符號道德焦慮症」，在歷經二十餘年的撒謊演練後，終於在自身的盡頭面臨死亡的危機與轉折。書寫在技藝的盡頭預見自身的死亡，「撒謊我」不再故作壯大，一轉乃重新確認自身先天的匱缺與殘障。《聆聽父親》後的張大春即是在這樣的殘肢地基裡，開始自身的重建工程。

關鍵詞：後現代認同、災難、層次塌陷、創傷、符號。

---

*　政治大學中國文學所碩士班，E-mail：93151009@nccu.edu.tw。

壹、前言：撒謊的位置

作為殖民地前身與後遺的台灣文學場域，在開展的過程中似乎總是感覺窒礙。修慈聲波的干擾比如陳映真者擺盪在兩種主義的文法之間，呈現一種尷尬的姿態——往往是作者與批評者的各說各話，無可定論；抑或是記憶迷魅的如影隨形如白先勇流竟同時也可以囫圇吞棗地被納入現代主義的界域，而造成文體定義的破碎與不安——表面修辭意義上的「現代主義」竟也被批評者沿用多時，甚至（粗糙地？）形成文學史論述中的基本背景。這些反應在各個十年交關之際的文體內部雜質其實正喻示著文本環境的強烈不安——總是後遺，總是有些什麼揮之不去，總是干擾文本策略的行進和歧出。這或許即是一百年來那一場劇烈災難的餘震——是歷史的震央，同時也是現代性的震央，所一併攜帶而來的連鎖癥狀：餘震的意義就在於反覆重回災難之現場，換言之，即圍捕歷史。如何圍捕？用什麼圍捕？在文本這個環境中那圍捕的干戈毋寧是「書寫之語言」。50 年代的文字獄噤聲是一個極佳的隱喻，它的意思是：語言——正因其「喻指性」而終將成為兵家必爭的攻訐轉換之場所，是攀附、集結之場域，是各修辭共同體的識別符碼與信仰神具，同時亦是圍捕者的憲法；換言之，即是魅惑。

在這樣的認識論基礎上，80 年代的知識學書寫——尤其以張大春的撒謊譜系[1]為核心——便顯得十分弔詭，因為「謊言」必然是「除魅[2]」的開始，

---

[1] 黃錦樹、林燿德都曾就張大春的書寫策略展開論述，張的謊言書寫似乎已然座落 80 年代中期以後文學場域的核心位置——以其在文壇的影響力、書寫行文脈絡中的訓誨姿態、甚或是作者意識的倏然拔高等等，都將使其書寫成為 80、甚至後 80 書寫輻射的中心。

[2] 「除魅」固然借用韋伯的語彙，但在此乃延伸轉而詮釋某種對舊有固著的警醒和放棄。在此之「魅惑」乃是意指書寫療程中對災難情感的附著作用，是一組不可破解的信仰關係，是以關係的頑固和戀物定義其己身的「魅惑狀態」。換言之，主體之於重建的自信在根本上就建立於書寫的本體地基，本文所謂「歷史圍捕工程」亦即是在這樣的信心中方能相對地開展，主體憑藉書寫、信賴書寫，和書寫成為一組醫生與病患的共謀關係，所欲「圍捕」的對象即是那似乎勝券在握卻又倏忽溜走的、逗留盤旋於歷史傷口的災難原子（癌細胞的不斷轉

是破解喻指／喻依共存亡之關係的必要之惡，是那一直被歷史幽魂所遮蔽
的「他物」重現之時，如同海德格所言：「語言崩解處，此（無）物存在。」
詩人必須「拋棄了他從前與詞語的關係」，離開與棄絕被給定的存在
（ek-sistence），主體的存有狀態方能湧顯。這種藉由語言的剖面切入所遮
蔽之物的進路對我們所指涉的終點即是「此物」的缺席和不在[3]，是所寫之
物的早在敘事／語言的行動之前逸失，是歷史圍捕工程的失落和撲空，換
言之，即是意指歷史語言背後的某種「空無」。謊言書寫的終點──無主體
性，或者說：主體的「不在」，即張大春念茲在茲的「原初匱缺」，或許也
即將在這樣的立論層次上促使其書寫遭逢窒礙；張在其技藝的告白書〈預
知毀滅紀事〉中不斷提及自身技藝的目的論基礎乃在挽救那寫實主義亦無
能為力的、「只能是」被紀錄的「災難時刻」，其策略是藉由語言／謊言的
自由延宕災難──「毀滅也終於遲到了一些。」但我們亦不可忽略的是此
一策略終將在其本體立足的基點上重新步入張大春所反對的寫實主義之後
塵：災難，作為一種「空無之地」的無可抵達，其實同時也必然宣告著任
何文字──無論是語言抑或謊言的失敗。此一書寫的難題對我們指出的即

移？）。「圍捕」一詞轉借劉紀蕙在討論孫歌與溝口雄三等學者所進行的「亞洲知識共同體」
計畫時，認為溝口等人企圖中由中日韓三方互位跳動的知識立場「圍捕」創傷歷史，其根本窒
礙乃是將歷史視為可掌握捕捉之物。本文藉這樣的概念切入書寫的本體地základ，是因為在台灣
文學的場域裡，文學無可迴避的必然是伴隨著現代性進程而一併出現的傷口，導致書寫似乎
總是呈現一種反覆被召喚的性質，其姿態接近某種無意識的「逼近」，各修辭共同體的「逼
近策略」則近似圍捕的動作。另外，這樣的切點其實也讓人省思修辭共同體內部某種集結心
理與組織狀態，因為書寫之共同體的首先條件即是自身世界秩序的形成，是一個小宇宙內部
的共同憲法，被當作一種世界形構的法則，然而彼此論戰的發動卻又如此互不相容──在姿
態上因此是一種主客的並存。本文想要忽略修辭論戰內部瑣碎的歷史實踐問題──對各種修
辭共同體而言，無論是何種實踐，似乎都指向同一種回溯行動──「圍捕」，從書寫的本體
論切入，問題的提示則是「為何圍捕？」、「圍捕什麼？」，這即是為何本文的問題意識對象
必須直接指向張大春，那是因為再也不會有第二人願意花其作家生涯二十年餘年從事同一工
作：「撒謊」──直接動搖書寫本體的根基地盤，抗拒框架、抗拒能動、抗拒「愛」，亦即是
抗拒語言發動的效力，抗拒前去「捕捉」，而任憑其懸置。然而被懸置的「空白」必然會重
新回來，撲向主體，主體以撒謊與之對抗，最後甚至必須放棄撒謊，在布希亞所謂「手無寸
鐵」的情境中重新展開自身的重建。
[3] 海德格〈什麼招喚思？〉，《海德格爾選集》，上海：三聯，1996，頁1210-1211。

是張大春所謂「小說家的道德焦慮[4]」將只是無法解決的躁鬱癥狀，同時也是謊言書寫發展到了極致所必然的面臨。2003年《聆聽父親》從語言的除魅工程中走來，首發其難的即是修辭情調的置換。張大春一改其前的慣用基調：從「如果……」「就（不）會……」的謊言式書寫，到了《聆》書則一變成為「有一次，陸經…」的招魂手勢，張大春的書寫轉型乃是由於意識到了那作為歷史與災難的「空無場所」的逼近所需要的其實是詩的修辭？此一回歸的面向在整個雜訊喧囂的近代文學史平台上又將給出什麼樣的意義？

　　本文試圖從80以前各個十年寫作主體對災難的癥狀談起，深入探討究竟是什麼樣的癥狀造就什麼樣的修辭？回扣張大春的癥狀和逃避（借黃錦樹的話），觸探張大春謊言書寫的核心恐懼，並指出此一修辭策略：謊言——在台灣文學史上終將給出的除魅意義。歷來評論者對張大春的書寫忠告始終不脫技藝層次的肯定抑或噓嘩，肯定者往往以技藝本體論底層的、對符指機制的質疑，鏈結到80年代及其後歷史／神話的辯證並以之為新局[5]，而噓嘩者則緊咬技藝領先主體的書寫地平線以為死巷[6]。即使像是黃錦樹這

---

[4] 張大春曾言其小說家的道德焦慮乃來自書寫所無法遏止甚或挽救的災難時態，見〈預知毀滅紀事──一則小說的啟示錄〉頁89-195。在本文的問題意識之下，災難的時態是過去，同時也必然指向「空無」和「不在」，此種缺席的情境非但僅僅只是寫實主義紀錄片式的力猶未逮，反應在謊言書寫的脈絡之中，也同樣指涉著說謊者與作為喻指終點的「空無之地」的逸失，換言之，張大春的謊言書寫也同樣沒有自外於這樣的障礙，除非他不寫，或者他用肉體寫。

[5] 如王德威〈里程碑下的沉思──當代台灣小說的神話性與歷史感〉，即正面回應了喻指／喻依開岔分歧的書寫策略。見《眾聲喧嘩──三〇與八〇年代的中國小說》，台北：遠流，1988，頁273。

[6] 見楊照〈歷史的糾結纏繞──評《時間軸》〉，《文學、社會與歷史想像──戰後文學散論》，台北：聯合文學，1995，頁181。楊照在這一系列的短評中其實對於張書寫技藝上的創新給予大量的肯定（甚至是恐懼？）。我們很容易可以觀察到在面對張大春這樣的寫作者時，批評者不經意流露出的姿態經常是戰戰兢兢的防禦心態，這種心態一方面來自對觀察對象的提防，一方面自然也即是某種自我防衛──害怕在書寫者至高姿態前的自曝其短。這亦是本文不願意將張大春的謊言文本視作文本分析的塑料的原因──如此一來或許正恰好中了作者

樣狡銳的評判者，在與「獨斷我」、「撒謊我」的正面交鋒之後，也僅能將其「藝匠」身分的選擇內化為書寫商品化的一環，而直接忽略修辭策略背後所涉及到的、以撒謊作為「免疫」姿態的癥狀源頭，即：書寫者的倫理政治。如果書寫乃是以焦慮作為發軔之處，那麼那為張大春一直以來所直接告白的——幾乎是每寫一部就發而為序、甚至是從《雞翎圖》時代即已宣告罹患的「符號道德焦慮症」，則必然同時帶來符號的潔癖——推離符指、而直撲那作為整個現代性前提的匱缺空白。那必然是主體的匱缺，以及作為主體所急欲捕捉之物（比方歷史——）的匱缺。那是以自身的殘障宣告「此物」的抵達，並在這空無的居所迅速指認其「缺席」，繼之而以此殘餘的肢體作為主體重建的地基。本文認為在這樣的意義上，八〇年代後以張大春為核心的所帶領出來的語言除魅工程，在後八〇時期（姑且稱之）所形成的轉型效應，相對於八〇年代前雜訊喧囂的歷史圍捕工程，後八〇時期的書寫或許在某種意義上正同時充填彌補了那條龜裂於解構分析與認同政治[7]之間的罅隙。

貳、災難與後遺治療——書寫的位置

在近代的台灣文學場域上——幾乎已經是舊酒新瓶的老調重彈——60年代的現代主義首先是一個對象性的問題[8]。姑且不論經驗證成意義上的城

的陷阱？我認為對謊言的分析沒有意義；對於張大春這樣一個作家，重點不是「他究竟在書寫裡說了什麼謊」，而是「書寫對他而言就是一個最大的謊」。必須有這一層認知，才能進入後面我們要討論的符號層次塌陷，與對創傷主體的探詢。

[7] 就歷史位置而言，張大春的座標是不是已屆後現代的時代在此不做討論，因為遲到的出境和入境使臺灣文學場很難用一種絕對的歷史限制加以規範，不如不討論，然而張大春的技術作業確實是後現代的慣用技法，問題在這樣的技術要如何回應他所在的座標。

[8] 在這裡極必要舉出的一組對照組乃是相應於西方現代性——以城市作為場域、在城市中發展起來的思考性災難。相對於此，台灣文學場域中的現代性則是更為身體性的災難，在某種意義上甚至更接近皮膚的層次。

市經濟是否已臻發展成熟——那太需要實有意義上的實證判準了（而且似乎是連證據的標準也極難界定）。60 年代的現代主義文本老早即以其自身的承載之物對我們透露其身世的弔詭。在台灣——或者說，在整個近代中國，那來自鴉片戰爭後的劇烈翻轉，地理意義上的版圖驟然發生位移，新制與舊制的齒輪磨合初初啓動[9]，切身性的災難——以國族戰爭的方式伴隨著現代機制的到來，那原本內化成爲現代主義美學技術的個體破碎之感，在這個新的場域平台上毋寧是附加在更具體意義上的災難而被一併攜帶。那是昨日死今日生的個體遷徙，是千年未曾有過變動的體制的損毀，是整個文明賴以維生的倫理綱常的「崩潰」——而且確實是「災難性的崩潰」，只是那災難未免太過迫近——甚至不是西方那種思考性的災難，而是更爲肉體性、切膚之痛的迫近之感。那是黃錦樹所謂「經驗主體的意識，處於災難的日常之中。於是那不可表現之物，便被集體化，化爲故事，被經驗的共同體勉強追捕；或讓意識瀕臨中止狀態，語言臨近沉默。[10]」換言之，在台灣文學各個十年的小語系場域裡，幾經斷裂和轉換的修辭符碼其實透露著共同的居心——個別的修辭共同體：反共文學、現代主義、寫實主義——這些看似流變意義或論戰硝煙頻繁的美學載體其實都在它們自身的書寫場域裡暗示其所急欲前往獵捕的對象。白先勇的《台北人》是這一層次意義上的一個隱喻。挾「現代主義」技法以爲名的《台北人》——幾乎在技藝的層次上是非常自覺的現代主義姿態——在書名上甚至和卡謬《異鄉人》是一個對照組——然而其中所指涉的載體竟是關乎主體自身經驗的歷史創傷？歐陽子曾不諱言：「《台北人》一書只有兩個主角，一個是『過去』，一個是『現在』。[11]」這種毫不遲疑地在自身的書寫中展現主體對歷史碎片銜

---

[9] 這個部份黃錦樹在其〈中文現代主義——一個未了的計劃？〉中已經有大篇幅的處理了。見《謊言或真理的技藝》，台北：麥田，2003。

[10] 同上。

[11] 歐陽子〈白先勇的小說世界——「台北人」之主題探討〉，收於白先勇《台北人》，台北：

接企圖的願望──用一種幾乎已經破壞了美學現代主義純度的方式──而時時透露主體後遺[12]式的重構與抵抗。

必須在這樣的意義上，我們似乎才能解釋何以台灣文學的場域平台上那一路開展出來的各個修辭共同體爲何總是令人感覺窒礙──總是雜訊與干擾、總是文本不斷回頭去尋找符指的對象──幾乎是以一種「重複強制」（repetition compulsion）的方式，重新回返災難的現場。即使是在現代主義這樣一個現實指涉必然失落的範疇，在這個文學場域的空間裡我們卻仍然能夠清楚地看見現代主義作家群重構（記憶的？）現實、抵抗文本環境（政治生態、恐怖體制、性別束縛──）的強烈企圖。那是相較於反共文學甚或寫實主義更爲隱晦的無意識工程，因爲那災難的防禦系統所啓動的是夢的機制，表達在修辭的狀態則爲夢的碎片──被理解爲現代主義斷裂式的修辭碎片，其實正是寫作主體藉夢境之手後遺復返的夢的痕跡。那是佛洛伊德所謂創傷型神經症病人拒絕將那恐怖災難「作爲過去的一個部份來回憶（recollecting）」[13]，並且是「更樂意把被壓抑的東西作爲一種當前的經驗來重複（repeat）」，那經驗的「當前性質」被置換成爲現代主義當下災難預感的「現實匱缺」，而投注在文本空間的內部則近似夢境的重構；是藉書

晨鐘，1973，頁9。

[12] 後遺（apres'-coup），在精神分析術語中乃指舊記憶資料的痕跡會依循新的經驗加以重新銘記，而被賦予新的意義與精神效力。見拉普朗虛與彭大歷斯（Jean Laplanche、Jean-B.Pontalis）《精神分析辭彙》（Vocabulaire de la Psychanalyse），沈志中、王文基譯，陳傳興監譯，台北：行人出版社，2000。黃錦樹在其論文〈中文現代主義──一個未了的計劃？〉似乎將台灣現代主義在技術層面的直接呈現歸諸於主體與那現實匱缺之先兆預感的抵抗而剩餘的效應，比如破中文──完整的中文在主體一次次的抵抗運動中終於威脅到語言的表達層次，破碎的現代主義修辭在這裡似乎是被視爲驚爆後的語言肉體碎片，是爆裂活動後的必然結果。本文的「後遺」則將著重在佛洛伊德式的重構，是以現代主義的「破中文」（用黃錦樹的話）在此必須應是夢的修辭──那是現實的碎片，是藉著一次一次事後的夢境，重新回到災難現場，亦即是佛洛伊德所謂「遲到的控制」。

[13] 見佛洛伊德（Freud,Sigmund）《超越快樂的原則》（Fenseits des Lustprinzips），楊韶剛等譯，台北：米娜貝爾，2000，頁47。

寫動作不斷回復到災難的原初場景，固著於創傷、並在一次一次後遺的回返當中企圖改寫那已然發生的災難現場，是被一種「超越快樂原則」的「重複強迫原則」所啓動的連鎖反應，表達在主體的防禦機制則名之爲「遲來的控制」。

在這裡，書寫因此開始對我們逐步揭露其自身的弔詭，那一方面成爲災難後遺治療的終極干戈——在最細緻的部份，甚至是以其語言的「喻指性」直接圍捕那所欲重寫的對象獵物，而達到自我的拯救，亦即是書寫本身的「目的論」意義。但是，在另一個層次上，那早在啓示錄時代就已經被聖經的預知暴力所定義的書寫之「決定論」[14]——「神」藉由「書寫」聖經上的「預言體」而「決定」事物未來可能面臨的「災難」，則在這個後殖民國度的文學場域裡成爲書寫本身的另一個面向。

換言之，在台灣文學的主體重構過程中，書寫本身其實即已帶有兩種完全相反的面向基礎——雖然都可以名之爲對災難的回應——前者是後遺式的重構，而後者則是對災難發生當下如臨深淵的恐懼的不安[15]。那是事件直接撞擊主體後所必然遺留的對未知的恐懼。那是西方現代性城市「現實匱缺」的另一種表現形式，只是在近代的中國／台灣史上所透過的表現媒介竟是「災難」！？那麼作爲弔詭的理論失序現象、出現在「台灣現代主義」背後的「台灣寫實主義」[16]，其內部素樸健康的、對「實有」所闡發的訴求豈不其實正透露出主體預言災難、恐懼那未至之「更大的破壞」、而將

---

[14] 在稍後的張大春〈預知毀滅記事〉的討論中將指出，此種「決定論」意義上的書寫，在根本的層次上將視那未來的災難爲必要的去向，亦可視之爲是現代書寫情境中的某種主體根本恐懼的具現。

[15] 在這個層面的討論上，黃錦樹早有細緻的爬梳，見〈中文現代主義———個未了的計畫？〉，頁 39-40。本文強調的是「書寫」的本體位置——爲何書寫？而將問題導向主體的切身治療。

[16] 早在陳芳明甚至更早即已經指出，西方近代文學的發展：寫實主義－現代主義－後現代主義的脈絡和台灣近代文學：現代主義－寫實主義－後現代主義乃是完全錯亂的參照，見陳芳明〈後現代或後殖民——戰後台灣文學史的一個解釋〉，《書寫台灣——文學史、後殖民與後現代》，周英雄、劉紀蕙編，台北：麥田，2000。

之推離至因「預言」而倏然拉開的時間盡頭的強烈企圖？寫實主義所尊重
的線性時間——幾乎是不容踰越的美學根柢，其實正在其「預言」的意義
上表達著那來自災難重建背後所隱含的、不可言說的恐懼[17]。

正是書寫的雙重性承載了災難的雙重性，因此語言喻指的利箭在指向
虛構式重建的同時其實也正指向不可探知的未來性。在文學場域的這個平
台上，書寫——或許正以其連帶附著於語言符指效力的特徵、而成為中國
／台灣意義上那被戰亂、變革、以及倏忽撲近的現代性災難給一併除魅後
的無信仰主體的新攀附對象。是以書寫本身堅硬固著的符號效力進行那（其
實在現實層面只能是徒勞無功的——）後遺式、宛如夢境的復返重構，是
仰賴這於符指鏈結表現極端強度的寫實主義式的「預知」而「預防」那將
至的、而且是「更大的」、更具「惘惘威脅」之感的災難——甚至——在這
一連串「治療」與「預防」的圍捕工程中，那所欲獵捕對象的實有性似乎
已經不再重要。看似被書寫擷取的「原初場景」在圍捕的瞬間必然立即逸
失——佛洛伊德給我們的啟示是：絕對的治癒幾乎完全不可能，因為那作
為防禦機制的後遺效應本身即帶有虛構的撫慰性質，隨即而來的是那被寫
實主義推離安置於未來性時間範疇的「災難」竟仍巍巍然矗立於我們終將
要前去的「未來的遠方」。那是災難的碑柱，同時也是書寫自身的碑柱；是
書寫的無效性被懸置於那未來的範疇，和災難的有效性形成一組相互的補
強，甚至——同時正因為那被強化的書寫之無效性——書寫倏然成為干戈
盡棄的兵團——在災難的巨大陰影終將也趕上那其實在自身意義上根本躊
躇不前的歷史圍捕工程？

---

[17] 有趣的是，在這樣的辯證過程下，一向在美學表面修辭上被視為頹靡、癱瘓、悲觀與消極
意義的現代主義竟在其以夢境強迫重複的機制上表現了某種重建的、來自死亡的復活意
願。而一向被視為健康、樂觀——或者是「客觀」的寫實主義卻在其堅固的時間意識之追
隨的過程中，緩慢走向那已身所預言的災難和死亡。當然，書寫在廣義的姿態上仍是後遺
的重構——在台灣這個文學場域尤為如此，任何型態的書寫都是。

　　80 年代或許在某種意義上正反應著此一問題癥兆的漸次揭曝。語言符指的無能爲力（幾乎是愈強固的喻指／喻依關係便愈發無所作爲？）相對整個國家現代性機制的漸次強壯，其實正暗示著文學場域內部平台所存在的緊張——是目的論意義上的緊張，拉扯的張力在在指涉著文學自身的死亡——不是羅蘭·巴特那種死亡，而是在作爲寫作任務的災難面前，直接反應在書寫行爲本身的罷免與失業。80 年代的「語言除魅工程」——圍繞著張大春而展開的「謊言書寫」——符號指涉的極端破裂，或許即是書寫主體開始漸次認知到符指的強固意識其實根本無法挽救自身將要的面臨——尤其反應在「過去」的創傷與「未來」的災難？張大春那幾乎是奉爲其寫作之圭臬的「謊言書寫」因此必然是一個對寫實主義預知暴力的回應。那其中所關涉的劇烈革命首先必然是小說內部的「時間」。

參、語言除魅與時間術：被「撒謊」的災難？

　　從《公寓導遊》[18]之後——或者不；在更早一點的時期，《雞翎圖》[19]時代的張大春似乎早已透露日後美學板塊擠壓方向的游移；以語言系統的傾斜失效作爲書寫技藝的引線，以符號－意義投資報酬率的低度回饋作爲背棄符指的理由，繼之在其後大量的文本空間內進行符號的展演和操弄，甚至——那作爲書寫主體高度自覺意識下的語言符碼——稱之爲張大春的「符偶」，竟同時亦可以踰越到現實世界的領域，直接對那物質性的符指居所進行侵犯。八九年的《大說謊家》以時事作爲小說進口的原料，其實正在其書寫姿態的意義上達到這種操演的極致。

　　之於「技藝」——反應在張大春的書寫策略，則名之爲其「謊言」的

[18] 張大春《公寓導遊》，台北：時報，1986。
[19] 張大春《雞翎圖》，台北：時報，1980。

修辭，幾乎已然是批評者對張大春的眾矢之的；無論是如黃錦樹所言，其
書寫：「……透露出某種焦躁的情緒，對書寫形式的厭倦、對小說「本色」
（讀起來像小說的小說）的不耐，形式於他如衣服，「被用過」則棄之如敝
屣。而不動情與對形式的不耐煩、不斷尋求更換形式，則是他後期作品中
呈現的基本精神狀態。[20]」「……借用詹宏志的用語，這個輕蔑者『我』是
一個已從謹慎的詮釋者化身為玩世不恭的議論者兼表演者，……而這樣的
輕蔑的議論者、表演者的『我』，從此再也沒有離開公寓──也離不開，因
為那是他惟一的家：語言牢籠（The Prison-House of Language）。[21]」，抑或
者是楊照的質疑：「……然而這樣『打倒一切敘述』其實不能徹底解決問題。
至少會有一個尾巴會一直回來魅惑作者：如果說的都是謊言，為什麼還要
說？如果一切都是謊言，那『怎麼說』是不是就不再值得注意，也無從評
價？[22]」謊言的技藝幾乎成為論斷張大春書寫策略的唯一切口。說謊者──
如同張大春自己所言，乃是「決計不可以回頭，一定要堅持到謊言淹覆全
世界和一整部歷史無限膨脹的極致。[23]」是外在於歷史和敘事的至高他者的
位置，是那位居寫實主義控制者之神權的下放，同時亦意味書寫主體乃一
變成為文本空間呼兵遣將的統領指揮官。那原本反應在腔調修辭的解構在
這裡其實出現一個弔詭的現象──即：不斷後退的喻指／喻依界線其實在
一個強大的書寫操控意識裡並沒有完全被消弭，反而是被這更為固著頑強
的書寫主體所捕捉；主體的意識控制文本的方向，技術的姿態一路領先那
原本應為書寫所承載的敘事──總是分岔、總是離題，更重要的是──似

---

[20] 黃錦樹〈謊言的技術與真理的技藝──書寫張大春之書寫〉，《謊言或真理的技藝──當代
中文小說論集》，台北：麥田，2003，頁208。

[21] 同上，頁214-215。

[22] 楊照〈青春的哀愁是怎麼一回事？──評《我妹妹》〉，收於《文學、社會與歷史想像──
戰後文學史散論》，台北：聯合文學，1995，頁211。

[23] 張大春《大說謊家》，台北：遠流，1989，頁217。

乎總是回到同一個問題介面：書寫的分裂和載體的自戕[24]。

「撒謊」的書寫在這裡洩漏它自身的弔詭。那反應在「謊言」敘事位置的拔高一方面顯示為修辭的極權主義，另一方面卻又危及到其自身敘事載體的崩裂。那是引爆自主體對書寫本體意義的懷疑和不信任感，而表現在敘事表層的泛面則其實暴露出主體自身的恐懼與不安。那作為抵禦現實之強固防塵外套的謊言修辭，在這樣的意義上其實正揭露著「謊言」本身的一體兩面——既是破壞性的武器也必然是用以作為抵抗行動的盾牌工具——前者是主體能動機制的極端，反應在書寫的解體上幾乎是一種攻擊性的修辭，亦是張大春最易為人捕捉的書寫基調[25]。然而，謊言同時也必須作為一種抗拒——相較於前者，在這個意義上的討論似乎是更接近主體底層的動機——在「如何撒謊」之後乃將問題的方向導入「為何撒謊」[26]。即使是在《雞翎圖》這樣早期的、張大春自稱為「足以壯悔」的小說，在那黃錦樹稱之為「前期」的寫實主義的穩定文字基調中，張大春似乎已開始啟動其日後謊言機制的軌軔。序文〈書不盡意而已〉：

> 停筆於小說已半年有餘，我經常思考著的問題就在這裡：如何假定我的描述是「寫實」的？又如何證明我的詮釋不是大膽而武斷的？我所框架所呈現的文化景觀是未經扭曲的嗎？至少，某些故事裡的人物都是我現實生活中所接觸甚至相處過的人們的投影，而無論有

---

[24] 在此，載體的分裂與書寫的自戕意義可略等同於黃錦樹的「自毀裝置」。

[25] 如黃錦樹將其謊言技藝的極致導入內化的書寫商品化，楊照則一逕在謊言與真實的介面打轉，而王德威則直接將此種修辭轉入導向歷史線性結構的破壞，以為 80 年代後的新里程碑，詹宏志和蔡源煌亦是。無論褒貶，張大春修辭層面的拔高姿態似乎總是成為各方評論的切口。

[26] 這是楊照當年所欲追問卻始終沒有追問出來的一個問題：「如果說的都是謊言，為什麼還要說？如果一切都是謊言，那『怎麼說』是不是就不再值得注意，也無從評價？」亦是黃錦樹問了卻又沒有繼續追問的：「究竟在追尋什麼？新鮮感？還是——反過來，並不是他在追尋什麼，而是被什麼所追逐？或許問題該轉換為：張大春到底在逃避什麼？」

意無心，投影勢必導致曲折和差異，勢必是朦朧的。那麼，我足夠「公正」嗎？這只是寫作技巧的問題？還是小說作者先天的權限被忽視而擴大了呢？[27]

「謙卑」地自省小說作者「先天」有限的「權限」，而時時保持「擴權」、「僭越」的警醒。在這裡，書寫主體的焦慮直接迫害書寫行為本身——因為那焦慮所指的對象即是書寫本身的倫理政治——是符號自身的道德感，是喻依相對於喻指的忠誠度，在寫實主義的框架以外所進行的自我貞操檢定，並且是極易地被小說自身的虛構性質所偵破。失效的寫實主義在張大春那裡同時也必然是失效的喻指／喻依鏈結。各種形式的書寫：空間性質的操演如《公寓導遊》、時事滲透小說的純度溶液如《大說謊家》、科幻與時間軌線的交錯如《化身博士》、《時間軸》、甚至那其實富含現實題材性質的《沒人寫信給上校》、《撒謊的信徒》，都在「謊言」技術的教誨之下暗示著寫作主體對於書寫本體論意義上的潔癖——否則為何如黃錦樹所言，總是頻頻更換形式的「外衣」？語言作為某種攀附的對象，在張大春的書寫裡，幾乎是敘事附著的當下立即被撲殺？是書寫主體刻不容緩、欲除之而後快的遮蔽體，是作為那主體急欲穿越的語言森林——寫作的策略一轉成為「爆破」和「損毀」，甚至，在這樣的語言解蔽除魅工程裡，張大春其實並不如詹宏志或者黃錦樹所言，是那樣絕對地搭建起其自我的「語言監獄」或「語言牢籠」[28]，並不是那樣劃語言的界地而自立為王，反而表現在書寫以及其後伴隨而來的、對「書寫」自身的不斷棄絕，則為其不斷撒謊的焦慮癥狀。

那必然是書寫主體的深層底部有一個根源性的問題正在和發為癥狀的

---

[27] 張大春〈書不盡意而已〉，《雞翎圖》，台北：時報，1981，頁3。

[28] 詹宏志〈幾種語言監獄——讀張大春的小說近作〉，收於張大春《公寓導遊》，台北：時報，1988，頁5。黃錦樹「語言牢籠」想必亦由此而來。

「撒謊」交相互感，在語言叛逃的意義上，那爲主體所抗拒的具體對象則直接指向其對立面的寫實主義[29]。質言之，對技術的警醒促使張大春發覺當代寫實主義的主流浪潮其實亦僅僅只是一種世界的觀察法而已。這主導了他後來對寫實主義甚至某某主義的不斷背叛。此種對於書寫形式的焦慮直接反應在九八年《小說稗類》〈預知毀滅紀事———則小說的啓示錄〉的自我問症中，尤爲顯著。在張大春幾乎是最爲重要的技藝告白書——而且竟是乏評論者問津的——〈預知毀滅紀事〉從寫實主義的預知暴力向〈啓示錄〉接軌，有著十分重要的告白。

在這裡我們無法不先回到那被張大春視爲書寫本體源頭的〈啓示錄〉。正如同使徒約翰在〈啓示錄〉上所言：

> 我約翰鄭重警告那些聽見這書上預言的人：如果有人在這些話上加
> 添什麼，上帝要把這書上所寫的災難加給他；如果有人從這書上的
> 預言刪掉什麼，上帝要把他除名，使他不能享受這書上所記載那生
> 命樹和聖城的福澤。爲這一切事作證的那一位說：「是的，我就要
> 來了！」[30]

最初的書寫——尚且還不是「人」的書寫，〈啓示錄〉早在書寫之時即已在自身的權力位置上置入了「災難」的終極元素。以「災難」作爲「懲罰」來保障那「不可被任意刪改」的、專屬於「神」的書寫權力。並且在聖經的各種懲罰誡律當中以誡律自身的文法表達那附屬於未來的「預知」之能力。張大春舉摩西〈出埃及記〉與〈申命記〉兩度領受上帝律法，強

---

[29] 《雞翎圖》時代的張大春曾自言：「『寫實』的情懷和語言幾乎成爲新一代小說作品的普遍特色。這令我想起宏保爾特（wilhelm von Humboldt）的那句話：『一種新語法的獲得，就是一種新世界觀的獲得。』從這點看來，小說之筆又確實如椽，可以撑起當代的文化景觀，而顯得頗爲重要了。」在寫作生涯的起步便已展開自我否定，而呈現無法信任書寫的狀態。對書寫能力的懷疑直接指向的必然是寫實主義。

[30] 〈預知毀滅紀事———則小說的啓示錄〉，《小說稗類》，台北：麥田，1998，頁166。

調上帝已然穿透時間的阻隔，預見以色列人將犯之罪。摩西甚至向以色列人表示：「後來他（張按：指上帝）把這些誡命寫在兩塊石板上，交給我。」[31]書寫因此在最初即成爲一種權柄——乃是以超越時間的「預知」、加以「誡律」，甚至「改變存有」作爲權柄的彰顯。「乃是一套『超越時間、改變存有』的預知，其中有警告、有規範、有假想、有應許；是一部『創造現實』或『現實由書寫創造』的憲法，專屬於『上主——你們的上帝』。」[32]

在這樣的層次上，寫實主義——尤其作爲歐洲神權意志解放後的寫實主義——在張大春的書寫本體探源中，乃是直接接管了那由神學經院的耶穌本身所下放的「書寫之權柄」，而直接向笛卡兒「捍衛物質世界的書寫權力」的一環接軌，也就無可厚非：

> 如果到了笛卡兒筆下——這位晚拉伯雷伊百一十三年才出生的理性主義者、啓蒙運動先驅卻無心或無暇顧及幽默；書寫必須儘可能捍衛第二因所主宰的物質世界，儘可能以珍攝敬惜之心守護這一套好容易才從上帝、先知、經院體制、神學家和傳教士手上解放出來的工具，以便再現或重塑這個世界。這正是寫實主義認識論（Realist Epistemology）的核心議題。[33]

換言之，在張大春的寫作體系裡，寫實主義所遵循的「書寫」及其內部所奉行的圭臬——重拾那遠從中世紀以後被神學經院（或說耶穌本身的？）下放的「書寫之權力」、並且乃是懷抱「珍攝敬惜」之心那樣地前往「守護」這「物質世界」的本真。表現在書寫修辭的態度則爲「再現」與「重塑」。換言之，其本體探源乃是指向聖經式的「神的書寫」，而寫實主義作家則負擔起「神的任務」，接收「神的能力」——亦即「預知」。

---

[31] 同上，頁 170。
[32] 同上，頁 172。
[33] 同上，頁 178-179。

　　寫實主義的時間性在這裡因此被決定了——「線性時間」的直線結構非但來自對（過去的災難？）世界的極致描摹，同時也指向那被「預知」能力所預言的「遠方之災難」。如同寫實主義作家左拉「將人物遭遇和內在變化置於無所遁逃的社會環境之中」的寫作基調，「……官僚、資本家、既得利益者、封建勢力殘餘和中產階級小布爾喬亞……正因為這些應該被控訴譴責的人和他們的思想、行動決定了世界的存在方式，從而此一存在方式又決定了作品之中無辜小人物的現在和未來。[34]」那當下被極致描摹的災難光影其實早已暗嵌著小說敘事主體無可反抗的未來的毀滅。書寫的無可作為直接反應在書寫內部的政治，張大春的提問是：面對災難的作者在『書寫這件事之於被描摹、敘述出來的巨大現實是如此無能為力』之際，究竟該採取什麼樣的策略？換言之，在寫實主義的脈絡之下，書寫行為本身已然被那強硬固著的現實災難情境所「決定」，乃是一種「決定論」意義下的「書寫」，張大春的根本核心問題是：那麼書寫於我何有哉？

　　在這裡，張大春直接暴露（或告白？）了那自〈書不盡意而已〉以降的寫作焦慮——不單只是「找語言換語言」「找影子踩影子」的形式焦慮，而是更深層的作為書寫持有者的小說家道德焦慮。道德的對象直指負擔現實災難板塊的「符號」——更全面的說法則是「書寫」——如果書寫亦不能挽救主體陷於其所描摹的毀滅、災難情境之中，那麼小說家也就僅僅只是現實社會隨伺一旁的「花言巧語的秘書」而已[35]。那「書寫於我何有哉」此一問題的答覆就必須被扭轉——至少必須是「脫逸」自這來自寫實主義所主宰的「決定論」，改變決定者與被決定者的固著關係。小說書寫被全面扭轉成「目的論」——書寫成為一種全面的自救。

　　正是書寫的「目的論」洩漏了張大春技藝層次上的轉向。書寫裡的時

---

[34] 同上，頁192。
[35] 同上，頁193。

間不再是「決定論」言之鑿鑿地、由「決定」指向「被決定」的絕對主從
關係，那被現實災難所「預知」、「安置」於「未來」的「絕對毀滅」，在謊
言的敘事裡呈現一種不斷分岔而又折返的延宕。作爲指涉性質的書寫／喻
依始終無法前往那在寫實主義世界裡早被配置妥當的喻指，喻依不斷自符
號的結構中逃脫去尋找其自身的「自由」——「正因爲多了那麼一點點自
由，無論如何確鑿的預知和災難都動搖起來，《酒店》裡的沙波說過的：『雖
然國王不是你的一家人，但巴黎就像屬於了你一樣。』毀滅也終於遲到了
一些。[36]」

　　多歧的時間岔路。被謊言延宕的毀滅。災難的預感一再延遲。語言的
「自由」表現在修辭的表層即是劇烈的「謊言」。那原本反應在 80 年代前
的、以「語言」進行的創傷與災難的圍捕工程——無論是後遺治療的復返
時態，抑或是當下決定論的寫實主義預知暴力，毋寧都附屬在這強固語言
結構的內部、依附語言的遮蔽效應、而達到某種假設性的治療或警示效用。
80 年代後，以張大春爲核心所展開的謊言書寫卻是「破壞性」的書寫——
逃逸的敘事不再是一場抒情的療程，亦非是繼續臣服那來自書寫權柄的預
知暴力，它再也無處可去：

> 因為謊言是一個無盡的過程，所有的謊言都需要其他的謊言支援、
> 掩護，……悲哀的是，在他所有的謊言裡都自我埋設了自毀裝置，
> 且以之做為動力，而展現為書寫之能趨疲。……其終究的結果是現
> 實的被迫缺席。[37]

　　因而在這裡，謊言書寫顯示了其自身的雙重性：其一是災難與毀滅的
設計延遲，另一方面同時卻又揭露那解蔽除魅的行動後，無可攀附的喻指

---

[36] 同上，頁 200。
[37] 見黃錦樹〈謊言的技術與真理的技藝——書寫張大春之書寫〉，台北：麥田，2003，頁 217。

匱缺之感——那是歷史圍捕工程的真相，是書寫宣告失效後方才浮升的空白匱缺之居所，是顯示了任何後遺復返的治療抑或圍捕都無能抵達的「他方」——因為「他」只存在語言的底部，存在那各個十年修辭共同體所搭架的「語言座架」（Ge-stell）[38]之外，乃是那空無一物的、致使我們持續「思」的「他物」的居所[39]。用海德格的話，乃是：「嘗試與這個時代的正在自行完成的形而上學的隱蔽立場作一種本質性的爭辯，以便把我們自己的歷史性本質從歷史學和世界觀的蒙蔽中解放出來。[40]」80 年代後的謊言書寫脈絡在詮釋意義的界線不斷後退之中，其實同時正是書寫主體與那過去不斷被試圖捕捉的空白場域照面之時，甚至——在這巨大的缺席和空白內部，因被層層逼退而消失殆盡的語言界線最後竟亦威脅到那作為解蔽工具的「謊言」的消失？書寫——無論是「語言」抑或「謊言」，在這裡都將面臨其自身敘事的主體危機。那即是書寫的無法再繼續。

肆、殘肢確認・地基重建——「謊言」之後？

謊言書寫因此在這裡面臨其自身的窒礙。那藉由逃脫的敘事所表達出來的抗拒，在某種程度上正反應了那來自現代性內部極易見的除魅眼光——遮蔽的斬除在在直撲那因為「相信才真實起來[41]」之前的空白處女場所。那必然是書寫主體和自身匱缺的正面交鋒，同時也在其自身的敘事內部一

---

[38] 此乃海德格所言，意指語言自有其歷史性與框架，我們乃是身處語言之中，受到每一歷史時代所設置的「座架」之擺置與逼索，以歸屬此座架作為存在的依據。見海德格〈同一律〉，《海德格爾選集》，上海：三聯，1996。頁 655-656。海德格的討論是更為本質性的問題，在本文中用以援注修辭共同體的破滅似乎是「小」材「大」用，但本質的點可以投射出像球的影子。

[39] 乃海德格〈什麼招喚思？〉的範疇，參見注 3。

[40] 同注 38，〈尼采的話"上帝死了"〉，頁 801。

[41] 〈走路人〉，《公寓導遊》，台北：時報，1986，頁 48。

併宣告小說的死亡（而尷尬的是：那正從事寫作小說的「主體我」卻仍然存活？）解蔽的極致必然導致透明化的存活──存活變得透明，甚至──彷彿是尙在生之時即已預見那死亡的陰鷙。看似無所畏懼、「目無餘子」的謊言書寫唯一的恐懼因而即是那惘惘威脅且惶惶不安的死亡場景，亦同時也是謊言書寫唯一預設埋藏在未來的爆破裝置（在這個意義上謊言書寫竟然也與寫實主義的預知暴力有著類似的結構？），在分岔的謊言裡，主體因而得以在現存的基點上不斷演練那被懸置的死亡，死亡的多重可能性在這裡被謊言的歧路給重複發生，以致那作爲真相的死亡時刻得以力道分散。因此，在謊言的敘事裡，「將軍」可以一死再死，時生時死。可以「無視於時間」並且「隨意修改回憶」，那作爲生命機制本身的糾結矛盾在死者的篡改下乃可以全部解脫，使碑文爲之瓦碎。「如果……就（不）會」的文法顯示那作爲延遲毀滅的修辭，直接指涉「生命乃由一連串偶然的歧路所造成」這一命題，而寫作主體的對外宣言則是「人生沒什麼意思，也沒什麼道理[42]」。用布希亞的話：

> 也許是為了逃避一個真實世界的最後通牒，我們正在使其成為虛擬？……在現實世界中，死亡也變成現實的，並散佈一種與其相稱的恐懼。而在虛擬世界中，我們在合理安排一種如此擴散、沉重的、以致變得難以承擔的責任的同時，合理安排出生與死。也許我們準備付出這個代價是為了不再需要承擔無休止地區別真與假、善與惡等繁重的任務。……也許以此為代價，我們將在定做的一種永生的透明裹屍布中迴避死亡？[43]

正是在最素樸紀實的《尋人啓事》裡，張大春開始對自身抗拒紀實結

---

[42] 這是張大春在《尋人啓事》的自我告白。台北：聯合文學，1999。

[43] 布希亞（Jean Baudrillard）〈消失的邊緣域〉，《完美的罪行》，王爲民譯，北京：商務印書館，2000，頁40。

構的癥狀產生質疑，「會不會正因為我深深恐懼著自己動念所及之皮相居然真地冥合於未來即將發生之事實，也就在意識的深處向自己發生了警訊，迫使自己相信一切都是偶然。[44]」而直接暴露了撒謊者的核心恐懼。被預知的死亡不斷回來威脅主體現存的當下，而促使再美好的現存肉身也即將瓦碎成為浮泛的光影，甚至——更為嚴重的是：早已預見死亡的書寫主體，將因為「預知」卻無可挽救而註定承受愧疚[45]。我們驚訝地發現，那原本欲仰賴「撒謊」而解決的「小說家道德焦慮」其實並沒有因為書寫的說謊而獲得治癒。相反地，書寫在揚棄自身的敘事後反而走到了最後的盡頭，「如果林秀雄從未出生」其實正是《尋人啟事》自序中自我告白：「這是一個真正圓滿的結局，因為我不存在。」的回音。「書寫我」已死。「撒謊我」已死。「小說已死」。

書寫該如何繼續？2003 年的《聆聽父親》毋寧是張大春最為重要的轉折。那是作為臨近死亡的父親病體直接撲向書寫主體，使一切延宕毀滅的計謀都為之停擺——主體再也無暇撒謊，而必須直接處理那自我核心的恐懼。如果《聆》書之前的謊言書寫其實正如張大春所言，是「住進了一個沒有命運也沒有浴缸的房子」——「好逃避人生的巨大與繁瑣[46]」，那麼那恐懼死亡的撒謊者所逃避的毋寧即是自身的存活。「……活著——椿你即將面對的事：是一個多麼複雜的工程。它包括太多太多無論是苦是樂是悲是喜的小零件，太過繁瑣。[47]」為逃避繁瑣，因而啟動謊言機制內部的同一性裝置——僅僅只是為了從那換算式版圖的、寫實主義的世界裡，借來一點逃脫的「自由」。並且是拒絕回答了那個在寫實主義世界裡被固定下來

---

[44] 《尋人啟事》，同注 42。

[45] 在這裡，我們甚至可以斷定，張大春這樣一個寫作者的全部焦慮或者動機都來自這種欲救而未逮、心有餘而力不從的躁鬱。

[46] 《聆聽父親》，台北：時報，2003，頁 8-9。

[47] 同上，頁 10。

的、轉爲歷史性問題的「我從哪裡來？」，主體得以從存活的現實事件中「暫時迷失」，而進入純粹的遊戲——「……我一再回憶起那幾十分鐘短暫的、不覺有父亦不覺有母的、充滿新鮮、迷惑、無知、好奇、甚至有幾分可怖的冒險，那是找不到答案的冒險，那是不斷提出：『這是什麼？』、『那又是什麼？』的冒險。[48]」藉以躲避那來自現實世界的巨大陰影。然而，《聆》書最重要的自我告白，乃是主體開始確認那被操演二十餘年的謊言技藝——敘事從謊言那裡借來的一點「自由」，其實老早即在其自身附加了「限制」的屬性[49]，那是父親「追花落河」尋求自由的故事，是自由的追尋總是伴隨著限制的「懲罰」，存活本身因此面臨了自身的囚禁；是離家十年又再度返家的奧德修斯最終的面臨：「無論出征、苦戰、勝利、漂流、饗宴、交歡、迷途、尋索、返鄉、復仇，也無論結果使人喜悅或憤怒、快樂或悲傷，奧德修斯的故事告訴我：一次又一次的囚禁不斷地召喚著人們，一聲一聲唱的卻是自由。當人們無能豁免那召喚的時候，已然接受了懲罰。[50]」「自由的失落、懲罰的折磨、囚禁的永恆以及命運的巨大，對一個孩子來說，它們聽起來像詛咒，將倏忽從角落中掩撲而來。[51]」張大春竟言：「而我們沒有能力預見。」

〈預知毀滅紀事〉中被謊言書寫延續下來的「預知」能力，在這裡終於轉而承認主體的微渺和現存的巨大。是以預知能力的放棄宣告主體自身的殘障，是那被謊言書寫體裁倏忽拔高的至高主體終於下放。在〈書寫的人〉一章，張大春有十分重要的告白：「……因爲在所謂清醒的時刻，我沒有勇氣探觸那個源自最內在的究竟，那個『爲什麼要寫作』的究竟：它到底是什麼？也許它曾經是、也一直是如此淺薄的恐懼：這個世界上沒有一

---

[48] 同上，頁 47-61。
[49] 同上，頁 15-22。
[50] 同上，頁 21。
[51] 同上，頁 22。

個人愛我。……如果那個動機成立，那麼多少年來我寫過的幾百萬字也祇不過是一再反覆操演的復健活動而已：它維持了我的生計、爲我贏取了作家的頭銜和聲名、捍衛了我的尊嚴、使我看起來像是一個能運用想像力、經驗和知識無中生有的、從事創造的人。但是，它從未、也可能永遠不會治癒那原初的恐懼。……從我父親的病體和朋友的死亡上輕輕揭露，讓我乍見書寫的人沮喪的夢。[52]」同時正因爲「死亡形成的退卻過於澈底，使生者無從適應。」於是那書寫便化作抵抗的文法：「在不容僞造的真實生命中，僞造成我生命中最真實的一部分。」遠在〈預知毀滅紀事〉中即已被張大春埋設的目的論與撒謊我，在這裡宣告了二者之於張大春乃是其謊言書寫中不可分割的因果鏈結與必要裝置。更根本的是——在那爲目的論所埋設的撒謊我底下，被謊言所遮掩的竟是——「屬於我自己的這個部分，早就被我鎖在某個幽暗、隱密的角落裡，那是個失語的所在，是個禁聲的所在，是個我竟無能狀述的所在。[53]」作爲某種極權主義的謊言書寫在這裡宣告失語與禁聲，主體不再進行任何技術的鍛鍊，而（誠實地？）宣判書寫乃是自身殘肢的延伸。

正是殘肢的確認促使《聆》書的主體開始自身的重建工程，在這裡，那來自殘缺主體的書寫因此展現了一種凌駕於謊言至高主體的力道，那是「創傷主體」的發用——並不是傷痕文學意義上的「創傷」，而是指向那被謊言除魅工程解構後的、內在層次已然塌陷的殘障主體。用佛斯特的話：

> 創傷主體……擁有絕對的權威，因為沒有人能挑戰別人的創傷：你只能選擇相信或不相信，最多是認同或不認同。在創傷的敘述裡，主體一方面被抽空，一方面也獲得揚升。就這樣，創傷敘述巧妙化解了當今文化兩種互相衝突的指導原則：解構分析與認同政治。作

---

[52] 同上，頁 94-95。
[53] 同上，頁 221。

者身分以奇異的方式獲得重生，缺席的權威以弔詭的方式繼續存在。這是當前藝術、批評與文化政治的重要轉折。[54]

表達在修辭表層的轉折即是抒情基調的回歸，《聆》書一改其前張大春冷靜客觀的理性筆法[55]，轉而代之的即是詩的修辭，張大春自言：「……一定是因為在那個被我囚鎖過久的角落裡，有些忍不住的東西蠢動起來。它們依附著我對一整個廢墟般的家族的好奇而漸漸萌芽，它們藉由我一點一滴、片語隻字地蒐羅、探問、紀錄、編織而發出聲響、有了形狀、甚至還醞釀出新鮮的氣息。你的母親會迫不及待地告訴你：這種永遠會從人的身體裡新生出來的東西就叫『情感』，……你的母親當然也會順便跟你透露：你父親在這一方面是非常非常壓抑的。[56]」在謊言的策略裡，拒絕詩的修辭其實即是拒絕面對那因自身天生匱缺而發用的情感慾力，同時並且是極力防範那因抒情而在書寫裡留下的「愛的證物」[57]。《聆》書抒情基調的回歸因此在這樣的意義上乃是補強自身殘缺的確認。是主體重拾「愛」的能力，在「愛」之中承認己身的不完整——不再是 80 年代前書寫者操符號干戈（故作壯大？）以進行後遺重構的歷史圍捕工程，不再需要「夢的碎片」，因為所有的書寫都帶著遮蔽的性質，因此那欲捕捉的、其實是空白無物的場所則乃是不斷逃逸消失，永遠不會被後遺的符號重構所捉攫——而是重回布希亞的解構情境：「一切透明，立即可見。……是絕對的逼近、完全失去間

---

[54] 佛斯特（Foster,Hal）The Return of the Real:The Avant-Garde at the End of the Century.Cambridge:MIT Press.此處乃轉引廖朝陽〈災難無意識：地震、暴力、後現代空間〉，《中外文學》，30：8，2002.01。頁 14。

[55] 如同黃錦樹所言，乃是讓語言的感覺性歸零。〈謊言或真理的技藝——書寫張大春之書寫〉，頁 207。

[56] 同注 46，頁 222。

[57] 拉岡以為因為主體先天的匱缺之感，將導致不能被滿足的原慾會不斷出發去尋找愛的附著物，戀物癖即是這一行動的極端表現。在不停更換附著之物的同時，也必然處處留下愛的痕跡與證物。

隔的環境、手無寸鐵、無路可退的感覺。[58]」符號的解蔽揭曝了主體其實是處在極度危險的塌陷懸崖，深層的匱缺赤裸裸地呈現，而那原為現實層面的抵禦工具——「符號」必須先行失效，繼之書寫方能再次出發，藉「愛」發動存活的意志，「見證存活」、「……接受本身在『最根本的層次』有欠缺，將欠缺轉為斷離，告別能欲（主體）與所欲（對象）不分的死亡狀態，讓對死者的執戀也進入現實，在符號層昇華，得到特殊經驗的見證。這是真實層與符號層的換位，但是換位的前提是層次之間必須符號化，保持呈現意義所需的距離。[59]」《聆》書的符號層基調脫離撒謊時期的不斷跳脫，書寫策略回歸敘事抒情的道途，在看似沉默穩固的書寫地基裡同時亦時時透露主體舔舐傷口、面對傷口的意志，正因如此，作為主體所僅剩的「殘肢」方能展現其內在大而殘破的重建力道，是以自身的殘障創傷作為武器裝置，承受（並接受？）來自異質之物的不斷撞擊飛削，在被解構的殘餘肢體裡重新奪回弔詭的認同政治與主體權威。

伍、結語

作為評論者操刀的切口，同時也是張大春書寫歷程中最為外顯的謊言技藝，無論是被蔡源煌稱作乃是為了「暴露功能主義和唯名主義對語言符號的耽溺[60]」，抑或是黃錦樹（嚴厲地？）批判：「再現了當代台灣某類文人

---

[58] Baudrillard,Jean（1983）"The Ecstasy of Communication." In Hal Foster, ed. The Anti-Aesthetic: Essays on Post-modern Culture. Port Townsend: Bay Press. 126-33.此乃轉引自廖朝陽〈災難無意識：地震、暴力、後現代空間〉，《中外文學》，30：8，2002.01。頁 14。

[59] 同上，廖朝陽並援引蔡淑玲（2001）〈聽，那萬流匯聚的「中界」：從克莉絲蒂娃的「宮籟」重探主體的異化與論述的侷限〉（第二十五屆全國比較文學會議，埔里，5 月 19-20 日），提出若沒有符號層次的距離，就不能跨越界限，承接（或到訪）異質。

[60] 蔡源煌〈八〇年代的寵兒——張大春〉，收於張大春《四喜憂國》，台北：時報，1988，頁 232。

再現現實上的自廢自殘以致無能爲力[61]」，書寫者所抱持的武功技藝似乎總是將置自身的書寫於死地，並且必然是作爲後殖民國家在文學場域的後遺重構工程中所不許。在 80 年代以前的歷史圍捕工程中，語言／書寫被當作一種存活的意志在進行其自身劇烈的重構——存活的意志愈強烈，那遮蔽的效應也就愈趨巨大，而以致圍捕的對象總是落空。謊言的除魅與解蔽是否正如評論者所言，乃僅僅只是具有表演意義上的「藝匠」性質？而缺乏那內在的動機目的？張大春那操持將近二十餘年的謊言技藝幾乎可以做出如此答覆：「賣藝」者其實不過也只是爲了在這巨大現實的災難威脅之下，勉強地苟活「維生」而已矣。

書寫必須在謊言裡死過一次。必須在解蔽除魅的工程裡先置之死地而後生。因爲唯有謊言的爆破，主體方能在界線的層次塌陷與模糊中重新確認殘肢、認養殘肢，如同廖朝陽所言：

> 治癒則是重新分開真實與現實（ $ \diamondsuit a$ ），撐起安全距離，讓主體與小對形各安其位。這不是主體排除異質，而是主體回歸「彼在我所在」（Wo Es War, soll Ich werden）的無意識本位，以「負面性質」（而不是飽受符號制約的現實認知）爲居所，重啟現實欲望與特殊經驗的流動。齊傑克說：「只有承認自己的特殊位置背後（被特殊性所遮掩）的普同面向才能恢復本來的面目」。

張大春在 80 年代以後所造成謊言書寫效應——後現代、魔幻寫實、破碎的敘事與修辭、信仰的攀附伴隨著解嚴行動而一併瓦解——80 年代末期的駱以軍《紅字團》尤奉其爲圭臬。駱在與張大春「告別」後的抒情轉折[62]直接邁向的即是「詩的修辭」，而顯示在作爲書寫載體的文字板塊上則爲連

---

[61] 黃錦樹〈謊言的技術與真理的技藝——書寫張大春之書寫〉，頁 232。

[62] 見黃錦樹精湛的〈隔壁房間的裂縫——駱以軍的抒情轉折〉，收於《謊言或真理的技藝——當代中文小說論集》，台北：麥田，2003，頁 339-362。

續與破碎並行的敘事[63]。破碎的故事串連體不斷回來敲擊提醒主體的殘障事實，主體並且憑藉這一方碎裂的敘事板塊以居住進那從未被歷史圍捕工程收編捕捉的空白場所，進而展開那已然被剝落的主體內部重建工作，其中所隱含的求生意志與自救願望或許即是其師張大春真正的「有」——並不是黃錦樹所謂「是非常典型的『讀中文系的人』，甚至帶著些許遺老氣息——……，他有他自己守護的價值，譬如對傳統敘事體的敬意、對京派的敬意、對高陽的敬意……。[64]」這樣外顯的「有」。如果張大春的內部確實存在著「嚴峻的內在緊張」，那更深層的緊繃對峙應是指向書寫動作的「生」與書寫文本的「死」，之於書寫的目的論元素因此更強烈地指向某種自我的拯救。九〇年代後（甚至更後？）駱以軍抒情轉折的首發其難或許正喻示著八〇年代謊言書寫效應的某種後勁——其中甚至包括在九〇年代試圖故作透明化腔調諷喻政治的朱天心，在父親死亡的恐懼陰影之下，堅硬的敘事乃必須一變轉成沉默的「漫遊」？朱的《漫遊者》寫在其父死亡之前，被張小虹稱之為「憂鬱（而非祭悼）之書」，「『悼祭』（mourning）發生在死亡之後，而『憂鬱』（melancholia）則是在死亡發生之前，便已然開始悼祭。時序錯亂，先於死亡的悼祭，便是憂鬱最初亦最終的徵候。[65]」所顯示的時間乃是存活與死亡並存——時時預感死亡、並且是在存活中用死亡反折見證存活：「——於是憂鬱的女兒將死亡在真正發生之前先孤立出來，成為哲學的命題以沉思，變做文學的想像供端倪。於是憂鬱的女兒在真正的死亡發生之前，先一步踏入語言文字的死亡幽谷。[66]」在死亡之前重新發動殘破的書寫（主體）之意志，繼之以面對來自異質的反覆挫傷。

---

[63] 自《第三個舞者》以降，駱以軍開始其書寫中的詩的文法，保留抒情敘事的基調，而反應在結構上則為破碎的故事串連體。

[64] 見黃錦樹《謊言或真理的技藝——當代中文小說論集》，〈引言〉，頁14。

[65] 張小虹〈女兒的憂鬱——朱天心《漫遊者》中的創傷與斷離空間〉，《聯合文學》，195期，2001.01。

[66] 同上。

　　《漫遊者》是一個先聲？2003 年駱以軍《遠方》與張大春的《聆聽父親》似乎皆必須來到這樣的關口：符號層（書寫）的頹廢終於被迫逼視真實層（父親）的切膚病痛──書寫的存活因此乃是被真實的死亡所激發，因而准許那原已塌陷的符號層再次分裂，重新啟動。那或許即是相對於「撒謊技藝」意義下的絕對的「死」──由死復活：謊言技藝必須「技進於道」，唯一的「維生」之道[67]。

---

[67] 「技進於道」乃黃錦樹於其論文中所提出的，本文在此有了衍生與延伸的意義。

參考文獻

- William E. Connolly. Political Theory & Modernity. Nietzsche: Politics and Homesickness.1988.Basil Blackwell Ltd.
- 張大春《雞翎圖》台北：時報文化，1981。
- 張大春《時間軸》台北：時報文化，1986。
- 張大春《公寓導遊》台北：時報文化，1986。
- 張大春《四喜憂國》台北：遠流，1988。
- 張大春《大說謊家》台北：遠流，1989。
- 張大春《病變》台北：時報文化，1990。
- 張大春《化身博士》台北：皇冠，1991。
- 張大春《張大春的文學意見》台北：遠流，1992。
- 張大春《沒人寫信給上校》台北：聯合文學，1994。
- 張大春《撒謊的信徒》台北：聯合文學，1996。
- 張大春《小說稗類》台北：聯合文學，1998。
- 張大春《尋人啓事》台北：聯合文學，1999。
- 張大春《聆聽父親》台北：時報，2003。
- 駱以軍《遠方》台北：印刻，2003。
- 朱天心《漫遊者》台北：聯合文學，2000。
- 王德威〈里程碑下的沉思──當代台灣小說的神話性與歷史感〉，收於《眾聲喧嘩──三〇與八〇年代的中國小說》，台北：遠流，1988。
- 楊照〈歷史的糾結纏繞──評《時間軸》〉，《文學、社會與歷史想像──戰後文學散論》，台北：聯合文學，1995。
- 楊照〈青春的哀愁是怎麼一回事？──評《我妹妹》〉，收於《文學、社會與歷史想像──戰後文學史散論》，台北：聯合文學，1995。
- 陳芳明〈後現代或後殖民──戰後台灣文學史的一個解釋〉，收於《書

寫台灣——文學史、後殖民與後現代》，周英雄、劉紀蕙編，台北：麥田，2000。

- 蔡源煌〈八○年代的寵兒——張大春〉，收於張大春《四喜憂國》，台北：時報，1988。

- 蔡淑玲〈聽，那萬流匯聚的「中界」：從克莉絲蒂娃的「宮籟」重探主體的異化與論述的侷限〉，2001 第二十五屆全國比較文學會議，埔里，5 月 19-20 日。

- 廖朝陽〈災難無意識：地震、暴力、後現代空間〉，《中外文學》，30：8，2002.01。

- 詹宏志〈幾種語言監獄——讀張大春的小說近作〉，收於張大春《四喜憂國》，台北：時報，1988。

- 黃錦樹〈謊言的技術與真理的技藝——書寫張大春之書寫〉，《謊言或真理的技藝——當代中文小說論集》，台北：麥田，2003。

- 黃錦樹〈中文現代主義———個未了的計劃？〉，《謊言或真理的技藝——當代中文小說論集》，台北：麥田，2003。

- 黃錦樹〈隔壁房間的喧聲——論駱以軍的抒情轉折〉，《謊言或真理的技藝——當代中文小說論集》，台北：麥田，2003。

- 劉紀蕙〈歷史的精神分析式探問〉，《心的變異》，台北：麥田，2004。

- 張小虹〈女兒的憂鬱——朱天心《漫遊者》中的創傷與斷離空間〉，《聯合文學》，195 期，2001.01。

- 歐陽子〈白先勇的小說世界——「台北人」之主題探討〉，收於白先勇《台北人》，台北：晨鐘，1973。

- 佛洛伊德（Freud,Sigmund）《超越快樂的原則》（Fenseits des Lustprinzips），楊韶剛等譯，台北：米娜貝爾，2000。

- 拉普朗虛與彭大歷斯（Jean Laplanche、Jean-B.Pontalis）《精神分析辭彙》

（Vocabulaire de la Psychanalyse），沈志中、王文基譯，陳傳興監譯，
台北：行人出版社，2000。

- 馬爾科姆‧布雷德柏里、麥克法蘭《現代主義》，胡家巒等譯，上海：
上海外語教育出版社，1992。

- 馬丁‧海德格 Martin‧Heidegger《海德格爾選集》，孫周興等譯，上海：
三聯，1996。

- 布希亞 Baudrillard,Jean〈消失的邊緣域〉，《完美的罪行》，王爲民譯，
北京：商務印書館，2000。

講評

蔣美華[*]

一、首先，考察這篇論文的「題目」，及其章節架構：

文本以 1997 年 12 月，張大春〈預知毀滅紀事：一則小說的啟示錄〉為探索——張大春 1981 年《雞翎圖》，至 2003 年《聆聽父親》的小說創作歷程，藉由上一階段的「書寫已死」，新變而為下一階段的「殘肢重生」；擴及於台灣文學界 80 年代前後的思潮／理論／主義之流風。「藝術真實性」中技術／藝術、真實／謊言；現實的「災難」／「書寫」的「療」傷/救贖；以「書寫」銘記存有，戰勝「時間」與「肢」體身軀……等等，都是這篇論文苦心孤詣的立意所在。

二、在〈書寫已死〉這篇論文中，提及「詩的修辭」（頁 102、120、123）、「抒情基調的回歸」（頁 120）、「抒情轉折」（頁 123）——映照張大春的文本：

（一）張大春的《聆聽父親》（時報，2003/7）「第九章　聆聽父親」裡：

頁 220：夢中的父親也常是用力隱藏情感的人。

頁 221：有許多抒情式的觸動、感受乃至於思索，我都是在閱讀的世界裡重新溫習到的……屬於我的那個部分，早就被我鎖在某個幽暗、隱密的角落裡，那是個失語的所在，是個禁聲的所在，是個我竟然無能狀述的所在——一旦重新翻理出來，竟有撲鼻嗆人的霉味。

頁 222：這種永遠會從人的身體裡新生出來的東西就叫「情感」。

千萬不要擔心表達了情感是多麼愚騃不智、庸俗可笑的事。

你的父親（指張大春）在這一方面，是非常非常壓抑的。

---

[*]彰化師範大學國文系副教授。

我把這些都壓抑在夢中，再一筆一筆地為你勾畫出來。

（二）張大春，〈預知毀滅紀事──一則小說的啓示錄〉（《小說稗類（卷一
與二合訂本）》，大和，2004/11，頁 155-187）一文中：

頁 172：左拉（Emile Zola，1840-1902）在〈給青年人的信〉中說：
不要再有抒情文體；只要事實，只要文件。

並將一整個浪漫主義運動形容成「修辭學家愚蠢的騷動」。

是否請淑貞說一說：對於「左拉」的文學主張，張大春在其二十多年
的小說歷程中，承繼者何？斷裂者何？

三、張大春在《尋人啓事》（聯合文學，1999/8）的〈代序──
錯過〉說：

我試著完全摒棄慣常運用的敘述技巧，也刻意排除一向講究的形式美
學，目的就是還我筆下的人物一個真實面目。這樣做的動機原本無它，只
是在重新提出一個我排斥了二十年的老問題：小說有沒有可能純粹地、完
整地、毫無文飾與藏躲閃地回歸到一個簡單的事實？（頁 13）

對於寫作一本純粹紀實的書而言……（頁 14）

我就不得不採取最素樸的方式……（頁 14）

讓我用簡單速寫的方式，把接下來九個小時發生的事再素樸不過地敘
述出來罷……（頁 23）

建議在〈書寫已死〉這篇論文頁 117，第二段第一行的「正是在最素樸
紀實的《尋人啓事》裡」，將「素樸紀實」，加上引號，並加上註解。

四、淑貞這篇論文的行文，經常在引號內，以問號──表示出
個人的情緒。建議淑貞的學術語言，力求中性。以下的 13
個例子，皆出自於〈書寫已死〉論文：

頁 100，第 6 行：甚至「（粗糙地？）」形成文學史

頁 105，第 6 行：現代主義作家重構「（記憶的？）」現實

頁 107，倒數第 7 行：「（便愈發無所作為？）」

頁 113，第 2 段，第 2、3 行：「（或說耶穌本身的？）」

頁 113，第 3 段，第 2 行：「（過去的災難？）」

頁 114，第 3 行：「（或告白？）」

頁 116，第 6 行：「（卻仍然存活？）」

頁 116，第 10 行：「（有著類似的結構？）」

頁 119，倒數第 2 行：「（誠實地？）」

頁 121，第 3 行：「（故作壯大？）」

頁 121，倒數第 2 行：「（並接受？）」

頁 122，第 3 行：「（嚴厲地？）」

頁 123，倒數第 8 行：「（甚至更後？）」

五、在〈書寫已死〉頁 116，第 7 行的「目無餘子」，建議淑貞加上註解：

（一）詹宏志，頁 6：在這位目無餘子的虛無小子張大春的眼中（詹宏志，〈幾種語言監獄——讀張大春的小說近作〉，張大春，《四喜憂國》，時報，1988/6，頁 5-11。

（二）黃錦樹，頁 13：到美國宣讀時和「目無餘子」的張大春幾乎是當面對決（黃錦樹，〈引言〉，《謊言或真理的技藝——當代中文小說論集》，麥田，2003/1，頁 11-17）

六、〈書寫已死〉這篇論文的頁 123，倒數第 5 行：朱天心的《漫遊者》寫在其父死亡之前

（一）考察朱天心《漫遊者》（聯合文學，2000/11；朱西寧逝世於 1998 年）的這本小說，所收的六篇小說當中——只有 1997/12 的〈五月的藍色

月亮〉，寫於父親過世之前；至於其他的五篇，皆寫於朱西寧過世之後：〈夢一途〉（1999/4）、〈出航〉（1999/8）、〈銀河鐵道〉（2000/8）、〈遠方的雷聲〉（2000/8）、〈《華太平家傳》的作者與我〉（1999/4/23-1999/4/24）。

（二）朱天心《漫遊者》（聯合文學，2000/11）──頁26，「說明」：父親不在的這兩年多……

（三）黃錦樹，頁128：朱天心的《漫游者》……均源於父親亡故後的不知所措。（黃錦樹，〈悼祭之書──朱天心《漫遊者》中的死亡與漫遊〉，《謊言或真理的技藝──當代中文小說論集》，麥田，2003/1，頁127-143）

七、〈書寫已死〉，頁124，倒數第1、2行：「技進於道」，需加上註解：

（一）《莊子・養生主》：臣之所好者道也，進乎技矣。

（二）黃錦樹，頁219：其最終目的並不在於展示技藝，而是技進於道，觸摸「真情」。（黃錦樹，〈謊言的技術與真理的技藝──書寫張大春之書寫〉，《謊言或真理的技藝──當代中文小說論集》，麥田，2003/1，頁205-240）

八、〈書寫已死〉，頁100，註1：黃錦樹、林燿德都曾就張大春的書寫策略展開論述：

林燿德的部分，應該比照黃錦樹──告訴讀者，是林燿德的哪一篇論文，曾就張大春的書寫策略展開論述？

（一）林燿德，〈蘇菲斯特的言語──從《公寓導遊》看張大春的小說策略〉《張大春集》，前衛，1992/4，頁273-282。

（二）林燿德，〈如果張大春──導讀〈如果林秀雄〉〉，《台北評論》一卷，

1987/9。

（三）林燿德，〈「宏志憂春」以及其它──關於張大春《四喜憂國》的后言〉，《文訊》38 期，1988/10。

九、〈書寫已死〉，頁 102：「獨斷我」，應該加上註解：

黃錦樹，頁 44：獨斷我（黃錦樹，〈中文現代主義──一個未了的計劃〉，《謊言或真理的技藝──當代中文小說論集》，麥田，2003/1，頁 21-59）。

「她史」（herstory）[**] 的傳記敘事模式

以九〇年代台灣女性口述史文本為例

李靜玫[*]

摘要

在 90 年代台灣女性口述史的發展與研究的脈絡中，女性看似被證明了自己在歷史中不是「缺席者」，見證了婆婆媽媽、廚房鍋鏟的故事也可以是歷史知識體系的一部分，但文學／文化評論者鮮少論及女性口述史文本的記述，亦即歷史文本性的問題。本文筆者所要關注的是，女性口述史文本在「面向女性·書寫女性」的同時，訪談錄下的「聲音」，經過「文字」記錄、轉寫，以至於編輯、詮釋，呈現出來的連續敘事／故事體或編年自述，有「傳記」文體的影響滲透，在在反映建構女性回憶卻圍限於男性話語邏輯的史觀盲點。這是「呈現方式」與「呈現什麼」的問題，女性經驗的線性時間軸值得女性口述史的建構者再重新反思，從而認知女性主義的口述實踐要超越的任務，並不是歷史的「客觀性」，而是著重於從閃爍、斷裂的「語言」中顯現女性的主體價值，由此展現出女性口述史對歷史大敘述的批判／革新性。

關鍵詞： 女性口述歷史、傳記敘事、女性主義史學、語言、主體性

[**] history 在法文為 histoire，帶有中文「歷史」和「故事」的含義。本文用女人的故事（herstory）指涉企圖改寫男性中心歷史（history）的「女性口述史」，但筆者對「女性口述史」的傳記故事模式是否能扭轉男性建構的歷史認知，抱持存疑態度。

[*] 國立台北教育大學台灣文學所碩士班，E-mail：lilikristi@yahoo.com.tw。本文在書寫過程及會議發表時，承蒙范銘如老師及楊翠老師諸多指正，在此一併致謝。

壹、 前言：婆婆媽媽站起來

　　戰後台灣口述歷史這個新興領域的歷史研究漸有蓬勃趨勢，使得以往關注文字史料的傳統受到挑戰；[1]然而整體而言，台灣的歷史書寫多是男性政治企圖與記憶版圖的集體之作，從性別的角度觀之，無論官方或民間的「集體記憶」，男性中心的視野差別性地造就了在語言或文化傳統上相對弱勢的邊緣女性。儘管口述史以「縫合」官史直線大敘事所斷接的部分爲其目的，但畢竟記憶的「縫針」都被穿梭在男性想像的歷史空間；證諸早期台灣口述歷史的發展脈絡，顯而易見的，訪談記錄檔案向以男性[2]（且是「重要的」男性）爲主體，女性相形之下是一種「被忽視的沉默」。正如後殖民女性主義者史碧娃克（Gayatri C. Spivak，1942- ）所認爲，第三世界的婦女作爲歷史邊緣者的角色，她們喪失了言說的權力，而這種權力即失落於「歷史檔案」及「本土父權制」的夾縫中。[3]史碧娃克的這番話恰可以在台灣邊緣女性的口述史文本中得到充分的印證。90 年代是台灣國族認同論述眾聲喧嘩的時代，所謂本土的與外來的核心結構面臨資源重新分配的競爭，在

---

[1] 戰後台灣口述歷史的推展始於中央研究院近代史研究所。自 1955 年起開始籌備，至 1959 年 10 月由郭廷以開始訪談的實務工作，近史所的口述訪談對象大多以大陸來台人士爲主，1992 年才出現台籍人士吳修齊的訪談記錄。此外，戰後另一重要從事口述歷史的公家機關爲國史館，1991 年成立至今，較著重於戰後民族運動的口述訪談。民間領導口述歷史與史料的匯集則以吳三連史料基金會爲大宗。蔡篤堅，〈多元主體地位的形塑與追尋──1990 年代台灣口述歷史的趨勢探索〉，《台灣史料研究》第 21 期（2003 年 9 月），頁 115-140。

[2] 從近史所「口述史叢書」的「牟言」看來，近史所標榜「目的在訪問當代軍事、政治、外交、文教、經濟、社會等各方面的重要人物，請其自述生平，爲現代史保留忠實而深入的紀錄，以備歷史學者研究」的核心關懷。1972 年 9 月以前，其所做的口述訪問對象主要以軍事將領爲大宗，且多半與北洋政府或各地軍閥派系有密切關係。訪問男性重要人物的情形至 1983 年後進入第二階段──開始配合「專題研究」，訪談形式才有不一樣的轉變，也才有女性成爲近史所口述史的訪談對象。然而，至目前爲止，在近史所出版的八十五部口述歷史叢書中，只有八本集中訪談女性。（除了 2004 年 11 月出版的《烽火歲月下的中國婦女訪問紀錄》以中日戰爭時期外省籍女性來台的議題爲主外，其餘七部台灣女性口述史乃在 90 年代出版完成，見附錄整理）。

[3] 王岳川，《後殖民主義與新歷史主義文論》（濟南：山東教育，1999 年 4 月），頁 59。

權力衝突下，菁英女性或者透過書寫成為權力的暗流之一，或者另起波瀾，獨當一面；在文學空間中最明顯的例子即是女性小說文本，交織著性別、性向、階級、族國的多重辯證，為擺脫父權工具交出亮眼的成績單，且對於傳統文類的解構也出現雜交混種的趨勢。[4]反觀台灣邊緣女性，無論身處政治、社會、族群等層面的公領域（public sphere），甚至是家庭、個我之私領域（private sphere），無論在宏觀與微觀的「歷史檔案」中，不僅有被「本土父權制」忽視或遺忘的可能，也難以像菁英女性游刃有餘進出體制，佔得一席之地。故此間開始有人重視到運用口述訪談的方式去「捕捉」、「搶救」弱勢女性個別的聲音，醞釀產生了多部女性口述史出版品。其內容活生生展演的性別政治（gender politics），本應不亞於對文類有顛覆思考的同時代女性小說文本，但由於尚在起步階段，且又受限於男性史學的批判結構，因此同質化的發聲策略直指向一種傳記式的歷史書寫，不只抵弱了與父權壓迫的對話，甚至其不明的主體性將由女性知識菁英代而解釋、收編之。

　　近史所乃官方單位，堪稱台灣口述史研究機關的龍頭，其對女性口述史的彙編，咸是將女性的生活簡單地「置入」既定的史學研究框架中。[5]且在90年代近史所出版的七本女性口述史中，訪談對象幾乎都是具有中國經驗的「知名女性」，游鑑明《走過兩個時代的台灣職業婦女訪問紀錄》（1994）雖是學界真正以台灣女性為對象的女性口述史開山之作，記錄了七位台灣職業婦女歷經兩個不同的政權和相異的社會結構，呈現台灣婦女的部分生活史及其就業過程的歷史意義；然而其撰著只是意圖「補強」原先官史所

---

[4] 范銘如，〈從強種到雜種——女性小說一世紀〉，《眾裡尋她：台灣女性小說縱論》（台北：麥田，2002年3月），頁230。

[5] 其女性口述史的書寫與研究大抵不脫美國當代女性主義史學家所稱「納入史（integrating history）」或「填補史（contributing history）」的寫法。見鮑曉蘭，〈美國的婦女史研究和女史學家〉，收於鮑曉蘭主編，《西方女性主義研究評究》（北京：生活·讀書·新知三聯書店，1995年5月），頁77。

欠缺的記憶，就如同近史所其他口述史文本的「傳主」一樣，發言位置都具有泛菁英化的傾向，在之中我們無從看到任何「台灣邊緣女性」的聲音。

　　真正開始推促找尋民間社會底層的女性力量是女權會[6]主導的女性口述史，其代表作有：江文瑜編的《消失中的台灣阿媽》（1995）、《阿媽的故事》（1995）、《阿母的故事》（1998），這系列的文本與上述重視顯要人物訪談的作法不同，女權會揭櫫了一條新而本土、且較具女性主義的方向，試圖扣連女性庶民的共通性以結成力量。[7]此外，坊間也出現了其他個別纂修的女性口述文本，有曹銘宗《菅芒花的春天：白冰冰的前半生》（1996）、張典婉《鹿港阿媽與施振榮：施陳秀蓮的故事》（1996）、沈秀華《查某人的二二八》（1997）、曾繁蓉、黃素菲《為者長成・行者常至：李鍾桂的生涯故事》（1997）、中村勝、洪金珠《山深情遙：泰雅族女性綢仔絲萊渥的一生》（1997）、蕭渥廷《台灣舞蹈的先知：蔡瑞月口述歷史》（1998）、周芬伶《憤怒的白鴿：走過台灣百年歷史的女性》（1998）、楊明《柯媽媽的故事：無私的愛》（1998）等文本，以受訪者個別的生命敘事為基調，女性進出公私領域（廚房與參政）的越界經驗，具體組合在公共論述空間出現。再者，當90年代性別研究及女性主義的方法論成為學界潮流之際，針對女

---

[6] 即台北市婦女權益促進委員會，成立於1994年2月5日，是匯集民間力量參與爭取婦女權益的官方組織，其目標是「本土、草根的宗旨，深入結構不平等的核心，企圖建立以台灣婦女觀點出發的女性史，一步一步改寫過去一向以大中國的、男性的、官方觀點充斥於各處的文化」，江文瑜編，女權會策劃，《阿母的故事》（台北：元尊文化，1998年5月），頁22-23。

[7] 楊照對女權會所作「廚房社群」口述史的認知是：「不僅止於建立女性的歷史，更重要的是讓研究者（筆者按：也包括一般讀者）學習面對情感反應，而將這樣的情感反應也納入歷史。」見楊照〈鎖在廚房裡的歷史〉，江文瑜編，《消失中的台灣阿媽》（台北：玉山社，1995年9月），頁2-10。可見女權會透過「書寫阿媽／阿母」擁抱女性共同情感經驗，是藉以恢復女性主體的意識醒覺（consciousness-raising）。然而，阿媽／阿母們習得思考與經驗敘述的「語言」乃由父權社會所構成，且回憶中她們被動、無助、壓抑的生活往往只是自我詮釋為「宿命」，而無意識到社會建構的作用，故筆者認為這套開放的經驗分享模式也有待質疑或突破。

性口述史所做的研究亦逐步跳脫「男性／中心／菁英」的思維框架，彭渰雯、李清如提出台北市女里長經驗研究報告的《女里長的故事》（1997），以及由碩士論文改寫、出版的曾秋美《台灣媳婦仔的生活世界》（1998）、陳惠雯《大稻埕查某人地圖》（1999），這三部以口述史料作為論證依據的研究專書，可以稱得上是可讀性極高的「報導文學」作品，不同程度地撥亂主流／父權的意識形態。

　　總綰前述 90 年代女性口述史的發展與研究的脈絡[8]，女性看似被證明了自己在歷史中不是「缺席者」，見證了婆婆媽媽、廚房鍋鏟的故事也可以是歷史知識體系的一部分，但文學／文化評論者鮮少論及女性口述史文本的記述，亦即歷史文本性的問題。拙文擬將論述聚焦於第一層次的歷史書寫[9]，檢視上段提及的婆婆媽媽們、二二八的政治寡婦們、以及一個泰雅族女性的「故事」如何被形塑、記錄，以至於被消去了「女聲」。姑不論訪談過程任何問題的設計，筆者將著眼於女性口述史文本與傳記敘事模式的重疊／交媾，探討口語（oral）與書寫（writting）的關鍵落差如何影響女性社會回憶（social remembering）的「再現」（re-presentation）。

　　本文的核心旨趣在於試著從文學批評的角度，討論女性口述史文本書

---

[8] 筆者不揣淺陋，僅就目前所見 90 年代台灣官方或非官方出版的女性口述史文本（包括第二層次的歷史書寫），整理如附錄表格，若有疏漏之處則待日後補遺。唯較特殊的案例是，謝雪紅（1901-1970）的口述史也是謝雪紅的回憶錄，初由楊克煌筆錄，未完成謝氏即去世，後由楊克煌續成。至 90 年代才由楊氏之女楊翠華整理出版《我的半生記：台魂淚（一）》（1997），公諸於世。由於撰著者和口述者之間彼此特殊的情結關聯，使得這本「重要女性」的口述史文本傳記架構明顯，大部分集中於描寫謝氏早年。書末〈謝雪紅重要生平記事〉以表繫年，將謝氏的重要生平輯成年譜，謝氏個人史的生命座標與台灣共黨史銜合。筆者依成書時間將其納入 90 年代台灣女性口述史的脈絡，唯其敘事涉及楊克煌、楊翠華對謝氏輾轉的回憶，眾多歷史研究、官方政治宣傳品對她形象的「再現」，與複雜的政治張力、歷史因素，故拙文暫不將其列論。

[9] 前述《女里長的故事》、《台灣媳婦仔的生活世界》、《大稻埕查某人地圖》屬於第二層次的歷史書寫，即針對某問題意識，對女性口述史料進行操作、討論、詮釋，而這三部專書較難以顯豁出女性口述史書寫原始的「技術層面」，故存而不論。

寫的語言表現，重點在於「呈現方式」與「呈現什麼」的關係。批判伊始，必須先澄清口述歷史是否可以作爲一種文類來探討。「文類」（genre）的基本概念是對語言（文）活動作分類，通俗成見往往基於一種不自覺的假設，將語言使用分成文學的、非文學的二分的畛域。但從文學想像與歷史紀實相對且相倚的的辯證中我們可以得知，口述歷史和所有歷史敘述一樣存有「想像」、「虛構」[10]的可能。在此前提下，口述歷史、傳記、回憶錄、日記、書信等非傳統的史料都是歷史文本（text）之一。凡某一時代下文學的歷史述文本，歸納其相互的關係就可用以闡釋歷史性文類（historical genres）的研究。[11]所以，筆者認爲口述歷史不能被孤立於非文學類作討論，本文所謂的女性口述史文本即是一種文學的特殊文類，它和一般傳統史料的形式與價值不盡相同，非但可以當作歷史文獻參考，在歷史學、社會學等部門展開討論，亦可視爲一項文化符碼（culture codes）的主題研究，開啓邊緣女性或原住民少數族裔文學／文化的解讀。

貳、口述史、女性口述史與女性主義的女性口述史

傳統歷史主義（Classical Historicism）往往認爲歷史的客觀性大於文學的想像性和虛構性，知名口述歷史學者保爾·湯普遜（Paul Thompson，1935-）在他的經典之作《過去的聲音》便再三強調口述史的「證據」（evidence）（即口頭證據和文字證據）是否有「可靠性」（reliable）和「獨特性」（distinctive）。[12]而後，新歷史主義（New Historicism）[13]的關懷卻打破了這項歷史決定論，

---

[10] 此處「虛構」的意義是指「書寫上的虛構」：運用想像、進行詮釋；而非偏向無中生有、捏造事實之「內容上的虛構」。

[11] 關於歷史敘述文本的「文類」界閾參見張漢良，《比較文學理論與實踐》（台北：東大，1986年2月），頁109-120。

[12] 見 Paul Thompson. *The Voice of the Past: Oral History*. Oxford:Oxford university press. 1978, 91-164，及 Thompson, Paul（保爾·湯普遜）著，覃方明、渠東、張旅平譯，《過去的聲音：口述史》（瀋陽：遼寧教育，2000年3月），頁125-183。

強調歷史的非連續性與中斷論。以此對應於口述歷史的研究，如同前段所述，我們把口述者的訪談記錄視為一種文本（test），口述歷史的文本性也是由歷史本身的複雜性、不同的理解主體或不同的現實語境所決定，研究者亦可以從不同的理論基礎、問題意識穿梭文本，且與之作豐富的文化對話，所以口述歷史「重塑歷史」的概念因此可以較傳統「再現歷史」的行動更具積極的效應。但，多數以新歷史主義之名重塑的歷史，通常很少涉及女性。

新歷史主義在發展上導源於女性主義對男性中心文化的批評，然而就像對後現代主義和對結構主義的討論一樣，女性主義者對於男性／歷史「客觀性」的突破，最後終被收編至新歷史主義／男性知識財產裡面。[14]於是「新歷史女性主義」和「新歷史主義」在文學和歷史的看法上便有很大的差異，這尤其顯現在「性別」之間的關係衝突。以美國女性主義批評家朱迪思・勞德・牛頓為例，她以女性新歷史小說為命題，提出雖然新歷史主義對主流歷史論述進行了大膽的質疑與拆解，但其本身仍表現出極強的男性本位

---

[13] 此學說系出新左派及文化唯物論，大受米歇爾・福柯（Michel Foucault，1926-1984）歷史編纂學的影響。「新歷史主義」（New Historicism）乃是斯蒂芬・葛林伯雷（Stephen Greenblatt，1943- ）在 1970 年代提出，他用政治權力的角度，重新看待莎士比亞這一不可動搖、不可攻擊的「經典」，並由這種研究方法中，看出許多莎士比亞隱喻於文本中不欲人知的事情。幾年後，Stephen Greenblatt 使用「文化詩學」（Cultural Poetics）一詞代替「新歷史主義」，他認為這是一種文化研究，重點在於對結構主義的形式主義批評和歷史主義批評作檢討。Stephen Greenblatt 以這種方法學進行研究，去和作品產生「回應」，自然不是傳統那種標謗價值中立、敬仰過去、一成不變的史學觀念所能比擬。這種「回應」，是看待作品與整個世界有對應關係是針對所見到的文化現象，感到過去和現在的牽連，喚起本身之中的複雜而活潑有緻的文化力量；透過這種回響去體會作品的歷史性及歷史的文本性，理解作品於種種衝突的社會力量之中創造出路的緊湊網絡，與作品產生文化交涉及互通聲氣。參見廖炳惠，〈新歷史觀與莎士比亞研究〉，收於張京媛編，《新歷史主義與文學批評》（北京：北京大學，1993 年 1 月），頁 253-281。廖炳惠，〈新歷史主義與後殖民論述〉，《回顧現代：後現代與後殖民論文集》（台北：麥田，1994 年 9 月），頁 38-40。

[14] 朱迪思・勞德・牛頓著，黃учинг軍譯，〈歷史一如既往？——女性主義和新歷史主義〉，收於張京媛編，《歷史主義與文學批評》（北京：北京大學，1993 年 1 月），頁 202-203。

中心色彩，這正是女性主義史學者所要顛覆的。[15]朱迪思對新歷史主義的批評是本文用以檢視台灣 90 年代女性口述史發展實踐的學理基礎之一，據以說明女性口述史雖是以女性的生命體驗爲基礎，但以性別視角爲切入點，合理的虛構、想像爲敘事手段，才能將既往被賤斥在歷史闡釋之外的、平凡或不平凡的都寫進歷史，從而說明了真正的歷史「應該是怎樣」。

質言之，女性尚未得到自身的發言權前，歷史書寫的權杖向來掌握在男性手裡。男性史的敘事聲音素以感時憂國、悲天憫人的人道主義爲包裝，或者，縱然無用武之地的男性，也有自命不凡的英雄情操。而女性能留名「青史」者，多數是「英雄的背後」默默「無名」、或者包容性強大乃至於空洞的形象（無論是慈母、節婦，亦或是孝女），況若尋常、世俗的「女老百姓」，其渺小的情緒、思考、離合悲歡，庶幾不見諸於犖犖史冊中。然而保守的歷史學家往往只是預期從女性口述史中，還原男性建構的官史看不到的「真相」（？），相對的，女性主義史學者建構女性史則觀察到了以往無聲女性「失聲的所在」──，父權結構。

在父權結構中，筆（pen）／陽物（penis）的能指書寫／操演著自我和他者二元對立的暴力，女性若要脫離男性／政治／歷史中心的操作模式，後結構理論家的建議是在「語言」中重新建構女性主體。正由於「陰性詞語的那一方總是逃脫不了被扼殺、被抹除的結果」[16]，西蘇（Helene Cixous，1938-）強調了「婦女書寫婦女」[17]的抵抗策略，所謂「女性自傳式書寫」才會廣被肯定爲女性自我詮釋、翻轉男性中心論述的例證。[18]不過，「她史」

---

[15] 朱迪思・勞德・牛頓前揭文。

[16] 唐荷，《女性主義文學理論》（台北：揚智，2003 年 2 月），頁 182。

[17] Helene Cixous（埃萊娜・西蘇）著，黃曉紅譯，收於張京媛編，《當代女性主義文學批評》（北京：北京大學，1992 年 1 月），頁 195。

[18] 陳玉玲詮釋女性自傳這種文類，重視的即是其「自我命名」（name）的力量，暗喻女性主體意識的覺醒。陳玉玲，《尋找歷史中缺席的女人──女性自傳的主體性研究》（嘉義：南華管理學院，1998 年 5 月）。

（herstory）的書寫無疑在女性口述史這一文類中，遠比「女性自傳式書寫」這種文學形式更富於挑戰。對於無法「自書」的弱勢女性，退而求其次地由口述來參與歷史，要求撰著者保留口述者原汁原味的「語言／發聲」或許有困難，但模仿（mimic）自傳作者的聲音又是否能令我們「看到」邊緣女性的自我感呢？基本上，並非有女性加入的口述文本就是女性主義的口述史文本；女性主義的口述實踐要超越的任務，並不是歷史的「客觀性」，而是著重於不斷地自我批判：「把性別放在權力、階級、族群、地域、世代、異性戀體制的脈絡下來檢視，企圖理解個人作為行動者如何與體制妥協、協商、抗爭，甚至出走。」[19]

參、九〇年代台灣女性口述史的傳記敘事模式

一、異同：口述史文本與傳記、回憶錄之間

　　一般歷史敘述往往排除所有自傳的語言形式（ "autobiographical" linguistic form），史學家通常不會用「你／妳」、「我」的言談形式，其歷史敘述中只能找到第三人稱。[20]但在書寫形式與權力的協商妥協下，傳記敘事模式便強烈主導著口述史文本的書寫。[21]口述史的敘事者（narrator）有採第一人稱敘寫，由撰著者為口述者筆譜生命的側影；也有採第三人稱傳記／報導方式，文本的編撰者如同可信的敘述者，以全知與權威的高度進行敘述，這極可能影響讀者對所記述、所評論的事物毫不懷疑的接受。

---

[19] 成令方，〈口述史／訪談與性別研究〉，《當代》復刊第 84 期（總 202，2004 年 6 月），頁 40。

[20] Emile Benveniste. *Problems in general linguistics.* Translated by Mary Elizabeth Meek. Coral Gables, Fla.: University of Miami Press. 1971, 206-207.

[21] 由唐德剛改寫的胡適、李宗仁回憶錄可知「名人」的「自傳式口述史」有一定的「票房」，故筆者推斷，90 年代女性口述史文本的書寫策略多傾向傳記敘事，部分原因是依賴於男性口述史的行銷模式，「女性」與「口述」的雙重獨特性終將被重商主義的程序原則所吞沒。

　　傳記的分類法很多，例如：作者自述生平的「自傳」[22]和由他人代述經歷的「他傳」；記述一個人生活經歷的「專傳」和記述多人生平事蹟的「總傳」；根據第一手資料編寫的「原始性傳記」和根據第二手資料寫成的「研究性傳記」；「史傳」和「傳記文學」等，各種傳記大都以「人物」爲中心，呈現其社會生活爲和行爲表現。其中，自傳與回憶錄的重疊性最大，界閾也最困難；楊正潤將回憶錄排除於自傳之外，而陳玉玲認爲自傳和回憶錄都是「回憶」的產物，故把回憶錄納入自傳的研究範疇中。[23]傳記與回憶錄都是文學藝術的分支，且與歷史學又有密切的聯系，歷史性和文學性是傳記、回憶錄的兩個重要特點。至於口述歷史，乃是由主訪者發問，受訪者針對問題，回憶過去，提出自身的觀點、想法[24]，故其原始是以問答的方式整理成逐字稿，然而一問一答的記錄如果要變成爲人引用的史料，往往要再經過整稿加工──轉寫（transcription）與詮釋（interpretation）才會增加其「可讀性」，若再捨受訪者來來回回的語言軌跡，而就其生命史的「故事性」，那麼從口述史文本的文學形式來看，它就跟散文文類中的傳記文學[25]沒有太大的差異性。

　　女性口述史的文本與傳記、回憶錄的形式手法看似有高度的相似性，聽述者（narratee）終不免要將三者混淆，其另一個原因是來自於女性在書

---

[22] 楊正潤將「自傳」又分爲四類：第一種是資料自傳，包括作者的信件、日記、筆記等。第二種是標準自傳，即是作者正式所寫的自傳。第三種是精神自傳，又稱爲反省自傳，目的在剖析自我的精神世界，現實的經歷只是作爲精神發展的背景材料。第四種是自傳小說，作者以小說的手法來寫作自己的故事，爲了故事的生動，不免增情損節。楊正潤，《傳記文學史綱》（南京：江蘇教育，1994 年 11 月），頁 30-35。

[23] 陳玉玲前揭書，頁 4。

[24] 其進行方法是「以錄音訪談（interview）的方式蒐集口傳記憶以及具有歷史意義的個人觀點。……口述歷史不包括無特殊目的的隨意錄音。」Ritchie , Donald A.（唐諾‧里齊）著，王芝芝譯，《大家來做口述歷史》（台北：遠流，1997 年 3 月），頁 34。

[25] 在文類學的分類中，廣義的散文包括了抒情散文、小品文、雜文（方塊）、日記、函牘、訪談錄、演講錄、遊記文學、傳記文學、報導文學、生態散文、勵志散文、哲理散文等，可以說現代文學除了詩、小說、戲劇之外，其他所有的文體都是散文。

寫的權力場域中，無論爭奪歷史詮譯權或書寫自身，必然存在「成為作者」焦慮，是以「傳記作者」悄然與女性「成為作者」的欲望若合符節。女性口述史文本取消一問一答的口訪記錄，徹底改寫成自傳或回憶錄，加上文字修辭、編排取捨，呈現一氣呵成的連貫情節，這種情形頗為常見，主訪者便以近似「傳記作者」的姿態出現。職是之故，游鑑明對女性口述史的期待是「於整稿時須加以考證，定稿後須交受訪人過目且同意，方能出版」，這也是她認為口述歷史和不加考證的回憶錄之所以不能混為一談的地方。[26]基於對口述歷史「可信度」較高的信賴，游鑑明認為：

> 與自傳、回憶錄不同的是，口述歷史中的人物，是在受訪人的眼中筆下詮釋過去的自找，換言之，主訪人能清楚的看到受訪人的表情或情緒反應，甚至可以從中看出受訪人是否在虛構歷史。此外，受訪人是經主訪人篩選，主訪人對受訪人的歷史多半有所知悉，當受訪人游離在虛實歷史的建構時，主訪人可以適度引導，讓受訪人透過自主意識說出真相。[27]

游氏的觀點反映出如前述「傳統歷史主義」在女性口述史的方法論：鑑於歷史的真實性可以「超越」文本的虛構性，試圖把女性口述史作為客觀的史料，以此證據還原、再現，而非重塑其中的歷史背景、文化脈絡，這等於是迴避了「主訪人是否虛構歷史」的問題。而且我們甚至可以進一步追問，既然女性口述史和女性自傳、回憶錄如此不同，為什麼 90 年代近史所七本女性口述史文本都緊貼著傳記敘事的模式處理呢？近史所口述歷史叢書中，藉訪談男性而成就男性「自傳」、「回憶錄」者佔絕大多數，由此可

---

[26] 游鑑明，《傾聽她們的聲音——女性口述歷史的方法與口述史料的運用》（台北：左岸文化，2002 年 8 月），頁 19、21。

[27] 游鑑明前揭書，頁 47。底線為筆者所加，疑誤，由上下文脈推斷此處應為「主訪者」而非「受訪者」。

看出傳記敘事模式在男性社會中具有權威性的支配力量。而閱讀近史所出版的這幾部女性口述史文本，亦不難勾析出亦是爲「名人」或「重要／有用之人」作傳的形貌，包括了游氏的《走過兩個時代的台灣職業婦女訪問紀錄》。筆者認爲，游式苦心孤詣重建女性史的原貌，並以《傾聽她們的聲音》一書著手女性口述史的理論建構，事實上不只在既定的史學規範中被「自認客觀」所範限，失去了對男性主流歷史學的反思性，複製男性「反女性口述史成爲傳播女性主義工具」的思維邏輯[28]，更重要的，傳記式書寫的語言作用也在這個「客觀」的陷阱中，讓我們「傾聽」不到「她們的聲音」。（這在下文將再詳論）

　　其他出版者也有以傳記或回憶錄的形式出版「知名女性」的口述史，大抵認同於口述者的社會價值多少能帶來市場經濟效益。如採第一人稱傳記式寫法的《鹿港阿媽與施振榮：施陳秀蓮的故事》（1996，張老師）、《台灣舞蹈的先知：蔡瑞月口述歷史》（1998，文建會），採第三人稱傳記／報導式寫法的《菅芒花的春天：白冰冰的前半生》（1996，圓神）、《爲者長成‧行者常至：李鍾桂的生涯故事》（1997，張老師）、《柯媽媽的故事：無私的愛》（1998，中央日報）。姑不論作爲史料的價值高低與否，這幾本具有傳記或回憶錄性質的女性口述文本，雖然敘述主體都是女性，但採傳記式的目的在於讓讀者貼近／窺視名人的生活領域，與前一章中筆者所辨陳的女性口述史實踐著重於批判、重構的意義，遠不可及，卻不經意地搭上 90 年代女性口述史撰述的列車。尤其《菅芒花的春天》更是顯例，基於藝人奮鬥史的賣點，商業利益考量大過於對一位「苦女」自身歷史的回顧，身爲記者的作者（曹銘宗）將白冰冰打造爲破除宿命、獲得成功的女性典範，

---

[28] 中研院院士張玉法在游鑑明《傾聽她們的聲音》書序中大聲疾呼：「從事口述歷史訪問的人不可以先入爲主的觀念，使受訪人成爲反抗父權社會、傳播女性主義的工具」（頁 6-7），游鑑明在書中也作了類似的呼應：「不是所有的女性受訪人都具有女性意識……這類話題易誤導受訪人的回憶，導致出現『以今論古』的情形……」（頁 17）。

然而報導方式的客觀性終究掩蓋不了傳記式書寫（他傳方式）下的男性觀
點；在林清玄、吳伯雄等人的（序言）背書下，復加透過更多雙男性之眼
折射而出「台灣阿信」般悲情的人生苦旅。口述者豐富的人生閱歷、堅韌
的生命力最後轉化為「菅芒花」、「台灣的女兒」等隱喻，顯示女性生命史
的形塑極為容易流於苦難與艱毅的刻板印象。或者，樂天知命的鹿港阿媽
施陳秀蓮，其生命的主體性屢被強調是（崇拜）地母精神；一生順遂的救
國團主任李鍾桂，主體性建立在過去男性傳記是尚的「豐功偉業」。由此可
見，撰著者選擇為她們立傳，是依賴著典型女性的固定文化意義進行，在
語言的理想模式下交換不同社群女性的精神想像，顯示沒有將「女性口述
歷史」的敘事形式作出變革，很難經營出和父權中心對話性的論述。[29]

二、「故事」（herstory）背後：受訪女性的第二次「消音」

　　上一節旨在探索文學行動如何參與歷史實踐方式，離析了傳記敘述策
略和女性口述史文本的互涉、越界關係。誠如前述，從訪談到轉寫
（transcription）與詮釋（interpretation），口述史文本的「敘事」儼然塑制
成一個結構組織完整的「故事」形式。筆者認為，女性口述史文本如果強
調情節或事件的枝節，呈現一種同一、直線、陽剛的敘事規則，反而造成
言語再現出來的口述者主體性消失隱匿於故事的結構中。質言之，女性口
述史作為一種「經驗文類」，其挑戰性不僅在於透過小人物的生命史深化對
台灣社會的理解，更應該針對官史、男性史落實解構或重構的實踐，而「反
思」（reflexivity）便是這種實踐行動的必要基礎。

---

[29] 此段提及的文本中，《柯媽媽的故事》雖然掛名「柯蔡玉瓊口述」，但事實上是楊明以第三
人稱報導方式改寫，雖然此書敘事結構集中於描寫這個只有國小學歷程度的「柯媽媽」為
汽車強制責任保險付出的實踐力，意不在立傳或敘述歷史記憶；然其自序言道出為「車禍
是宗教因果說」（被車撞死是前世作惡）「除魅」的目的性，筆者認為這種女性小人物對
社會體制對抗性的回應，使這一文本隱含反轉男性父權的可能。

整體而言，無論出自官方或民間，90 年代女性口述史的小敘述（small narratives）即使談論了過去傳統男性傳記甚少涉及的「小事」，但卻還是不脫文學行動中的「大人物」式的傳記章法，這種情形在 90 年代女性口述文本裡幾乎少有例外。[30]縱使是傾力性別啓蒙意識的《消失中的台灣阿媽》系列，亦是如此。女權會於女性口述史的努力雖有目共睹，試圖在過去殖民和父權的雙重結構中找回女性失去的「發聲的喉音」[31]，儘管《阿媽的故事》、《阿母的故事》以類型化的基準選析不同阿媽、阿母所代表的歷史意義，或勾勒出一個個悲情與韌性的「台灣阿信」，但形式上最終彰顯的，也是選擇性地延續、複製傳記體敘事的模式，遺忘了把女性原始的語言特質、跳躍式的感覺結構以及女性之間特有的溝通方式須要真實地表現出來，這種換裝上男性「喉結」的「聲音」，無異於受訪女性的二次「消音／失聲」。

受訪女性的二次「消音／失聲」亦顯現在二二八的女性口述撰述上。二二八是 90 年代台灣本土論述「重建共同命運體」的一個重要基點，當蒙受政治苦難而往生者漸漸成爲被鞏固、悼念的歷史象徵，而在恐怖顫懼中活下來、艱苦扶孤的女人，卻不見聲影，沈秀華於《查某人的二二八》一書中，企圖以生命歷史（life history）的口述方式，連綴政治寡婦「一生生命縱觀的連續性」（頁 14）。作者藉「講故事」的過程突顯二二八事件在她們生命中造成的衝擊性，使二二八成爲可以延異的「流動」（頁 30）撰述，但在 90 年代集體記憶政治認同工程中，這樣的「女性二二八撰述」其實具有被男性反殖民論述收編的傾向。[32]邱貴芬以史碧娃克 "the subaltern cannot speak"──底層人民即使說話（talk）了，卻無言（cannot speak）的概念修

[30] 唯一較特別的例外是：胡幼慧、周雅容，《婆婆媽媽經：她們的語言，她們的權益》（台北：鼎言傳播，1996 年 11 月）此書嘗試從社會福利的視角爲阿媽們的「語言」所透露的訊息找尋關懷。
[31] 語見江文瑜編，女權會策劃，《阿母的故事》（台北：元尊文化，1998 年 5 月），頁 23。
[32] 邱貴芬，〈塗抹當代女性二二八撰述圖像〉，《中外文學》第 27 卷第 1 期（1998 年 6 月），頁 11-17。

正了「二二八是政治寡婦苦難最終根源」的假設，並提醒我們注意「社會性別壓迫結構」才是這些女人如此「孤寂煎熬」的主因。[33]此誠的論，唯筆者認為這裡還有一點值得再清理：對《查某人的二二八》書中的政治寡婦而言，「二二八不只是只限於 1947 年的 2 月 28 日。對許多二二八寡婦，二二八是從他們先生遇難的那一刻開始。」（頁 30）在二二八經驗的主題前提下，撰著者沈秀華刻意從她們丈夫「出事」的政治事件講述起；換句話說，多數女性受訪者「生命縱觀的連續性」卻是以這個「突如其來的轉捩點」為中心。由此可見，以特殊女性為訴求的「故事」背後，恐怕還須正視的是撰著者對另一個發言位置的女性主體性之形塑，文本中的敘事聲音是否不脫台灣社會以男性時間為中心的記憶建構？後殖民的國家情境中，女性在性別、階級、族群、國族之間受到多重的壓迫，在此筆者無意於同質化所有女性，或將女性被壓迫的問題脫離國族的脈絡討論，但有一個非常值得注意的現象，即有獨特性的「女聲」若被菁英女性模仿「男聲式」的傳記語言所操控、塗抹，也許更加容易掩蓋了邊緣／弱勢受訪女性在「社會性別壓迫結構」中的個別感知。這樣的女性口述史，恐怕只是順應男性邏輯生產的「複本」，只會讓女性更加喑啞而已。

　　90 年代台灣口述歷史的關注課題伴隨「二二八平反運動」而開展，我們透過女性口述史文本的閱讀，當中可以發現《查某人的二二八》、《山深情遙》等都無形中暗合了這股時代風潮。有論者嘗試以「集體凝聚的公共財」[34] 觀之，不過任何一種歷史論述（ discourse ）都有其目的性（ intentionalite ），在公共論述中集體記憶的罅隙中，往往存在著「不集體」

---

[33] 多數在二二八喪夫的女人將喪夫當作是「宿命」，故邱文所指的性別壓迫社會結構性問題在於：婦女就業機會不多、經濟管道缺乏、寡婦地位低落等，這些問題讓政治寡婦即使解除政治恐懼，說出喪夫之痛，其社會地位仍必須依附於男性之下，與女性自主遙遙無期。邱貴芬前揭文，頁 14-16。

[34] 周芬姿，〈「集體凝聚」的公共財──口述史／訪談與性別的社會實踐〉，《當代》復刊第 84 期（總 202，2004 年 6 月），頁 42-49。

的個別性差異。受壓於日本殖民、漢人沙文國家論述的權力交鋒，女性口述史文本中原住民女性的文化性存在，也有間接被置換成向某種國族敘述靠攏的符號工具或某種政治認同的陷阱。《山深情遙》口述者本身的敘述方式、發言位置也在同樣的框架裡，遭到雙重「中介」——國家論述的消去、覆蓋或扭解：

> 綢仔絲歐巴桑是一個平凡又單純的山地人，她的歷史口述方式及特殊的記憶法（例如，對於重要事件的年月日記憶法；以及手稿的舖陳方式）有部分是承襲傳統的泰雅族歷史歌謠方式。綢仔絲雖未受過正規的教育，但她以幼年習得的日文片假名，寫出了好幾冊的故事手稿。其中，雖然有許多重複、誤植或記憶錯誤之處，但經過訪談、整理、比對及編譯（由中村勝譯寫為日文，再由洪金珠譯成中文）之後，又編入註腳即完成本書。[35]

這本書註明由綢仔絲萊渥以日文撰稿、口述，日籍中村勝和台籍洪金珠訪談、翻譯、注解[36]，因此可以說集國家、族群、性別、階級的張力於一身。綢仔絲的日文手稿，她「重要事件的年月日記憶法；以及手稿的舖陳方式」，代表的正是泰雅族女性主體用自己的聲音在說話；可是透過這兩個撰著者的角色，我們其實可以知悉這一女性口述史文本的「再現」問題：對中村勝而言，其殖民者的男性視線關注的是「台灣土著原住民近代化的過程」（頁4）；對洪金珠而言，因本書也是她的研究報告，而欲「以女性史的方法論下手，應該可以讓台灣史的研究更切中本質」（頁22）。就中村勝的主觀視線與洪金珠的方法論來看，前者混雜著族國的意識型態與書寫的權力箝

---

[35] 綢仔絲萊渥口述，中村勝、洪金珠著，〈導論〉，《山深情遙——泰雅族女性綢仔絲萊渥的一生》（台北：時報，1997 年 6 月），頁 23。底線為筆者所加。

[36] 本書的「注解」站在特定發言位置，對口述者的記憶看似補充作用，其實帶有批判、糾正性的介入。

控，後者其實正落入了史碧娃克在 1980 年代晚期針對菁英女性主義（high feminism）的帝國主義內涵所提的問題[37]，綢仔絲被壓迫支配的位置乃因國家的介入而更形低下。總括而言，兩位撰著者對綢仔絲萊渥詮釋，包裝在「愛情傳記」[38]的主軸下，綢仔絲的情慾聲音反被線性時間串聯而不見瑣碎化。

三、「記音」？還是「記事」？

女性口述史和女性傳記一樣，不只是史料構成的一部分，亦可視作文學作品之展演。女性傳記作者往往為求材料徵實，也會針對傳主作口述歷史訪談[39]，其初步進行的步驟與女性口述史幾無二致；但如果女性口述史完成後的文本敘事模式，「口述」的特質完全從情節、故事結構中抽離，變得和傳記一樣，盲目執著於普遍性，空剩下主角自出生到成長、死亡的歷程，很可能對受訪女性的差異性是一大斲傷。

影響敘事結構單一化的走向，最一致的因素即是以「記事」為主，有時甚至刻意參考原是男性歷史撰寫的重要依據──「編年」，或以單一人物為敘述重心，或大量修剪枝節以求生命史的直線連貫，再現出一個個「故

---

[37] Spivak, Gayatri C.（加亞特里‧斯皮瓦克）著，劉須明譯，〈三位女性的文本以及對帝國主義的批判〉，收於 Gilbert, B. M. （巴特‧穆爾－吉爾伯特）等編撰，楊乃喬等譯，《後殖民批評》（北京：北京大學，2001 年 6 月），頁 221-248。

[38] 全書內容以綢仔絲的情愛貫串，有三分之二以上的篇幅交代了女主角綢仔絲萊渥與日本兵大西光男的愛恨分合，時空橫跨從初識（1946 年）至分手（1953 年）八年間的歷史。兩人三次山上逃亡的過程，最後因第三者（黃節文）介入而終止女主角的愛情故事。一如李子寧所言：「本書與其說是一篇歷史陳述，不如說是一部愛情故事」，見李子寧，〈愛情編織的女性歷史：《山深情遙──泰雅族女性綢仔絲萊渥的一生》〉，《聯合報》「讀書人」47 版（1997 年 8 月 11 日）。

[39] 例如江文瑜自 1996 年開始譜寫陳進傳記，歷經 4 年完成，中間陸陸續續也對陳進及其女弟子進行口述訪談，見江文瑜，〈後記〉，《山地門之女：台灣第一位女畫家陳進和她的女弟子》（台北：聯合文學，2001 年 4 月），頁 273。然而此書已試著破除對一般傳記章法亦步亦趨的模式，利用時空交錯述說陳進生命重要片段；換言之，犧牲傳記文學的故事性，是以很難定義它是女性口述歷史、傳記、還是小說，在文類上有較大的革命性。

事」的可理解輪廓。事實上，同樣面對歷史，女性的記憶想像、思維理解、話語慣例、歷史經驗與歷史時間觀絕多不同於男性。從「聲音」的角度觀之，90年代台灣女性口述史文本即使記錄了女性在傳統父權制的順從與抵抗，但多數都仍貫徹著相當同質化的敘事策略，鮮少見到以「記音」方式突破男性口述訪談慣例的文本；縱然是反覆強調口述歷史乃「建構女性經驗最強而有力的方式」、「在台灣女性史建構的過程中，口述歷史應是最具有潛力的一種文類」[40]具有語言學背景的女性主義者江文瑜亦對此感到疑慮：「記音／記錄方式曠日費時，對沒有受語言學訓練的歷史研究者，此種記音本身是極大的挑戰，而且不一定有必要。」[41]。在此雙重矛盾下，傅大為（2004）之觀點反倒與90年代女性口述史的代表人物江文瑜（1996）形成一個真實性別與歷史／性別論述的弔詭，傅大為的論述其實也是對台灣90年代女性口述史最刺擊的提問：

> 口述史訪談錄音，經過轉寫後，逐字稿必然是一問一答的。從一問一答的原樣，經編輯的刪減與改編，到最後出版呈現出來的連續故事體，從而可以檢討此一過程與結果，諸如原初訪談資訊的刪減、原來「問題脈絡」的模糊化與消失，都是問題。[42]

傅文不只檢討了游鑑明的女性口述史操作有去問題脈絡的缺失；且女權會在女性口述歷史形塑閱讀和書寫共謀的主體位置，亦受到質疑，顯示女性主義口述史文本的記述／技術問題到底要如何「多元」有很大的歧異。由此回到本節正題中，其中牽涉到問答記錄如何書寫的面向，文字書寫本來

---

[40] 江文瑜，〈序——媽媽，請妳也保重〉，江文瑜編，女權會策劃，《阿母的故事》（台北：元尊文化，1998年5月），頁25-26。

[41] 江文瑜，〈第十三章　口述史法〉，收於胡幼慧編，《質性研究：理論、方法及本土女性研究實例》（台北：巨流，1996年6月），頁263。

[42] 傅大為，〈誰會是誰的工具？——口述史、女性主義與阿媽的故事〉，《當代》復刊第84期（總202，2004年6月），頁22。

就是權力標記的象徵，既往女性被家庭、社會所侷限，自傳或第三人稱傳記式書寫成為刻劃女性生命史的重要文類；但受教程度低、非菁英的女性則幾乎沒有握筆為自己刻繪的能力，也絕少被主流社會視作立傳的對象，故口述歷史被訪問的對象最適合於過去被主流歷史排除在外、無文字能力的弱勢者。

語言的使用牽涉到表述者如何以言詞將其想法、經驗及思考予以表達，當我們表述言語來敘述某一生活體驗時，會由於我們所選用的語彙不同，而賦予此生活體驗不同的社會價值。日常生活經驗裡同一件事情，不同的人會用不同的語彙來描述，因此予人不同的觀感。甚至相似的語彙也會以不同的語氣表達方式出現，因此造成不一樣的感受。受訪女性口頭（oral）描述其認為是實際發生或原始的事件，最後由主訪者以文字（words）加以記錄，中間過程多少還必須經過媒介（史家）的篩濾，故從口語轉換成文字符號，勢必會造成部分訊息意義的流失；若繼以學院式的語言，傳遞出巨大的政治、性別、階級、族群的規範價值，或國語霸權主導的迷思，把語言／族群／性別／階級之間的權力關係一概地同質化，將使受訪女性脫離以其自身的語碼，而無法傳遞出來真實的「心聲」。職是，筆者認為言談的訊息在初步整稿時應以「記音」方式轉變為文字化的訊息，鉅細靡遺將停頓（pauses）、猶豫（hesitation）、重疊（overlapping）、插話（interruption）等透過特定符號加以表達，女性的口述語言才能找到化身為文字的著力點；而受訪女性的主體無非也只有在閃爍、斷裂的「語言」中才能顯現其價值，並由語言展現出女性口述史對歷史大敘述的批判／革新性。

胡幼慧、周雅容雖然不是歷史語言學家，但在破除男性理體中心主義或結構主義語言學的問題上，《婆婆媽媽經》這本書提供了運作女性口述史良好的參照：

為了不落入傳統「官方」語言──即「非台語式」、「宣教道德式」、「隱

藏父權政治式」、「中上階級式」之語言，我們這項研究便一反傳統社
會科學的「官式語言」、「上級調查」式老人的福利需求研究模式，而
是重建「婆婆媽媽」社會意義，以她們「日常語言」為主體，「聆聽」
她們的「日常語言」，努力去捕捉她們認定重要的議題感受，從她們
的字裡行間整理出她們的福利需求，並據此爭取她們的社會權益。當
然，按照此法來探索老年婦女權益和福利，便會自然挖到影響她們日
常生活品質巨大的家庭代間關係和權力規範。而這些議題，在「官方
語言」上是完全無足輕重的錙銖小事。對於阿媽而言，卻象徵整個「個
人價值」和「地位」的表徵。[43]

這本書以阿媽「對談」的方式，分析婆婆媽媽社會地位的反轉。撰著者便
捨棄單一人物傳記式的口述史法，除了揭示平常阿媽們的生活經唸些什
麼、怎麼唸等「婆婆媽媽說法」外，同時也反省了「婆婆媽媽經」和「官
話」之間的差別，以一語雙關的「婆婆媽媽」對抗一語雙關的「官話」[44]：
例如鄉下地方的阿媽會以「做阿媽ㄔㄨㄚ孫，做豬呷ㄆㄨㄣ（餿水）」（頁
60）來形容為兒媳「顧孫」的工作是一件很自然的、理所當然的責任。因
為「拉拔孫兒長大」與「含飴弄孫」這種兒孫承歡膝下的語境畢竟是有所
差別的，《婆婆媽媽經》文本保留了「阿媽ㄔㄨㄚ孫」的家庭圖像，取代
「官方國語」的「含飴弄孫」形容子孫承歡膝下的情景。以受訪女性的語
言來反映她們生活中的喜怒哀樂、互動協商的方式，探觸婆婆媽媽說法跟
知識階層官話的落差，由此隱微的聲波釋放出來的鬆動力量，反能批判性
地與官方／歷史／男性中心所強調的社會價值及意識型態作辯證。

---

[43] 胡幼慧、周雅容前揭書，頁 112。

[44] 所謂一語雙關的「婆婆媽媽」，一方面是去除掉語意轉化後的負面價值，還原為「婆婆」
和「媽媽」的身分，另一方面是正視與肯定其語言的「嘮叨、瑣碎、生活化」，與周蕾（Rey
Chow）所強調的「瑣碎政治」（politics of details）不謀而合。而一語雙關的「官話」一則
意指「官方的說法」，一則指象徵威權的「官方語言」──國語。

肆、結語

歷來總不乏有人提出身處邊緣位置的「婆婆媽媽們」在女性意識尚未被啓蒙的年代，未必有挑戰父權結構的自覺，所以對女性主義式的女性口述史運作充滿敵意，主張若把主訪者預設的立場放進問題中將會造成誤導嫌疑，有失史實的客觀性。故筆者不憚辭煩（正文中第貳節）推衍通向一種文化詩學的女性口述史的理論實踐，並與游鑑明、江文瑜等從事女性口述史建構的代表性學者作觀念上的對話（第參節），主要藉以說明女性主義的口述實踐要超越的任務，並不是歷史的「客觀性」，而是著重於從閃爍、斷裂的「語言」中顯現女性的主體價值，由此展現出女性口述史對歷史大敘述的批判／革新性。

由推論中我們可以發現，女性口述史文本在「面向女性・書寫女性」的同時，訪談錄下的「聲音」，經過「文字」記錄、轉寫，以至於編輯、詮釋，呈現出來的連續敘事／故事體或編年自述，有「傳記」文體的影響滲透，在在反映建構女性回憶卻囿限於男性話語邏輯的史觀盲點。女性經驗的線性時間軸值得女性口述史的建構者再重新反思，而掌握文字的書寫者基於性別意識形態或成書的市場取向，往往賦予女性口述史文本過於組織或修辭化的「編目」形式，台灣邊緣女性的言說權力恐怕也在汗牛充棟的傳記式檔案文獻中，再度被父權制所收編。

「性別」的問題在社會關係中無所不在，父權的社會建制維續著千百年來男性書寫的權力，所以在建構「她史」的同時，我們自不能忽略去檢視父權的歷史脈絡，傳統歷史文本的書寫模式即是其中不能迴避的一環。找出本土父權制在書寫成規中形構的脈絡及其規律，容或不致於落失女性口述歷史在政治意義上的先鋒作用。女性口述歷史作爲一種積極的文化實踐，主要以喪失文字言說能力的邊緣女性爲對象，彷彿時光逆轉般聆聽其關於過去斷裂的聲音敘事。婆婆媽媽之言、婆婆媽媽之事在社會私領域中

往往被以「囉唆」、「嘮叨」、「瑣屑」、「沒有效率」、「多愁善感」等形容詞予以負面評價,倘能透過記音方式再現個別女性的生命經驗,非同質地附驥在男性書寫傳統之下,那麼,瑣屑也好,破碎也好,女性的叨叨口述將有助於喚醒、並重構被壓制扁縮的「聲音」。女性口述史的價值和意義也正在這裡,這樣的歷史才能如朱迪思所述「製造出比『歷史一如既往』更多的東西」[45]。

---

[45] 朱迪思前揭文,頁 201-221。

附錄：九○年代台灣女性口述史文本的發展與研究脈絡（依出
　　　版時間先後排列）

排序	口述者	編著者	書名	出版者	出版時間
1	賈馥茗（資深教育學者、曾任女考試委員）	王萍訪問，洪慧麗、蔡說麗紀錄	賈馥茗先生訪問紀錄	中央研究院近代史研究所	1992年4月
2	周美玉（中國軍護的先驅開拓者）	張朋園訪問，羅久蓉紀錄	周美玉先生訪問紀錄	中央研究院近代史研究所	1993年5月
3	任以都（五四名宿任鴻雋、陳衡哲夫婦之長女，創設美國賓州州立大學大東亞學系）	張朋園、楊翠華、沈松僑訪問，潘光哲紀錄	任以都先生訪問紀錄	中央研究院近代史研究所	1993年12月
4	走過兩個時代的七位台灣職業婦女	游鑑明訪問，吳美慧等紀錄	走過兩個時代的台灣職業婦女訪問紀錄	中央研究院近代史研究所	1994年2月

5	藍敏（名門之後，一生多采多姿）	許雪姬訪問，沈懷玉、曾金蘭紀錄	藍敏先生訪問紀錄	中央研究院近代史研究所	1995年6月
6	孫立人所招募的女青年大隊幹部、隊員合二十三人	陳三井、朱浤源、吳美慧訪問，吳美慧紀錄	女青年大隊訪問紀錄	中央研究院近代史研究所	1995年9月
7	七位年長女性	江文瑜編，曾秋美訪問、整理，女權會策畫	消失中的台灣阿媽	玉山社	1995年9月
8	二十四位年長女性	江文瑜編，女權會策畫	阿媽的故事	玉山社	1995年9月
9	陳湄泉（資深女警、國大代表）	許雪姬、沈懷玉訪問，曾金蘭紀錄	陳湄泉先生訪問紀錄	中央研究院近代史研究所	1996年1月
10	白冰冰	曹銘宗著	菅芒花的春天：白冰冰的前半生	圓神	1996年7月
11	施陳秀蓮	張典婉著	鹿港阿媽與施振榮：施陳秀蓮的故事	張老師文化	1996年11月

12		胡幼慧、周雅容著	婆婆媽媽經	鼎言傳播	1996年11月
13	二二八政治受難者遺孀	沈秀華著	查某人的二二八：政治寡婦的故事	玉山社	1997年2月
14	李鍾桂（曾任國民黨救國團主任）	曾繁蓉、黃素菲執筆	為者長成‧行者常至：李鍾桂的生涯故事	張老師文化	1997年3月
15	台北市三十七位女性里長	彭渰雯、李清如合撰	女里長的故事：台北市女里長經驗紀實之研究	台北市婦女權益促進委員會、台北市政府社會局	1997年5月
16	綢仔絲萊渥	中村勝、洪金珠著	山深情遙：泰雅族女性綢仔絲萊渥的一生	時報	1997年6月
17	謝雪紅	楊克煌筆錄	我的半生記：台魂淚（一）	楊翠華	1997年12月
18	蔡瑞月	蕭渥廷、龐振愛、謝韻雅訪談筆錄	台灣舞蹈的先知：蔡月瑞口述歷史	行政院文化建設委員會	1998年4月

19	十八位年長女性	江文瑜編	阿母的故事	元尊文化	1998年5月
20	桃園南崁地區三十四位媳婦仔	曾秋美著	台灣媳婦仔的生活世界	玉山社	1998年6月
21	李耐、馮守娥、伊蘇、楊秀卿、黃家瑞、許金玉	周芬伶著	憤怒的白鴿：走過台灣百年歷史的女性	元尊文化	1998年6月
22	柯蔡玉瓊	楊明著	柯媽媽的故事：無私的愛	中央日報	1998年8月
23	大稻埕查某家娘、女工、藝旦、酒女、妓女等角色）	陳惠雯著	大稻埕查某人地圖：大稻埕婦女的活動空間／近百年來的變遷	博揚	1999年7月

參考文獻（按作者姓氏筆劃排列）

專書（附錄整理之文本茲不贅列）

- 王岳川，《後殖民主義與新歷史主義文論》（濟南：山東教育，1999 年 4 月）。
- 江文瑜，《山地門之女：台灣第一位女畫家陳進和她的女弟子》（台北：聯合文學，2001 年 4 月）。
- 唐荷，《女性主義文學理論》（台北：揚智，2003 年 2 月）。
- 張漢良，《比較文學理論與實踐》（台北：東大，1986 年 2 月）。
- 陳玉玲，《尋找歷史中缺席的女人──女性自傳的主體性研究》（嘉義：南華管理學院，1998 年 5 月）。
- 游鑑明，《傾聽她們的聲音──女性口述歷史的方法與口述史料的運用》（台北：左岸文化，2002 年 8 月）。
- 楊正潤，《傳記文學史綱》（南京：江蘇教育，1994 年 11 月）。
- 羅久蓉、游鑑明、瞿海源訪問，羅久蓉等紀錄，《峰火歲月下的中國婦女訪問紀錄》（台北：中央研究院近代史研究所，2004 年 11 月）。
- Moi , Toril（托里・莫以）著，陳潔詩譯，《性別／文本政治：女性主義文學理論》（台北：駱駝，1995 年 6 月）。
- Ritchie , Donald A.（唐諾・里齊）著，王芝芝譯，《大家來做口述歷史》（台北：遠流，1997 年 3 月）。
- Thompson, Paul（保爾・湯普遜）著，覃方明、渠東、張旅平譯，《過去的聲音：口述史》（瀋陽：遼寧教育，2000 年 3 月）。
- Emile Benveniste. *Problems in general linguistics*. Translated by Mary Elizabeth Meek. Coral Gables, Fla.: University of Miami Press. 1971.
- Paul Thompson. *The Voice of the Past: Oral History*. Oxford: Oxford university press. 1978.

單篇論文

- 成令方,〈口述史／訪談與性別研究〉,《當代》復刊第 84 期（總 202,2004 年 6 月）,頁 38-41。

- 朱迪思・勞德・牛頓著,黃學軍譯,〈歷史一如既往？——女性主義和新歷史主義〉,收於張京媛編,《新歷史主義與文學批評》（北京：北京大學,1993 年 1 月）,頁 201-221。

- 江文瑜,〈第十三章　口述史法〉,原載於胡幼慧編,《質性研究：理論、方法及本土女性研究實例》（台北：巨流,1996 年 6 月）,頁 249-270。部分文字修正後收入游鑑明,《傾聽她們的聲音——女性口述歷史的方法與口述史料的運用》（台北：左岸文化,2002 年 8 月）,頁 111-134。

- 吳嘉苓,〈為什麼需要口述歷史？——從阿嬤的餵奶故事看社會〉,《當代》復刊第 84 期（總 202,2004 年 6 月）,頁 24-31。

- 李子寧,〈愛情編織的女性歷史：《山深情遙——泰雅族女性綢仔絲萊渥的一生》〉,《聯合報》「讀書人」47 版（1997 年 8 月 11 日）。

- 周芬姿,〈「集體凝聚」的公共財——口述史／訪談與性別的社會實踐〉,《當代》復刊第 84 期（總 202,2004 年 6 月）,頁 42-49。

- 邱貴芬,〈《山深情遙——泰雅族女性綢仔絲萊渥的一生》〉,《中國時報》「開卷周報」42 版（1997 年 8 月 28 日）。

- 邱貴芬,〈塗抹當代女性二二八撰述圖像〉,《中外文學》第 27 卷第 1 期（1998 年 6 月）,頁 9-25。後收入《後殖民及其外》（台北：麥田,2003 年 9 月）,頁 183-207。

- 范銘如,〈從強種到雜種——女性小說一世紀〉,《眾裏尋她：台灣女性小說縱論》（台北：麥田,2002 年 3 月）,頁 211-238。

- 梁一萍,〈女性／地圖／帝國：聶華苓、綢仔絲、玳咪圖文跨界〉,《中外文學》第 27 卷第 5 期（1998 年 10 月）,頁 63-98。

- 許雪姬,〈近年來臺灣口述史的評估與反省〉,《近代中國》第 149 期(2002 年 6 月), 頁 38-45。

- 傅大爲,〈誰會是誰的工具?——口述史、女性主義與阿媽的故事〉,《當代》復刊第 84 期（總 202,2004 年 6 月）,頁 14-23。

- 游鑑明,〈從事女性口述歷史的幾個問題〉,《近代中國》第 135 期（ 2000 年 3 月）,頁 117-121。

- 游鑑明,〈口述歷史面面觀:以女性口述歷史爲例〉,《近代中國》第 149 期（ 2002 年 6 月）,頁 17-27。

- 游鑑明,〈請聽我的聲音——回應傅大爲教授「誰會是誰的工具?口述史、女性主義與阿媽的故事」〉,《當代》復刊第 87 期（總 205,2004 年 9 月）,頁 140-143。

- 楊翠,〈流變與流浪——論《山深情遙》中綱仔絲‧萊渥的國族置換與認同圖譜〉,戰後台灣文學學術研討會（修平技術學院主辦,2002 年 10 月 18 日）。

- 葉雅玲,〈原住民女性身分認同與（被）書寫的變貌——從沙鴦、綱仔絲萊渥到利格拉樂‧阿𡠄〉,《文學新鑰:南華大學文學研究所學術期刊》第 2 期（2004 年 7 月）,頁 91-105。

- 廖炳惠,〈新歷史觀與莎士比亞研究〉,收於張京媛編,《新歷史主義與文學批評》（北京:北京大學,1993 年 1 月）,頁 253-281。

- 廖炳惠,〈新歷史主義與後殖民論述〉,《回顧現代:後現代與後殖民論文集》（台北:麥田,1994 年 9 月）,頁 33-52。

- 蔡篤堅,〈多元主體地位的形塑與追尋——1990 年代台灣口述歷史的趨勢探索〉,《台灣史料研究》第 21 期（2003 年 9 月）,頁 115-140。

- 鮑曉蘭,〈美國的婦女史研究和女史學家〉,收入鮑曉蘭主編,《西方女性主義研究評究》（北京:生活‧讀書‧新知三聯書店,1995 年 5 月）,

頁 73-94。

- 龐君豪主持,歐陽瑩整理,〈傾聽她們的聲音——談女性口述歷史〉,《當代》復刊第 64 期(總 182,2002 年 10 月),頁 75-95。

- Cixous, Helene(埃萊娜‧西蘇)著,黃曉紅譯,〈美杜莎的笑聲〉,收於張京媛編,《當代女性主義文學批評》(北京:北京大學,1992 年 1 月),頁 188-211。

- Spivak, Gayatri C.(加亞特里‧斯皮瓦克)著,劉須明譯,〈三位女性的文本以及對帝國主義的批判〉,收於 Gilbert, B. M.(巴特‧穆爾－吉爾伯特)等編撰,楊乃喬等譯,《後殖民批評》(北京:北京大學,2001 年 6 月),頁 221-248。

- Weedon, Chris(克莉絲‧維登)著,白曉紅譯,〈第四章 語言與主體性〉,《女性主義實踐與後結構主義理論》(台北:桂冠,1994 年 8 月),頁 87-125。

講評

楊翠*

本論文的問題意識清晰，論述具反思性。論者將研究範圍鎖定在「九○年代台灣女性口述史文本」，這是一塊仍然荒蕪的研究場域，此論題因此具有某種開創性意義。再者，論者選擇介於文學／自傳／史學之間的口述史文本，以女性史觀、性別文化批判視角切入，展現雙重跨界的意涵；包括歷史真實／虛構的辯證，以及男腔／女聲的反思。

以下針對本論文的具體內容，提供幾個思考面向。

其一，本論文既以「九○年代台灣女性口述史文本」為研究範圍，文末並附有目前可見的作品目錄，則應力求周全，在附錄表格部分，尚有不少疏漏之處，建議補入。例如《凍水牡丹廖瓊枝》、《山地門之女》、《台灣好女人》……等，其型態與論者所羅列之文本頗有相似處，卻皆未列入。再者，若要以此為題，僅斷在 90 年代似乎不足，因為 2000 年以後，女性口述史文本出現的時代語境，與 90 年代其實是相承續、而非斷裂的，因此，建議應以「九○年代以來台灣女性口述史文本」較妥。若然，則尚有更多文本，如《莊淑旂回憶錄》、《烽火歲月下的中國婦女訪問紀錄》、《台灣女英雄陳翠玉》……等等，皆應列入。

其二，本論文既以「九○年代台灣女性口述史文本」為研究範圍，但內文中真正論述到相關文本部分實在太少，而衍述概念、史觀之篇幅過長，形成主客體錯置的情況，此種「文本稀薄化、模糊化」的現象，亦同時削弱了論述的力道。

其三，本論文清楚建立一組二元對立的論述架構；男性史觀—線性史觀—傳記敘事模式—客觀性陷阱—女聲遭消音；女性史觀—瑣碎無序—多

音交響——女性主體具現。此二元對立架構不僅無法脫出既有性別文化框架，同時，也由於扁平區分二元對立疆界，因而無法深刻呈現不同女性口述文本的繁複面貌。事實上，女性史觀反駁傳統男性的「線性史觀」，乃在批判其單音呈現的敘事邏輯，指出聆聽即使是瑣碎聲音（可能是女聲、也可能是男聲）之必要；卻並非要建構一個逆反的價值體系。因為，瑣碎不必然優於秩序，瑣碎之語也不必然就具有「主體性」。

其四，在記音、記事部分，本論文亦無法適切而有效地說明，為何記音比記事更能彰顯「女性主體」？原音重現如何可能？記音如何能夠全無刪節？若刪節，與前此論者所謂「脈絡化」、「故事化」有何差異？凡此皆未能說明，致使述力道不足。

其五，建議論者重回文本，解析諸多不同女性口述文本史敘事操策的異質性與同一性，再統整分析，以強化說服力，而非大筆一揮，即將這些文本皆冠以「被父權制收編」之名，如此將陷入相同的簡化、概化、單音邏輯。

原住民文學數位化的語言觀察
以明日新聞台原住民新生代寫手
巴代、乜寇為例

陳芷凡[*]

摘要

　　全球資訊網的普及，新生代的原住民寫手，諸如巴代（卑南族）、乜寇（布農族）……等文學獎新人，皆以新聞台作為創作發表的平台，形成原住民文學的伏流，開啟原住民文學另一個局面。臺灣數位文學的研究面向，多集中於漢人現代詩、多向小說、文學副刊等探討上，在此範疇對於族群文學的觀察則稍嫌不足。本文試圖從明日新聞台兩位原住民新生代寫手為例，在數位平台的機制下，探討其文字語言、影像語言的運用，在原住民文學脈絡下所產生的衝擊與影響。

關鍵詞：數位化、語言表現、原住民文學

[*] 清華大學台灣文學所碩士班，E-mail：cc8714056@pchome.com.tw。

而現在遠隔一座中央山脈，眼前還依然浮現起巴拉冠廣場上粗拙木雕上的祖靈印記而悸動不已。我想記下我的感動，卻平撫不住心情。

巴代〈悸動──年祭後〉

壹、原民書寫與傳播平台

原住民由於無文字的傳統，在漢人的歷史紀錄中，長期以第三人稱的身份被書寫，這其中包括涉及征戰或所謂「撫番」、「平番」、「理番」等史事紀錄、旅臺遊記、民俗考定等調查報告，而當時尚未能以第一人稱發聲的原住民，處於被書寫的位階，在獵奇遊記及人類學研究中，被賦予妖魔化、浪漫化或是抽象化的形象，使原住民自我面貌與認同未能澄清。

臺灣原住民族使用文字來抒發一己或族群情懷，可能開始於日治時期的《理番之友》雜誌，雜誌內已出現了各族知識份子的書寫活動，然而大部分的書寫者卻還是透過殖民之眼來確認自己。國府遷台，在瓦歷斯‧諾幹所謂的「漠視與空白的書寫世界」[1]（1946-1983）中唯有陳英雄小說集《域外夢痕》及阿美族曾月娥的作品〈阿美族的生活習俗〉

獲第一屆時報文學獎，較為後人注意與評述。這段空白的文學史，其實不乏原住民的書寫者，除了發表平台受限於小型機關雜誌、地方報紙，在作品中隱藏自身的族群符號，則形成此漠視、空白歷史進程的重要原因。

民國 60 年代中期之後，隨著臺灣外交、政治社會的大幅度變動，民間力量和本土性的省思，逐漸成為臺灣本土歷史觀前進的基礎。此時由於話語詮釋權的鬆動，開始對原住民的存在與自我認同提供了新的有利條件。

---

[1] 瓦歷斯‧諾幹〈臺灣原住民文學的去殖民〉，《二十一世紀台灣原住民文學》，1999 年。後收錄於孫大川編《台灣原住民族漢語文學選集‧評論卷上》，台北：印刻出版社，2003 年，頁138。

當社會開始正視都市原住民、雛妓、正名、教育文化等問題，便逐漸成為反省整個臺灣問題有機的一環[2]。直至 80 年代以來的原住民運動，原民自覺性的社會與政治抗爭，促使許多原住民知青嘗試以多種途徑來表現心中的吶喊，諸如音樂、舞蹈、雕刻、口傳文學的整理、以及發起社會運動……等。然而，最能造成廣大迴響，形成共鳴和結盟的方式就是書寫並發表。文學是原住民新文化論述所採取的第一種形式，原因可能在於文學是表達痛苦與磨難最直接的方式之一[3]。

　　原住民知青透過書寫，第一人稱的發聲見證了從消音到主體確立的過程。原運時期的刊物諸如《高山青》（1983）、《原住民》（1985）、《原報》（1989）……等，以文字表達具體的訴求，主體性的建構過程便在撻伐不公及省思自我中，留下見證。以《原住民》為例，記錄了原權會成立三年來的發展以及原運之具體作為[4]。撰文者以犀利的筆鋒進行批判，透過相關議題的連結，旨在澄清原民自身的認同與面貌。另一方面，主體性不再只是情感層面的吶喊，亦以一種深度的文化內涵來建構。當原住民書寫者以小說、散文、詩的型式實踐孫大川（1996）之宣言：「飽滿的主體要言說、要表現，原住民正在努力書寫自己的歷史。」時，1990 年由晨星陸續出版台灣山地小說集《悲情的山林》、台灣山地散文集《願嫁山地郎》、田雅各《最後的獵人》、莫那能《美麗的稻穗》以及瓦歷斯·諾幹（當時稱柳翱）《永遠的部落》等，建構了原住民漢語文學的起點。此外，台原、常民出版社也推出浦忠成《台灣原住民的口傳文學》、浦忠勇《台灣鄒族生活智

---

[2] 孫大川：〈原住民文化歷史與心靈世界的摹寫〉《台灣原住民族漢語文學選集·評論卷上》，台北：印刻出版社，2003 年，頁 28、29。

[3] 廖咸浩：〈「漢」夜未可懼，何不持炬遊〉《台灣原住民族漢語文學選集·評論卷上》台北：印刻出版社，2003 年，頁 257。

[4] 文章所涉及的議題包括反「販賣人口」華西街大遊行、抗議挖掘南投信義鄉布農族祖墳、伸援鄒族青年湯英伸、為山地管制及海防的立場至立院請願、針對瑪家山地文化園區開放，提出「要文化生活化，不要文化園區」的主張、舉辦「刪除吳鳳神話」系列活動……等。

慧》……等口傳文學專輯,延長了族群文化、文學的縱深。2003 年由孫大川編選「台灣原住民族漢語文學選集」,乃為台灣原住民族這十幾年來借用漢語書寫留下紀錄,孫大川作序指出,台灣原住民沒有文字,借用漢語、以第一人稱主體向台灣主流社會宣洩禁錮在靈魂深處的話語,這是「台灣原住民文學的創世紀」。[5]

除了系列叢書,包括晨星、台原、稻香、常民文化等出版品,讓原民書寫者能集結自己的創作,累積成原住民文學的台階之外,1993 年 8 月底創立《山海文化》雜誌,開放了創作發表的門檻,原住民書寫者的作品有其發表空間,作者在其中反思自我並深化族群內涵、文化意識、歷史經驗,進而書寫其「飽滿的主體」。報紙的專欄也是原民書寫者傳遞思想文化的平台,以楊翠對 2001 年《台灣日報》「台灣副刊」所作的整理來觀察[6],瓦歷斯·諾幹、林建成及浦忠成……等人,以專欄短文的型式,書寫自己與部落 密的生命經驗,並對當時的原漢社會氛圍提出見解,此種以報紙副刊的發表管道,讓讀者藉由日常生活的報紙來「接觸」原民之聲,擴大了傳播的可能。此外,原住民文學獎的創設會是傳播平台另一個觀察點,包括1995 年原住民文化協會的「山海文學獎」,2000、2001 年舉辦的第一、二屆中華汽車原住民文學獎……等。而專題性的文學獎,對原住民文學次文類的發展,往往產生推波助瀾之力,如 2002 年原住民報導文學獎、2003年原住民短篇小說獎、2004 年原住民散文獎等。布農族霍斯陸曼·伐伐的小說集《黥面》、撒可努的散文集《走風的人》,以及泰雅族里慕伊·阿紀

---

[5] 孫大川:〈台灣原住民文學創世紀〉,《台灣原住民族漢語文學選集》,台北:印刻出版社,2003年,頁 5-11。

[6] 2001 年,該刊在原住民文學方面,除了前述持續刊載 4 天及 7 天的座談會全文之外,還包括瓦歷斯·諾幹以「國境書寫」為題的圖文專欄,計有 17 篇之譜,記載他的旅途與記憶;林建成以「太陽子民」為題的專欄,以短文及素描,生動勾勒出原住民庶民的生命圖象,計有 23 篇。此外,浦忠成以族名「巴蘇亞·博伊哲努」為發聲觀點,數度以原住民的視角參與「台灣論」的發言及討論,也有相當深銳的批判意識。

的散文集《山野笛聲》，其中篇章都曾是文學獎的得獎作品，反映了原住民文學發展的某個嶄新現象：文學獎與文學發展的密切關係。

在上述書寫與傳播平台的關係中，不管是以出版集、報紙副刊亦或是文學獎得獎作品的型式發表，大抵在平面紙本以及某種文學「典範」思考下來進行，此「典範」的建立來自於出版社的偏好、作家的名氣以及文學獎評審的口味……等。然而，隨著全球資訊網的普及，傳播平台有突破性的發展，新聞台、部落格成為創作者另一種發表管道，使得新生代的原住民寫手，諸如巴代（卑南族）、乜寇·索克魯曼（布農族）……等文學獎新人，運用個人新聞台作為創作發表的介面，以電子文本的型式發表作品，相對已出版的文學作品，電子媒體突顯個人化的特質，文學創作也連帶地有更多個性化的可能：原漢二元框架的再思考、內容參雜了城鄉經驗……等，此書寫模式形成原住民文學的伏流之一。電子文本呈現方式的多樣化，使創作者和閱讀者彼此形成一個特殊的文學社群，在網路虛擬、多重身份的場域裡，如何和建構原住民文學主體對話？此外，藉著傳播媒體的機制，圖文之間存在的關係、創作題材、型式的嘗試，除了開啟原住民文學另一個可能的局面，也成為新生代原民創作者新的思考課題。

臺灣數位文學的研究面向，多集中於漢人現代詩、多向小說、文學副刊等探討上，在此範疇對於族群文學的觀察則稍嫌不足。興起於台灣大眾文化中的網路文學，總合其文體形式、內容風格、商業化過程、行銷模式、作者與讀者之關係，甚至作者之社群經營，具備其特殊性，此特殊性成為網路文學的識別標誌。而這些觀察放在以網路為發表平台的原住民文學脈絡下，會有哪些補充或修正？本文試圖從明日新聞台兩位原住民新生代寫手為例，在數位平台的機制下，探討其文字語言、影像語言的運用。在此並非從技術的觀點去討論，包括文字如何拼貼（collage）、文字的圖形化運用、蒙太奇、場面調度（mise-en-scene）……等新穎的敘述模式，而是

去探究原民書寫者在網路平台所使用的語言策略以及其所帶出的文本意義，在整個原住民文學脈絡中產生了什麼樣的衝擊與影響。除了回應臺灣有關數位文學的討論外，進而從語言表現觀察原住民文學數位化後的相關問題。

貳、文字與影像語言的展現

巴代（Badai），1962 年生，為台東縣卑南鄉大巴六九部落（Dama Lakau）人，1989 年發表第一篇小說之後正式步上了文學創作之路，作品〈薑路〉、〈女巫〉、〈山地眷村〉、〈母親的小米田〉參與文學獎獲得肯定[7]，除了文學創作，巴代還展開牡丹社的文史調查，並致力於大巴六九部落的文化傳承，設置「巴代的開放空間」[8]的時間為 2004 年 1 月。乜寇・索克魯曼（Neqou Sokluman），1975 年生，為南投縣信義鄉望鄉部落（Bukiu-Bulak）人，1999 年以來的散文〈1999 年 5 月 7 日，生命拐了一個彎〉、以及小說〈衝突〉獲得文學獎的殊榮[9]，目前致力於「台灣玉山之子──高山生態嚮導團隊」，將布農族對山的崇敬，傳達給登山的遊客，於 2003 年 4 月設置「乜寇的文學與思維」新聞台[10]。

「巴代的開放空間」以及「乜寇的文學與思維」皆為個人新聞台，和平面媒體所不同的是，電子文本具有高度的媒體融合性，可以串接不同的文本、圖畫、影片與多媒體結構，融合了許多異質符號系統，因此形成了一

---

[7] 〈薑路〉獲 2000 年第一屆中華汽車原住民文學獎短篇小說組第一名，〈女巫〉獲 2001 年第二屆中華汽車原住民文學獎短篇小說組佳作，〈山地眷村〉獲 2002 年原住民報導文學獎第一名，〈母親的小米田〉獲 2004 年原住民散文獎第二名。

[8] 參見網址：http://mypaper.pchome.com.tw/news/puyuma0913/。本論文後的引巴代的文章、照片皆來自此網頁。

[9] 〈一九九九年五月七日，生命拐了一個彎〉獲 2000 年第一屆中華汽車原住民文學獎散文組第二名，〈衝突〉獲 2003 年原住民短篇小說獎第二名。

[10] 參見網址：http://mypaper.pchome.com.tw/news/nneqou/。本論文後引乜寇的文章、照片皆來自此網頁。

種強烈跨媒體的互文現象。「巴代的開放空間」中，目前收錄 47 筆創作資料，以詩及散文的書寫為主，其中包括兩篇歸類為雜文的母語羅馬拼音記錄。就創作題材而言，以書寫部落文化的文章居多，包括卑南年祭、傳統儀式、部落記憶……等，文章的長度大約一千字上下。這 47 篇作品中，每篇文章都附上一張具有豐富意涵的照片，其中不少作品之命名和照片圖示相對應，如「小女朋友」、「石板屋頌讚」、「耳墜子」、「小銅鉢」…等。「可見」的影像勾起的聯想往往是「看不見」的，然而文字通常是延續這「看不見」的情韻，其中相輔相成的圖文關係，在巴赫汀（Bakhtin）對話理論的參照下，可解其蘊。

巴赫汀對於話語的討論，乃是建立在強權當道、眾口噤聲的歲月，並試圖挑戰黑格爾對立統一的辯證視角，因此，主體的建構（即所謂完整的總體），需通過個別、特殊的個體存在，才得以構成[11]。因此，完整的主體概念、意義之生成，是不同特殊個體互相對話、交流、溝通的事件或進程。作者心有所懷，藉由圖文不同媒材的表達型式，建構了意義並且開啟對話關係。觀察巴代的文章，照片連結文本的內在意義，作品意象也藉由文字與圖像的配合，突顯出來。在「小銅鉢」一文中，照片是位卑南族的老嫗，垂首，手裡拿著一個小銅鉢，巴代這麼敘述著：

> 圖片的姆姆一樣揹起了他的 lavat（巫袋），
> 左手握著小銅鉢，右手有一個小鐵杵，準備
> 拿起檳榔擣軟。他讓我想起我的外婆，一個
> 瘸腿、漂亮白晰、沒事又喜歡施些巫術跟他
> 的那些姊妹淘鬥巫法的外婆。

卑南族老人隨身攜帶小銅鉢，臨老牙齒因而鬆

---

[11] Bakhtin *The dialogic imagination：four essays.* Translated by Caryl Emerson and Michael Holquist . Austin:University of Texas press.2002.c1981.

動，再也咬不動檳榔時，便先把檳榔放進手中的小銅缽，搗鬆軟了以後再放進嘴裡咀嚼，這舉止動作，是屬於巴代以及部落族人的集體記憶，照片將記憶的某個部分呈現出來，使讀者對部落生活的印象得以超越文字，藉由圖像「參與」──進而較爲清楚地參與作者所描述的物質和精神世界。同樣在書寫部落歲時祭儀的「記憶・夜巡」，文字的感召是如此呈現：

> 今年七月的 gaHiwayan（收穫祭），一群不算多的人，傻傻的踩著夜空下的碎石，揹著 dawlyu（背鈴牌）夜巡村莊，二十不到少少的人，壯年的、年少的、熟面孔、生面孔，揮著汗然後感慨時不我予，感慨歲月不饒人，感慨距離上次這樣跑動夜巡已經相隔四十幾年。

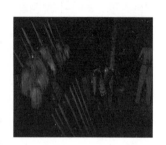

參照此文的照片，爲暮色中的長矛、dawlyu（背鈴牌），巴代藉由祭典物質的再現，試圖引領讀者進入夜巡的空間和氛圍，文字書寫連結具像物質和抽象文化氛圍，得以在照片、文字所交織的語言中，試圖傳遞一種祭典儀式所蘊含的文化思維。照片影像把同一時間裡並存的社會文化實踐聚攏起來，諸如 gaHiwayan（收穫祭）的夜巡，其中所顯現的空間結構：夜晚、長矛、dawlyu（背鈴牌）、遠方的爐火，因爲包括各種直覺、意象、文化意識、社會形態，使得當下所見影像背後都有其象徵意義。

參照「乜寇的文學與思維」，在爲數 24 篇的作品中，以散文居多，題材內容多以部落文化以及社會觀察爲主，尤其在社會觀察這一類的書寫，乜寇以原住民年輕一代的視角進行反省，可見其批判筆鋒與深沉反省。不同巴代在每一篇作品都附上相關照片，乜寇在 2004 年之後，才試圖將兩者作了結合，不過作品中圖文關係並未如此緊密，顯現作者對於作品有其不

同的風格與關懷面。在其作〈天之頌——八部合音〉裡，照片中幾個穿著傳統服飾的男子圍成一圈，在眾人的注視下進行八部合音的吟唱，乜寇補充說明：

> 有的極低音、有的中音、有的高音、有的尖音，有的則隨心所欲的時高時低，呈現出某種無法比擬的和諧氣象。而領唱者像是領袖般要讓跟隨者知道目標與方向，而跟隨者必須知道自己該扮演的角色，扶持領導者，讓整個旋律達到完滿的境界。

　　男人們交背著手臂，圍成一圈，緩慢的向右邊移動旋轉，聲音也從最小聲逐漸大聲，乜寇敘述：族人往往在吟唱的同時會有股極強烈的感受，是彷彿聽到土地的聲音與訊息會慢慢地攏聚在周圍，當歌頌到達最高潮時，整個土地的聲音會隨著男人的祝頌被送達天庭，為人類祈求豐收與祝福。透過照片及文字說明，讀者不僅從中了解吟唱型式樣態，布農族傳統服務、更共鳴於布農八部合音文化的完滿境界。

　　在〈台灣玉山之子〉一文中，照片是幾個布農族的青年腳踩著山脈，凝視太陽昇起之處，乜寇發出這樣的豪情萬丈：

> 我以天為簷，以大地為席，尋常的時候，尋常的時候我穿梭

　　在摺皺不齊的台灣百岳間，路上的足跡是我經驗不敗的證明。

　　我像是山羊，往來去回於部落山林間，我從不為啥事猶豫，卻只為東谷沙飛的美麗，每每佇立凝望，一前往前走。

　　玉山，布農族稱之爲「東谷沙飛」，意爲世界的背脊，此處豐富的人文與生態，孕育了以玉山東谷沙飛爲聖山的「台灣玉山之子」。照片所呈現的是這些族人的神情，朝著陽光前進的當下，呼應了乜寇對於守護山林的願望：「任憑寒風襲來，也絲毫無法凍結天籟之音圍繞於玉山東谷沙飛，更壯碩了台灣玉山之子負起守護玉山東谷沙飛的意志。」因此，讀者依據照片不僅窺見雄偉的山勢，更藉由文字的說明，感受並感動於玉山之子的責任與抱負。

　　從其圖文描述裡，乜寇帶進了族群文化的思維，讀者因具體物像而更可能貼近八部合音、玉山對布農族群的意義。影像與文字，兩者皆含有語言、情感、文化、象徵等多重符碼，這些交錯的符碼系統，使得圖文之間的表義活動牽涉甚廣。文字說明，具體了照片的內在意涵，照片引領讀者進入該時空脈絡，將抽象的情感具體化，作者藉由影像語言和文字語言的結合，使得文化的傳遞，不只是表面的資訊流通，更是意義潛藏於符號之編碼與解碼的過程。此圖文模式放在原住民文學的脈絡下，則是加強了文化翻譯的能量。原民作家書寫所熟稔的生活經驗，召喚族群的歷史記憶，但對於漢人或其他族群而言，未必能進入其敘寫的文化脈絡底層，在漢語沒有相對應翻譯，或是沒有適當詞語的解釋下，圖示則形成文化傳遞的平台，提供讀者認識並接觸異文化的另一個視角。

　　然而，此種圖文並列的表現，在已出版的作品如奧威尼·卡露斯盎（魯凱族）《雲豹的傳人》、利格拉樂·阿𡠄（排灣族）《紅嘴巴的 VuVu》亦有所呈現。圖文並列在網路和平面媒介的差異，在於電子文本可替換照片，而且經過作者同意之後可以快速地轉載圖文，加速傳播。傳播路徑的開啟，

增加閱讀人口的可能性，或形成共鳴，或心有同感，然而，一般讀者對於電子文本的接受度，是否慎重如同閱讀紙本，並非本文所能周全述及，使得科技加速了文化翻譯的命題，存在著些許辯證關係。

對巴代、乜寇而言，網路平台提供了圖文並置的能見度，也使作家傾向同時間以文字和影像語言進行思考，在貼出作品之時，圖文關係已確立，不同於紙本如《雲豹的傳人》往往是先有文字建構了文本，再配合照片說明[12]的創作模式，文本構思的共時性，使得圖文語言有更繁複的互文關係。文字和影像語言同時建構文本意義，兩者超脫了在主客位置間轉換，而進入一種互生共存的縝密關係。對作者而言，此共時性改變了創作單線性思維，形成一種特殊的書寫歷程。

參、數位平台下的語言觀察

巴代和乜寇皆參與過文學獎的選拔，成為原住民文學新世代的作家，在原漢社會氛圍、生活背景、語言運用……等方面，都和戰後第一代原民作家諸如瓦歷斯‧諾幹、夏曼‧藍波安等有很大的差異。每個世代都有各自挑戰的課題，對巴代和乜寇而言，他們繼續從事原住民文學的工作，也在不同的傳播平台下，以多樣的創作形式，捕捉個人、家庭、部落、族群的紀錄與思考。在現今的文學場域中，對於原住民文學有著一定程度的族群想像，然而，新聞台提供了一個較為個性化的發表平台，兩位新生代的原民寫手在其中有何發揮，則為觀察重點。

在語言表現方面，巴代漢文表達的能力純熟，主題透過流暢的書寫語言而呈現，在型式上也嘗試創新，藉由文字的組合排列，加強文本張力和圖像的概念，在一首描寫山林面臨破壞，原住民的生活將受到干擾的詩「我懂得妳的無奈」中，如此表現：

---

[12] 2005.5.18 屏東好茶部落，與《雲豹的傳人》作者奧威尼，以及攝影者王有邦的訪談稿。

10 年前
至牡丹鄉露營
晚上同小朋友歡樂
並嚐了野薑花伴炒的肉絲
多年來一直是記憶中的美好片段
排灣小女孩星子般晶亮的眼瞳總是縈迴
秀氣的山淺淺的水在綠綠的景和藍藍的天空下
唱著那魯灣的和諧與山野的無爭知足在明天的期待中

唉
只是
去年底
驅車經過
一個大怪物
伸橫著百公尺
說是蓄積著幸福
給下游遠處一群人
一群不屬於黝黑的人
一群眼眸少了星子的人
於是山野的綠有些個顫慄
常年的天藍染了些隱憂
明天的明天有了疑問
無爭知足被賤賣了
和諧再也不成調
所以憂心忡忡

留給了自己
您的心情
我瞭解
無奈
唉

　　此種文字排列與圖案之間有另一層意義的發掘，漫畫家莫爾稱其所產
生的新意爲「言下之意」（under-language）[13]，讀者接收到兩種元素的相
互作用，在視覺及純文字間形成一種特殊的閱讀效果。此種表現，在漢語
文壇並不陌生，然而放在原住民文學的脈絡中，有其特別的意義。原民文
學在詩的創作領域中，雖然主題豐富，卻在詩的表現型式上，由於受到口
傳歌謠的重覆、韻律影響，在文本中呈現一種較爲整齊的並排句式，因此，
巴代在這首「我懂得妳的無奈」的嘗試可謂突出。詩上半段是描述十年前
所見山水人事的感動，最後一句達到長度的極致，彷彿也暗示了情感的延
伸。下半段帶出「一個大怪物」，點出作者面臨資本侵略、部落變色的危機，
在情感上以遞減的文字組合，表現自身情緒的焦慮低落，而首尾各一個字
的「唉」，則呼應起後半段的情感。

　　另外，在詩作「世代之間十三步」中，引用了許多未註解的卑南母語：

石板屋子內住著長輩的長輩
的一群長輩的長輩
住著 maHizaHizan 住著 demuwamuwan
然後每年或偶而開了門　祭祀　祝禱
人類學家來　我才記得要回答

13　轉引於李順興：〈網路文學形式與「讀寫者」的出現〉，《文訊》162 期，台北：文訊雜誌社，
　　1999 年，頁 41。

　　　　那是 garumaHan

　　此種母語語言景觀的運用，在原住民文學中已有多方討論，一旦涉及
族群的面向，母語則弔詭地轉化為意義符碼，形成某種政治的表態以及身
份認同的方式。在運用母語的背後，作者藉此來深化族群文化意涵的目地，
是展現文本意義與意象的重點。然而，針對大多數的漢文讀者而言，若非
明瞭該族的語言，甚至是相關的文化思維，母語變成閱讀過程中一種理解
上的隔閡。此詩所要表達的意境，正是語言以及理解文化之間的關係，然
而令作者心痛的，是自己部落的青年逐漸與傳統精神背離，母語能力的欠
缺是閱讀文本的隔閡，亦為心靈的距離。因此，在其作品中他運用重覆的
「長輩」，顯示口語之特質，而羅馬拚音所表現的母語樣態，卻故意不作任
何的註解，似乎表明最深切的無奈和感慨。讀者閱讀所形成的障礙，實是
巴代寄寓其沉痛的深意。「我懂得妳的無奈」以及「世代之間十三步」詩作
中，此種以形式呼應文本意義的嘗試，不同於已出版作家作品所考慮的讀
者問題，網路平台個性化的開展，是創作者另一個嘗試，它開啟了原住民
文學新的可能和想像。

　　此外，除了部落文化的書寫外，巴代還有一些描寫愛情的詩作，此種
跨越族群的情感，作者信手拈來，卻透露著卑南族男人的細膩及善感。在
詩作〈我是妳心裡昇起的一滴眼淚〉，表現一種相思之情，一旁的註解則補
充其創作的心路歷程和泉源：

最後一次托起熟悉的	註：
妳的臉龐	早期卑南族男子十四歲進巴拉冠
想烙印影兒在我心田	不能有私生活，談戀愛也不行
卻見光影在　妳	只是愛情來得早的人
瞳孔與眼睫水氣間溜回	進巴拉冠前少不得來段與愛人訣別

如果　　　　　　　　　　　　那份酸，過來人知道

那是我轉身後的　眷戀　相思　　　現在，當然不會這樣

我願自妳眼裡昇起　　　　　　所以，看在我這等資深 vansalan 眼裡

落入心田　　　　　　　　　　眼睛也有點感慨的酸

一鑿一鑿　　　　　　　　　　巴拉冠：卑南族男子會所

這首詩透露了幾個線索，巴代熟悉漢語，並能抓住其字彙語言的特質，以「昇」、「鑿」等字營造情詩的詩意和氛圍，比較有趣的是一旁的註解。註解屬於情詩創作一部分，巴代在詩作中運用漢語敘事的技巧，卻在註解帶進卑南族男子會所「巴拉冠」的規矩，並藉此鋪陳情詩的內在情境，使話語和文化意義的關係在其中落實，不僅圖文藉對話產生意義，相異語境所共生的意義也在對話之中。在「定情物上的十字繡花」詩中，顯現卑南族的十字繡花意象，除了以照片勾連具體物像，巴代更將其與愛慕思念結合起來：

因為喜歡妳

所以　我

　捻了針　挑了線

想縫合妳的倩影

　我的愛慕

在每個糾結　浪漫

　的十字繡花中

並　祝禱　等待

妳眼眸裡的

歡喜

　　如同魏貽君所言，原住民文學書寫的題材不必有所限制，多樣化的取材，諸如書寫同志、亦或是都市的情狀，皆可作爲創作的元素和思考面向，然而，屬於原住民的文化思維仍會使其作品與眾不同[14]。愛情這個主題，在原住民作家以詩控訴、召喚族群集體記憶的文學脈絡中可謂特出，而此特殊，卻是在新聞台較無「歷史包袱」的情況下，作者得以展演其個性化的書寫。巴代在詩中引入卑南族群的氛圍，並在文中運用母語如「vansalan」「巴拉冠」……等詞彙，使讀者能藉由文末註釋，在人類共同的情感中體會卑南族群的心思意念。

　　「乜寇的文學與思維」所呈現的面貌，則有所差異。在語言的運用方面，相較於巴代，乜寇使用了大量的母語，多以原漢語對照的模式呈現。受過聖經書院母語訓練的乜寇，面對母語有相當的使命感，因此在書寫過程中，哪些部分選擇以布農族語言表現，表達了作者的關懷面。如「孩子，我很高興你可以來看我」一文，敘述語言以漢文進行，而孩子和老人家的對話是以原漢語對照展開：

> 「 Mais heza mak qalingan-kat, pihani isanga. Na kansiap-pa madengaz-zun.（有什麼話就用心講，老人家會聽見你說的。）」我們透過玻璃看到闔上雙眼的老人安詳的睡在裡頭，……靜靜地在我耳邊彷彿聽見老人的聲音說：「Uvazaz, manaskal tuza sak maktu-su mun-iti sadu zaku.（孩子，我很高興你可以來這裡看我。）」突然，我有一種似曾相識的感覺。

　　這篇文章，凡是長輩對孩子所講的話都以母語表示，作者在其後以括號並運用漢語來補充說明，對原住民而言，老人家的話語是部落中最寶貴

---

[14] 2005.7.2 「文化翻譯」讀書會紀錄。此次由邱貴芬主持，魏貽君及瓦歷斯‧諾幹針對原住民文化翻譯的問題進行對談。

的東西。對母語思維的重視，和浦忠成所提出「元語言」的概念有些共鳴。
元語言指的是一個民族曾經擁有的最初語言型態，唯有它才能夠完全說明
安頓初民生活、建構秩序的神話意涵[15]。此種最早的語言可分爲兩個脈絡，
一是在族群的祭典儀式中所傳唱的咒語、禱詞以及古歌謠，另一則爲長老
在解釋神聖性的口傳文學時，所使用的母語詞彙。元語言所傳遞的文化思
維，承載著族群的生命經驗，因此乜寇所運用的語言策略，彷彿是想要藉
著母語來暗示母文化傳統的接續。同是原漢語對照模式，乜寇在一篇詩作
〈人物雕〉的表現方法，則分成兩個部分，前半段完全以羅馬拼音書寫這
首詩，後半段將上述翻譯成漢文，形成兩塊不同類型的文字區塊：

mavaia tu

Muazin sak sikakundok iti

Niti san maktu anbisukbisuk

Miekdi-in na vawu to namanak-ke vali kun

Makalpaz-zin amin-na busko han inak to lukbu

Via su tu sadu kat nitu na makto sos-opata

Maszang vali to hongkav-i vali

Muaz isqalmang anqai-i

Mopat madazing sak to?

爲什麼

我只能在這裡僵直

動也不動的

已經很累了我那射日的肩膀

灰塵厚厚的在我身上

---

[15] 浦忠成 2005 年於清大所開設的「原住民族文學發展議題」中課堂講義：〈洪水肆虐的記憶〉。

為何你看到了卻不能為我作呢

卻像太陽的越過山脊

只是無謂的走過

難道我死了？

（有感於部落越來越多的神話人物雕像）

就內容來說，此首〈人物雕〉針對部落景觀愈趨觀光化、文化愈趨向商品化的情況，提出反思和質疑，就表現型式而言，兩種不同語言區塊形成一種特殊的閱讀效果。一定的語言型態對不同文化領域起著制約作用，使得新聞台電子文本中的語言景觀所帶出的訊息和象徵，不僅在於保存布農族部分的母語語彙、句式，在網路媒介的閱讀市場亦別有意義。此書寫相較於原漢語隔句對照，對不熟稔該族群語言的網路讀者社群來說，似乎加深讀者與作品的距離感，然而，不管哪種原漢語對照模式，讀者面對文本，將選擇本身所熟知的漢語來進行閱讀，但這並不表示這些母語的句子對讀者毫無影響，相反地它突顯了原漢之間存在的特殊性，並成為讀者見證原住民作家主體性的一個途徑。

此外，原漢語並置對照，還考驗著作者在兩種語言、兩種文化之間翻譯的能力。更進一步地，乜寇在作品裡解釋母語，將漢語沒有辦法翻譯，而通常是族群文化精華的部分作了詮釋。第一篇放在新聞台的作品〈我為自己點了一把火〉解釋自己恢復傳統姓名開始，文本中母語的解釋便是一個重點：

索克魯曼 Sokluman 是我的「家族名」。……索克魯曼 Sokluman，Sok 的原型是 sokesun 有「反過來」的意思；luman 是一種形容詞，有「被圍的」的意思，an 有「的人」的意思，其原型是 lumun 是「被圍」之意。所以 Sokluman 的完整念法是 Sokesun malum to Bunun，表達

的是"反而被包圍的人"。

　　乜寇詳細地解釋自己家族的母語構詞組織，除了保存傳統的發音、語音結構以資對照之外，探究母語與文化脈絡的關係，使深層的文本意義因而開展。文本中使用母語，並作解釋，使語言思維過渡到族群文化，開啓了一扇讓不同民族依循語言結構而進入該族文化脈絡的窗口。同樣的關懷持續至 2005 年所貼出的新作：「Miqomisang 願繼續活著」、「有嗎？」在文中以拆解母語結構的模式，展現布農族語的精神與文化：

> Miqomisang（米句米斯桑）在布農五代社群裡為布農族蠻社群腔，
> 一般的語意為謝謝你、感謝你或是祝福你。……然而它的意涵不僅
> 於此：Miqomisang 可拆成三個字音，其中的 qomis 意為「活著」，
> mi 有持續的含意，sang 為現在進行式的文法，qomis 後頭加上 sang
> 之後，意思就成了的「還在活著」，所以 miqomisang 整句話比較具
> 體的解釋是「願繼續活著」。

　　對照早期布農族作家拓拔斯在小說〈拓拔斯・塔瑪匹瑪〉（1981）所作的安排，他讓人物的對話以「明喝米桑」漢語音譯，如：「明喝米桑（註3），烏瑪斯。」再利用文末的括號註解：「布農話感激之意」來呈現。小說人物對話中，「明喝米桑」乃作爲顯示族群身份的記號，在拓拔斯寫作的年代，有其建構身份認同的積極意義。此種具備族群文化性質的語言符號，標示著文本的異文化屬性，作爲重塑主體的「意義語碼」以及「政治表態」。

　　二十多年後世代交替，乜寇以羅馬拚音書寫此詞彙「Miqomisang」，在不同的原漢社會脈絡中試圖引入文化翻譯的概念，相較於原住民作家作品中將母語視爲一種象徵符碼，或是因應漢語無法詮解之運用，乜寇在網路平台就以母語本身作爲書寫之題材，文章裡逐步分析母語結構，將布農文化內涵藉由字句的拆解，呈現較爲貼切文化脈絡的面貌。不僅顯現了台灣

原住民文學建構的過程，在母語保存、主體認同方面亦可見文學史的累積和開展。

透過閱讀而生發的文化滲透力，建構起每一個讀者對於異族文化的認知和思維。然而，孫大川從中反思原住民文學的創作：「不是漫無限制的任性想像，更不是對漢語全面之投降而任其宰割。」[16]孫大川的宣言固然滿懷理想，然而，作者一旦去思考讀者的問題，則帶進了文化翻譯與傳播介面的議題。不論讀者是漢人或是其他族群，文本表現則無法完全「異質」而排他。運用羅馬拚音表現母語的書寫動作，某一程度上提供原住民創作的能動性，其中卻涉及協商與抗拒的複雜面向，族群文化方能交流傳遞，而網路平台雖有個性化文風的潛力，卻也必須是有上網能力的讀者參與，「傳播」才得以成立。因此，文學數位化過程中，所面臨的三大改變：創作表現模式、傳布方式以及發表平台的更替，在整個原住民文學脈絡下激發起大小不同的迴響。

肆、原民文學脈絡下數位與紙本的對話

原住民文學的發展過程中，可分爲兩種面向來考察，一個是文本與社會脈動的關聯，諸如莫那能對於人權不平等的控訴、夏曼·藍波安等原民知青回歸部落，如何展開自身與母文化追尋之過程，此部分是現今評論者所關切之處。另一部分是文本與發表平台的關係，如出版書、報章雜誌、甚至是電子媒體，如何和文本意義產生勾連、和文學閱讀市場對話。這兩種面向互有影響，甚至彼此都牽涉到文學場域的問題，然而，觀察數位平台下原住民文學所產生的現象，對平面媒介所產生的一些回應，是筆者認爲有趣之處。

---

[16] 孫大川：〈原住民文化歷史與心靈世界的摹寫〉，《山海世界》，台北：聯合文學，2000，頁107-137。

傳播平台的改變，是否就能意謂著文學閱讀模式的更替？觀察目前幾位使用網路介面的原民作家，筆者認為諸如巴代、乜寇……等個人新聞台、部落格的呈現，就型式方面，僅在於將作品貼上網路，或是以圖文連結來加強「數位化」的面貌，相較於其他使用 Flash 動畫所造成的歧路、繁複的瑰麗景觀，原民作家的嘗試顯然「樸素」許多。就內容而言，如上節的鋪陳，巴代、乜寇在「去守門人」之傳播平台下，得已在作品型式以及文學風景加以創新，然而，此觀察不僅是數位與平面的問題，而在於整個閱讀市場機制的評估。

巴代和乜寇皆為文學獎新人，其創作的潛能受到肯定與開發，然而，就平面媒體而言，除了文學獎和一些文學會議可看到零星的發表外，並沒有太大的空間讓兩位創作者有所發揮[17]。網路提供了一個便利的介面，在個人的新聞台上可以發表作品，不受出版商業考量機制，以及擺脫文學「經典」、「典範」的相關束縛。林淇瀁觀察網路數位文學後，則以「守門人」來詮釋這一類的觀察：

> 無傳統媒體「守門人」介入，暱稱和代號的「去主體性」隨之加強，對於傳統媒體以「守門人」篩選投稿，以「文名」或「美學」決定作品刊登取捨標準的主導權力，形成去中心、去霸權的性格，也有確能開拓書寫空間的能力。[18]

林淇瀁的觀察，指出數位平台下的作品具備突破重重文學典範，以一種去中心、去霸權的姿態，開拓自己的書寫發表空間，而不受出版、主編篩選稿件的限制。此類思考，乃是針對一種既定的文學典範所作的觀察。

---

[17] 環顧台灣重要的文學傳播媒體，無論是報紙副刊或是文學期刊，原住民作家的書寫作品也極少被刊登，迄今仍處於文學社群的邊緣位置。
[18] 林淇瀁：〈超文本，跨媒介與全球化〉，《中外文學》33 卷 7 期，台北：台大外文系，2004年，頁 111。

然而，放在原住民文學的脈絡裡，原民文學「印象」的形成則分成兩個層次來論述：一是作者書寫本身所熟悉的部落經歷，另一個部分除了作者本身之外，藏身在漢人主流社會的美感價值取向，是一種「觀賞」的權力。觀賞者所期待的原住民以及原住民文學，伴隨著社會所建制的各種想像而來，此種權力不僅將原住民的社會表現推向本質化的建構，也可能誘導原住民文學創作無意識地選擇或侷限在符合自己身份的題材上。這兩種思維，對於形成原住民文學的「印象」具有決定性的影響，無形中建構了屬於台灣原住民文學的基調。此論，如同林淇瀁所謂的「守門人」，對於原住民創作者其他風格的嘗試，文學論壇多持以保守的態度來觀望，巴代、乜寇等其他新生代的寫手，陸續在網路的介面下發表作品，不過，是否會和實體社會的文學社群發生場域和權力的相對移動，孕生出跨媒介的新世代社群現象，還需後續觀察。

在台灣數位文學的相關討論下，關於文學典範的質問與反思，則可能導向質疑在數位平台下作品的水準，然而，在本文的討論中，由於兩位文學獎新人的創作能力已受肯定，觀察的面向將進一步地指向創作歷程以及利用數位平台發聲的相關問題。「巴代的開放空間」的設置時間為 2004 年 1 月，所發表的作品有 2004 年之後的新作，亦有舊作的整理，在新聞台簡介中，巴代道出了開設此網路空間的想法：

對許多喜歡接觸原住民的朋友人來說
關於內斂／隱忍的卑南族男子的心靈世界
可能一直是個吸引人卻不易進入的空間
【巴代的開放空間】
是一個資深卑南族帥哥的心情手札
透過【遊記】【散文】【詩作】【報導文學】【雜記】的練習作品
也許能給您一個窗口…一窺

傳說中卑南族男人……

卑微／自大……隱忍／勇猛……內斂／奔放……溫馴／剽悍的

不對稱內心世界與性格

　　寫作乃是一種社會行為，是一種溝通性行動，是作者與讀者共享訊息、思考與理念的方法，自我情感也藉此表露。巴代希望藉此平台上的發表，帶領讀者甚至是自己進入創作的本質、作品中的心靈世界。乜寇在〈馬博拉斯戰役〉一文提到：「但願可以藉由漢文紀錄屬於台灣原住民族那段口耳相傳的那段往事，盡身為山地人的布農族後代一點可能的責任。」從這兩段宣言，可明確地感受到作者的發表意圖。而這些意圖，如果能透過電腦數位化來加強，除了以圖文方式呈現，其他諸如聲音等其他媒材，或許更能紀錄、豐富文本之意義。原住民無文字的口述傳統，若能以聲音的方式形成「文本」，或是讓圖文關係有聽覺的參照，所形成的「閱讀」效果或許還能回溯至老人家口述的脈絡，彰顯了族群的文化意義。[19]因此，對於傳播型式的自覺與操作，兩位原住民作家都還有可期待之處。

　　原住民文學數位化目前還在起步中，未來能否形成具備族群色彩，又能承載文化脈絡的原住民網路文學？當有此提問時，所牽涉的範疇將包括幾個層次：原住民作家操作軟體的素質、書寫者是否能跳脫文字線性的思考，而以圖像來構思文本、以及在文化翻譯的前提下，作者如何開拓不同於紙本的表現？讀者又該以什麼視角來看待此「嶄新」的原民文學現象？這些思考，顯示了原住民文學數位化後，接下來要面臨的諸多問題，多重的討論空間也因而展開。

　　其中一個討論，即是作者／讀者問題。書寫者從讀者的回應裡，建構

---

[19] 聽覺以及回溯口傳歷史的構想，得力於與陳徵蔚老師的討論，如何以跨媒體的網路平台來建構出原住民文學不同的面貌，讓讀者從不同的型式進入文化翻譯的層次，亦為原住民文學數位化的理想之一。

了不斷創作、閱讀的循環關係，在巴代的留言版上，多瑪斯、裘古、普悠瑪 ahung i masikaD……等人經常留下鼓勵：

> patay wadiyan
> 很久沒給你出現 擔心會看不到好東西 所以又出現了 因為很高興
> 看到 pinuyumayan 的 bangsaran & bulabulayan 近年來都有表現 尤其
> patay 你 加油 pakirunguTi
>
> 169.185.180 -- 2005-07-21 22:45:35

　　巴代的即時回應緊密連繫了社群的關係。在乜寇的留言版上，除了鼓勵的話語，讀者小禎甚至將心得寫成文章放在網上，形成閱讀、創作的過程同時在創作者和讀者之間進行的模式。因網際網絡所形成的原住民文學社群，憑藉著能和作者討論的平台，所牽涉的討論就不只是文學範疇，包括族群或是文化復振等議題，也在不斷地對話下激盪出新的火花。網路文學社群中的讀者角色可以輕易發聲，透過評論意見介入作品的生產過程，有助於提高讀者的主動性，泯滅作者與讀者間的明確界線。在「巴代的開放空間」、「乜寇的文學與思維」潛伏的讀者群，由於作者書寫文體多半非連載、多向的小說，因此，介入作品生產的過程並不明顯，留言版的功能大致上在維繫該文學社群的情感，在彼此對話中保持著虛擬卻又真切的關係。

　　網路為一虛擬空間，人們在其中可變換身份，或具有多重面貌，這和原住民文學主體性的建構過程，產生了什麼樣的落差？兩者看似扞格，卻是在不同層次上的回應，筆者認為亦可從讀者與作者的身份來討論。原住民文學數位化後，讀者能夠登場的舞台即為「留言版」。新聞台所設置的留言版，讓讀者群具備雙重的身份：一方面明朗化，一方面卻又匿名化。在數位文學的論述中，讀者可藉由代號、暱稱和作者進行溝通，看似一個消

解主體的過程，然而，一旦熟稔而成為固定的閱讀對象，形成一個以網路維繫的文學社群，相較於平面紙本的隱藏性讀者，數位平面下與之持續對話的讀者，其身份對作者而言也就相對地明朗化。就作者而言，部分原住民書寫者整合了個別的部落格，形成以原住民為主的社群，這其中包括文學、音樂、影像…等類別，此種社群的出現明示了原住民主體性的存在，並且正以此種組織持續擴大中。雖然讀者具備參與作品創作的可能，但此進路所解構的是「作者」的存在，而非「原住民」身份的消解。因此，原住民文學網路社群的建立，不僅回應了現今網路文學的論述，也提供族群文學數位化後主體性建構的相關思考。

主體性建構的過程，唯有傳遞出去，方能在他者（讀者）中確認自己面貌。然而，面對平面和電子文本的態度有別，使得運用網際網路是否延伸了原住民文學的閱讀市場，還需時間的累積和評估。此種觀望，使得作家新聞台的經營與維繫，具有潛伏性的不穩定因素。以巴代和匕寇為例，其新聞台上作品的更新和累積，並沒有隨著時間的遞移而成正比，作品創作和留言版的回應也未如預期，使得原本可展開的原住民文學數位化有所停滯，相對於紙本出版的原住民作家，面對催稿而集結成書的發展，前者在經營創作時就顯得有些單薄。巴代在「原住民文學院」[20]連載小說故事：「部落的自殺事件」，至今已有 21 篇的書寫，每篇作品發表的時間大致上有安排，使其連載得以持續下去，而同是網路介面的個人新聞台「巴代的開放空間」、「匕寇的文學與思維」其上的發表和創作，未能有連載的動力，加上小眾文學也未能受到主流媒體之注意，更遑論與流行文化產業掛勾，也因此，書寫者在界定其創作路線之後，如何持續地經營網路空間，磨練文筆，開啟與自我、讀者的積極對話，使作品的質和量逐漸提高，都成為讀者的期待與這些新生代原住民作家的重要課題。

---

[20] 參考網址：http://tawww.com/Aborigi/index2.asp。

伍、小結

　　本篇論文探討的重點，乃是觀察在數位平台的媒介下，新生代原住民文學創作者在其中發表的文本、影像語言表現，在整個原住民文學脈絡中可能形成的新面貌。新聞台包含許多操作介面，諸如人氣指數、留言版、彩色的圖文並置等，使得「巴代的開放空間」、「乜寇的文學與思維」的發表作品，在形式及內容上對照已出版的原住民文學有些許的差異，包括文學場域、讀者社群、作品風格和表現模式、傳播的情況……等，特別是在語言的表現形式與所勾連的文本意義上，如何因傳播介面所形成差別，爲本文討論的切口。

　　原住民文學數位化的過程乃是對應全球資訊網而來，然而，創作者除了需要具備寫作的創意、組織與撰寫能力外，更要能夠嫻熟各種數位創作的基本程式操作能力，方能結合其文本意義。對於巴代和乜寇而言，另一個傳播平台的開發，除了在網路的空間發聲外，思考如何努力跨媒體出版，透過更積極參與文學論壇等相關事務，讓這些電子媒體更具公開性格、影響力，隱然成爲該文學社群思索的新方向。

參考文獻

- 行政院文建會編輯，《原住民文化會議論文集》台北：文化建設委員會，1994。

- 須文蔚，〈新瓶中舊釀與新醅的纏綿〉，《文訊》，台北：文訊雜誌社，1999。

- 班雅明著，許綺玲譯，〈攝影小史〉，《迎向靈光消逝的年代》，台北：台灣攝影工作室，1999。

- 李順興，〈網路文學形式與「讀寫者」的出現〉，《文訊月刊》162 期，台北：文訊雜誌社，1999。

- 黃鈴華編，《21 世紀臺灣原住民文學》台北：台灣原住民文教基金會，1999。

- 林淇瀁，〈流動的謬思：台灣網路文學生態初探〉《解嚴以來台灣文學國際學術研討會論文集》台北：師大國文系，2000。

- 林淇瀁，〈超文本，跨媒介與全球化〉《中外文學》33 卷 7 期，台北：台大外文系，2004。

- 王雅倫，2000《光與電——影像在視覺藝術中的角色與實踐（1880-2001）》台北：美學書房。

- 中興大學外文系編輯，《多媒體文學臺灣學術研討會論文集》台中：中興大學，2001。

- 劉紀蕙，〈文化研究的視覺系統〉《中外文學》30 卷 12 期，台北：台大外文系，2002。

- 孫大川，〈台灣原住民文學創世紀〉、〈原住民文化歷史與心靈世界的摹寫〉，《台灣原住民族漢語文學選集‧評論卷上》，台北：印刻出版社，2003。

- 廖咸浩，〈「漢」夜未可懼，何不持炬遊〉，《台灣原住民族漢語文學選集‧評論卷上》台北：印刻出版社，2003。

- 瓦歷斯‧諾幹,〈臺灣原住民文學的去殖民〉,《台灣原住民族漢語文學選集‧評論卷上》,台北:印刻出版社,2003。

- 須文蔚,《臺灣數位文學論》台北:二魚文化事業,2003。

- Bakhtin *The dialogic imagination : four essays.* Translated by Caryl Emerson and Michael Holquist . Austin:University of Texas press.2002.c1981.

- 「巴代的開放空間」網址:
  http://mypaper.pchome.com.tw/news/puyuma0913/。

- 「乜寇的文學與思維」網址:
  http://mypaper.pchome.com.tw/news/nneqou/。

講評

陳徵蔚*

作者以巴代、乜寇爲例，從書寫與傳播平台、文字與影像語言表現，以及數位平台之語言觀察三個方向，觀察部落格所賦予原住民文學之可能性。此嘗試可謂創新，畢竟數位文化研究多集中於其發展願景，關於實際文本分析，甚至對族裔議題，卻著墨甚少。

在研究數位文學時，應特別關注電腦所特有、無法在紙張上表現的藝術形式。倘若數位創作同樣可在紙張呈現，那麼電腦與「通了電流的紙張」何異？真正的電腦文本原生於虛擬空間，也僅僅能存在於電腦之中，因此它才具有獨特性。長久以來，數位文學消弭了讀者與作者的界線、增加了互動空間，並強化了無等差的發表管道，同時也打破了傳統線性敘述，切割、重組了文本，透過超連結，建構出真正的破碎敘述。除此之外，影音多媒體與文學整合，拓展了傳統單純以文字爲主體的文學，朝向更加多元的整合藝術發展。從這個角度來檢視數位介面與原住民文學，也許可以發現一些問題。

作者以照片與文字搭配的部落格來證明文本巧妙跨越文字與圖像，達到跨界書寫。然而矛盾的是，圖文並置也可以在紙本中呈現。倘若部落格同樣可以透過紙張呈現，那麼它的獨特性何在？在現行發表平台中，部落格創作究竟是強化了傳統書寫，抑或是解構？部落格究竟是全新創作形式，抑或僅是披著數位外衣，骨子裡卻仍然固守傳統？作者援引解構理論，分析圖文並置，卻似乎忘記了這些理論原本是在強調符號的滑動與不確定，藉以顛覆傳統紙本結構。作者架構了原住民文學數位文化，另一方面卻又使用解構理論，拆解了自己的基礎。

---

* 政治大學英國語文學系博士候選人。

　　其次，作者使用形象詩「我懂得妳的無奈」來證明數位介面可以提供更多的書寫彈性，也讓語言更加活潑。然而，形象詩同樣也可以在紙張呈現，並非數位介面獨有。「書寫」將語言「凝固」，而形象詩更是嚴格限制句式字數，藉此構成形象，要說這是增加文字活潑度，似乎略嫌牽強。在數位創作中，超文本小說、電腦詩，都在於透過電腦重組破碎資料的強大能力，突顯語言意義的不穩定性，突破傳統線性敘述枷鎖。在中國，蘇若蘭〈璇璣圖〉與萬紅友《璇璣碎錦》是突破文字線性的早期嘗試，電腦技術則可以進一步強化這種解構效果；然而藉由形象詩闡述多向、破碎的敘述，其實並不適當；反倒是作者文中所對比的口語敘述，比文字更具有活潑性，它只過是被文字凝固，所以看來缺乏變化而已。

　　在數位介面發展原住民文學，究竟有何展望？現行研究多停留在漢語書寫下的原住民文化，母語口語藝術研究相對較為缺乏。使用文字作為單一表達媒介，展現漢化後的原住民意識，無疑存在著文化認同矛盾。過去侷限於影音技術，口語文化較難紀錄保存；然而電腦多媒體大幅降低了影音門檻，也提供原住民一條擺脫漢語文字，重回口語的策略平台。除此之外，既然要跨越媒體與符號界線，便不能滿足於單一線性的書寫表達。超文本與超媒體多向破碎的模式，將提供無限潛能。最後，原住民社群過去通常透過傳統部落建立；然而如今虛擬網路提供了快速互動的場域。對於一般作家而言，網路也許僅是快速進入市場、廣泛接觸讀者的平台。然而對於原住民，網路延伸了實體山區部落，跨越時空限制，凝聚共識與主體性，並能向世界發聲。邇來網路所成立的「原住民部落格」，正是類似嘗試。知名哲學家維根斯坦曾說，「我的語言界限，便是我的世界界限」，數位平台跨越異質符號，拆解固有文字模式，為文學拓展了全新地平線。研究數位文學時倘若受限於傳統文學概念，反易身陷舊世界觀的泥淖中。事實上，數位文學是一個全新領域，應該以更加宏觀嶄新的觀念因應。也許如此，

我們才能站在數位科技的浪頭，遙望未來的文學世界。

行動越界與身分演繹（義）／藝
論杜十三跨媒的詩學表現

王慈憶*

摘要

　　20 世紀末，即將跨入後工業時代，科技媒體勃興，使得傳統書寫形式，非特面臨多元挑戰，甚且遭遇「流散」的危機。以是，書寫者不得不另尋操作，杜十三即箇中翹楚。他大膽嘗試將現代詩由文字書寫，結合繪畫、音樂、戲劇、行動藝術，進行一連串現代詩的實驗，加入光影、裝置藝術，建構多元的詩空間。「化抽象意念為生活具象」是他實驗創作的核心概念，「再現」（representation）則是他進一步提出的詩學觀點。在這實驗過程，文字書寫的純粹意義是否已經全然被取代？永不復返？如此展演的詩歌，是否依然保持詩歌的性質？還是它已自己去形成另一種類型，或者稱之為「詩藝」（詩歌綜藝）？由之而形成的感知結構，與讀者的關係確實能達到引起觀省的效果嗎？還是如夜空施放的煙火，短暫炫爛？凡此皆本文所思考，並亟欲解決之問題。

關鍵詞：杜十三、現代詩、跨媒、再現、再傳播

* 中正大學台灣文學研究所碩士班，E-mail：cherry_wang1981@yahoo.com.tw。

壹、前言

70 至 80 年代，現代詩壇邁入了另一個新世紀的里程碑，由詩壇一連串頻繁的活動，即可窺出端倪。《地平線》、《掌握》、《詩人坊》等重要詩刊，於 1981 年相繼成立；羅青、詹澈所主持的《草根》詩刊，亦於 1985 年重新復刊。80 年代中期，須文蔚、杜十三等人上網成立的「現代詩網路聯盟」，亦開創了另一新興的傳播媒介。1998 年，江文瑜、杜潘芳格等人集結女詩人成立的「女鯨詩社」，重建了長期被邊緣化的女性詩學。1995 年三月至五月，文訊雜誌社一連舉辦六場的「台灣現代詩史研討會」，結合眾學者的對話、討論，尋求建構台灣詩學主體性的可能。

80 年代中期以降，解嚴後的新時代氛圍，再加上全球化的同步衝擊，使台灣現代詩壇堂堂邁入另一個新世代，中生代及更年輕的新一代詩人於其間擔綱演出。一如瘂弦所言：

> 年輕一代詩人，已在試圖重組世界漢語詩的新版圖，在一個新的地平線上，尋找更新、更遠的火種。各種論述觀點的反映、創作性的實驗，不只是詩語、形式結構的革命，而是一種對前一代掀起一次創作性的叛逆。[1]

1982 年，杜十三結合現代詩與裝置藝術之作——「郵遞藝術探討展」，可為時代試驗之先聲。他的作品於海內外十三個地區展出，獲得廣大迴響，由 Victoria & Albert Museum 收藏。在 21 世紀「後」現代、「後」殖民等論述蔚然成風的世代，杜十三以前衛、實驗性的表現形式乘風而起，林燿德稱其為「80 年代台灣詩人中的行動首席，一連串令保守者心驚肉跳的藝術行動，類似美國詩人和觀念藝術家 BIOS 的行徑或眼鏡蛇（COBRA）藝術群的身段，使得現代詩不只停留於文字符號的世界，更將觸角綿延到其他

---

[1] 孟樊：《台灣後現代的理論與實踐》（台北：揚智，2003 年 1 月），頁 46。

藝術的領域中，化身爲其它藝術形式的素材。[2]」

杜十三的創作，充分表現後現代文類「多元」、「開放」、「解構」、「文類融合」等特質，卻無「拼貼」的不完整性。閱讀他的詩作，若僅停留單件作品的孤立詮釋，便無以洞見其內在深層的美好本質，各種越界的形式表現，在其創作均成爲一有機的整體，互相牽繫。「越界」的形式表現，是其試圖將詩語言的抽象化爲具體的實踐，結合繪畫、聲光、行動藝術的詩空間形構，引領讀者進入「杜十三式」的美學世界。「化抽象意念爲生活具象」是他進行實驗的核心概念，而「再現」（representation）、「再創作」的觀念提出，則是杜十三進一步實踐理念的詩學觀點。白靈稱他是「屬於未來、台灣最早想踢開二十一世紀大門的詩人。[3]」，而林燿德則稱他「足以當選後工業社會藝術家中的模範生。[4]」杜十三實驗性的創作性格，並非爲了「新天下人耳目」的譁眾取寵，而是「指出向上一路」地爲現代詩創作手法另闢蹊徑。

目前先行研究者，對杜十三詩作評述，多爲單篇文論、書評或介紹式的專訪，未能觸及杜十三作品內在特質，高健〈發現杜十三〉及賴芳伶〈哀愁與智慧：杜十三詩的大悲咒〉爲較爲完整的兩篇論述。高健對於杜十三早期、前期、近期作品，作重點式的回顧分析，認爲杜十三是以一種前所未見的方式，實踐詩人獨特的美學思想；是一位質量兼具的一流詩家。放在當今兩岸華人詩壇上，相較於老中青三代，他是一位難得的傑出詩人。賴芳伶則以杜十三的文字詩爲主要討論對象，歸結出杜十三各期作品特質，由早期的「憂鬱書寫」發展至近期「因爲苦難所以奮鬥」的生命指標，

---

[2] 林燿德：〈行動詩人杜十三〉《創世紀雜誌》105 期，（台北：創世紀雜誌社，1954 年），頁 88。

[3] 白靈：〈從灰燼中掙扎出樹——小讀杜十三〉《台灣詩學季刊》（台北：台灣詩學季刊雜誌社，1998 年 12 月），頁 80。

[4] 林燿德：〈行動詩人杜十三〉《行動筆記》，（台北：漢光，1988 年 12 月 25 日初版），頁 10。

以及婉約深沉的歷史思索。先行研究者，主要著重於杜十三文字詩的詩學表現，對其跨媒的創作試驗，鮮少探討。筆者認為，若僅就其文字詩的單方詮釋，無以「洞見」他多元形式的創作背後，「隱蔽」於詩空間中作者、讀者的存在感知，以及美學價值，應就杜十三跨媒的詩學創作，予以深究。

再者，對應 80 年代的後工業社會，杜十三提出「再現」的詩學觀點，揭櫫著何種時代意義？吾人又該如何於 80 年代的現代詩壇，予其合理的定位？植基於「再現」的詩學理念，杜十三詩創作越界、演繹／藝的跨媒試驗，對於詩歌本質究竟是弱化？或者強化？當文學載體不復為單一書寫，是否亦預視詩人創作意圖，將遭解構於聲光幻影之間？詩人該如何在跨領域的越界間，銘刻自身的存在？文本形式的演繹，亦使讀者由原本有意識的閱讀，步入無意識的接收，而讀者於詩作的接受美學，是否亦因此墮入感官刺激的短暫？諸多問題之釐清，為本文研究目的。又，對應後現代多媒材的運用，文學又該如何保有本質的純粹？

貳、詩人「再現」的詩學觀點及實踐

欲探究杜十三「再現」的詩學觀點。首先，必須針對 80 年代中期以降，台灣後工業社會景觀以及後現代主義的引介，對現代詩壇的影響，做一番總檢討，尋找在此背景之下，杜十三詩學觀點的歷史座標。

解嚴後的台灣，告別了威權時代，出版言論的自由，川流不息的網路資訊，以及消費社會的來臨……一連串工業社會景觀的觸動，再加上政治、環保、族群等議題反思，為現代詩壇提供多元的創作題材。都市詩、科幻詩、政治詩、生態詩、原住民詩等對因應時代、社會而發的作品，在大環境氛圍的催生下誕生。緊接著，網路 E 世代的來臨，創作具有更大的揮灑空間與趣味，「網路詩」呈現的聲、光、與動態立體效果，使文本（text）由傳統的二元，躍升為三元的超文本（hyper-text）；讀者閱讀的方式亦由傳

統的單向接收，轉爲與詩作的積極互動。羅青、林燿德、孟樊等人於此時積極引介的後現代主義，更燃起現代詩壇另一波「新舊文學」論戰，舊世代詩人一如葉維廉、向明等，對後現代詩光怪陸離、離經叛道、不知所云的批判[5]，以及林燿德、羅青、孟樊等新世代詩人的積極捍衛，「多音交響、百家爭鳴」的眾聲喧嘩，成爲 80 年代現代詩壇最精采的風景。葉維廉對於後現代主義的在台發展，向以持否定態度，他認爲「後現代主義只適合於北美這種工商轉型期的國家。[6]」對此說法，林燿德認爲這是舊世代詩人「認同傳統」的表現，「認同傳統正意味他們自認自己的作品已經進入典律之中，足以抗拒任何外來、新興、叛逆的聲音。[7]」

　　而羅門則是前世代詩人中，較願意與後現代對話者，他有條件地贊同後現代的解構傾向，使用多元與開放的創造思想表現形式與技巧，並肯定後現代主義階段性的必然性及其突破現代主義所呈現的某些價值。不過由其〈後現代 A 管道〉一詩內容「只要你高興／一切都由你／價值由你定／歲月由你選／世界任你抱」可以得知，羅門對於後現代主義顯然是有所誤解的，他錯將多元、毫無規範的大鳴大放、隨興等特質，視爲後現代主義的表徵。廖炳惠認爲，羅門對於後現代都市「多元化」、「自由化」、「開放化」的誤認，是台灣學者與藝術家將國際後現代潮流與本土論述交混的結果，以致「後現代主義的解構性及其反大敘述的反省思維與諧擬現實的歡會戲謔，被多元與自由表達或性解放的論述所替代、移位，成爲一種高度反現代主義的發展，繼續實驗各種美學與藝術技巧，但卻超脫傳統各種再現的侷限。[8]」因此，廖炳惠認爲台灣學者及藝術家對於後現代主義的解套，

---

[5] 葉維廉對後現代世紀末景象的焦慮，在〈紀元末切片〉：「男體女體檔案快要完成之際／有兩件器官竟然掙扎和抗拒程式化。」中表露無疑。參見：孟樊：《台灣後現代的理論與實踐》前揭書，頁 34。

[6] 林燿德：《都市之甍》（台北：漢光，1989 年），頁 135。

[7] 孟樊：《台灣後現代詩史：台灣後現代詩的理論與實際》前揭書，頁 35。

[8] 廖炳惠：〈比較文學與現代詩篇：試論台灣的「後現代詩」〉《中外文學》24：2，1995 年 7

仍停留於「現代主義式的大型神話，並未真確地將後現代納入顯微鏡，彰顯其謎題的虛構成分。」他認為，對應台灣公共文化的發展脈絡，後現代主義無疑是個新興反體制、反整全系統（totality）的方便理論，但是如果一昧挪用理論，便容易將問題抽象化、中性化或抹煞，削弱社會實踐的反省力道。因此，應該以交錯、交混的觀點，尋求後現代在台的另一種過渡與可能性，由文化環境演繹台灣現代與後現代媾和的情境，探索台灣當代詩人或文藝界在挪用後現代潮流過程中，文化差異與異文化間所呈顯的交錯。

後現代理論過份的挪用，同樣出現在現代詩論。奚密認為，舊有的詩觀和解詩方法漸批露其不足，於是 80 年代以降的台灣出現一批為數不少的「新」詩，詩評家尋求新的觀察角度與詮釋策略時，後現代主義提供了一個新的角度與策略。但同時，卻也帶來兩點負面影響。其一，某些詩評家刻意強調後現代主義部分理論，而抹殺了詩文本多元的內涵。其二，片面突顯詩的某些「後現代」特徵時，卻忽略、扭曲文學史，對於理論過分依賴，以至僵化、片面化原具創造性、開放性的討論[9]。

此外，奚密亦認為「後現代主義對了解台灣詩有許多啟發，但這份了解必須落實在一首詩、一位詩人作品、一脈文學傳承的把握上，否則易淪於理論掛帥，削足適履的陷阱。[10]」他的觀點認為，理論終須落實、應用於作品分析，而非架空於作品之上，形成一種形而上的高調。對於台灣後現代主義思潮的引進，他亦進一步地認為必須深論理論在地化的過程，也就是將 50、60 年代的現代主義、70 年代的鄉土文學納入考量，並且於現代主義、鄉土文學之外體認後現代的創意。奚密的觀點或許可與廖炳惠之見呼應，他們皆試圖尋找台灣本地文化與外來思潮交錯剎那，遺留的過渡軌跡。

月，頁 70。

[9] 奚密：《後現代的迷障‧現當代詩文錄》（台北：聯合文學，1998 年 11 月初版），頁 204。

[10] 奚密：《後現代的迷障‧現當代詩文錄》前揭書，頁 206。

　　顯然地，80年代以降的現代詩壇，孟樊、林燿德等對於後現代詩學理論的建構，過份單一，忽略將台灣近百年來的殖民史與現代化不均勻的過程[11]、本地文化與外來文化的辯證性列入考慮。羅青與杜十三則跳脫建構龐大詩學理論的企圖，從形式角度尋求「詩」與多媒體結合的可能性。

　　羅青由現代詩的「再創作」角度進行探討。他認為後現代詩最大特色在於將所有藝術類型，分解成最小的「資訊單位」，可以無限制相互流通重組，「內容」與「形式」完全分離，各自獨立衍生，不同的「資訊單位」重組某種內容時，創造了「新形式」，也創造了「新內容」。相對地，形式與內容關係亦趨於複雜化，承襲此一概念，羅青進一步發展「錄影詩學」。而杜十三則著重於現代詩的「再傳播」，認為後現代詩是指「綜合歷來各種傳播階段所具有的詩型態集合」。因此，他著力於開創現代詩的新傳播方式。從1982年開始，杜十三除了文字媒介的純文學創作外，亦與多位詩人嘗試策劃、導演一系列現代詩新表現形式的實驗創作行動，包括了郵遞展出行動、街頭演出行動、舞台行動，以及現代詩造型設計、朗誦及譜曲等傳播行動。「行動」，即是在時間的變化中追尋恆變的空間，或者在空間的變化中，追尋恆變的時間。詩人在一連串積極的傳播行動之中，化身為現代詩的傳播媒介，使抽象的意象經由跨領域的展演，進行「**再現**」（representation）。

　　杜十三認為，人類對藝術的感知結構，是從原始創生的美感，演化至結合生理共感的新美感經驗，以「自然」為例，具有三個層次。「第一自然」為山、水、風景；進一步推演，則擴大成都市文明、現代造景、物器的「第二自然」；再進一步擴大則成為涵蓋各種歷史現象片段，由後現代情境中解構與再現後的「第三自然」，此刻美學的藝術座標是建立在人類的「生理共感」。也就是當「文字符號」進步到「電波符號」時代，文字原本可以提供

---

[11] 廖炳惠：〈比較文學與現代詩篇：試論台灣的「後現代詩」〉《中外文學》，前揭文，頁83。

的意向組織功能以及「賦」、「比」、「興」的運作形式，經由「電波符號」的「再現」（representation）被取代，文字符號曾經獨佔想像世界的經驗形式，在電波符號的推擠下，成爲人類開拓感覺體驗的「第三現場」。[12]承襲此一概念的推導，杜十三再進一步以「文學進化論」的概念考察「詩」的表現形式。他認爲，詩在歷史文明背景的轉換之下，亦歷經四個變貌：「口唱」階段，是指沒有文字記錄的歌謠傳誦時代；「筆墨」階段，則是延續唱詩的傳統，直接將詩情畫意以筆墨符號創出，是一種兼具聲韻之美、文字意象之筆與書法造型之氣的傳統詩詞藝術；「印刷文字」階段，則源自五四運動新文學觀的洗禮，使生活語言化的白話新詩從傳統詩詞的格律破繭而出；「後期印刷術」階段，則融合其他現代藝術潮流中各種影像思維、電影蒙太奇運鏡手法等，文字意義原有的質感與意象組織功能被擴張了。[13]

對應 80 年代的後工業社會，杜十三將文學表現形式與人類藝術感知的演化，與社會變遷、都市文明、現代藝術潮流同步納入思考，對於現代詩的「再傳播」進行縝密的邏輯推導。他一反現代詩刊傳播，詩人負責文字生產，出版社負責發行、行銷的傳統出版模式，在創作過程中，將讀者的參予與社會大眾的反應，視爲創作一環，使作品的「被動展覽」化爲「積極演出」，進行現代詩「再傳播」的各種實驗。

1982 年的「杜十三藝術探討展」，是杜十三行動詩學實驗的第一步。他將繪畫、新詩、散文、音樂等作品以郵遞展出，收件人可將任何批評意見寫在回函卡寄給作者，再由作者將所有的讀者回響蒐集、分析後寄還給原收件人。作品分成兩個階段創作，第一階段，是將「原型作品」視爲半成品，注入新觀念，進行「再創作」（recreating），使作品轉化成「複數型態的新作品」，也就是將詩、畫、散文、音樂的個別創作，進行「藝術整合」；

---

[12] 杜十三：《時空的辯證‧行動筆記》前揭書，頁 14-17。
[13] 杜十三：《詩的「第三波」——從宏觀角度論詩的未來‧台灣現代詩史論》（台北：文訊，1996 年），頁 522。

第二階段，則是將「作品郵遞」及「讀者意見回函」雙向並行的方式，讓作品進行主動展出，整個展出活動必須在所有意見回函後，才正式落幕。藉由「郵遞」與「回函」的雙向並行展出，藝術成為一種生活的實踐，讀者可以更生活化的認識作品；而讀者的反應回饋，亦成為作者用以檢示創作理想與現實距離的蹊徑。

在此次的展出中，杜十三選取國內外的藝評家、詩人、藝術家、藝文團體、畫廊及文藝工作者，共 1200 個特定對象，國內部份為 521 件，國外部份為 679 件。國內寄出回函卡共寄回 108 件，佔實際展出對象 28%，國外展出佔實際 131 件，佔實際展出對象 19%。[14]顯然地，鎖定的目標讀者群以具備專業能力人士為主，而非一般大眾；另外，回函的回收率無論國內或國外，皆未達 1/3。因此，此次展覽若希冀藉由郵寄方式，達到現代詩於社會大眾的「再傳播」，成效是有限的。但對於現代詩「傳播」與「行銷」方式而言，杜十三無疑開拓出一新興手法，大眾傳播學者麥克魯漢名言「誰能掌握媒介，誰就能掌握這世界，使人們以你的耳目為耳目、以你的觸覺為觸覺。[15]」在此次展覽中，跨領域的藝術整合，並且充分利用各式媒材傳播、尋求讀者意見回饋，開啟作者與讀者直接互動的一扇門，在「網路詩」尚未蓬勃發達的 80 年代初期，杜十三實具創見。

杜十三在探討展第一階段的創作中，採「藝術整合」的方式，萃取個別藝術中的抽象意含進行「再創作」，也就是讓抽象的詩意念「再現」（representation）於各個藝術場域。他的「再現」觀點，命題核心在於，「物沒有定象定則，任何事物，都有可能在時間和空間的遞嬗過程中產生質變。[16]」因此，所謂「詩」精神應當永恆存在各式形體中，不因外在形式的改變而耗損，形體會因時空的轉移產生質變，但物的內在本質卻可以永恆存在。

---

[14] 杜十三：《生命的理想與實踐‧行動筆記》前揭書，頁 31。

[15] 瘂弦：〈大眾傳播的詩〉《創世記》105 期，1995 年 12 月，頁 85。

[16] 杜十三：《時空的辯證‧行動筆記》前揭書，頁 12。

以馬丁・海德格爾（MartinHeidegger,1889-1976）存在主義文論，推衍此一概念，「作品（存在物）的本質在於各自真理的發生。[17]」若將現代詩創作，視為一種藝術作品，詩的「真理」即存於詩內涵的發生、實踐，亦為中國傳統詩所言的「詩心」、「詩眼」。馬丁・海德格爾又言「對存在物的理解，不要有先入為主的概念，要讓物在自身之中、在自己的存在中展示自己。即使是再現藝術，雖有特殊的結構，其價值也在於它的畫框中的各種敞開之中。[18]」

因此，杜十三致力於尋求現代詩「再傳播」的同時，亦進行詩的「再創作」。而詩在「再現」的過程中，永恆的價值也在積極敞開中得以呈顯；但同時，「詩精神」亦形成衍義／延異的另一可能，詩本質的永恆存有，面臨一大挑戰。詩於聲光演藝的過程中，亦形成了另一種型態的「詩藝」──詩的綜藝，作者創作的意念亦將隨著「再傳播」/「再創作」的「再現」，解構於聲色光影間，如隔空絢爛的煙火，稍縱即逝。而讀者於詩精神「再現」的時空氛圍中，是否真能銘記自身的存在，領受作者所欲傳達的「真理」，令人質疑？

林燿德稱杜十三「在 80 年代的出現可謂恰如其分，製作的規模和整合的領域為前所未見的寬闊，足以當選後工業社會藝術家中的模範生。他的轉型和社會變遷同步，提供藝術型態的新款式、新思考。[19]」但是，回歸杜十三詩作進一步考察，顯然地其文字表達的中規中矩與其理論的前衛無法比擬，他的作品若剔除多元的傳播方式，亦與傳統現代詩創作無異，無論意象表達或者文字符號皆不及羅青、夏宇等的偕擬、跳脫，題材亦不及林燿德、顏艾琳等的新穎、大膽。孟樊言其「創作與行動本身產生自相乖違，

---

[17] 王岳川主編：《存在主義文論》（濟南：山東教育，2004 年 3 月三刷），頁 186。
[18] 王岳川主編：《存在主義文論》前揭書，頁 188。
[19] 林燿德：〈行動詩人杜十三〉，《行動筆記》，前揭書，頁 10。

使其在後現代時期角色反而被模糊化。[20]」杜十三於文字創作表現的傳統，是否亦揭示著文學儘管因多媒材的表現豐富而絢麗，但最終仍須回歸傳統的敘事規則？詩意象在文字符號既定的敘事規則之下，美感才能永恆保存？或者書寫者，在既有的敘事規則下，才能存有絕對的敘事地位？本段未處理之諸多問題，於下段與以討論。

參、詩人與詩語言的存在與解構

巴特〈作者已死〉的文學觀念認為，「是話語言說，而非詩言說」，文學是一種話語的遊戲，總是活動於其自身規則的邊緣，沒有任何作者，只有讀者（scriptor）被界定為寫作遊戲的產物。福柯則視巴特的「作者的死亡」為文學的道德律令，如果作者真的從文化消失，對於文學批評而言將不再具有任何的保證，沒有人可以驗證批評的合理性。福柯認為，作者不是游離於話語實踐外的客體存在，而是具有特定實踐法規支持的「主體」功能，作者向他的讀者指示了一種了解他的著作話語的合適方法。[21]

作者與讀者的存在地位，基本上是一體兩面的對立課題，本文於此不辨證兩者關係，如果延續福柯對於作者敘事地位的肯定，加以推導，作者的話語實踐，在文化領域之中具有某種程度的主導性。李歐塔亦指出，「透過這些敘事所傳遞的敘事，正是建構社會聯繫的語言實用規則。[22]」作者居於文本的「正當性」，充分展現在社會體系的敘事規則中，作者是規範者、實踐者，亦是監督者。李歐塔又堅信，「透過敘事的節奏模式、規則的敘事韻律和節拍，固定也涵括了自然時間的不規則性。[23]」因此，也只有在固定的敘事模式、規則的韻律和節拍之下，作者才能保有其存在的合理性以及

---

[20] 孟樊：《台灣後現代詩史：台灣後現代詩的理論與實際》前揭書，頁179。

[21] 張京媛等譯：《文學批評術語》（香港：牛津大學出版社），頁152-157。

[22] Steven Connor 原著，唐維敏譯：《後現代文化導論》（台北：五南，1999年2月），頁34。

[23] Steven Connor 原著：《後現代文化導論》前揭書，頁35。

絕對地位。以下試以中西「詩歌起源」的概念，論證此一推論。

　　〈詩大序〉言「詩者志之所知也。在心為志，發言為詩。情動於中而形於言。言之不足，故嗟嘆之；嗟嘆之不足，故永歌之；永歌之不足，不足手之舞之，足之蹈之也。情發於聲，聲成文，謂之音。」在中國，顯然詩歌的起源是「表現情感」，而「詩」、「舞」、「樂」在遠古時代即為三位一體的混合藝術。而古希臘，詩源於「模仿的藝術」（Imitative art」），模仿是為了再現對外界事物的印象，以滿足求知的本能。在酒神祭典中，古希臘人亦誦詩、狂歌、曼舞。對照中西詩歌源流，可以發現，兩者皆源於人類情感的自然流露，是一種群眾藝術、一種表達群體共同情感的體現。因此，原始詩歌不是個人藝術，於文獻記載也經常未見作者姓名。原始詩歌是否存有作者？一如希臘史詩，過去向來歸於荷馬，但近代學者對於有無荷馬其人亦存疑問[24]。原始詩歌因為是一種即興創作的群體藝術，沒有固定的敘事模式、規則、以及個人特殊的個性。因此，不似文人創作可以保有作者的絕對地位，而文人創作中，「作者」敘事地位的存在，是繫於社會體系的語言實用規則中。

　　回扣杜十三詩作的主題論述，杜十三跳脫現代詩向以文字為媒介的表現框架，促成詩與表演、音樂、繪畫等藝術婚媾的可能，他認為這是資訊時代，詩創作的必然趨勢，當原本文學構築的想像空間，被強勢的聲光媒介以鉅細靡遺的再現效果佔領，「現代詩便由盛情馳騁的原野窄化成為都市中落寞的老巷。」而那些以純文字符號為業的現代詩人們，只能「繼續十數年前非資訊時代的身段，孤絕的躲在熱鬧非凡的聲光陰影之下。[25]」回溯詩歌「詩」、「舞」、「樂」三位一體的原始形式，杜十三的試驗無疑是後工業社會的「復古運動」，讓現代詩穿上改良式的旗袍，徐徐漫步在數位化的

---

[24] 朱光潛：《詩論》（台北：漢京，1982年），頁8。
[25] 杜十三：《什麼叫做現代詩‧行動筆記》前揭書，頁194。

異次元世代。然而，當現代詩脫離以文字符號爲主、舊有的敘事規範後，詩人與詩語言如何存有言說地位的絕對？

1988 年 3 月 30 日於台北市立社教館，杜十三策劃了一場名爲「因爲風的緣故」的演出，這是一場整合現代詩、歌、曲、朗誦、裝置、書法、攝影等不同元素的表演，邀集國內著名作曲家與聲樂家共襄盛舉，詩人趙天福、辛鬱等人擔任獨誦、瘂弦等十位詩人合誦洛夫《白色墓園》、舞台設計中央以聲音及肢體演出爲主，配合書法、映象以及舞台變化爲輔，達成聽覺、視覺與符旨統一律動、同步傳達的效果。（詳參圖一、圖二）²⁶

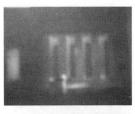

（圖一）
表演現場中間部份爲供聲音與肢體具體演出的動感舞台，左邊爲詩人楚戈和侯吉諒的詩作書法幻燈表演。右邊爲攝影家王志忠的詩境映像演出。

（圖二）
十位詩人在瘂弦的引導下，合誦洛夫《白色墓園》，詩人身穿的白色白袍成爲演出的布幔，隨詩境的不同改變畫面與構圖，並配合大擊樂器音效與布幔的搖動，產生超現實意象。

在這場演出中，杜十三試圖經由多媒體影像的結合，營造一個詩空間，讓聲音、影像與詩語言統一傳達，使讀者在聽覺、視覺……全感官的召喚下，體會現代詩的美好。這場演出設計，杜十三援引黑格爾的《美學》概念：「詩可以不侷限於某一藝術類型，它可以變成一種普遍藝術，可以用一切藝術類型表現一切可以納入想像的內容。²⁷」他認爲只要文學或現代詩，

²⁶ 杜十三：《什麼叫做現代詩・行動筆記》前揭書，頁 195-196。
²⁷ 朱光潛：《詩論》前揭書，頁 195。

不固執侷限於文字的型態，勇於接受新媒界的化合、與其它媒介親和並進
行再創作，就可以成爲所有藝術的內容。

現代詩經杜十三具創意的跨媒整合後，過去平面文本的形式成爲一個
立體的詩空間，讀者對於文本的閱讀，由過去有意識的「接收」，轉向無意
識的「接受」。而詩的內在本質，也經過聲光的演繹產生更多元的歧異性，
詩人創作的單一意圖被解構了，而讀者則以自身的理解詮釋詩作、反思自
己的人生，在詩境中銘記自身的存在。此時，詩人於詩作的言說地位，已
不再被讀者保證。

多媒體多元的運用，實際運作上具有整合的難題，甚至造成削足適履
的危機，在杜十三策劃的這場演出中可以得到應證。這場表演，由於媒體
彼此間沒有共同地聯繫，對於原詩作沒有掌握共同詮釋的脈絡，以致演出
反似流彈無目的的放射，成爲龐蕪的裝置。當晚的台下觀眾翁嘉銘即言：「整
個舞台有聲有色，琳瑯滿目、美音盈耳的視聽效果，充滿現場空間，但在
我們享盡「聲光之娛」後，不禁要問：詩在哪裡？[28]」顯然地，「詩」的光
芒在聲光交錯間被解構了，讀者於詩境中的存有與感知，亦似隔空施放的
煙火，稍縱即逝。

（圖三）
以閩南語賣力演出杜十三〈媒〉等詩作的朗誦詩人趙
天福。

在這場演出中，以閩南語朗誦杜十三〈煤〉和向陽〈搬布袋戲的姐夫〉
的趙天福（詳參圖三）[29]，在分享排演心得時說：「詩的表演講求準確度，
語言的音樂性、美感、運用停頓、表情、肢體語言及舞台區位。最少一個

---

[28] 翁嘉銘：〈詩之幻變〉《行動筆記》，前揭書，頁200。
[29] 杜十三：《什麼叫做現代詩・行動筆記》前揭書，頁196。

月對詩蘊積熱情，在舞台上生命力的併射、完成一首詩的表演。[30]」表演者
於詩作演出的熱情，一如尼采「酩酊陶醉」的概念所言，「「醉」意味著生
命力的高漲，把自身反映在物上，物的形象也因為藝術家的貫注呈現完美
的形式。」[31]演者忘我的投入，將自己寄託在形象上不斷超越，使現象流轉
不斷，而自身則在這流轉上輕盈舞蹈、生生不息。演者成為詩的敘事者，
以自身的理解、詮釋表達詩作意含，作者之於詩作的意義遭到消解，而觀
眾所接收的，是演者投入的呈現，作者原來的敘事地位不復存在。而詩語
言呢？在這樣的表演過程中，被做了某一種程度的犧牲，「為了讓大空間舞
台下的觀眾顯而易見，過份突顯語言戲劇效果，誇張肢體動作，便陷於矯
揉做作之病」[32]

　　1986年，杜十三在新象藝術中心策劃「詩的俱樂部」（詳參圖四）[33]，
以沙龍聚合的方式，配合有聲化的「再傳播」，演出現代詩。

（圖四）
「現代詩俱樂部」成立目的，是為了讓詩人及愛
詩的朋友們，可直接以「詩聲」交流。圖為藝術
家李曉明誇張的演出。

　　在此「再傳播」過程，詩語言同樣面臨被弱化的危機，路寒袖在〈不
是過癮〉一文中提出批判，他說：「如何透過表演闡揚詩的內涵，使觀眾領
會吸收，是不可忽視的課題，而不是流於個人表演慾的發洩，徒增詩的炫
亂。」[34]顯然地，現代詩在脫離文字符號的敘事模式後，歪歪斜斜的變成一
種「詩的綜藝」，成為一種表演，融合多媒體素材與跨領域的越界表現，並

---

[30] 翁嘉銘：〈詩之幻變〉《行動筆記》，前揭書，頁202。

[31] 王岳川主編：《存在主義文論》（山東：山東教育出版，2004年1月3刷），頁142。

[32] 翁嘉銘：〈詩之幻變〉《行動筆記》，前揭書，頁202。

[33] 杜十三：《為什麼成立詩的俱樂部·行動筆記》前揭書，頁164。

[34] 路寒袖：〈不是過癮〉《行動筆記》，前揭書，頁172。

沒有彰顯詩的意象,反而成為多媒體的「競美」,文學的本質反遭弱化。

林燿德在評論杜十三結合文字、圖像、聲音的多媒體詩集《地球筆記》時,亦針對杜十三傳播觀念的實踐,提出幾點現代詩的隱性危機:

> 一、過度採用視聽覺的資訊感應、將會降低文字對於讀者淺意識的滲透力,甚至造成文字功能的萎縮。
>
> 二、在傳播媒體的多元運用,會產生整合的難題,造成削足適履的困境,「詩境」在考慮媚俗的狀態下,被犧牲。
>
> 三、視聽覺方面的製作,極易使作品內含被具象圖畫和抽象音樂所指定,更使文字聯想性和歧異性被其他媒體三度規範所扼殺。[35]

戴望舒曾言:「詩不是某一官感的享樂,而是全官感或超內感的東西。[36]」詩歌精神性的表象詞語與多媒體、藝術的結合實踐,或許真能一如戴望舒所言,喚醒人類全官感的感知結構,並且引領艱澀難懂的現代詩由小眾文學迎向大眾,但相對地亦使文學走向簡便、易懂的「輕文學」、「速食文學」,甚至流於媚俗的普遍。一如林燿德所言「降低文字對於讀者淺意識的滲透力。」、「詩境在考慮媚俗的狀態下,被犧牲。」

杜十三將詩、畫、音樂融鑄於一爐,出版的《人間筆記》、《嘆息筆記》,即呈顯了這種「輕文學」的特質。如〈鏡子〉:「我們的臉和背之間,隔著一面鏡子和一個地球。[37]」隔頁畫著一幅手插口袋、面對鏡子的男子背影,鏡前的桌上放著地球。又如〈眼睛〉:「女人喜歡用眼鏡說話。[38]」隔頁畫著一個女人眼中掛著兩滴淚,嘴巴變成了眼睛。這兩首詩,句式短小、意象簡單、墮入唯美的俗套,詩與畫皆無深刻的意含,令人不得質疑「詩」是

---

[35] 林燿德:〈旋轉的惑星〉《行動筆記》,前揭書,頁 157。

[36] 戴望舒:〈望舒詩論〉《中國現代詩論》(花城出版社,1985 年),頁 161。

[37] 杜十三:《嘆息筆記》(台北:時報出版,1990 年 12 月 1 日),頁 234。

[38] 杜十三:《嘆息筆記》前揭書,頁 236。

否是爲了配合畫面而生產，「詩」成了圖畫的「解釋說明」，一如林燿德所言「作品內含被具象圖畫所指定。[39]」

又如〈皮膚〉「脫去圖案新潮　台灣製造的衣衫/驀然發現／久違的身體上／是一層紋理清晰　中國製造的皮衣／平仄分明的／長滿了唐宋詩詞[40]」這首詩讀竣之後，不禁令人莞爾，杜十三以冷峻的筆法，表達其族群認同，但隔頁配合的圖畫卻爲比劃「2」的食指與中指，以淡淡的格狀繪出皮膚肌理，對於詩作的內在意含，完全沒有突顯，反而混淆了讀者對於詩作的欣賞。又如〈妳〉，是杜十三配合朗誦的聲韻曲式而作，

> 我隔著春天一整季的花朵　偷偷看妳
> 千層紅之外
> 我把妳看成一輪彩虹
> 　　看成一幕晚霞
> 萬層紫之間
> 我把你看成一團火燄
> 　　看成一隻鳳凰
> 我隔著夏天的一片海洋　靜靜聽妳
> 風聲之末
> 我把妳聽成一首老歌
> 　　聽成一串鐘聲
> 濤音之中
> 我把妳聽成一陣夜雨
> 　　聽成一聲　再見……
> 秋天來了　我趕在往事的途中

---

[39] 林燿德：〈旋轉的惑星〉《行動筆記》，前揭書，頁157。
[40] 杜十三：《嘆息筆記》前揭書，頁93。

隔著一道皺紋悄悄的想妳

暮色之中

我把妳想成一顆楓樹

　　　想成一隻歸雁

斑髮之端

我把妳想成一朵流雲

想成一片月光

而在寒冷的冬夜裡啊

我癡情的隔著一層冰雪　輕輕吻妳

隔著夢

我把妳吻成一座青山

　　　吻成一條河流

含著淚

我把妳吻成一條蝴蝶

　　　吻成一朵

帶血的玫瑰[41]

　　這首詩的文字意象密度極低，爲了配合朗誦，特意著重於聲韻的高低起伏，杜十三自言這首詩的寫作，是「以 ABBA 的曲式進行，寫成了春夏秋冬四段的思戀自由。[42]」爲了刻意強調音樂性、反而犧牲了文字的意象性整體結構卻爲了配合聲韻起伏，流於繁複，過度重視口語化的文字形式及考量未來聽覺的結合，使詩文字對於讀者內在感知的滲透力降低了，詩意象於讀者想像空間中的呈顯，亦隨之消失。杜十三認爲，一首詩好壞的評判重點在於「能否創造出深刻動人的意象」，而非「用字遣詞的標新立異」。

---

[41] 杜十三：《嘆息筆記》前揭書，頁 42。
[42] 杜十三：《人間感想──人間的抽象與藝術的具象・行動筆記》前揭書，頁 75。

但顯然地，他的許多作品卻經常流於唯美與佳句的建構，刻意而作的鑿痕極深。此外，跨領域的詩越界表現，經常無法整合成有機的架構，反成各唱各調、不協調的荒腔走板。羅青亦對此提出相同觀點：「杜十三的好詩多半能發揮他在詩想設計上的特色，觀點特殊、結構完整、抒情析理，兼而有之。失敗之作，多有佳句而無佳篇，華美的意象不斷出現，卻不能串連成有機的整體。畫多半是插畫，佳作不多。[43]」

反觀杜十三關懷社會的一系列寫實詩，雖然沒有多媒材、跨領域整合的華美外衣，卻因文字簡單、情感真誠，產生極大的力道。如〈煤〉：「孩子／我們生命中的色彩／是註定要從黑色的地層下面　挖出來的」今後阿爸不再陪你了／因為阿爸要到更深　更黑的地方／再為你　挖出一條／有藍色天空的路來」[44]，這首詩是寫給 1983 年 7 月，煤山礦災死難的 67 名礦工，情感真摯且動人。又如描寫 20 世紀科技發達的作品〈新蝴蝶理論〉：「空白的電腦終端機上／我隨意的鍵入一首情詩／所有南方的植物突然一齊開出花朵／整個地球跟著傾斜[45]」、〈密碼〉：「才輸入一個密碼／整個世界便開始氧化／所有女人充滿了愛／所有男人充滿了慾望[46]」充分描寫後工業時代網路、資訊的發達便利，以一首情詩能讓整個地球震動的「蝴蝶效應」作為比擬，極為適切。

在杜十三的寫實詩中，又尤以閩南語詩作表現最為特出，寫於九二一大地震之後的〈汝有聽著地球崩落去兮聲無？〉，為上乘之作：「汝有聽著地球崩落去兮聲無？／汝你有看著火金姑為阮鄉親兮靈魂照路／四界去找阮壞去兮身軀無？」「汝看！汝看！汝看彼也人倒在斷崘面頂／無頭也無面／只有雙手攔著一粒天置噗噗跳兮心／親像日頭漲到紅紅紅／親像在講：

---

[43] 羅青：〈人間情多詩畫傳〉《行動筆記》前揭書，頁 95。

[44] 杜十三：《嘆息筆記》前揭書，頁 171。

[45] 杜十三：《石頭悲傷而成為玉》（台北：思想，2000 年 1 月），頁 75。

[46] 杜十三：《石頭悲傷而成為玉》前揭書，頁 86。

／這就是汝兮屍體／這就是阮大家等待魂魄轉來重建兮故鄉！[47]」賴芳伶認為這首詩，是對「台灣斯土斯民的關注矜憫」、是「面對浩劫時血脈相連的呼喚」、更是「把這裡當成永續奮鬥家鄉的共同心聲。」杜十三這一系列作品來自於對生命基調的「存在焦慮」，是「他對人間眾生相和身處有限時空的一種悲觀視角，源於把存在當成災難的哲理性思維。[48]」先行研究者一如賴芳伶、高健等，對於杜十三文字形式的創作，皆持以肯定的評價，

回歸跨媒的主題論述，對應80年代的台灣社會，杜十三的詩學試驗揭櫫著何種時代意涵？羅門認為，杜十三的詩作對於後現代是採理性的選擇與接受角度，「基本上他的創作，不是平面反光的玻璃板，而是由點向線向面向立體擴展的生命張力，來演變與拓寬詩思的感應磁場。[49]」羅門對於杜十三以詩「再現」作為現代詩「再傳播」的思考基點，表達讚揚。而白靈亦言，「杜十三的創作是將不同周期的相對物、相對能量皆納入自我隱秘的乾坤袋中，由此發展出「杜十三式的相對創作觀」。若有人欲將其歸類，不僅自討苦吃，也恐怕很難明瞭他不斷「從灰燼中掙扎出樹」的能耐究竟如何得來？[50]」杜十三以「藝術整合」的方式「再創作」，尋求各種媒材間的相對位置，由此發展出獨特的「杜十三式美學」，深為白靈所肯定。但經由本文自純文學內涵的觀點，考察杜十三現代詩創作的跨媒試煉，顯然他的實驗是失敗的，因為詩的本質並無突顯，反而流散在聲光演藝間。

對應後工業多媒材的運用，詩人的角色亦因跨媒的詩傳播形式由單一趨於多元，如女詩人夏宇，亦身兼作詞者李格弟；詩人杜十三，亦身兼行動藝術家，此一單一身分的解構，亦為70年代中葉、80年代以降，現代詩

---

[47] 杜十三：《石頭悲傷而成為玉》前揭書，頁32。

[48] 賴芳伶：〈哀愁與智慧：杜十三詩的大悲咒〉（第十四屆詩學會議—台灣現代中生代詩家論學術研討會，彰師大國文系主辦），2005年5月28日。

[49] 羅門：〈杜十三作為詩人的存在〉，《台灣詩學季刊》，25期，前揭文，頁83。

[50] 白靈：〈從灰燼中掙扎出樹〉，《台灣詩學季刊》，25期，前揭文，頁81。

壇的特殊景觀。

肆、結論

> 我氣喘喘的
>
> 走上街頭
>
> 想朗誦一首詩
>
> 就像敲響一座
>
> 看不見的鐘
>
> 穿過獅子林
>
> 仍然透明
>
> 在來來廣場
>
> 變成一座
>
> 巨大的迴響
>
> （上街的詩＿白靈・杜十三・德亮・林煥彰・羅青）

　　當詩人走上街頭，氣喘吁吁的向路人兜售作品，現代詩從詩人的孤獨國解放。詩，添加了大眾原素，不再只是小眾藝術，詩人越界的整合、嘗新，或許弱化了純文學的本質，但就傳播性而言，無疑爲現代詩出版開創一條創新的道路。

　　本文以杜十三策劃的一系列現代詩實驗，從詩語言與詩人角度，論述杜十三傳播觀念實踐下，衍生之諸多盲點。儘管二十世紀科技媒體勃興，爲現代詩指出多元的傳播路徑，但終究無法取代文字符號表意的絕對權威，詩人依舊必須在已建立的敘事模式下，才得以保存言說的地位。一如杜十三，雖然強調多媒材、跨領域的整合，但詩語言終究回歸傳統河流，去除跨媒華麗的衣裳，詩依舊忠於文字符號的純粹。而讀者，在這樣一次又一次的詩越界演義中，未必真能穿透詩篇繁複的圖畫、聲光，進而與作

者對話，並且真實地體會詩中永恆的美學價值。針對讀者存在與感知的討論，尚有以下兩點需克服：

(一) 當文學載體由文字轉向電子符號、音符時，讀者對於詩作的體會、存在與感知，如何經由採樣、統計、量化的調查結果與以論述？

(二) 準科學式的調查結果，如何回應文學現象及文學史的脈絡？

　　基於以上兩點困境，本文尚無法處理此一議題，日後將針對此一主題，兼以大眾傳播理論為研究路徑，作更近一步的研究深論。[51]

---

[51] 本文之撰寫感謝江寶釵教授於引言的諸多提點，以及解昆樺先生、柯喬文先生於論文的多處指正，使本文得以順利完成。

參考文獻

專書論著

- 杜十三：《杜十三藝術探討展》：台北市：時報文化，1982年初版。
- 杜十三：《人間筆記》（詩畫集）：台北市：時報文化，1984年初版。
- 杜十三：《地球筆記》（有聲多媒體詩集）：台北市：時報文化，1986年初版。
- 杜十三：《行動筆記》（行動記錄與論評）：台北市：時報文化，1988年初版。
- 杜十三：《嘆息筆記》（詩選評）：台北市：時報文化，1990年12月初版。
- 杜十三：《愛情筆記》（散文詩選集）：台北市：時報文化，1990年12月初版。
- 杜十三：《雞鳴・人語・馬嘯》：台北市：聯合發行中心，1992年3月初版。
- 杜十三：《火的語言》（千行詩集）：台北市：時報文化，1994年初版。
- 杜十三：《四個寓言》（小說、劇本集）：南投縣：文化中心，1995年6月初版。
- 杜十三：《石頭悲傷而成爲玉》（限量手工版、有聲版）：台北縣：思想生活屋，2000年1月。
- 杜十三：《新世界的零件》（散文詩集）：台北縣：思想生活屋，2001年初版。

現代詩

- 向陽：《迎向眾聲：八〇年代台灣文化情境觀察》，台北：三民，1993年11月。

- 向陽：《書寫與拼圖——台灣文學傳播現象研究》，台北：麥田，2001年10月初版。
- 孟樊，林燿德編：《世紀末偏航——八○年代台灣文學論》，台北：時報文化，1990年12月。
- 孟樊：《台灣後現代詩史：台灣後現代詩的理論與實際》，台北：揚智，2003年。
- 林燿德：《一九四九以後》，台北：爾雅，1986年。
- 林燿德：《觀念對話——當代詩言談錄》，台北：漢光，1989年8月10日初版。
- 封德屏主編：《台灣現代詩史論》，台北：文訊，1996年3月。
- 奚密：《後現代的迷障》，台北：聯合文學，1998年11月初版。
- 簡政珍、林燿德主編：《台灣新世代詩人大系》，台北：書林出版有限公司，1990年10月。

文學理論

- Steven Connor 原著，唐維敏譯：《後現代文化導論》，台北：五南，1999年2月。
- 王岳川主編：《存在主義文論》，濟南：山東教育，2004年3月三刷。
- 朱光潛：《詩論》（台北：漢京，1982年），頁8。
- 張京媛等譯：《文學批評術語》，香港：牛津，1994年。

期刊

- 白　靈：《從灰燼中掙扎出樹——小讀杜十三：臺灣詩學季刊》，25期，1998年12月，頁80-81。
- 李星瑤：《詩人杜十三的生命時鐘：拾穗 》，544期，1996年.8月，頁56-58。

- 杜十三：《詩的「第三波」——從宏觀角度論詩的未來‧台灣現代詩史論》台灣現代詩史研討會，台北：文訊，1996 年，頁 522。
- 辛　鬱：〈我讀杜十三〉，臺灣詩學季刊 25 期，1998 年 12 月，頁 76-77。
- 洪淑苓：〈石頭因爲悲傷而成爲玉——專訪杜十三〉，《文訊》164 期，1999 年 6 月，頁 82-84。
- 高　健：《發現杜十三》，臺灣詩學季刊 25 期，1998 年 12 月，頁 67-75。
- 張春榮：《石頭因爲悲傷而成爲玉——讀杜十三「新世界的零件」：中央月刊文訊別冊》，1998 年 6 月，頁 20-21。
- 章亞昕：《第三波詩人——杜十三論‧創世紀詩刊》，105 期，1995 年 12 月，頁 79-83。
- 廖炳惠：〈比較文學與現代詩篇：試論台灣的「後現代詩」〉，《中外文學》24：2，1995 年 7 月，頁 70。
- 鄭永康：〈The Way of Harmony: The Art of Do She-sun〉，《The Chinese Pen》92 期，1995 年 6 月，頁 80-87。
- 賴芳伶：〈哀愁與智慧：杜十三的大悲咒〉，第十四屆詩學會議論文單行本，2005 年 5 月。
- 鴻　鴻：〈文體與欲望的躍升試煉——記「新世界的零件」〉，《臺灣詩學季刊》25 期，1998 年 12 月，頁 78-79。
- 羅　門：〈杜十三作爲詩人的存在——他內層創作生命的「基本面」〉，《臺灣詩學季刊》25 期，1998 年 12 月，頁 82-84。
- 瘂弦：〈大眾傳播的詩〉，《創世紀詩刊》105 期，1995 年 12 月，頁 84-86。

講評

蕭　蕭[*]

　　這篇論文的發表以 power point 的方式，擇要在大會現場電腦螢幕上秀出重點，有別於傳統的論文發表，聽眾成為觀眾，可以快速掌握論述要點，與論文內容的「行動越界」做出唱和的配合動作，令人耳目一新。不過，未曾發揮 power point 以圖示意的特徵，將杜十三跨媒材的詩學表現呈現在螢幕上，以補平面文本所無法呈現的效果，殊屬可惜。

　　論文發表人選擇 2005 年台灣最紅的詩人杜十三做為論述客體，是正確的選擇，杜十三於 11 月 8 日上了各大報的頭版，且報紙均以第三版全頁刊載他的恐嚇事件，毫無疑問是台灣有史以來佔據新聞版面最大的詩人。論文發表人做了對的選擇，選擇了對的人，也選擇了對的書寫方式，這篇論文以台灣後現代主義詩論、詩作的發展軌跡，作為背景，論述杜十三越界書寫的詩學特質，掌握住杜十三跨界演出的後現代特質，十分得當。杜十三不以書寫的方式表達抗議的心聲，而以恐嚇的行動替全民發出怒吼，這種越界的演出，也可以視為出軌的「行動藝術」，可惜論文早已完成，未能及時論述這一越界行為。好在，台灣現代文學的論述永遠可以保持這種題材的新穎性，如王慈憶這樣的後起之秀，可以繼續探索，繼續前進。

　　本篇論文的重點放在杜十三「再現」的詩學觀點與實踐，檢討詩人與詩語言的存在與解構，循序漸進，頗具條理。而且，確實掌握杜十三詩學的特殊表現，直指杜十三詩作的核心價值，獨具慧心、慧眼。

　　不過，這篇論文仍有一些初學者容易出現的瑕疵，藉此機會加以指陳，或可相互惕勉，再求精進。

　　首先，本篇論文第二節以二分之一的篇幅細論台灣後現代主義的觀念

[*]　明道管理學院中國文學系助理教授。

歧異，如葉維廉的否定、羅門的肯定（後現代主義），孟樊與奚密的爭執，
卻未能與杜十三的「再現」詩學有所聯繫，這一部份的論述就會成為贅疣。
論文發表人將台灣後現代主義的論述分成三組：奚密與廖炳惠是試圖尋求
本地文化與外來思潮交錯時，遺留的過渡軌跡；孟樊與林燿德則是單純建
構後現代詩學，忽略近百年台灣殖民史與現代化不均勻的過程；羅青與杜
十三（如果改為白靈與杜十三，更為恰切）從形式角度尋求詩在後工業時
代與多媒體結合的能性。這一部分的論述也只點出杜十三的越界努力，看
不出後現代與「再現」的關係。如是，後現代與杜十三無所聯繫，這一部
份的篇幅所應具有的價值、意義，也就顯現不出來了。

　　這一切的原因可能要歸之於「再現」的定義未清。如果將詩意的最初
萌動稱為「詩心」，詩人選擇工具以表達詩心可以有多種選擇，如杜十三所
分析：口唱、筆墨、印刷文字、後期印刷術，而後皆可形成詩作。杜十三
的重點放在「後期印刷術」的無限可能：「融合其他現代藝術潮流中各種影
像思維、時空角色替換思維、電影藝術蒙太奇運鏡，文字意義擴張了原有
的質感與意象組織功能。」論文發表人則意會成「詩心」→「工具」（只選
擇筆墨書寫）→「詩作」→「再現」（再選擇其他工具）。換言之，杜十三
的「再現」詩觀是方法論、創作論，王慈憶同學可能解讀為「傳播與行銷
的新興管道」。如果真是詩的再應用，古文化的匾額、對聯、捲軸、題壁、
立碑、畫上題詩的活動，都是詩之「再現」，不待杜十三在後現代時期提倡。

　　因此，到了第三節會陷入詩語言的解構是否得當的自我矛盾，無從得
解。跨媒的創作是否會使抽象境界被落實，被具象物體所限定，無法下定
論。因而在最後的結論中，拋出更多的問題待解，這不是謙虛的表現，反
而違反論文寫作原是為了發現問題、研究現象、解決疑惑的最初本意。本
文所應該確立的是：杜十三跨界演出是否成功（可以正面肯定，也可以負
面評價或質疑）？其因何在？甚至於確定題目中所分割的演繹、演義、演

藝在杜十三的詩學表現中，何者居首？

年輕的學者發現杜十三的越界、跨媒、再現，值得慶幸，以同音的「演繹、演義、演藝」思索問題，值得慶賀。王慈憶的第一步雖然有些生澀，卻是充滿智慧的第一步，期待她更多縝密的思索與專論。

從《白水》回溯《雷峰塔傳奇》
看符號的變異與轉換

平怡雲*

摘要

　　本文以田啟元《白水》為主要研究對象，藉由直接性關連與內涵義聯繫回溯至清・方成培的《雷峰塔傳奇》，並擬用羅蘭・巴特符號學與馬克思主義學派的意識型態為切入點，進行二劇之間神話與意識型態的異同、相互影響與滲透，以及轉換等相關問題之研究。

關鍵詞：白水、雷峰塔傳奇、羅蘭・巴特（ROLAND BARTHES）、符號學、神話（MYTH）、意識型態（IDEOLOGY）

* 東華大學中國語文學系碩士班，E-mail：m9201003@em92.ndhu.edu.tw。

壹、前言

臨界點劇象錄（1988-）與田啓元（1964-1996）在 80 年代小劇場運動
與小劇場界中，無疑佔有一席之地，對臨界點或田啓元的研究，截至目前
為止也累積相當程度的文獻資料，從這些相關研究中，更可了解臨界點與
田啓元在劇場界的重要性與所代表的意義。歸納田啓元大部分的劇作，向
「傳統文學借火」是田啓元作品相當明顯的特性[1]，而借火的手法呈現出某
種後現代美學風格[2]。在這些劇作中，向傳統文學借火最明顯的作品為創作
於 1993 年的《白水》。粗略檢視《白水》的相關文獻，不難發現大部分研
究點出該劇涉及同性戀議題，給予同志劇的結論，或田啓元如何以古典戲
曲作為其劇作的開端，將流傳已久的白蛇故事轉化為帶有酷兒意味的《白
水》，幾乎沒有其他研究進一步討論該劇的隱含內涵。

臨界點劇象錄團長詹慧玲曾表示《白水》是田啓元結合中國傳統戲曲，
以及他對劇場美學理念的戲。[3]以此作為研究起點，再根據對中國戲曲的觀
察與比對，清‧方成培（1713-1808）《雷峰塔傳奇》（1771）與田啓元《白
水》文本密合度與相似性最高，因此推論《白水》是以方成培《雷峰塔傳
奇》一劇為底本，對既有文本進行改編與轉換。本研究在回溯過程中，首
先將釐析《白水》與方本《雷》劇的關係，進而透過意識型態符號學分析
方式，進行二劇的解讀，以釐清二劇之間的變異與轉換。

---

[1] 從創團作《毛屍》（1988）到《狂睡五百年》（未公開演出）、《白水》（1993）、《目蓮戲》（1993）、
《水幽》（1995），都是向傳統文學借火的劇作。這些劇作皆是從中國四書五經、戲曲、民間
故事等擷取想法或故事情節入其劇作。

[2] 除了向中國傳統文學借火，田啓元同時也向西方文學借火。如公演數次，目前有六個改編版
本的《瑪莉瑪蓮》就是個明顯的例子。但無論是向中國傳統借火，亦或是擷取西方文學入劇，
這些借火而成的劇作，經過田啓元的轉換後，都巧妙地呈現出某種後現代美學風格。

[3] 公共電視台監製、潛行傳播製作：《臺灣小劇場‧臨界點劇象錄劇團》，台北市：公共電視，
2000 年。

貳、文獻探討與研究進路

一、文獻的分析與檢討

　　學者普遍視《白水》爲同志劇，《白水》相關文獻多以性別爲探討角度，將焦點集中於該劇內涵，依照文獻寫作策略大致分成純粹內容分析與結構對立兩方面。純粹內容分析以施立、廖瑩芝爲代表，後者以紀蔚然、鴻鴻、郭強生爲主。

　　施立認爲同性戀情慾是田啓元劇場美學的核心，並援引矛鋒的「同性戀爲一種生命美學」[4]看法，檢視田啓元一系列同志劇，從創團作《毛屍》、《同志光陰》到《波光粼粼》，再到《白水》、《水幽》，同性戀美學無所不在且一以貫之，而《白水》是最能代表該種生命美學態度的作品。[5]廖瑩芝將《白水》安置在建構好的同性戀框架下討論，視《白水》爲「暗潮洶湧[6]的同志劇」[7]。兩人承認《白水》與白蛇傳一脈相承，但在文章中省略兩個文本銜接轉換的過程；再者，因不熟悉中國傳統戲曲，兩人誤將流傳久遠的白蛇傳故事當成戲曲劇名使用，也將後人習稱且約定俗成的「水漫金山寺」當成該劇齣名，導致回溯的瑕疵。

　　從結構角度分析《白水》者，多從劇作呈現兩元對立的現象著眼。紀蔚然、鴻鴻、郭強生均認爲《白水》具一與另一對立的意涵，依照不同角度而有不同詮釋，鴻鴻實已掌握潛藏於《白水》的「焦點」，但卻沒有明

---

[4] 矛鋒將同性戀視爲一種生命美學，且這種美學的核心爲排除人類對於性別的成見，讓人能單純地感受美的存在。見矛鋒：《同性戀美學》，台北市：揚智文化，1996 年，初版。

[5] 施立：〈生命的臨界點──田啓元的劇場十年〉（台北：國立藝術學院戲劇研究所碩士論文，鍾明德先生指導，1999 年），頁 102。

[6] 廖瑩芝給「暗潮洶湧」的定義爲：語言方面無明顯涉及同性戀意涵；肢體動作上沒有同性肢體交歡場面，換言之，表面看不出同志意涵，但整齣戲劇處處充滿暗示與同性情慾。

[7] 廖瑩芝：〈九〇年代台北同志戲劇研究〉（台南：成功大學藝術研究所碩士論文，石光生教授指導，2000 年），頁 39。

確說出該焦點實為某種符碼解碼的過程，僅拈出視覺意義造成原始意涵的翻轉與歧義。[8]紀蔚然也含蓄地指出作者透過「什麼」顛倒人／妖、善／惡、正統／邪道二元對立概念[9]，郭強生則指出田啓元利用這些角色造成多重意指的事實。[10]三位學者都注意到該劇符碼的轉換，卻簡單帶過，並未展開論述實為可惜，也是本文得以開展之因。

二、研究進路簡述

《白水》具同性戀內涵，需先理解同性戀一詞。涉及同性戀議題探討的理論有性別論述、酷兒理論（Queer theory）等。廣義性別論述是以性別研究的角度解讀文本，使用性別論述解讀《白水》，不如以酷兒理論更可為《白水》的詮釋與分析帶來他種可能性。《白水》雖涉及同性戀議題，但本文並不處理作者如何看待與使用酷兒理論，僅將酷兒理論當作本文的研究背景。《白水》上溯至《雷峰塔傳奇》這一階段欲採用符號學，藉由符號變換比對二劇同異，以及因同異衍生的意義，再以符碼轉化解讀其中的意識型態。

（一）酷兒理論概述

酷兒是同志論述中的一部份，於 1990 年出現於美國與加拿大。酷兒（queer）原本是個具貶抑性的污名[11]，後來被回收轉化成為正面積極的自我定義，在其運動策略與姿態上，既挑釁搞怪又極富挑逗意味。酷兒不限定於男女同性戀，其中還包含男女雙性戀、變裝慾、變性慾、陰陽人等等。與同志運動不同的是，酷兒強調情慾流動與性別變動，質疑身份認同，特

---

8 鴻鴻：《跳舞之後，天亮以前：台灣劇場筆記》（台北：萬象圖書，1996），頁 159—161、171。

9 胡耀恆主編：《中華現代文學大系（貳）臺灣一九八九—二○○三·戲劇卷》（台北市：九歌，2003），頁 13。

10 王友輝、郭強生主編：《戲劇讀本：臺灣現代文學教程》（台北，二魚出版社，2003），頁 352。

11 如怪異、怪胎或性變態等。

別是性方面的身份認同。[12]換言之，即是強調性慾認同的建構性、多重性與模糊曖昧。史菊維克（Eve Sedgwick）和巴特勒（Judith Butler）兩人爲激進酷兒理論的代表。史菊維克標舉情慾流動超越於同性戀與異性戀定義，且指出情慾跨界在西方文化的重要性，同時爲情慾研究開展新空間。[13]巴特勒的《性別麻煩》成功顛覆傳統女性主義中「生理性別／社會性別」（anatomical sex／social gender）的劃分，指陳此項劃分將性別預設爲性慾取向（sexuality）之社會建構，因而易於自然化性慾取向，且視爲先驗的存在，否定性慾取向本身幻想式建構與潛意識慾望。因此巴特勒反對將性慾取向化約爲性別，進而提出「反認同、反性別的性慾取向」（sexuality against identity, against gender），企圖開放生理性別、社會性別、性別認同、性認同、性對象、性實踐各種面向的交雜互動。[14]《白水》若單從劇本無法領略性別越界的箇中奧妙，非得透過實際表演才能看出逸出傳統常軌的角色性別置換，私底下如何與酷兒理論互通聲息，而在表面上卻呈現出傳統戲曲的端莊與正統。擺盪於傳統／前衛、人妖戀／同性戀，《白水》亦舊亦新的特質鋪陳出兩個文本間幽微的轉換過程，提供一個可深入挖掘探究的空間。

（二）意識型態符號學分析

費斯克（John Fiske）認爲符號學主要由三個研究領域構成：符號本身、組成符號所依據的符碼或符號系統，以及符號或符碼運作所依據的文化。[15]

---

[12] 相關文獻詳見巴特勒（Judith Butler）《Gender Trouble》、紀大偉《晚安巴比倫》、劉亮雅《情色世紀末》、林芳玫等著、顧燕翎主編：《女性主義理論與流派》。

[13] 該項說法引自劉亮雅：〈王爾德與酷兒〉，《情色世紀末》（台北市：元尊文化，1998），頁167。

[14] Butler, Judith. *Gender Trouble：Feminism and the Subversion of Identity*（性別麻煩：女性主義與認同的顛覆）New York: Routledge, 1990.轉引自張小虹：《慾望新地圖》（台北：聯合文學，1996），頁178-179。

[15] John Fiske 著、張錦華等譯：《傳播符號學理論》（台北：遠流，1995），頁60。

符號學有兩大脈絡，一是索緒爾（Ferdinand de Saussure）傳統[16]，另一則是皮爾斯（Charles Sanders Peirce）傳統。本文將採用索緒爾傳統，羅蘭·巴特是繼承索緒爾符號學後，延伸原來符徵與符旨論述外，更提出神話語言共構系統的符徵符旨擴充說，將符號學轉向為文化學。

羅蘭·巴特（Roland Barthes）的符號學是在索緒爾符號學理論基礎下擴充而成，將原來的符徵符旨與符號三者進一步延伸成到神話（myth）中。[17]巴特賦予神話三層定義，第一層是認為神話是一種傳播體系、訊息或是意義構造方式、話語（parole）等；第二層定義是引入索緒爾符徵符旨二元對立概念後提出：神話定義並非來自訊息對象，而是來自吐露此一訊息的方式，這時神話已與內容無關，巴特透過意指作用（signification）看待神話與其運作方式；第三層的神話是一個二層系統的符號體系，透過結合語言學家葉爾姆斯列夫（Hjelmslev）的原指意義概念（connotation）而成。第一系統中的符號，即符徵與符旨二者的結合整體，變成第二系統中的符徵。[18]巴特進一步採用直述義（初步表意）指稱神話的第一系統，而用延伸義（第二層表意）代替神話的第二系統，他認為神話是在延伸義中生產出來供人消費，而他所謂的神話是概念與實踐的整體所構成的意識型態，透過主動

---

[16] 索緒爾的符號學是二元體系，認為符號由符徵與符旨所構成；本文欲採用索緒爾這一個脈絡的符號學，因此概述索緒爾符號學：符號（sign）是符號學中意義的最小單位，符號學就是從這最小單位建立符號的結合規則和從其內在產生出來的內含意義。索緒爾將符號區分為符徵（signifier）與符旨（signified）兩部分，符徵是一個聲音意象和視覺形象，或其書寫的對等物，是符號可被感知、具有實質型式的部分；符旨則是一個觀念或意義，是符號的心理形象，為符號所表示的概念，是被隱藏著、不可感知的部分。而符徵與符旨之間的關係是任意、專斷與約定俗成，其中缺乏必然關係。

[17] 關於這方面詳細辯證參照羅蘭·巴特著、許薔薔、許綺玲譯：《神話學》（新店市：桂冠，1997），頁171-177。約翰·史都瑞（John Storey）、李根芳、周素鳳譯：《文化理論與通俗文化導論》（台北市：巨流，2003），頁119-129。

[18] 神話的三層定義整理自羅蘭·巴特著、許薔薔、許綺玲譯：《神話學》。神話第三層定義在《神話學》一書中有更詳盡的說明，且將概念轉化成圖，該圖參見《神話學》（新店市：桂冠，1997），頁175。

推展社會主流團體的價值與利益，以保障主要權力結構，從這裡便可看出符號的多義性。

意識型態定義繁多，用法因定義不同而相異，雷蒙‧威廉斯（Raymond Williams）歸納出三種主要用法：第一是某一特定階級或族群的信仰體系；第二為虛假的信仰體系；第三指意義與思想產製的一般過程。三種用法不全然互相排斥，在使用意識型態一詞時，可能混同二或三種用法，不同用法強調出不同重點。第一種較接近心理學家的用法，對心理學家而言，意識型態是一個人的態度能整合為具一致性的模式。少數心理學家進一步認為意識型態是由社會決定，並非由個人的態度與經驗決定。馬克思主義者傾向將意識型態視為該學派專用術語，認為意識型態無法脫離社會關係，且意識型態取決社會非個人。第二種用法源自第一種，威廉斯認為第一種與第二種用法無可避免混同為一，意識型態成為某種特定虛假、誤謬的意識，成為統治階級控制勞工階級的工具。統治階層只要掌握傳播管道[19]，便可確保統治階級的既得利益。第三種用法是廣義描述社會如何產製意義，費斯克認為巴特提到含蓄意指時，引用的即是第三個概念。此一層次的意識型態是第二層次意義的來源，神話與隱含的價值是因二者是顯示意識型態最有效的工具。[20]

阿圖塞（Althusser）視意識型態理論為一種實踐的理論，是視意識型態為假意識的馬克思理論的延伸，在這時的意識型態是以非強制手段維繫優勢階級權力，可透過招呼（interpellation）或召喚（hailing）達成意識型態的實踐。同樣是第二代馬克思主義者的葛蘭西（Gramsci）引進霸權（hegemony），且視意識型態為一種抗爭過程，在這過程中，反抗（resistance）和不穩定（instability）是其兩個要素，建構常識（common sense）是贏得

---

[19] 傳播管道包括教育、政治、立法、大眾媒介和出版等系統。
[20] John Fiske 著、張錦華等譯：《傳播符號學理論》（台北：遠流，1995），頁 217-220。

霸權的一種方式。[21]本文將借重實踐與霸權概念詮釋兩個文本所代表的意識型態。

參、《白水》與《雷峰塔傳奇》的內在聯繫

討論二劇糾纏關係前，先思考源起問題，有助後續討論：在紛雜眾多的民間故事、傳統戲曲，田啟元為何獨獨挑選方本《雷峰塔傳奇》作為改編的文本？或者，白蛇傳故事與田啟元內心產生何種緊密相依的共鳴？為解開此一問題，必須重新審視《雷峰塔傳奇》（或說白蛇傳故事）。白蛇故事是中國流傳久遠、流播地域廣大的民間故事。因時間地域因素，產生為數眾多、情節不一的白蛇故事版本，這些版本散雜於各種相異文類，造成回溯時的困難。要證明《白水》改編、承襲自方成培《雷峰塔傳奇》，可分成直接性關連與內涵義聯繫兩個方面說明。

一、劇本文字的直接性關連

最顯而易見的是檢視《白水》的劇本文字。分析《白水》台詞，這可再分成寫作風格、韻母與文字三方面討論。在寫作風格上，田啟元傾向以文言文句型寫作該劇，大量使用對仗與押韻的句型；換言之，田啟元採取盡量貼近方本《雷峰塔傳奇》的態度寫作《白水》。在韻母方面，〈水鬥〉通篇押ㄠ韻，〈斷橋〉押ㄥ韻。在《白水》中，劇中所押之韻共計：ㄤ韻、ㄟ韻、ㄢ韻、ㄠ韻、ㄥ韻與ㄣ韻的混雜使用五種韻母。就此點來看，田啟元有回應方本《雷峰塔傳奇》的企圖。文字方面，《白水》部分台詞可說是直接挪用《雷》劇曲文，如：「白素貞，妳愛河裡慾浪滔滔，早回頭，把妳命保！」[22]該段台詞與《雷》劇曲文「你愛河裡欲浪滔滔，早回頭免生

---

[21] 同註 21，頁 227-234。

[22] 文引自胡耀恆主編：《中華現代文學大系（貳）臺灣一九八九－二○○三·戲劇卷》（台北市：九歌，2003），頁 229。

悲悼」[23]相似度高達九成。另一處明確看出田啓元挪用／改寫的現象：

> 恨、恨、恨、恨他法力高；悔、悔、悔、悔當初讓許仙前來此廟；只、只、只、只為身懷六甲把願香還禱；他、他、他、他點破了我大事不妙；我、我、我、我恨妖僧心狠口叨；這、這、這、這癡心好意枉負徒勞；是、是、是、是他負心把情拋；苦、苦、苦、苦得我兩眼淚珠老。[24]

《雷峰塔傳奇》曲文：

> 恨恨恨，恨佛力高，怎怎怎，怎叫俺負此良宵好，悔悔悔、悔今朝放了他前來到。只只只，只為懷六甲把願香還禱；他他他，他點破了欲海潮。俺俺俺，俺恨妖僧讒口調叨。這這這，這癡心好意枉負徒勞。是是是，是他負心自把恩情剗。苦苦苦，苦得咱兩眼淚珠拋。[25]

比對兩段台詞與曲文，除了刪改少數詞彙外，大致上這兩段無論是句型運用與文字使用上，都有極高的相似度。

二、角色關係與時代意義的內涵義聯繫

《雷峰塔傳奇》一劇是清人方成培於乾隆年間，在黃圖珌的《雷峰塔傳奇》和陳嘉言父女流傳於梨園抄本的基礎，推陳出新的成果。白蛇傳故事經過方成培銳意修改後，故事情節的完整性高，角色塑造也更為豐富飽滿，贏得廣泛認同，之後地方戲曲與曲藝作家無不受方本影響，甚至具有宗本地位。[26]歷來對白蛇故事與方本《雷峰塔傳奇》研究眾多，多偏向探討

---

[23] 文引自王季思主編：《重訂增注中國十大古典悲劇集（下）》（濟南：齊魯書社出版，2003），頁 1252。

[24] 同註 23，頁 230。

[25] 同註 24，頁 1256。

[26] 相關文獻可參考曾永義：《俗文學概論》（台北：三民書局，2003），頁 560-568。潘江東：《白

該劇藝術手法、成就,或白蛇故事演變等相關問題。從體系龐大的白蛇故事,追溯至方成培《雷峰塔傳奇》,不僅因《白水》語言文字與故事內容脫胎自《雷》劇,更在於《雷》劇某個深層觸動田啓元幽暗心緒,召喚出《白水》一劇。《雷》劇中的角色關係與時代意義便是引發田啓元強烈共鳴的因子。

(一)《雷》劇角色關係的轉變到定型

白蛇故事中白蛇初期以惡獸姿態出現,具美貌兼含色誘害人爲基型,如唐人筆記中〈李黃〉、〈李琯〉等故事爲代表。到宋代話本〈西湖三塔記〉白蛇仍是以惡獸形象出現,逞兇害人缺乏人性;宋元以來風行的話本故事,經過明代文人修改潤飾,以馮夢龍〈白娘子永鎮雷峰塔〉爲該階段的代表作,這時期的白蛇已退去部分獸性,相對增添人性,脫離初期獸類逞慾、傷及情郎的惡獸階段。在馮夢龍筆下,法海一角並不突出,僅爲協助收妖者。馮夢龍的寫法偏重許宣與白蛇的矛盾,突顯許宣薄倖,意味弱勢男人對強勢女人的反撲,人性對獸性的制裁。[27]墨浪子〈雷峰怪蹟〉與〈白娘子永鎮雷峰塔〉在故事、人物與結構大致相同[28],但前者白蛇妖性減弱且增強人性。黃圖珌《雷峰塔傳奇》中,白蛇尚未完全脫去妖性,法海整體形象較之前文本強化許多。黃本大致繼承過去文本對白氏性格特性,並且強化白氏情感與形象。方成培《雷峰塔傳奇》中,白蛇[29]完全脫去妖性,搖

蛇傳研究》,台北,學生書局,1981 年。白崇珠:〈白蛇傳之內在衝突與象徵〉,收錄於《古典文學第五集》,中國古典文學研究會主編,台北市:台灣學生,1983 年,頁 193。傅惜華:《白蛇傳集》,上海:上海古籍,1987 年。范金蘭:《「白蛇傳故事」型變研究》,台北,萬卷樓,2003 年。

[27] 潘少瑜:〈雷峰塔倒,白蛇出世——白蛇形象演變試析〉,收錄《中國文學研究》(台北:台灣大學中文系,2005 年 5 月),頁 154。

[28] 趙景深〈白蛇傳考證〉:「古吳墨浪子所輯的《西湖佳話》卷十五〈雷峰怪蹟〉便是直抄《警世通言》而稍加增改的。」文見趙景深:《白蛇傳》(台北:文化圖書,1993),頁 373。

[29] 在方本中,後世熟悉的白素貞被稱爲白雲仙姑,爲求行文不致混淆與一致性,行文一律使用「白蛇」代表白雲仙姑或白素貞。

身成爲具法力之人，法海一角成爲殘酷執法者。白蛇、許宣與法海三者關
係由白蛇與許宣激烈衝突與矛盾，法海僅爲協助收妖者，轉變成白蛇與法
海的衝突矛盾，許宣成爲白蛇法海二人爭奪之物，導致許宣一角的主體性
弱化。

追溯白蛇故事主要角色關係與象徵的變化可歸納出三個階段：第一階
段爲白蛇故事發展初期，從唐人筆記到宋代話本止。該階段白蛇爲惡獸、
許宣爲弱勢人類，法海一角尚未形成，該處單純述說惡獸與人之間衝突，
塑造白蛇爲加害者、許宣爲受害者的形象。第二階段是宋元話本以降，受
到明代文人修改潤飾之作，以馮夢龍〈白娘子永鎮雷峰塔〉爲代表，一直
到黃圖珌《雷峰塔傳奇》。此階段的白蛇脫離惡獸形象，轉被視爲具法力
的妖怪，許宣也不再處於純然弱勢的地位，增加幫助許宣除妖的使者法海，
法海一角形象逐漸清晰。衝突焦點主要仍在白蛇與許宣之間，而法海有逐
漸取代許宣的趨勢。第三階段指從方成培《雷峰塔傳奇》以降到清末的小
說、地方戲、曲藝等爲止。此階段最重要的轉變在於白蛇從最初加害者轉
變成被害者，許宣從被害者轉變成白蛇與法海爭奪焦點，法海從最初不存
在到執法者，最後成爲加害者。角色關係的變化導致衝突焦點從白、許之
間，轉移至白蛇與法海二角上。

白蛇故事一直到方本《雷峰塔傳奇》，才確立白蛇與法海對立衝突的
關係，同時方本將法海塑造成具崇高地位、有權威且法力高強的加害者，
給予白蛇堅貞、勇敢追求愛情的形象。方本尚營造出法海以其強大威權壓
迫良善的白蛇，讓民眾對白蛇處境深感同情。正因這樣的角色關係，讓方
本《雷峰塔傳奇》從白蛇故事龐大體系中閃現出來，成爲《白水》的基礎
底本。

（二）白蛇故事的時代意義

白蛇故事流傳久遠，隨著時間遞變產生不同時代意義，本文就近幾年

學者研究進行統整。顏元叔認爲白蛇故事代表著情感與理智的對立，白蛇是情感的代表，而法海象徵理智，二者相爭即是情感與理智的衝突。[30]楊牧認爲白蛇故事挑戰定型的社會標準，白蛇是反對既定傳統規範的代表。[31]羅永麟認爲故事中具反抗封建禮教和追求婚姻自主兩項意涵。[32]張庚、郭漢城從時代背景思索白蛇故事意涵，提出該故事主要反映當時社會之矛盾的說法。[33]林景蘇從階級角度切入，認爲白蛇故事反映某一階級意識。[34]戴不凡認爲透過追求幸福的白蛇對抗代表封建勢力的法海，從中傳達出的是反封建的思維，此點看法與羅永麟類似。[35]潘少瑜提出白蛇形象轉變是扼殺旺盛的野性生命，以及傳統道德觀對社會人心的無形束縛。[36]尚有學者有不同觀點，本篇爲求聚焦，故不予節錄。[37]統整學者看法，視「從底層對抗或反抗某種既定存在」爲白蛇故事意義的最大交集，這樣抵拒或挑戰的意涵則召喚田啓元內心深處的晦暗心緒。

肆、神話與意識型態的生成與運作

《白水》與《雷峰塔傳奇》皆是陳述被父權意識型態壓制的戀情，這

---

[30] 顏元叔：〈「白蛇傳」與「蕾米亞」———一個比較文學的課題〉，《幼獅文藝》32：1，1970，頁 86-93。

[31] 楊牧：〈許仙和他的問題〉，收錄於《主題學研究論文集》（台北：東大圖書公司，1983），頁 325-330。

[32] 羅永麟：〈白蛇傳的歷史價值和現實意義〉，收錄於《民間文學論壇》，第三期，1984，頁 7-15。

[33] 張庚、郭漢城：《中國戲曲通史（下）》（台北市：大鴻，1998），頁 1018。

[34] 林景蘇：〈白蛇傳的階級意識與象徵〉，收錄於《文藻學報》，第十期，頁 1-10。

[35] 戴不凡：〈試論《白蛇傳》故事〉，收錄於《二十世紀中國民俗學經點・傳說故事卷》（北京：社會科學文獻出版社，2002），頁 72-88。

[36] 潘少瑜：〈雷峰塔倒，白蛇出世——白蛇形象演變試析〉，收錄於《中國文學研究》，第十四期，2000，頁 179-200。

[37] 例如白崇珠〈白蛇傳之內在衝突與象徵〉提出白蛇故事的衝突與象徵可歸結成「物各有分，道不可違」；呂洪年〈白蛇傳說古今談〉、段美華〈白蛇形象的歷史嬗變〉提出女性主體價值提升的看法；王溢嘉〈蛇之魅惑與心之徬徨〉提出白蛇故事是父系原則與母系原則對抗的殘存；徐信義〈論方氏《雷峰塔傳奇》〉強調在該故事結構下欲傳達超自我的想法等研究。

兩者都是情愛被權力結構扭曲的故事。就《白水》而言，該劇深埋田啓元內心的徬徨、悲傷與吶喊，然而，這種激烈的情緒與聲音卻被古典戲曲或說被中國傳統情愛悲劇所掩飾。如何撥開層層復疊疊的迷障，直探在古典戲曲包裝背後的「真心真意」，成爲本文最重要的工作。爲能挖掘出此中真意，將透過符號學和意識型態的幫助。

一、符號學的文本分析

以葉爾姆斯列夫純粹圖式的再現方式說明，表達層（E）和內容層（C）這兩個層面由關係（R）連結而成，兩個層面整體與其關係形成一個 ERC 的系統，一個 ERC 本身可以成爲第二個系統中的單一部分，隨著第一系統進入第二系統位置的不同，而產生兩個如鏡像般對立整體[38]。第一種情況（參照表一）是第一系統 ERC 變成第二系統的表達面或符徵後，即可代換成（ERC）RC，而第一系統構成直接意指（denotation），第二系統則構成含蓄意指（connotation）。第二種情況是第一系統成爲第二系統的內容面或符旨，公式可寫爲 ER(ERC)，我們將第二情況稱爲後設語言（metalanguage）。[39]

表一：含蓄意指

二	E／符徵		C／符旨
一	E／符徵	C／符旨	

資料來源：整理自羅蘭・巴特：《寫作的零度》與《流行體系（一）》

---

[38] 含蓄意指與後設語言這一對概念，分佈於巴特所有作品中，巴特使用葉爾姆斯列夫的說法解釋這一對概念。後設語言是操作法，是組合科學語言的主體，其作用在於提供真實系統（符旨）。含蓄意指劇有一種普遍感染力或理念規則，滲透在原本是社會性的語言中。在含蓄意指中，第一層字面資訊用以支撐第二層的意義。

[39] 羅蘭・巴特著、李幼蒸譯：《寫作的零度》（台北市：九大，1991），頁 194-198。羅蘭・巴特著、敖軍譯：《流行體系（一）符號學與服飾符碼》（新店市：桂冠，1998），頁 43-44。

　　直接意指指物件、陳述、符號、影像等字面或直接指涉的意義，而含
蓄意指是包含符徵、符旨與結合二者的意指作用的系統，含蓄意指的符徵
群由第一系統的符號（結合符徵與符旨）所組成。就該二次度體系檢視二
劇所使用的符號與其所代表的意涵，以及兩者轉換所產生的同異與因之產
生的意義。

（一）《雷峰塔傳奇》直接意指與含蓄意指

　　《雷》劇主要是敘述化為人身的白蛇與許宣之間的愛情，以及法海的
介入與破壞。分析故事的角色設定，《雷》劇共使用四組符號（參照表二），
第一組符號「白蛇」是曾食西王母蟠桃、修練逾千年的靈性動物，釋迦牟
尼稱白蛇為「妖孽」與「妖邪」[40]，慈悲大度如釋迦牟尼仍將白蛇視作妖孽，
更何況是普通的平民百姓？因此儘管白蛇修行千年，仍停留在獸的層次；
第二組符號「許宣」原為釋迦牟尼捧缽侍者，下凡後雖是凡人，但仍是由
小神投胎而成，屬於人的層次；第三組符號「法海」是釋迦牟尼指派下凡
收服並將白蛇永鎮雷峰塔下，接引許宣，使他不致忘卻原本面目，同屬人
的層次。第四組符號「青蛇」因法術不敵白蛇，成為白蛇婢女，與白蛇同
屬獸類。

表二：《雷峰塔傳奇》符號表

第一系統 符徵	第一系統 符旨
白蛇（女）	愛上許宣修行千年的獸類
許宣（男）	小神投胎的人類
法海（男）	佛祖派遣下凡的人類

---

[40] 詳見王季思主編：《重訂增注中國十大古典悲劇集（下）》（濟南：齊魯書社出版，2003），
頁 1169。

青蛇（女）	修爲較差的獸類	
第一系統：符號／第二系統：符徵		第二系統：符旨
白蛇：許宣		堅定：軟弱、專一：搖擺不定、妖：人
白蛇：法海		妖：神、邪：正、邪道：正統、野：法、情愛自主：父權機制、違逆禮教倫常：禮教倫常、被害者：加害者、弱小：強大
白蛇：青蛇		慈母：義婢

資料來源：本研究整理

　　第一系統的符號成爲第二系統的符徵，延伸出來的意義較第一系統豐富廣遠。對照第一系統的符號得到第二系統的含蓄意指（參照表二），藉由並置白蛇與許宣兩個符號，可歸納成三個含蓄意指。第一，從情節發展看兩位主要人物的個性，得知白蛇個性堅定，不論遭遇到何種危難與試煉，白蛇都義無反顧地勇往直前，以及運用智慧化解種種危機；相較白蛇的堅定，許宣具有裹足不前的軟弱性格。從〈訂盟〉起，許宣展現事事交予他人決定的個性；第二層意義接續第一而來，劇中白蛇堅定專一，歷經幾次死生分離都無法澆熄她追求愛情的炎熱決心，反觀許宣，基於軟弱性格衍生出來的是搖擺不定的態度，不停遊走於相信與懷疑白蛇之間；第三是延伸直接意指中身份背景的問題，白蛇與許宣一爲蛇妖一爲凡人，乍看是談論人獸相戀，但我們不能忽視文學慣於使用隱喻手法，因此在人獸相戀的背後，實則是指兩個不同社會階級的相戀悲劇[41]。

---

[41] 相關看法見楊牧：〈許仙和他的問題〉、羅永麟：〈白蛇傳的歷史價值和現實意義〉、張庚、

　　將白蛇與法海並置，白蛇妖孽與法海神佛的背景立現，同時也傳達出二者邪正身份，出身邪道的白蛇全身洋溢質樸地野性生命力[42]，代表正統的法海捍衛人間律法，人間律法是為維持人世倫常而存在，在白蛇盡情追求情愛自主同時，無疑是漠視父權機制底下的禮教倫常，然而若不遵守禮教倫常，無疑意味著挑戰律法。白蛇為追求情愛罔顧倫常，遊走在律法之間，導致劇中二人互動在在顯示法海加害者身份與白蛇被害者的處境，加害與被害同時也隱含強大力量與弱小可欺之意。

　　同為獸類的白青二蛇，修練成人形後，白蛇嫁給許宣，之後產下狀元兒子許士麟，方成培給予白蛇「生子得第」的慈母形象，[43]促使白蛇不僅由妖變成人，還成為賢妻良母，讓白蛇「人」的形象更為飽滿紮實。青蛇因修為不足成為白蛇婢女，從劇中可知青蛇雖是使婢，實際上與白蛇情同姊妹，幫助白蛇分憂解勞、排除危難，在情勢最危急的〈水鬥〉中，青蛇仍舊給予白蛇支持與幫助，塑造出青蛇情義的一面。

（二）《白水》直接意指與含蓄意指

田啓元將白蛇故事引入《白水》，為求聚焦，僅由四位男演員飾演《雷》劇中白蛇、許宣、法海與青蛇等主要角色，輔以類似歌隊性質與旁白的甲乙丙丁，共八個角色。全劇採簡單化的舞台，沒有繁複的舞台背景與設計，可突顯四位演員。《白水》使用的五組符號（參照表三）吸收《雷》劇直

郭漢城：《中國戲曲通史（下）》、林景蘇：〈白蛇傳的階級意識與象徵〉、戴不凡：〈試論《白蛇傳》故事〉等文。

[42] 潘少瑜認為白蛇的獸性意味強大的原始力量，雖然會對人類社會帶來災害，但從另一角度觀之，卻具有質樸粗獷之美。因此，由蛇類帶來的獸性讓白蛇無所顧忌宣洩其欲，不若人類受到禮教規範的約束。同註37，頁188-189。

[43] 穆欣欣在其文提到：積極肯定白蛇人性是使白蛇故事更為豐富的成果之一，其中白蛇產子一段，更可證明方成培是以「人」的角度撰寫白蛇，讓白蛇擁有正常人的愛情，以及孕育人的子嗣，以狀元兒子作為歷經多所磨難後的補償，不同於黃本《雷峰塔傳奇》的「白娘，蛇妖也」的創作觀點。文見穆欣欣：〈從妖到人──論中國戲曲中白娘子藝術形象的轉變〉，收錄於《戲曲藝術》第三期，頁102。

接意指和含蓄意指，並將《雷》劇第二系統變成《白水》的直接意指，當第一系統進入第二系統時，田啓元光明正大地將原本女性白蛇與青蛇的符號替換成男性白蛇與青蛇的符號，因爲白、青二蛇符號的改變，造成含蓄意指產生重大變化。至此，白蛇故事從原初的人獸不倫戀情，轉變爲男男相戀的不倫戀情。換言之，《白水》雖是講述不同身份階級相戀的故事，若從角色性別分配與表演設定（不刻意模擬女人）觀之，《白水》無庸置疑地是一齣荒謬搞笑的酷兒戲劇；若就表層來論，故事核心在於傳達一則不倫戀情。

表三：《白水》符號表

第一系統 符徵	第一系統 符旨	
白蛇（女）	具堅定性格、慈母形象等 等的非正統妖孽	
許宣（男）	性格搖擺不定的人類	
法海（男）	象徵禮教傳統的加害者	
青蛇（女）	有情義的非正統妖孽	
第一系統：符號／第二系統：符徵		第二系統：符旨
白蛇（男）		具堅定性格、慈母形象等等的非正統 男妖
許宣（男）		性格搖擺不定的人類
法海（男）		象徵禮教傳統的加害者
青蛇（男）		有情義的非正統男妖

資料來源：本研究整理

（三）二劇異同與其意義

《白水》與《雷》劇符號的繼承與轉換前文已述，這裡補充說明二劇符號之外的異同。二劇的同在於均「前有所本，且前有所承」。前有所本造成方成培與田啓元同樣直接使用既有符號，方成培繼承成分較多，採同中求異方式創造白蛇故事，而田啓元採舊瓶裝新酒方式，保留相似的形，卻增添相異的神。相似的形這點即為上文的直接意指，相異的神即是含蓄意指。

比對《白水》與〈水鬥〉、〈斷橋〉，《白水》在情節發展與角色個性、身份背景等基本設定都忠於《雷》劇。二劇最顯著的異在於不倫的定義和使用，以及結局的處理。參照二劇符號，得知二劇給予「不倫」不同意涵。方成培的不倫指不同社會階級之間的戀情，田啓元的不倫是在異性戀社會中同性戀者的戀情。再者，《白水》並非完整呈現「整齣《雷峰塔傳奇》」，僅處理該劇精華片段：白蛇、法海與許宣衝突白熱化的水漫金山寺，將全劇收在法海第一次祭缽失敗，勸許宣暫時回白蛇身邊，許宣與白青二蛇相見的時間點上，捨棄白蛇產子、第二次祭缽導致永鎮雷峰塔下、許士麟高中狀元後祭塔，以及最後列為仙班等情節。田啓元將《雷》劇濃縮、轉化成《白水》，呈顯出來的固然是他最想表達，也是最關切的同志情慾流轉與掙扎課題。事實上，田啓元的確成功將中國經典《雷峰塔傳奇》平行轉化成同志情愛寓言，賦予該劇形式與內容同志化的詮釋，但是更需注意的是：在他毅然捨去之後情節而不做任何處理的背後究竟代表什麼？是受限舞台劇演出形式而無力處理？還是刻意空白，藉由這份「缺席」傳達更深一層的意涵？

二、文本中的神話意涵

對巴特而言，神話是一種文化思考事物、概念化事物、理解事物的方

式，同時是一連串相關概念的集合。透過「歷史自然化」是神話主要的運作方式，自然化意味著非歷史化，我們會去思索人文層面各種關係與其產生的意義，面對自然層面時，多半會認為該層次的一切是自然生成，不需進一步思考其中關連與背後意義，因此，去除歷史情境即所謂自然化。神話運作藉由否定與歷史之間的關係，將神話意涵視為自然形成，而非歷史化或社會化的產物。神話成為符號學體系一環在於其結構同樣具有符徵、符旨和符號。神話是第二秩序的符號學系統，意味它是從一個比它早存在的符號學鏈上建構而成。[44]透過《雷》劇與《白水》的符號系統，建構出二劇的神話意涵。

《雷》劇中，經過法海、許宣與白蛇三組符號延伸出法海象徵人間律法與禮教倫常，許宣代表高於白蛇的階級，白蛇象徵欲擺脫層層現實束縛羈絆的慾望和低下階級，由以上符號聯合構成第一系統的意義：不受認同的相異階級戀情，其中，身份階級已由人與獸類有具體形象規範的階級轉換成禮教倫常的抽象層次。因此《雷》劇直述義有著「父權結構下的傳統禮教抗拒與打壓追求情愛的自主性」，以及「傳統倫常抵制與懲罰違反傳統倫常之人事物」的意義。從第一秩序的符號意義顯示《雷》劇的神話意涵在於階級方面的教化，宣揚不同階級的戀愛終不得善果，固化社會禮教倫常，使人安於所處階層，確保階級之間的穩定。白蛇故事經過時間與文人一再詮釋與刪修下，從原始惡獸傷人，演變成古典情愛悲劇，到《雷》劇時，已然轉化成滿載教化意義的民間故事，在歷史自然化的運作之下，故事轉變過程被層層掩蓋，原始意涵漸被人所淡忘，進而確立《雷》劇的神話意涵。

吸收《雷》劇符號且成功替換某些成分的《白水》，同樣在符號建構與轉化中，建立該劇獨特的神話意涵。相較《雷》劇具階級意涵的神話，

---

[44] 羅蘭‧巴特著、許薔薔、許綺玲譯：《神話學》（新店市：桂冠，1997），頁 171-177。

《白水》的神話意涵顯然是提出異性戀霸權為主的社會對同性戀的壓迫和
抵制，以及田啓元對異性戀社會的質疑。《雷》劇中，人獸相戀的隱喻，
經過轉換成為身份不同造成階級差別的神話，《白水》吸收階級差別和抵
拒階級流動的意涵。前言所謂「向傳統文學借火」，表面上借走白蛇故事，
實際是採納不對等的階級關係，並轉化為同／異性戀之間的隱喻與象徵。
《白水》最特出之處在於由男性飾演白蛇與青蛇的角色，與白蛇的服裝。
由男性扮演傳統女性角色，是一種性別錯置，也是一種性別越界。在高度
構設的劇場裡，角色配置的舉措必定是精心設計而成，經由符號轉換導致
傳統且高貴的古典戲曲，搖身一變而為妖魅又邪氣的酷兒論述。

三、意識型態符號學分析

意義不存在於文本，意義產生於讀者與文本間的互動。因此分析兩劇
基本符號意涵外，需一併考慮讀者與文本間的互動關係。費斯克從傳播學
角度認為符號透過使用者與之相互使用，才能保存文化裡神話與隱含的價
值，存在於符號與使用者、符號與神話和含蓄意指之間的關係，是一種意
識型態的關係。[45]欲探究其間關係可透過巴特的三系統體，該系統是指語言
之外的符碼（符碼實體為事物或意象）、直接意指與含蓄意指三位一體的
系統（參照表四）。該系統呈現兩個不同的分節方式，一是從真實符碼轉
移到直接意指系統，該層同時也是後設語言；另一是直接意指系統到含蓄
意指系統。[46]

---

[45] 同註 21，頁 225。
[46] 羅蘭‧巴特著、李幼蒸譯：《寫作的零度》（台北市：九大，1991），頁 107。羅蘭‧巴特著、
敖軍譯：《流行體系（一）符號學與服飾符碼》（新店市：桂冠，1998），頁 45—46。

表四：三系統體

三修辭系統／含蓄意指	E／符徵／修辭學		C／符旨／意識型態
二術語系統／直接意指	E／符徵	C／符旨	
一真實符碼／真實系統		E／符徵	C／　符旨

資料來源：整理自羅蘭・巴特：《寫作的零度》、《流行體系（一）》

（一）三系統體的文本解讀

　　表五說明《雷》劇神話與意識型態的形成與關係。對《雷》劇的認知，以及人獸不倫戀情情境的理解構成真實符碼，第一系統進入第二系統的內容層，扮演後設語言的角色，該符碼同時形成術語系統的符旨，由該符旨傳達出「《雷》劇是宣揚階級的教化劇」之概念，具此概念後，轉成第二系統的符徵，形成「《雷》劇是宣揚階級的教化劇」的文字結構。術語系統再進到第三系統的表達面，成為該意識型態的修辭。從第一系統到第三系統為符碼形成順序，並非解讀順序，解讀順序應是從修辭到術語，術語再到真實符碼。修辭到術語的第一種轉形（transformation）去除《雷》劇的修辭價值，不造成任何根本性問題，只是將《雷》劇意義等同社會階級的意識型態（方本《雷》劇=[47]社會階級意識型態），讀到「《雷》劇代表社會對待階級變動的態度與懲罰」時，可直接用「《雷》劇是社會階級意識的符號」替換；術語到真實系統是第二種轉形，「《雷》劇是宣揚階級的教化劇」中，在《雷》劇、階級和教化劇間，只存在句法關連，不具真實關係，第二種轉形需藉由偽句法代替語法關係，讓真實符碼表現意義，而不是話語的概念性。使用「階級意識・教化劇=《雷》劇」半文字半符號

---

[47]　符號「=」表同義關係符號「・」表組合關係。羅蘭・巴特：《流行體系（一）符號學與服飾符碼》，頁7。

的等式表述，該等式不但是一種混和符碼，同時介於真實符碼與術語系統，
這一等式所有術語都有意指價值，更動其中一個術語，句子的真實意涵都
會改變。

表五：《雷峰塔傳奇》三系統體表

三修辭系統 ／含蓄意指	符徵 方成培的習慣用語		符旨 社會階級意識 型態
二術語系統 ／直接意指	符徵（句子） 《雷》劇是宣揚階 級的教化劇	符旨（主題） 《雷》劇是宣揚階級的教 化劇	
一真實符碼 ／真實系統		符徵 對《雷》劇 的感知	符旨 人獸不倫戀 情的情境

資料來源：本研究整理

　　巴特三系統體也可運用在《白水》白蛇服裝[48]的解析上（參照表六）。
劇中清楚可見白蛇無論是服飾、動作或聲音表情均不以男身假裝成女性，
明目張膽地將男性性徵（沒有豐滿乳房卻有陰莖的白蛇）拋至觀眾面前，
清楚地告訴觀眾：《白水》的白蛇是男性情慾流動，是女性角色陽性化的。
動作方面，白蛇一角的身段柔軟，肢體動作則以非人方式不停地扭動，為
該劇增添妖魅詭異氣氛，因此看到白蛇服裝與身段動作，會將這些服飾、
身段特徵理解為妖魅化男性的符號（白蛇服裝‧身段動作＝妖魅化男性），

---

[48] 白蛇服飾為：平頭、上半身赤裸，下身僅著一條白色內褲，赤腳。服裝見臨界點劇象錄：《白
　　水》VCD 第一版，1993 年 7 月 7 號，首演於永琦百貨。

真實服飾符碼成為術語系統的符旨，該項概念化為文字結構後，連同主題一起進入修辭系統，該系統本質上以霸道方式傳遞世事表象。歷代文人不斷為白蛇增添人味以去除白蛇為「妖」的部分，到方本《雷》劇，白蛇成功脫離蛇妖形象，以完整飽滿之「人」的形象出現。相較歷代文人對白蛇「人形化」，田啟元的白蛇「妖魅化」無疑突顯白蛇化為人身背後隱含著蛇妖／妖孽本質，田啟元藉著性別越界表演，呈現該劇的酷異性。

表六：《白水》服飾符碼表

三修辭系統／含蓄意指	符徵 白蛇服裝的習慣用語		符旨 世事表象（酷異性）
二術語系統／直接意指	符徵（句子） 白蛇為妖魅化的男性	符旨（主題） 白蛇為妖魅化的男性	
一真實符碼／真實系統		符徵 白蛇服裝與身段動作	符旨 具妖魅特點的男性

資料來源：本研究整理

　　表七說明《白水》神話與意識型態的形成與關係。修辭到術語的轉形消去《白水》的修辭價值，將《白水》與社會性別的意識型態視為同義（《白水》≡社會性別意識型態），看到「《白水》代表異性戀社會對同性戀的抵拒」後，可直接用「《白水》是社會性別意識的符號」代替；第二次轉形時，「《白水》為不倫的同性戀」一句，同樣存在《白水》、不倫與同性戀的文字結構，不具實質意義，要轉換為「不倫・男同性戀≡《白水》」，才能銜接真實系統符徵和符旨。

表七：《白水》三系統體表

三修辭系統／含蓄意指	符徵 田啟元的習慣用語		符旨 社會性別意識型態
二術語系統／直接意指	符徵（句子） 《白水》為不倫的男同性戀	符旨（主題） 《白水》為不倫的男同性戀	
一真實符碼／真實系統		符徵 對《白水》的感知	符旨 男男不倫戀情的情境

資料來源：本研究整理

（二）意識型態的運作與意義

方成培〈自序〉：

> 因重為更定：遣詞命意，頗極經營，務使有裨世道，以歸於雅正。[49]

方成培修改該劇時，鑑於民間演出本辭鄙調偽外，更希望透過自己的改寫有助於「世道」。從三系統體可知，《雷》劇隱含社會階級意識，但該處的社會階級究竟是指何種階級？經分析神話可知，「世道」是性別政治底下龐大的父權機制，階級除代表身份差距，還包含性別差異，性別差異為人欲跨到另一階級，受限男女之別的差別對待。傳統社會為欲跨越階級的男性設置「科舉考試」，但卻沒有為女性設置任何管道，如欲跨越階級差別，得到的下場就是受阻與責罰，女性唯一機會就是生出狀元兒子以光耀

---

[49] 見方成培：《雷峰塔傳奇》，收錄於《國立北京大學中國民俗學會民俗叢書（150-151）》（台北市：東方文化，年不詳），頁1。

門楣，這點在《雷》劇獲得印證。就某層面而言，《雷》劇傳達出來的正是這個神話，同時也再次證明所處社會為一父權社會。若意識型態是一種實踐的理論，白蛇故事與《雷》劇無疑展現實踐過程和結果：透過永鎮塔下的白蛇告誡人們，低下階級欲進入較高階級無疑是癡心妄想，女性欲追求情愛自主必遭困頓與責罰。這兩個觀念受到父權社會的歡迎，成為優勢意識型態，並且透過實踐強化階級意識的合法性，父權社會與優勢階級意識兩相幫襯結果下，形成絕對父權社會與具主導地位的優勢意識型態。

透過神話，《白水》傳達由性別差異造成的階級意識，田啓元將同性戀比為父權社會中的女性地位與低下階層，將異性戀視為父權社會的男性與較高階層，經由高／低階級與男／女地位的不同，說明異性戀霸權下，同性戀如何受阻與被責罰。白蛇服裝說明該意識型態強勢的運作手法：不同性別裝扮背後是否存有不同文化內涵？若男女扮裝是一套外在文化符碼的改變，人們所認同是否僅是一套顛撲不破的符號系統？周華山認為衣服時裝除蔽體保暖，也是一種美學取向，更是性別政治與文化意識型態鬥爭的場域。不同服飾展現特定性別／階級／種族的權力和身份慾望。[50]扮裝足以混亂性別論述與服飾符號間頑強鏈結，更由此突顯人為的社會性別建構並非本質存在，而是特定時空背景下的文化產物。因此，無論是《雷》劇或《白水》，其中的意識型態都是父權社會產生的優勢意識型態主導整個思想與行為，「向傳統借火」除前文提及的階級間的關係，尚借走父權社會與優勢意識型態。

相較《雷》劇，《白水》沒有處理與法海相爭之後的情節，從這份缺席可探究田啓元的意識型態。《雷》劇中白蛇最後因狀元兒子被赦而列位仙班，反觀《白水》，因白蛇是男性，喪失最後被救贖的可能性，對田啓元而言，從《雷》劇轉化出的《白水》是在強大父權與異性戀霸權下的強

---

[50] 周華山：《同志論》（香港：香港同志研究社，1995），頁89。

烈吶喊，以及最沉痛的自我表白。

伍、結論

研究現代戲劇的學者普遍認為田啓元《白水》是一齣為同性戀發聲，同時也是將同性戀議題帶進劇場界的戲劇之一，因此將之視為「同志劇」[51]。本文無意推翻或辯證《白水》是否為同志劇，而將焦點著重在兩個文本意涵轉換上，運用符號學與意識型態等理論分析田啓元如何將方成培《雷峰塔傳奇》改編成《白水》，藉符號符碼轉換將傳統人妖戀意涵搖身一變而為前衛的同性戀意涵。

以《白水》為起點的回溯方式，將田啓元創作該劇的過程一點一點揭露出來。《白水》雖非原創劇作，而是承襲傳統故事，從改編動作印證「向傳統文學借火」確為田啓元創作上的特性。藉由符號學比對《白水》與《雷峰塔傳奇》，統整出二劇的符號、符號意涵，以及神話意義；最後再透過羅蘭‧巴特的三系統體分析出神話、意識型態的形成與二者關係，以及二個文本所挾帶的意識型態。《白水》與《雷峰塔傳奇》中心主旨都在講述「不倫戀情」如何受到倫常或社會的強力壓制，禮教倫常與社會背後無疑牽涉到強大權力結構與社會神話、意識型態的問題。田啓元必定是感受到《雷》劇神話層層壓抑下的吶喊與震動，心有所感將內心最真實、深層的情感投射至《雷》劇，透過改編《雷》劇傳達言語不能盡訴的心緒。

沒有任何階級之分，能夠自由地與人相愛，只是單純守著這種平凡的幸福，這樣的世界，不知道到底會不會來臨？這或許是田啓元最深層的質疑，同時也是最渴切的企盼吧！

---

[51] 相關文獻有：鴻鴻（1996）、鍾明德（1999）、施立（1999）、廖鶯芝（2000）、郭強生（2003）、羅敬堯（2003）。

參考文獻

* Butler, Judith. *Gender Trouble：Feminism and the Subversion of Identity*（性別麻煩：女性主義與認同的顛覆）New York: Routledge, 1990.

* Fiske, John 著、張錦華等譯：《傳播符號學理論》，台北：遠流，1995年，初版十刷。

* 王季思主編：《重訂增注中國十大古典悲劇集（上、下）》，濟南：齊魯書社出版，2003年，三刷。

* 白崇珠：〈白蛇傳之內在衝突與象徵〉，收錄於《古典文學第五集》，中國古典文學研究會主編，台北市：台灣學生，1983年，頁187-210。

* 矛　鋒：《同性戀美學》，台北市：揚智文化，1996年，初版。

* 周華山：《同志論》，香港：香港同志研究社，1995年，初版。

* 林芳玫等著、顧燕翎主編：《女性主義理論與流派》，台北市：女書文化，2000年，再版。

* 林景蘇：〈白蛇傳的階級意識與象徵〉，收錄於《文藻學報》，第十期，頁1-10。

* 施　立：〈生命的臨界點——田啓元的劇場十年〉，1999年，國立藝術學院戲劇研究所碩士論文，鍾明德先生指導。

* 約翰·史都瑞（John Storey）、李根芳、周素鳳譯：《文化理論與通俗文化導論》，台北市：巨流，2003年，初版。

* 胡耀恆主編：《中華現代文學大系（貳）臺灣一九八九—二○○三·戲劇卷》，台北市：九歌，2003年，初版。

* 范金蘭：《「白蛇傳故事」型變研究》，台北，萬卷樓，2003年，初版一刷。

* 張小虹：《慾望新地圖》台北：聯合文學，1996年，初版二刷。

- 張庚、郭漢城：《中國戲曲通史（下）》，台北市：大鴻，1998 年。

- 清・方成培：《雷峰塔傳奇》，收錄於《國立北京大學中國民俗學會民俗叢書（150、151）》，台北市：東方文化，年不詳。

- 傅惜華：《白蛇傳集》，上海：上海古籍，1987 年，初版一刷。

- 曾永義：《俗文學概論》，台北：三民書局，2003 年，初版一刷。

- 楊牧：〈許仙和他的問題〉，收錄於《主題學研究論文集》（台北：東大圖書公司，1983），頁 325-330。

- 廖瑩芝：〈九○年代台北同志戲劇研究〉，2000 年，國立成功大學藝術研究所碩士論文，石光生先生指導。

- 劉亮雅：《情色世紀末：小說、性別、文化、美學》，台北市：元尊文化，1998 年，初版。

- 潘少瑜：〈雷峰塔倒，白蛇出世──白蛇形象演變試析〉，收錄《中國文學研究》（台北：台灣大學中文系，2005 年 5 月，頁 179-200。

- 潘江東：《白蛇傳研究》，台北，學生書局，1981 年，初版。

- 穆欣欣：〈從妖到人──論中國戲曲中白娘子藝術形象的轉變〉，收錄於《戲曲藝術》第三期，頁 100-140。

- 戴不凡：〈試論《白蛇傳》故事〉，收錄於《二十世紀中國民俗學經典・傳說故事卷》（北京：社會科學文獻出版社，2002），頁 72──88。

- 臨界點劇象錄：《白水》VCD 第一版（1993.7.7，永琪百貨），臨界點劇象錄提供。

- 鴻鴻：《跳舞之後，天亮以前：台灣劇場筆記》，台北：萬象圖書，1996 年，初版。

- 顏元叔：〈「白蛇傳」與「蕾米亞」───一個比較文學的課題〉，《幼獅文藝》32：1，1970，頁 86-93。

- 羅永麟：〈白蛇傳的歷史價值和現實意義〉，收錄於《民間文學論壇》，

第三期，1984，頁 7-15。

- 羅蘭‧巴特著、李幼蒸譯：《寫作的零度》，台北市：九大，1991 年，初版。

- 羅蘭‧巴特著、屠友祥譯：《S／Z》，新店市：桂冠，2004 年，初版。

- 羅蘭‧巴特著、敖軍譯：《流行體系（一）符號學與服飾符碼》，新店市：桂冠，1998 年，初版。

- 羅蘭‧巴特著、許薔薔、許綺玲譯：《神話學》，新店市：桂冠，1997 年，初版。

講評

石光生[*]

本論文嘗試以西方批評理論，詮釋傳統戲曲與現代戲劇，這樣的研究方向的確值得鼓勵，反映作者善用研究方法以分析文本。

就題目而言，本論文頗見創意，比較田啓元的舞台劇《白水》與方成培的《雷鋒塔傳奇》這兩齣戲的符號意義。以下就論述本身提出一些建議，以供作者參考。

1.第 228 頁第 1 段：「借火」一詞 頗為罕見，不如「挪用」更為精準。2 段：方成培的《雷鋒塔傳奇》應註明年代，可改為「方成培（1713-1808）《雷鋒塔傳奇》（1771）」。註 1「目蓮戲」可改為「目連戲」。

2.第 229 頁註 6 第 2 行：「整出戲劇」可改為「整齣戲劇」

3.第 229-230 頁鴻鴻的文章不具學術性。列舉三位學者（三位）的文章並指出：「都注意到該劇符碼的轉換，卻簡單帶過，並未展開論述實為可惜」這樣的切入點乍看是可行的，但作者忽略了這三篇文章均非學術論文，紀與郭的文章是劇本選集編者的緒文，受限於篇幅，本來就不可能展開深入評論，也無必要這麼做。

4.第 231 頁第 5 行：巴特勒的《Gender Trouble》可改為巴特勒的《性別麻煩》（Gender Trouble）。註解轉引張小虹的說詞，但張文並未註明原書出處，這樣的轉引並不恰當。最好是找出原書，並列出頁碼。

5.第 232 頁：人名原文應於首度書寫時即附上完整名字。如第 1 段，索緒爾（Saussure）、羅蘭‧巴特（Roland Barther）。註 17 應註明出處，且說明中文意義。

6.第 233 頁第 2 段，Raymond Williams 的論述應加上註釋。

---

[*] 高雄應用科技大學外國語文學系教授。

7.第 235 頁：明代陳六龍第一次把白娘子故事搬上戲曲舞臺《雷峰奇》。明末戲曲評論家祁彪佳在其著作《遠山堂曲品・具品・雷峰》條：「相傳雷峰塔之建，鎮白娘子妖也。以爲小劇，則可；若全本則呼應全無，何以使觀者著急，且其詞亦欲笑顰華贍，而疏處尚多。」從祁彪佳的評語看來，陳六龍《雷峰塔》的內容沒超過《白娘子永鎮雷鋒塔》。這個作品到清代已經失傳。清乾隆三年（1738 年），曾任杭州府同知的黃圖必刻本《雷峰塔傳奇》問世，共二卷三十二折。

8.第 238 頁第 1 段第 2 行；「反應」改爲「反映」。

9.第 239 頁舉例說明葉爾姆斯列夫的理論。何謂「後設語言」？

10.第 241 頁第 1 段最後：「兩個不同社會階級相戀的悲劇」是悲劇嗎？還是通俗劇？（參照 Barranger, Milly S. Understanding Plays. Boston: Allyn and Bacon, 1994.）。第 2 段第 2 行：「輔以類似歌隊性質與旁白的甲乙丙丁」何謂歌隊？第 2 段倒數第 2 行：「一齣荒謬搞笑的酷兒戲劇」？其實是解構原著的必要手段，既不「荒謬」也不「搞笑」。而是嚴肅的批判。

11.第 242-243 頁《白水》直接意指與含蓄意指，這部份的解析過於簡略。應引用文本說明，且表三看不到符指的變化。

12.第 244 頁第 1 段第 4 行；「田啓元的不倫是異性戀社會的同性戀情」所以田啓元的論述是「不倫」、「非法」的？例舉出的問題，並未提出肯定的說明。

13.第 248 頁第 1 段：「該系統本質上以霸道方式傳遞世事表象。」何以是「霸道」？

14.第 251 頁「以及二個文本所挾帶的意識型態。」並非僅屬「挾帶」，而是核心主旨。「沒有任何階級之分，能夠自由地與人相愛，只是單純守著這種平凡的幸福，這樣的世界，不知道到底會不會來臨？」資料來源？

整體觀之，本論文頗具創意，反映作者運用西方理論詮釋傳統戲曲與

現代戲劇文本的能力。然而，引述多種理論，反形成紛雜失焦，對於論述重心「符號變異與轉換」幫助不大，建議倒不如集中於單一理論而分析，必然更深入。又儘量找到理論原典，避免轉引二手詮釋資料。以碩士生的訓練能寫出有創意的論文，實屬難能可貴，相信來日必成學界新秀。

性別越界與民俗禁忌
以《豔光四射歌舞團》為例

王鈺婷*

摘要

　　在《豔光四射歌舞團》國內第一部以扮裝皇后為主題的愛情影片，是以一個白天作法事送亡超度的道士，而晚上成為「豔光四射」歌舞團中的扮裝皇后為主角，周美玲導演藉由這一位在白天與黑夜過著截然不同生活的阿威（蕭薔薇）來展現對台灣民俗文化的傳統與前衛的性別越界議題結合的思索。然而在相關文獻回顧中，幾乎都著眼於同志愛慾的情慾主題，而忽略了傳統民俗禁忌中喪葬儀式與扮裝同志接合點，本文將藉助性別扮裝等酷兒理論，並以敘事方式、鏡頭運作等電影手法為緯，從性別越界議題與民俗禁忌兩大主題，來深入電影中性別、愛情、生死的主題。這部電影不僅讓我們看見在同志社群中位處邊緣族群的扮裝同志，思索早已穿越僵固的男女二元對立的社會上各色各樣的性別，並關注在同性戀及異性戀之外的其他酷兒實踐，也從扮裝皇后的性別越界演出中，進一步彰顯性別是操演的主題，更碰觸了台灣傳統宗教儀式裡頭最核心的家庭倫理結構與同性戀身份認同之間的衝突，以分靈和牽亡儀式開啟非婚同性伴侶在傳統宗教文化中另類的顛覆與穿梭於體制內外的變異遊走。

關鍵詞：豔光四射歌舞團、扮裝皇后、性別越界、朱迪斯‧巴特勒（Judith Butler）、道士、民俗禁忌

* 成功大學台灣文學所博士班，E-mail：hilite1219@yahoo.com.tw。

壹、前言

　　《豔光四射歌舞團》延續著周美玲導演 2002 年的紀錄片《私角落》對於同志空間與身份認同的關注,《私角落》藉由一家名為「角落」同志酒吧結束營業的故事,同時也紀錄著台灣社會對同志文化的排斥與窺伺,在被壓縮的同志空間中既反映出父權文化主宰的異性戀體制對於同志族群的壓迫,更同時阻礙著同志情慾流動、認同自我的斷傷,折射出同志對於家庭、故鄉的種種叛逃與自我放逐,全片也以極具詩意的法語旁白表達出對母語無奈的疏離。另外一方面,《私角落》中幾段大膽激情的情愛身體展現,搖盪出女同志私密濃郁情慾告白,最後也帶出了一位想要把同志聚會帶進五星級大飯店,解放各式情慾,大家皆能扮裝上台演出的瑰麗夢想。而周美玲導演另一部紀錄片《極端寶島》更深入台灣的土地與人情,掌握民俗的神采,也依循邊緣發聲的類似主題,同年,兩部片雙雙拿下紀錄片雙年展的大獎。

　　而在這一部國內第一部以扮裝皇后為主題的愛情影片,號稱媲美《沙漠妖姬》華麗燦爛的歌舞場景,同樣由邊緣的跨界另類故事啟發思維,周美玲導演使用象徵的手腕細膩豐富,眾所皆知的是《豔光四射歌舞團》是以一個白天作法事送亡超度的道士,而晚上成為「豔光四射」歌舞團中扮裝皇后為主角,周美玲導演將台灣民俗文化的傳統,與前衛的性別越界議題,藉由這一位在白天與黑夜過著截然不同生活的阿威(蕭薔薇)來展現,在傳統台灣最繽紛多彩、卻一直被一般社會邊緣化的民俗表演薈萃,如牽亡歌陣、喪葬禮儀、道士超渡亡魂,這些傳統民俗要如何與性別如謎、亦男亦女的扮裝皇后華豔詭麗的扮裝歌舞秀重疊,展演出一段跨越生死、性別與陰陽的異色電影呢?而當道士受雇為溺水身亡的同志戀人招魂時,又在深沈愛情與禁忌死亡的主題上,探索出什麼樣性別議題中受人注目的新空間呢?在《豔光四射歌舞團》這一部電影的相關文獻回顧中,李昂著眼

於劇中的重要元素——愛情，認為以扮裝皇后為主題的愛情電影，呈現的是美好而刻骨銘心的情愛經驗：「這一群被社會異樣眼光看待的扮裝歌舞團，不過也只是尋常為情所困的痴兒／痴女，與他人無異。不強調其悲情而投注尋找最真摯的激情真愛，便明顯的是導演周美玲的宣言。」[1]而趙錫彥關注於同志空間，認為《豔光四射歌舞團》讓觀眾看見這個在同志社群中邊緣族群流離失所的空間，指出這備受排斥邊緣族群的蒼涼與漂泊：「《豔光四射歌舞團》將同志的邊緣處境和疏離體驗，轉化為劇情片的創作概念、主題和情節。像是《豔》的英文片名《Splendid Float》便一語雙關，因為float既是片中扮裝皇后們用以演出的「花車」，又同時暗示了這群扮裝同志們的「漂泊」狀態；而皇后們絢麗演出所置身的夜間、公路、沙洲、河面等等場景，也透露出她／他們「艷光四射」(splendid)表面下的滄涼、內裡的不安。」[2]鄭立明在涵蓋性別、變裝、愛情及死亡的多重議題中，集中梳理扮裝遊戲於性別跨界的部分，著眼於在身體上重新行使性別的酷兒歌舞扮妝：「故事中的蕭薔薇，白天，穿上黃道服引渡生死、跨越陰陽；夜晚，則披上霓裳彩衣顛倒男女、混淆性別。原來，衣妝、服飾既是自我的認同，也是社會定位的關鍵，而酷兒扮妝便偏偏硬是要挑戰天意定奪、舞弄人間是非。」[3]相關文獻回顧中，幾乎都著眼於同志愛慾或是同志空間的關注，而忽略了傳統民俗禁忌中喪葬儀式與扮裝同志接合點，性別論述扣合入台灣在地的文化氛圍顯然是《豔光四射歌舞團》一大重點，而無所不在的扮裝同志情慾，如何流竄於父權制家庭的內外，在傳統的喪葬儀式中扮裝同志主體是如何與傳統家庭機制產生交鋒，展現不向主流價值認同、不斷遊

[1] 李昂，〈《豔光四射歌舞團》—愛慾迷離分外感人〉，《中國時報》，2004 年 10 月 11 日。
[2] 趙錫彥，〈《豔光四射歌舞團》—從慾望花車看同志空間〉，
http://movie.cca.gov.tw/COLUMN/column_article.asp?rowid=171。
[3] 鄭立明，〈窺探《豔光四射歌舞團》的服裝生死學〉，
http://movie.cca.gov.tw/COLUMN/column_article.asp?rowid=169。

走變異的位置呢？本文將藉助性別扮裝等酷兒理論，並以敘事方式、鏡頭運作等電影手法爲緯，從性別越界議題與民俗禁忌兩大主題著眼，以這具有創意的罕見拼裝實驗中來釐清電影中幽微複雜的意涵，並從這些元素融合成的璀璨影像的異色電影中，一窺載歌載舞的送死迎生背後關於性別、愛情、生死這些動人如謎的主題。

貳、另類的扮裝皇后與前衛的性別越界

《豔光四射歌舞團》中備受矚目的是被異性戀社會邊緣化，也在同志圈裡中由於陰柔纖細而備受歧視淪爲雙重邊緣性的扮裝皇后。蕭薔薇（阿威）白天是葬儀場合中的道士，夜晚則換上另一種裝扮──是在華麗燦爛歌舞場景中的扮裝皇后，由於蕭薔薇天賦異稟、能歌善舞，在電子花車上披上霓裳彩衣，輕巧地遊戲在性別界線，當她甜美可人的扮相一登場，以絲絹般柔美甜膩的聲音唱出流水豔光一曲中對愛人無悔付出、奔波流浪的深情，隨即風靡全場。《豔光四射歌舞團》中充滿五位扮裝皇后浮華豔麗又充滿情慾的變裝演出，從一開場那位徐娘半老的扮裝媽媽桑魅惑十足的開場白：「豔光四射歌舞團，就要帶您進入永恆的天堂。」扮裝皇后莉莉、璐璐及深具喜感的胖妞隨即扭腰擺臀、盡情舞動，歌舞團花車在北海岸浪濤裡的夜色晃動著，如真似幻、虛實莫辨，撩人繽紛的歌聲舞影下戴著各式花俏面具的觀眾投入其中，在周美玲導演大量採用「增感攝影」手法[4]，使色彩更誇張地鮮豔而飽和，和扮裝同志的豔麗色彩統合起來，宛如一場場

---

[4] 增感是指提高乳劑的感光度，就是在感光乳劑的製造過程中適時的加入化學藥劑或染料，使它吸附在鹵化銀晶體表面，以增加感光度言之。增感顯影是指我們拍攝時藉由機身或測光表的操作，提高軟片速度的設定，減少曝光量之後，再藉由延長顯影時間或提高顯影的溫度或是使用活性強的顯影劑彌補曝光之不足的做法。實際上增感顯影並不能真正的提高軟片的速度，一般人之所以說它能，完全是基於接受降低畫面品質的標準。增感顯影會造成反差變大、顆粒變粗、暗部紋理被犧牲且有混沌感、中間調也會消失或變得生硬。一般來說增感的幅度愈大，上述情形愈明顯，但是在某些情形這種「缺點」也會變成一種「特色」。http://www.photosharp.com.tw/photosharp/Content.aspx?News_No=1970

全民扮裝的狂歡派對。然而不同於秀場上投射前衛想像的扮裝皇后表演形式，召喚著菁英的文化品味或是文化資本，或者是迎合中產階級的喜好，值得注意的是《豔光四射歌舞團》中顯然有兩種不同層次的表演形式，一是玉女形象的薔薇，一是扮裝皇后莉莉、璐璐及胖妞以電音舞曲結合國台語歌詞和電子花車的表演風格受到熱烈的歡迎，歌舞團的歡樂氣氛因為融合了電子音樂，類似檳榔西施的裝扮，鋼管女郎的舞蹈，電子花車俗豔華麗的表演方式，在某種程度上是反映九〇年代前半期本土化風潮的崛起，在各個藝術領域都開始重視原來被主流體制歧視為低俗的本土民間文化，並向這些庶民文化取經。[5]

在《豔光四射歌舞團》中歌舞曲目也饒富趣味，在奇麗幻想、自由馳騁的電子音樂空間中，強烈的音樂節拍不僅解放身體的自由律動，也以歌詞意境寄託來男同志演員的身體政治或是扮裝表演策略，其中以象徵同志文化裡有「六色的彩虹旗」的〈彩虹〉一首最具代表性：

〈彩虹〉

「美麗的彩虹掛天空
　流浪的舞台將啟動
　七彩的霓虹閃爍著
　忘情著歌舞　美麗的夢
　跟著彩虹　你跟著彩虹
　盡情擺動啊　盡情擺動
　翩翩舞蝶　她就要起飛

---

[5] 本篇論文的評論人劉亮雅老師提出一個有趣的觀察，小型的扮裝歌舞團在北海岸的海濱出現，到底當地人的反應如何？觀眾是由誰組成的？是男性觀眾，還是男同志所組合而成的狂歡派對呢？在這部電影中沒有呈現不同觀眾的回應，也看不到他們的真實面目，電影中脈絡不夠，顯然在本土性的電子花車的表演形式之外流露出非寫實的意涵，象徵意味濃厚。

跟著彩虹　你跟著彩虹

盡情擺動啊　盡情擺動

華麗的世界　多令人陶醉

來來來　敞開你的胸懷

來來來　散發你的光芒

來來來　這是幸福天堂

來來來　別再猶豫別徬徨」[6]

　　在象徵縱情於自由流動、放浪不羈的慾望，超越道德束縛的歌聲中，三位扮裝皇后麗麗、璐璐及胖妞頭上戴著假髮，打扮得既妖嬌又美麗，擺出性感且撩人的姿態，以熟練的舞蹈變換著隊形，煙視媚行，完全炒熱全場的氣氛以及掌握觀眾的反應，在具有台灣本土文化特質電子花車女郎式的扮裝表演下，展現接近庶民階層大眾文化的親近性之外，歌詠並且鼓動著眾多同志跟著六色彩虹擁抱本能身體，解放各式情慾的熱情與勇氣，也拼貼地置入男同志露淫（camp）[7]中挪用女人裝扮為另一種性別表演素材，作為一種同志性別越界的酷兒扮裝。而周美玲導演為何會獨鍾於披上霓裳彩衣後顛倒男女的扮裝皇后，並且刻畫其內心如謎的世界呢？而位於交界

---

[6] 〈彩虹〉一首，詞曲皆為張羽偉所作。

[7] 紅水鮮・紀小尾・蛋糖饅指出：『「camp」通常是指「露營」，不過也有另個字義，姑且譯為「露淫」，也就是故意露出淫相，三八不要臉地。露淫出自法文「Se Camper」，指「擺出姿態」，後來轉化成英文的「camp」，在當代西方酷兒／同志文化之中非常常見。』見紅水鮮・紀小尾・蛋糖饅著，〈小小酷兒百科〉，紀大偉主編，《酷兒啟示錄：台灣當代 Queer 論述讀本》，元尊文化，頁 60、61。而有另外一譯為「敢曝」，葉德宣指出：「所謂敢曝，譯自英文的 camp，而英文的 camp 則又來自法文的 se camp，意即擺姿態（to pose, to strike an attitude），因此，顧名思義，敢曝原是一種愛好表象、矯飾、誇大姿態的美學判準。桑妲（Susan Sontag）在《漫談敢曝》（"Note on 'Camp'"）開頭即直言敢曝的要素為「對於不自然之喜好」。但敢曝的文化意涵，尤其是它和男同志文化的緊密關連，卻遠非這些片言隻語所能捕捉。如同達立莫（Jonathan Dollimore）所言，敢曝的定義之所以如此難以捉摸，『原因之一端在於其種類之繁多。』」見葉德宣，〈兩種「露營／淫」的方法〉，《中外文學》第 26 卷 12 期，1998 年 5 月，頁 67、68。

曖昧幽微之處並透過跨越性別界限的誇張表演的扮裝同志，到底對於性別角色本質進行什麼樣的挑戰與顛覆呢？周美玲在一次訪談中提到拍《豔光四射歌舞團》電影主要的企圖是從同志運動的角度出發，而周美玲回憶與這個在社會邊緣中特立遊走族群結下不解之緣是起於 1996 年拍攝《身體影片》時，熟識唱京劇而且在「華麗變身歌舞團」的男演員，因緣際會又認識男演員身邊眾多妖嬈情同手足的同行反串姊妹淘，引發對這些姊妹淘的關注：「她們一般不想去變性，而以跨性別的角色出現。不只是耍妖嬌而已，在愛玩的背後大多有嚴肅的目的，但不太輕易能用形而上的論述去理解。總之，關於性別的多元與當中曖昧的情愫，我們這群人瞭若指掌。」[8]

誠如周美玲導演關注性別的多元與當中曖昧的情愫，在台灣同志運動開展的十餘年後，同志已然成為同性戀的「政治正確」代稱，強調男同志性別認同是男性也愛男人，女同志是女人性對象也選擇女性，這一切是為了反抗異性戀主流加諸於他們／她們身上性倒錯（sexual inversion）模式，也因此而反對跨越性別的扮裝同志、反性別混淆；但另一方面，將同志化約為同性戀，卻也同時窄化了同志運動對於解放各式情慾，包括雙性戀、扮裝同志的自我情慾趨向，即便是在男同志圈內，對於陰柔的、甚至喜好扮裝的男同志仍有諸多顧忌及疑慮，男同性戀者視陰柔為恥，認為是必須加以洗刷的社會記號。而《豔光四射歌舞團》讓觀眾看見這個在同志社群中位處邊緣族群的扮裝同志，思索早已僵固的男女二元對立的社會上存在著各色各樣的性別，並關注同性戀及異性戀之外的其他酷兒實踐，譬如具有顛覆異性戀性別建構的同志扮裝，男性化的女同性戀與女性化的男同性戀，不能以異性戀、同性戀或雙性戀來加以理解，而應強調其殊異的主體性。九〇年代著名的女同志理論家朱迪斯・巴特勒（Judith Butler）顛覆了異性戀的機制和性別概念是一體成形的社會建構，反對生理性別、社會性別

---

[8] 巫祈麟，〈朝著理想運動！專訪導演周美玲〉，《破》復刊 318 期，
http://publish.pots.com.tw/Chinese/currents/2004/07/16/318_04cur01/index.html。

和性傾向嚴格的劃分，認爲同性戀、異性戀或是雙性戀的行爲都不是來自於固定的身份，而是一種不斷變換的表演，性別可在特定的權力脈絡中被有意圖地表演出來，透過戲謔與諧仿，進一步彰顯性別是操演，並不是先驗性的存在，可以透過性別扮裝去模仿另一個社會性別（gender），並藉此凸顯扮裝者的生理性別（sex）與社會性別並沒有必然的關係，而對性別規範進行顛覆與撻伐。

《豔光四射歌舞團》中蕭薔薇的性別表演錯置了異性戀文化視爲自然且合理的性別系統，凸顯生理性別／社會性別（sex／social gender）之間的斷裂與不協調，呈現出異性戀性別觀念的虛構性，而身爲男性的蕭薔薇除了外在優美的體態與資質之外，可以通過個人的努力盡力去想像並且模仿另一性別，因此可以看出性別理想型並不是天生或是自然的，而是被建構出來的。舉個例子：電影中阿陽入殮前一天，薔薇爲了見阿陽最後一眼，決定和扮裝姊妹們一起去安靈的現場，爲了符合權力關係建構下的性別機制中「正式場合」的穿著，這些扮裝皇后侷促不安地穿上樸素的男裝，可以看出大家爲了配合文化的規範與逃避懲罰，表演出社會所期望的性別行爲，穿上西裝的胖妞嬌嗲地抱怨說：「我平常也不是穿成這樣，這根本不是我的 style。」自曝自己穿著胸罩的內幕，以滑稽突梯、暗度陳倉的形式來表面虛應社會的禁忌。而在電影中扮裝皇后於繽紛炫麗歌舞場景的後台，擅扮巧妝的姊妹們開始梳妝打扮，這時扮裝皇后莉莉的舉動無異是周美玲導演提醒觀眾要面對鏡頭中人物性別的展演性，莉莉脫掉上衣，露出平坦的胸膛穿上繽紛亮片縫製的半截式小可愛上衣，熟練而自然地在表面看似男性的身體上裝上兩個假奶，一面大爆：「假奶可是扮裝皇后的生命。」莉莉與璐璐這兩位姊妹裝上假奶之後，搖身一變成爲婀娜多姿的扮裝皇后，兩人扭腰擺臀高唱：「難得一生有假奶，爲何偏偏有兩個？」更將「性別扮裝」的概念彰顯無遺，性別不是先天且不可變更的，在脫穿之間就能跨界

游離、隨時移位，它和衣著一樣，是一種表演／表象，而非本質，在身體上重新行使性別的酷兒歌舞扮妝，更是在真實與虛構中發展出性別轉換的可能性，和巴特勒所強調的性別只是一種表演，背後並無靈魂本質的理念一致。

> 男扮女裝者並不是在扮演某種實際上屬於其他群體的性別，也就是說，這並不是一種借用或挪用的行為，並不是假定性別是性的合法財產，並不是說「男性氣質」屬於「男性」，「女性氣質」屬於「女性」。「恰當的」性別並不存在，不可以認為，某種性別對某種性是恰當的，對另一種性是不恰當的，也不可以認為，性別在某種意義上是性的文化財產。……所有的性別都是某種模仿和近似。如果這一點可以成立，似乎就可以說，並不存在什麼原來的或初始的性別供男扮女裝者模仿，而只能說，性別是某種沒有原型的模仿，事實上，它是這樣一種模仿行為，它製造了原型的概念本身，而這種原型卻是模仿本身的結果。[9]

巴特勒也強調扮裝的性別表演絕非是二手的模仿，陰性的典範並非根源於女性，扮裝皇后可能是模仿女人，女人也有可能是透過認同與想像的機制去學習一個文化所形塑的性別理想型，甚至模仿「比女人還要女人」的扮裝皇后，和生活中從事扮裝演出的男性一樣，都是複製版的複製版：「如果異性戀是對其自身的不可能的模仿，是一種表演性地將自己建構為原型的模仿，那麼對『異性戀』模仿的模仿物——它此時此地存在於同性戀文化中——則必定是也僅僅是一種對模仿的模仿，是一種複製品的複製品，其原型根本不存在。用另一種方式來說，同性戀身份的模仿既不是複製異性戀，

---

[9] 李銀河譯，朱迪斯・巴特勒（Judith Butler），〈模仿與性別〉，《酷兒理論》，文化藝術出版社，2003年，頁340。

也不是模仿異性戀，而是揭示出異性戀是一種對其自身自然化的理想型態的連續不斷地誠惶誠恐地模仿。」[10]雖然巴特勒試圖以性別越界去解構異性戀的自然性，但是多數的美國女性主義者與同志理論對於以扮裝為主要形式的露淫其顛覆力與基進仍然各持己見，巴特勒也承認除非能夠搭配一套能解釋此模仿的嘲弄政治才具有其基進意義，[11]這些扮裝皇后刻意模糊性別的界線，以煽動挑逗的實踐策略來強調自己的酷異性，然而唯妙唯肖的扮裝所具有的文化意義要在具體的脈絡中才可以顯現，包括扮裝皇后如何表演？以及和父權社會的文化脈絡所對話的效應，才能凸顯這一扮裝的文化行為所具有的意義。

在電影的一幕中，凌晨時分，夜晚電子花車歌舞團盡情歡樂之後曲終人散、煙花四射後，一切終將回歸夜的黑暗與沈默，在散宴之際的喧囂落寞，扮妝男孩收拾行囊，舞者服裝上的迷彩幻影復歸平淡，附近的店家招呼這一群扮裝皇后留下來看日出的美景，媽媽桑隨即大叫：「太陽出來後這些妖怪不就現形！」隨即引來旁觀者的嘲弄，其他扮裝皇后機靈地反唇相譏：「又不像媽媽是修煉千年的老妖精，我們日出會化成一縷輕煙飄走。」扮裝皇后之首的媽媽桑將異性戀者為了確定主體的優越性，以「人妖」來指涉排除在同性戀自我界定範疇之外的扮裝者或是變性者的定義方式奪回，變成自我露淫怪誕表演的素材，轉化原來負面羞辱的意涵，其他扮裝皇后也以千年老妖精稱呼媽媽桑，使得媽媽桑怪誕的展演性身體彷如穿越異性戀映象的侷限，踰越傳統，越發戲耍賣弄，風姿綽約起來了，並極盡炫耀之能事；另一方面似乎也暗指扮裝同志與光明／黑暗的曖昧關係，黑夜中人鬼莫辨的歡樂場，才是扮裝同志的王國，一旦黎明到來，便會遭到

---

[10] 李銀河譯，朱迪斯·巴特勒（Judith Butler），〈模仿與性別〉，《酷兒理論》，文化藝術出版社，2003年，頁342。

[11] 林宇玲，〈解讀台灣綜藝節目「反串模仿秀」的性別文化〉，何 春 蕤 編，《跨性別》，中央大學性／別研究室出版，2004年6月初版二刷，頁182。

遮掩與覆蓋,「日出化成一縷輕煙飄走」更對要求同志躲藏在社會陰暗角落的言論戲謔地提出批判,而華麗的扮裝皇后難道只能在陰暗夾縫世界裡歡唱,卻無緣見天日嗎?當電影中,阿陽的新牌位被安置在歌舞團的梳妝鏡前,扮裝姊妹們各個胭脂粉黛、摩拳擦掌,準備重新奠祭阿陽時,身穿薔薇的道士披衫的胖妞目睹群姬妖嬌的模樣竟也戲耍起來:「你們這群妖孽,讓我來收拾你們。」而「妖孽」如同「人妖」,這個詞往往是傳統父權社會給予性別如謎扮裝同志的沈重枷鎖與擺脫不了的污名,經過胖妞的怪誕挪用,不但以嬉戲歡愉的態度面對體制與權威,也增添不少逗趣與喜感,而旁邊的扮裝皇后高唱:「黎明請你不要來!」更以挑釁與逾越的姿態展現性別越界的風貌:「人們歧視『人妖』一詞,豈不是因為強行『人/妖』的區分──其實『人妖』之分即承繼自『男/女』分際的意識型態,男人才是人類,女人則是妖精。如果可以洗去女性/妖者的污名,那麼人妖一詞又有何不當?融合女/男/妖/人的人,才有著更豐富的人妖風貌。目前扮裝風暴所掀動的波濤,也就是妖氣和女氣──藉肯定妖性與女性特質的正當性,妖姬取悅了自己的扮裝慾望。」[12]

　　而在這一部國內第一部以扮裝皇后為主題的愛情影片,又在同志的心靈和肉身探索出什麼呢?透過一群扮裝同志們迴盪出的愛情故事,要如何展演其身體與情慾之間的幽微互動呢?亦男亦女、性別如謎的蕭薔薇,在一次表演之後意外停靠在東北海岸畸零漁村,巧遇餐飲店的兒子──愛游泳總是坦露著上半身的陽光男孩阿陽,阿陽幾乎是與嬌媚可人的薔薇一見鍾情,在此周美玲導演並沒有交代阿陽是否在第一時間發現薔薇跨界陰陽、如謎的男人/女人的性取向,而阿陽到底是以傳統男女異性戀的模式戀上柔媚的薔薇,還是接受扮裝皇后的愛情,一步步走入其濃烈而稠密的情慾

---

[12] 紀大偉,〈世紀末的華麗:扮裝風暴的慾望表演〉,紀大偉主編,《酷兒啓示錄:台灣當代 Queer 論述讀本》,元尊文化,1997 年,頁 64。

世界呢？電影以浪漫的鏡頭捕捉兩人相遇的情景，集中在阿陽端凝薔薇隨風飄逸的長髮與修長且纖細的美腿所構成的完美視角中，讓人誤以為陽剛的阿陽與嫵媚的薔葳是以傳統男女異性戀的模式邂逅，這場景之運鏡與與語碼一不小心就不免陷入蘿拉‧莫薇（Laura Mulvey）1970 年為女性主義電影研究所做的劃時代理論中，提出主流電影是鞏固父權秩序的工具，而女性只是淪為滿足男性觀視偷窺與拜物快感的對象刻板窠臼。[13]

　　肉體情慾的刻畫也是這部愛情電影必須面對的中心議題，電影如何表現同性慾望的強度與肉體的欲求？如果說與表現異性情色實踐的尺度相比較，電影中視覺的構成能否呈現同性情慾的實踐呢？在周美玲導演之前的紀錄片《私角落》中以浪漫的手法歌頌自然化女性之間的肉體親密，大特寫呈現女性生殖器官的完美，也以法語旁白將「關於愛情／身體／性／幸福」的主題提升在哲學層次，《豔光四射歌舞團》是從《私角落》原有女同性戀性愛認同的主題擴展到扮裝同志多重情慾議題之思索，原以為周美玲導演在《私角落》中以女同性戀坦然於交歡的肉身、幾段大膽激情的情愛身體展現奪得不少讚揚之後，會更如魚得水地在《豔光四射歌舞團》探索同志渴望雨露均霑的肉身，雖然同性戀的關係要完全擺脫異性戀機制的反照和糾纏並不容易，而同性情慾的愉悅與慾念也沒有所謂的「政治正確」，不過顯然周美玲導演對同性的情色實踐過於間接與含蓄，還沒有發展出一套以男同性戀為中心的情色美學與觀視位置，依舊充斥著不少異性戀觀視機制中的性愛場景[14]，唯有強調薔薇短髮示人的素樸身份，以柔暢唯美的韻律節奏展現兩副胸膛平整男性身體之疊合交織、衍生消融，充斥著視覺主宰的感官世界中強調質感與色度的觸覺感應，肉身交融的呻吟聲隨著靈魂的攀高而喘息，身體部分的特寫鏡頭在煙霧繚燎的場景穿梭掩身於扮裝

---

[13] Laura Mulvey 著，林寶元譯，〈視覺快感與敘事電影〉，《電影欣賞》42 期，1989 年，頁 21-31。
[14] 本論文的評論人劉亮雅老師提醒我們必須要注意男同性戀中扮裝同志的曖昧性是值得思考，扮裝同志的情色美學和以男性戀為中心的情色美學是必須分別審視之。

皇后繁複華麗的霓裳羽衣中，成為一幕暗夜中曖昧的短暫纏綿。

　　更值得注意的是電影中反寫實而行的傾向，在那場海邊招魂儀式中，原本身穿道士服為阿陽招魂的阿威忽而墜落那片阿陽不幸溺水的廣大海域，海浪洶湧、白浪翻飛，阿威目睹前方不遠處兩位男性圍繞著笑容燦爛的阿陽，一位男性攀附著阿陽強健的體魄上，狀似挑逗地以舌頭舔食阿陽的耳朵，而另外一位男性則在阿陽的胸前恣意摩娑，發出歡愉逸樂的邀引，兩人猶如雙蛇纏繞著阿陽，釋放狂烈凶猛的情慾，阿威目睹移情別戀的對方隨即轉身離開，在海面中載浮載沈的阿威躍出海面後，有著更突兀的畫面在現實與虛構的異次元空間交會，那是阿陽在岸上的公路置身於另一個豔光四射、大放光芒的電子花車上，在兩位美豔動人電子花車女郎的環伺下，大跳「這是個愛情的遊戲／想玩哪你就別客氣　別客氣／要知道這輸贏的道理／輸了你千萬別賴皮　別賴皮喔／有人選擇笑笑　讓它過去／有人躲在黑暗中　偷偷哭泣」[15]的歌舞，電子花車的舞台牆面裝飾著長髮的薔薇半身裸照，卻不是一般窺淫想像中的豐胸柔美女體，顯露性別變身前瘦削平板的體態，呈現雌雄同體的怪異感，以超現實的方式折射在阿威內心深處對身體及裸體的指涉，一方面是對自己曖昧化的性別既慾望又恐懼，細膩勾勒出阿威對於自己身體與認同的焦慮外；另一方面也呈現扮裝皇后光鮮而苦澀的感情世界，部分地點出了酷兒戀情的虛無與轉眼成空，除了傳統社會不見容的同志愛情關係，使得性別上的男男戀情無法正常地面對日光驕陽，另外也微妙地觸及了薔薇潛意識的暗潮中對溺水身亡的阿陽依舊懷有強烈的慾望，不能抒解其內心強大佔有慾所造成的糾結纏繞，他的恐懼失去與自虐裡難掩一廂情願，幻想阿陽浸淫於男同志的享樂天堂成為心中如影隨形的懼怕與不安；而阿威與阿陽的悲戀也導因於男同志在愛情關係中維持單一與自由兩者平衡的困難，相較於嚮往自由的阿陽在性

---

[15] 〈愛情遊戲〉皆由張羽偉作詞作曲。

愛的烏托邦中縱情難返，阿威則獨鍾一對一的情感關係，恍若傳統的癡情女子，極容易陷入愛情的漩渦中，難以自拔，因而在對方不告而別的離異後備嘗冷落與孤寂，陷入濃稠的失落與感傷，衍生出自訴自道的感情書寫，在關錦鵬以男同志愛情為題材的影片《藍宇》，充滿慾望的蔓延與愛情絕望中的等待也如同《豔光四射歌舞團》中愛情悲劇一樣成為敘事中的重要元素，在關錦鵬細膩的刻畫和深刻的洞察中，幾日的溫存造就最終的毀滅，藍宇痛苦、孤獨而無助的形象似乎反應了這一類同志愛情電影中在認同自我、抉擇情感的當口所必須承受的壓力與掙扎，不得解脫的愛戀的抑鬱情結儼然成為這一類同志愛情的主調。

強調美學、文學氛圍、意象式影像風格的偏好形成整部電影的一大特色，無論是華麗燦爛扮裝皇后的歌舞場景，或是採擷自民俗根柢的原始文化空間，都帶著特殊的美感訴求與感官刺激，然而不可諱言的是這一層電影美感的掌握甚至比真正劇情的發展還令人印象深刻。關於扮裝皇后薔薇的愛情故事就在阿陽在與他一夜纏綿後，只留下一朵黃玫瑰棄絕而去而陷入自我追憶愛情失落的獨角戲，到底阿陽是因為追求自由而豪邁灑脫的一走了之嗎？就在阿陽往生後，薔薇更得不到答案，除了阿陽渴望漂泊灑脫的靈魂之外，還有其他原因嗎？電影的後半段徒留薔薇搖盪幽微百轉的私密告白，微弱的追尋自我情慾的吶喊：「阿陽，你為什麼要離開我？」，而阿陽沒有道理的訣別使得逝去愛情的意義也愈發隱晦難辨，使得觀眾猶如霧裡看花一樣目睹薔薇的悲戀，這樣隱晦與悲劇美學，只能某種程度上表達出同性情慾壓抑的不公與痛苦；電影中的故事太過薄弱，在敘事情節上並沒有過多的發展，男主角阿陽不明原因的不在場與缺席，也凸顯劇本結構上的空洞與不完整，導致整個電影失去更多深入扮裝皇后本身、以及和扮裝皇后發生關係的男孩之間微妙複雜糾葛情感的機會。

參、死亡儀式與民俗表演薈萃

在《豔光四射歌舞團》的劇情片中,阿威白天是個在葬儀社中為亡魂超渡的道士,穿上黃道服引渡生死;夜晚,阿威則化名薔薇,成為「豔光四射歌舞團」中最亮眼的扮裝皇后,披上霓裳彩衣顛倒男女,穿梭在男女性別分明的符號之外搖曳生姿,周美玲導演的劇本在角色的獨創性上顯然是佈滿震撼的戲劇張力,角色的象徵意義甚至遠勝於劇情片故事情節與結構的安排,女主角白天是道士阿威、晚上是扮裝皇后薔薇正是展現如此巧妙的創意的所在。周美玲導演在本片還承續《極端寶島》等多部紀錄片中,以多種風格探觸離島各種封閉卻又異常真實的生活面貌,表達對於台灣本土文化的持續關懷,她將台灣民俗文化中如檳榔西施和電子花車女郎俗豔的華麗,藉由劇中身兼道士與扮裝皇后多重身份的薔薇呈現出來,同時傳達跨越陰陽生死與性別兩界的內蘊中深沈的連結點,取材自城市畸零、村野民俗的本土文化特色,既掌握了民俗的神采,又表現前衛扮裝皇后的在地性。周美玲導演自述原先幾個朋友抽籤決定拍一系列關於同志議題的彩虹旗,而她碰巧抽中了黃色,因此有了這部《豔光四射歌舞團》的構想,在同志文化的「六色的彩虹旗」中的黃色[16],代表「太陽」,周美玲導演以紀錄片拍攝經驗所培養的靈敏直覺,採擷民俗根柢的黃色意象,展現了華豔詭麗的影像魅力:

> 我繼續觀察生活中的黃色元素,思索台灣文化中的黃色象徵,很快就憑藉長期哲學訓練出來的獨到的文化觀察力,將民俗傳統與同志世界連結起來;於是另一主角「穿著黃袍的道士」的職業背景確立;這一職業,俗稱「師公」或「生死禮儀師」,是在喪葬場合中牽引亡

---

[16] 同志文化裡有「六色的彩虹旗」——繽紛快樂的彩虹,是同志的象徵:紅色,代表「生命」;橙色,代表「復原」;黃色,代表「太陽」;綠色,是「自然與寧靜」;藍色,是「和諧」;紫色,則是「靈魂」。

魂到西方淨土的法師——白天，他是個身披黃袍的道士；到了晚上，
他搖身一變，卻成了一個美艷的扮裝皇后。

當他披上黃袍成為一個道士時，他扮演一個「跨越生死」的引魂者
的角色；但在夜裡，他戴上假髮、蹬上高跟鞋，卻扮演一個「跨越
性別」的美艷扮裝皇后。

跨越生死、跨越性別、跨越陰陽、跨越一切無意義的人為區隔之後，
那是永恆歸一之境地。[17]

　　在傳統台灣最繽紛多彩、卻一直被一般社會邊緣化的民俗表演薈萃：
牽亡歌陣、喪葬禮儀、道士超渡亡魂、孝女團、電子花車、墳墓，這些被
視為禁忌中禁忌的死亡儀式與場景，在阿威的愛人於電影的前半段便意外
地溺水身亡，之後他被請去替亡魂進行超渡儀式、誦經、作法事，在一連
串阿威以「師公」身份在生與死之間的邊緣地帶扮演橋樑，引渡死者，安
慰生者的葬儀過程中，生死禮儀師阿威與扮裝皇后薔薇的身份粘合與聚焦
了，劇情的關鍵在於他必需超度的是他以前的愛人阿陽，接二連三的死亡
儀式就順著劇情在大銀幕上搬演出來。一次，穿上黃袍道服的阿威應喪家
家屬的請託，前去海邊以道教儀式召喚阿陽的冤魂，痛失愛人的阿威神情
哀戚，為了不讓遽然消亡的阿陽成為流蕩天際無主的孤魂野鬼，阿威遂奮
力解去黃色道服，藉一件情人遺留在他身上的貼身黃色短衣來引渡歸宿，
對往昔戀曲不無緬懷的阿威，在這場海邊招魂儀式中呈現一個重感情，舉
止陰柔的年輕道士困境，點出了與傳統宗教儀式禁欲文化所產生的巨大衝
突。身為在文化符碼上劃歸於以中立莊嚴的立場與態度，執行傳統宗教禮
儀者的阿威，是種種儀式中主流規訓的操控者，以亡魂超渡儀式為職志，
置個人七情六欲為度外是最大的要求，在執行這種生離死別的儀式時，代

---

[17] 周美玲，〈一張黃色籤，一個泛黃的故事——《豔光四射歌舞團》〉，
　　http://movie.cca.gov.tw/CINEMA/applivation_01_01.asp?rowid=9。

表法一方的「師公」往往必需都得理性地把自己情緒澄澈與放空、跳脫出原先與死者愛恨情仇，以一種「中立」的姿態，在死亡禁忌裡下穿梭，手持符籙、主持渡亡儀式──去主導儀式的進行，並且來安慰那些激動的喪家，但是阿威不僅舉止風格與行為表現挑戰了民俗中一般人對於男道士傳統性別的規範與角色扮演，在呼喚愛人魂魄歸來時，卻哭得比家屬更淒涼與哀戚，引人側目，引起葬儀社樂師不禁玩謔挑釁地說：「怎麼道士變成了孝女白琴啦！」下一小節中，葬儀社樂師紛紛以「孝女道士」稱呼舉止陰柔，感情細膩闇微的阿威，而引發代表父權思想中心長輩的道德觀評斷與責難，不僅爸爸斥責他誦經的姿態不夠威嚴磊落，而是有氣無力的喃喃自語，也告誡他以後不准再哭了，而舅舅也向舅媽抱怨不男不女 sissy 的阿威又被醜化，被好事的大家當作茶餘飯後的笑話，又提及阿威在招魂中竟然淚灑儀式，好像過世的不是他的朋友，而是「相好」一樣，又揣測性的自言：「阿威是不是同性戀，看他扭扭捏捏，有時真不像是男子漢！」在戲中接下來透過詼諧而警敏的方式呈現另一齣傳統民俗中女扮男的戲碼，和不符合男道士肅穆形象的阿威做一鮮明的對比與反差，扮演牽亡歌陣裡原本是男性所擔任三壇法師角色的舅媽在鏡中以眉筆塗抹出陽剛有力的眉形，露出中性化粗獷的五官，戴上頭冠，說出：「你看我現在像男人！」女扮男裝的舅媽呈現出民俗傳統中另一性別越界的交叉對比，凸顯傳統文化也許不應該像主流價值或是社會大眾所想像那麼刻板，而是有更鮮明多樣的性別角色扮演與權力互動，正如同扮裝同志阿威正好挑戰了傳統性別標準下的男道士定位，但是舅媽的角色刻畫太過淺淡，這樣世代的差異對於性別體制批判的角色扮演只是淪為曇花一現式的靈光乍現。

除了陰性化阿威的道士扮裝，與陽剛形象的舅媽扮演牽亡歌陣裡三壇法師角色對性別雙重壓制的探索，周美玲導演更是大膽地扣入台灣在地的脈絡，碰觸了台灣傳統宗教儀式裡頭最核心的家庭倫理結構和家人親情，

與同性戀傾向的認知和慾望之間的衝突，以及扮裝同志阿威對此衝突的反
應。在《豔光四射歌舞團》中，阿陽遺體入殮前一天，阿威與扮裝姊妹們
一起前去安靈的儀式，阿威拉開覆蓋在阿陽身上的布幕之後，欲珍視歡愛
交媾過的戀人身軀，沒想到眼前所見，竟不是陽光男孩昔日的音容，而是
一個身穿長袍馬掛、頭戴瓜帽的「清朝古人」，如同所有往生死者一樣，失
去自己身體權力的阿陽任由傳統喪葬妝點年少早夭的身軀，這一幕看在所
有扮裝姊妹的眼中簡直是令人匪夷所思到了極點，以發展身體情慾、認同
自我的權力，而挑戰僵化男女二分的扮裝皇后一時砲聲隆隆四起，左一句：
「整條葬儀街都那麼傳統，把阿陽搞得像清朝人一樣！」右一句：「我以後
不要穿那個衣服，像阿公一樣！」身為生死禮儀師的阿威，對傳統宗教文
化約定俗成規範從原本的敬謹遵守，也由於扣連到自我同志身分被傳統邊
緣化而逐漸鬆動，甚至邁開步伐，勇於衝破傳統與家庭的禁制；點出「我
們在傳統中一點位置也沒有」的姊妹，更是殘酷地點醒了薔薇身份的尷尬
與不被認可，薔薇和阿陽雖然擁有一段刻骨銘心的摯情深愛，但是在阿陽
魂魄消殞之後，卻猶然是一份充滿隱諱與禁忌的同性情愛，既無身份，又
無信誓，甚至連未亡人都不是，因而引發阿威擅自將阿陽的牌位請回去，
想要自行奠祭的分靈戲碼，以安頓情人的靈魂。阿威以他道士身份向死亡
儀式搶奪戀人，並透過不顧一切、罔顧禮儀與禁忌的行為，暗示弱勢群體
的同性戀者向傳統社會對抗，在劇中有兩處深刻的例子，一是在海邊招魂
的儀式中，手持招魂幡，口誦經文的阿威竟然真情流露地誦出：「茫茫大海，
四維上下虛空，陽眷人等及壽妻大叫三聲。」一旁焚燒紙錢的葬儀社樂師
不免狐疑說出：「哪來壽妻？」的疑問，然而阿威為了見證和阿陽至死不渝
的戀情，與傳統文化的角力並不僅僅如此而已，分靈奠祭的儀式更掀起另
一波高潮，阿威在扮裝姊妹淘的戲言建議下，透過擲筊儀式，執拗而認真
地想為男主角阿陽立一個牌位帶回自己的家中祭拜，道士阿威透過熟練的

儀式，以擲筊請示於位於冥界天人永隔的阿陽，雖然陰錯陽差地得到阿陽允筊的承諾，順利取得分靈的牌位，而阿陽的新牌位也被薔薇帶回來，重新安置在歌舞團的梳妝鏡前，與胭脂粉黛的扮裝姊妹們日日夜夜相隨。

　　值得注意的是，分靈儀式絕對不只是營構出幽冥般虛幻的民俗文化氛圍，而是當我們進入同志與傳統社會制度中特殊的文化脈絡時，會發現保存最多社會傳統價值觀念的生死禮儀場域，是以父系文化、父系傳承為中心的異性戀血親生殖家族，充斥著主流的意識型態，屬於家族成員的同志不僅經常被迫放逐於異性戀家庭之外，被視為等同於異端、怪胎等邪魔歪道而流放邊疆：「同性戀身分在家庭機制的襯托下被凸顯出來、烘托出來，形成一個重要的關照點；或者說，同性戀身分在與傳統家庭機制交手時，才襯托出他們的『孽』與『妖』。」[18]同性非婚伴侶在現行的權力脈絡中更是備受排擠，這種圍堵的心態更表現在喪葬禮俗中往往強將同志收編入異性戀家庭經濟體系之中，同性非婚伴侶在喪葬儀式中非但不能現身，更必須在喪葬禮俗中從頭到尾保持緘默，成為隱形人，阿威在陰陽兩界的習俗之外從同性愛慾與酷異性別的主體出發，顯現同志意識抬頭後繼而突破傳統宗教文化的窠臼，質疑自己為何不能以未亡人的身分發聲，擁有分享關係非比尋常的死者靈魂的正當性呢？而又為什麼不能以伴侶的身分參與喪葬禮俗儀式的進行？難道在異性戀父權大本營所主導的喪葬儀式中，權力居於弱勢的同性戀戀人只能區隔在外，永世不得超生嗎？薔薇以「壽妻」自稱，執意不接受虛偽又扭曲的舊傳統，並求牌位分靈，來撫慰情人的魂魄，無疑是一項重要的次文化抗爭實踐，然而這種次文化的戰爭進行起來似乎格外吃力，周美玲導演對於同性戀非婚伴侶於愛侶遽然隕落之際，要如何在傳統宗教文化中取得具體的地位與發言權，發出沈重的喟嘆，也觸

---

[18] 陳耀民，〈我們一家都是人──論《孽子》及《逆女》中的家庭機制／身分認同與抗爭之可能〉，何春蕤編，《同志研究》，中央大學性／別研究室出版，2001 年 6 月初版一刷，頁221。

及男同性戀弱勢團體在主流意識或強勢社會面前發言的「身份政治」（identity politics）。

　　除了阿威以道士身分在喪葬儀式中對抗和翻轉主流異性戀父權結構上的宗教儀式，阿威並堅持以獨有特異而顛覆傳統的形式來哀悼死者，這群扮裝姊妹們以自己養生送死的儀式來奠祭同道中人阿陽。在歌舞團的梳妝鏡阿陽的牌位前，妖嬈美麗的扮裝皇后成為電影場景中最妖豔的主調，在視覺與聽覺上的酷兒饗宴中，扮裝姊妹們合掌膜拜，暗裡偷渡百轉千折的同性慾望與理想，除了願熱愛 C 妹的阿陽早日得道升天之外，並期望阿陽在天上散播同志福音，讓大家得到幸福，早日找到感情的歸宿，不同於異性戀主流價值塑造的喪葬儀式，除了還原阿陽實質的感情之外，並將鎖在潛意識暗櫃中的同性情慾悄然解放。而在阿陽出殯的當天，資深老道士親自引領隊伍來到墓前時，十殿閻羅的陣頭正引領亡者穿越一關一關的生死界線，在旋律輕快毫無哀傷氣氛的牽亡調，牽亡舞者身穿層層的彩衣彩裙口誦經文開始跳舞翻騰，雙手不停揮舞絲巾和羽毛扇，並扭動腰部和臀部，以牽引亡魂在「陰府路上千百關」的險阻路途上趕路，儘快前往西方極樂世界，透過電影的特效鏡頭，舞者服裝上的鮮豔色彩開始流轉，豔光四射卻陰氣逼人，喧鬧中異感淒涼，全靠場景營造的美學結構，呈現出人鬼異界的封閉與隔睽，薔薇進一步發出獨白：「阿姨說，當牽亡戲開始跳的時候，就是人生最後一段戲了⋯⋯」而當傳統的喪儀儀式落幕，入夜了，喪葬隊伍與家屬已退出了墓地，虛掩在樹旁的歌舞團花車，開始蠢蠢欲動、大放光芒，一座燈火輝煌的舞台和四處射發的煙火展現所有的繽紛炫麗，扮裝姊妹們以沸騰的歌舞來超渡阿陽，並陪他走回人生的最後一程。在幽黯的墓地邊，生死交界人鬼同歡的場面，像極浮華詭異的鬼怪夢境，也凸顯周美玲導演敢向死亡禁忌借一曲的大膽與創新，幾乎成為《豔光四射歌舞團》最經典的場景，戲中「豔光四射」歌舞團的扮裝歌舞也大跳一段牽亡曲，

以引渡阿陽進入媽媽桑口中的「永恆天堂」，在〈愛情牽亡曲〉中一群姐妹為阿陽一路歡送塵情，在「為了你我願化作浴火鳳凰身披彩翼／飛向那九天玄地境代你向上蒼來請命／就算被萬道烈日灼身我也毫不懷疑」[19]不惜上天下地以挽回所愛的濃郁浪漫愛情中，展現所有紛亂的、奇異的電光幻影，以這個奇絕的終曲引渡阿陽，並將最民俗傳統的色彩與最不羈奔放的同志情慾融合：「為了你往生極樂我已生出愛的勇氣／就算是地獄也要穿越生死愛上你」[20]這幾位身體舉止風格各異的扮裝皇后獻上一曲牽亡曲，女性化如璐璐、莉莉，喜感如胖妞，以更激進、坦然、狂野、耍玩的形式來呈現不受體制規範的喪葬儀式，更挪用傳統十殿閻羅的陣頭意象，取材於遊走在陽陰交錯間，生者安頓死者的私密儀式，其顛覆性不可謂不大。

　　然而電影中一段傳統牽亡曲的表演，周美玲導演鉅細靡遺地捕捉起牽亡舞者一扭一扭跳起十殿閻羅陣頭，展現出電影特效鏡頭下蠱人的魅影，也由於大量宗教儀式的私密性，呈現一位導演從外來角度展現文化禁忌奇觀（spectacle）的獵奇性，這當然也引發出觀眾強烈的觀看慾望[21]，然而作為一部劇情片，紀錄死亡儀禮的大量曝光，這樣濃烈至極的活動全記錄是否是必須的，而足以牽動起電影劇情中敘事結構的行進呢？會不會恰好造成反效果，以私密儀式場景取代情節的風格，冗長的敘事更對電影節奏造

---

[19] 〈愛情牽亡曲〉皆由鍾國棟作詞及作曲。

[20] 〈愛情牽亡曲〉皆由鍾國棟作詞及作曲。

[21] 邱貴芬也曾以觀看慾望（scopophilia）所引伸的議題探討周美玲的《私角落》，認為刻畫有別於異性戀社會的同志情慾世界，相對於台灣漢人異性戀男性的主流文化，涉及異質（otherness)展演的問題，從異文化的內部視角來觀看異文化，彰顯異質社會透過鏡頭被化為被觀看影像「奇觀」時所引發的複雜性議題：「《私角落》以『圈內人』的位置展演異質文化，特意將鏡頭的『表演性』發揮得淋漓盡致，瓦解了觀看與知識（自然）連結。值得注意的是，導演在這部影片中不僅扮演的是一個圈內人的角色，更因為以鏡頭展演圈內文化供圈外人觀看，也扮演一種異質文化仲介者（informant)的角色。」邱貴芬，〈紀錄片／奇觀／文化異質：以《蘭嶼觀點》與《私角落》為例〉，《中外文學》32 卷 11 期，2004 年 4 月，頁 135。

成強大阻斷與傾跌呢？在瑰麗的儀式活動中，只有阿威戴著墨鏡的蒼白靜穆臉龐，與牽亡舞者的影像重疊著，沒有更豐富細緻的敘事情節；還好具有衝突性的分靈儀式與扮裝同志演出的愛情牽亡曲，在死亡禁忌上，蘊含扮裝同志更激進與開化性的介入姿態與抵抗位置，這樣次文化的挑戰效應總算是化險為夷。[22]

肆、結語

在一次接受訪問的過程中，周美玲導演談到這部電影創作思維，指出：「劇情以真實人物改編，敘述一名白天當道士、晚上則扮裝皇后的同志，在面臨愛人過世後的喪禮上，人格自我產生衝突糾葛的過程。」[23]在電影的終曲中，周美玲導演在這個跨界的故事中鋪寫薔薇由於愛人亡魂離去而衍生的另類體悟，畫面中，薔薇打扮豔麗，走向阿陽墓地，而阿陽則坐在自己的墓前，婉拒薔薇一同流浪的邀約，之後的場景轉到載著一群豔麗扮裝皇后的豔光花車，在夜色中沿著海岸線逶迤前進，媽媽桑隨風灑落冥紙，冥紙在濱海的公路飛揚著，搖搖欲墜、彷彿電子花車的鮮豔歌舞團花車，停靠在河岸旁的沙洲上，歡樂的歌聲通宵達旦地響起，不久，薔薇迎著清晨的第一道陽光，在扮裝姊妹們的見證下，將阿陽遺留在他身邊的黃色短衣拋向茫茫大海，黃衫在空中飛揚，似乎暗示著癡情的薔薇向逝去愛情告別的主體甦醒，轉而正視自我慾望的萌動，然而這戲劇性的轉折是如何產生，人物心路歷程的細膩刻畫何在呢？薔薇身上撕扯糾結的悲戀情結是如何化解殆盡，轉而成為另一個獨立遨翔的生命姿態呢？過於倉促與俗套的結尾，更進一步削弱電影劇情的完整性。

---

[22] 本論文的評論人劉亮雅老師指出在民俗宗教儀式的戲劇處理方面，由於本劇是將扮裝皇后和民俗喪葬儀式結合，所以是否採用文化禁忌和奇觀的角度來看待劇中宗教儀式的披露呢？提出牽亡陣的文化脈絡也扣合住阿威的道士身份此一觀察視角。

[23] 丁維莉專訪，〈私角落摘下評審團特別獎──周美玲以創作關懷社會議題〉，《自由時報》第23版，2002年12月16日。

　　《豔光四射歌舞團》跨越生死與性別界線上道士與扮裝皇后象徵符號的使用，使得電影除了展現華豔詭麗的影像魅力之外，衝擊的力道更強撼而有力，扮裝皇后薔薇透過跨越性別界限的表演，以雌雄莫辨的誘惑啓動情慾流動，呈現陰性風格與姿態，更是對於本質化性別角色進行挑戰與顛覆，阿陽與扮裝皇后薔薇在打破性別限制的藩籬之外狂恣的情慾，不只有男／男的性別意義，更呈現出邊緣化扮裝皇后內心渴望真摯真愛的愛慾；而民俗與扮裝拼裝的結合，更是將前衛的性別論述扣合入台灣在地的脈絡之中，集結了社會禁忌中的喪葬儀式與扮裝同志的議題，除了陰性化阿威的道士扮裝，與陽剛形象的舅媽扮演牽亡歌陣裡三壇法師角色對性別雙重壓制的探索，在阿威以道士身份引渡戀人的過程中，不甘於同性情愛不被認可，而憑藉著擲筊儀式，請示抽象玄機，以求牌位分靈，要求分享死者靈魂的正當性，最終喪禮的牽亡曲與扮裝姊妹們精心製作，獻給亡靈的最後一場歌舞秀重疊，更展現扮裝同志對於傳統喪葬儀式的挪用與創新，在傳統社會習俗重重疊疊的約束規範，扮裝同志在身體內與外表不斷移位，陰陽倒錯、跨界游離的性別身分所散發的顛覆能量，凸顯出《豔光四射歌舞團》藉此開放出傳統民俗文化與性別認同各種面向間更多元交雜的互動。

參考文獻

專書

1. 紀大偉主編,《酷兒啓示錄:台灣當代 Queer 論述讀本》,台北:元尊文化,1997 年。

2. 何春蕤編,《跨性別》,台北:中央大學性/別研究室出版,2004 年 6 月初版二刷。

3. 何春蕤編,《同志研究》,中央大學性/別研究室出版,2001 年 6 月初版一刷。

4. 李銀河譯,《酷兒理論》,文化藝術出版社,2003 年。

5. 劉瑞琪,《陰性顯影》,台北:遠流,2004 年。

6. 劉亮雅,《情色世紀末:小說、性別、文化、美學》,台北:九歌,2001 年 9 月 10 日。

單篇論文

1. 丁維莉專訪,〈私角落摘下評審團特別獎──周美玲以創作關懷社會議題〉,《自由時報》第 23 版,2002 年 12 月 16 日。

2. 李昂,〈《豔光四射歌舞團》──愛慾迷離分外感人〉,《中國時報》,2004 年 10 月 11 日。

3. 巫祈麟,〈朝著理想運動!專訪導演周美玲〉,《破》復刊 318 期,http://publish.pots.com.tw/Chinese/currents/2004/07/16/318_04cur01/index.html。

4. 邱貴芬,〈紀錄片/奇觀/文化異質:以《蘭嶼觀點》與《私角落》爲例〉,《中外文學》32 卷 11 期,2004 年 4 月,頁 123～138。

5. 邱貴芬,〈文學影象與歷史〉,《中外文學》第 31 卷第 6 期,2002 年 11 月,頁 186～209。

6. 周美玲，〈一張黃色籤，一個泛黃的故事——《豔光四射歌舞團》〉，
   http://movie.cca.gov.tw/CINEMA/applivation_01_01.asp?rowid=9。

7. 見葉德宣，〈兩種「露營／淫」的方法〉，《中外文學》第 26 卷 12 期，
   1998 年 5 月，頁 67～89。

8. 趙彥寧，〈新酷兒空間性：空間、身體、垃圾與發聲〉，《中外文學》第
   26 卷 12 期，1998 年 5 月，頁 90～101。

9. 趙錫彥，〈《豔光四射歌舞團》——從慾望花車看同志空間〉，
   http://movie.cca.gov.tw/COLUMN/column_article.asp?rowid=171。

10. 鄭立明，〈窺探《豔光四射歌舞團》的服裝生死學〉，
    http://movie.cca.gov.tw/COLUMN/column_article.asp?rowid=169。

11. Laura Mulvey 著，林寶元譯，〈視覺快感與敘事電影〉，《電影欣賞》42
    期，1989 年，頁 21～31。

講評

劉亮雅[*]

　　王鈺婷這篇文章討論周美玲的電影《艷光四射歌舞團》，寫得很精采，文字非常優美流利，全文對性別理論的掌握相當不錯，文本分析也十分細膩，深富洞見，可以展現台文所在跨足文學以外的文本上深具潛力。我想這次大會以「文學越界」為主題，具有擴展台灣文學往藝術、電影研究發展的視野，希望台灣文學的研究不只是能繼續做專業的文學文本分析或文學史料的考察研究，也能做跨媒體、藝術、電影研究，兼及探討文化生產的歷史脈絡、文化體制的影響等等。

　　《艷光四射歌舞團》這部電影裡，導演把扮裝皇后歌舞表演和民俗死亡儀式及表演結合，雖然聰明，但如同王鈺婷指出，「故事太過薄弱」、「劇本結構上空洞、不完整」。下面我想提幾個問題跟王鈺婷討論。第一個是頁262 說，電影裡的扮裝皇后是以電子花車式的表演風格受歡迎，不同於秀場上「投射前衛想像」、「迎合中產階級的喜好」的扮裝皇后表演。我有點懷疑這個二分能否成立？我不清楚後者指的是像什麼的表演，《紅頂藝人》嗎？我並不覺得電影裡的扮裝皇后表演是電子花車式的，因為雖然用了電子音樂和電子花車舞台，卻沒有很暴露，也沒有鋼管秀；薔薇出現時總是玉女形象。我比較好奇的是，像電影裡這種小型的扮裝皇后表演團真的可能在北部鄉鎮巡迴演出嗎？它的觀眾組成會是什麼？在電影裡我們看到似乎清一色都是男性觀眾，儼然有如男同志 party。這是實際上可能？還是一種慾望想像的投射？如果是前者，這似乎非常「前衛」，但電影並沒有給我們線索。在頁 265，王鈺婷也提到男同志圈裡歧視扮裝的男同志，但電影裡並沒處理這點，只有在阿陽死後，薔薇幻想阿陽和兩個男子在海上調情，

[*]台灣大學外國語文學系教授。

才影射了扮裝皇后戀愛的苦澀。電影裡也看不到這個表演團與在地居民的互動，更讓人覺得整個表演的架空。這裡牽涉到的是歌舞的這一段究竟是寫實還是幻想的問題。我認為電影裡不處理觀眾，卻焦注於歌舞的華麗，甚至還有放煙火的鏡頭，這樣的呈現方式其實是象徵性大過於寫實性。

第二個問題是頁 269，王鈺婷批評阿陽和薔薇邂逅的拍法讓人誤以為是傳統男女異性戀模式，一不小心落入 Laura Mulvey 所說的「女性只是淪於滿足男性觀眾偷窺與拜物快感的對象」，頁 270，王鈺婷又說周美玲「還沒有發展出一套以男同性戀為中心的情色美學與觀視觀點」。我想這裡涉及的其實是扮裝男同志身分的曖昧性。雖然我很同意王鈺婷在頁 269 指出周美玲並沒有交代阿陽愛上薔薇究竟是視她為女人還是扮裝皇后？沒有任何對阿陽愛上薔薇心理歷程的描述，是一大缺失。但另方面，扮裝男同志原本就沒有完全脫離異性戀模式，像頁 265，王鈺婷也提到 Judith Butler 理論指出扮裝男同志的曖昧性，但頁 269、270 的詮釋好像忘了 Butler 的理論。頁 264 提到了扮裝表演常穿插的 camp（可以譯成露淫、假仙或敢曝），這點其實透露了扮裝皇后戲謔地挪用了「男性觀眾偷窺與拜物快感」機制，藉以顛覆體制。我想主要的問題不在於周美玲「還沒有發展出一套以男同性戀為中心的情色美學與觀視觀點」，而在於電影對這段愛情的描寫太簡化、缺乏戀愛雙方互動的細節，以至於太過虛無飄渺。

有關於拍攝牽亡歌陣儀式，王鈺婷質疑：將「這樣濃烈至極的活動全紀錄」是否「足以牽動起電影劇情中敘事結構的行進？」（頁 279）。我認為問題出在周美玲將兩條劇情線串聯不佳的問題，當然這與周美玲是紀錄片導演出身也有關係。但我不同意王鈺婷認為這是導演展現「文化禁忌奇觀的獵奇性」（頁 279）的看法，因為這一景與先前的招魂及阿威當道士的生活有所呼應，換言之，電影提供了這一景產生的文化脈絡，因此並不是以文化奇觀的方式呈現。就片子裡兩條劇情線的鋪陳推展而言，顯然扮裝

表演以及阿陽與薔薇戀愛在敘事上顯得空洞、虛無飄渺,而民俗和宗教儀式反倒有比較細膩、深入的處理。

記・憶中的〈咖啡時光〉：
科技／影像裡的文學性與歷史性

李美融*

摘要

　　從傳統的文學書寫到現代的新書寫方式－攝影、電影、網路……等，呈現文學的體裁愈來愈多元化，隨著這樣的文類的多樣性，對現實世界的闡釋或再現議題也就愈饒富韻味。「真實」－到底何謂是真實？如果說做為主體（subject）在現代已經不是過去的笛卡爾式（Decartean）定義下的完整自我，而是如精神分析下的分裂主體—本我（id）、自我（ego）及超我（superego），又如果其所謂的「現實世界」的真實狀態總潛藏著疏離（alienation），而那份疏離是以意識形態化的合諧做為對現實內部分裂的遮蔽物，還是這「現實世界」其實根本就不存在，取而代之的是布希亞（Jean Baudrillard）式的擬像（simulacra）社會？所有對真實性的探討，因著科技影像的介入而變得多異複雜。本文嘗試藉由台灣導演侯孝賢的近作《咖啡時光》探索另一種討論真實性的可能，即是否有著導演與觀影者（spectator）協商出的一種「真實感」（sense of reality），再者在這部不管是內容或形式上的中日跨文化的影片裡頭，時間及空間的交錯又是如何的帶出另一種歷史性及文學裡的敘事觀點？本文藉著由文學、歷史及寫實手法等經緯線所交織而成的電影文本《咖啡時光》，探討文學與電影、歷史與文學的關係，並盼而能更深一層瞭解本土創作者如何翻「譯」及翻「異」現代外國文化，使其作品揉雜著過去與現在；異國與本土的風情。

關鍵詞：呈現（representation），真實感（sense of reality），敘事觀點（point of view），時間，記憶（memory）。

* 交通大學語言與文化所碩士班，E-mail：easynancy12@yahoo.com.tw。

壹、前言

　　由盧米埃兄弟所製成的第一部電影，也是世界上的第一部電影，在 1896 年法國首映會時，造成的極大轟動甚至使觀眾從觀影座椅上跳起。時至今日，影像的力量隨著科技的演進，已不再是以足以震撼人的傳播媒體，取而代之的是一種普遍娛樂性質居多的科技發明，影像的真實性備受質疑，然而電影裡頭仍是有著劇情片與寫實片的分野，如同文學裡頭報導文學與小說的區別，但如果依照尚恩・布希亞（Jean Baudrillard）的說法，『我們的真實世界已不復存在。』[1] 那為何又有予人真實與虛構的不同之感？如果說只是拍攝型式的不同，內容都有其主觀成分的參雜，那麼也許要討論的是那份「真實感」，它是從何而來？為電影在歷史上扮演著什麼角色？又當其製作不再僅僅只有政治、娛樂的功能，演變成包含個人創作與抒發情感媒介的功能時，電影與文學又有何分野？本文即藉由一位其作品常混雜著寫實風格與劇情片特色的台灣電影大師侯孝賢導演的作品《咖啡時光》，盼能對以上幾個議題有更深入的探討，尤其當這一部作品是其導演首次在異國拍攝及使用外國演員的作品，然而卻又蘊含著濃濃的本土意象，使本片更突顯出電影在意義傳遞面向上的獨特性，而電影的片名採用法文的 *Café lumiere* 更令人想起發明電影的發明人盧米埃兄弟（The Lumiere brothers），同時也隱含著電影呈現出的「翻譯」性質，等待我們藉由觀看這部翻「憶」過去的影片而去仔細翻「意」出其深深的內涵。

---

[1] Baudrillard, Jean. "Aesthetic Illusion and Virtual Reality." Eds. Nicholas Zurbrugg. Great Britain: The Cromwell Ltd, 1997. 19.

貳、光影的穿梭：文學與電影

　　法國哲學家沙特曾在《文學與存在主義》一書中表示，不管在散文或小說裡，處理的是字詞的含意（signification），文字清楚地表達出他（她）的觀點，讓讀者的思緒想法幾乎是照著其間所寫出的修飾語的軌跡去走，然而詩裡的文字則像其它的藝術創作如繪畫、雕塑與音樂裡，語言的指涉性變成不是一對一的絕對，文字對詩人來說變成是「呈現」（represent）的性質，而不是「表達」（express）的功用，因此對沙特而言，每一句詩語儼然是自成一個「小世界」或「小宇宙」（microcosm）[2]（7-16）。而這種注重「呈現」精神及事件的核心不是為了闡明的特色，在侯孝賢的電影敘事手法中最能表達出，因此在電影裡頭往往看到的是被擇取的片段事件，而由那片段滲透出一種事件的核心力量，侯孝賢自己也曾表示：「擇取事件，最差的一種就是為了介紹或說明。」[3]（林文淇：40），而這種尊重意境上的狀態及味道，不但造就一種「詩」的敘事，也造成一種「真實」的情感。也於此，以下要討論的是《咖啡時光》如何用畫面、聲音及故事的情節表達出上述的兩種特質。這部片的故事背景是一位女孩——陽子（Yoko）回到家鄉日本，幫台灣的電視公司寫一部關於江文也音樂家的紀錄片腳本，因為懷孕三個月卻不想結婚，距離紀錄片的研究工作完成尚有一段距離，然而處於這時徬徨的人生交界的她，卻有一份堅持，家人朋友總是默默地陪在身邊，影片的結尾宛如另一個開始。在討論過程中，除了分析鏡頭，我也將使用布藍尼根（Branigan）對電影裡頭的敘事觀點理論，去討論侯孝賢電影裡頭較少人深入探討的「時間」及「空間」，在布藍尼根（Branigan）的《電影敘事觀點》（*Point of View In The Cinema*）裡，他把原本在電影傳

---

[2] 沙特‧尚恩保羅（Satre, Jean Paul）《文學與存在主義》（Literature & Existentialism），頁 7-16。
[3] 林文淇、沈曉茵和李振亞編：《戲戀人生：侯孝賢電影研究》。台北：麥田。2000 年，頁 40。

統敘事裡的空間與時間的的界線抹除，取而代之的是一種非抽象而具體化的符碼概念來描述「時間」及「空間」。尤其在這部文化跨國性強烈的作品內，這兩點更是值得玩味的主題。

一、空間與鏡頭

在《咖啡時光》裡，「鐵道」是常被重複的母題（motif），在有「小津安二郎百年誕辰紀念」的字幕之後，隨即出現一幕以固定的長鏡頭拍攝的電車火車行進畫面，隨即跳至片中的女主角陽子（Yoko）在家中晾曬衣服，這種跳接的方式讓畫面呈現一種不連續的特質，不對時間和地點做交代，一種詩性的開頭，簡單單純無贅字，但卻已將整片的命題呼之欲出，有點像孟洪峰在〈侯孝賢風格論〉所評的「陡然而起，倏忽而去」的感覺（林文淇：41），在片尾的最後三輛火車的交集也完整呼應出這種詩味的源源不斷之感。而這種跳接的技巧也出現在當陽子與淺野約在御茶水站的月台見面卻身體不適時，當陽子與淺野通完電話後，畫面又直接跳到電車交會的畫面，然後鏡頭停慢慢往下移，我們才看到陽子孤獨站在鐵道旁的嬌小身影，不過這裡的跳接除了詩味，也有一種強烈的對比意味，把陽子表面上堅強但內心卻是無助徬徨的感覺，藉由電車這種鋼鐵上的硬度烘托出，而在畫面的遠距鏡頭的安排下更加凸顯出這種無力感，事實上陽子的孤獨及壓抑，在片中剛開始時即可略見端倪，片頭當陽子站在陽台晾曬衣服時，鏡頭是在陽子的背後，給人們一種遐想的空間，但這種位置也常代表人物與這個世界的疏離（Giannetti：80），另外鏡頭是從人物的四分之三的中近景開始拍，讓人物呈現不完全的畫面，再加上四周的景物的遮蔽，讓女主角陽子似乎只能在窗子透射出來的光線但又被陰影遮蓋的一小部份顯現，於是乎畫面裡的對女主角的空間壓縮，表達出了一種壓抑之感，而畫面旁的和室門上所映照出的窄小、晃動的身影，更象徵出陽子成長經驗裡一種

游離抓不著根的感覺，如同門上的玻璃投影，自己是被投影但又是被縮影的，隨著光影的晃動，一種模糊不定的真實自我，不管身處台灣或日本，這種拋錨似的漂泊之感似乎都是一樣，因此在觀眾在這一幕的鏡頭下，在這種不交代背景的敘事手法，也可感受到在一個不知名的城市而懸空的猜疑中，如果是對台灣熟悉的觀眾，便會覺得那個畫面的背景彷彿是在台灣城市的某一公寓內，而不是東京。

這裡的空間之感，恰如布藍尼根（Branigan）對電影敘事裡空間（space）的分析，不同於過去對視覺藝術裡空間的看法，他認為在視覺藝術裡所呈現出的空間，是具有相對於其他電影語言的一個相對「指涉」（a reference）[4]，這種假設可讓視覺藝術裡的空間不再只是架構於本體論（ontological）上的抽象概念，原本就在那裡而其意義是被創作者所使用的方式所定義，相反地影像媒體裡的空間變的是如同一只「符徵」（signifier），是由創作者所給予但卻也能跨越出其媒體本身，與其他的能指做連結，產生初步共同的意義（Branigan：63）。換句話說，布藍尼根（Branigan）的這種理論，是把視覺藝術裡的空間結構化，但又同時打破結構理論裡的一對一的絕對理論，成為後現代主義裡的強調的「不固定、流動及不斷衍義」的特質（Hutcheon：3-10），在視覺藝術裡的敘事使觀影者不只是被動，也有主動參與的部分，在鏡頭的呈現及畫面的連續、不連續之間，空間之感於是產生。根據此理論，回到上段剛剛所描述的《咖啡時光》片裡的剛開始的背景，畫面裡的空間變的並不只是侷限於銀幕上我們所看到的空間，而變的是一只能自由活動的「能指」，隨著畫面上鏡頭所呈現出其他的景物，又產生出另一不在銀幕上的空間，至此空間符徵（space signifier）不止連結至事物的意義上，它還可能也連結至又另一空間符徵（space signifier），於是乎

---

[4] 這一點最先來自史蒂芬‧海斯（Stephen Heath）的〈電影及其系統〉（"Film and System"）。
請見布藍尼根（Branigan）的《電影敘事觀點》（*Point of View In The Cinema*），頁 63。

在侯孝賢電影裡頭的空間，不只是因為由於遠景的室外空間，才造成廣大的空間之感，而也是由於這種儘管是在室內狹窄的空間，拓展出一種無垠的空間，而在其連結之下，又自由地無限衍生意義，『一種「豐」，豐富、豐盈』[5]，即使劇情相當簡單，甚至幾乎沒有。而這裡的「豐盈」，我想除了影像上的作用，其中也包括了所謂的文化因素，如同布藍尼根（Branigan）在《電影敘事觀點》（*Point of View In The Cinema*）中提到，所有的表述單位（the units of representation）如：起始（origin）、顯現（vision）、時間（time）……等，都是由文化所建構出的（Branigan：59），不管在創作者本身的至自過程裡，或觀影者主動地延伸解構畫面上的空間時，都不免參雜社會文化背景的符碼，而在這一部橫跨中、台、日時空背景的作品裡，尤其更為明顯，除了如上面分析的影片一開始有種置身在台北的感覺；又如之後當陽子拿給鄰居的台灣鳳梨酥；陽子散步其中的東京街道及搭乘的電聯車；回家鄉的景物，在在都使得觀影者有一種橫跨兩國文化的感覺，這其中當然涉及了現代化（modernization）及全球化（globalization）的影響因素，地方與地方或都市與都市之間的國界開始變模糊，新科技的產生（如影片裡的筆記型電腦和傳真機）造成時區（time zone）的分隔的消失，人們的日常生活形成一種跨國性的狀態，本土的地形圖被重繪，也因此這部片雖然拍攝背景在日本東京，但其呈現出的都市景觀，潛藏著一種「相似又不相似」的模糊感覺，而陽子的漫步令人不禁想起朱天心的〈古都〉裡的主角，帶著班雅明（Benjamin）的「遊蕩者」（flaneur），隱身於東京街頭千百過客間，既冷眼旁觀，又不由自己陷入人潮，形成一種都會景觀，也預言現代都會性的來臨（Jenks：148）。這種欲貼近又遠離人世的矛盾感，說明電影與現實世界的模糊關係，而也從這模糊的關係，激發出許多的電影藝術創作者靈感的泉源。此時陽子這位敘述者（focalizer）和操控鏡頭背

---

[5] 請參考《印刻生活誌》，頁60，一場朱天文與侯孝賢的對談。

後隱藏的觀點（narrator）之間的分界變的更難分的清。換句話說，透過一位僑外鄉人／外國人的雙眼，東京開始顯得古意盎然，由過去找尋現在，時序錯置（anachronism）和空間位移（displacement）的結合，啟動了作者本人回望故鄉的地理位置，以及捕捉、置換（不斷退後的）的姿態。

除此之外侯孝賢的獨特電影美學，如讓畫面由於靜止的景深長拍，形成出一種拉長及拉深的立體效果，這種技巧在《咖啡時光》中最明顯的例子該是當陽子又再次到淺野的舊書店時，靜止的景深長拍讓畫面出現前後的三個空間，分別是鏡頭前的堆疊的書籍、中間左右兩側的陽子與淺野、後面門外的車水馬龍及行走的路人，藉由這三個空間中的影像彼此互動，造就了畫面的飽滿張力，陽子拿著淺野找到的童話書靜靜地看著，有那麼幾秒鐘畫面似乎是凝結住，只剩牆上的掛鐘的滴滴答答聲，一種安穩平靜的氣息慢慢的蔓延出來，如安然躺在鏡頭前歷經歲月穿梭的一疊書本，與門外浮動匆忙的生活步調剛好成為一個對比，然後在一位外送咖啡的人的開門進入（陽子給淺野的驚喜），門外的浮動的聲音於是流了進來，門內與門外的空間開始交錯，表面上平衡的關係被打破了，但實際上這又似乎是另一種平衡的關係，且畫面的張力在此時達到另一種頂點，觀眾與片中的淺野由驚訝開始掉入猜想的疑問（為什麼有咖啡？又是要給誰的?），而片中的陽子跟外送人員因為事先明瞭，反而處於一種泰然處之的態度，之後陽子才在一句平淡的回答：「是給你。」之中，淺野的疑問及驚訝才消除，觀眾在這時可能不禁莞爾一笑，戲劇的張力讓我們對淺野及陽子之間的關係又有了一種新的體會，而這也是侯孝賢又另一不交代事情的結尾，只捕捉其精神之下的結果，而畫面在外送人員走了關上門之後，景框裡的氣息又再次沈澱下來，但這次由畫面所傳遞出的又別是另一種滋味，而在這裡的空間，不僅有布藍尼根（Branigan）的指射作用，我認為還有不斷加深印象的效果，也就是空間能指（space signifier）與其他能指之間的連結在侯

孝賢的電影裡，在故事的安排下，有更穩定加強的作用，也因此才能創造出「一灘一灘的感覺」（林文淇：43），在影像中所蘊含的情緒是處於不斷瀰漫中的狀態。這種拍攝手法也如沙特筆下的詩人，總對文字懷著一份疏離的感覺，每一個文字的意義，對他來說並不是自動地浮現出，而是在他眼前隨時與其它含意做結合。

「空鏡」的使用亦是侯孝賢的特點之一，是他盛裝著感情的容器。如同詩詞中的間隔之美，留給人遐想的空間，也讓韻味在此空白裡不斷地延伸和擴展。

在這部《咖啡時光》裡，我們也可時常看到這種鏡頭的使用，最明顯的例子是當陽子與家人至墓園掃墓返家，當車子在畫面上由左至右行駛與電車交錯，然後在畫面的中面慢慢消逝於房子的後面，鏡頭開始在此定格數秒，然後才又跳接至陽子與家人吃拉麵的畫面。在這一鏡頭定格的數秒中，畫面上呈現的宛如是一幅農村山水畫，遠方的山巒及道路上的電線桿錯落地映照在鏡頭前的水面上，不但與畫面上的中間及右邊的草叢形成一種顏色上深淺綠的對比，水面上的倒影更形成一種「畫中有畫」的效果，而由這「畫中有畫」進而使空鏡形成「話中有話」的一種情緒延伸的結果，在結構上這裡的空鏡頭還起著過渡的作用，如音橋（sound bridge）銜接兩畫面，但空鏡比音橋還具有一種如國畫上留白的作用，是可以給人一段歇息去聯想或單純去感受的時間。

貫穿上述的不管是長鏡頭、中近景還是空鏡的運用，「畫面即是感情本身」始終是其中最重要的訊息，而這也是侯孝賢導演最想讓觀眾看到的（林文淇：47）。

二、時痕──歷史與記憶

相對於浪漫主義下，因對美學的絕對性而堅持藝術作品的永不完整的特

質，電影的不完整，是源自於本身的絕對形成過程中，閃逝而過的單獨影像不再視為具有完整意義的影像。[6]

歷史書寫在這部《咖啡時光》裡已不是前期《戲夢人生》裡將歷史虛構化，而是改朝向「召喚」歷史，其中有三條的時間緯線貫穿其中，分別是：現在、陽子的童年回憶與日據時代的江文也考察。除了現在，其他兩條代表過去的緯線，就如班雅明（Benjamin）所形容的「閃爍影像」，來回穿梭，若隱若現地出現在影片裡，都在暗示歷史與回憶的「返照」，永遠都是浮動、不明與多變的，也如同記憶的文本（memory text），求的是片面、零碎與不完整。如果仔細區別這兩條緯線，我們可說陽子的童年回憶恰如記憶的本質，而穿插的江文也故事就如同歷史再現的過程，而這兩者意義上的顯現是細緻但隱晦，如我們所追求中的的真相，永遠只能是局部的顯現又極其隱晦，局部顯現是因為夢與回憶正如佛洛伊德裡的理論所談到，被慾望主宰著，總「記得」某些部分，「忘記」某些部分，也就是說「記」如同記錄一段事件，一旦經過語言，意義改變了；「憶」則如回想起一段事件或回憶（flashback），只有部分的真實性；而極其隱晦是因為不同權力及意識的操弄影響，但記憶與歷史是我們無可避免的一部分，找尋與建構它們的腳步是永不停歇的，也唯有如此，歷史才不會成為沒有生命的「死歷史」。以下我將試圖一窺《咖啡時光》裡的「時間」敘事。

根據卡文（Kawin）的《解讀電影》（How Movies Work），「時間」不同於語言，是永恆的現在式，如果有過去式的時態產生，那便是藉著旁白或其角色的語言傳達出　，然而一反這種傳統的時間概念，布藍尼根（Branigan）把電影敘事裡頭的「時間」具體化，它並非本有而存在的，而是也如同影像裡的「空間」，透過論述上語意系統（semantic system）的

---

[6] Gilgen, Peter. "History After Film" *Mapping Benjamin: The Work of Art in the Digital Age*. Eds. Hans Ulrich Gumbrecht and Michael Marrinan. Ca: Satanford UP, 2003. 57.

時間指涉來產生，而電影與語言的共同特質便是這種廣義的「時間」，如當文本上的「時間」被劇中人物所啟動，就會有一種倒敘的時間產生，這倒敘的「時間」並不是心靈上自發的，而是語義系統裡各種關於時間的指涉所引發的。在電影裡頭便是所謂的「閃回鏡頭」（flashback），使鏡頭跳躍於不同時空背景的畫面裡。

但在《咖啡時光》裡，我發現侯孝賢導演用的並不是如《兒子的大玩偶》、《風櫃來的人》或《戀戀風塵》裡的單純閃回鏡頭，而是使用更間接委婉方式的閃回鏡頭。在陽子尋找夢境裡的意義時，導演是藉由一本莫理斯・桑達克的童話繪本（Maurice Sendak）——《在那遙遠的地方》（*Outside Over There*）當記憶的引線，當陽子看這那本童話故事書並一頁頁唸出內容時，鏡頭是讓我們清楚地看著一頁頁的圖畫，而當陽子在事後回想起來時，並沒有用閃回鏡頭，我們只是藉著聽陽子的述說，勾勒出一幅回憶的圖像，而窗外的雷雨正好突顯出陽子那一段埋藏內心已久，因未婚懷孕勾引出對母親的懷念但又被遺棄的複雜心情，雖然沒有使用閃回鏡頭那般的直接重演當初事件的情景，只是就如同繪本的題目——《在那遙遠的地方》（*Outside Over There*）所引伸的意涵，記憶裡的當時原始情景，就在那永遠不可碰及的遠方，但我們藉著召喚回憶的動作，得以在附近徘徊。而這種貼著故事的發展、演員的自然心情[7]，反而更有一種真實的狀態。「再現」在此如班雅明給予電影裡再現新的定義——是再現上的再現，包含著兩層面：演員如何在鏡頭面前呈現自己的角色；及鏡頭如何再再現出演員的角色，儘管電影裡虛幻的寫實總是或多或少的由人為造作與挑選的過程所造成的，侯孝賢電影裡的人物卻是更呈現出「人」而不是「演員」感覺。而這裡藉由

---

[7] 在接受朱天文的訪談中，侯孝賢曾表示這幕是因為東京臨時的一場大雷雨而加進去的，而演員的對話，因為侯孝賢聽不懂日文，所以讓演員們自由發揮台詞的裡的細節內容，侯孝賢也說：「雖然很多訊息就這樣一路漏掉，最後只呈現出一點點，不過那種表面上的狀態還是有意思的。」請參閱《印刻生活誌》，頁 56、57。

圖畫故事書裡的文字呈現另一種影像，更有如一場文學與電影之間對話的有趣情景。

　　而另一條回憶日據時代的歷史緯線，則是藉由一張張的黑白照片及江文也的遺孀的口述所構成，有趣的是這條時間緯線不止是橫跨時間上的過去與現在，也由於江文野的歷史背景橫跨了中國、日本、台灣三地，江文也這位東方的音樂大師，出生於 20 世紀初期，之後再展轉到日本，最後流離至中國大陸上而去世，而不管是在日本或大陸都被認爲是異鄉人的他，心裡總惦記著自己的原鄉──台灣（張己任：11-8）。在一張張久遠的黑白照片裡尋找過去的足跡，儘管照片裡框住的的是過去凍結的一瞬間，然而人們與照片上的人、事、物是互相互動的，如羅蘭巴特（Roland Barth）描述人們與照片之間的穿刺性；並且這種互動性是處於一種過去與現在進行式的時態中，如同歷史般，過去與現在不斷地交互作用著，而這種立即性的交互作用也會從以前延續至未來。而在這裡影像裡的「時間」便是由照片、老奶奶的述說及如充滿日據時期古色古香的咖啡廳所指涉，引發出回至過去時光的時間線。而當老奶奶描述照片時有說一句；「奇怪當跟別人講起時，就好像說故事般。」回憶就像一次事件的重新組合，遙遠的過去對我們來說，已經是不可能再回復到最初的起始點，誠如巴特所言，一只照片不能將過去活生生地換回，只能顯示那印在紙上的影像的確存在過。照片的意義也因此變的弔詭，其『記憶的收集如同不存在物體的再現』[8]（Bergson 75）。也因此會有老奶奶對自己回憶這種疏離又親近的感覺。這裡也再次形成透過流動的影像去看靜止的東西的對比，只不過這次靜止的東西是全然的圖像，如同「散文體」電影（essaystic）裡頭使用照片的符碼來重拾記憶和歷史，它們像是一格格框起來的回憶。

---

[8] 亨利‧伯格森（Bergson, Henri.）《事件與記憶》（ Matter and Memory.） New York: Zone Books, 1991. 17-75.

在這段回憶江文也的個人歷史時，也可發現電影以小敘事取代大敘事；以分散取代聚焦的歷史呈現方式如：陽子一次次找尋音樂家過往足跡的落空（如江文也去過的 dat 咖啡館已變成大賣場；江文也當年常去的都丸書店，第二代的老闆已不復記得這號人物），卻反而藉由其音樂作品在電影裡的不時傾瀉（〈台灣舞曲〉和〈三舞曲〉），讓江文也在片子裡成為是一名隱形的角色，來取代因時空的變遷，人事已非，而不可復得之足跡；也由一群圍繞在咖啡廳桌子旁的「她」們娓娓道出「他」的故事，述說出大歷史下常被隱沒的小事件：除了音樂創作，他還有繪畫、攝影的才華或遊玩的軼事。

這種用照片、音樂或童話繪本輕描淡寫一段歷史，因「輕」反而拋開了許多語言修辭上的主觀立場，使整個歷史事件顯的更「清」，直指人與事的核心精神，這種「真實感」反而比去重現真實的事件更令人印象深刻。尤其在不斷一閃即逝的畫面裡，每一個畫面都只能說是對這現實世界呈現其中之一的影像，而不是指示物，在連續的畫面中輪替著再現與解構的特質，電影裡的真實世界於是產生，因此電影藉由分裂原本結合的表象與物質，顯現出不同於以往再現系統裡模擬或複製的傳統特質，這也說明班雅明為何提到再現如同事物各部分的匯聚，電影的再現形式使被再現的事物，被注入一種多元性。

參、 結語

於是
光搖醒了光
光呼應了光[9]

---

[9] 尤清等編選：《江文也文字作品集》。台北：台北縣立文化中心，1992 年。頁 267。

　　整部電影如「時光」兩個字包含著時間、空間和記憶，往事隨著不同
的時間線與空間點交錯成不同的歷史性，歷史不再只有再被呈現的可能
性，而是有再去重新發現的可能性，「影像的物質圍繞並同時製造著意義，
卻拒絕成為真理的核心。」[10]影像不斷地像光影流動著，在開幕及接近結尾
時，都有火車上司機的手部及一只鐘錶上時間的特寫，時間彷彿一列列在
鐵道上飛馳的的電車，不斷地流逝，但透過影片某些回憶可被再生。

　　有人說文學的藝術本質是去鬆綁語言裡侷限的相對意義，及穿越模糊
概念上的桎梏，以達到感知的世界；相反地，電影則是尋求超越感官世界，
以獲得更多的抽象概念。[11]其實文學與電影的關係，彷彿《咖啡時光》結尾
的電車交會：總有互相交會又再次錯開的時刻，也宛如江文也散文詩裡的
對光的描述，文學與電影是摻上這世界的光影，其跳動為人們疊染出一幅
幅細緻的淡彩畫。至於其中所包含的「真」與「假」，相對於因它們所激發
出來的種種記憶與作品的對話，似乎已不是那麼重要，如張大春所說的「真」
與「假」終究還是我們所創造出的符號[12]。只不過電影似乎更穿越過語言符
號的所指意義的藩籬，對不管是創作者或欣賞者，可更容易表達或領受其
中的意涵，透過鏡頭幫助我們雙眼看到以往所不能或被忽略的角落。

　　而在這部影片裡，雖然導演對於鏡頭的掌握，對於情感的宣洩；對於
社會的看法；戲劇結構的安排，雖然都引含著某種的「節制」，但這種「節
制」裡卻又往往蘊含著濃濃的情感；這種「節制」也恰如同我們對真實世
界看不透的眼角。簡單的故事情節及技巧儘管讓人常常以為他的影片屬於
傳統主義的範疇，但如果再細細觀看及瞭解背後的拍片手法，如：兩條的

---

[10] Gumbrecht, Hans Ulrich, "Representation" *Mapping Benjamin: The Work of Art in the Digital Age*. Eds. Hans Ulrich Gumbrecht and Michael Marrinan. California: Standgord U, 2003. 178.

[11] Oumano, Ellen. Intro. "Film and Reality" *Film Forum*. Ed. Ellen oumano. New York: St. Martin's, 1985. 175.

[12] 張大春：《張大春的小說意見》。台北：聯合。1995，頁 14。

情節的重疊（陽子的愛情與江文也的故事）、不完整的敘述、模糊的情感、介於真實電影與劇情電影、揉和小津安二郎及自己獨特的風格，以及當最後結尾主題曲響起時，宛如暗示著整部戲是一位女孩——陽子對一段過去時光的札記，這種打破完整結構與跨界，是否也算是一種後現代主義的表現手法[13]？這種手法讓侯孝賢的作品，不單單只是追求現實生活裡的表層寫實，而是超越表層現實的「現實」的「真實感」，這種「真實感」藉由電影這種獨特的紀錄機器而產生出，也暗示了「某種獨立於真實空間的認知與感知方式」（顏忠賢：34）。

　　《咖啡時光》是一部可以以極悠閒看的的電影，就如同坐在咖啡店靜靜看著窗外景觀變化，也許所有的電影理論或文化理論都無法涵蓋這部電影其中所蘊藏的意涵，如一部好的文學作品值得反覆地被咀嚼。也許它需要的只不過是一種平靜的心情，不需要有紀錄片的深沉社會批判的思考，也不需要懷著一種緊張的心情，或繁複高深的電影理論，而是一種單純的心情去「看」，去看現代都會的大部分我們過的生活，過著的其實是很平凡的生活，踩著一步步不知不覺正消逝的時光道路上，只是有時會到某個分叉點，而開始感到一點茫然、一點徬徨，如片尾的開放結局，站在月台上看著火車交會的男女主角，當音樂響起並不代表是劃下句點的時刻，卻是另一逗點的註腳，不只是留給了影片的男女主角，也留給了我們這一群觀影的人。

---

[13] Hutcheon, Linda. "Theorizing The Postmodern: Toward A Poetics." A Poetics of Postmodernism. New York: Routledge, 1988. 5.

參考文獻

- Bergson, Henri. *Matter and Memory*. New York: Zone Books, 1991. 17-75.
- Branigan, Edward. *Point of View in the Cinema*. New York: Mouton: 1945.
- Faucault, Michel. *Archeology of Philosophy*. New York: Pantheon: 1982.
- Giannetti, Louis. *Understanding Movies*. New York: Prentice Hall, 1996. 5-21.
- Gumbrecht, Hans Ulrich and Michael Marrinan eds. *Mapping Benjamin: The Work of Art in the Digital Age*. California: Standford UP, 2003. 53-70, 175-187.
- Hutcheon, Linda. "Theorizing The Postmodern: Toward A Poetics." *A Poetics of Postmodernism*. New York: Routledge, 1988. 3-36.
- Kawin Bruce F. *How Movies Work*. California: U of California P, 1992.
- Jenks, Chris. "Watching your Step: The History and Practice of the Flaneur." *Visual Culture*. Ed. Chris Jenks. NY: Routledge, 1995. 148.
- Nancy, Jean-Luc, *The Birth To Presence*. Brian Holmes and others trans. California: UP of Standford, 1993.
- Oumano, Ellen. Intro. "Film and Reality" Film Forum. Ed. Ellen oumano. New York: St. Martin's, 1985. 175-177.
- Peter, Patrice ed. *Fugitve Images*. US: Indiana UP, 1995.
- Benjamin, Walter. "Thesis on the Philosophy of History."trans. *Illuminations*. Harry Zohn. New York: Schocken, 1969. 255.
- 王德威:〈老靈魂前世今生——朱天心論〉。《跨世紀風華當代小說20家》。台北:麥田。2002 年。
- 林文淇、沈曉茵和李振亞編:《戲戀人生:侯孝賢電影研究》。台北:麥田。2000 年。

- 尤清等編選：《江文也文字作品集》。台北：台北縣立文化中心。1992年。
- 張清志整理：〈好天氣誰給提名：朱天文對談侯孝賢〉。《印刻文學生活誌》15（2004年11月），頁51-63。
- 張錦忠：〈文化回歸、離散台灣與旅行跨國性：「在台馬華文學」的案例〉。《中外文學》33.7。2005年，頁153-166。
- 張己任：《江文也》。台北：時報文化。2002年，頁11-8。
- 張大春：《張大春的小說意見》。台北：聯合。1995年。
- 韓國璜等著：《現代音樂大師》。台北：前衛。1988年。
- 顏忠賢：《影像地誌學》。台北：萬象。1996年。

講評

李振亞[*]

　　這篇文章對於《咖啡時光》中間一些片段有細膩的閱讀，顯示出作者文學訓練的背景。作者所面臨的問題應該是如何組織這些閱讀片段，放入一個有意義的架構，作者選擇的切入點是「文學性」和「真實感」，我們先討論「真實感」。

　　使用「真實感」這個名詞表示作者不打算陷入討論什麼是「真實」這個老問題，重點放在真實的感覺是如何製造出來的，作者數次提到「後現代」這個名詞，並且引用 Linda Hutcheon 討論後現代主義的名作，認為真實是由創作者和觀影者所協調出來的，沒有單一指涉的真實。作者並且大量引用布藍尼根的理論，說明空間的多義性。不過本文作者不時會從「真實感」的討論滑回到「真實」的層次上，像是「這種貼著故事的發展，演員的自然心情，反而有種更真實的狀態。」、「侯孝賢電影裡的人物卻是更呈現出『人』而不是『演員』的感覺。」、「《咖啡時光》是一部可以極悠閒看的電影……一種單純的心情去『看』，去看現代都會的大部分我們過的生活。」作者並沒有真正掌握「真實感」和「真實」之間的差別，所以最終肯定《咖啡時光》的藝術價值時，還是會回到片子的真實這個層面上來。另外「歷史與記憶」這一段，作者說明了回憶的「片面、零碎、不完整」，然後又說影片以「小敘事」取代「大敘事」，這其實是兩個不相同，甚至相衝突的概念，大、小敘事之說肯定在強勢官方說法之下倖存流傳的民間記憶，往往民間記憶的重要性和與事實貼近的程度被認為高於前者，這和簡單地去肯定回憶的片面、零碎、不完整之間有概念範疇上的衝突，需要想清楚。

[*] 中央大學英美語文學系副教授。

　　作者討論「文學性」的部份引用沙特的「詩性」的觀念，這中間有很多問題，為什麼一個西方戰後理論家的理論可以成為「文學性」的代表說法？沙特區別散文、小說與詩，認為後者的文字特性不同於前兩者，所以沙特描述的對象是詩，而不是全體的文學，直接拿範疇這麼明確的理論，自由地套用在電影上，宣稱電影的「文學性」，實在過於武斷，有點隨手抓到什麼就拿來用的感覺。

　　這篇文章是個碩士班學生的習作，有缺點本是理所當然，不必太在意。需要注意的是出於對文學藝術的喜愛而追求學問，但有時為了解釋作品，引用了許多理論，結果變成作品印證理論，而不是理論解釋作品，既零碎切割了作品，又過於簡化了理論。還是必須要廣泛深入的閱讀文本，從文本出發，回歸於文本。

影像與性別之曖昧
試論台灣新電影男性導演電影文本與女性作家小說文本之異同

梁瓊芳[*]

摘要

　　本文嘗試以男性導演電影文本與女性作家小說文本之比較為研究範疇。以女性作為主題，是台灣新電影運動之特色。藉由女性文本改編之廖輝英《油麻菜籽》、李昂《殺夫》、蕭颯《我這樣過了一生》、蕭麗紅《桂花巷》等，在原著與電影之間符號的轉換與意涵的改寫，並分別追溯文學作品與改編電影背後不同創作者的個人特質、美學、關注點等諸種因素的脈絡，以了解電影作為獨立於原著的藝術創作所表達出的真正意涵。更以詮釋女性的書寫，如何再現女性的內心世界，將是本文所要探討的重點。

關鍵詞： 台灣新電影、性別、影像、再現

---

* 中興大學台灣文學所碩士班，E-mail；joan1980317@yahoo.com.tw。

壹、前言：影像與性別之曖昧

80 年代，充滿變化的年代。從 1982 年《光陰的故事》揭開台灣新電影的序幕，又以《兒子的大玩偶》為台灣影壇改編鄉土文學作品之濫觴，陸續有多部小說改編。[1]而台灣新電影的特色在注重生活感，情節低調，主要著重在客觀呈現事實。影片中，不作價值思辨，摒除早期商業電影的「逃避主義」[2]心態，積極面對自己的過去、社會、歷史和環境，透過省思，反映真實生活。且導演大多為卅多歲的青壯年，更拓展了 60 年代的健康寫實電影[3]。以及大量的文學改編作品。

自 80 年代以來，台灣的政經社會鉅變迭生，政治解嚴、言論解禁的同時，女性主義與性別研究亦乘勢而起，不僅風起雲湧於一時，亦且以源頭活水之姿，不斷為台灣文學與文化生成新開生面。其中，與當代台灣小說相關的論述成果，尤其可觀[4]。特別是 80 年代以來的台灣女性小說經歷了巨大轉變。80 年代初期，李昂、廖輝英、蕭颯、蕭麗紅等人繼承 70 年代鄉土文學而來的社會寫實風格，以小說處理女性在社會轉型期間的的角色扮演。所以，在社會變遷與女性書寫之間，女作家小說在當時多數文學獎佔

---

[1] 文學改編作品有黃春明的〈兒子的大玩偶〉（1968）、〈看海的日子〉（1983）、〈莎喲娜啦・再見〉（1974）、《我愛瑪莉》（1979），王禎和的〈嫁妝一牛車〉（1976）、《玫瑰玫瑰我愛你》（1984），白先勇的《玉卿嫂》（1960）、〈金大班的最後一夜〉（1968）、〈孤戀花〉（1970），七等生的〈結婚〉（1968），楊青矗的〈在室男〉（1984），廖輝英的〈油麻菜籽〉（1983）、《不歸路》（1984），蕭颯的《我這樣過了一生》（小說原名《霞飛之家》）（1981），蕭麗紅的《桂花巷》（1977），李昂的〈殺夫〉（1983）、《暗夜》（1986），陳雨航的《策馬入林》（1976），朱天文的《小畢的故事》（1983）、《最想念的季節》（1985）、〈冬冬的假期〉（1991）、〈小爸爸的天空〉（1991）等多部小說。

[2] 在 1965-1969 年，充滿逃避主義色彩的愛情文藝與武俠武打電影。見盧非易著，《台灣電影：政治、經濟、美學（1949-1994）》，台北：遠流，1998 年，頁 131。

[3] 所謂「健康寫實」，其實就是效法戰後義大利新寫實電影，以一種寫實手法來關注整個社會，但所不同的是，義大利新寫實電影挖掘許多社會的黑暗問題，而我們的健康寫實則是要盡量省略社會黑暗面，而將社會光明呈現給大眾。轉引自《電影欣賞》，1990 年第 46 期，頁 71。

[4] 梅家玲，《性別論述與台灣小說》，台北：麥田，2000 年，頁 13。

有鼇頭地位，更造就文學改編電影之風潮。

以女性的遭遇或者是以某一個女人作爲主題，是台灣新電影運動的一大特色。[5]這是男性導演的關注焦點，抑或是女性作家筆下的社會現實？筆者觀察到 80 年代的新電影工業，基本上是男性主導的機制，隨著電影音效和動態的畫面，直接地接受了電影對世界逼真的複製，潛移默化地將一些價值觀輸入在我們意識中，認爲人生就是這樣，世界便是如此，女性更是在電影的影像畫面中被教導該如何成爲一個女人，應該要怎樣？不應該怎樣的口頭教訓與傳承？給予了一種固定不得翻轉的模式，像是在《油麻菜籽》的秀琴不斷地告訴女兒阿惠，「查某囡仔是油麻菜籽命，落到那裏長到哪裡。」[6]，還以「油麻菜籽」的宿命論教育自己的女兒：「沒嫁的查某囡仔，命運不算好……你阿兄將來要傳李家的香火，你和他計較什麼？將來你還不知姓什麼呢？」[7]，又如《桂花巷》的剔紅在直到活至七十五歲，即將瞑目而去，她才知道自己一生孤獨的命運，似乎一出生就注定了。一如她的斷掌紋一般……。因此，本文思考在整個電影製作過程與機制中，多半爲男性，資本家、導演、編劇大多是男人，導演如萬仁、侯孝賢、陳坤厚、張毅、曾壯祥、王童……，編劇如吳念真、黃春明，攝影師等等，在這種環境由一大群男人所拍出的影片，所展現的是男性成長的經驗、男性的認知、男性的思考模式、男性的固有的女人形象，於是，往往在影片的女主角多半是男性想像的、自以爲的女性角色認同，故值得我們去深思，在影片中所看的女性角色真的是如男性所認爲的形象嗎？還是在父權社會的體制下，所有的思考價值也受到男尊女卑的觀念之固化，遭受沒得翻轉的運命？是不是可以有不同層次的想像空間和語言交流？以及原先的女性

---

[5] 陳儒修英文原著、羅頗誠翻譯改編，《台灣新電影的歷史文化經驗》，台北：萬象，1993 年，頁 127。

[6] 廖輝英，《油麻菜籽》，台北：皇冠，1983 年，頁 29。

[7] 廖輝英，《油麻菜籽》，頁 29。

作家小說所呈現的女性意識，透過影像的展演，是否真實地再現女性？將是筆者處理本文的另一考量。

在文本對象的取材，本文以 80 年代的台灣新電影為一研究方向，更嘗試以男性導演電影文本與女性作家小說文本之比較。又以女性文本改編的廖輝英《油麻菜籽》、李昂《殺夫》、蕭颯《我這樣過了一生》、蕭麗紅《桂花巷》為一研究範疇。在研究對象的選擇上，在眾多的女性文本中改編成電影裡，不選擇同樣也是女性作家的朱天文的《最想念的季節》、《冬冬的假期》、《小爸爸的天空》、《小畢的故事》，乃因以 80 年代女性文學中的鄉土小說為代表，本文的主線是閨秀文學[8]改編成電影之女性形象，朱天文的文本多有青少年成長或男性形象，不全然是以女性為主之文本，而李昂的《暗夜》偏重在都會小說的課題，探討性、金錢和權力瓜葛糾纏的複雜關係，與本文純粹與女性形象為一主題亦有偏差，所以本文試圖從《油麻菜籽》、《殺夫》、《我這樣過了一生》、《桂花巷》等電影來探索影像與性別的曖昧。

然而，在小說的文字與電影的影像與聲音兩者乃為不同的表達符號，在傳達媒介上，在風格與借喻的處理上，在時間與空間的敘述安排上，有著很不同的呈現方式，為此，思考電影如何將文字所營造的抽象意象，轉換為具顯於銀幕空間的視覺影像；如何從文字敘述轉換到攝影機的敘述，往前推展情節；以及如何藉由影像傳達文字所構築的文學性，如隱喻、主題、哲思等，都是文學作品改編成電影時優劣的關鍵。

本文探討的是，男性導演如何詮釋電影中的女性角色，重點擺在原著與電影之間符號的轉換與意涵的改寫，分別追溯文學作品與改編電影背後

---

[8] 「閨秀文學」的提出是因為現行的台灣文學史斷代法只稱「鄉土文學時期」，塗銷了當時文壇與鄉土文學有複雜角力關係的「閨秀文學」，從女性文學角度，閨秀風大抵通行於 1976-1980 中葉，在文學史上佔一席之地。邱貴芬：〈導論〉，收於《日據以來台灣女作家小說選讀》，台北：女書文化，2001 年，頁 13-34。

不同創作者的個人特質、美學、關注點等諸種因素的脈絡，以了解電影作為獨立於原著的藝術創作所表達出的真正意涵。更以女性書寫，如何再現女性的內心世界，為本文論述重點。限於篇幅，原著與電影之間更細膩的討論，舉凡個別文本的男性導演凝視與女性作家視角的觀點，針對在女性面對自己的時間、空間、情慾、愛情……等等的性別觀照，電影文本的美學詮釋，恐無法——深化，以及電影理論運用和當時台灣新電影媒體傳播過程糾葛紛紜和閱聽人的評價並未放入論述脈絡，筆者認為越界不同主題的比較，複雜及考量的因素甚多，而未處理周詳的細節，留待日後更深入的研究。所以，本文以概略式的輪廓，書寫台灣新電影男性導演電影文本與女性作家小說文本視線與差異之間的影像與性別的含糊。

貳、影像舊記憶，性別新詮釋

　　台灣政治、社會、經濟及文化變遷在 80 年代有了巨大的變化。同時，台灣「新電影」論述及路線的出現及建構，以至於其後與國際影展接軌，在台灣電影史上都是前所未有之事，而「電影作為一種藝術」(film as art)[9]的意識型態也逐漸在台灣取得正當性，80 年代前雖有不同團體、影評人、導演、及刊物鼓吹過類似觀念，但成效都相當有限。那麼，何以在 80 年代後「新電影」這條實踐路線能逐漸被建構並形成成為一股特殊的勢力？本節從「台灣 新電影」的崛起、評論體系、電影獎項、電影資料館及人文電影

---

[9]　1982 年 8 月 28 日，〈光陰的故事〉在全省公映，並打出「中華民國 20 年來首部公開放映的藝術電影」之宣傳口號，見真善美電影雜誌第 110 期封底，台北：1982 年 8 月 1 日。所謂的「藝術電影」在 1920 年代開始形成為一種以論述配合立法（如進口配額制等）對抗好萊塢霸權的模式，也是約從 1920 年代起，開始出現各種電影類別與活動的分化，例如娛樂、藝術電影、前衛電影、宣傳片、政治電影等不同類別，這些分化形成了一連串獨特的電影運作、流通、討論、與活動模式。也是約此時，歐洲各國政府（尤其是當時的法西斯政權如德義兩國）對本土電影工業的支持增加。但是一直要到了二次世界大戰後，由於好萊塢在歐洲的勢力龐大，各國政府的贊助才緊密地與發展民族國家的「藝術電影」相連結，結果就是「藝術電影」作為一個現象，包括相關連的電影運動浪潮及電影作者等開始出現。

思潮、年輕創作者加入以及文學作品改編電影等相關因素做一背景耙梳，更將以當時閱聽人的反應及發行電影公司對於新電影的影像舊記憶和性別新詮釋爲起點。

早在 60 年代已有法國新浪潮電影和義大利新寫實主義電影的進口，已爲台灣新電影埋下伏筆。在 1971 年王曉祥創刊的《影響》雜誌對新電影的影響。該刊不僅是新電影的催生者，更是參與者，新電影表現最傑出的張毅，出身於此。陸續有 70 年代留學歐美學電影的青年紛紛返國。如萬仁、楊德昌、柯一正等，和本土電影界的新生代，如陳坤厚、侯孝賢、張毅等，都曾追隨過 60 年代的健康寫實電影導演李行、陳耀圻等人。他們和歸國電影新導演彼此觀念溝通毫無隔閡。又 1978 年起都在舉辦「實驗電影金穗獎」來培養新電影人才的搖籃。鼓勵有能力的青年人拍實驗電影，也讓回國學人有實際拍片，擷取實務經驗的機會。以及香港新浪潮編導演的刺激。[10]

就政治社會時勢看來，台灣在 70 年代末期受到國際外交的衝擊，與香港電影市場競爭上，漸處於落敗的位置。而台灣的電影工業，由於受制於政府管制的不良體質，無能對市場結構的改變做出有效對應，一味的以循舊、抄襲的作法，苟延殘喘，終造成市場的急遽衰退。[11]另外，隨著社會經濟富裕的因素，造成電視機及錄影機在家庭普及率大幅提昇，加上影碟機和碟影片的進口，台灣四處林立 MTV 及錄影帶出租店，不只爲民眾在影片觀賞上，提供了更多選擇，。也侵蝕電影院的市場，造成電影工業的危機。

通常，台灣新電影運動界定爲 1982-1986 年。詹宏志認爲「台灣新電影」之所以能成立的原因不外有三：一、新電影對形式有著前所未有之自

---

[10] 參見黃仁，〈80 年代台灣新電影興起的背景和影響〉。《台灣電影筆記》，http://movie.cca.gov.tw/CINEMA/case_01_01.asp?rowid=146。

[11] 李天鐸、陳蓓芝，〈八○年代台灣新電影的社會學再探〉，《電影欣賞》第 46 期，1990 年 7 月。頁 68-81。

覺；形式上有著清楚的動機和內容明白的表達，長鏡頭寫實獨特美學風格。二、新電影改變生產工具，採用標準銀幕，啓用非職業演員。三、新電影有著不同的戲劇概念，以疏離或淡化劇力衝突。[12]因此，一般而言，1982年的《光陰的故事》是台灣新電影的濫觴，這部電影用了四個新導演陶德辰、楊德昌、柯一正、張毅，用四個人生不同階段的故事表現人的成長、人際關係的演變和三十年來臺灣社會形態的變遷。這部電影的劃時代意義，體現在多方面。在體制上，嘗試啓用年輕導演，突破中影用人成規；低成本拍攝減少商業回收的壓力來換取創作的自由；在題材上開掘了新電影的成長/歷史記憶主題，也牽引出本土經驗的回顧；在影像風格上，以清新樸實的紀實影像與當時的電影風氣相區別；故事以低調處理，一反做作的戲劇模式。

另外，以小說和新聞為題材拍攝，當時有侯孝賢編劇、陳坤厚導演的《小畢的故事》。寫出外省男人娶本省女人婚姻不適的悲劇及新生代教育問題，適合轉型期的新生代觀眾的經驗。後以侯孝賢的新電影《風櫃來的人》，建立了侯孝賢電影美學的風格，此時台灣從原有的農業社會轉變為工業社會或農工業社會。人民的生活習慣改變和價值觀的改變，便有了以社會轉型為題材的電影。而 80 年代在這新舊交替的過程中誕生，迎向一個台灣社會演變的歷史軌跡在運作，取得新一代年輕人喜歡，也符合老一代人家的懷舊心理，更迎合外國人把它們當作台灣的成長史看待。[13]不但表現

---

[12] 詹宏志，〈台灣新電影的來路與去路──一個報導與三個評論〉，收於焦雄屏編著，《台灣新電影》，台北：時報，1988 年，頁 25-28。

[13] 例如《風櫃來的人》（侯孝賢導演，1983）、《玉卿嫂》（張毅導演，1984） 《海灘的一天》（楊德昌導演，1983）、《看海的日子》（王童導演，1983）、《老莫的第二個春天》（李祐寧導演，1984）、《童年往事》（侯孝賢導演，1985）、《我這樣過了一生》（張毅導演，1985）、《青梅竹馬》（楊德昌導演，1985）、《殺夫》（曾壯祥導演，1984） 《恐怖份子》（楊德昌導演，1986）、《戀戀風塵》（侯孝賢導演，1987）、《桂花巷》（陳坤厚導演，1987）、《油麻菜籽》（萬仁導演，1983）。

了本土化寫實的新風格，彌補健康寫實缺失，由於電影語言的豐富生動及地方色彩濃厚，博得外國影評人好評，在國際影展頻頻得獎，如侯孝賢《悲情城市》，突破以往台灣電影不受重視的困境。再來是一群台灣戰後的年輕作家投入，以台灣成長的經驗為題材的作品為主，這些作家有朱天文、吳念真、廖輝英、蕭颯、黃春明、王禎和、李昂、蕭麗紅……等等。配合完全在台灣成長的影人侯孝賢、張毅、陳坤厚，加上留美回國的優秀青年導演，這是台灣新電影成功的基礎。除了在票房上有所成績，亦使其他新導演有拍片的機會外，更被它的策劃人小野公開以「一個運動的開始」[14]替它正式冠上命名。而「台灣新電影」不只與台灣電影工業內部處境有關，與當時台灣社會所發展出來的經濟奇蹟的局面亦有關係。

　　「台灣新電影」最明顯的特徵，便是寫實主義。[15]內容及題材，選擇改編鄉土文學小說或是原創劇本等本土意識經驗的呈現，不論是以編劇或是導演個人的成長經驗，或是小說家筆下的台灣鄉鎮人物的事跡，或者以現代化都市中彼此疏離的男女題材，台灣過去以及現在生活的風貌，成了影像再現的不可或缺的獨特。在表現形式上，以長拍（long take）及深焦（deep focus）所凸顯的場面調度為主要的敘事語法。[16]這時期新電影可以說是大量採用中、遠景及客觀鏡頭。

　　在台灣新電影的眾多電影裡，閱聽人在許多的期刊或是電影雜誌的影評上，對於新電影的解讀和解釋，從片名、導演、電影與文學改編的相關訊息，筆者認為似乎流於電影工業的噱頭，未能深層介紹新電影所帶來的電影文化與藝術，紀實鄉土文化所反映出來的電影人文精神，同時，筆者

---

[14] 小野，《一個運動的開始》，台北：時報，1986 年。

[15] 李天鐸、陳蓓芝，〈八〇年代台灣新電影的社會學再探〉，《電影欣賞》第 46 期，1990 年 7 月。頁 74-75。

[16] 劉森堯，〈風櫃來的人——電影的寫實主義〉，焦雄屏編，《台灣新電影》，台北：時報，1983，頁 323-329。

更注意到男性導演使用女性作家的小說文本改編之作品，當時所詮釋的性別角度切入，亦是未被看見的一環。當然，女性在社會變遷中地位與角色的探討，便是新電影熱衷的題材，特別是楊德昌電影中對女性自覺意識的關注。影評人焦雄屏曾在《台灣新電影》一書中有詳盡的闡述：

> 台灣面臨物質及價值觀的遽變，傳統大家庭制度的崩潰，小家庭林立，父權獨佔體系亦隨之瓦解，女性大量走入社會。由此女性正面臨角色抉擇的徬徨，台灣電影此時大量引用文學小說的女性形象，嘗試為過去女性角色的壓抑及受苦下註腳（如〈玉卿嫂〉、〈殺夫〉、〈小畢的故事〉、〈看海的日子〉、〈結婚〉、〈童年往事〉、〈桂花巷〉），並反映出女性在社會變化下尋找新身份的努力（如〈海灘的一天〉、〈青梅竹馬〉、〈油麻菜籽〉、〈我這樣過了一生〉）[17]

不過，這時期新電影強調女性角色的改變，但也僅止於台灣女作家的「閨秀文學」素材的選擇，並無進一步的女性主義觀點深入或是更深的女性自覺，是否真如齊隆壬在〈從受苦到控訴〉一文指出，80 年代的銀幕新女性是在傳統與現代間徘徊，在家庭與社會中定位，看到的是一群集體受苦的女性，經由銀幕瞭解到女性在家庭與社會的侷限，鏡頭所呈現的是寫實的女性形象，[18]便如前言所述，落入在男性觀點的全知觀點敘述女性形象，將是筆者將在下節深入探討的重點。

---

[17] 焦雄屏編著，〈女性的變貌〉，《台灣新電影》，頁 357-358。
[18] 齊隆壬，〈從受苦到控訴〉，收於焦雄屏編著，《台灣新電影》，頁 361-362。

參、影像再現與性別視角之對話

女性電影工作者羅拉莫薇認為：「女性在父權文化中包括電影的再現系統只是作為指涉男性他者（male other）的符碼，受到象徵秩序的箝制，男性在此種秩序中，經由支配語言的權力來發揮其幻想與執念，將之加諸於女性無言的形象上，如此情況下，女性被束縛在一個特定的位置上，只能承負意義，卻不能生產意義。」[19]，換句話說，在電影文本中，女性只是反映男性父權體制下之潛意識機制中位置所運用一種符碼，將男性本位語言隨著攝影機的鏡頭呈現該男性導演女性形象，而女性不是真正再現女性。

誠然，台灣新電影的特色之一，以女性的遭遇或形象為一主題。但筆者就如前言所述，男性導演在電影影像敘事結構的進行、場面的調度、鏡頭的擺設、燈光、剪接的旋律等等，再現台灣新電影之男性導演所改編的女性作家文本為探討其新電影中女性意識在社會變遷的甦醒，觀看從男性的角度凝視或詮釋女性的書寫，如何再現女性的內心世界。除此，本節單以男導演所呈現女性形象及電影手法，小說文本和電影文本交互相織及男性導演和女性文本之間的差異。然而，囿於篇幅，本文無法針對眾多文本的細節一一論述，留待日後另文再論。

本節以所舉之電影文本與小說文本《油麻菜籽》、《殺夫》、《我這樣過了一生》、《桂花巷》試從這四部電影，依發行時間順序分別討論男導演的運鏡與女作家小說的不同。然而，小說與電影都有敘述結構，兩者的敘述手法可謂天壤之別，小說採取假定空間，通過錯綜的時間來完成敘述；電影採取假定時間，利用空間的安排來完成敘述。影像則被固著在銀幕上，經由二度空間的框架展開運動，以視覺呈現的方式，配合以各種聲音與音

---

[19] 李臺芳，《女性電影理論》，台北：揚智，1996 年，頁 61。

樂,達到敘述、描繪情感與抽象哲思的功能。因此,必須進入分析電影影像本身的意涵,才能瞭解改編電影如果獲得獨立於原著的生命。小說文本偏重在假想空間的時間進行。而電影的敘述則必須通過空間的安排來完成敘述,敘述的影像永遠在觀眾眼前以現在的方式進行。如此,電影媒介倚重的是影像的空間感。而如同繪畫一樣,影像空間傳達的意涵常逸出敘述功能之外,能直接撩撥觀者非理性、直覺直觀的感知層次。若昧於文字與影像媒介本質的差異與電影為獨立於文學的藝術形式的事實。[20]亦是本節顧慮之一。

　　首先,筆者在本節電影文本所看到男性導演的女性形象和導演所運鏡的女性視角作一輪廓。

一、《油麻菜籽》:廖輝英原著,萬仁導演

　　廖輝英原著《油麻菜籽》深刻寫出傳統婦女的命運、地位、際遇和自身掙扎的種種問題。以二位具有不同時代意義的女性-母親黑貓仔及其女兒阿惠。母親為一個封建倫理道德觀念的傳統女性,踏實、堅忍、能幹的婦女,在父權體制下,只能默默承受「查某囡仔是油麻菜籽命,落到哪裡就長到哪裡」[21]的命運安排,一方面和無能沒責任感的丈夫打鬧,另一方面又心甘情願地為他養兒育女,辛苦持家;而且還以「油麻菜籽」的宿命論教育自己的女兒,又母親對兒子與女兒的不同態度,透露出她對女性自身價值的評價。再以阿惠為現代女性的雛形,她雖然是在傳統家教下長大的,但由於大學的教育與社會薰陶,最後走上了不同於母親那時代的生活道路。從二位主角中,看見女性內心的自我成長及漸漸重視自我的存在與地位。而將小說改編成電影文本,導演關照層面以及反映小說異同之處,筆

[20] 簡素琤,〈文字與影像的跨越──從朱天文(安安的假期)童年憶往式鄉愁到侯孝賢(冬冬的假期)土地凝視的超越體悟〉,《Spring》,2000 年,頁 94-100。

[21] 廖輝英,《油麻菜籽》,頁 29。

者認為導演再現兩位女性不同形象有其特殊之處。

　　萬仁是台灣 80 年代隨著台灣電影新浪潮崛起的留美電影學人，敘事旁觀、冷靜、居高臨下，視野開闊，給人一種美感之外，還有許多的懷舊、醒思，看到的是陽光燦爛的前途，沒有悲哀的愁苦，給人一種人生的啟示。藝術手法上多是亮麗色彩，使用中遠鏡頭。[22]萬仁過去以描寫社會中下層小人物的生活與命運為其創作特色，處在藝術文化層面、更富於人性光彩的角色多半是女性人物。[23]

　　萬仁頭一部獨立執導的長故事片是《油麻菜籽》，倪震認為是女性電影折射的儒文化光暈。[24]萬仁堅持一貫的寫實主義風格，從人或家庭的發展，反映社會的生活變遷，側重刻劃人物的心理和價值觀的改變，在傳統電影結構中又運用現代電影語言，影像具生活實感和現代感，技巧圓熟，有的帶實驗性，影像成品素質高、亮麗。[25]

　　《油麻菜籽》為一新女性電影。它的獨特之處，在於塑造一個集女性壓抑和男權統治於一身的女主人秀琴的形象。在秀琴這個妻子/母親身上，烙印著尊嚴留下的屈辱和傷痕，又顯現了重男輕女、壓抑女性的男權思想，萬仁更透過剪刀作為耐人尋味的父權文化的思想意識，其中，秀琴用她的手裡的剪刀，剪破了丈夫的西裝，表達她的憤怒，還有在奮力抗爭男人的施虐，劃破了自己的手心，說明女人在整個精神、情感受盡折磨，更是以剪刀剪了女兒阿惠的秀髮，以處罰她和高中男生沈立偉約會，讓才初戀的阿惠留下一個深遠的感情創傷，亦是表示她母親的權威不容破壞，當故事演到後頭，母親秀琴聽到阿惠決定自擇婚姻對象，她瘋狂地剪斷瓶中的花

---

[22] 陳飛寶，〈萬仁溫和的現代都市風景線〉，收於《台灣電影導演藝術》，台北：亞太，1999 年，頁 248。

[23] 陳飛寶，《台灣電影導演藝術》，頁 254。

[24] 倪震，〈《油麻菜籽》女性電影折射的儒文化光暈〉，《電影欣賞》第五十七期，1992 年 5 月，頁 27-28。

[25] 陳飛寶，《台灣電影導演藝術》，頁 254。

朵，來宣洩秀琴不能再把持的權威失落感。全片有意地將秀琴化爲一個深受男人而受苦的女人，有時，甚至連她自己也壓迫她自己本身。

另外，導演以女兒阿惠觀點爲主，間或全知觀點，提綱挈領地敘述母女兩代人在二十年歲月中的舊時代和新時代兩種女性。內容重心轉在阿惠身上，從童年到少女，再從少女到成年的成長歷程，表現了台灣經濟、文化受到工業化的變遷，女性意識隨著阿惠的成長轉折而成熟的軌跡，影響了人的各種觀念，諸如禮教、物質、婚姻，阿惠從母權占有性的愛下追求獨立，成爲自由職業的新女性。客觀呈現了台灣女性在日據時期從屬地位，和中國傳統對她們的束縛，以及她們從馴服、保守、愼微、自卑、宿命的桎梏中解脫出來。導演長鏡頭和空鏡頭都充滿詩意和帶動感情的介入，豐富的劇情和平實的導演手法，使影片特別帶有時代風味。[26]

筆者認爲萬仁導演所掌握小說原著主要的女性形象，有非常地獨到拍攝手法，和廖輝英作家呈現的女性角色精神相輔相成，在電影與文學的對話裡，亦是再現了兩人對《油麻菜籽》所著墨相同的默契。

二、《殺夫》：李昂原著，曾壯祥導演

李昂原著《殺夫》以臺灣農村生活爲背景，探討人性的不可捉摸，尤著眼於人與獸之間剃刀邊緣的掙扎；寫作手法細膩而深刻，無論人物造型或情節結構，均有其獨到處，營造出極強的文字感染力。有意在控訴經濟生存能力不平等的男女社會，一部極力反抗專制父權的女性意識小說，不斷地重複描寫丈夫陳江水對他的妻子林市施以不平等的性剝削，轉換成電影文本時，導演似乎對這個殺夫事件有了不同的解釋，導演無意把故事重心放在男性女性的抗爭，也無意把小說中一而再，再而三怵目驚心的「性暴力」詳細地搬上銀幕。由於對陳江水的不同解釋，小說中林市殺夫的儀

---

[26] 陳飛寶，《台灣電影導演藝術》，頁249。

式性成為男權社會結束的一個有力宣告，電影中林市殺夫卻成為對抗社會壓抑的一個象徵。[27]所以，導演在風格的運鏡低調，場景的調度迴避了煽情的展演，以當時台灣新電影寫實主義盛行來看，的確是削落了原著小說以性制性的父權控訴的震撼。

在曾壯祥所導演的《殺夫》，在影片一開始，鏡頭在很荒涼、很落後的地方。4、5 歲的林市從門縫看到她母親很飢餓地吃著飯糰，並與一日本士兵交合。村民出現，把他們捉住。林市的母親請求大家原諒，她說她實在餓的受不了，只好如此。更趁著大家不注意的時候，拿起日本士兵的剃刀自殺，林市走到母親的屍體旁邊，拔出剃刀，血噴出的畫面。緊接著下一場景，林市已經二十歲，她被安排嫁給一個殺豬的屠夫，先生對待她就好像對待豬一般，對她施暴，以及聽到她掙扎地尖叫，他才感到滿足與快感。後來她的鄰居阿罔官四處去宣傳林市很淫蕩，林市只好忍著尖叫不出聲，卻招來屠夫對她更加粗暴，後來林市受不了，拿起屠刀刺死她先生。這部片原本可以拍得很煽情跟暴力，裡頭有殺豬、強暴的劇情，但導演曾壯祥卻將它低調處理，演員沒有感情，也沒有配樂，用了四種弦樂器伴奏，使得整部戲讓人看來很不舒服，也許這是導演主要用意，正視女性被壓迫和時代的悲劇外，也發覺社會的不公不義現象。但此部採用疏離的形式，來闡述原著相當犀利的女性主義意識，與原著相差甚遠，又曾壯詳經由編導的力求清冷處理，大量壓低了衝突與高潮的衝擊力，不但沒有達到原來期待的客觀體察人性的目標，反而變得虛矯不實。[28]

筆者覺得曾壯祥導演很可惜之處，未能將李昂作家的《殺夫》文本顛覆了傳統的父權體制，尤著眼於人與獸之間剃刀邊緣的掙扎，以及傳統社會男性一向為經濟的主導者，而依附男性主控者生存的女性則只能處於弱

---

[27] 詹宏志，〈殺夫——電影中的社會壓抑〉，收於焦雄屏編著，《台灣新電影》，頁 204-205。

[28] 蔡國榮，〈冷靜矯情話《殺夫》〉，李幼新編，《電影.電影人.電影刊物》，台北：自立晚報，1986 年，頁 95。

勢被動的地位。而封建父權制度下的社會道德約束強加於女人身上。李昂
小說文本裡頭，藉由一群搬弄口舌是非的鄉下婦人對女主角所造成迫害，
顯現出其亦是男性暴力的幫凶。在此，曾壯祥導演和李昂原著《殺夫》處
理的手法呈現很大的不同。

三、《我這樣過了一生》：蕭颯原著[29]，張毅導演

蕭颯原著《霞飛之家》的桂美和正芳母女，是她勾勒出來的良好女性
典範。說明台灣面臨社會轉型之後，小人物如何在都市夾縫中生存、立足，
最後拼出一片自己的天空。桂美如何扮演一個稱職的母親，一個包容的大
地之母，辛苦賺錢持家、拉拔子女長大，而唯一可以繼承她事業的不是兒
子，是女兒正芳。女兒正芳與桂美之間的母女愛恨糾葛，是蕭颯她所關注
的議題，以及小說中的男性是軟弱無能、遊手好閒之徒，更襯托女性的柔
韌與堅強。然而，小說文本轉為電影文本時，導演張毅直接把原著所談的
兩位女性變成只是演桂美的一生，導演似乎在表現桂美一個傳統女人在社
會的美德、價值觀與思考模式。這是導演所希冀的女性形象，抑或是蕭颯
女性作家的原意呢？又或者是顧及電影放映片長的時間，以致加以刪減？
此處筆者暫不處理，留待日後考證再論。

在導演張毅他的女性電影嘗試站在同情女性或從女性的角度，在電影
裡討論女性議題，如女人的情感、女人的慾望、女人成為母親的轉折、母
親跟女兒之間的變化、女性意識與父權的關係等，並且對女性電影敘述結
構、場面的調度、鏡頭的運用、燈光的位置強弱、剪輯旋律等等都為成功
的探索，具典型意義。

張毅重視畫面戲劇的專注力，他的鏡頭更接近片中的角色，產生疏離
效果又不淪於煽情，觀眾的在認同上亦相對增加。而且電影整體搭配，人

---

[29] 蕭颯小說原名為《霞飛之家》

物造型、景觀陳設、音樂構想、語言節奏等等，都承襲了中國電影寫實傳統的一貫風格。張毅採紀實手法來彰顯傳統台灣女性的典範，把當時台灣的歷史與文化融入電影作品和人物生活裡面，呈顯生命力的原始圖像，並試圖重新尋找台灣女性的尊嚴，以及建立一種女人對自己本身的生命自主性。影片寫實，凝聚的長拍鏡頭、光影運用和演員的細緻相當傑出。

張毅的《我這樣過了一生》他改編自蕭颯中篇小說《霞飛之家》，所描寫的女性桂美融合了台灣傳統女性多方面的優良典型。整個故事從桂美二十幾歲一直到她五十四歲，後因癌症去世，前後二十五年之久。電影焦點完全在從大陸遷台後，桂美她半生的操勞。她透過鄰居介紹，嫁給好賭又已有三子女的丈夫侯永年，仍從一而終。她分擔家計、丈夫被餐館美國老板辭退，赴日幫傭，理由是「要讓這個家以後有好日子過。」存錢回台灣，在台北開「霞飛之家」餐廳，其中還要消弭前妻的女兒對繼母的敵意、丈夫的外遇。隨著劇情的發展，孩子也長大成人了，突然她得了癌症，她白手創立的餐廳「霞飛之家」竟成了子女媳婿爭分一杯羹的財產。丈夫前妻長女正芳不想賣掉餐館，要繼承桂美的家業，在台灣生根，桂美走完人生道路，下一代一個個事業有成。電影肯定了台灣女性對家庭、社會的貢獻，把劇中的女主角轉化成為一個代表性人物，她把一個家庭治理好，也代表台灣社會經濟的成長，從無到有，從貧困到富庶，台北從 50 年代農業社會逐漸步入 80 年代工商社會的演進過程。

當張毅再現女性文本，首先，在鏡頭運用上，保持傳統戲劇張力，又善於發揮長鏡頭的豐富性，鏡頭空間和時間的連續性，實景拍攝自然光效，或自然光效的運用。使得影片人物風貌自然、質樸、真摯親切、細膩，長鏡頭和蒙太奇並用，觀照人物內心情感。導演把桂美多放在畫面的中心位置，以她為主體。再來，透過桂美，表達了對生活一切無奈壓抑的現象化為一種問題的觀察和對人命運的關懷和台灣女性意志力堅強和母親的偉

大。如片中桂美把丈夫工作西餐廳給的剩菜扔掉，侯永年發脾氣，她柔聲
地解析，說出對丈夫及處世的原則和志氣：「跟了你，我這輩子就跟了你
了，我們還能吃自己，就不要吃別人剩的」。最後，利用戲劇的「場景調
度」來展現劇情。場景調度包括是空間和時間。故事發生的地點在台灣和
日本，反映了台灣經濟，依賴美國和日本的真實社會生活背景，技法上客
觀鏡頭、中遠景，流露出中國固有空間三種境界，又借敘事性的時間順序
推進，桂美一家經歷空間轉移過程，從年輕到年老，從上一代到下一代，
不但顯示生命的連續繼承，更顯露著物移的情懷。通過桂美與她的家庭這
樣過了一生，見證台灣所走過的經濟成長歲月。

　　以上所述，筆者發現張毅導演對蕭颯原著《霞飛之家》他給予桂美一
個女人的一生，但在小說文本的展演，蕭颯是賦予桂美和正芳兩個截然不
同的女性形象角色，亦是男導演與女作家與影像與性別的取材之最迥異之
處。

四、《桂花巷》：蕭麗紅原著，陳坤厚導演

　　蕭麗紅原著《桂花巷》正處於清末民初時代，而那時候的社會十分保
守，男尊女卑，纏足的觀念很盛。剔紅的母親是個典型的中國傳統婦女，
她教導剔紅要守婦德，要做事大方，要懂得深藏自己的能力、勤儉持家，
識大體。灌輸給剔紅種種的中國傳統婦德，這樣的傳統婦女的形象，在無
形中限制剔紅的發展。年輕時的剔紅遵從宿命的安排，可是當她面對剔江
海難死亡，剔紅下定決心想要試著掌握命運，在感情的抉擇，棄秦江海親
辛瑞雨，更隨著環境的改變與際遇的磨難，母親不再是傳統中的聖潔光輝，
剔紅對於兒子的掌控和強烈的獨佔欲，使得剔紅做出許多刻意刁難的無理
行為。另外，在小說文本，女性掌控了全局，而男性喪失了傳統中的男性
優勢，成為依附於女性的人物。在故事中原本的男尊女卑形式被打破了，

身為女性的剔紅掌握了權力，而本應是握有權力的男性則被弱化，而變成陪襯的角色，烘托出剔紅的精明果敢。筆者認為蕭麗紅對舊文化的遙念，演變出她內心的女性模樣。

當小說文本過界到電影文本，導演陳坤厚所導的《桂花巷》，改編自蕭麗紅以懷舊的筆調寫成的一部通俗小說，以「血肉濃黏的情感」呈現高剔紅一個舊式封建家庭裡的女子的一生。小說以剔紅這位台灣女性為中心，她出身貧家，前段坎坷的人世遭遇都歸於斷掌宿命的冥冥安排;以及嫁入豪門，這種宿命性格再把她推向寡婦的命運。後段則描寫寡母守幼兒的封閉意識，慢慢變成荒謬的變態行為，與自保權力慾望。不過，蕭麗紅原著重於寫情，長於心理刻劃，缺乏觀點的寫實。原書太長，改編成電影勢必刪去若干心裡描寫，使得剔紅在影片的一生顯得片段零碎，只見情節，不見濃黏的情感。而陳坤厚偏重一個女性在不同的成長階段的寫實拍攝過程。失去原著文本描寫剔紅濃厚細密之感情。

不過，筆者認為陳坤厚以藝術手法呈現高剔紅的婚姻及其悲劇，反映台灣社會不同歷史時期內諸多人際關係和民俗風情。譬如描繪剔紅守寡撫孤，主理家政，既寫了剔紅的「性」壓抑和掙扎，還淡淡地涉及父權中心的轉移，如剔紅執掌田租、產業，反手將春樹投入牢獄等細節，在在都顯示陳坤厚非同流俗的洞察力和獨見的光彩的視覺效果。全片是一個較為模糊的觀點看一個女人的一生迷惘和世事莫測。諸如當年剔紅看到當年趕出去的佣人，回來娶自己的婢女，及在廟旁滄桑地看到老情人飛黃騰達的老相，似乎命運在嘲弄人，是不可捉摸的。[30]陳坤厚藉著剔紅這個女人的命運對時代的觀照和折射，刻意探求一種無我無為之境，把新電影摒棄戲劇化表現的靜觀美學推到一種極致。[31]人物命運發生重大戲劇性跌宕關鍵處含著

---

[30] 陳飛寶，《台灣電影導演藝術》，頁 337。

[31] 黃式憲，〈以鄉土為根基而提昇電影的文化品格——略論陳坤厚作品的意義及其風格特徵〉，《電影欣賞》第五十七期，1992 年，頁 25。

縱深調度的長鏡頭。

陳坤厚在這一部《桂花巷》親自掌鏡，在運鏡敘事採平鋪直敘，採用四段式循序遞進，寓典雅於素樸，凝悲情於淡遠，採「間離效果」一洗蕭麗紅濃黏的言情，一節節展示剔紅一生與四個男人情意錯綜複雜的關係：貧苦的漁民阿海，被她斷然割棄的第一個情人；豪門少爺辛瑞雨，同她結髮成夫妻，後因病早夭；乖巧男僕春樹，任她擺布，身分近於「面首」，後進了監獄；在日本留學的親生兒子惠池，她親生之子後助她東渡日本產下同春樹的私生子。這是導演陳坤厚以女性形象的命運和情感為焦點，聯繫著歷史鄉土的人文關懷，作為他電影風格。

以上所敘，從四部電影文本《油麻菜籽》、《殺夫》、《我這樣過了一生》、《桂花巷》的影像再現與男導演女作家之性別視角，所構成的一幅幅精彩的對話，筆者在女作家小說文本的女性內心世界的描摩，當男導演再現到女性內心世界的關注，並無更進一步的延伸，僅將處理男導演在電影手法的運鏡與拍攝手法和原著與電影之間符號的轉換與意涵的改寫，並分別追溯文學作品與改編電影背後不同創作者的關注點等諸種因素，了解電影作為獨立於原著的藝術創作所表達出的真正意涵。

肆、結論：一曲文學與電影未完的華爾滋

小說改編成電影，永遠有不同符號系統轉換的變數、文字與影像媒介本質上的差異、小說家與導演間氣質與關切點的不同，以及詮釋差異的問題。文字與影像雖然分屬不同的符號系統，當代重要的電影符號學家梅茲在析論電影與小說時，援引了不少同是法國電影理論家戎・米堤的概念，再度說明在小說中空間是抽象的，當它靠文字表達，時間感卻是強烈的，電影的空間則非抽象，是可以目睹的，所以在電影中空間感永遠比時間感

突出，固定鏡頭或一部電影的第一個畫面都是此一立論的明顯例證。[32]而改編電影的文本屬於文學文本的次文本及電影的前身文本，如何透過文字語言和影像語言所交織互動的過程，電影如何將文字的情感及抽象的意象，轉換為具體的影像？又如何從文字敘事轉換為攝影機運動，鋪展其情節以及由影像傳達文字文本的文學性，如何的挪置影像框架與轉化成電影符號語言，都是文學作品改編成電影時需要思考的課題。

就新電影風潮而言，台灣電影工業的衰退是它誕生的開始，而在 80 年代末終告結束。但是，新電影在整個台灣的社會變遷和評論體系，以及對電影的正面積極和電影資料館的建立，也為台灣電影打開國際知名度，有了一個起步的成績。

以上，行文所述，台灣新電影運動以來，一直對女性寄以較多的同情，更常用女性角色（母親）做為台灣社會變遷的見證。筆者更以陳儒修在《台灣新電影的歷史文化經驗》的第六章〈台灣電影中的男女角色扮演〉，說明台灣新電影中導演特別關懷女性，嘗試以女性的角度來看問題，或是在電影裡討論女性議題，如女人的欲望、女人成為母親的變化、女性意識與父權體系的關係，更指出台灣新電影中的女性形象可分有四種類型，分別是一、嚴守社會道德規範（特別是貞操），並且走著既定的道路，然後聽天由命，以萬仁所拍攝《油麻菜籽》的母親秀琴的宿命論為例。二、反叛傳統教導的婦德，不惜放棄一切，以張毅《玉卿嫂》為例。三、賢妻良母，為家庭支柱，對家庭、社會的貢獻，以張毅的《我這樣過了一生》為例。四、女性意識覺醒，起而爭取應有的平等與尊重，以曾壯祥的《殺夫》為例。[33]依據陳儒修的女性意識省思，總結那四部電影的女性不是自殺，便是死於癌症，或是被判處死刑，女性彷彿是依舊為了家庭、先生以及小孩犧

---

[32] 曾西霸，〈淺論小說改編電影〉，《電影欣賞》，第九十期，頁 90-103。
[33] 陳儒修英文原著、羅頗誠翻譯改編，《台灣新電影的歷史文化經驗》，台北：萬象，1993 年，頁 128-135。

性奉獻，在父權思想體系，一直運作固有的模式。若以陳儒修觀點，這樣的女性形象為男導演的關注面向，還是小說文本情節的內容？筆者認為陳儒修沒有清楚交代影像和小說文本的牽扯，對照其異同之處。

當然，筆者在前言所述，女性形象透過男性導演的詮釋，更隨著攝影機運動，也許真實地再現了男性凝視女性的樣態，這些女人的形象多半為受苦的女人，而她們的心裡描摹或是情感、情慾的部分，都未能深入，而且，在男性導演改變女性文本的同時，早已將女性本有的女性意識的視角思維，轉化為男性的固有的父權體制下的女性形象。面對小說與電影之間的時間與空間轉變，女性形象在女作家小說文本反映與男導演電影文本所關照的面向，究竟是性別所關注的不同，還是男導演在影像再現的女性角色，所帶來的混沌地帶？

再來，因 80 年代台灣文壇最引人注目的兩個現象是：政治、社會小說的盛行，和女作家的崛起。[34]這時期產生一批年輕的女性作家，如李昂、施叔青、蕭颯、袁瓊瓊、廖輝英、朱天文、朱天心、蘇偉貞、鍾曉陽、朱秀娟等，大量以女性為她們作品中的主角，描述女性在婚姻家庭與傳統社會中的困境，以及女性自我的省思，她們的作品是當時許多女性主義評論家時常討論的文本。[35] 當台灣新電影改編電影的文本，多半和女作家小說崛起亦有相關，延伸女性作家文本異於男性導演電影文本為一表示並且沿著男性導演未能所呈現的女性形象作一深沉探訪的可能。但小說文字的情感及抽象的意象和文字敘事、文本的文學性，如何的挪置影像框架與轉化成

---

[34] 呂正惠，〈80 年代台灣小的主流〉，收於林耀德、孟樊編《世紀末偏航——80 年代台灣文學論》，台北：時報，1990 年，頁 271。

[35] 「一九八〇年代伊始，美麗島事件餘波盪漾，婦女運動拓荒者呂秀蓮被捕，媒體充滿了意淫的興致，津津樂道她除了涉嫌叛亂，還推行性解放。這未免太抬舉力量薄弱、尚未挑戰性議題、更完全不敢靠激進變帥的女性運動了。」鄭至慧，〈從沒有單位到集體發聲〉，收於楊澤主編，《狂飆八〇——記錄一個集體發聲的年代》，台北：時報，1999 年 11 月，頁 61-72。《婦女新知》正是在這樣的歷史情境下創設，1982 年 2 月《婦女新知》月刊誕生。

電影符號語言，其中牽扯太過複雜，筆者囿於篇幅，單從男性導演所拍攝的女性小說文本觀察，他們對於女性形象來看女性時間感、女性空間或是女性之心理空間以及女性身體中的情慾流動，若能有更深入的觀照，會是不同的風景。

　　基本上，80 年代的新電影工業還是男性主導的機制，女性主題和女性形象的塑造，探討女性運命和心理歷程，觸及到台灣當時社會的變遷與成長。文學和電影之間的轉換，影像和性別的對應，男性導演電影文本和女性作家小說文本之比較，筆者在思考這兩者之間的差異，依舊有小說文本未有更多的展演空間，以及對女性意識和女性主義更深入的耙梳，限於篇幅，關於這部分的一一細節，日後，筆者將另文再論。透過影像，性別的詮釋，裡頭的幽暗晦澀，曖昧不明，更像是一曲文學和電影未結束的男女主角所跳的華爾滋，永遠充滿有趣而豐富的對話。

參考文獻

- 小野，《一個運動的開始》，台北：時報，1986 年。

- 焦雄屏編著，《台灣新電影》，台北：時報，1988 年。

- 林耀德、孟樊編《世紀末偏航──80 年代台灣文學論》，台北：時報，1990 年。

- 陳儒修英文原著、羅頗誠翻譯改編，《台灣新電影的歷史文化經驗》，台北：萬象，1993 年。

- 李臺芳，《女性電影理論》，台北：揚智，1996 年。

- 盧非易著，《台灣電影：政治、經濟、美學（1949-1994）》，台北：遠流，1998 年。

- 陳飛寶，《台灣電影導演藝術》，台北：亞太，1999 年。

- 楊澤主編，《狂飆八○──記錄一個集體發聲的年代》，台北：時報，1999 年。

- 梅家玲，《性別論述與台灣小說》，台北：麥田，2000 年。

- 蔡國榮，〈冷靜矯情話《殺夫》〉，李幼新編，《電影‧電影人‧電影刊物》，台北：自立晚報，1986 年。

- 李天鐸、陳蓓芝，〈八○年代台灣新電影的社會學再探〉，《電影欣賞》第 46 期，1990 年 7 月。

- 倪震，〈《油麻菜籽》女性電影折射的儒文化光暈〉，《電影欣賞》第五十七期，1992 年 5 月。

- 黃式憲，〈以鄉土爲根基而提昇電影的文化品格──略論陳坤厚作品的意義及其風格特徵〉，《電影欣賞》第五十七期，1992 年。

- 簡素琤，〈文字與影像的跨越──從朱天文「安安的假期」童年憶往式鄉愁到侯孝賢「冬冬的假期」土地凝視的超越體悟〉，《Spring》，2000 年九月。

- 曾西霸，〈淺論小說改編電影〉，《電影欣賞》第九十期，1997 年 12 月。

小說文本

- 蕭麗紅，《桂花巷》，台北：聯經出版社，1977 年元月初版。
- 蕭颯，《霞飛之家》，台北：聯合報，1989 年。
- 李昂，《殺夫──鹿城故事》，台北：聯經，1983 年。
- 廖輝英，《油麻菜籽》，台北：皇冠，1999 年。

電影文本

●片名：	油麻菜籽
製片	林榮豐、張華坤
導演	萬仁
編劇	廖輝英、侯孝賢
攝影	林贊庭
剪輯	廖慶松
音樂	李宗盛
演員	柯一正、陳秋燕、李淑蘋、賴德南、蘇慧倫、顏正國、丹陽
出品公司	中國萬寶路有限公司
發行公司	名毅有限公司
出品年	1983
國別	台
●片名	殺夫
製片	何家驥

導演	曾壯祥
編劇	吳念真
攝影	張惠恭
剪輯	江煌雄
演員	白鷹、夏文汐、陳淑芳
出品公司	湯臣有限公司
發行公司	湯臣有限公司
出品年	1984
國別	台
●片名	我這樣過了一生
製片	徐國良、陳文森、侯建文
導演	張毅
編劇	張毅、蕭颯
攝影	楊渭漢
剪輯	汪晉臣
燈光	李亞東、王盛
音樂	張弘毅
演員	楊惠姍、李立群、劉明、胡翔評、丁也恬
出品公司	中央有限公司
發行公司	中央有限公司
出品年	1985

國別	台
●片名	桂花巷
製片	徐國良、侯建文
導演	陳坤厚
編劇	吳念真
剪輯	廖慶松
音樂	陳揚
演員	陸小芬、林秀玲、庹宗華、李志希
出品公司	嘉禾有限公司、中央有限公司
發行公司	中央有限公司
出品年	1987
國別	台、港

講評

李幼新[*]

伴隨台灣新電影成長的人可能看到它勇敢地對抗什麼，見證它走出另一條路，為台灣電影邁向另一種可能性，往往忽略了每一種美學或許都各有不足之處。一些年後，研究它、分析它的人反而旁觀者清、耳聰目明，體認到它的顧此失彼。梁瓊芳的論文〈影像與性別之曖昧〉（副題是〈試論台灣新電影男性導演電影文本與女性作家小說文本之異同〉）就彌補了當年台灣新電影導演們與影評人論述的某種程度欠缺。

正巧前不久就讀了游婷敬的論文〈凝視與對望〉（副題是〈端睨九十年代台灣女性電影原貌〉有個章節分析 80 年代台灣新電影的《殺夫》與《油麻菜籽》，主要著墨這兩部電影文本，只是偶然三言兩語提到小說文本差異，彷彿把女性作家小說文本與男性導演電影文本當成一個「共同體」、來省思女性處境、女性經驗、女性是否覺醒或是（被）解放。電影科系研究所出身的游婷敬似乎從電影那邊看過來，文學研究所的梁瓊芳顯然由文學這邊望過去，構成一組值得對照閱讀的論述交鋒。不過，兩造異中有同，游婷敬的結論也認為是「男性觀點的受難女性」，並引述「反本質論者認為女性主體性是由已存在的社會及符號結構所建構的，並無所謂本質問題」補白。

「2005 青年文學會議」讓梁瓊芳的論文相當節制地把「文學」設定在小說文本方面。我幼年見識過王文興教授有篇文章〈電影就是文學〉，引來何懷碩教授〈電影就是電影〉的回應與論戰。我自己可以把詩、散文、小說、文學評論、文化評論、報導文學、戲劇，甚至電影都納入文學範疇研讀，也願意讓電影涵蓋文學、戲劇、美術……。雷奈電影《廣島之戀》、《去

---

[*] 電影評論工作者。

年在馬倫巴》與《穆里愛》、費里尼電影《八又二分之一》與《愛情神話》，不都是十足電影感而又高度文學性的傑作嗎？《光陰的故事》楊德昌的那段〈指望〉，不是有時像短篇小說、有時宛如詩嗎？並非人人都像梁瓊芳這麼認真、細緻，外加分析批判的功力，因而我期待她「巧立名目」藉故拓寬文學的範疇，好讓台灣新電影的更多電影文本讓她耙梳、重審，尋覓出新的意義與盲點。

關於台灣新電影何年告終，眾說紛紜。退潮？結束？其實沒有絕對的特定日期。漸淡漸遠，或是蛻變，倒很明顯。1989 年侯孝賢的《悲情城市》與 1991 年楊德昌的《牯嶺街少年殺人事件》片長超長、成本特高，跟往昔台灣新電影低成本的革命、游擊、克難色彩簡直背道而馳，他倆的脫穎而出，但百花齊放的其他各家幾乎集體萎縮、紛紛凋零，等於替台灣新電影畫上休止符。但也有些人把楊德昌 1986 年的《恐怖份子》（或者加上 1985年楊德昌的《青梅竹馬》與侯孝賢的《童年往事》）依然保有早期的衝勁與低成本，卻是藝術成就的顛峰看作台灣新電影完美的句點。另外，台灣新電影同一時期的「比較不像台灣新電影」的另類導演邱剛健，或是在台灣新電影還沒退潮前的晚輩新秀（李道明、陳國富、黃玉珊、何平，以及來拍台灣電影的羅維明、麥大傑），或是前輩導演（王童），或是跨越港、台影壇的女導演張艾嘉，另外還有不知該怎麼歸類的虞戡平與李祐寧……，要不要當成「大……」或「泛……」台灣新電影的導演去研究，也一直沒有定論。我有點心術不正在偷看／偷笑梁瓊芳是要專攻論文裡的四部電影，因而她不想捲進台灣新電影定義與範疇爭議的漩渦。

我對梁瓊芳的論文，與其說我在評論，倒不如看成我想跟她對話，而且是「時間」的對話。在距離台灣新電影「不算太久遠的後來」，有些論述認為台灣新電影題材上的共通性是描寫「成長」，而且是男孩子的成長。讓我困惑的是，楊德昌的〈指望〉與《海灘的一天》卻是女孩子的成長啊！

無論是重要性或是藝術成就，都遠超過那些男孩子的成長啊！梁瓊芳距離那個比出品年度晚幾年的時代又更晚了些，竟有不同體認，「以女性作為主題，是台灣新電影運動之特色」，令人欣慰。

這篇論文提到《兒子的大玩偶》為台灣影壇改編文學作品之濫觴，我有不同想法。在這之前十年或者更久，瓊瑤愛情文藝與古龍武俠小說早已大量拍成電影。至於零零星星的，譬如宋存壽的《母親三十歲》取材於梨華小說、李翰祥的《冬暖》溯源羅蘭小說……不勝枚舉。或許說是改編「鄉土」文學作品之濫觴比較周延，但也會另有爭議，鄉土就一定侷限農村鄉野嗎？楊德昌電影或是李昂很多篇小說聚焦現代都市，就要被摒除在鄉土以外了嗎？

論文把台灣新電影說成「更拓展了 60 年代的健康寫實電影」，讓我大吃一驚。健康與寫實原本背道而馳，蔣氏王朝不允許電影映現社會陰暗面、不敢面對貧窮落後，但求外表光鮮的健康是不寫實，是自欺欺人。「健康寫實」成了荒謬的空洞口號，在為政策教條電影推波助瀾。台灣新電影的導演們最鄙夷這一套。梁瓊芳的思維詭異，你必須參看她的注解，不能只看正文，否則流於斷章取義，扭曲了她極富「創意」的反諷意圖！

◎當成閨秀文學，或是拓寬鄉土文學範疇，似乎都不宜割捨李昂小說《暗夜》，sex 與金錢、權力不應是男性或男性議題的專利。

◎1960 年代法國新浪潮電影只有雷奈的《廣島之戀》與娃達的《幸福》進口，費里尼的《八又二分之一》與安東尼奧尼的《蝕》（《慾海含羞花》）早已從義大利新寫實主義偏航到現代主義了。

◎1960 年代《劇場》雜誌不但影響深遠，而且影響到 1970 年代的《影響》雜誌，可惜未被提及。

◎電視機確實在 1970 年代後期普及台灣家庭，錄放影機則在 1986 年以後，影碟 1990 年代初期方才開始。

◎論文對於萬仁導演妙用剪刀，看法獨到。曾壯祥拍《霧裡的留聲》不慎凍死小鹿，不嗜情慾卻拍攝李昂的《殺夫》，成績都不如他拍攝王文興的《生命線》。

◎張毅為何把蕭颯小說兩位重要女性人物省掉一位，會不會是電影片長與成本將更高更拍不成？蕭颯編劇讓楊惠姍扮演類似蕭颯（妻子）的角色去質問片中的情婦，梁瓊芳可有興趣解讀？

◎一直對女性寄於同情的，並非台灣新電影方才開始。1950 年代中期到 1960 年代中期香港華語片，尤其是李香蘭、李麗華、尤敏、林黛主演的電影，常有這樣鋪陳，譬如《星星月亮太陽》、《貂蟬》、《一夜風流》、《武則天》、《深宮怨》（董小宛）、張愛玲編劇的《小兒女》等。

◎台灣女作家在台灣新電影以來，不僅小說創作，更有人從文學評論／文化評論／電影評論到客串當演員來跟電影互動，胡因子（胡因夢）、李昂、張小虹都身體力行過。

◎所謂的女性作家或男性導演，都是先天的生理決定論，不知是否也可以考慮後天的性偏好選擇？台灣新電影以來，不乏男同性導演藉女性角色偷看／窺視男性肉體美，或是藉女性作家文本偷渡男同性戀情慾……另外，女性導演拍攝男性作家文本也大有人在，不知梁瓊芳將會怎樣看待？

從跨藝術互文現象考察台灣五、六十年代詩人與畫家對話鎔鑄而成的超現實風潮[**]

佘佳燕[*]

摘要

文化現象是一不可切割的有機體，如果能嘗試跨越文學與美術的領域，開啟兩端對話的空間，應當有助於我們較為全面的掌握台灣 60 年代文化史之形成與現象，故本文的重要性在於從文學史的立場指出現代畫與臺灣 50、60 年代文學史相互交涉密切之關係。全文採跨藝術互文觀點，考察「創世紀」詩人與「東方畫會」畫家形成的跨藝術互文現象，接著再將論述的焦點集中到「超現實主義」風潮下的現代詩與現代畫的互文表現。

關鍵詞：東方畫會、現代詩、現代畫、創世記、超現實主義、跨藝術互文

[**] 本文撰寫過程，承蒙東華大學中文系須文蔚老師指教許多寶貴意見，特此誌謝。
[*] 東華大學中國語文學所碩士班，E-mail：m9301006@ms93.ndhu.edu.tw。

壹、引言

台灣 60 年代現代主義的運動發展蓬勃,在那強調前衛精神、打破傳統的龐大藝術運動下,不僅在文學方面表現亮眼,現代主義也衝擊其他藝術領域包括繪畫、舞蹈、音樂、電影等領域,從作品中反映出了現代藝術的美學思維。這樣的時代產物,與當時台灣的政治、經濟環境及其文化氛圍有關,再加上西方文藝思潮的衝擊,以及繪畫自身的發展流變,以上眾多因素構成了台灣六○年代現代藝術興起的背景。

從政治經濟角度來看,在反共體制思維模式下,許多官方主導的文藝組織陸續產生包括,1950 年成立的中國文藝協會、1953 年中國青年寫作協會、1955 台灣省婦女寫作協會,以及各種文藝獎項以鼓勵政治正確的文藝創作。而 1951 年國防部發起「文藝到軍中去!軍中創造新文藝!」使得詩人、畫家以及許多其他方面的人才紛紛投身於藝術的追求,形成戰後台灣藝文界獨特的「大兵」現象,反共抗俄的「戰鬥文學」也成為此一時期官方所推行的文藝方針。諸多因素所形塑出來的文化氛圍便是既讓人想逃避現實,卻又蠢蠢欲動尋找情緒出口的感覺,這種感覺預告了藝文界即將展開的前衛藝術運動,其中包括了超現實主義。

在這場如火如荼展開的前衛藝術運動當中,引人注目的是在這段時期藝文界所共同激盪出的藝術火花。成立於 1957 年台灣現代美術史上兩支鮮明的隊伍「五月」與「東方」畫會,雙方各自擁有不少在理論上或者精神上相應的支持者。大致而言,「五月」的成員多半出身於學院,它的擁護者包括同樣來自師大藝術系的教授,如廖繼春,還有美學教授虞君質、教育部國際文教處處長張隆延,詩人兼學者的余光中,及其同樣以學院背景為主的「藍星詩社」,旅美藝術史家李鑄晉更成為日後「五月」進軍美國畫壇的關鍵人物。另一方面,支持「東方」的人士,有小學老師黃朝湖、

黃博鏞，專欄作家何凡，現代詩人如楚戈、辛鬱、紀弦、商禽，由此或許可看出軍旅出身的「現代詩社」成員與「東方」較爲接近的事實。

回顧過去在這一段文藝歷史上的相關研究有蕭瓊瑞《五月與東方——中國美術現代化運動在戰後台灣之發展（1945-1970）》[1]；賴瑛瑛《台灣前衛：六〇年代複合藝術》[2]這些多半是以美術史眼光出發的學術著作，與現今研究現代詩的著作一樣，亦多半從自己的本位觀點出發，並非以文學史的眼光考量時代的全貌。換言之，雙方在各自的領域都有頗爲深入的分析，不過當提到共同交集的藝術現象時，卻鮮少深刻論述到在不同領域裡所交織出的密切關係。

本文嘗試從文學史的立場指出現代畫與臺灣五、六〇年代文學史相互交涉密切之關係。實際上，我們都明白文化現象是一不可切割的有機體，如果能嘗試跨越文學與美術的領域，開啓兩端對話的空間，應當有助於我們較爲全面的掌握台灣六〇年代文化史之形成與現象。

貳、跨藝術互文與超現實主義兩元的剖析

欲凸顯台灣 50、60 年代現代詩與現代畫互動密切的關係，本文先藉由跨藝術互文理論，指出當時「創世紀」詩人與「東方畫會」畫家所形成跨藝術互文的事實與現象；文章後半段則更將研究範圍集中至「超現實主義」風潮下的詩與畫，主要原因在於創世紀的詩人與若干東方諸子的藝術特質，確實都接近「超現實主義」所強調的美學精神。

---

[1] 蕭瓊瑞的《五月與東方——中國美術現代化運動在戰後台灣之發展（1945-1970）》（台北：東大出版，1991 年）　對於「五月」與「東方」畫會有一完整的詳述。
[2] 賴瑛瑛以複合藝術的觀點來說明台灣六〇年代展現的跨材質及領域的複合性藝術。《台灣前衛：六〇年代複合藝術》（台北：遠流出版，2003 年）。

一、「互文」理論

　　故本文的研究進路主要以互文理論來連結現代詩與畫的關係。「互文」理論的定義眾說紛紜：羅蘭‧巴特（Roland Barthes）對於互文性的看法是「每一篇文本都是在重新組織和引用已有的言辭」。克麗絲特娃 （Julia Kristeva）指出「橫向軸（作者—讀者）和縱向軸（文本—背景）重合後揭示這樣一個事實：一個詞（或一篇文本）是另一些詞（或文本）的再現，我們從中至少可以讀到另一個詞（或一篇文本）」[3]。

　　熱奈特 （Gérard Genette） 給互文性的定義是：「一篇文本在另一篇文本中切實地出現」，熱奈特對於這種超越並包含廣義文本性以及其它若干跨文本的關係類型，稱之為「跨文本性」，並按抽象程度、蘊涵程度以及概括程度的遞增順序，提出五種類型的跨文本關係：第一類是互文性，即兩篇以上的文本共存（coprésence）所產生的關係（手法為引用、抄襲、暗示）。第二類是文本本身和只能被稱為類文本（le paratexte）之間的關係，諸如標題、副標題、序等等。第三類稱為元文性（métatextualité）是指一篇文本和它所評論的文本之間的關係。第四類是超文性（hypertextualité），指的是一篇文本從另一篇已然存在的文本中被派生出來的關係，後一種關係更是一種模仿或戲擬。第五種類型最抽象，即「廣義文本性」，又稱統文性（architextualité），指的是一種秘而不宣的關係，最多由副文本提示一下，是純粹的類屬關係，秘而不宣的原因可能在於避免任何從屬關係。[4]

　　亞倫（Graham Allen）的看法是「互文」不僅限於文學作品的討論，它被拿來討論電影、繪畫、音樂、建築、攝影甚至是各類的文化和藝術作品。互文改變了攝影它只單純是個現實世界翻版的看法，「互文」更被認為與

---

[3] 參閱（法）蒂費納‧薩莫瓦約（Samoyault Tiphaine）著，邵煒譯：《互文性研究》（天津：天津人民出版社，2002 年），頁 4-13。

[4] 熱拉爾‧熱奈特（Gérard Genette）著 史忠義譯：〈隱　稿本〉，《熱奈特論文集》，（天津：百花文藝出版社，2001 年），頁 69-80。

20 世紀裡採納現成物作畫的風潮有關連，例如立體派把紙片、繩索、郵票等實體事物片斷地融入繪畫中，意圖打破繪畫是真實世界的反射。[5] 同樣，本文使用跨藝術互文理論來考察台灣 50、60 年代超現實主義風潮下的詩與畫，並不侷限在所謂文字與繪畫或繪畫與繪畫的文本互文關係，當中也涉及了理論與文本的互文性，以及各類的文化藝術作品。

簡而言之，「互文」在文本是其他文本假定的集合下，必須通過文本來理解文本的意思，而在互文裡，又會出現不同類型的互文關係。我們除了作文本互涉分析可能衍生的符號意義外，更應該「發現銘寫於文本中的社會/心理現象」[6]；因此，互文的作用如劉紀蕙所言：「每一個『文本中文本』都牽連起文化史或藝術史中的環節，也牽連起此環節所指涉的論述意識型態或意義背景。」[7]

二、「跨藝術互文」現象──符號系統多重交集與生活實踐

當我們把圖像、文字與音樂視爲個別自成體系的符號系統時，一個文本引用、模仿其他藝術形式、文本甚至改寫時，就包含複數的符號系統的藝術形式，其中自然會牽涉複雜的再現與指涉過程。例如，以電影再現小說，現代詩再現繪畫，或是以音樂再現詩，文本中的都不斷發生互文過程，這種現象可稱爲跨藝術互文（interart intertextuality）現象。[8]劉紀蕙說：「藝術家面對既存的象徵系統時，必須藉著種種異質元素的互動，方能背離傳統、突破疆界，從而釋放內在未知領域的潛在驅動，讓被壓抑的不同聲音

---

[5] 亞倫（Graham Allen）. *Intertextuality.* Londom and New York：Routledge, 2000.p.174-179. 在此書第五章裡，作者更將互文性帶入後現代的藝術討論，爲當代文化和藝文現象做出描述與評論。

[6] 林明澤：〈白紙黑字之內外：試探「文本互涉在文學批評上的多重可能性」〉，《中外文學》·第 23 卷·第 1 期，1994 年 6 月，頁 60。

[7] 劉紀蕙：《文學與藝術八論：互文、對位、文化詮釋》（台北：三民，1994 年），頁 2。

[8] 關於跨藝術互文的討論，參見劉紀蕙編《框架內外：藝術、文類與符號疆界》（台北：立緒文化，1999 年）。

展現。」[9]

　　「跨藝術互文」不只是一種理論反映出來的現象，它更是一種生活實踐。在西方藝術史上常可見到作家與畫家交往密切的實例[10]，而在東方的藝術世界亦復如此。北宋時文人和畫家，聚集於王詵府中的園林，在小橋流水的宴遊裡，或揮毫、或觀畫、或題石、或聽阮，享受蝶舞香徑，翩逐晚風的清曠之樂。在場畫家李公麟繪有〈西園雅集圖〉，米芾也有〈西園雅集圖記〉流傳後世，於是歷代文人藝術家便依此例出現許多「雅集」。

　　千百年後在台灣同樣上演著類似的活動，詩人與畫家彼此之間仍舊互動頻繁。　弦回憶說：「『五月』畫會與『東方』畫會，曾與幾個重要詩社的朋友合作辦很多活動。而『現代詩社』紀弦先生本身是畫家，曾在上海學美術。還有藍星詩社覃子豪先生也為自己的『海洋詩抄』畫插圖，自己編的刊物裡，也常登載自己的詩畫作品，並且支持繪畫運動。」[11]　弦還提到余光中常為五月畫會寫畫展序文，創世紀詩社的軍中朋友也對於現代主義當中的超現實主義等充滿興趣。

　　到了 80 年代初，《陽光小集》提出結合詩歌書畫藝術主張，「視覺詩」一時之間成為 80 年代的新風潮。白靈與杜十三等人以詩的聲光活動，實踐詩與朗誦、音樂、繪畫、舞蹈以及各種多媒體藝術的整合理論。稍後，羅青也主張「錄影詩學」，在詩中強化視覺與音響的因素，並且挪用電影分鏡表的操作形態，突破現代詩中分行詩、分段詩與圖像詩的類型，為詩學另

9　同注 7，劉紀蕙：《文學與藝術八論：互文、對位、文化詮釋》，頁 77。

10　如波特萊爾和畫家馬內是朋友，波特萊爾比馬內大十一歲，兩人的作品都被當時的社會評為傷風敗俗。見吳介祥：《恣彩歐洲繪畫》（台北：三民，2002 年），頁 159。第二代超現實主義畫家馬塔，從建築轉行到詩意的感性藝術，亦得自旅行時接觸到南美洲與西班牙的藝術家及作家的影響。

11　瘂弦：〈現代詩與現代藝術的匯流〉，《文學與藝術》（台北：台北市立美術館，1989 年），頁 96。

關蹊徑。[12] 面對藝術符號系統的多重交集與生活實踐，本文鎖定在現代主義初期詩畫互文現象，以及兩者共享超現實主義美學，相互激盪的歷程，並非意味著只有這個時代存在互涉的美學，主要目的是爲了較爲深入集中展現此一共時性歷程。

三、「超現實主義」美學──非理性的表現方法

「超現實主義」是兩次大戰間盛於歐洲的文學藝術流派，面對二次的世界大戰所帶來的殘酷景象、理性社會的虛僞，以及工業社會的無情，所激起的反叛美學。超現實主義者的源頭有一說爲達達主義，同樣否定傳統文化和反抗社會；但是也有人認爲有更早的淵源，超現實主義與達達主義之間只是輪流覆蓋的波浪式關係。概括的說，前者強調個性、嘲諷和摒棄文學藝術，而後者則發展出方法，試圖超越傳統的文學藝術，比較而言，超現實主義更具批判性與重新建構觀點的力量。[13]

達達主義者所表現出來的態度不僅是對戰爭的抗拒，更是對於現存的一切包括宗教、制度、哲學、道德、文學、藝術等傳統全面的反叛。當時的超現實主義者所關注的是兩大方面的內容，一是牽涉到文學的變革，另一個是對人心理層面的探索；相信詩歌與心理包藏著人的本質，只要排除理性、道德、美學的制約，就能看清人本來的面目。雖然兩者的共同處都同時強調反叛精神，反對一切來自傳統的理性、邏輯、道德、美學的束縛；不過，堅信著破壞後必須建設的布勒東等人，日後自然走上與達達主義不同的道路。

1924 年詩人布勒東（André Breton）由於受到達達主義、佛洛依德的精神分析學和潛意識心理學的理論影響，發表「超現實主義宣言」，主張要

---

[12] 須文蔚：《臺灣數位文學論》（台北：二魚文化，2003 年），頁 25-26。
[13] 段若川：《安地斯山上的神鷹：諾貝爾獎與魔幻寫實主義》（台北：世潮出版，2003 年），頁 40-76。

打破理性和現實的藩籬，企圖將現實經驗、潛意識、夢境結合，追求一種絕對且超越現實的真實。布勒東指出：「超現實主義，陽性名詞，純粹的精神學自發現象，透過這種方法，以口頭、書面或其他任何形式來表達思想的實際活動。這是一種思想的如實記錄，不受理智的干涉，亦不滲入任何美學或倫理學的考量。」[14]由於受到佛洛依德的精神分析理論的啟發，超現實主義者將現實當作一種外在於人的客觀存在，相對於以人的精神活動為依據的，如無意識的世界、夢則是一種內在於人的主觀存在，稱之為「超現實」。

在初步認識「超現實主義」後，下一個段落將指出台灣 50、60 年代「創世紀」詩人與「東方畫會」畫家跨藝術互文的現象。

參、「創世紀」詩人與「東方畫會」畫家跨藝術互文現象

「創世紀」詩人與「東方畫會」畫家跨藝術互文的現象，大致可以從兩個面相說明：其一是雙方共同以軍旅色彩為底色的生活背景；其二，「東方畫展」與「現代藝術季」的活動。進而指出這一時期詩人與畫家間談詩論藝的現象，實際上是整個文化圈追求現代精神的表現。

一、軍旅背景與防空洞

1957 年成立的「創世紀」，起先沒有「現代主義」的意識，主張建立民族靈魂，不過後來傾向強調詩需具有世界性、超現實、獨創性、純粹性。「創世紀」詩社的代表人物有來自軍中的　弦、張默、洛夫等人。　弦曾以血色來象徵「創世紀」詩社的屬性，因為　弦認為：「早期『創世紀』創社的詩人幾乎清一色是軍人，他們來自戰火硝煙的年代，作品中所表現

---

[14] 安德烈・布勒東（André Breton）　*Manifiestos del surrealismo.* translated by Jean-Jacques Pauvert Editeur. París. Madrid：Guadarrama, S.A. 1974. p.45.

的是災難歲月的悲情,對他們來說文學是淚的印記、血的吶喊。」[15] 這些大多出身軍旅的詩人,寫詩憑的是一股來自於對生命的感覺。

1949 年隨政府遷移來台的李仲生及其 1951 年所成立的「安東街畫室」,在那裡習畫的學生即日後「東方」畫會的第一批成員:歐陽文苑、蕭勤、霍剛、吳昊、夏陽、李元佳、蕭明賢等人當中部分也都具備軍旅色彩的底色。他們主張大眾藝術化,強調現代藝術是根植於民族性為起點的一種世界性的藝術形式。[16] 東方諸子也主張吸收西方現代藝術的理論後,再加以轉化成中國傳統藝術的特色。「東方」畫會對於台灣日後現代繪畫發展有著深遠的貢獻。

後來由於畫家們對於專用畫室的渴望,於是眾人便將屬於歐陽文苑、夏陽、吳昊等人服務的空軍單位,一座日據時期遺留下來位於龍江街附近的防空洞,改裝為克難式的畫室,以實現熱切的創作衝動。辛鬱回顧這段防空洞因緣時說:「當初與秦松進入防空洞結識東方畫會等畫家,並無『動機』可言,只覺得這幾位畫家都挺有個性,畫作不落入老套,跟我們寫自己想寫的詩一樣,就這樣,他們『塗塗』我們『寫寫』,幾十年下來,大家在各自的創作領域裡,活得挺自在。」[17]「用腳思想」的詩人商禽,對於東方諸君子能擁有一個畫室羨慕不已,因為他都是在崗棚裡寫詩。

關於當時年輕一代藝術家的生活背景,楚戈說:「他們大部分是軍人或流亡學生,小小年紀就背井離鄉的揹負了整個家國沉淪的傷痛,忍受過生活上的煎熬,目擊過無數生命被無辜的毀滅,一個鄉村接著一個鄉村被夷平的煙屑猶留在他們身上。然而,救世的熱情遇到了客觀環境的壓抑,

---

[15] 瘂弦〈創世紀的批評性格──代跋〉,《創世紀四十年評論選》(台北:創世紀詩雜誌出版,1994 年),頁 355。劉正忠(筆名唐捐)曾研究軍旅詩人運用超現實手法表達「疏離」與「受難」的語言策略。見劉正忠:《軍旅詩人的異端性格──以五、六十年代的洛夫、商禽、瘂弦為主》(台北:台灣大學中國文學研究所博士論文,2001 年 1 月)。

[16] 詳見夏陽:〈我們的話〉,辛鬱主編《東方現代備忘錄─穿越彩色防空洞─》,(台北:帝門藝術,1997 年),頁 1-2。

[17] 辛鬱:《創世紀》113 期,1997 年 11 月,頁 14-35。

內心的矛盾一旦轉向文學與藝術世界中尋求發洩，他們就覺得傳統的表現方式是無足輕重的，半點也無法表達他們的遭際與感受。」[18] 創世紀與東方畫會共同以軍旅色彩爲底色的背景，或許正是聯繫雙方跨藝術交集的原因之一。

二、「東方畫展」與「現代藝術季」

「東方」畫會 1957 年在台北新聞大樓舉辦首屆畫展，參展者包括：蕭勤、吳昊、李元佳、夏陽、霍學剛、陳道明等人，會場上共襄盛舉的還包括十四位西班牙現代畫家的作品。在首展開幕當天，詩人紀弦當場朗誦詩爲賀，奠定日後商禽、張默、辛鬱、洛夫等現代詩人與東方成員一度過從甚密的契機。而這個詩與畫的結合，也因後來東方畫會的成員李錫奇，娶了女詩人古月爲妻，使得這樣的關係益發鞏固。[19]

身爲參與者之一的楚戈，對於畫展期間詩人與畫家建立起的情誼，也有生動的敘述：「差不多每天都在畫廊助威的詩人有辛鬱、羅馬、楚戈、秦松、向明等人，每天晚上總是湊錢小聚一下，喝幾瓶紅字米酒。大部分時間是在夏陽、吳昊、歐陽文苑等所借用的空總防空洞附設的『洞中畫室』中放浪形骸的飲酒，談『今天』的觀感，以及繪畫與詩等等。」[20]文化現象源於社會生活的體現，根據楚戈的形容，我們可以想見詩人與畫家聚在一起，暢談己見的情景，也能看見跨藝術互文活躍真實的生命力。

商禽提到 1960 年，當第四屆「東方畫展」和「國際抽象畫展」同時在

---

[18] 楚戈：《審美生活》（台北：爾雅，1986 年），頁 6。在「東方」畫會與「五月」畫會倡導現代美術活動前，曾經執教於上海美專的畫家，如李仲生、朱德羣等人就已經在 1952 年於台北中山堂舉行了一次現代畫展。畫展的影響在於「對傳統派來說作了一種溫和的攻擊，對年輕人——特別是沒有機會接受正規教育的年輕人——來說，是一種鼓舞，即是宣言中所強調的要用自己的眼睛來看這個世界。」楚戈：《審美生活》，頁 4。

[19] 同注 16，謝佩霓：〈回首東方來時路——中國第一個抽象藝術團體的誕生〉，辛鬱主編《東方現代備忘錄—穿越彩色防空洞—》，頁 6。

[20] 同注 18，楚戈：《審美生活》，頁 10。

台北「新聞大樓」聯展開幕那天,一個嘴含煙斗手提枴杖瘦瘦高高的長者來到會場,即紀弦,他除了不斷稱讚展出的作品,他還舌戰群雄與那些胡亂批評的觀眾爭辯,並對他身旁的那些年輕詩人嘆說:真是野蠻的時代!而他果然在事後便寫了一首詩——「野蠻的時代」。[21]

之後,1965 年「第一屆現代藝術季」在台北市中美文經協會舉辦,參展者有李錫奇、秦松、辛鬱、張默等人。隔年的「第二屆現代藝術季」在台北市耕莘文教院舉辦,藝術季內容涵蓋了詩畫聯展、幻燈片欣賞、朗誦詩、座談會等活動,參展者包括辛鬱、碧果、張拓蕪、張默、秦松、大荒、羊令野等人,這樣前衛的互文運動將台灣現代派運動推向高峰。

三、東方・創世紀——現代精神的嚮往

1997 年 11 月,帝門藝術中心與創世紀共同舉辦「東方・創世紀回顧聯展」,從回顧聯展中,我們不難察覺東方與創世紀對於現代精神的嚮往。杜十三認為在現代精神的承續上,50、60 年代的「東方畫會」和「創世紀詩社」事實上乃具備了非常接近的「文化基因」,此即:「追求現代而兼顧傳統」的創作氣質。[22] 事實上,「現代」的意義指的不單是形式上的創新突破,更重要的是創作者的「思想性」。

往哲學方向不斷擴張的現代思想,使創作者得以掙脫過去個人的抒情限制或理性的思維模式,面對現代人文明生活的制約,勇於朝向內在性靈挖掘真實的自我,於是,無論現代詩或現代畫,都能顯現出以有限暗示無限的哲學思辯。也因此它們共同朝向的目標便是:反叛傳統美學的標準與價值,在這樣的現代思維下,詩人與畫家在創作方面,無不奮力尋求思想上的獨創性與抽象美。

---

[21] 同注 17,商禽:〈穿越彩色防空洞〉,《創世紀》113 期,頁 7。
[22] 同注 17,杜十三:〈「當舖」與「防空洞」——寫在「東方・創世紀回顧聯展」之前〉,《創世紀》113 期,頁 10。

楚戈的一段文字頗能說明台灣 50、60 年代藝文界相互支持與討論的情況：「當時現代主義的詩人和畫家結合成了一體，他們相互的交往，相互的討論，詩人參與現代畫展，幫他們寫文章鼓吹，幫他們為展出品標題。這是造成當年現代主義風起雲湧、盛況空前的主因。」[23] 可見這一時期形成詩社、畫會結社的風氣，還有詩人與畫家間談詩論藝的現象，絕非偶然，而是整個文化圈回應時代潮流的表現。

肆、超現實風潮下現代詩與現代畫的對話

既然東方與創世紀的文化基因接近，同樣是「追求現代而兼顧傳統」，那麼，接著要問的就是雙方成員如何追求現代？創世紀詩人與部分東方畫會的畫家，不約而同地擇取了「超現實主義」的風格為革新的手段。

一、創世紀的超現實詩歌

綜觀目前學術論著在論及六○年代超現實主義詩歌時，多半會提到洛夫、瘂弦、商禽、辛鬱等創世紀詩人。[24] 不過詩人最初在創作時，對於超現實主義理論的瞭解並不徹底。洛夫曾坦言「在寫〈石室之死亡〉一詩之前，尚未正式研究過超現實主義。」[25] 而且文中認為我國現代詩人的超現實風格的作品，亦並非在懂得法國超現實主義，或是讀過布勒東的〈超現實主義宣言〉之後，才仿效而作，只能說是受到早期廣義的超現實主義者作品的影響。加上「台灣超現實並沒有法國早期超現實欲以文學改革來推

---

[23] 同注 18，楚戈：《審美生活》，頁 253。
[24] 張漢良的〈中國現代詩的「超現實主義風潮」──一個影響研究的倣作〉，《中外文學》第 10 卷第 1 期，1981 年 6 月，頁 148-161。率先指出台灣與法國的超現實主義具有事實連繫的類似，之後，劉紀蕙、奚密皆著有相關研究的文章。
[25] 洛夫：《洛夫詩論選集》（台北：開源，1977 年），頁 94。

動社會改革的理想主義」[26]，因此將創世紀的「超現實主義詩歌」，稱之為「超現實詩歌」，應當更為貼切。

　　若要實際扣合本文跨藝術互文的主題來談，以下只能割捨超現實主義的代表詩人，洛夫[27]，選擇和超現實繪畫關係較深的　弦和商禽來談，而且在下列二例中將涉及詩人與西方繪畫的密切關係：

（一）超現實繪畫汲取養分——瘂弦

　　創世紀詩人所認識西方超現實主義，雖然是誤讀的成分居多，不過，在經過詩人的努力下，也能呈現屬於台灣的超現實風格。劉紀蕙說：「紀弦式以文字『翻譯』視覺藝術的例子，在五、六十年代台灣現代詩人的超現實詩作中比比皆是。」[28]換言之，他們認識超現實主義的方法除了透過譯介的作品外，應該還有一部份直接來自法國超現實主義繪畫。

　　瘂弦筆下超現實主義詩裡的女人，往往呈現病態、充滿性暗示的形象，如同比利時畫家德爾沃（Paul Delvaux）畫的裸體女人，總是三三兩兩，或臥或坐或站地，出現在不可思議的背景前面，也許是古羅馬式的建築物前，也許是林間空地，也有可能出現在畫家想像的詭異世界裡，無論地點為何，情景為何，總是予人一種不合理的驚豔感，創造了布勒東所強調的「神奇」美。

　　這樣夢幻又出人意表的感受，似乎可以在　弦的一些詩裡找到畫面，試看〈所以一到了晚上〉[29]的節引：

　　　有些女人在廊下有些女人在屋子裡

---

[26] 奚密：〈邊緣‧前衛‧超現實——對台灣五、六十年代現代主義的反思〉，《現當代詩文錄》（台北：聯合文學，1998年），頁176。

[27] 由於本文以跨藝術互文現象為主要論述重點，且受限於字數限制，故只能暫且割愛洛夫的作品不論。另外，要說明是，早在1933年風車詩社已經作過「超現實主義」詩歌風格的嘗試，但因年代不屬於本文討論的範圍之內，因此亦暫不作討論。

[28] 劉紀蕙：〈超現實的視覺翻譯：重探台灣現代詩「橫的移植」〉，《中外文學》第24卷第8期，1996年1月，頁116。

[29] 瘂弦：《　弦詩集》（台北：洪範，2001年）七版，頁212-214。

> 有些總放不下那支歌有些跳著三拍子
> 有些說笑有些斜倚在那兒而有些則假裝很是憂鬱
> 鳥和牠的巢，戰爭和它的和平
> 活著是一件事情真理是一件事情

詩人用平淡的口吻描述詩裡的景象，帶著些微的荒涼與無奈，令人直覺聯想到德爾沃於一九三八年創作的〈睡夢之街〉（圖一），只不過德爾沃營造的畫面背景是黑夜裡被戰爭蹂躪過後的殘破廢墟，在骸骨、枯樹和裸體的女人聚合下的恐怖氛圍，表達出更為激烈的情緒，彷彿意味著末日世界的來臨。

把女人比喻為植物，同樣也可以在德爾沃的繪畫裡以及　弦的詩裡找到類似的呈現。如德爾沃作於一九三七年的〈*The Break of Day*〉（圖二），畫面裡的女人下半身全部都是樹木，不能遷移地定在那裡，像在暗示些什麼；無獨有偶，瘂弦在〈水手‧羅曼斯〉[30]裡說：

> 女人這植物
> 就是種在甲板上也生不出芽來
> 而這兒是泥土，這兒出產她們，這兒是泥土
> 女人這植物

儘管兩人訴求的內涵不同，但是將女人喻為植物的意象，不經意凸顯了女人被動的特質。瘂弦與德爾沃的互文關係是兩篇以上的文本共存（coprésence）所產生的互文性，用熱奈特的話說，即「兩個或若干文本之間的互現關係，從本相上最經常地表現為一文本在另一文本中的實際出現。」[31] 植物隱含的被動寓意透過畫與詩互文傳遞。

---

[30] 同注 29，瘂弦：《　弦詩集》，頁 81-84。
[31] 同注 4，熱拉爾‧熱奈特（Gérard Genette）著　史忠義譯：〈隱　稿本〉，《熱奈特論文集》，

瘂弦的作法即日後劉紀蕙從文化交流角度指出的：「文學的轉譯不只是文字符號與符碼，亦包含視覺、聽覺或影像的符號與符碼，並利用這些異質文本的意象來豐富文字文本的語彙，或是利用其遵循的異質文法來鬆動文字文本的傳統。」[32]瘂弦汲取自西方超現實主義繪畫的養分，挑戰了傳統的詩境也豐富了詩的語彙。

（二）現代詩壇的「變調鳥」──商禽

奚密說商禽是一隻「變調鳥」。所謂「變調」，意指詩人在使用某些象徵時，將它們的普遍意義作有意的逆反和扭轉，就好像一支人人熟悉的曲子被故意變調，雖然聽者仍能辨認出原曲。奚密認為商禽這個經歷戰爭和流亡的詩人，出自對於國家機器運作的切身體驗，於是有了〈逃亡的天空〉、〈門或者天空〉等詩，以「變調」的手法，抗議建制人為的傷害，以哀嘆被傷害卻毫無自覺的人們。[33] 如〈逃亡的天空〉：「死者的臉是無人一見的沼澤／荒原中的沼澤是部分天空的逃亡／遁走的天空是滿溢的玫瑰／溢出的玫瑰是不曾降落的雪……／焚化了心是沼澤的荒原」[34]詩中浮出的意象不禁讓人困惑，也充滿悖理性，詩末帶有循環不已的絕望感。詩中描寫的可能是一個戰爭的場面，用抽象畫的效果，從死者的臉、眼、映照天色、黃昏血紅、血液冰冷形成一連串跳接的畫面，雖然不停地「變調」，其實清楚地帶來殺戮戰場中死亡的場景。

由此看來，「變調」的意義其實可以說是一種以詩歌超越現實的手段。對於西方超實現主義者而言，詩，是解決人生問題的方法，也是一種認識人和世界及其相互關係的可靠途徑，並且對於寫詩的態度如同反對「為革

頁 69。

[32] 同注 28，劉紀蕙：〈超現實的視覺翻譯：重探台灣現代詩「橫的移植」〉，《中外文學》第 24 卷第 8 期，頁 98。

[33] 奚密：〈「變調」與「全視」：商禽的世界〉，收錄於商禽：《商禽・世紀詩選》（台北：爾雅，2000 年），頁 10-30。

[34] 同注 33，商禽：《商禽・世紀詩選》，頁 19。

命而革命」一樣，反對「爲寫詩而寫詩」。

超現實主義者介入現實的方法之一就是對現實關係的超越與變調，當這種跨越與變調的精神發展到極致，就稱之爲「黑色幽默」。超現實主義幽默，體現出來的是困惑感與悖理性思考的特質，而且「既然幽默是『悖理性的反應特性』，那麼現實越是黑暗，幽默就越是荒誕，就越帶有『黑色』的性質」。[35] 如此說來，黑色幽默所包含的兩方面內容：對現實的絕望情緒，以及對現實的反抗精神，都是通過幽默的悖理性思考反映出來的。

由於商禽的部分詩作帶有超現實主義裡黑色幽默的成分，因此這裡除了嘗試以熱奈特的五種互文理論對應台灣 50、60 年代的跨藝術互文外，也涉及到理論上的互文援引。如〈阿米巴弟弟〉：

> 拉著我草綠色衣角的小孩，哭打著從樓梯上退下來的阿米巴弟弟，
> 對他的邀請我支吾地拒絕了。這簡直是一隻嗥月的獸，他的頸子說：
> 為什麼不到樓上我的家去？那時你看見梯子，又細又長，你在城裡
> 有一個窩和一些星子嗎？……[36]

詩中「嗥月的獸」意象，脫胎自 1926 年米羅的畫〈吠月的犬〉（圖三）。紀弦曾在 1942 年寫過一首同名詩。奚密說，紀弦的〈吠月的犬〉將米羅畫中的梯子改爲駛過曠野的一列火車，也就改變了原畫裡吠犬和梯子突兀與現實斷層的變調效果。商禽的「嗥月的獸」還原了米羅畫中梯子的意象，它和月亮、嗥月的獸並置。如果「嗥月的獸」影射渺小的個人對外在世界無力改變的抗議，這種抗議本身即寓含悲哀絕望，那麼「通向天空的梯子」則象徵超越現實通往理想之境的渴望。[37]紀弦在此使用標題相同的類文本（le paratexte）爲文本提供了一種變化的氛圍，以及文本共存的「互文性」

---

[35] 老高放：《超現實主義導論》（北京：社會科學文獻出版社，1997 年），頁 150。
[36] 同注 33，商禽：《商禽‧世紀詩選》，頁 51。
[37] 同注 33，奚密：〈「變調」與「全視」：商禽的世界〉，《商禽‧世紀詩選》，頁 17-19。

（coprésence）；而商禽則除了「互文性」外，更蘊含超現實主義強調的絕望與反抗精神，以及跨藝術互文的雙重性質。

回顧創世紀詩人對於超現實主義的選擇，一方面由於對於理論的認識無法完全深入，以及時代氛圍下不得不迴避社會現實面的介入，以致於他們雖然也存有對現實秩序的疑問與反抗意識，不過最終仍只能透過隱晦的詩歌技巧表現，以超越現實的心態去認清真正的現實。

異地的文藝種子在飄洋過海後，總是必須歷經一番水土適應的過程，甚至是接枝改良品種，才能在新的土地上開出花朵。所以，不管是誤讀也好，還是洛夫捨棄「自動語言」之後主張的「理性超現實主義」[38]的詩，抑或是　弦修正後提出的「制約的超現實主義」[39]，我們還是能從創世紀詩人的作品裡讀到和法國相通相融的超現實精神——用個人思想的解放來對抗現實僵斃的制約，用詩的創意語言和意象經營，活化口語的淺白和政治語氣的乾燥。

二、東方畫會的類超現實主義繪畫

由於早期台灣時代氛圍下的限制，加上與西方全然不同的社會背景下，欲實現所謂真正的超現實主義或許仍有段距離，因此本文同意曾長生所見，在此姑且視之為「類超現實主義繪畫」。[40] 底下以東方畫會的成員

---

[38] 洛夫對「理性超現實主義」的解釋是：「這種詩意識的也是潛意識的，是感性的也是知性的，是現實的也是超現實的，對語言與情感施以適切之約制，使不致陷於自動寫作的混亂及感傷主義的浮誇。」見〈超現實主義與中國詩〉，《幼獅文藝》第 30 卷第 6 期，1969 年 6 月，頁 182。

[39] 瘂弦也曾提出「制約的超現實主義」，主張在語言技巧上學習西方，再把它中國化，意象上也力求高度的經營，以修正 40 年代普羅作家如田間、艾青的偏狹。見〈西方文學與中國現代詩〉，《中外文學》第 10 第 1 期，1981 年 6 月，頁 16-17。

[40] 曾長生認為以超現實主義的正統風格而言，早期台灣的藝術家並沒有幾件純粹的此類品。曾長生：《超現實主義藝術》（台北：藝術家出版社，2000 年），頁 204。關於「超現實主義」在台灣的興起成因，已於引言中略作交代，限於本文字數限制無法作一更細緻的解釋，詳細的成因說明請參見曾長生：《超現實主義藝術》以及與李仲生相關的專著。

霍剛與夏陽的作品爲例，從霍剛出國後的作品裡，可以發現跨藝術互文的風格實踐，而從夏陽的「類超現實主義繪畫」創作裡更能再度見到與詩人商禽互涉的情誼。

（一）從無意識到符號性的表現——霍剛

　　霍剛是當年創設「東方畫會」的八大響馬之一，早期的作品呈現超現實風貌。他回憶起在李仲生門下習畫的情形說：「那時我所畫的是超現實的素描和粉臘筆畫，通過立體主義的構成原理，溶入潛意識的作用而作自我精神的表現，有達利風，後來自發成一種冥想的含有象徵性的繪畫。」[41]（圖四）

　　超現實主義作品大致有兩個傾向：描繪夢、或驚異與非合理的世界；重視記號化或圖騰主義的世界。[42] 是畫家也是詩人的秦松，評論霍剛在 1964 年之前尚未出國的作品時說帶有「一種神秘性與無意識」，到了義大利之後風格一變，「從米蘭而開始純符號的表現，以知性的、有機的幾何性構成。」[43]有意思的是，霍剛繪畫歷程的兩端實踐的正是超現實主義繪畫的兩種畫風。

　　面對許多人說霍剛的畫充滿了「東方的鄉愁」，能給人和平靜穆的東方精神感受（圖五），霍剛回答他繪畫中的一些單純「符號」和小圓點，其實是從「中國書法、繪畫、古代建築、雕刻、民間工具、屋內擺設和傢俱中去推敲它們的穩定性和肅穆感，並且把它們的形色勢態上的特點『抽樣』發揮出來，逐漸演化成我自己的形式。」[44]從畫家自己的剖析中，得知其成功因素之一，或許就是來自寬廣的跨藝術互文觀察與實踐，應當屬於

[41] 霍剛：〈回顧東方畫會〉，《雄師美術》第 63 期，1976 年 5 月，頁 105。
[42] 劉振源：《超現實畫派》（台北：藝術圖書，1998 年），頁 35-36。
[43] 秦松：〈霍剛符號的構成與律動之聲——寫在霍剛畫展前〉，《霍剛畫冊》（台北：誠品畫廊 1993 年），頁 3。
[44] 〈夏雲訪抽象畫畫家——霍剛〉，紐約「新土」1981 年 6 月。轉引自台灣省立美術館編輯委員會：《霍剛畫展》（台中：台灣省立美術館，1994 年），頁 7。

熱奈特說的第五種類型「廣義文本性」的互文關係，秘而不宣的互文方式。而這種廣義的互文關係讓畫家在發揮創造力的同時，得以吸收背後中國古代工藝品的養分，激發更有深度的作品來。

（二）創造現實中的超現實毛毛人——夏陽

綜觀夏陽創作歷程的改變，可以察覺到他的作品是從早期的抽象表現，到後來旅居巴黎時，畫風開始從抽象轉回具象，倪再沁認為這應當是外在環境的變遷，主體與客體鎔鑄而激發出創新的「毛毛人」形象，夏陽巧妙運用了八分之一快門取鏡的技巧。[45]更重要的是夏陽以敏銳的觀察與感受力，將現實經驗裡大都會人際關係的疏離感表達出來，使得人的形象有別於傳統理性的呈現，成了潛意識或夢境當中更為真實的「人」。（圖六）而這裡的跨藝術互文現象，如同亞倫說的，互文改變了攝影它只單純是個現實世界翻版的看法，而且互文被拿來與電影、繪畫、音樂、建築、攝影等各類的文化和藝術作品做討論。

「不論是把梵谷（Van Gogh）的食薯人改成吃包子的人，把波堤切利（Boticelli）弱不禁風的維納斯變身為楊貴妃，或把達文西（da Vinci）最後晚餐裡的耶穌及十二門徒，一概重新詮釋為夏陽式的「毛毛人」（圖七）。毛毛人最精彩之處，是畫出了中國信仰中，人或生物是利用「氣」與環境磁場互動的事實。或許夏陽的藝術表現，探討的正是身體與場域、靈與肉、精神與物質、實與虛之間的關聯。」[46]從謝佩霓的這段文字，我們可以得到兩個跨藝術互文現象的訊息：一是如夏陽在畫題上明言：「照抄梵谷老弟的吃薯者」，於是改造了西方名畫形成互文性（coprésence），二是帶入中國傳統的虛實對立關係，不僅以幻覺的姿態存在，成功吸收了西方的超現實理論，亦將之轉化為中國式民族內涵，激發不同文化賦予的意義。

---

[45] 倪再沁：《夏陽回顧展》（台中：台灣美術館，1998年），頁2。
[46] 謝佩霓：〈恰似盛夏豔陽高照——側記夏陽其人其藝〉，《東方畫會紀念展上海美術館展覽專輯》（台中：台灣美術館，2002年），頁32。

從商禽日後作〈六祖談畫——贈夏陽〉一詩更可以看到夏陽的畫與現代詩的互涉，屬於「元文性」的互文呈現，不過手法上卻脫離一般慣用的散文敘述，改以散文詩的面貌互涉：

> 幾個人站在畫前爭論不休，為了畫中的背景明朗清晰而畫中人物卻面貌模糊而搖頭嘆息乃至捶胸頓腳「你看他後面老磚上的青苔」「幾乎可以聞出牆腳的尿騷味」「偏偏那個人，在招呼計程車吧？他的手、頭都看不清都有鬼影子」「是模擬照片畫的」「畫中的人在動」「風動」「相機動」「幡動」「畫家手動」。「心動」，分不清究竟誰在說話。畫家聽了一陣獨自走開了。[47]

商禽將畫家筆下獨特的「毛毛人」與禪意連結，憑添濃厚的中國禪味，表現出紐約的文明人身處現代社會的荒謬疏離感。詩的技巧上包含繪畫的互文以及畫中原本的攝影互文，還有「超現實主義」美學裡變調的黑色幽默。夏陽之後還延伸創造出「新中國毛毛神像」，在原有的神像圖案上「變調」予以模仿或戲擬，展現出「超文性」（hypertextualité）的現象，也技巧與內容相互呼應，透露出任何神聖的表述，都有可能被模仿或戲謔。（圖八）

伍、餘論——跨藝術互文現象之延續

特別需要強調的是，本文一方面限於篇幅字數，另一方面也為了能集中論述主題，刻意從跨藝術互文現象出發，檢視台灣 50、60 年代，詩人與畫家之間的熱鬧對話，即熱奈特說的「互文性」關係，在這當中又藉由聚焦到超現實主義風潮下的現代詩與現代畫的分析，從中發現多種類型活潑

---

[47] 同注 33，商禽：《商禽‧世紀詩選》，頁 107。書中除了有和夏陽繪畫產生跨藝術互文的詩以外，還有與其他畫家互涉的詩，如〈他想，故他不在——贈楚戈〉、〈彩色騷動——繪李錫奇〉、〈割裂——繪朱為白〉等詩，頁 101-112。

的互文關係，絕非意味著只有這段時期才有跨藝術互文現象。

　　跨藝術互文的事實，除了 50、60 年代有「創世紀」與「東方」的「第一、二屆現代詩藝術季」，象徵了台灣當時自由、人文與創造力融合與解放的運動。之後在八○年代經由蕭勤和李錫奇的引介、策劃，一群詩人在「台北新象藝術中心」舉行了盛大的「中、義視覺詩聯展」；而九○年代，一群詩人、藝術家也在台北「誠品藝文空間」舉行了「詩與新環境」大展。[48]

　　沒有一種文藝運動是孤立的，每一種美學流派的興起除了與當時的政治、經濟、社會背景有密切關聯外，每一項文藝的發展除了其獨特面貌的呈現外，彼此之間應該會有互涉的現象，正如同超現實主義的繪畫理論與超現實主義詩歌最大的共同點即在於「創造現實」。

　　期盼本文粗淺的研究成果能有助於正視臺灣文學史上，現代詩與現代畫在 50、60 年代被忽略的互涉現象，而藝文界人士相互生發的跨藝術互文現象，對於文學批評或許也能提供另一個角度的思考。

---

[48] 同注 17，杜十三：〈「當舖」與「防空洞」——寫在「東方‧創世紀回顧聯展」之前〉，《創世紀》113 期，頁 13。

參考文獻

中文部分

* 洛夫：《洛夫詩論選集》（台北：開源，1977 年）。
* 楚戈：《審美生活》（台北：爾雅，1986 年）。
* 瘂弦：〈現代詩與現代藝術的匯流〉，《文學與藝術》（台北：台北市立美術館，1989 年）。
* 蕭瓊瑞：《五月與東方——中國美術現代化運動在戰後臺灣之發展1945-1970》（台北：東大出版社，1991 年）。
* 秦松：〈霍剛符號的構成與律動之聲——寫在霍剛畫展前〉，《霍剛畫冊》（台北：誠品畫廊，1993 年）。
* 台灣省立美術館編輯委員會：《霍剛畫展》（台中：台灣省立美術館，1994 年）。
* 劉紀蕙：《文學與藝術八論：互文、對位、文化詮釋》（台北：三民，1994 年）。
* 瘂弦〈創世紀的批評性格——代跋〉，《創世紀四十年評論選》（台北：創世紀詩雜誌出版，1994 年）。
* 夏陽：〈我們的話〉，辛鬱主編《東方現代備忘錄—穿越彩色防空洞—》，（台北：帝門藝術，1997 年）。
* 老高放：《超現實主義導論》（北京：社會科學文獻，1997 年）。
* 劉振源：《超現實畫派》（台北：藝術圖書，1998 年）。
* 倪再沁：《夏陽回顧展》，（台中：臺灣美術館，1998 年）。
* 奚密：〈邊緣‧前衛‧超現實———對台灣五、六十年代現代主義的反思〉，《現當代詩文錄》（台北：聯合文學，1998 年）。
* 劉紀蕙：《框架內外：藝術、文類與符號疆界》（台北：立緒文化，1999

年)。

- 商禽：《世紀詩選》(台北：爾雅出版社，2000 年)。
- 曾長生：《超現實主義藝術》(台北：藝術家出版社，2000 年)。
- 瘂弦：《瘂弦詩集》(台北：洪範，2001 年) 七版。
- 熱拉爾‧熱奈特（Gérard Genette）著 史忠義譯：〈隱　稿本〉，《熱奈特論文集》，(天津：百花文藝出版社，2001 年)。
- 吳介祥：《恣彩歐洲繪畫》(台北：三民，2002 年)。
- （法）蒂費納‧薩莫瓦約（Samoyault Tiphaine）著，邵煒譯：《互文性研究》(天津：天津人民出版社，2002 年)。
- 謝佩霓 編：〈恰似盛夏豔陽高照──側記夏陽其人其藝〉，《東方畫會紀念展上海美術館展覽專輯》，(台中：台灣美術館，2002 年)。
- 須文蔚：《臺灣數位文學論》(台北：二魚文化，2003 年)。
- 段若川：《安地斯山上的神鷹：諾貝爾獎與魔幻寫實主義》，(台北：世潮出版社，2003 年)。
- 賴瑛瑛：《台灣前衛：六〇年代複合藝術》(台北：遠流出版社，2003 年)。

報紙期刊

- 洛夫：〈超現實主義與中國現代詩〉，《幼獅文藝》，1969 年 6 月號。
- 霍剛：〈回顧東方畫會〉，《雄師美術》第 63 期，1976 年 5 月。
- 張漢良：〈中國現代詩的「超現實主義風潮」：一個影響研究的傚作〉，《中外文學》 第 10 卷第 1 期，1981 年 6 月。
- 瘂弦：〈西方文學與中國現代詩〉，《中外文學》第 10 第 1 期，1981 年 6 月。
- 林明澤：〈白紙黑字之內/外：試探「文本互涉在文學批評上的多重可能

性」〉,《中外文學》·第 23 卷·第 1 期,1994 年 6 月。

- 劉紀蕙:〈超現實的視覺翻譯:重探台灣現代詩「橫的移植」〉,《中外文學》第 24 卷第 8 期,1996 年 1 月。

- 辛鬱主編:〈穿越彩色防空洞〉,《創世紀》113 期 ,1997 年 11 月·冬季號。

外文部分

- André Breton. *El surrealismo puntos de vista y manifestaciones*. (translated by Editions Gallimard París 1952 y 1969. Barcelona:Barral, 1972.)

- André Breton. *Manifiestos del surrealismo*. (translated by Jean-Jacques Pauvert Editeur. París. Madrid:Guadarrama, S.A. 1974.)

- Graham Allen. *Intertextuality*. (Londom and New York:Routledge, 2000.)

圖錄

圖一〈睡夢之街〉[49]

德爾沃　1938 年　油彩
150x175cm

圖二〈*The Break of Day*〉[50]

德爾沃　1937 年　油彩
120x150.5cm　　佩姬古根漢館藏

圖三〈吠月之犬〉[51]

米羅　1926 年　油彩畫布
73x992cm　費城美術館藏

---

[49] 轉引自劉振源:《超現實畫派》(台北:藝術圖書 1998 年),頁 227。
[50] 參見 http://www.guggenheimcollection.org/site/artist_work_lg_40_1.html
[51] 參見 http://www.artcyclopedia.com/artists/miro_joan.html

圖四〈無題〉[52]

霍剛 1955 年 粉蠟筆

圖五〈91-20〉[53]

霍剛 1991 年 油彩/畫布
50x60cm

圖六〈學生〉[54]

夏陽　1988 年　油彩‧帆布
228.7x117cm
台北市立美術館典藏品

---

[52] 見台灣省立美術館編輯委員會:《霍剛畫展》(台中:台灣省立美術館,1994
年),頁 72。

[53] 參見 http://www.dimensions-art.com/artist/ho_kan/hk_artworks_01.htm

[54] 參見 http://art.network.com.tw/Artist/SiaYang/work/08.asp
本文三張圖像取自於夏老,因無法連絡、亦非營利且為學術研究發表之論
文,敬請夏老見諒。

圖七〈吃包子〉[55]　　　　　　圖八〈魁星〉[56]
（照抄梵谷老弟的吃薯者）

夏陽　1991 年　壓克力顏料・帆布　　夏陽　1990 年
163x203cm　　　　　　　　　　　198x163cm
藝術家自藏　　　　　　　　　　　帝門藝術中心收藏

---

[55]參見 http://art.network.com.tw/Artist/SiaYang/work/12.asp
[56] 參見 http://art.network.com.tw/Artist/SiaYang/work/11.asp

講評

蕭瓊瑞[*]

一、佘文脈絡清晰、條理分明，值得肯定，尤其對台灣 50、60 年代詩人與畫家彼此互動的情形，有極生動詳細的描述，引人興趣。

二、對 50、60 年代詩人與畫家彼此互動的現象，其原因何在？是否是那個時代獨特的現象，或是也同樣存在於其他的時代？值得再多作一些交待與探討。

三、畫家與詩人彼此互動，或個人的既能詩、又會畫，是否就是跨藝術的互文現象？或是應在文本的相互闡發才可稱爲互文現象？

四、本文論及《創世紀》詩社，爲何捨洛夫？超現實詩人，不談林亨泰是否可惜？東方畫會，霍剛、夏陽外，應可再談吳昊，及李仲生本人，甚至後來的郭東榮、陳景容等人？

五、以 70、80 年代台灣詩人或畫家，比對西方畫家或作品，是否還可以回到本地生態、作品的舉例？

六、本文具極旺盛的研究企圖，再深入搜集資料，應可成爲一篇具啓發性之好論文。

---

[*] 成功大學歷史系副教授。

「旅人」視線下的外地文學

試論佐藤春夫〈女誡扇綺譚〉帝國主義文本化的過程

張雅惠*

摘要

　　島田謹二在戰爭期提出外地文學論，認為外地文學的要素為異國情調，並強調寫實主義，島田將「異國情調」詮釋為「外地特有的景觀描寫」，將「寫實主義」詮釋為「解釋民族生活的文學」。1939 年九月島田曾發表論文〈佐藤春夫氏の「女誡扇綺譚」〉，指出作為一篇外地景觀描寫的文學，此篇小說有榮登王座的價值，若以民族生活解釋文學而言，此作的成功則是空前的。1941 年，島田謹二總結前期一系列關於「外地文學」的論述，發表〈台灣の文學的過現未〉，在文中舉散文小說〈女誡扇綺譚〉為異國情調文學的佳作，並視其為外地文學的良好先例。在日本的野心往大東亞共榮圈擴大之時，島田謹二提出建構外地文學史的動機相當可疑，因此，筆者將以島田謹二的外地文學論為基礎，對〈女誡扇綺譚〉進行文本分析，探討〈女誡扇綺譚〉究竟具備何種特點，如何在有意識的操作下被帝國主義文本化，以此探究〈女誡扇綺譚〉在戰爭期所展現的意義。

關鍵字：女誡扇綺譚、外地文學、帝國主義文本化、異國情調

---

* 台灣師範大學台灣文化及語言文學所碩士班，E-mail：69226009@ntnu.edu.tw。

壹、前言

1941 年，台北帝大教師島田謹二提出「外地文學」的概念，指出當外地與內地之風土、人、社會俱異時──便該產生異於內地、而有特色的文學，來表現其特異性，[1]對當時極欲在亞洲建立新秩序的日本而言，創造一個異於內地的外地文學該作何解讀？而強調的台灣特異性又是什麼？相對於日本國內精神總動員的實施，對國內外積極進行言論控管與精神滲透的時機，這樣的外地文學論展現什麼意義？

當歐洲帝國透過軍事衝突、空前的民族遷徙和對財富的探求等逐漸形成的同時，其霸權也不斷藉由各種的文化形式與文化象徵的展示，試圖進一步取得認可與合法權。日本作為亞洲國家中的唯一帝國，也在向西方學習的過程中，使用和歐洲同樣的模式進行殖民擴張，其中對媒體與文藝的介入更甚於歐美各國，以法西斯精神的嚴密控管，形成一個極端的、肅殺的秩序。因此，當島田於日本帝國主義軍事擴張最劇的 1941 年提出以異國情調為主的外地文學論，並將〈女誡扇綺譚〉視為外地文學的良好先例[2]時，就難免令人質疑其外地文學之背後動機，除了一個異於內地、有特色的文學之外，島田謹二還想透過這外地文學建構什麼？是否也是一種文化形式與文化象徵的展示？

為闡述以上觀點，筆者將釐清島田謹二提出的外地文學論，分析其外地文學論中可能隱藏的殖民話語，再對被其視為良好先例的〈女誡扇綺譚〉進行文本耙梳，探討 20 年代旅台的佐藤春夫所寫的小說〈女誡扇綺譚〉究竟具備怎樣的特質，為何可以作為外地文學論的良好先例，以此討論〈女誡扇綺譚〉如何在外地文學論中被帝國主義文本化，看島田瑾二的外地文

---

[1] 島田謹二：〈台灣の文學的過現未〉，《文芸台湾》2：2（1941.5. 20），頁 3-24。此論文引用葉笛先生發表於《文學台灣》的翻譯。島田謹二作，葉笛譯：〈臺灣文學的過去、現在和未來（下）〉《文學台灣》23（1997 年 7 月），頁 174。

[2] 〈臺灣文學的過去、現在和未來（下）〉，前揭文，頁 184。

學論如何透過文本的重製內化帝國的想像,如何在文本互涉下進行外地文學的實踐,最後,為殖民地台灣架構什麼新的詮釋系統。筆者欲藉此探討日本帝國主義論述如何在旅行書寫的文本中產生作用,並將進一步考察殖民文學對於域外世界的讀解是如何借用與再生產。

貳、外地文學論述背後:國家主義的推行

台北帝大教師島田謹二於戰爭期以一系列文章提出「外地文學」概念[3],並明確指出「台灣文學作為日本文學之一翼,其外地文學——特別作為南方外地文學來前進才有其意義」[4],島田認為台灣在東亞聖戰爆發之後,其作為南海之大據點的重要性已獲公認,在強調政治、軍事和經濟的同時,也必須重視文藝。[5]在建構日本外地文學之前,島田謹二曾對世界的外地文學做過研究,並於 1940 年於《文藝台灣》的創刊號發表〈外地文學研究の現狀〉,明指外地文學應該只存在於在海外領有土地的國家,並認為該以當時歐西諸殖民帝國為參照。[6]用「外地」來指陳殖民地台灣,並且強調其作為南方外地文學的意義,顯然是要建構日本擴張領土之後,隨國界擴大而來的新文學史。1940 年日本於國內成立「大政翼贊會」,並在各殖民地推行戰時新體制運動,日本當局在國內與當時所統治的殖民地有系統的進行媒體的掌控,並有計劃地逐步將文藝納入戰爭體系,為政治所用,整個日本帝國在思想宣傳的推波助瀾下不斷膨脹。1941 年 5 月 20 日島田謹二於《文藝台灣》發表〈台灣の文學的過現未〉,歸納前期關於外地文學的論述,並

3 島田瑾二可稱為外地文學論的文章有五篇,〈南島文學志〉(「台灣時報」,1938.1)、〈台灣に於けるわが文學〉(「台灣時報」,1939.2)、〈台灣の文學の過去に就いて〉(「台灣時報」,1940.1)、〈台灣に於ける文學について〉(與神田喜一郎共著,《愛書》1941.5.10)、〈台灣の文學的過現未〉(《文芸台湾》,1941.5.20)。橋本恭子《島田謹二《華麗島文學志》研究——以「外地文學論」為中心》,清華大學碩論,2003 年,頁 62。
4 〈臺灣文學的過去、現在和未來(下)〉,前揭文,頁 174。
5 〈臺灣文學的過去、現在和未來(下)〉,前揭文,頁 186。
6 島田謹二〈外地文学研究の現狀〉,《文藝台灣》創刊號,頁 40。

提出他所思考的外地文學架構，在太平洋戰爭一觸即發之際，作為帝國的一員，島田提出這樣的外地文學論值得深究。因此，筆者將以此切入，探討島田的外地文學論述在戰爭期所展現的意義。

　　19 世紀帝國主義興起，各個帝國在海外建立殖民地除了依靠船堅炮利，語言文字的運用更是不可或缺，語言文字的「命名」能力，正是帝國在殖民地的權力表徵，透過命名這種語言形式，歐洲人由無知變為享有知識，能夠佔有，也能為異己賦予屬性。[7]日本身為帝國的新手，也在模仿中使用和歐洲各國相同的方式，透過武力挾以命名，新的思考邏輯被帶入殖民地，在軍事侵略之後，霸權也慢慢轉變成利用文化形式與象徵層面上的展示，合法化帝國的殖民。從〈外地文學研究の現狀〉一文即可看出島田謹二想透過比較文學，以法蘭西學界的「外地文學研究」為模範，建構日本外地文學的企圖。對於日本外地文學的發展方向，島田謹二也在〈台灣の文學的過現未〉以世界的外地文學[8]為例，將日本帝國的發展樣式等同拉丁系，以歐洲帝國之外地文學為仿效對象，正是因為島田認為帝國的殖民具備相似性，所以想以文本互涉方式進一步模仿、複製帝國主義的統治話語。

　　在島田謹二列出的仿效對象中，特別強調毛姆，指出其文學之所以令人感動，乃在於教養深厚。島田強調毛姆「利用近代的一切學術」以資自己的省察，並期勉將來的作者也要精通台灣各民族的語言、習慣、宗教、祭典、思想等才行。他更進一步說明：

> 可能將來會出現的台灣文學，並非如向來的光為空想之產物，而是於人類學、心理學、歷史學、社會學、宗教學等各種學問的研究要求其

---

[7] 賴維菁〈不列顛之外的粉紅色世界——試讀安東尼·崔珞普的《澳洲行》〉（1998 年 10 月），中外文學，27：5＝317，頁 148-149。

[8] 〈臺灣文學的過去、現在和未來（下）〉，前揭文，頁 176。

充分之基礎的，憑空撰寫的「創作力」要以周到堅實的學識背景才得以更加穩定，深深扣動人的心弦。……況且今天台北帝國大學即以這種範疇的學術研究為其一主要任務的。……今後台灣的作者與此地的學術淵藪連結起來，使其文學壯大，想來亦為一種義務。[9]

18 世紀時，前去孟加拉的東方學學者曾走訪了當地的許多專家，後來形成了一門印度學學問，其目的在於用一套本土的話語將殖民統治合法化。[10]對未知事物的研究便是一種利用知識的權威，對異地進行命名的動作，在此研究系統中，被研究者只是客體，研究者以壟斷方式將異地全部面向文本化，他者成為被賦予屬性的一方，即使這個屬性和被研究者之間通常不存在多大干係，但殖民者卻藉此行使主宰和控制。如研究者富山一郎所指稱，在啟蒙教化的任務下，他者被告知病症的意義，並建立了警告訓示系統。[11]島田謹二借毛姆強調憑空撰寫的「創作力」要以周到堅實的學識背景才得以更加穩定，正是要仿造帝國主義的殖民話語，全面架構一個新的詮釋系統，透過科學的知識取得合理／合法的解釋，殖民主以收集、研究而來的信息行使權威，在學術的權威之下，被研究的客體被賦予新的意義，就像病患被告知病徵，而將文學與學術背景結合，則是由文學啟動「身體規訓」。島田所指「在台灣尚未充分擁有的現實主義文學」即是立基於此，所以他才會在強調「如同比較人類學和比較心理學把這些問題以其學問特有的技術處理著似地，外地文學該在那裡找出一獨特的領域，能以現實主義的態度描寫出它」[12]，島田甚至不諱言地指出台北帝國大學即以這種範疇的學術研究為其一主要任務，因此，在日本帝國擴張之野心完全曝

---

9 〈臺灣文學的過去、現在和未來（下）〉，前揭文，頁 184。
10 博埃莫著．盛寧、韓敏中譯《殖民與後殖民文學》，瀋陽：遼寧教育（1998），頁 20。
11 富山一郎著〈殖民主義與熱帶科學：“島民”差異的學術分析〉，《台灣社會研究季刊》28（1997 年 12 月），頁 126。
12 〈臺灣文學的過去、現在和未來（下）〉，前揭文，頁 181。

露的一九四一年，島田謹二才會指稱連結今後台灣的作者與此地學術的淵藪，使其文學壯大，乃是一種「義務」。

除此之外，島田也從失敗例子提醒帝國新手記取教訓：「看看葡萄牙文學吧。葡萄牙曾經擁有廣袤的外地，而今其繁榮卻不再有。他們認為之所以落得如此落魄的根源之一，在於未曾出現優秀的外地文學。」[13]何以島田認為帝國繁榮不再的原因是缺乏優秀的外地文學？島田謹二以「讀者問題」試圖說明外地文學的影響力，他提到「在外地本身，其文學差不多是不為人所賞識的，而轟動內地的中央文壇在那裡得其立足點，而後才向外地的讀者群浸入的。」[14]因為優秀的文本可以擴大讀者群，製造某種象徵符碼，若外地文學能取得中央文壇認同，將可以反向操作，將影響力逆向推回外地的讀者。因此，建構一個強而穩固的帝國主義主宰論述，勢必從具有影響力且能普及的文本切入，當新的詮釋能夠成功介入異地，即可快速取代、吸納時而出現於殖民地的雜音，一但成功創造殖民主義主宰論述的樣板，複製論述以鞏固象徵霸權將是輕而易舉。

文中島田謹二進一步歸納「在台灣的我文學之進程」，並提倡異國情調文學，這是島田外地文學論的重要觀點，他認為異國情調和鄉愁書寫這二個潮流將是台灣文學的根本傾向，島田歸納的「廣義的鄉愁文學、外地景觀描寫的文學、民族生活解釋的文學」[15]主要強調日本人的觀點，對於「民族生活的解釋」，他認為必須描寫共同居住於內地不同的風土下之民族的想法、感覺與生活方式的特異性，[16]相當程度展現日本在台的東方主義，再現日人眼中的台灣。

---

[13] 島田謹二〈台灣の文學的過現未〉，《文芸台灣》第二卷第二号，1941 年 5 月 20 日，頁 3-24。此論文引用葉笛先生發表於《文學台灣》的翻譯。島田謹二作，葉笛譯〈臺灣文學的過去、現在和未來（上）〉《文學台灣》23（1997 年 4 月），頁 169。

[14] 〈臺灣文學的過去、現在和未來（下）〉，前揭文，頁 185。

[15] 〈臺灣文學的過去、現在和未來（下）〉，前揭文，頁 182。

[16] 〈臺灣文學的過去、現在和未來（下）〉，前揭文，頁 181。

　　島田謹二在〈台灣の文學的過現未〉中，除了提出他對外地文學論的具體看法，更以異國情調文學為框架，強調除了要有深厚的教養，作品也必須要有藝術才能的作者如北原白秋或佐藤春夫般巨匠，才能寫出抓住台灣特性的文學，即前述的「民族生活解釋」文學。島田在 1939 年 9 月於「台灣時報」發表一篇論文〈佐藤春夫氏の「女誡扇綺譚」〉，給予〈女誡扇綺譚〉這篇散文小說很高的評價。作為一篇外地景觀描寫的文學，島田認為此篇小說有榮登王座的價值，若以民族生活解釋文學而言，此作的成功則是空前的。[17]另外，在〈台灣の文學的過現未〉一文中，島田除了推舉佐藤春夫將創作力輔以豐厚的學識，還視〈女誡扇綺譚〉為其外地文學論的良好先例，因此筆者認為此作值得深入探討。

　　從島田謹二的外地文學論述可以看出，其背後所隱藏的國家主義意識，在日本軍國主義急欲建構亞洲新秩序，將野心往大東亞共榮圈的想像擴大時，身為殖民者代言人的島田謹二在此時發表外地文學論，很難說不是以「帝國的想像」切入。筆者將以此為前提，以島田謹二提出的外地文學論為背景，試圖以文本耙梳去探討佐藤春夫〈女誡扇綺譚〉如何在這個「外地文學論」中被文本化，以〈女誡扇綺譚〉為首的這個異國情調文學系譜又具備哪些特色？如何能讓帝國主義殖民話語經由文本互涉的借用與複製進行詮釋權的重製。

參、「旅人」視線下的外地文學：佐藤春夫〈女誡扇綺譚〉[18]

　　佐藤春夫於 1920 年旅行台灣，[19]〈女誡扇綺譚〉是他以旅行台灣的見

---

[17] 島田謹二〈佐藤春夫氏の「女誡扇綺譚」〉，「台灣時報」昭和十四年九月、『近代比較文學』昭和三十一年、『華麗島文學志』平成七年。此處引用收錄於《華麗島文學志》的版本，明治書院，平成 7 年 6 月 20 日發行，頁 382。

[18] 佐藤春夫著·邱若山譯〈女誡扇綺譚〉，大正十四年（1925）年 4 月發表於《女性》，1936 年 7 月收錄於佐藤在台見聞的創作結集《霧社》。2002 年由邱若山翻譯，收錄於《殖民地之旅》，草根，2002 年 9 月。

[19] 根據研究推斷，佐藤春夫應該是在 1920 年 7 月 6 日隨同鄉好友東熙氏抵達當時的日本殖民

聞為背景創作而成的作品之一，曾於大正 15 年（1926）發行單行本，並於後記表明「……作者本身甚愛此作。從喜愛這點來看，這篇作品應是作者屈指五篇之內吧」。[20]除了讀者的肯定，作者也同樣滿意自己此篇作品。不過，〈女誡扇綺譚〉被劃入異國情調文學，和其後被推為外地文學良好先例，成為異國情調系譜之首，或許是寫作當時深受浪漫主義影響的佐藤始料未及的。

藤井省三曾追究過異國情調論系譜的形成經過，認為被橋爪健、島田謹二等稱為「異國情調文學」的〈女誡扇綺譚〉論之系譜，是源自下村總務長官的「南國情調」論。[21]而研究者邱若山則認為若單指「異國情調」的這個用語，最早是由〈女誡扇綺譚〉裡的主人公「我」所帶出。[22]不過若以異國情調系譜的角度切入，應非佐藤春夫寫作時刻意創造，而是在橋爪健、島田謹二等人有意的建構下，成了這個系譜的典範。但異國情調論之能展開，其關鍵仍在於此篇作品的成功，實踐使理論找到落實的根據，也才能從實踐所帶來的影響掌握異國情調在台灣的價值和意義，故以下將對〈女誡扇綺譚〉作文本的耙梳，分析此作如何在「異國情調」的框架下被文本化。

一、再現什麼：旅行文學的作用

島田謹二在〈臺灣の文學の過去に就いて〉提到「因為佐藤春夫是旅行者，所以從某種角度來說，這作品可稱是所謂 littérature de tourisme

---

地台灣，於 10 月 15 日離台，做了一夏的台灣之旅。參考自邱若山〈旅人的心與眼──1920 年佐藤春夫的台灣之旅〉，《世界文學》（2001 年創刊號），頁 119。

[20] 佐藤春夫〈ぢょかいせんきだんあとがき〉，原刊於小說『女誡扇綺譚』，大正 15 年 2 月，此處參考自《佐藤春夫全集》34，京都：臨川書店（1998 年 4 月），頁 145。

[21] 藤井省三〈植民地台湾へのまなざし──佐藤春夫「女誡扇綺譚」をめぐって──〉《日本文學》（1993 年 1 月），頁 30。

[22] 邱若山〈佐藤春夫《女誡扇綺譚》及其系譜〉，前揭文，頁 13。

colomial （外地觀光文學） 」[23]。當時的外地觀光文學一般指內地旅行者
前往殖民地旅遊後所書寫的遊記和小說。[24]這種旅行文學在 19 世紀是幫助
帝國人民了解域外世界的方法，當時的旅者對域外世界的理解，通常都是
用已知去理解未知，用他們已經有的一套價值觀去解讀與想像，關於旅行
的「已知」知識，一般可分為兩種，一種是行前先在國內蒐羅相關旅遊知
識，或是透過旅行社與經驗者的說明，另一種則是抵達之後，透過嚮導去
認識旅行之地，兩者都屬於轉述的過程。

從不少佐藤春夫關於台灣的相關文章來判斷，可以推斷他理解台灣的
方式，是帝國已經建構的、關於殖民地的論述，例如佐藤曾在〈誘われて
台湾へ〉提到，總督府的長官為他製作了島內觀光路線，旅途上也備受禮
遇，[25]既然佐藤的觀光路線由總督府人員所規劃，那佐藤的所聞所見，應該
都是當時想藉由文字宣揚台灣治績的總督府，[26]在有所選擇下刻意形象化的
台灣，加上佐藤初抵台北時，經由介紹認識了當時著名的人類學家森丑之
助並參觀了台灣博物館，[27]甚至還得到森丑之助為他製作關於歷史方面的
「參觀目錄」，[28]包含這些學術性的已知，都是帝國解讀殖民地的知識。

透過這些已知去理解外部世界之後，身為文學者的佐藤春夫所能帶回
去的，就是按照他自己的理解而描述、記錄下的世界。藉由文學家筆下旅

[23] 松風子〈臺灣の文学的過去に就いて〉，台灣時報（1940 年 1 月），頁 152。
[24] 根據橋本恭子的研究，在法國「外地文學」產生以來，以「外地觀光文學」之名義，將內
地旅行者前往殖民地旅遊後所書寫的遊記和小說等，與殖民地居住者所創作的「外地文學」
區分開來。「外地文學」奉「寫實主義」為圭臬，「外地觀光文學」則含有許多異國風味，
繼承「異國情調文學」的傳統。橋本恭子《島田謹二《華麗島文學志》研究—以「外地文
學論」為中心》，前揭書，頁 112。
[25] 佐藤春夫〈誘われて台湾へ〉，《詩文半世紀》讀賣新聞社（昭和 38 年 9 月 20 日），頁 189。
[26] 藤井省三〈植民地台湾へのまなざし——佐藤春夫「女誡扇綺譚」をめぐって——〉，前揭
文，頁 28-29。
[27] 佐藤春夫〈かの一夏の記——とぢめがきに代へて——〉《佐藤春夫全集》7 講談社（1968），
頁 430。
[28] 佐藤春夫之書簡〈七月——日　佐藤豊太郎宛〉，《佐藤春夫全集》36，京都：臨川書店，
（1998 年 4 月），頁 38。

行文學的轉述，有助於帝國人民瞭解未知的殖民地，加上佐藤春夫在當時已是著名作家，因此如研究者藤井省三所說，當時的總務長官下村宏亟欲藉由文化人宣傳殖民地台灣的意圖，在總督府主動提供佐藤春夫旅行上許多方便之後，佐藤的立場確實有可能從私人觀光變成「背負為台灣宣傳取材，以宣揚大日本帝國殖民地使命」的視察者。[29]事實上，佐藤春夫的〈女誡扇綺譚〉確實在讀書市場引發迴響，如中村地平對南方的憧憬，在閱讀佐藤的〈女誡扇綺譚〉之後，轉化為前往台灣的衝動，他在隨筆〈三等客船〉有此記述：

> 自小就對南方有著強烈憧憬的我，在讀了佐藤春夫的〈女戒扇綺譚（作者：「戒」，原文）〉、〈旅人〉等以台灣為題材的小說後，再也按捺不住憧憬。當從九州 M 中學畢業後，也由於入學考試不考數學的緣故，我就去投考台灣總督府高等學校。[30]

除了中村地平，曾獲得芥川獎的火野葦平在〈路過華麗島〉也提到「愛讀佐藤春夫氏〈女誡扇綺譚〉及其他台灣紀行的我，實在好想去看看那個魅惑我內心的台灣島」[31]，從此面向約略可以看出〈女誡扇綺譚〉作為一篇傑作，在當時的日本文壇確實創造出一個新的南方景象，這個南方景象在異國情調的催化下，魅惑著帝國人民。在旅行文學的轉述下，除了幫助帝國人民瞭解殖民地，也可以透過文本讓人民想像出一個「在帝國統治下，有秩序且充滿異國情調的新的南方」，達到宣揚帝國的目的。

---

[29] 藤井省三〈植民地台湾へのまなざし——佐藤春夫「女誡扇綺譚」をめぐって——〉，頁 29。

[30] 河原功著‧莫素微譯〈中村地平的台灣體驗——其作品與周邊〉，收錄於《台灣新文學運動的展開—與日本文學的接點—》，全華科技圖書，2004 年 3 月。頁 24。

[31] 邱若山〈佐藤春夫《女誡扇綺譚》及其系譜〉，前揭文，頁 25。

二、故事的主軸：偵探小說

　　早期殖民地官僚對台灣的統治是開始於一連串的丈量與調查，透過數字的累計與文獻化，台灣人被一種精緻的權力從四面八方進行全方位的觀察、紀錄、監視、管理及控制，被殖民的人們因數字被收編、歸納，幫助殖民者破解對殖民地的無知。再者，科學的知識帶來權威，產生信服作用，因此殖民主以學術作為後盾的言論也順勢成了一種難以挑戰的理所當然，它論證「合理性」，同樣也製造「合理性」。在知識所賦予的啟蒙任務下，殖民地人常被歸類在需要被啟蒙的一方，當一個規訓化的主體被生產出來，殖民地的人民與土地也就可以「合理地」被掌控。在文學的領域，最能反應這個任務的就是「偵探小說」，而佐藤春夫的〈女誡扇綺譚〉即是以偵探小說形式展開。

　　〈女誡扇綺譚〉裡的小說主角日本人記者「我」，在好友世外民的帶路下遊歷台南安平，台灣人世外民手中持有的圖繪式古圖，並不帶有科學的精確，必須憑空想像。相對於手持古圖的台灣人，一開始日本人「我」就表現出身為殖民者擅於科學計算的一面：

> 正面延伸的屋簷約有五間長，而形成其左右雙翼的偏房的山形屋頂則大約有四間長，全都是二樓建築。……順便在地上畫了這棟房子的略圖，然後根據目測而得的間數，算出這個建築物的總坪數絕對超過一百五十坪。[32]

　　文中多次出現此類的「觀察」，是「我」在對陌生地進行瞭解的方式，相對於總是攤看古圖的世外民，「我」總是科學理性的一方。「我」對未知的認知方式，對應到帝國殖民過程是一種象徵，即「一個形成地圖的過程」。

---

[32] 摘自佐藤春夫著，邱若山譯〈女誡扇綺譚〉，前揭書，頁 202。因此章節以〈女誡扇綺譚〉之文本分析為主，故從此處開始，頁數將直接標示於引文之後，筆者將不另外加註。

新的空間被轉化為可視的形象和文字，一個精確性的、新的地圖隨殖民者的調查而出現，陌生與未知所帶來的恐懼經過調查與測量的知識化後，變得容易克服。

偵探小說重在用科學、客觀的理性思維去面對問題，〈女誡扇綺譚〉的主角「我」一開始就被形象化成這種典型，對細節之處總是多有琢磨，不但觀察細心，也是個具備好奇心、總是用獵奇的眼睛觀看四周的人。因此，當「我」來到禿頭港時，才會釋放一種總想發現什麼的急迫感，一句「管他是什麼都好，若沒能看到一點較特殊的東西……」道出對旅人而言，「發現」才會對於旅行構成意義，否則難免乏味得令人厭煩。如同探險一般，「我」如願發現一個雄偉、破敗與充滿神秘感的宅邸，這入口難尋的宅邸的神秘感與陰森感，激發了「我」的好奇心，偵探小說的序幕由此拉開，最後由「我」和世外民在宅邸內聽到的一個未被確認的女人聲音，加上老阿婆轉述的鬼魅傳說，開啟了偵探故事的情節，即「發現」懸疑難解的問題。

〈女誡扇綺譚〉既然由偵探式的情節展開，除了有一個懸疑的故事，主角也必定是個慣以理性思維思考、蒐證並進行確認的人物。即使如此，幫助辯證合理性的關鍵人物，卻是相信非理性現象的台灣知識份子「世外民」。正因為有迷信的支那人，日本人才有機會展現他科學理性的一面，透過兩者的辯證不但可以鞏固這種形象，由世外民所塑造的台灣人、支那性格，還可以為日本卸除明治維新之前的未開化記憶，讓帝國日本合理接受文明進步的位階。那故事中「我」陳述看法時所流露的自信，正是因為理性之光從來都是屬於「我」的，所以「我」才可以理直氣壯地說「和自己無關的往昔的一切我都不知道，我只認定今天我們聽到的聲音，那絕對是活生生的女人的聲音」，這種對殖民地的歷史、文化漠不關心，來了之後再以自己的觀點加以考察、認定的態度，便是帝國心態的展現。

隨著偵探情節的推演，他們重遊故事現場蒐證，當「我」發現現場有

走動過的痕跡與沒有積塵的床時，真理似乎越辯越明，所有證據都支持「我」提出的論點。後來因為一則報導古宅發生吊死事件的新聞，再次吸引「我」的注意，「我」的疑問則將偵探情節推向高潮，他說：

> 在那個房子內發生的事，只要是沒有人進去過，按理說一切都不會有被發現的道理。那裏雖然有個窗子開著，但除了藍天之外，從那裏什麼也看不見……（頁 243）

新聞報導一位黃姓大盤商的女兒因具有通靈能力而發現屍體，死亡的青年傳說是被鬼魅所惑。偵探故事情節的推演重在科學論證，所以「我」認為青年是因失戀而死，而非鬼魅所惑，「我」除了驚訝於人們的無智，更是譴責那位欺騙他人感情，厚顏無恥的少女，並決定要揭發一切。小說的結局雖然證明確有其人，和「我」的推斷一樣，卻出現很不一樣的結論，原來被設想是放蕩的女子，卻在故事結尾出現逆轉，變成可能是堅貞的台灣少女。一般推理小說常在故事最後出現意外結尾，使小說情節染上幾分神秘弔詭的色彩，是推理小說的特徵之一，但可以肯定的是，在合理的辯證之後，真相只有一個，且永遠屬於科學、理性的一方。

〈女誡扇綺譚〉的故事趣味在偵探推理的小說架構下被突顯出來，對於不甚了解的異地，偵探小說以科學的知識說明的一切，最後就會形成文獻性的事實。偵探小說一開始就已經為讀者和說者預設一套不變的閱讀法則，〈女誡扇綺譚〉以這個法則讓代表日本帝國的「我」合理接收進步文明的位階，於是「我」看待事物的固有執著與充滿自信的言辭就變得合理，因為這個角色一開始就被定位在負責任的、不受指責的、公正的，對於殖民者而言，這種透過科學知識所帶來的信服作用，不但可以合理化帝國的存在，同時也強化了帝國的想像。

三、「轉述」什麼故事：野史／鄉野奇譚

> 老阿婆好不容易才從頭說起，最初，以著自言自語的語調……。……
> 這個傳說我是很久以前就聽說了。不過……在樹蔭下，老阿婆繼續說
> 了下去。……老阿婆又繼續說了以下諸事。……」（211-215）

〈女誡扇綺譚〉藉老阿婆轉述關於殖民地的野史，開啟了懸疑的故事情節，從沈氏在葫蘆屯的傳奇開始，到禿頭港時沈家的沒落，充滿傳說性的語言。基本上，這是一個經過「一再轉述」的傳奇，而殖民地文學的另一個特徵就是轉述。當探險家、旅人、殖民地官僚將自己的經歷與在殖民地聽到的論述帶回母國，就形成「一重轉述」或「多重轉述」的過程，除了使用自身的價值觀對殖民地進行闡釋，他們在殖民地所聽所聞，也可能已是帝國主義文本化的論述，經由一再轉述（說者→聽眾／閱眾→說者→聽眾／閱眾→）的不斷循環，最後形成「傳奇性」的相信，一但轉述的圈子不斷擴大，一個想像的定式就會被建構。

「轉述」的成立之基，正是來自單一線性時間的可斷性，然後銜接至另一線性時間，如此方能對多次元的人物、事件、心理等關係網絡進行描繪。[33]因此轉述也可以借其可斷性進行竄改，本質上「剪接」就是一種由可斷性而來的銜接敘事手法，剪接因為牽扯到敘事並存，所以牽涉的更為複雜，而並存則會形成新的一次敘述、新的語言、新的事物：

> 在剪接之後，A 與 B 畫面成為一個新的 C 畫面，C 畫面是一個新的
> 敘述，擁有自己的一次性時間，這才是 C 真正的時間，A、B 已融入
> 到 C 中，共有 C 時間。[34]

---

[33] 李紀祥〈時間‧歷史‧敘事──可逆性、可斷性、轉述及其他〉，《華岡文科學報》22，（1998年3月），頁185。
[34] 李紀祥〈時間‧歷史‧敘事──可逆性、可斷性、轉述及其他〉，前揭文，頁187。

C 時間會形成新的故事，就像佐藤春夫以〈女誡扇綺譚〉重說殖民地的野史一樣，新的理解透過轉述形成新的論述，當這個轉述圈子經由讀書市場不斷擴大，就會形成傳奇性的相信。加上民間野史的傳唱速度會快過讀書市場的文本閱讀，如果帝國的想像可以透過野史來宣傳，將能在戰爭期發揮更大的影響力。就殖民地文學來說，轉述的故事會傾向殖民地原先就存在的歷史，因為這些屬於殖民地的歷史被同化吸納後所生產的文字，不但可以幫助形成一套規則系統，其本身的固定作用也十分被看重。無論這些文本多麼古老或不完整，它們對於變動不居的社會來說還是代表一種穩定性，[35]也最快被殖民地人所接受。島田謹二在評論〈女誡扇綺譚〉時，曾指出「怪奇物語」擁有異國情調的要素，[36]也許正說明透過吸納殖民地的故事，進行竄改、重製之後的文字，在殖民地所產生的穩定性與被接受度，才是異國情調文學在戰爭期最重要的意義。

〈女誡扇綺譚〉的故事情節以充滿異國情調的鄉野傳奇展開，並巧妙運用台灣的歷史，重說殖民政權的合法性。外來的日本政權對台灣人而言，並不是合法的統治，但是佐藤卻以曾歷經多重殖民的台灣歷史，輕易解構日本統治台灣不具合法性的問題，不論是荷蘭人的壯圖、鄭成功的雄志，還是代表清朝的劉永福，都只是凸顯台灣過去並不存在任何合法的統治實體，故事將合法的標準導向沈氏怪傑這種市井英雄：

> 我覺得那沈氏的祖先固然是個粗野的惡棍，但也是個相當傑出的人物。……雖然說是在爛得無可救藥的清朝末期的朝廷之下，任他是殖民地的台灣，也不見得派的就都是腐敗不堪、庸庸碌碌的官吏吧！而這些官吏全都被搓得圓圓的，這可不是單憑金錢的力量而已吧！沈氏一定擁有比官員們還行的經營長才才對。（頁 230）

---

[35] 博埃莫《殖民與後殖民文學》，前揭書，頁 22。
[36] 島田謹二〈佐藤春夫氏の「女誡扇綺譚」〉，前揭文，頁 365。

　　以沈氏怪傑說明在草創時代的殖民地，須要具有強烈實踐力與經營長
才的人，不但合理化日本對台的統治，也以殖民地台灣的宿命論，解構清
朝這個前殖民政權在台的合法性，最主要的原因乃在於殖民會產生異動。
島田謹二雖然認為這一節偶有一些詭辯的口吻，但還是佩服作者的觀察力
與批判力，認為作者「聰明的智力」首先就是由這種文明批判展現出來。[37]
上述歷史的借用其實就像是一種重新「命名」的過程，可以為帝國與殖民
地架設一個共時性的時間框架，將原本不相干的兩者連結在一起，而帝國
的文本則暗示一種情況：

> 即一個建立在數百萬生命代價之上的世界體系，是怎麼憑藉著神話和
> 喻象使自己合法化，而同時又把其中所包含的苦難掩蓋起來。所以，
> 關於殖民活動的文字有其特別的重要性，它揭示了那個世界體系如何
> 把其他民族的淪落視為當然，視為該民族與生俱來的墮落而野蠻的狀
> 態的一部份。[38]

　　許多的論述就這樣在帝國的文本中被建造，經由流傳而變成定式，當
闡釋工作告一段落，這些引進的象徵即使是人為的也會就此定型，所謂的
「合理性」就在這種循環式論證中被建立且固定下來。〈女誡扇綺譚〉對已
經存在殖民地的野史進行重製，有效地以帝國的語言在殖民地創造新的象
徵符碼，倘若文本能在讀書市場造成影響，這個想像還會反過來作用於殖
民地，當這種殖民話語經由轉述不斷被複製之後，要對「帝國」加以證明
也是可能的。

四、對比的色調：「我」與世外民

　　〈女誡扇綺譚〉以話者「我」和世外民拉開故事序幕，全篇在兩個角

---

[37] 島田謹二〈佐藤春夫氏の「女誡扇綺譚」〉，前揭文，頁 371-372。
[38] 博埃莫《殖民與後殖民文學》，前揭書，頁 22。

色人物的帶領下，充滿著對比的色調，帝國日本對比殖民地台灣、以精確計算理解的現實對比用繪圖式古圖幻想的從前、科學對比迷信、清楚的太陽對比模糊的月亮等等，此二人的身分在一開始便給予讀者截然不同的形象，透過兩者的對話帶出兩種不同的民族情調，台灣人世外民是支那式浪漫的非理性，日本人「我」則是客觀理性與知識的代言人。小說以非理性的鄉野傳奇帶出兩種角色人物所持的不同想法，再透過偵探小說的科學辯證導出合理的解釋，相對於「我」總是理智的分析，積極尋找證據否定迷魅，世外民多少被古宅的迷信傳說所惑，甚至與「我」產生爭執，但「我」卻始終以明確的立場，不斷以科學的論證嘗試說服被前文化糾纏的世外民，就像是指導者一樣，「我」對世外民說：

> 世外民啊！你實在是太過詩人氣質了。舊的傳統深植思維之中固然是好事，不過，單是月光，只能看到事物的模糊的樣子而已啊！是美是醜不得而知，但太陽光下必是看得清楚的啊！（頁 225）

迷信在此和「舊的傳統、月光、模糊」接軌，與其相對的則是科學所代表的「日本、太陽、清楚」，相對立的思維早已定位「我」的理性客觀立場，讓讀者不會質疑對話中「我」所流露的帝國主義指導口吻。島田謹二曾說，「相信這種超理性的諸現象、極容易對此產生情緒的支那人性格、從而在期間極自然發生的怪譚種種」這些包含在異國情調之中的鄉野傳奇的要素，正是引出話者說明合理性解釋的「手段」。[39] 一個假設性的命題是，正是因為這些被指為異國情調的要素一開始就被定位在帝國日本的對立面，透過小說的正反辯證，剛好可以說明一個事實，即日本是理性、進步的代言人，進而導出「進步日本可以合理指導落後殖民地」的解釋。

在殖民化過程中，殖民者並不一定會直接被置於決定一切的一方，或

---

[39] 島田謹二〈佐藤春夫氏の「女誡扇綺譚」〉，前揭文，頁 365。

被說成是一切表述的最終定奪者，相反地，多數的時候這過程會以一種文化上的溝通進行論證，並在此論證中將殖民者導向具合理性的位階，這即是一種「象徵理解」，〈女誡扇綺譚〉利用對比手法，巧妙吸收殖民者眼中所見的殖民地之習俗和慣例，即使殖民闡釋必須在殖民關係的各方之間穿梭來去，但這些隱含在論述中的象徵理解在無形之中也會形成一種內化作用，並在殖民地發揮它的影響力。

五、在想像與現實之間：充滿「想像性語言」的異國情調

川本三郎曾經評論〈女誡扇綺譚〉為一種廢墟小說（略），一種幻想強烈的推理小說。[40]以〈女誡扇綺譚〉裡的建築空間來說，研究者姚巧梅認為除了寫實性，還帶有象徵性，她指出深刻反應政治與歷史現實空間的廢屋，不只是單單為了逆行與時代而頹廢的廢墟中，而是作者對因政治原因而被割讓的台灣，持著腐敗和革新的兩難思考，透過被比作中國的廢屋，以隱喻的形式提示了作者的時代觀與中國觀。[41]再者，島田謹二曾指出〈女誡扇綺譚〉除了風景描寫之外，諸人物的特性也濃厚了這份異地的異國情調，並對佐藤筆下三個幻想人物進行分析。[42]正如讀者所見，〈女誡扇綺譚〉的異國情調氣氛由廢港安平的荒廢美帶出，而異國情調的故事情節，則是由禿頭港一棟廢屋的傳說美與支那性格的角色人物展開，由此可知佐藤春夫筆下「空間的想像」及「幻想的人物」，和異國情調這個命題關係密切。因此，筆者將從這兩個面向切入，探討異國情調帶出什麼想像性的語言。

〈女誡扇綺譚〉的異國情調首先由荒廢美帶出，讓讀者藉由景觀的描述對異地進行空間的幻想，對不甚瞭解殖民地的帝國人民而言，確實是個

---

[40] 川本三郎《大正幻影》，東京：筑摩書房，1997 年 5 月。

[41] 姚巧梅〈「女誡扇綺譚」の空間認識について〉，《曙光》vol.2 no.Φ，日中文化研究會編，（2003 年 9 月 15 日），頁 129。

[42] 島田謹二〈佐藤春夫氏の「女誡扇綺譚」〉，前揭文，頁 363。

有助於瞭解域外世界的好辦法。故事一開始，讀者就跟隨話者「我」的眼睛進入安平的廢港，藉由「我」的陳述，一幅來自廢墟景觀的荒廢之美被呈現，話者將廢墟與歷史想像作結合，緩緩道出殖民地的命運，並暗示這幅可媲美「阿瑟家的崩毀」的荒涼景致，正是因為「政治的角逐」。所以在廢墟之上，赤坎城址只剩虛名，外國人經營的製糖會社員工宿舍也已成雄偉的廢屋，「在殖民地不存在合法性統治政權」的命題因廢墟被帶出。再者，從不斷置換的空間看過去與現在的對比，令人感受到一種很強烈的歷史滄桑感，已是陳跡的安平內港只留下荒廢之美，殘存的精神則加深前殖民政權死亡的現實感，文中安排接續此破敗感的則是日本統治所帶來的新氣象：

> ……總之，這樣雄偉的廢屋櫛比而立的市街光景，對我而言，是無法想像的事實。（兩三年後，台灣的行政制度改變，台灣府衙有必要臨時擴充編制，人員急增時，曾有人提議把這些安平的廢屋當官舍使用。這實在是個好建議。）（頁194）

佐藤春夫特地以括號敘述兩三年後的改變，那安平的廢墟因行政制度被提議作為官舍，在此「日本秩序」合理取代前殖民政權留下的「荒廢」，給人一種穩定之感，並將安平由破敗中拯救出來，帶來一種務實、有效率的秩序。利用廢墟想像過往的歷史空間，再以過往的歷史空間想像出殖民地政權的異動，順勢帶出日本在台的正當性，再將荒廢美的救贖導向日本治台，一個合法的政權就在這樣的想像裡被建構出來。

除了景色描寫帶出對空間的想像，〈女誡扇綺譚〉裡諸人物的特性也在異國情調的催化下充滿想像性。在此，筆者將以島田謹二歸納的三個幻想人物切入，分析其中的想像性語言。這三個幻想人物分別是市井的英雄——沈氏怪傑、即使財富全數被奪走也不失希望的發狂少女——沈家小姐、禿頭港的下階層區奔放無知的女孩。根據島田謹二的分析，三個角色人物分

別代表著，標準支那性大陸開發的神話、充滿執著無法忘懷的慾望的變形、充滿野性的生命美。島田認為這些人物的特性全都屬於「根強的大陸性」，這些「根強的大陸性」雖然不符合傳統的日本美感，但支那的——台灣的特性卻濃厚了全篇小說的異國情調。[43]的確，如島田所說，這三個幻想的人物具備了「根強的大陸性」，除了加強異國情調的氣氛之外，其實也隱含了日本對大陸的想像與渴望，筆者以為，「根強的大陸性」對比日本的島國根性，不但將日本和支那作了區隔，其強調的大陸性，也帶出日本對土地的渴望與侵略中國的慾望。當異國情調的論述被帶回帝國後，除了讓帝國人民藉由語言描寫瞭解域外世界，也會透過異國情調裡的想像性語言，牽動帝國對擁有土地的渴望。對土地的渴望帶來的侵略，島田則是以佐藤春夫早期受到人道主義影響的論點切入，試著解釋〈女誡扇綺譚〉裡，話者「我」質疑同僚誇大內台矛盾的一段話，島田認為這就是八紘一宇的寬闊的人類愛，是寫作當時深受人道主義影響的佐藤春夫對「人類愛」的展現。[44]島田謹二無視二〇年代旅台的佐藤春夫當時之人道主義情懷，硬是將大東亞共榮圈的口號「八紘一宇」與人道主義結合，再透過異國情調文學製造八紘一宇的跨國界想像，輕易地結合文本去宣傳帝國的殖民擴張，一個關於大東亞共榮圈的想像性語言就這樣被論證出來，以此為前提，應該可以解釋為何島田謹二在戰爭期要高舉異國情調為外地文學之重要元素，而〈女誡扇綺譚〉又是為何可以作為其外地文學論的良好先例。

肆、結論：典範的形成——〈女誡扇綺譚〉 對外地文學的意義

島田謹二認為〈女誡扇綺譚〉雖是以描寫安平台南地方的紀行乃至寫

---

[43] 島田謹二〈佐藤春夫氏の「女誡扇綺譚」〉，前揭文，頁363-364。
[44] 島田謹二〈佐藤春夫氏の「女誡扇綺譚」〉，前揭文，頁372。

生文，卻不是平明洒脫的傳統模式，而是融入作者特有詩魂的抒情性所描寫的冶豔異國情調文學，〈女誡扇綺譚〉的素材有真夏熱帶的自然，也有支那系統的文化，在日本式傳統美的範圍之外，或灼熱、或荒廢、或瑰麗、或縹緲。[45]在島田看來，這種新的寫作方式在日本傳統的範圍之外，正構築著日本文學史上未曾見過的世界。[46]當帝國日本不斷擴張在海外的版圖，並在海外領有殖民地時，自然會接收許多異於本國的異國情調，在殖民地所產生的文學也會充滿異國的色彩，這個日本文學史上未曾見過的寫作方式是跟隨帝國的殖民擴張而來。因此，壯大異國情調文學自然可以等同於開拓日本在海外的領土，所以島田謹二才會在日本的野心往大東亞共榮圈擴大之時，舉異國情調文學為外地文學的重點。島田曾說「假如自覺這個南方外地文學的特殊任務，台灣文學的未來一定是歷歷可見的」[47]，對殖民地台灣而言，這個南方外地文學的特殊任務顯然是要利用外地文學的建構擴大帝國的想像，因為文本能幫助維持一個殖民想像，使一個本來就已經封閉的殖民世界得到強化，隨著帝國再現越來越濃縮，殖民化的象徵過程則可以得到內化。從〈女誡扇綺譚〉所具備的特點來看，可知旅行文學的意義在於，當旅者所理解的域外世界被帶回本國，不但可以幫助帝國人民理解殖民地，透過文本互涉的擴大影響，還能讓論述變成一個定式，在讀者心中形成一個新想像。偵探小說的模式則是利用科學知識帶來的權威，產生一種信服作用，是一種以文學啟動身體規訓的好方式。而異國情調之所以重要，在於它內含許多想像性的語言，以殖民地的野史來說，可以利用它在殖民地的穩定性與被接受度，進行象徵符碼的重製，最後經由轉述達到傳奇性的相信，一個屬於帝國的描寫定式就可以被確認。

當島田以歐洲各帝國為規範進行外地文學的模仿時，明指「今天各外

---

[45] 島田謹二〈佐藤春夫氏の「女誡扇綺譚」〉，前揭文，頁358。
[46] 島田謹二〈佐藤春夫氏の「女誡扇綺譚」〉，前揭文，頁363。
[47] 〈臺灣文學的過去、現在和未來（下）〉，前揭文，頁175。

國的外地文學，不是放縱懶惰的閑文學，卻都是順應一種國策的雄健踏實的文學」[48]，模仿各帝國在外地的「順應國策的雄健踏實的文學」，正是對外國的殖民地文學進行借用與再生產，以文本互涉方式複製殖民話語。在比較外國的殖民地文學之後，島田謹二找到建構日本外地文學的理論根據，而佐藤春夫的〈女誠扇綺譚〉則讓島田發現了建構外地文學論述的好範本，除了此作的文學藝術價值能在讀書市場造成迴響，這篇作品的特點也恰巧符合島田謹二高舉的異國情調文學理論，當〈女誠扇綺譚〉透過有意的建構成功在外地文學論中被文本化，其後一系列複製殖民話語的優秀文本將可以在取得中央文壇認同之後反向操作，將影響力逆向推回外地的讀者，進一步在讀書市場以文本互涉內化帝國的想像。因此，筆者以為在日本如火如荼進行其帝國擴張的 1940 年，這樣的外地文學論欲借文本的影響力以建構帝國想像的企圖，應該更勝於建構文學史本身。

---

[48] 〈臺灣文學的過去、現在和未來（上）〉，前揭文，頁 169。

參考文獻

文獻·專書

- 佐藤春夫:〈女誠扇綺譚〉，邱若山譯《殖民地之旅》，台北：草根，2002年9月，頁191-250。
- 佐藤春夫:〈誘われて台湾へ〉，《詩文半世紀》，讀賣新聞社，昭和38年9月20日，頁188-190。
- 佐藤春夫〈かの一夏の記——とぢめがきに代へて——〉，《佐藤春夫全集》7，講談社，昭和44年5月30日發行，頁429-432。
- 佐藤春夫〈ちょいせんきだん　あとがき〉，《佐藤春夫全集》34，京都：臨川書店（1998年4月），145。
- 佐藤春夫之書簡〈七月——日　佐藤豊太郎宛〉，《佐藤春夫全集》36，京都：臨川書店，（1998年4月），頁38。
- 島田謹二:〈佐藤春夫氏の「女誠扇綺譚」〉，《華麗島文學志——日本詩人の台灣體驗》明治書院，（1995年），頁350-385。
- 島田謹二:〈外地文学研究の現狀〉，《文藝台灣》第一卷第一号，1941年3月。頁40-43。
- 島田謹二:〈台湾の文学的過現未〉，《文芸台湾》第二卷第二号，1941年5月20日。頁3-24。
- 博埃莫:《殖民與後殖民文學》，盛寧、韓敏中譯，瀋陽：遼寧教育，1998。
- 川本三郎《大正幻影》，東京：筑摩書房，1997年5月。
- 河原功:〈中村地平的台灣體驗——其作品與周邊〉，莫素微譯《台灣新文學運動的展開—與日本文學的接點—》，全華科技圖書，2004年3月。
- 木村一信:〈消えた「虹」——佐藤春夫の〈南方〉体験と関東大震災〉，木村一信著《昭和作家の「南洋行」》，京都：世界思想社，2004年4月。頁215-232。

學位論文、期刊論文及其他

- 島田謹二：〈臺灣文學的過去、現在和未來 （上）〉，葉笛譯《文學台灣》23（1997 年 4 月）。頁 159-169。

- 島田謹二作，葉笛譯：〈臺灣文學的過去、現在和未來 （下）〉，葉笛譯《文學台灣》23（1997 年 7 月），頁 174-192。

- 藤井省三〈植民地台湾へのまなざし――佐藤春夫「女誡扇綺譚」をめぐって――〉《日本文學》（1993 年 1 月），頁 19-31。

- 富山一郎著〈殖民主義與熱帶科學：“島民”差異的學術分析〉，《台灣社會研究季刊》28（1997 年 12 月），頁 121-143。

- 李紀祥〈時間・歷史・敘事――可逆性、可斷性、轉述及其他〉，《華岡文科學報》22，（1998 年 3 月），頁 169-189。

- 賴維菁〈不列顛之外的粉紅色世界――試讀安東尼・崔珞普的《澳洲行》〉，《中外文學》27：5＝317（1998 年 10 月），頁 136-159。

- 邱若山〈佐藤春夫《女誡扇綺譚》及其系譜〉，發表於國家圖書館「近代日本與台灣」研討會（2000 年 12 月 22 日、23 日）。

- 邱若山〈旅人的心與眼――1920 年佐藤春夫的台灣之旅〉，《世界文學》2001 年創刊號。

- 姚巧梅〈「女誡扇綺譚」における空間認識について 〉，《曙光》vol.2 no.1（2003 年），頁 128-137。

- 橋本恭子《島田謹二《華麗島文學志》研究―以「外地文學論」為中心》（清華大學碩論，2003 年）。

講評

向陽[*]

本文以島田謹二「外地文學論」為論述基礎，針對島田推為佳作的佐藤春夫所作〈女誡扇綺譚〉進行文本分析，試圖探討〈女誡扇綺譚〉表現出的「外地文學」特色為何，並究問該文在決戰時期的意義何在，作者於前言中提出相當多的問題，而其最終目的則在「探討日本帝國主義論述如何在旅行書寫的文本中產生作用」、「殖民文學對於域外世界的讀解是如何借用與再生產」，論述企圖甚大，作者在分析和論文架構上也相當謹慎，是一篇以後殖民論述為本，重讀〈女誡扇綺譚〉的論文。

由於去年青年文學會議已有邱雅芳從荒廢美的角度，以佐藤春夫〈女誡扇綺譚〉論述島田「外地文學論」之作，本文因此採取另一個視角，即旅行書寫切入，試圖探究該文本與帝國想像的關係，具有相當創見。作者對於島田之論，認為其背後「隱藏國家主義意識」，也很允當。不過，由於佐藤春夫來台在 1920 年，島田推崇該文在 1939 年、提出「外地文學論」則在 1941 年，〈女誡扇綺譚〉之先出，「外地文學論」之後發，兩者之間的關係只存於島田的論述架構，恐非佐藤創作本意，作者對此有必要加以澄清，始不致造成誤解。

其次，〈女誡扇綺譚〉就其內容而言，充滿對台灣易於日本的「異國情調」以及當時來台日人作家雅嗜的「荒廢美」，屬於浪漫主義作品，這樣的作品固然也存在著某種「東方主義」，畢竟以「旅行書寫」或當時日本大眾推理小說的偵探趣味居多〔此亦見作者論述之間〕，以浪漫主義為本，採偵探推理筆法，描述來台旅行趣談的〈女誡扇綺譚〉如何承載島田謹二出於國家主義所倡的「外地文學論」，也不無疑問。

---

[*] 中興大學台灣文學所副教授。

　　我認為，如果作者單純分析〈女誡扇綺譚〉中表現的諸多「異國情調」，解析其中的敘事方式，或許更能印證本論文題目重心：「旅人」書寫的特質，而不一定要跟隨島田的「外地文學論」不可。但如果如此，則對於本文所提「旅行」文學或書寫在日本文學中的定義、偵探推理在 20 年代日本文壇的作用，也就有必要加以清晰定義或說明，才能還原佐藤此作的歷史意義，進而對島田的可能曲解佐藤有所駁正，則本文的參考價值或許更能彰顯。

主流文化場域轉移對臺灣文學的影響

二戰前後臺北城南之「地方」文本研究

張琬琳*　　林育群**

摘要

　　二戰後的臺灣，在中日政權交接與族群結構改變的環境中，臺灣文學的書寫主流和知識份子的國族認同，經歷了劃時代的轉折。戰後臺北文學的中心，轉移到臺北城南的新劃行政區，且作家族群也有了明顯的改變。本文以城南一帶為研究案例，分析此區在大戰前後戶籍結構之變異，以及週邊人文環境的形成過程，並延伸探討此區如何在歷史的脈絡中構築出特殊的文學場域，及其對於 1950 年代以降的臺灣文學書寫，產生哪些關鍵性的影響。

關鍵詞：川端町、文學場域、文化變遷、文藝政策

---

* 臺灣大學臺灣文學所碩士班。E-mail：r93145009@ntu.edu.tw。
** 臺灣大學建築與城鄉所碩士班。E-mail：r91544022@ntu.edu.tw。

前言

　　文學對於「地方」的討論常集中於文本、作家與地方的關係，即文本對地方的描述與作家對地方所產生的影響。而此所指的「地方」，原本屬於一種靜態的客觀外在，是一地理學之核心概念，但近期的研究取向，則關注「指涉了日常活動和互動的場景」，對於地方的理解需跨越文本本身，而取徑於交織在地方內部、外部條件互動的理解，並檢視社會網絡和過程網絡中不同的行動者如何型構了「地方」，從而理解地方是跨界、多重尺度的各種網絡交錯疊合而成的特殊組合或連結狀態[1]。從上述的視角來檢視本文所欲討論的地方：臺北市「城南」[2]地區。臺灣於戰後在中日政權交接與族群結構改變的環境中，由於文化權力中心的轉移與重建，使得臺灣文學的書寫主流和知識份子的國族認同，經歷了劃時代的轉折。戰後臺北文學的中心，從原先本省文人聚集的艋舺、大稻埕一帶，轉移到臺北城南的新劃行政區，且作家族群也有了明顯的改變，多由大陸來臺的知識份子所取代。本文擬以臺北市城南地區爲研究案例，藉此區在大戰前後戶籍結構之變異，以及週邊人文環境的形成過程，並延伸探討此區如何在歷史的脈絡中逐漸構築出特殊的文學生產的場域，從而在地方的尺度之下，又如何影響了 1950 年代以降的臺灣文學書寫、出版與閱讀。

壹、日治時期臺北市都市計畫與城南發展的涉聯

　　清領時期，滿清政府將臺北城之統治中心，擇址於大稻埕（城北）與

---

[1] 關於文本與地方的概念，可參考王志弘：〈地方意象、地域意義與再現體制：1990 年代以降的文山地區〉，《台灣社會研究季刊》第 58 期，2005，p.135-188。

[2] 臺北市的「城南」，以狹義的空間角度而言，是指令愛國西路以南的區域，主要是以植物園、建中與舊公賣局一帶爲主。本文引借「城南」一詞，並非是一狹義的地域概念，而是依循臺北市都市發展的格局，臺北城南與城東是相對於清代已發展的大稻埕及艋舺，屬於以現代都市計畫所開闢發展的區域。

艋舺（城西）兩商業區塊之間，以控制與平衡兩區域的族群矛盾與發展。城內為清朝之府衙（巡撫衙門、布政司使衙門與淡水衙署）、文教建築（書院）與廟宇（天后宮、文武廟），而城東與城南則為大面積的農地與濕地，主要仰賴　公圳灌溉。廿世紀初日人治臺期間拆除原臺北城之城牆，逐步改變清代所遺留的城市建設，代之以大量的仿洋建築與現代建築，成為新的政治中心。

臺北市的發展，以三市街為起點，清領時期，艋舺、大稻埕與城內為臺灣人集居的商業與行政空間，直到日治時代，臺北市計有人口 46710 人，其中以大稻埕為最多，佔 49.6%，艋舺次之，佔 42.2%，而屬於新興區的城南，人口僅佔 8.2%[3]。臺北在日本人統治期間，於 1900 年劃定「台北城內市區計畫」，此為臺北市第一次跨出原有都市範圍的擴張，該計畫維持原先清代的道路系統，並予以拓寬。1901 年劃設「新市街：台北城外南方市區計畫」，該計畫在南門以外的城南方向，進行新接區的規劃[4]。此後，在 1900 年至 1932 年之內，經過了三次規劃性的都市擴張。分別於 1901 年、1905 年、1932 年中，臺北市在日本人的規劃下，進行都市計畫區域範圍實際擴

[3]　陳正祥：《臺灣地誌　上冊》。臺北：南天，1993 二版，p.287。本書再版自臺北：敷明產業地理研究所，1959-1961 之《臺灣地誌》。

[4]　本資料為臺大城鄉所受案於臺北市文化局，針對市定古蹟紀州庵及其週邊環境進行調查研究之委託技術服務案之調查結果。相關資料可參見臺大城鄉所：《市定古蹟紀州庵修復調查研究委託技術服務案報告書》，2005 年 9 月，未出版。日式建築「紀州庵」位於中正區同安街底與水源路交界處，日治時代是高級料理屋與宴客聚會場所，戰後成為公家宿舍，之後屢經祝融，居民在原建築上多次翻修違建，一度面臨被市府勒令拆除、闢為停車場的危機。2002 年臺大城鄉所師生長期奔走，結合地方人士與社區南水岸文化協會之力量，為保存古蹟與鄰近之新店溪自然生態而努力之後。2004 年紀州庵正式被指定為市定古蹟，市府承諾將對於建築與週邊資源進行修復與再利用，並規劃為臺北文學森林，因而委託臺大城鄉所針對週邊相關資源進行調查與研究。本案由臺大城鄉所劉可強教授主持，研究團隊成員為博士生楊清芬，以及碩士生林育群、葉鈺山、游千慧、張琬琳、陳書吟、朱慶大、柯恬伶等人。本論文主要在相關調查結果上，對於臺灣文學生產場域之影響進行分析討論，以呈顯文學研究如何擴及公共領域和文化政策議題之問題意識。本論文並感謝東海大學中文系王蓉同學協助整理部分日文資料。

張，且除了這三次擴張計畫外，另有計畫範圍內的徵收或是局部土地整理[5]。

1905 年，日本臺灣總督府頒佈新的「台北市區計畫」，將艋舺、大稻埕與城內連接起來的，計畫期程至 1929 年，計畫範圍預計可容納 15 萬人口。當時臺北的人口已增至 85,890 人，為全臺灣最大的都市，大稻程人口仍佔最多，約有 56.5%，其次為艋舺，佔 34%，此時新興規劃後的城南地區人口已有 8,138 人，約佔臺北市總人口的 9.5%，其中三分之二以上為日本人。1922 年（大正 11 年），市町改正畫出臺北市新的行政分區[6]，臺北城南劃定之後，有了新的區名，首見「川端町」、「古亭町」以及部分的「兒玉町」等新劃設之區域，取代清領時期之「古亭村」。

總結上述資料來看，日治時期，臺北市人口幾乎以大稻埕、艋舺與城內三地區為最主，之後隨著都市多次計畫性的規劃，以及人口的逐漸增加，臺北市城南地區亦逐漸發展，人口比例也漸進有所增加，但整體而言，戰前的城南人口密集度仍不高，活動力尚不如舊城區，相對於此區的文學活動，亦不頻繁。但在都市計畫中，可顯示日本政府規劃性地將城南打造出生活水平較高、且提供在臺日本人聚居與休憩的新興空間。例如在 1932 年的都市計畫當中兼顧了交通、遊憩、都市景觀及防災避難等多功能之「公園道」[7]，用以連接區內配置之大型公園。再以當時八號公園為例，西至川端橋，東至水道水源地，北以萬新鐵路為界，南至新店溪[8]，面積計有 59.9 公頃，「其中九點九公頃有臺北競馬場、農園設施，上面有草坪、自動遊戲機器等設備，甚者，其相鄰的土地一七點五公頃設置了可容納一萬三千人

---

[5] 同註 6。相關資料可參見臺大城鄉所：《市定古蹟紀州庵修復調查研究委託技術服務案報告書》，2005 年 9 月，未出版。

[6] 相關行政分區資料，可參見簡博秀：《日治時期臺北市：殖民主義下都市計畫與空間構造》，中興大學都市計畫研究所碩士論文，1992。

[7] 日治時期相關公共設施資料，可參見黃武達：《臺北市之近代都市計畫》，臺北：臺灣都市史 研究室，1997，頁 101。

[8] 八號公園規劃，參照「臺北市區計畫街路及公園圖」，《臺北州報》第 765 號，1932 年（昭和七年）3 月 7 日。

觀眾的相撲場」[9]。此公共休閒空間的規劃，可知日治時代有意將城南打造爲休閒社區，以提供在臺日本人更多的遊憩空間，然而這些空間規劃，在戰後國民政府接手治臺後，開始了全然迥異的變化。

臺北文學的發展，與城市各區域的歷史發展、人口結構和人文氛圍，具有相當的關聯性。1945 年前後，國民政府及外省籍人士陸續遷臺，當時臺灣本省籍人士聚集的臺北舊城一帶，如艋舺、大稻埕等區域，由於已聚集稠密的人口，且已有頻繁的人文活動，因此遷臺的外省籍人士，多未居住於本省籍人士聚集的舊城區，而定居於當時人口較爲稀疏的城南地區。臺北城南在戰後迅速地發展與擴張，在往後的十幾年中，城南的人文發展，及其連帶的文學創作成果，已儼然取代了日治時代文風興盛的艋舺、大道埕等區的地位。

貳、都市結構變遷所形塑之人文氛圍

在國民政府遷臺之後，臺北市的人口，呈現明顯的改變，從人口結構的變遷中，可以判讀出臺北市族群結構在在戰前與戰後轉變之情形。日治時代臺北市人口的族群結構，主要以臺籍人口居多，約佔三分之二，日本人約佔全市人口四分之一到三分之一，外省人僅佔 3~6%不等；到了 1945 年，日人比例達到最高，約有 32%，外省人僅 3%；戰後，日本人紛紛回國，中國外省地區來臺的人數迅速增加，到 1957 年時，非本省籍人口已佔臺北市全市人口的三分之一以上[10]。以下表（表一）之人口統計資料來看，1945

9　文出《臺北市概況》，臺北：臺北市役所，1939。此段為譯文，原文為：「川端公園は昭和七年大臺北都市計画公第八号公園として公示せられたもので、広袤実に五九、九ヘクタールを有し内九、九ヘクタールは既に臺北競馬場、農園の施設があり、芝生、自動遊戲機具、緣棚等を設備し、更に其の隣接地一七、五〇ヘクタール観衆一万三千人を収容し得る相撲場の設けがある、其の他の部分は目下地均工事中であるが、此の公園は主として市民の運動体育に関する施設を行ふ予定で、全地域の完成には尚相当の年月を要する。」
10　同註 6。

年之後，日本人人口數遽減，在往後的五年間，外省籍遷臺人士則以數十倍增加，十年間，外省籍人士已遠超過原居於臺灣之日本人數量，使得戰後臺北市居民族群結構的轉變，形成了不一樣的文化氛圍。

表一、臺北設市後歷年戶數及人口數一覽表

年份	戶數				人數			
	全市總計	本省人	外省人	日本人	全市總計	本省人	外省人	日本人
1920	42,390	25,983	2,649	13,721	164,329	109,141	9,513	45,675
1925	47,420	28,597	3,550	15,219	201,374	133,201	13,300	54,843
1930	57,191	33,136	4,431	19,549	240,435	154,694	15,372	70,369
1935	68,293	40,684	4,884	22,604	287,846	187,975	17,347	82,130
1940	74,739	46,202	3,532	24,932	253,744	239,468	13,341	100,554
1945	77,057	46,428	2,758	27,805	335,397	218,784	9,130	107,269
1950	106,707			69	503,450	336,228	166,858	104
1955	153,474			—	704,124	438,380	265,744	218

註：戶數與 1935 年以後人數未列其他少數外僑（外國人、朝鮮人），故後三者相加和全市總計略有出入。資料來源：1950 年以前根據《臺北市人口統計》，台北市政府編印，1950 年。1950 年後由台北市政府提供。

　　值得注意的是，由於日本政府有計畫性地規劃出居住品質較高的日本人聚居區，當時日本人的分佈主要集中於臺北城的東、南部，也就是舊稱城內以及該區以東和以南的郊區，大致是今日沿羅斯福路向南與仁愛路向東圈畫的區域，兩區多日本型式的房屋建築，爲官員居住，而此區即爲今

之臺北城南與城東一帶。以城南的川端町[11]爲例，此町有八號公園之遊憩公
共空間，故維持了低密度住宅的居住環境，根據 1925 年的統計，當時川端
町人口密度爲每千坪 4.8 人，而當時城內的榮町[12]爲每千坪 55.9 人，臺人聚
居的永樂町（原大稻埕一帶）與入船町（原艋舺一帶）人口密度每千坪均
超過 200 人。到了 1940 年，川端町的人口密度每千坪爲 31 人，榮町每千
坪爲 72.4 人，永樂町與入船町人口密度都在每千坪 250 人上下[13]，川端町
的居住密度明顯低於城內與臺人居住區。更細緻地來看川端町的臺日人口
組成，根據 1930 年的統計，1799 名人口中，臺灣人佔 578 名（32.1％），
日本人佔 1197 名（66.5％），其他 24 名，到了 1940 年，住戶增加爲 6121
人，其中臺灣人佔 1215 名（19.8％），日本人爲 4865 名（79.5％），朝鮮人
21 名，其他 20 名，顯示川端町爲日人居住的區域。《臺灣地誌》亦記載：「臺
北市的純粹住宅區，可分爲四塊。一在東南部……。二在*南部*，也就是南
昌街以南，從萬華到新店的鐵道兩側的住宅區，亦多屬日本式平房。1945
年時……川端町（現在廈門街一帶）人口密度爲每公頃 144 人，日本人佔
全町人口 79％。」[14]。下表以川端町（今大安區之古亭次分區）爲例，從
1930 年至 1940 年人口數結構如下（表二）：

表二、臺北川端町歷年人口數及族群比例

年代	人口	備註	資料來源
1930 年 （昭和 5 年）	1799 人	台灣人 578 人(32.1%) 日本人 1197 人(66.5%)	昭和 5 年國勢調查結果中間報(台 北州台北市)

---

[11] 日治時期的川端町，即爲今日臺北市中正區網溪里、河堤里、螢圃里與螢雪里一帶。
[12] 日治時期的榮町，即爲今日臺北市衡陽路、寶慶路、秀山街之全部及重慶南路一段、博愛
　　路、延平南路之一部份。
[13] 簡博秀，《日治時期臺北市：殖民主義下都市計畫與空間構造》，中興大學都市計畫研究所
　　碩士論文，1992 年，頁 103-107。
[14] 同註 5。

		其它 24 人	
1934 年 (昭和 9 年)	4006 人	台灣人 842 人(21.0%) 日本人 3132 人(78.1%) 其它 32 人	台灣常住戶口統計(第 17 頁)
1935 年	4207 人	台灣人 820 人(19.5%) 日本人 3340 人(79.3%) 朝鮮人 14 人 其它 33 人	昭和十年台北市統計書(第 16 頁)
1940 年	6121 人	台灣人 1215(19.8%) 日本人 4865(79.5%) 朝鮮人 21 人 其它 20 人	昭和十五年台北市統計書(第 10 頁)

　　戰後日本人紛紛回國，此區官舍與戶籍權屬，則為國民政府與中國來臺的外省籍人士所接收，原本日本人集中的地區多由外省籍人口填補，包括城中區、大安區與本研究範圍座落之古亭區[15]，這些戰前原為日本人分佈最多的區域，現在此區的外省籍人口比率皆超過 50%，且戰後日人返國，本區部分日式住宅改為公教宿舍，如目前臺北市所指定的李國鼎故居原為總督府交通局遞信部官舍為省府秘書處接收[16]，市定古蹟紀州庵設屬省政府社會局，建功神社周邊宿舍則為國語推行委員會所用，同安街、青田街與溫州街等日式住宅變更為內政部宿舍與臺大、師大教師宿舍等，因此政府雇員以及教員成為城南重要人口組成。戰後臺北市由於人口增加的緣故，逐漸向外圍擴張，且外省籍人士在戰後落腳於城南，加上生活水平較高的政府官舍與公教人員在城南聚居，以及大學知識份子在此區的活動頻繁的緣故，使此區在文化上，形成新的一股人文勢力。

---

[15] 戰後，川端町、古亭町與水道町均劃入中正區古亭次分區的行政範圍。
[16] 《李國鼎故居調查研究修復報告書》，臺北：臺北市政府文化局，2005。

參、臺灣文學主流的轉變與確立

　　二次大戰後的臺灣，在中日政權交接與族群結構改變的環境中，由於文化權力中心的轉移與重建，使得臺灣文學的書寫主流和知識份子的國族認同，經歷了劃時代的轉折。而臺北文化的重心，從原先本省文人聚集的艋舺、大稻埕一帶，轉移到臺北城南的新劃行政區，當然作家族群也有了明顯的改變，多由大陸來臺的知識份子所取代。經由都市計畫統計資料與人口結構的分析，將可延伸討論戰後臺北城南一帶人文環境的形成，及其如何在歷史的脈絡中逐漸構築出特殊的文學場域，與其如何涉聯臺灣文學史上的相關議題。

　　城南一帶的居民族群與職業結構的改變，使城南漸漸形成孕育文學的溫床，以人文活動最密集的今中正區與大安區爲例，1950 以降，許多文學性報刊曾在此發行，例如《純文學》、《自由中國》、《創作月刊》、《藍星》、《公論報》、《文學雜誌》、《仙人掌》、《大學雜誌》、《文學雙月刊》、《中外文學》、《文訊》、《中國現代文學理論季刊》、《國文天地》、《新生報》、《現代文學》、《國語日報》、《現代詩》、《創世紀》、《文星》等，另外「中國文藝協會」、「世界華文作家協會」、「中國作家藝術家聯盟」、「中華民國兒童文學學會」、「中華民國筆會」、「中華民國新詩學會」、「中華民國歷史文學學會」、「耕莘青年寫作協會」亦曾設址於此地；還有許多重要的文學家與學者，如夏濟安、吳魯芹、洪炎秋、臺靜農、鄭騫、齊邦媛、何凡、林海音、林文月、余光中、王文興、楊牧、子敏、亮軒、紀弦、隱地、侯吉諒等人，亦居住於此；知名的文學出版社，如純文學、爾雅、洪範、星光、林白、吳氏、人間、文史哲出版社，皆設址於此區，區內的舊書街牯嶺街，亦是昔日書刊與文化交流的中心，另外金石堂、遠流等文化機構，也在城南創始發跡。試以地圖點示 1945 年以後的二十年間，位於臺北市之主要文

學期刊、文學社群與作家居住地之分布狀況（圖一、圖二）[17]：

圖一 主要文學期刊、文學社群與作家居住地之分布狀況

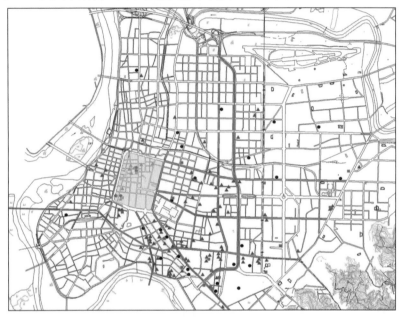

※標記說明：三角橘色為作家住所、綠色方塊為出版社、藍色圓點為文學社團

---

[17] 本圖根據研究者所蒐集之居住於臺北地區之作家、文學出版單位與社團地址，逐一點示於臺北市地圖上製成。相關地址資料除本案研究者之調查結果外，亦感謝中國文藝協會王吉隆（綠蒂）理事長、賴和文教基金會、文訊雜誌社以及不願具名的文學同好之提供。文後原附錄有詳細地址資料可供查閱，但為保護個人隱私，不公開授與出版翻印，敬請見諒。

圖二、城南一帶文學位址分佈狀況

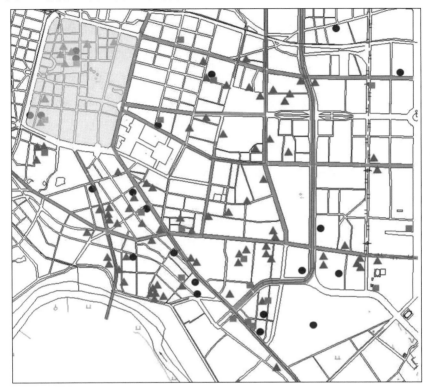

※標記說明：三角橘色為作家住所、綠色方塊為出版社、藍色圓點為文學社團

　　臺北城南豐富的文學氛圍，及其所孕育出的文學作品，反映了 1950 至 1960 年代臺灣文學的概貌，除了產生大量懷鄉與反共作品，現代派文學也在此發跡，且新詩創作的成果亦豐富。居住於城南的文人在本地組織文學社群，使得城南形成特殊的文化氛圍，而此時多數文學作品的發表場域，也經常是設址於城南地區的期刊雜誌，此外，透過眾多書店與舊書街的媒介，讓文人在此區容易接收到各類文學創作，也提供了較為低廉而便利的文學交流管道。

一、城南地區在反共文藝政策中的指標性意義

　　除了空間環境因素之外，戰後國民政府文化政策的強力施行，亦是促成城南文風成為文學主流的主因之一，1950 年代的臺灣政局，正值國共分立、兩岸隔閡的情勢，執政者曾以強勢的文藝政策，主導了一時代的文學走向[18]，國民政府以文武雙管齊下的方式，在民間與軍中開展文藝運動，以團結全國藝文人士、實踐三民主義文化建設與反共建國為目標[19]，由於文學與政治的結合，使得「反共」與「懷鄉」成為當時文學書寫的主流。1950年 4 月，國家成立「中華文藝獎金委員會」，以高額的獎金，獎助撰寫反共文學作品的作家，並將 5 月 4 日定為五四文藝節，結合上百位作家，於當日成立「中國文藝協會」，會址即座落於此區。

　　當時這官方色彩濃厚的「中國文藝協會」，最興盛的時候有七百多位會員，同樣具有官方文藝主導性質的「中華民國新詩協會」也有兩百一十多位，囊納了戰後眾多中文書寫作家群[20]，另外亦有「中國詩歌藝術協會」之成立。左營海軍出身的軍中詩人，如洛夫、張默、大荒、　弦，等人，皆曾參加中國文藝協會的新詩研習班，據採訪口述，當年他們都是熱血沸騰的文藝青年，經常豪放地跳到桌上表演詩歌朗誦[21]。中國文藝協會在城南之水源路上、靠金門街、面臨新店溪之處，從同安街走上河堤之後，可以看到「中國文藝協會」[22]。協會經常舉辦各種文藝研習活動，培養許多小說、

---

[18] 有關 50 年代官方文藝政策的推展及影響，可參見鄭明娳，〈當代臺灣文藝政策的發展、影響與檢討〉，收入《當代臺灣政治文學論》，臺北：時報文化，1994，頁 11-71。

[19] 中國文藝協會成立的宗旨，在會章第二條中闡明：「本會以團結全國文藝界人士，研究文藝理論，從事文藝創作，展開文藝運動，發展文藝事業，實踐三民主義文化建設，促進世界和平為宗旨。」

[20] 本段為研究者採訪當年中國文藝協會作家王牌（王志濂）之口述紀錄，王先生回憶當年協會在的盛況與會員眾多的情形，然而今非昔比，作家感觸猶深。

[21] 同上註，當年詩人朗誦詩歌的場景，為王先生之口述回憶。

[22] 本段為研究者所進行之口述採訪，由余光中先生本人口述中國文藝協會與新店溪堤岸的相對位置。

攝影、美術人才，並定期舉辦各種文藝社會活動，提供作家與讀者對話交流的機會，此協會的主要委員，多都是當時重要的文藝政策主導者與知名作家，如張道藩、陳紀瀅、王平陵、趙友培、王藍、李辰冬等人，他們提倡「軍中革命文藝」，並組成「文化清潔運動專門研究小組」，主導當時文學作品的書寫傾向[23]。

　　1950 年代的中國文藝協會以優渥的稿費與獎金攏絡作家[24]，使得反共懷鄉的創作成為一種書寫的流行，也產生了不少優秀的作者，潘人木、王藍等人，這些作家的活動範圍，亦多於城南地區[25]。曾經設址於此區、引領臺灣文壇的中國文藝協會，見證了臺灣島上人民歷史記憶的消長，即外省籍千萬人棄家離鄉、顛沛流離到臺灣的經驗，以及本省籍文人甫脫離日本殖民，卻面臨語言書寫系統轉換的困境而沉寂文壇，而使文學主導地位從本省文人聚集的舊城區漸漸轉移到城南新興地區的歷史見證。

二、學院菁英與文學社團之人文激盪

　　50 年代的臺灣文學一方面在國家政策指導下，膺循官方反共救國書寫與論述；另一方面民間文人與學界彼此交遊結社，亦成為一股文學勢力，從文學語言的理論探求與實驗創作，以嘗試國家大論述之外的藝術美學。在城南所產生的民間文學社群與期刊，如《純文學》、《自由中國》、《創作

---

[23] 可參見中國文藝協會紀念手冊《十四年來的中國文藝協會》（1964 年），感謝中國文藝協會王理事長提供當年相關活動資料。

[24] 《文藝創作》徵稿辦法中記載，當時短、中、長篇小說第一獎的獎金分別為三千元、八千元、一萬二千元，以當時物質環境而言，是極為可觀的獎勵。中華文藝獎金委員會得獎作品與 1950 年代小說相關研究，請參見梅家玲：《性別，還是家國？──五○與八、九○年代臺灣小說論》。臺北：麥田，2005，頁 63-126。另據王志濂先生口述，他的第一篇作品〈別〉，發表在中國文藝協會的〈文藝創作〉（張道藩發行）小折頁中，稿費五十元，當年一個少尉一個月薪水也不過五十四元。

[25] 根據林海音的女兒夏祖麗口述，作家王藍、潘人木經常與到位於城南的純文學出版社的林海音家中作客；另外林良先生經本研究者探訪，亦提及潘人木在 1950 年代，於城南一帶活動頻繁。

月刊》、《藍星》、《文學雜誌》、《大學雜誌》、《中外文學》、《中國現代文學理論季刊》、《國文天地》、《新生報》、《現代文學》、《國語日報》、《現代詩》、《創世紀》等等，這些文學社群在城南相互切交遊與發掘新作，爲戰後臺灣文學激勵出許多優秀的作家與作品。

　　鄰近臺灣大學與師範大學的城南地區，在戰後由於文藝青年們的結社聚集與切磋交流，留下許多文學作品，例如 1948 在廈門街創刊的《創作》月刊，是師範大學師生共同主持的刊物，當時社會主義思想在知識份子間蓬勃發展，表現在文學創作的風格亦如此，此即反映知識青年對於文學與社會的理想[26]，《創作》月刊出版爲期不長，但仍具有一定之編輯規模[27]，此雜誌應是戰後本區最早以中文書寫的學院派文學雜誌。

　　另外，1956 年由臺大教授夏濟安、吳魯芹、明華書局創辦人劉守宜，和香港的林以亮先生合辦的《文學雜誌》，爲臺灣文學學院書寫搭起舞臺。《文學雜誌》雜誌社址在發行人劉守宜的寓所中，即城南的同安街內。余光中曾述及當年，巷中經常有夏濟安、吳魯芹的蹤跡：「那一帶的斜巷窄弄，也常聞夏濟安、吳魯芹的咳唾風生，夏濟安因興奮而羞赧的臉色，對照著吳魯芹泰然的眸光」[28]。《文學雜誌》廣泛介紹西方現代派理論，並刊登西

---

[26] 《創作》月刊第一期發刊詞：「本刊內容是以創作爲主的，在形式和編排方面，我們儘量使它活潑和輕鬆，我們絕對不抵起道學的臉孔，我們也不談論天下大事，不登官樣文章，我們介紹文學名著及探討研究文學的實際理論外，願意儘量的去寫社會上血淋淋的現實，並深入民間及社會每一角落，爲無數窮苦無告的人們，作正義的聲援，以冀取得社會的同情，而作積極的改進。」

[27] 《創作》月刊於 1948 在本區廈門街創刊，編輯部設於本區浦城街 6 巷 11 號。戰後初期，不少大陸人士來臺灣從業、觀光或應聘任教職，而《創作》月刊，主要是以在臺灣的大陸籍師生爲主的一份刊物，於 1948 年 4 月 1 日創刊，同年 9 月停刊，前後半年，出版 1 卷 6 期 4 本，爲臺灣戰後初期大學生文學之文藝創作保留重要文獻，其內容多樣包含創作、散文、詩歌、報告文學、翻譯、文藝理論、雜文、批評、介紹、劇本、木刻、漫畫，撰稿者多爲當年大陸來臺的臺大、師大知名學者與省立師範學院（今臺灣師範大學）學生，如臺靜農、周學普、李霽野、錢歌川、黎烈文、何估、高亞偉、潘守先、許志儉、許世瑛、章仕開、黃肅秋、趙景深等人。

[28] 余光中：《日不落家》，臺北：九歌出版社，1998，頁 130。

方和臺灣的現代派作品，對文壇產生重要之影響。經由夏濟安的引領，在當年提攜了許多文藝青年投入文學創作，例如陳世驤、夏志清、思果，以及夏濟安的學生白先勇、王文興、陳若曦、李歐梵等人。之後夏先生赴美，他的學生白先勇、王文興等人發起的 1960 年創刊的《現代文學》雜誌，也曾在城南編輯發刊，雜誌囊括了眾多青年作家，也影響了臺灣現代主義文藝思潮的興起[29]。

據王文興向研究者口述，其《家變》的場景，即來自於他所居住之同安街的式建築「紀州庵」：「他們底家是一座舉行平舍。他初入時覺得像火車長車廂一樣。這屋舍共有兩間寢室，室前隨有一道大廊，廊前一排落地玻璃溜門。室後還有一條細窄走廊，廊邊是兩扇玻璃正窗，外邊有兩棵桂花木。」[30]。

詩人余光中述及城南如何收藏著那一代作家永生難忘的空間記憶與文學想像，他曾久居於廈門街 113 巷中，在余光中的散文〈思臺北・念臺北〉中曾說：「廈門街，水源路那一帶的彎街斜巷，拭也拭不盡的，是我的腳印和指紋[31]。」，余光中的詩作，經常可見廈門街的影子，例如詩作〈月光曲〉，詩人寫廈門街在月光下 長而唯美的夜景：廈門街的小巷纖細而長／用這樣乾淨的麥管吸月光／涼涼的月光／有點薄荷味的月光[32]。晚年余光中回憶居住於臺北城南廈門街的生活：「那條廈門街的巷子當然還在那裡。臺北之

---

[29] 以臺大外文系學生組成的「現代文學社」為核心編輯群的《現代文學》，包括：白先勇、王文興、陳若曦、歐陽子等臺大外文三年級學生，雜誌於 1960 年創刊，直到 1973 年的第五十一期才停刊，前後共歷十三年，期間曾以廈門街 113 巷 8 號作為發刊地。雜誌的編輯群，前後屆都不乏今日知名的作家，例如葉維廉、叢甦、劉紹銘，以及王禎和、杜國清、鄭恆雄等，而曾在此刊發表的作者之眾，幾乎日後知名的作家都曾在此雜誌上發表過作品，例如余光中、李昂、施叔青、林懷民、黃春明、陳映真、楊青矗、七等生等人，雜誌系統性地介紹了西方現代主義的理論和作品，亦造就了一批作家，這些作家受西方文學的影響，為臺灣文學開發出新的文學語言與書寫技巧。

[30] 文本請參見王文興：《家變》，臺北：洪範，1978。

[31] 余光中：〈思臺北・念臺北〉，《青青邊愁》，臺北：純文學出版社，1980。文中一再提及作者居住於廈門街，對此區產生濃厚的情感，對於臺北，余先生自嘲自己是患了「臺灣相思」。

[32] 余光中：〈月光曲——杜布西的鋼琴曲〉，《余光中詩選：1949~1981》臺北：洪範，1081。

變，大半是朝東北的方向，挖土機對城南的蹂躪，規模小得多了。如果臺北盆地是一個大回聲谷，則廈門街的巷子是一條曲折的小回聲谷，響著我從前的步聲。我的那條「家巷」，一一三巷，巷頭連接廈門街，巷尾通到同安街，當然仍在那裡。這條窄長的巷子，頗有文學的歷史。」[33]余光中亦提及詩人黃用也曾居於此，門牌只差余光中家幾號，一陣風過，兩家院子裡的樹葉都會前後吹動。他說，只要是他的忠實讀者，沒有不知道廈門街的，因他常在作品中提及此居：「(我)近半輩子在其中消磨，母親在其中謝世，四個女兒和十七本書在其中誕生，那一帶若非我的鄉土，至少也算是我的市井、街坊、閭里或故居。若是我患了夢遊症，警察當能在那一帶將我尋獲」[34]。覃子豪和余光中等人成立的「藍星詩社」，詩刊的編輯部亦曾坐落於城南，而與詩刊有合作關係的《公論報》與「林白出版社」也在此區[35]，文人因地緣相近的緣故而交流頻繁，且經常合作經營文化事業，使城南充滿濃厚的文化氛圍。

三、副刊、出版社與語文教育單位構築出文學氛圍

除了學院裡推動文學發展的知識青年之外，城南眾多的出版社與文學

---

[33] 余光中：《日不落家》，臺北：九歌出版社，1998，頁130。

[34] 同註30，p.131。

[35] 藍星詩社成立於1954年，社長覃子豪，主要同仁有余光中、鍾鼎文、夏菁、蓉子、鄧禹平等人，後來加入的有羅門、周夢蝶、張健、向明、瘂弦、楚戈、吳宏一等人，1980年代加入的新秀有苦苓、羅智成、方明、趙衛民等人，社址原於宜蘭覃子豪家中，後因覃子豪病逝，由余光中接手編輯，而遷至本區廈門街113巷。1954年到1964年，是藍星的十年黃金期，社員主導了當時的臺灣詩壇，並多為現代詩論戰的健將。1964年到1984年間，詩社由羅門、蓉子夫婦經營維繫，社員偶有交流，1982年《藍星詩刊》由林白出版社贊助復刊，由羅門擔任社長，向明主編。如今《藍星詩刊》改為《藍星詩學》，由淡江大學中文系出版，由余光中任發行人，社務委員仍為藍星新老同仁。藍星詩社長期在臺灣詩壇扮演重要的角色，它的資格最老，刊物最多。藍星最早在《公論報》上出版《藍星詩頁》，繼而由覃子豪主編《藍星季刊》，余光中和夏菁主編《藍星詩頁》，同時還有《文學雜誌》上的專欄、《文星》雜誌上的詩頁。至今，藍星詩社出版的評論集約五十餘種，詩集近百種，詩刊、詩頁有三百五十種左右，為臺灣新詩發展提供了豐富的作品。

社團，亦是文化推手。其中尤以林海音主持聯合報副刊（1953-1963）與「純
文學」出版社（1968-1995）期間，對文學的貢獻頗深。何凡與林海音夫婦
將畢生心力投注於文學，除編輯「文星」雜誌外，並提攜了眾多作家與文
學新人，也熱情將自家闢為開放性的藝文空間，讓文人經常有機會聚首交
流[36]，位於城南重慶南路三段的林海音家，「溫暖的客廳永遠是開啟給朋友
的」，像是「臺灣的半個文壇」[37]。尤其注意的是，林海音提攜了許多女性
作家與本省籍創作者[38]，讓臺灣文學更兼容並蓄地呈現其多樣的風貌。

　　除「純文學」等重要的出版社與刊物之外，「國語日報社」亦是本區
重要的文化社群，經歷建功神社（今植物園）、長沙街乃至於最後落腳的福
州街，「國語日報社」衍生自「國語推行委員會」，該委員會所屬的工作人
員多居住於重慶南路三段一帶，並任教於國語實小，為國語語文教育最早
的重鎮，而國語日報的發行更標誌著語文教育的向下紮根與全面推廣。據
曾擔任社長的林良先生口述，早期專欄寫作都靠人工收發稿件與樣版，撰
稿者多為居住於城南一帶的作家與大學教授，報社總是定期請工友騎著腳

---

[36] 林文月與何凡、林海音夫婦相交甚深，在為《林海音傳》傳序時寫道：「海音姐極熱心好客，
她和夏承楹先生的家，常藉海內外文人的來往，便有大小的宴聚，儼然成為臺北文藝界的
一處沙龍，我所尊敬的前輩作家如喬志高、殷張蘭熙、琦君和潘人木諸位，都是在那種場
合中認得。其後，海音姐、Nancy（蘭熙的朋友都如此稱呼）、外文系齊邦媛教授與我四人，
更經常相約，輪流作東，於臺北的各餐館、咖啡廳，忙中偷閒聚敘」引文出林文月：〈兩代
友情〉收入夏祖麗：《從城南走來——林海音傳》序文。臺北：天下遠見，2000。

[37] 「當年的林先生家的客廳，就是臺灣文壇的一半」此句原出於作家隱地之口，之後成為文
壇盛傳的佳言。隱地自小即在城南長大，且曾與林海音之子夏祖焯同窗，受教於夏家極深。
研究者採訪隱地時，隱地特別述及他年輕時即常到林家作客的情形。隱地先生的成長故事，
以及他在臺北城南生活與接觸文學的回憶，可參見隱地散文作品集《漲潮日》臺北：爾雅，
2002。

[38] 由於戰後初期，能以流利中文創作的本省作家不多，「聯副」最初無論是投稿、約稿，都是
以外省籍文友居多，林海音主持聯副時，破例連載刊登了本省作家作品，引起文壇矚目，
鼓舞了許多本土作家拾筆創作。如施翠峰、廖清秀、鍾肇政、文心、陳火泉、鄭清文、林
鍾隆、鍾理和、張良澤、黃春明、七等生、林懷民等人，皆受林海音提攜。此外，林海音
也重視女性作家的才華與細膩的文筆，琦君、羅蘭、潘人木、小民、董陽孜等女性作家，
經常在聯副發表作品。相關資料可參見夏祖麗：《從城南走來——林海音傳》臺北：天下遠
見，2000，頁161-166。

踏車,到編者與作者家中收稿,最遠及於溫州街一帶[39],夏祖麗女士也提及父親與母親收送稿件的情形:「有時先交一半稿子給報社去排版,等另外一半完成後再請工友來收」。報社與編輯、作家與讀者的文學繫聯,在城南蜿蜒的街巷中規律而沉靜地展開,文學的種子於是發芽茁壯,城南的文學風華,在戰後帶動了整個臺灣文學的發展。

結論:臺北城南──戰後臺灣文學場域的成形

城南地區在戰後成了蘊育臺灣文學的溫床,也是戰後臺灣菁英文學的搖籃,臺北城南在戰後二十年間,形成一個豐富的文學生產場域,其文學氛圍濃厚,在臺灣文學上佔有重要地位。城南成為戰後臺灣文學主導場域,可歸結以下幾點主因:一是由於本區鄰近臺大、師大兩所大學,不論是大師學者抑或熱衷於文藝創作的學生,其日常生活範圍不脫離此區,尤其是公務人員與教授宿舍,多聚集於此地,因而志同道合的知識青年文藝社群組織容易群聚於此,且在那個青年們提倡愛國、熱血與心繫文學的時代,彼此容易激發出亮眼的文藝傑作。

第二個原因,即出版業和舊書攤的聚集,本區的牯嶺街在戰後物質生活較為貧困的環境中,形成交流新舊文學與藝術品的中心,其舊書攤的價位與銷售,正滿足了當年文人作家的經濟現實需求,他們可以藉由舊書交換與買賣,既減輕知識所承載的經濟負擔,又能獲得更多的新知;另外出版社與期刊編輯部在此地的聚集,讓不論是擔任編輯的文化工作者、或是負責撰稿的作家學者,都在此區進行作品交流與分享活動,使得文人在此出入頻繁,整體空間環境漸漸形成一種文化氣質。

第三重因素,則是歷史因素對文學產生自然推進的作用,由於日本殖

---

[39] 本段為研究者所進行之口述採訪,由林良先生本人口述早期國語日報如何在儉樸的環境中,用人工走訪於城南一帶,在編輯與作家之間進行收稿、審稿與送印出版的繫聯工作。

民時期，本區地籍與屋舍多為日本人與統治者所有，戰後國民政府接管殖民政府財產，將此區劃歸為公務人員與教師眷舍區。當時由於國家嚴格執行反共與文藝戰鬥之政策，使得這些知識份子一方面在國家政策指導下，以其愛國熱情書與反共與懷鄉之作品，以激勵民心；另一方面，不少知識份子除了在時代氛圍下，因受統治當局阻擋而無法多加批判時事，因而轉為追求文學與藝術表現與理論本身的深層實驗與創新探究。這種高層文化菁英聚集的人文現象，迸發出臺灣現代主義的光芒，將臺灣文學向前推進一大步，也因此促成了 1970 年代的鄉土文學反思，與近十年的後現代美學潮流。

第四則是因為語言政策的扭轉，影響文學消費與生產的主流。戰後國民政府厲行國語政策，使得日治時期習慣以日文書寫的文人，因無法銜接這突來的語言轉換瓶頸，致使這些跨語時代的作家們（多數為本省籍），被迫中輟創作。臺灣文學生產與消費的主流於是漸漸由熟稔中文書寫系統的外省籍作家與中文讀者群所取代。

綜合以上四點，可見在城南的學院菁英、文學刊物的編輯與出版社群、官方性質濃厚的文藝性社團等取向與性格不同的文學團體，是此區文學生產與再生產的行動者，他們藉由不同的社會過程，如書寫、編輯、出版與聚會，建構並再生產了各自的意識型態，進而影響整個臺灣文學的發展。1950 至 1970 年的城南，除了鄰近政治中心而文教發達之外，更重要的是，區內大小不同的文學社群，成為地方書寫以及文化流通事業的行動者，從而重新轉變整個文學臺灣在戰後的走向。這樣的人文條件也從外而內，持續作用在城南的空間發展上，1970 年以降，爾雅、洪範、人間等出版社持續在城南創設，且文學事業至今仍在此區不斷繁衍中。儘管由於外在條件的開放，使得今日有更多不同的環境因素影響著城南文學的形貌，然而文學確實根深柢固地城南日常生活的一部份，城南的場景與空間真實地呈現

在作家所創作的小說、散文與詩等文本中。而文學的行為，也持續發生在日式宿舍裡作家聚會的場景當中，以及往來收送刊物、文稿的過程中鋪展著。藉由地理學與文學交互的辯證，可以確知的是，城南為臺灣文學的發展提供一個空間尺度與社會過程，而文本也可以藉由空間的定位和構築，真實還原在生活的情境裡。

參考文獻

中文部分

- 《北部區域計畫—第一次通盤檢討》，臺北：內政部，1995。
- 柯瑞明編印：《臺灣風月》，臺北：自立晚報文化出版部，1993。
- 黃武達：《日治時期臺北市之近代都市計畫》，臺北：臺灣都市史研究室，1997。
- 陳正祥：《臺灣地誌》，臺北：南天書局翻印，1993，2 版。
- 《臺北市發展史》，臺北：臺北市文獻會，1983。
- 薛月順：《臺灣省政府檔案史料彙編：臺灣省行政長官公署時期》，臺北：國史館，1996。
- 陳紀瀅：《百年來中國文藝的發展》，臺北：重光文藝，1977。
- 何寄澎：《文化、認同、社會變遷：戰後五十年臺灣文學國際學術研討會論文集》，臺北：文建會，2000。
- 梅家玲：《性別，還是家國？——五○與八、九○年代臺灣小說論》，臺北：麥田，2004。
- 張誦聖：《文化場域的變遷》，臺北：聯合文學，2001。
- 王志弘：〈地方意象、地域意義與再現體制：1990 年代以降的文山地區〉，《台灣社會研究季刊》第 58 期，2005。

英文部分

- Bourdieu, Pierre. The field of cultural production : essays on art and literature.New York :Columbia University Press. 1993.
- Bourdieu, Pierre. The rules of art :genesis and structure of the literary field. Stanford, Calif. :Stanford University Press.1996.

日文部分

- 橋本白水：《島 都》台灣：南 出版協 ，1926。
- 台北市役所：《台北市政二十年史》，台北：台北市役所，1940。
- 野口保興：《帝 大地誌》，成美堂書店、目 書店，1915。
- 《台北 誌》，台灣：台 日日新報社，1919。
- 《台北市案 》附頁：台北市地形圖。台北：台北市役所，大正十五年版，1928。
- 〈台北市區計畫街路及公園圖〉，《台北州報》765 ，1932。
- 《台北市概況》，台北：台北市役所，1939。
- 《台北市十年誌》台北：台北市役所，1932。
- 《台北市六十餘町案內》，台北：世相研究社出版部，1928。
- 《台北市案內：台北市地形圖》台北：台北市案內，1929。
- 《台北市町名改正案內》台北：南國出版協會，1920。

講評

應鳳凰[*]

　　放在研討會以「文學越界」為主題的框架底下，本文在方法論上結合了「文學」與「地理」的研究概念，打破以往文學研究總是專注於「文本」或只在「個別作家」身上打轉──以「台北城南」一地作為研究案例，分析這地區在大戰前後戶籍結構、族群、人口變遷，進而週邊人文環境轉變的過程。40 年代後期日本戰敗，中日政權交接，族群結構於是在台灣產生劇烈變化，文學主流與國族認同在此地經歷前所未有的轉折。本文透過「文學」與「台北城南」變遷過程，交互辯證，展示台北文化（權力）中心如何由北向南轉移，並延伸探討臺灣文學場域的變遷與轉型，給台灣文學研究一貫的「文本中心」之外，打開另一個研究空間，呼吸到不一樣的空氣。常看到結合「文學與歷史」的研究方式，例如對某個文學事件先後關係的整理，或對某位作家生平如書信、日記的搜尋與查證，而比較少看到「文學與地理」結合的方式，在方法論上所提供的新意是本篇論文頭一個特點。

　　一般文學史為了讓「各期段落」清晰呈現，總是戰前一章，戰後一章，於是「戰前」與「戰後」成了沒有交集的兩邊，互相之間像是沒有關連。本文第二個特點是，利用一個地點──「台北城南」，透過此地在大戰前後戶籍的改變，人文重心由北到南的轉移，巧妙將戰前戰後的歷史接合起來。政權的更替，時間的流動，於是由「同一個地理空間」展現出來。本研討會三大標題：「異同、影響與轉換」，此處當是第三項的「轉換」，既是人口的，人文重心的轉移，也是文學場域的變遷與轉換。

　　日據時期台灣文人聚集在台北城的萬華、艋舺一帶，國民政府來了以

---

[*] 成功大學台灣文學系副教授。

後，接收城南的日本官舍，改作公務員和教師宿舍，於是從人口結構，展示了人文重鎮（或文化重心）由北向南移的樣貌——台灣殖民政府或統治者的改變，造成人口結構的位移。也就是說，透過地理，來解釋文學歷史。此一變遷過程可分兩個層次：

(1) 地理的層次——以 1949 年爲界，人文空間從北邊的萬華移到台北城南的古亭區，這是地理上的變遷。

(2) 人的（或族群的）層次——以 1945 年爲界，日治時期本省籍文人集中於萬華一帶，所謂南移，不是這些文人南移，是重心南移，「城南」已經改變爲「大陸來台知識份子」的聚集。族群因爲政權的更替而改變，戰前萬華那一批文人與「戰後古亭區」（即台北城南）已經不是同一批文人，可惜在這個層次上，本文著墨較少。

由此延伸，便看出本文「題目」欠妥之處。（編者按：本論文於發表時篇名爲〈戰後文化主導場域之轉移及其對臺灣文學的影響——以臺北市城南一帶爲例〉）不妥之一：題目的「戰後」二字，它是指 1945 年？還是 1949 年？在論文裡，這兩個年份的區別十分重要，恐不能籠統以「戰後」二字一筆帶過。不妥之二：題目稱「戰後」XXX 之轉移。就論文內容而言，其實是從「戰前到戰後的轉移」。不妥之三，題目用「文化主導場域」，不知這詞的定義爲何。此詞的語意模糊：我們聽過「主導文化」(dominant culture)，或文化場域 (culture field)，卻沒聽過「文化主導場域」。另外，就「結構」而論：本文在前言與結論之外，全文分成三節：

(一) 日治時期台北市都市計畫與城南發展（3 頁）

(二) 都市人口結構的變遷與人文氛圍（3 頁）

(三) 台灣文學主流的轉變與確立：A 反共政策 B 學院菁英 C 副刊出版社。

　　本論文將重心放在最後「第三節」，佔了九頁篇幅，約爲論文總頁數的一半。但第三節的內容可說是老生常談，是全文中，對戰後文學歷史與研究最缺少詮釋力的部分。政權轉移當然造成人文重心轉移，台北城南的案例，雖然給台灣文學變遷過程提供一個地理上的「佐證」，以今天日新月異的台灣文學研究領域來看，如果只能是這樣的「佐證」，其詮釋力度並不強，也說明這樣的研究方式尙待進一步觀察，或需要更多研究人力的投入。

青年文學會議論文集

附錄：

進入台灣・走出台灣：文學的接受、 吸收與擴張

陳芳明*

一、擁抱台灣，但不囚禁台灣

　　由文訊雜誌社這次承辦的「2005 青年文學會議」的主題「異同、影響 與轉換：文學越界」來看，事實上預告了台灣文學研究已經到了一定要有 所改變與突破的時候了。回顧台灣文學研究發展的歷程，我們可以發現： 在台灣文學作品產生的同時就應該產生的相關研究，因為當局有意的壓 抑，這樣的研究是被排除在學院之外的，而是由民間與海外啓其端緒，從 80 年代才開始發展出來。這門學問在台灣沒有得到恰當的重視，並不是因 為它沒有重要性，恰恰相反，正因為本身所具有的傳統與特色，才會遭到 有計畫、有系統的邊緣化。

　　早年的台灣文學研究大多停留在啓蒙的階段，大多只是在跟我們召 喚：「什麼是台灣文學？」努力強調台灣文學的主體性與在地性，這些都有 其歷史發展的重要性，然而，二分之一個世紀過去了，台灣文學研究不能 繼續停留在啓蒙階段。雖然從 1995 年以後，台灣文學和台灣史的研究論文 已經大幅超過中國文史的研究，充滿著旺盛的生命力與創造力，但是，絕 不能因此而感到得意與自滿。從來沒有一個學問可以一直停留在啓蒙階 段，應該不斷致力於深度與廣度的加強。在走入台灣以後，更應走出台灣， 用更寬廣更多元的面向進行研究。台灣經歷了許多政權的殖民，因此產生

---

* 政治大學教授兼台灣文學所所長。本文係整理陳芳明教授的專題演講內容而成。

「擁抱本土」的呼籲，這是正確的。然而，現今的研究應該有更開闊的態度來面對這門學問了。因此，今天的主題就是要走入台灣，更要走出台灣，開啓更寬廣的窗口來觀看整個文學的世界。

二、進入台灣：沒有閱讀研究就沒有發言權

十餘年來，台灣文學的研究已經有長足的進展，我欣然樂見有越來越多的研究者投入這個領域。其實，不僅文學與歷史的研究重心重歸本土，舉凡社會學、經濟學、政治學等眾多學科亦是如此，以台灣發生的一切作爲專注研究的對象，實是目前大勢所趨。

檢視這些年來台灣文學的研究成果，從博碩士生的論文可以發現，當今似乎仍然停留在一部作品或一個作家「定點式」、「專題式」的研究，無法進行全面性與對照性的觀照。舉例來說，做歐陽子的研究，卻對同時代作家一無所知；研究施叔青的「香港三部曲」，卻對施叔青在「香港三部曲」以前及其後的作品成就，毫無掌握。換言之，雖然在研究文學，卻常常停留在一個定點，而沒有比較式、對照式的視野。一個文學家在某一個時期所寫的作品只能代表某個階段的思想與感受，如果要描述出文學家整體的生命，應該全面性的探討他在各個階段的不同作品。研究生所寫的關於某個作家或是某個作品的論文，都只能說是台灣文學研究工作的起點而已。

回顧自己的研究路程，我發現那些都還只是摸索的過程而已，現在才正式要跨越門檻。會有這樣的感觸，乃由於台灣文學研究領域實在是一個極爲豐富的園地，台灣歷史發展的軌跡是十分曲折的，從最早只有原住民居住，以至於後來有漢人的大量移民，往後又有各個殖民政權加以佔領統治，多元的文化背景與生命也激盪出多元的文學想像，在如此豐富的歷史背景下，還有許多研究的領域有待我們去開啓。根據多年來持續的研究經驗，我發覺台灣文學是最精采，同時也最富有活力的學問。過去的傳統文學即使是經典，到現在都是靜止的了；但是台灣文學的新作品卻是每天和

我們一起呼吸，一起成長，不斷的產生與流動，新世代的作家也不停的在形成。課堂中，我曾經和學生開玩笑地說：「你們現在去書店，難道有可能在書架上發現杜甫又有新書發表了嗎？」傳統已經是停止的了，我們每天都可以看到重要的作家與作品的發表，生活在這個世代的幸運，就是可以看到當下的重要文學作品與我們一起成長。

此外，台灣文學的發展也不斷在「向下延伸」，新世代的作家不斷的形成，而他們絕對也屬於台灣文學的一部分。去年飽受各方批評的「8P」，他們寫了《百年不斷電》，讓人質疑這群年輕作家為何可以如此驕傲的寫這樣的作品，但作為一個研究者，我認為對這些新世代都要給予應有的注意，因為他們正在開啟台灣文學的新感覺與新語言。

這些年來，常常有人詢問我所寫作的《台灣新文學史》，究竟什麼時候可以正式完成出版，我總是說不久就會出版了。何以這本書的寫作要延續這麼長的時間，原因就在於永遠追趕不上文學新史料的發現與整理，以及作家新作品的發表。往往好不容易寫好了一個章節，許多珍貴的史料出土了，或是其他學者的研究成果發表了，導致完成的段落又要重新加以修訂。不只新的世代不斷出現，舊的作家也持續在寫作，他們寫出新的作品，身為研究者的我們必定要加以研讀收納，我常常想向他們說：「拜託你們不要再寫了好不好？」陳之藩最近在報紙上又發表了新作品，我原本以為他大概可以蓋棺論定了，但是新的作品發表了，我們可能要根據新的作品，重新去審視修定過去的論述和定位，這就是台灣文學迷人又惱人之處，撰寫《台灣新文學史》，對我而言，有如捅到蜂窩一樣，是一份沒完沒了的工作，非常具有挑戰性，讓我們去探險。

台灣文學不斷接受外來思潮的衝擊，當時「現代主義」剛進入台灣的時候，卡謬的《異鄉人》曾經風行一時，幾乎人手一本，雖然我們現在回頭再看的時候，已經很能明白其中的意涵了，但是當時我們的閱讀，其實是不盡明白的，甚至經過短短 20 年，又有「後現代主義」的思潮出現了。

一個時代的美學並非由一個作家關在家裡自己完成的，他接觸怎樣的思潮就會開啓他的靈感，同時，作家的審美標準也往往不是單一不變的，我們也必須去探討形成他個人的審美和視野的內在與外在影響。台灣文學如何與世界的思潮進行對話與結盟，正是我們應該要處理的議題。

　　一個傑出的作家並非從天而降，而是或多或少必然受到傳統文學、國內前輩作家作品或是國外文學作品的影響。魯迅的作品便曾被指出有明顯受到日本名作家芥川龍之介的影響——芥川的小說有許多取材於日本的民間傳說或歷史事件，魯迅的《故事新編》其實就是受到他的啓發。中國的研究者不願意面對這個事實，尤其中日戰爭之後更是如此，我們應該用更從容、坦然的心態來看魯迅如何受到日本文學的影響才是正確的。

　　爲了不斷的進行台灣新文學的觀察研究，讓人不得不持續閱讀最新出版的書籍。每週我的書桌上都有一疊要讀的新書，往往才剛讀完，又有另一疊出現了。2004 年底，當學生跟我提及陳玉慧的《海神家族》寫得非常好的時候，我對他說：「我知道，而且我已經寫過一篇書評了。」他聽了感到十分訝異。閱讀新書是在看舊傳統從來沒有過的，現在文學表現的方式已經不是 60 年代的創作技巧所能掌握的，只要人的想像不死，新的語言、思想就會誕生。研究文學沒有祕訣，就是不斷追求新的感覺。像鍾文音這一類產量非常大的作家，尤其要進行歷時性的觀察，才能通盤掌握他們寫作風格的變與不變。她在寫《昨日重現》時，我們驚覺她如何把回憶錄寫得這麼精彩，從各種感官的感受，細膩的、寫實的寫出具有女性特質的作品；等到她在 2003 年撰寫《在河左岸》，我們發覺她開始具有虛構的特色了，她不斷的在變化自己的面貌，不停給予我們不同的挑戰。此外，我也會閱讀網路文學作品，例如痞子蔡與藤井樹等人的小說，文學的載體日新月異，文學研究的領域也不斷在擴張。

　　然而，新書要讀，舊書也不能不讀，一個作家背後的傳統同樣值得重

視。研究白先勇，應該將其同世代的作家（如陳若曦、歐陽子、王文興等人）一起做比較。同時，他之前的世代，例如張愛玲對他也有一定程度的啟發，應該探討張愛玲的作品以怎樣幽微的、含蓄的方式表現在他的作品之中；而白先勇對他之後的世代又有怎樣的影響，例如他的同志書寫對台灣文學主題的開拓。這才是研究文學史的基本態度，文學研究的水平面與垂直面兩者不能偏廢，一部新的文學作品產生，其背後必然有一個傳統面在支撐著，這值得我們去深切了解。透過水平線與垂直線的對照，一個作家的歷史定位便自然呈現出來。

作家與社會必定是息息相關的，例如閱讀張大春的《大說謊家》，如果不了解當時的社會經濟背景，就沒有辦法真正理解。他當時是一邊看新聞一邊寫作的，隔天的新聞還沒出來，他下一個章節就無法動工。充分掌握作家作品的歷史背景是非常重要的，文學之外的社會發生什麼，應該隨時保持關心的態度。台灣文學與這個社會的政治經濟都做有機的聯繫，無法孤立起來。在進行台灣文學研究的同時，也應該接觸歷史學、社會學、經濟學或文化人類學等，了解這些相關學科已經不是美德，而是義務，可以讓人保持敏銳的觀察力，讓論述更深入，對作品的解讀更多元。

三、走出台灣：沒有跨越國界就無法了解自己

過去因為歷史的因素，台灣文學強調的是受難者的悲情，可是我們不應該停留在那個階段，必須慢慢從這種心態走出來，走出來並不是對台灣文學不負責，恰恰相反，正因為我們對它負責，才需要了解這些悲情形成的原因之外，還能不被囚禁、不成為人質。

首先我們一定要了解：「台灣文學之外，世界發生了什麼？」文學理論與作品並非停滯不變，而是一直不斷的履行、不斷的被詮釋與改造。西方的文學理論旅行到台灣來，它本身也有進一步的被應用與不斷的演化。台

灣文學同樣也不會只被局限在國內，各類作品都不斷的被傳播出去，成為世界文化的重要部分。台灣是四面環海的島嶼，很容易接受到各種外來思潮，我們應該注意台灣社會如何跟不同地方的思潮對話。此時，「參照系」對於台灣文學研究就顯得非常重要。賴和在 1926 年寫出第一篇具備現代型的小說〈鬥鬧熱〉時，日本芥川龍之介寫出〈羅生門〉，英國艾略特寫出〈荒原〉，中國魯迅已經寫出〈狂人日記〉與〈阿Q正傳〉。我們不應該關起門來自我陶醉，這並不是要貶低賴和的成就，當時就是有賴和作品的問世，之後的文學家才能在他的基礎之上寫出超越他的作品，賴和的作品同樣是非常值得被推崇的，只是應該妥善兼顧垂直與水平這兩個參照系統。現在很多人在談論台灣文學與「現代性」的關係，其實，我們文化發展不用怕「遲到」，只怕不知道自己遲到，對世界思想文化的發展應有基本的掌握。

延續著上一點所說，我們應該了解與台灣同時代的其他國家的作家寫了一些什麼。也就是說：歷時性的閱讀與共時性的閱讀應相互並存。我在下個學期要開一門課程，講授「台灣的魯迅學」，談魯迅對台灣的影響。東亞其他國家的「魯迅學」現在都已經有高度的發展，我們將東亞視為一個文化圈來看，同樣無法忽視魯迅對台灣文學的召喚。《台灣民報》在 1920 年代開始連載魯迅作品，許多台灣文學作家，如王詩琅、朱點人、龍瑛宗等人都或多或少受到他的影響，召喚魯迅的同時，也被魯迅召喚。楊逵生前接受宋澤萊訪問時，自稱沒有讀過魯迅的作品，但是最近有新的史料出土，發現他早就仔細的讀過魯迅的全集了。只是當時因為魯迅的書籍還是禁書，在政治高壓之下讓他不敢透露而已，深入閱讀楊逵的作品，確實也能夠發現其中魯迅影響的痕跡。鍾理和的日記也抄寫了許多魯迅的句子，他關於「故鄉」主題的書寫，同樣也可看出受到魯迅的影響。陳映真也讀過魯迅，所以他才能寫出那麼多批判、辛辣的作品。魯迅就以許多迂迴的方式影響了台灣的作家，他在中國被「神格化」，在戰後的台灣被「污名化」，

現在則應該將魯迅「人性化」，建立自己的魯迅觀點。

　　台灣文學的研究應該打開門，看看如何評價外來文學對台灣的影響，學習從台灣看世界，也從世界看台灣。例如我們現在讀七等生的〈我愛黑眼珠〉，如果將卡夫卡的《變形記》拿來比較，就知道它對七等生產生的暗示。台灣文學在全球化的趨勢之下，要如何自我定位呢？要如何與國際接軌呢？我們應該先將台灣與中國做對照，接著再與整個東亞做對照，建立起東亞史觀的台灣文學研究。東亞的現代性演進由日本開端，繼而影響四周，台灣、中國、韓國、新加坡、越南等皆受到日本影響，而東亞的現在性又與歐美不同。現在了解台灣的現代性，不能跳脫東亞的現在性而直接跳到西方的現代性；應該先了解東亞的事物（如魯迅）對台灣的影響，再進而與西方做比較。

　　台灣文學如何接受中國古典小說《紅樓夢》？如何接受中國現代文學作家魯迅、徐志摩、朱自清與張愛玲？這些都能開啟我們無限的想像。五四以來的眾多新文學作家，對台灣最有影響力的要屬徐志摩與朱自清，他們的許多作品在台灣都被編入教科書之中，難道這麼多年來台灣的詩人或散文家都沒受到影響嗎？台灣有多少作家讀過朱自清的〈背影〉？張誦聖的《現代主義與台灣本土抵抗》，開宗明義就寫台灣何時開始脫離朱自清的〈背影〉而寫出新的東西？答案就是王文興的《家變》。〈背影〉寫的是父親的溫暖，《家變》則是殘酷的對待父親。新的研究題目就在這樣寬廣的視野之下一一浮現，台灣文學是一個充滿挑戰的研究。所有的條件已經齊備了，我們願不願意走出去呢？梯子已經在那裡了，我們願不願意爬上去呢？

　　我們進入台灣，是為了讓遲到的台灣迎頭趕上；但是，今天走出台灣則是讓遲到的台灣不再遲到。我經過了十年來的台灣文學研究之後，現在的心情卻是相當複雜的，有喜悅也有憂心：喜悅的是看到它的蓬勃發展，憂心的是發覺現在台灣文學的研究出現危機了，很多人都對台灣文學做偏

執化與窄化的研究，讓它成為渺小的一點；但是，文學研究卻應該讓我們有更寬廣的視野才是。我們如果有勇氣進入台灣，就應該累積更多的勇氣讓我們走出台灣。我希望，所有台灣文學研究的新的感覺與新的想像，都會透過我們新的一代而彰顯出來。（顧敏耀整理）

「理論」重要嗎？——談當前台灣 文學研究的重大問題

「2005 青年文學會議」座談會紀實

顧敏耀[*]

仲冬的古都府城，陽光依然燦爛，在充滿古典美感的國家台灣文學館內，「2005 青年文學會議」正熱烈的舉辦著。此次會議於第二天議程結束後，安排了一場「『理論』重要嗎？——談當前台灣文學研究的重大問題」座談會，由須文蔚（東華大學中文系副教授）主持，引言人則有陳器文（中興大學中文系教授兼主任）、蘇其康（中山大學外文系教授）、江寶釵（中正大學教授兼台文所所長）及黎湘萍（中國社會科學院文學所研究員）。

須文蔚表示，他是 1997 年第一屆青年文學會議的論文發表人，當時另一位發表人則是時為中央大學中文所碩士生的吳明益，現在兩人巧合地成為學校同事。須文蔚除了感嘆緣份的巧妙之外，同時也勉勵會場的青年學子們，再過幾年之後都能進入大專院校內執教。他接著說明，這次座談會的主題相當程度的反映了台灣文學研究界對於文學研究方法的反思與檢討，期待與會大眾可以共同深入探討。

理論不可不讀，但須靈活運用

陳器文首先發表引言，她表示，在課堂上為了強調理論的重要，她往往先舉出最聳動的例子，即在 1980 年代周英雄教授運用西方的二元對立理

[*] 中央大學中國文學所博士生。

論來分析古樂府詩〈公無渡河〉，全詩僅有 16 個字，加上序文也不過百餘字，卻總共撰成四萬餘字的長篇論文，此事震撼了當時的文學研究學界，引來不小的論戰，鄭樹森當時即提出反對意見，也再次強調了文學理論的重要。

陳器文指出，正如弗萊（Frye）認為文學與文學評論都有如河流一般，是變動的、非靜止的，台灣的文學研究在戰後同樣以不斷的面貌在演變，第一階段是在 1970 年之前，著重考證作者生平以及時代背景，是「古典人文主義」與「歷史實證主義」當道的階段；接著的 1970-1990 年間則可稱為「唯美形式主義」時期，《中外文學》的創刊標誌著此時期的開始，這一份現今仍在發行的刊物，雖然是外文系出版，但是對中文學界的影響卻更為深遠；第三階段則屬「文化論述」時期，近十餘年來的研究論文多數注重科際整合，此即為其明顯的特色。

她接著將目前國內風行的文學理論區分為三大範疇：美學系統、社會系統與意識型態批判系統，各種理論也互相滲透混用，而當前的文學研究都顯現了「作品文本化」與「文學資料化」的普遍現象，作者的重要性幾乎消失，甚至連作品本身也模糊了，幾乎都被各種理論所取代。這些研究既創造文化論述又控制文化論述，而所有的閱讀可說都是為了發現「下層文本」而進行的。

第二位引言人蘇其康以他外文系出身的研究經驗表示，台灣文學研究當今盛行理論運用的風氣，主要學自美國。而美國則學自法、德的少數大家，但是歐陸的學術界（如英國）則不然。美國會形成如此的學風與其社會文化發展有關，他們比較重視分析性與實證性，所以在文學批評上，很容易吸收古典馬克思主義、新馬克思主義或者文化論述等，因為這些都是實證的；或者以馬克思的用語來說，都是「唯物」的，較不重視美學角度的批評。歐陸學界的文化累積比起美國較為深厚，他們同樣重視「美學」

方面的探討，而不會只偏重唯物與實證方面的論述；他們雖然了解傅柯等人的理論，但是卻不被其局限。此實值得台灣學界注意。

他接著指出，解構主義學者諾理斯（Norris）說，解構主義要運用得好，必須頭腦靈光；英國詩人艾略特（Elliot）同樣說批評家必須頭腦聰明，對於作品的解讀要敏銳而且具有邏輯性。另外，當前學院內太過晦澀高深的文學研究，其實已經與社會大眾形成極大的鴻溝，也變為理解文學作品的障礙，但是事實上這兩者是可以連接的，應該嘗試將文學理論注入學校教科書內容之中，讓學生理解文學批評與理論的概要，將理論與社會大眾作結合，或許能使其成為更有血有肉、有活力的存在。

文學理論要對作品具有深廣的詮釋力

第三位引言人江寶釵首先表示她個人非常努力學習各種推陳出新的理論，所以並不是站在反對運用理論的立場來發言。她接著列舉出當前的文學理論，琳瑯滿目總共有數十種，實在蔚為大觀。接著她說自己曾經讀過一篇論文，幾乎每幾頁就出現不同的理論，林林總總運用了十餘種，如此一來則難免讓人批評是有意炫學。她指出，其實應該以文本分析為優先，進而厚植文化根基才是；而且，若要徵引某一家的理論，應該選出其中具有代表性的學者專書，好好從頭通讀一遍，而不要只是從二手資料入手，如此才能掌握其理論的全貌。她進一步從「文獻脈絡」、「文本理解」與「文化源流」三個方面，各舉出實例來說明文學研究論文應該注意的要點。她認為還是要以文本作為論述的核心，理論的運用更應該合宜，才能有好的論文產生。

最後一位引言人黎湘萍表示，在各種文學研討會中，往往文學作品並未出場，而只是各種理論的交鋒；他幽默的引用了羅蘭·巴特《戀人絮語》所說「只有戀人不在場的時候才有情書的出現」，以提出他的疑問：「是不是正因為文學作品沒有在場，所以才有這麼多的文學理論出現？」令與會

大眾不禁莞爾。他指出,大陸文學研究學界同樣也有運用大量理論的現象,但是從歷史脈絡來觀察,這種風氣其實開始於史學界,早年在政治高壓、意識型態掛帥的氛圍影響之下,幾乎所有的論文都要套用馬克思主義作為理論依據,所以形成「以論帶史」的不良現象。因此在改革開放之後,學界為了衝破此一桎梏,所以才引進各種西方理論,進而擴散到文學研究領域。

黎湘萍又考察了「理」、「論」兩字在漢語文字學中的本義,英語中與「理論」對照的「theory」的字根,以及「理論」一詞在漢語辭典當中的定義,最後的結論是:「理論」是人類從各種事物當中分析歸納之後的結果,又具有回饋功能,讓人們更深刻的認識事物,就像亞理斯多德、馬克思、巴赫金等人的理論都有其原本針對的特定對象,但是這些理論又有超越與擴散的能力,也能用來解析其他文學作品。他表示,理論就應該對作品有既深且廣的解釋力,如果只是拿時髦理論來硬套,則將流於「空論」而已。

要妥善運用理論,切莫被理論所用!

主持人須文蔚總結四位學者的引言說:正如西西所說「文學理論比小說還有趣」,的確如此,這些文學理論都非常具有啟發性,帶有強大的吸引力,提供人們各種解析文學作品的方法。他提到自身的特殊經歷,就像這次研討會的主題「越界」一樣,從東吳大學法律系畢業之後,進入政治大學新聞所獲得碩士與博士學位,現在卻轉到中文系任教;他原本在新聞學或傳播學界發現文學理論已經四處攻城掠地,因此逼得他不得不去研讀這些理論,他笑著說:就因為這樣的訓練與累積,到中文系任教之後,發現自己懂的理論並不比其他人少;但是接著他也發現心理學或史學的理論也來攻佔文學研究領域,由此可見科際整合已經是目前大勢所趨。

陳器文接續先前引言表示,「古典文學研究現代化」已是無庸贅言的必

然發展；但是「現代文學研究古典化」恐怕更是目前學術界所需要的，不應該削足適履的在文學作品上套用各種理論，而要培養人文涵養並且細讀作品，真正去發掘作品的深度意涵。

前一場論文研討會的主持人柯慶明（台灣大學中文系教授兼台文所所長）特別留下來參與座談，他受邀發言表示，各種研究都是爲了生產知識，文學研究亦然，但是自然學科有實驗可以驗證理論的真確性，但是人文學科，尤其是文學研究方面的理論則沒有那麼強的可驗證性，因此讓人對「理論」本身有運用得當與否的問題；至於江寶釵所舉出的關於「台灣八景詩」等三個研究實例都只是邏輯性的問題，其實與理論本身無關。他接著引用宋代呂東萊所說的「學詩當識活法。活法者，規矩備具，而出於規矩之外，變化不測，而不背於規矩」來說明吾人運用理論也是如此，「活法」勝於「死法」，就像打戰一樣，要以打贏爲目標，兵書上雖然沒有記載，但是只要能打贏，就是好兵法；反之，把兵書上的理論背得滾瓜爛熟，卻流於紙上談兵，而無法在戰場上運用，亦屬枉然。他的結論是：「要妥善運用理論，切莫被理論所用」！

最後，黎湘萍補充道：理論的確很重要，使用得當的話，彷彿手電筒一般，可以爲我們照亮黑暗；但是，理論仍然有其局限，能照亮的範圍有限，其他黑暗的地方，仍然需要靠研究者真正深入閱讀作品之後才能解決。須文蔚則勉勵與會年輕學子能夠在文學研究方面，持續不斷探險的好奇心與熱情，共同爲提升我國文學研究的品質而努力。

學養深厚的學者們你來我往的腦力激盪與苦口婆心的經驗談，在會場中不斷閃耀著炫目的智慧火花，讓台下的青年學子對於「『理論』重要嗎？」此一議題有了更深刻的認識。也因討論太過熱烈，座談會因此延長了數分鐘，可惜因時間有限，無法開放給更多的學子提問，留下許多值得深思的問題，也就在眾人熱烈的掌聲之中圓滿順利的落幕了。

看得見,與看不見的「界」
「2005青年文學會議」觀察報告

許劍橋[*]

　　卡爾維諾《看不見的城市》裡,蒙古大汗忽必烈自馬可波羅的口中,看見了年輕旅人打威尼斯起始而跋涉過的城,並在煙塵漫漫裡,望眼欲穿的印證了「城市裡的每樣創新,都會影響天空的樣子」這一路流傳的說法。此言似仍在翻過一頁去了的歐亞大陸上啪搭搭迎風飛,擎天的101則已降臨島嶼北方的城,亦讓彼時經常在艾菲爾鐵塔內用膳的莫泊桑道出的那句「這是巴黎唯一一處不是非得看見鐵塔的地方」,有了樓移塔換也說得通的台北再版──台北的天空徹底變了。

　　如果說,每棟建築物的打造都將在穹蒼烙下跡痕,那麼,一篇論文的寫作或一次研討會議的舉辦,是否也能想像成建築的另類工程?從選擇書寫、舉辦之主題像勾勒藍圖;章節的推敲和篩選的論文則彷彿搭起鷹架;繼之論文最後的宣讀發表更可能改變原本的學術天際線……於是,我們一起尋階而上,於會議的終曲來到這棟甫完工的巨塔頂端,這時將看到怎樣的天空?

看得見的「界」:圖/影像在文學研究的可能

　　抬頭看,「青年文學會議」的天空打著明亮的青春底色,成為容易從其他學術會議中脫胎、標誌出的生機盎然。其雖以「青年」命名,整體卻不顯青澀,從地點(國家台灣文學館)、列席學者(一時之選的專家)、徵稿

機制與論文水平（74 篇論文汰選到最後 14 篇發表）等，老練的表呈出國際級的規模和型塑出台灣文學研究具典範意義的場域。但，它又卸下「資歷」的包袱，開放讓初踏學術江湖之青年俠士來此比劃；更重要的是，每次武林大會徵召之主題，其實都相當再現甚或預言文學研究領域中一個正在或即將鳴放的可能方向，這又扣合到論文發表者自身的年歲，其所展演的就是最符應其新時／世代的關注。

那麼，本次以「文學越界」作為論劍基準，提示了慣常的文學定義或文學研究往往有「界」之存在，因此諸多研究演繹的也就是界內的盤桓，延伸隱喻出背後整個學術傾向可能已囿於某種自限而不覺。於是，此次上場者既突圍會議篩選的攻防並公開展演越界之輕功，是故從其論文的示範，或許可以將之連綴、縫合，藉此來理解越界之「界」究竟所指可能為何，以及開拓出怎樣的新視界？

從 14 篇論文當中可以發現：所謂文學／文本的定義已踏出原本的範疇，觸角探身到了口述歷史和電影的版圖，此為研究「對象」的越界。其次，有 4 篇討論創作形式的跨界結盟，包括數位詩、原住民的網路平台書寫、杜十三的跨媒詩學表現以及現代詩與畫的互文性。另外還有 2 篇分別以現代小說和劇場來與古典戲曲進行跨代對話；至於文本作者身分之游移、研究方法注入空間訪查也是此次跨界的表現方式。

跟以往的青年文學會議（甚至是絕大多數的研討會）主要以「小說」此一文類集眾人目光之寵愛，這次無疑新鮮！因為其中有 3 篇拉進了電影膠捲、另 1 篇更登台走入現代劇場；而 4 篇探究創作形式跨界者，則 Show 出一張張的相片、一幅幅的圖畫，無論是電腦科技繪製的現代感抑或米羅油彩的超現實呼喚，反覆說的都是文字和圖像結的姻緣。所以，假若暫以這次的論文發表以一個「現象」視之，有逾半數的篇幅是以上述的情形表述其對越界的見解；換言之，在高舉「文學越界」的大纛下，其所召喚出的是不安分於文字文本的思維，即研究者在考慮「越界」這樣的概念時，

絕大多數凸顯、強調的所越之「界」，是朝跨越文字、迎向視覺或圖／影像領地的方向邁進！此種姿態，彷彿從原本的研究格局探出頭來，看見了其它可能的風景，也讓交流互通更成為可能。並且，這亦表示圖／影像研究已不容忽視，或者說在學院的課程安排及研究上這已是值得思考、關照的一部分，因為無疑的，當此輩青年研究者轉身面對自身的當代課題，相遇的就是一個圖／影像的世代。

看不見的「界」：會議權力結構與參與方式

在繫連各篇論文呈現的「界」之所在後，接下來必須延伸省思的是：真的越過界了嗎？

是的，順著兩天的會議流程即能清楚感知：主題是越界，卻不代表會議形式和論文書寫能夠越界。因為「青年文學會議」的武林擂臺上，出招的代表主要是來自中、台文所的青年俠士，至於接招的一方則敦請學術圈中功力高強的學者。自然，少俠若能經過前輩點撥較易打通任督二脈、令武功加乘精進，並免除掉因類似誤用理論而走火入魔之情形。只是當遇上實力堅強且苦心預備的師傅級人物，在出招接招的形式背面，其實是一片被見招拆招並且多半是無招架能力的馴服風景，反而很難得看見「對等」的比試，更遑論有越界的離經叛道（？）演出。

此外，論文的發表其中很重要的目的是在展開對話，而要能兩相溝通也就必須立基於相同的平台，所以論文書寫的格式似乎也早已成為定局。但在一個名為「越界」的討論會，若能有一、兩篇破格既有的型制，相信會產生令人驚豔的越界效果。例如簡瑛瑛教授的一篇論文〈「波卡虹塔絲」再視──性別、族裔與美國流行文化〉，她試圖打破傳統論文時空及性別的限制，於各段論述前實驗性的加插舞臺說明，此種書寫展現既允合作者意識亦能傳達該文的題旨精神。因此，眼前雖是如此懾人的學術江湖，這或許也提供青年俠士另一種創造性的越界想像招式。

　　這裡再從擂臺上跨越到擂臺下，研討會的參與是否可能出現不在場、不在該時空的越界加入？由於會議為了能呈現較多的論文，宣讀和講評的時間已有局限，台上台下的互動於是更為緊縮，所以往往會出現暫且攔住、下回分解的景況。而此次主辦單位貼心的將所有論文上網，讓無法親臨現場者亦能透過網路進行閱讀，因此若能再利用此管道的便捷性，讓「看見」論文之外又增添「回應」的網頁設計，勢必能另造一座論劍的華山：各路好漢更不怕英雄出身低的提供見識，也能逃脫場上催命鈴之襲擊、說未盡之言，讓論文作者能聆聽到多方的意見，進而讓論文修訂得更臻至完美。

倒帶至越界前的那一步

　　江湖雖詭譎，時移事也異，可是就像張愛玲講的：「在時代的高潮來到之前，斬釘截鐵的事物不過是例外……為要證明自己的存在，抓住一點真實的，最基本的東西，不能不求助於古老的記憶。」何謂古老的記憶？是不是就是嵌進文學裡頭那個亙古令人感動的部分？

　　駐足在塔頂，放眼雖有許多看得見甚至無形的「界」，但是江山代有青年俠士出，文學的感動和觸發，一定還是能讓那些熱血的心義無反顧的跨界行去。而由於每樣創新都會影響天空的樣子，因此在踏出越界的那一步之前，馬可波羅底下接著說：「所以，在做任何決定之前，他們都會計算他們自己、這座城市，以及全世界的利害。」

從《妙緲廟》到〈女誡扇琦譚〉
「2005 青年文學會議」側記

顧敏耀

　　文訊雜誌社在 1998 年開辦的「青年文學會議」，至今已是第九次舉行，有許多曾經在會場發表論文的研究生，現今都已經是大專院校的教師了。仍然延續以往服務青年學子、提供討論空間，並且扣緊時代脈動的優良傳統，用心規畫出「異同、影響與轉換：文學越界」作為會議主題，於 2005 年 12 月 10 日與 11 日兩天，位在台南的國家台灣文學館隆重舉行。兩天內的會場幾乎座無虛席，洋溢著青年文學研究者的活潑氣息。

開幕式、專題演講與第一場討論會

　　開幕式由文訊雜誌社封德屏總編輯主持，她幽默的說，不知道是不是自己姓氏的關係，兩次來這邊舉辦研討會，都遇到颱風，這次終於看到萬里晴空的好天氣，回應著與會大眾的熱情。她表示這次總共有 74 篇論文投稿，其中 25 篇進入決審，最後有 14 篇脫穎而出，競爭十分激烈。另外，封德屏也預告下一屆的文學會議將以跨兩岸的文學研究為主題，並將議程延長為三天，論文篇數增加為 24 篇，兩岸青年學者的論文各佔其半，精彩可期。國家台灣文學館吳麗珠代館長則以貴賓身分受邀出席，她親切的預祝大會圓滿成功，學員滿載而歸。

　　會議前的專題演講特地邀請台灣文學研究的重量級學者，政治大學中文系教授兼台文所所長陳芳明蒞臨演說，講題是「進入台灣‧走出台灣：文學的接受、吸收與擴張」，強調台灣文學的研究已經面臨必須突破的階

段，水平式的共時性比較與垂直式的歷時性探討同樣缺一不可，其精闢的見解與幽默的言詞讓與會學員如沐春風。

接著第一場討論會由亞洲大學文理學院簡政珍院長主持，首篇論文是中山大學中文所博士生王國安的〈從《妙繆廟》單飛──試論姚大鈞的《文字具象》與曹志漣的《澀柿子的世界》〉，文中對姚、曹二人先後創立的「妙繆廟」、「文字具象」與「澀柿子的世界」三個網站抱持肯定與讚揚的態度，認為他們能夠充分掌握數位技術，且涵蓋各種數位文類，十分具有創新的精神，因此其成就已經足夠在華文網路文壇上不朽，而且是現今華文網路文壇的最高峰。講評人是中興大學外文系李順興教授，他表示這篇論文在研究角度上並無多大的創新，而且姚氏夫婦的創作活動在 2000 年之後便已經停滯，再者其作品與讀者的互動不多，大多都是視覺作品而已，稱不上是「超文本」，更不是「詩」。因此他們兩人作品的成就、在數位文學上的定位是否有那麼高，其實令人懷疑。

第二篇論文是成功大學台文所碩士生林芷琪的〈筆名、都市與性別──論寫詩的「夏宇」‧寫詞的「李格弟」的雙聲變／辨位〉，文中闡述黃慶綺分別以夏宇與李格弟兩個筆名來寫詩與寫歌詞，前者帶有女性觀點，批判都市生活、質疑時代男女的愛情觀；後者則用男性的聲腔為都會民眾代言，接受都市生活並且依賴愛情，強調性別的差異，利用這種游擊或游離的方式拓展了發生的空間。講評人是高雄應用科技大學丁旭輝副教授，他指出這篇論文的題目太長，簡單改為〈論夏宇與李格弟的雙聲變位〉即可。另外，章節的標題也未能與總標題相輔相成，而文中引用他人說法也發生錯誤，例如文中提及孟樊曾經說：「夏宇的詩在出版商眼中是『票房毒藥』」，但是在原文脈絡之中，孟樊並不是在指夏宇。

第三篇是成功大學中文所碩士生曹世耘之〈活色生香的《行過洛津》──小說與戲曲《荔鏡記》的互涉書寫〉，文中包括〈漂移的時空──戲班行過洛津〉、〈〈益春留傘〉的戲內戲外〉、〈伶人對漂移的見證〉與〈性別覺

醒的文本隱喻──洛津之衰〉等章節，作者認為施叔青的真正目的是在敘
述這些伶人歌妓的故事時，凸顯故事本身與洛津的相同命運都是「虛幻且
脆弱」的。講評人是東華大學中文系郝譽翔副教授，她認為這篇論文並沒
有充分發展「文本互涉」的觀點，主標題的「活色生香」也在論文中看不
出來，「《行過洛津》中的飄移感」恐怕才是主題。她也指出文中的推理與
邏輯十分混亂，遣詞用句更頗有不通順之處，造成理解的障礙。

第二場討論會

　　這場討論會邀請東海大學文學院前院長洪銘水教授擔任主持人，首篇
發表的論文是政治大學中文所碩士生劉淑貞的〈書寫已死・殘肢重生──
以張大春〈預知毀滅紀事〉的宣言為起點〉，文中主要分為〈災難與後遺治
療──書寫的位置〉、〈語言除魅與時間術──被「撒謊」的災難？〉、〈殘
肢確認・地基重建──「謊言」之後？〉等章節，探討張大春作品的寫作
特色與影響。講評人是彰化師範大學中文系蔣美華副教授，她直言不諱的
指出，文學研究應該回到文本的細讀，而西方理論或其他評論者都只是註
腳而已，文本應該是軀體，而理論則是衣物，切莫削足適履。此外，她也
認為作者應該對張大春前後 20 年以上的作品進行比較，該文以一篇作品而
論台灣整體現象，實在太過單薄。

　　第二篇論文是國北師台文所碩士生李靜玫的〈「她史」（herstory）的傳
記敘事模式──以九〇年代台灣女性口述史文本為例〉，作者認為女性經驗
的線性時間軸值得女性口述史的建構者重新反思，從而認知女性主義的口
述實踐應該著重在：從閃爍或斷裂的語言中顯現女性的主體價值。講評人
是靜宜大學台文系楊翠副教授，她指出，理論巨大的吸引力強烈的召喚、
蠱惑著我們，文本往往就因而不見了，該論文有一半以上都在說理論，總
共列出了 20 本著作，但是卻沒有全面的予以討論，各文本之間的差異性也
被忽略，概念的詮釋亦顯不足，頗為可惜。

第三場討論會

　　本場討論會由中央大學中文系教授兼圖書館館長李瑞騰主持，首篇發表的是清華大學台文所碩士生陳芷凡的〈原住民文學數位化的語言觀察——以明日新聞台原住民新生代寫手巴代、乜寇爲例〉。文中分爲〈原民書寫與傳播平台〉、〈文字與影像語言的展現〉、〈數位平台下的語言觀察〉、〈原民文學脈絡下數位與紙本的對話〉等章節，結語則指出這兩個網站的原住民寫手應該思考如何努力跨媒體出版以增加其影響力。講評人是台北大學應用外語系兼任講師陳徵蔚，他表示：原住民本無文字，「運用母語書寫」這句話便已經包含了矛盾；「原住民文學」本身更是矛盾的集合，以「文字化的文學」來框架原住民文學亦屬一種文化霸權，原住民其實也可以發展自身傳統的口語文學文化。

　　第二篇是中正大學台文所碩士生王慈憶的〈行動越界與身分演繹（義）／藝——論杜十三跨媒的詩學表現〉，她認爲杜十三雖然強調多媒材與跨領域的整合，但是最終還是要回歸傳統、去除跨媒華麗的衣裳；讀者也未必能夠穿透繁複的圖畫或聲光，進而體會詩中的美學價值。講評人是明道管理學院中文系助理教授蕭蕭，他認爲本論文的論述焦點應該集中在題目揭示的主題之上，不應該穿插太多與主題只有些微相關性的敘述，篇幅的安排也應注意。另外，文中所說的「再現」指的是詩作的再應用或者是詩歌的推廣？「行動越界」、「行動詩學」與「行動藝術」在論文之中也屢次出現，所指爲何？這些作者都沒有給予明確的定義與清楚的論述；結論尤其不應該只是拋出問題，不管贊同或是批判都應該有所定論才是。

　　第三篇是東華大學中文所碩士生平怡雲的〈從《白水》回溯《雷峰塔傳奇》看符號的變異與轉換〉，文中運用了「酷兒理論」與「意識型態符號學」對古今兩部作品進行解讀與比較，她認爲兩者都在講述「不倫戀情」如何受到倫常與社會的強力壓制，其背後更牽涉到強大權力結構、社會神

話與意識型態的運作。講評人是高雄應用科技大學外語系石光生教授，他認為這篇論文頗有創意，只是對於相關理論的敘述應該更精要，而且要明確註明出處。此外，文中用詞也必須再斟酌，例如出現多次的「借火」一詞，換為「挪用」就可以；還有文中說《白水》為「荒謬搞笑」的戲劇，其實既不荒謬也不搞笑，應該換為「具有批判性」。

第四場討論會

這也是第二天議程的第一場討論會，主持人是成功大學中文系廖美玉教授，首篇論文是成功大學台文所博士生王鈺婷的〈性別越界與民俗禁忌：以《豔光四射歌舞團》為例〉，她認為這部周美玲執導的電影充分展現扮裝同志對於傳統喪葬儀式的挪用與創新，藉此開放出傳統民俗文化與性別認同各種面向之間更多元交雜的互動。講評人是台灣大學外文系劉亮雅教授，她指出，電影中歌舞團在表演的時候，觀眾清一色是男性，整體看起來有如男同志的 Party，這是有可能反映真實的場景？抑或編劇同志情慾投射下的幻想？另外，論文中「中產階級」與「庶民文化」的二分法是否可以成立？這些都值得作者進一步深入探究。

第二篇是交通大學外文所碩士生李美融的〈記・憶中的〈咖啡時光〉：科技／影像裡的文學性與歷史性〉，她認為這部侯孝賢執導的電影包含著時間、空間與記憶，歷史具備了再被重新發現的可能性；文學與影像在這部電影中交會，電影表現手法更帶著後現代主義的色彩。講評人是中央大學英文系李振亞副教授，他指出這篇論文提到很多理論，似乎在努力尋找解釋作品的方式，但是已然有喧賓奪主之感，其實可以拋開理論，歷時性的觀察侯孝賢的作品，如此或許可以真正發現他作品的特色所在。另外，論文之中摻雜不少文學性的譬喻寫法，令人不知所指涉的確切內容為何，應該要避免。

第五場討論會

本場次由中山大學中文系教授兼系主任蔡振念主持，第一篇論文是中興大學台文所碩士生梁瓊芳的〈影像與性別之曖昧：試論台灣新電影男性導演電影文本與女性作家小說文本之比較〉，她認為男性導演鏡頭下的女性形象多半是受苦受難的，女性作家作品經過男性導演的演繹之後，已經將其中的女性意識轉化收編到父權體制的男性固有思維之中了。講評人是知名影評人李幼新，他指出：一直對女性寄予同情的並非始自台灣新電影，1950 年代中期的香港華語片便已經有此現象。此外，文中所謂女性作家或男性導演，都是先天的生理決定論，是否應該考慮後天的性偏好選擇？而女性導演拍攝男性作家作品者也大有人在，可以進行比較分析。

第二篇是東華大學中文所碩士生佘佳燕的〈從跨藝術互文現象考察台灣五、六○年代詩人與畫家對話鎔鑄而成的超現實風潮〉，文中採用跨藝術互文觀點以考察「創世紀」詩人與「東方畫會」畫家形成的跨藝術互文現象，以及超現實主義風潮下的現代詩與現代畫的互文表現。講評人是成功大學歷史系副教授兼藝術中心副主任蕭瓊瑞，他提出幾點質疑：詩與畫的對話是否只出現在 50、60 年代？超現實風潮只限於「創世紀」和「東方畫會」兩個團體嗎？為何只談瘂弦與商禽，卻不談洛夫？為何沒有分析「超現實風潮」形成的原因？跨藝術現象與互文理論結合是否合理？所謂「互文」是否被無限制的擴大？認為這些思考點都值得作者再更深入的分析探討。

第六場討論會

本場次由台灣大學中文系教授兼台文所所長柯慶明主持。首篇論文是台灣師範大學台灣文化與語言文學所碩士生張雅惠的〈「旅人」視線下的外地文學——試論佐藤春夫〈女誡扇綺譚〉帝國主義文本化的過程〉，她認為

島田謹二以〈女誡扇綺譚〉作爲建構日本外地文學的理論依據，並且進而在取得中央文壇認同之後，把影響力再逆推回外地的讀者，最終完成他在讀書市場以文本互涉內化帝國想像的目的。講評人是中興大學台文所向陽副教授，他指出，這篇論文裡面，雖然從頭到尾沒有看到任何一位後殖民大師的名字（向陽詼諧的說：「譬如霍米巴巴、霍米媽媽、霍米祖母等人」），但是後殖民的理論實際上卻貫串其中。他也提出數點質疑：佐藤春夫是具有獨立個性的作家，屬於耽美派，是否會如文中所說受到總督府的左右？令人懷疑。其次，另一位同時期的重要作家西川滿應可作爲重要的參照系；「旅行文學」的定義也必須更精確的說明；〈女誡扇綺譚〉是浪漫派小說？還是偵探小說？還是散文作品？此間區別應可進一步釐清。

第二篇是台大台文所碩士生張琬琳與台大城鄉所碩士生林育群聯名發表的〈戰後文化主導場域之轉移及其對臺灣文學的影響：以臺北市城南一帶爲例〉，文中認爲台北城南在戰後聚集了許多學院菁英、文學刊物的編輯與出版社群，以及官方性質濃厚的文藝社團，藉由不同的文學活動而對整體台灣文學發展產生重大影響。講評人是成功大學台文系應鳳凰副教授，她表示，題目主標題的「戰後」到底是指 1945 年還是 1949 年？而且文中並非只論戰後，改爲「戰前到戰後的轉移」恐怕更爲恰當。另外，主標題的「文化主導場域」所指爲何？論文之中並未有清楚的定義。最重要的，這篇論文的問題意識非常模糊，幫助台灣文學史的詮釋力不高，只能做爲佐證而已。

座談會與閉幕式

座談會的主題是：「『理論』重要嗎？──談當前台灣文學研究的重大問題」，受邀主持的是東華大學中文系須文蔚副教授，其他引言人則有中興大學中文系教授兼系主任陳器文、中山大學外文系教授蘇其康、中正大學中文系教授江寶釵，以及中國社會科學院文學所研究員黎湘萍共 4 位，上

一場的主持人柯慶明教授也在台下參與討論，共同的結論是：文學理論對於研究分析文學作品作用甚大，不可不讀；但是要妥善運用，不可流於套用或是炫學。

最後的閉幕式由封德屏主持，首先邀請中正大學中文所博士生許劍橋進行觀察報告，他表示，這次主辦單位精心挑選出的這 14 篇論文都在進行「文學越界」的實踐，可是，真的越界了嗎？是否還有更大幅度的越界嘗試呢？每場討論會的模式都是發表人在一邊，學術界的「一哥一姊」在一邊，發表完之後就進行好像「三娘教子」一樣的評論，是否還有別種更創新的互動方式呢？許劍橋也指出，這次論文發表人之中只有 2 位男性研究生，可見女性已經在文學研究的領域內攻城掠地，所向披靡了。

接著頒贈青年文學論文獎，由與會者及評審老師共同票選心目中最佳的論文，結果由王鈺婷的〈性別越界與民俗禁忌：以《豔光四射歌舞團》為例〉榮獲最高票。然後頒贈證書給每位論文發表者，並且現場抽出 9 位幸運的參與者，獲得主辦單位準備的神秘小禮物。

國家台灣文學館厚重而典雅的歐洲式樣建築，在夕陽金色餘暉映照之下更顯得風華無限，與會學員帶著這兩天來關於台灣文學研究的豐富收穫，微笑著從廊柱之間魚貫離去，相約明年精彩可期的 2006 青年文學會議再次相會。

議程表

12月10日（星期六）

08:30~09:00　　報到

09:00~09:20　　開幕式：封德屏主持‧貴賓吳麗珠

09:20~10:00　　專題演講：陳芳明

　　　　　　講題：進入台灣‧走出台灣：文學的接受、吸收與擴張

10:05~12:05　　第一場討論會／簡政珍主持

王國安（中山大學中文所）／李順興

從《妙繆廟》單飛──試論姚大鈞的《文字具象》及曹志漣的《澀柿子的世界》

林芷琪（成功大學台文所）／丁旭輝

筆名、都市與性別：論夏宇詩與李格弟歌詞的雙聲辨位

曹世耘（成功大學中文所）／郝譽翔

《行過洛津》──小說與戲曲《荔鏡記》的互涉書寫

12:05~13:00　　中午休息

13:00~14:20　　第二場討論會／洪銘水主持

劉淑貞（政治大學中文所）／蔣美華

書寫已死‧殘肢重生──以張大春〈預知毀滅紀事〉的宣言為起點

李靜玫（國北師台文所）／楊翠

「她」史（herstory）的傳記敘事模式──以九〇年代台灣女性口述史文本為例

14:20~14:45　　社團演出

14:45~15:00　　茶敘

15:00~17:00　　第三場討論會／李瑞騰主持

陳芷凡（清華大學台文所）／陳徵蔚

原住民文學數位化的語言觀察──以明日新聞台原住民新生代寫手巴代、乜寇為例

王慈憶（中正大學台文所）／蕭蕭

行動越界與身分演繹（義）／藝──論杜十三跨媒的詩學表現

平怡雲（東華大學中文所）／石光生

從《白水》回溯《雷峰塔傳奇》看符號的變異與轉換

12 月 11 日（星期日）

09:00~10:20　第四場討論會／廖美玉主持

王鈺婷（成功大學台文所）／劉亮雅

性別越界與民俗禁忌——以《豔光四射歌舞團》為例

李美融（交大外文所）／李振亞

記・憶中的〈咖啡時光〉：科技／影像裡的文學性與歷史性

10:20~10:30　　　　休　　　　　息

10:30~11:50　第五場討論會／蔡振念主持

梁瓊芳（中興大學台文所）／李幼新

影像與性別之曖昧——試論台灣新電影男性導演電影文本與女性作家小說文本之異同

佘佳燕（東華大學中文所）／蕭瓊瑞

從跨藝術互文現象考察台灣五、六十年代詩人與畫家對話鎔鑄而成的超現實風潮

11:50~12:50　中午休息

12:50~14:10　第六場討論會／柯慶明主持

張雅惠（台師大台灣文化及語言文學所）／向陽

「旅人」視線下的外地文學——試論佐藤春夫〈女誡扇綺譚〉帝國主義文本化的過程

張琬琳、林育群（台大台文所、台大城鄉所）／應鳳凰

主流文化場域轉移對臺灣文學的影響——二戰前後臺北城南之「地方」文本研究

14:10~14:40　社團演出

14:40~15:00　茶敘

15:00~16:30　座談會／須文蔚主持

「理論」重要嗎？——談當前台灣文學研究的重大問題

陳器文、蘇其康、江寶釵、黎湘萍

16:30~17:00　閉幕式：觀察人報告（許劍橋）、頒贈青年文學論文獎

與會者簡介

◆專題演講

陳芳明　台灣大學歷史所碩士。現任政治大學教授兼台灣文學所所長。著
有散文集《掌中地圖》、《時間長巷》，傳記《謝雪紅評傳》，評論
《探索台灣史觀》、《殖民地台灣：左翼政治運動史論》、《後殖民
台灣：文學史論及其周邊》、《殖民地摩登：現代性與台灣史觀》、
《孤夜讀書》等。

◆主持人

簡政珍　美國奧斯汀德州大學英美比較文學博士。現任亞洲大學文理學院
院長。著有詩集《季節過後》、《紙上風雲》、《浮生紀事》、《失樂
園》，中英文論述《語言與文學空間》、《電影閱讀美學》、《放逐
詩學》、《台灣現代詩美學》，並主編《新世代詩人精選集》等。

洪銘水　美國威斯康辛大學文學博士。曾任東海大學中文系教授兼主任、
文學院院長，現已退休，擔任《東海五十年校史》總編輯。著有
《台灣短篇小說選》、*The Romantic Vision of Yuan Hung-tao, Late
Ming Poet and Critic*、《台灣文學散論——傳統與現代》等。

李瑞騰　中國文化大學中文所博士。現任國立中央大學中文系教授兼圖書
館館長。著有散文集《有風就要停》，評論《六朝詩學研究》、《晚
清文學思想論》、《新詩學》、《老殘夢與愛》、《文學的出路》等。

廖美玉　台灣大學中文所博士。現任成功大學中文系教授。研究領域為中

國古典詩學、唐代文學、文學理論。著有論述《中古詩人夜未眠》等。

蔡振念　The University of Wisconsin （Madison）, U.S.A PH.D.現任中山大學中國文學系教授兼主任。著有詩集《陌地生憶往》，論述《杜詩唐宋接受史》、《台灣現代短篇小說精讀》等。

柯慶明　台灣大學中文系畢業，美國哈佛大學燕京學社研究員。現任台灣大學教授兼台灣文學所所長。著有散文集《靜思手札》、《昔往的光輝》，評論《一些文學觀點及其考察》、《境界的再生》、《現代中國文學批評述論》等。

◆講評人

李順興　美國華盛頓大學比較文學博士。現爲中興大學外文系教授。著有小說集《非是非》、《廢五金少年的偉大夢想》，以及多篇網路文學、超文本評論文章，主持「歧路花園」網站（http://140.120.152.249/~garden/garden.htm）。

丁旭輝　中山大學中文系博士進修。高雄應用科技大學文化事業發展系副教授。著有論述《徐志摩的詩情與詩藝》、《台灣現代詩圖象技巧研究》、《左岸詩話》等，以及現代詩論文數十篇。

郝譽翔　台灣大學中文所博士。現任國立東華大學中文系副教授。著有論述《目連戲中庶民文化之研究》、《情慾世紀末——當代台灣女性小說論》，小說集《洗》、《逆旅》、《初戀安妮》、《那年夏天，最寧靜的海》等。

蔣美華　東吳大學中文所博士。現任彰化師範大學國文系副教授。研究領域爲小品文、古典小說、現代詩、現代小說，曾發表〈《三言》中的性禁忌〉、〈簡政珍與當代詩人長詩書寫的參差對照〉等論文。

楊翠　　台灣大學歷史所博士。現任靜宜大學台文系副教授。著有論述《日據時期臺灣婦女解放運動：以《臺灣民報》爲分析場域（1920-1932）》、博士論文《鄉土與記憶──七○年代以來台灣女性小說的時間意識與空間語境》。

陳徵蔚　政治大學英文系博士候選人。現任台灣科技大學、台北大學應用外語系、輔仁大學英文系兼任講師。專長爲英美文學電腦應用與跨媒體文學現象，教授「電腦、網路、後現代文學」，與「從口語到數位：文學科技化歷程」等課程，主持「月牙兒」網站（http://www.wei1105.idv.tw）。

蕭蕭　　本名蕭水順。台灣師範大學國文所碩士。現任明道管理學院中文系助理教授。著有詩集《凝神》、《皈依風皈依松》，散文集《太陽神的女兒》、《父王‧扁擔‧來時路》、《新詩體操十四招》，論著《台灣新詩美學》等，並主編多本詩選。主持「詩與心的對話」部落格（http://blog.sina.com.tw/weblog.php?blog_id=14666）。

石光生　美國加州大學洛杉磯分校戲劇博士。現任高雄應用科技大學外語系教授。曾編導舞台劇、紀錄片、電影等。著有散文集《石光生散文集》，劇本「台灣世紀三部曲」、「台灣世紀末續曲」系列，論述《皮影藝師許福能生命史》、《南台灣傀儡劇場藝術研究》、《中

國儀式劇場的發展與變革》等。

劉亮雅　美國德州大學奧斯汀分校英美文學博士。現任國立台灣大學外文系教授。著有論述《慾望更衣室》、《情色世紀末》等。

李振亞　美國紐約州立大學石溪分校比較文學博士，現任中央大學英文系副教授。與林文淇、沈曉茵合編《戲戀人生：侯孝賢電影研究》。

李幼新　曾就讀中原大學物理系、淡江大學法文系。現為影評工作者，長期於《破》週報、《電影電影月刊》撰寫影評專欄。曾導演《有影嘸影》、《斷章取義》、《鸚鵡，鷓鴣》，著有電影評論《威尼斯／坎城影展》、《關於雷奈／費里尼／電影的二三事》等。

蕭瓊瑞　成功大學歷史語言所碩士，現任成功大學歷史系副教授兼成大藝術中心副主任，著有《臺灣美術史研究論集》、《五月與東方──中國美術現代化運動在戰後台灣之發展（1945-1970）》、《雲山麗水──府城民間畫師潘麗水之研究》《島民‧風俗‧畫──18世紀台灣原住民生活圖錄》等。

向　陽　本名林淇瀁。政治大學新聞所博士。現任中興大學台文所副教授、吳三連史料基金會秘書長。著有詩集《向陽詩選》、《向陽台語詩選》，散文集《日與月相推》，論述《書寫與拼圖：台灣文學傳播現象研究》等多種。主持「向陽工房」網站（http://hylim.myweb.hinet.net/）。

應鳳凰　美國德州大學奧斯汀分校東亞文學系博士。現任成功大學台灣文學系副教授。著有《筆耕的人》、《台灣文學花園》，編有《一九

八○年文學書目》等三冊年度文學書目、《光復後台灣地區文壇
大事紀要》、《鍾理和論述》、《台灣文學百年顯影》（合編）等。

◆座談會

主持：

須文蔚　政治大學新聞研究所博士。現任東華大學中文系副教授、東華數
位文化中心主任。著有詩集《旅次》，論述《臺灣數位文學論》，
合編有《臺灣報導文學讀本》（與向陽合編）。

引言：

陳器文　香港大學文學博士。現任中興大學中文系教授兼主任。著有論述
《中國通俗小說試煉故事探微》、《玄武神話、傳說與信仰》等。

蘇其康　美國華盛頓大學比較文學博士。現任中山大學外文系教授。專長
領域爲英國中古暨文藝復興文學、文學與宗教。著有論著《文學、
宗教、性別和民族》，編有《結網與詩風：余光中先生七十壽慶
論文集》等。

江寶釵　台灣師範大學文學博士。現任中正大學教授兼台文所所長。著有
散文集《不只一扇窗》、《四十花開》，論著《嘉義地區古典文學
史》、《從民間文學到古小說》、《論《現代文學》女性小說家》、《台
灣古典詩面面觀》、《白先勇與當代台灣文學史的構成》等。

黎湘萍　中國社會科學院文學博士。現任中國社會科學院文學所研究員兼
台港澳文學與文化研究室主任。著有評論《台灣的憂鬱》、《文學
台灣：台灣知識者的文學敘事與理論想像》等。

◆論文發表人

王國安　高雄師範大學國文所碩士，現爲中山大學中文所博士生，並爲高雄應用科技大學、高雄第一科技大學、樹德科技大學等校兼任講師。曾獲中山大學西灣文學獎藝文評論組首獎。碩士論文爲《李魁賢現代詩及詩論研究》。

林芷琪　東海大學中文系畢業，現爲成功大學台灣文學所碩士生。

曹世耘　暨南國際大學中文系，現爲成功大學中國文學所碩士生。曾發表論文〈本土與現代的困惑——從《阿 Q 正傳》看台灣現代京劇發展軌跡〉、〈青春夢的當代吟詠——論兩岸合作新編青春版《牡丹亭》的文本現代性〉。

劉淑貞　東華大學中國語文學系畢業，現爲政治大學中國文學所碩士生。曾獲台北文學獎、花蓮文學獎、第二屆全國台灣文學研究生論文獎。

李靜玫　台灣師範大學國文系畢業，現爲國立台北教育大學台灣文學所碩士生。曾發表〈越界、去界與流動——論《桑青與桃紅》中女性主體的重建〉、〈論台灣高中國文教科書「現代散文經典」的形塑——兼論其中的「美文」教材〉。

陳芷凡　現爲清華大學台灣文學所碩士生。研究領域爲台灣原住民文學。曾發表論文〈語言與文學意象——以夏曼·藍波安作品爲例〉、〈語言與族群文學的關係：試探台灣原住民文學的語言表現〉等。

王慈憶　　淡江大學中文系畢業，現爲中正大學台灣文學所碩士生。研究領
　　　　　域爲現當代文學。曾發表論文〈一位經緯土地的作家——陳列散
　　　　　文中的斯土情懷〉、〈流動的死亡饗宴——論孫大川作品中的記憶
　　　　　書寫〉等。

平怡雲　　東華大學中國語文學系畢業，現爲東華大學中文所碩士生。現爲
　　　　　「每日一詩」電子報主編。

王鈺婷　　成功大學台灣文學所碩士，現爲成功大學台灣文學所博士生。曾
　　　　　獲府城文學獎文學論述獎、府城文學獎散文獎、花蓮文學獎、黑
　　　　　暗之光文學獎等。碩士論文爲《身體、性別、政治與歷史——以
　　　　　《行道天涯》和《自傳の小說》爲考察對象》

李美融　　高雄大學西洋語文學系畢業，現爲交通大學外文所碩士生。

梁瓊芳　　靜宜大學中文系畢業，現爲中興大學台灣文學所碩士生。

佘佳燕　　政治大學中國文學系畢業，現爲東華大學中國語文學所碩士生。

張雅惠　　淡江大學應用日語系畢業，現爲台師大台灣文化及語言文學所
　　　　　碩士生。研究領域以日治時期台灣文學爲主。曾發表論文〈決
　　　　　戰時期臺灣青年的心靈圖像——以周金波「志願兵」爲主的討
　　　　　論〉。

張琬琳　　中正大學中國文學系畢業、現爲台灣大學台文所碩士生。曾獲全
　　　　　國學生文學獎、文建會全國大專學生文學獎等。論文〈虛構與再

現：明清《西廂記》版畫中鶯鶯形象之探討〉曾獲 91 年度行政
院國科會獎助大專學生參與專題研究計畫補助。

林育群　東海大學建築系畢業，現爲台灣大學建築與城鄉所碩士生。曾
　　　　獲全國學生文學獎。

◆觀察人

許劍橋　中正大學中國文學所碩士，現爲中正大學中文所博士生。曾獲國
　　　　科會大專學生專題研究計畫論文補助並獲研究創作獎。以及文建
　　　　會現代文學研究論文獎助。著有碩士論文《九〇年代台灣女同志
　　　　小說研究》。

大會組織表

榮譽會長：陳其南

榮譽副會長：吳麗珠

會　　長：王榮文

顧　　問：李瑞騰

總　策　畫：封德屏

執行秘書：邱怡瑄・杜秀卿

工作小組：吳穎萍・廖怡惠・江侑蓮・曾甲一

指導單位：行政院文化建設委員會

主辦單位：國家臺灣文學館
National Museum of Taiwan Literature

承辦單位：財團法人台灣文學發展基金會
　　　　　　文訊雜誌社

協辦單位：九歌出版社、秀威資訊科技公司、遠流出版公司、
　　　　　　爾雅出版社

歷屆青年文學會議論文發表名單

◆第一屆青年文學會議

時間：86 年 11 月 9 日

地點：台北市信義路五段二號三樓

　　　震旦國際大樓多功能會議室

1.須文蔚／ x 世代的現代詩人與現代詩（曾淑美講評）

2.黃　梁／新世代躍登文壇的管道分析（焦桐講評）

3.吳明益／初萌之林──台灣大專院校校園文學獎初探（周慶華講評）

〈座談會〉

主持人：陳昌明

主　題：這一代的青年文學

引言人：郝譽翔・楊宗翰・薛懷琦・丁威仁・周易正

◆第二屆青年文學會議

時間：87 年 10 月 31 日、11 月 1 日

地點：國家圖書館國際會議廳

1.范銘如／合縱連橫──五十年代台灣小說（沈謙講評）

2.郝譽翔／論一九八〇年前後台灣新生代文學的發展（李豐楙講評）

3.楊宗翰／重構詩史的策略───一個「新世代／青年」讀寫

　　（鄭慧如講評）

4.蕭義玲／九〇年代崛起小說家的同志書寫──以邱妙津、洪凌、紀大偉、

　　陳雪為觀察對象（梅家玲講評）

5.胡衍南／當代青年作家出書環境研究（陳雨航講評）

6.鍾怡雯／散亂的拼圖──青年散文作家的創作與出版（柯慶明講評）

7.林淑貞／尋訪文學的翔翼——當前高中國文有關現代文學教材及教法述
　評（張春榮講評）

8.賴佳琦／文學嘉年華——九〇年代台灣地區文藝營暨文學寫作班初探（白
　靈講評）

9.莊宜文／重組文學星空——從文學獎談新世代小說家的崛起（焦桐講評）

10.須文蔚／網路詩創作的破與立（向陽講評）

〈座談會〉

主持人：蔡詩萍

主　題：他們都在關心什麼？

引言人：平　路・袁哲生・馬　森・成英姝・紀大偉

◆第三屆青年文學會議

時間：88 年 11 月 7、8 日

地點：國家圖書館國際會議廳

1.蔡雅薰／凋零的花菲——六〇年代青年作家古錚、王尚義小說探微（范銘
　如講評）

2.林積萍／《現代文學》青年作家群的歷史意義（江寶釵講評）

3.傅正玲／有心栽花，無心插柳——台灣當代大學文學教育與創作的互動關
　係（林淑貞講評）

4.丁鳳珍／九〇年代青年學生台語文運動與母語文學創作——以「學生台灣
　語文促進會」刊物《台語學生》為分析主體（林央敏講評）

5.林于弘／解嚴後兩大報文學獎新詩得獎現象觀察（鄭慧如講評）

6.徐國能／版圖的重建——論近兩年之地方性文學獎現象
　（黃武忠講評）

7.石曉楓／世紀末台灣男性散文中的性別書寫（張堂錡講評）

8.廖淑芳／青春啟蒙與原始場景——論年輕小說家的誕生（蕭義玲講評）

9.須文蔚／文學創作線上出版初探（孟樊講評）

10.許秦蓁／女書店：女有、女治、女享的閱讀烏托邦（劉亮雅講評）

〈座談會〉

主持人：張啓疆

主　題：得獎的滋味

引言人：郝譽翔、張維中、張惠菁、唐捐、鍾文音

◆第四屆青年文學會議

時間：九十年十二月十五、十六日

地點：國家圖書館國際會議廳

1.吳旻旻／九○年代大陸女性小說的突圍表演（蕭義玲講評）

2.蔡雅薰／新移民的弦歌新唱——九○年代新世代海外女作家小說初探（劉秀美講評）

3.顏健富／「感時憂族」的道德書寫——試論黃錦樹的小說（郝譽翔講評）

4.邱珮萱／九○年代散文中的「原鄉」書寫——以夏曼・藍波安和廖鴻基的海洋散文為例（鍾怡雯講評）

5.林秀蓉／生命與人文得對話／侯文詠醫事寫作析論（王浩威講評）

6.林積萍／九○年代的小說新典律——入選「年度小說選」的六篇佳作（張瑞芬講評）

7.陳巍仁／食譜詩／詩食譜——試論焦桐《完全壯陽食譜》的文類策略（唐捐講評）

8.陳昭吟／隱匿在色彩下的訊息——從幾米的繪本文學談起（吳明益講評）

9.王正良／第七位作者的誕生——以《畢業紀念冊・植物園六人詩選》為基點（陳大為講評）

10.黃清順／高貴靈魂的輓歌——試探邱妙津文學作品中的死亡意識及相關

問題（莊宜文講評）

〈**座談會**〉

主持人：陳信元

主　題：文學：科技、圖書與消費、閱讀的再思考

引言人：王榮文・向　陽・須文蔚・侯吉諒・陳昭珍

◆第五屆青年文學會議

時間：九十年十一月十五、十六日

地點：國家圖書館國際會議廳

1.王浩翔／輕舞飛揚的e世代小說——由痞子蔡的小說初探網路文學（向陽講評）

2.尹子玉／張惠菁的旅行書寫（許建崑講評）

3.紀俊龍／疏離・末日・預言——試析張惠菁作品中「疏離感」與「預言性質」的關聯（郝譽翔講評）

4.許劍橋／驚蟄！絕響？——1998第一屆全球華文同志文學獎得獎作品觀察（朱偉誠講評）

5.梁竣瓘／置社會脈動於「度外」，不讓文學創作「留白」——略論新生代作家黃國峻（陳建忠講評）

6.張文豐／尋訪部落・重返原鄉——談原住民小說中的族群認同（浦忠成講評）

7.陳國偉／世界秩序的汰換與重置——駱以軍小說中的華麗知識系譜（張瑞芬講評）

8.陳惠齡／新世代文學中都會愛情小說的顯隱二元閱讀——以王文華《61*57》爲例（郭強生講評）

9.黃淏婷／跌落懸崖的龜殼花——《島》、《惡寒》、《人類不宜飛行》中的連通式沉陷計（許琇禎講評）

10.鄭柏彥／視覺書內外緣問題研究（吳明益講評）

11.蕭嘉玲／文學出版中的集團現象——以紫石作坊爲例（陳信元講評）

12.簡義明／後書可以轉精嗎？——論新世代自然寫作者的問題意識與困境
（焦桐講評）

〈座談會〉

主持人：李瑞騰

主　題：開創文學新紀元

引言人：張曼娟、李癸雲、唐捐

◆第六屆青年文學會議（一個獨立文本的細部解讀）

時間：九十一年十一月八、九日

地點：國家圖書館國際會議廳

1.王良友／論明華園《界牌關傳說》的劇本美學（蔡欣欣講評）

2.王萬睿／期待母親救贖的凝視——論張惠菁〈哭渦〉的女性書寫策略（簡
瑛瑛講評）

3.余欣娟／洛夫〈長恨歌〉的隱喻世界（須文蔚講評）

4.李文卿／走過殖民——論王禎和《玫瑰玫瑰我愛你》戲謔書寫（應鳳凰講
評）

5.李欣倫／乳癌隱喻，文學療程——析論西西散文〈血滴子〉
（王浩威講評）

6.徐碧霞／站在山林與平地的交界處——論布農族田雅各的小說〈拓拔斯·
塔瑪匹瑪〉（陳建忠講評）

7.張耀仁／在我們灰飛湮滅的羽翼——評析可樂王〈離別無聲〉之圖文諷刺
關係（吳明益講評）

8.許秦蓁／再現童年記憶的地理版圖——細讀林文月〈江灣路憶往〉（鄭明
嫻講評）

9.陳室如／批評的鑑賞／鑑賞的批評——試以《文心雕龍》「六觀」法解讀簡媜《天涯海角》（胡仲權講評）

10.陳雀倩／歷史、性別與認同——〈彩妝血祭〉中的政治論述（劉亮雅講評）

11.陳聖宗／「急凍的瞬間」——論張讓「顯微鏡」兼「望遠鏡」的時空書寫

12.曾馨慧／魂析歸來——論周夢蝶的紅黑一夢（向陽講評）

1.黃淑祺／解讀張愛玲——看〈紅玫瑰與白玫瑰〉之空間與權力（邱貴芬講評）

14.楊佳嫻／這是一個弄錯地圖的故事——談駱以軍〈中正紀念堂〉的空間記憶與歷史隱喻（張啓疆講評）

15.劉乃慈／假作真時真亦假——評蘇偉貞〈日曆日曆掛在牆壁〉

16.蕭嘉玲／雙關的記憶——評簡媜《女兒紅·在密室看海》的女性記憶書寫（張春榮講評）

17.賴奕倫／古都新城——朱天心〈古都〉的空間結構之研究（陳其澎講評）

18.顏俊雄／歸去吧！我的鄉愁——舞鶴《思索阿邦·卡露斯》的文本解讀（張瑞芬講評）

〈座談會〉

主持人：李瑞騰

主　題：作家如何看待作品被解讀

引言人：駱以軍、可樂王、郝譽翔

◆第七屆青年文學會議（台灣文學的比較研究）

時間：九十二年十一月二十八、二十九日

地點：台北市立圖書館國際會議廳

1.徐宗潔／我們是那樣被設定了身世——論駱以軍《月球姓氏》與郝譽翔《逆

旅》中的姓名、身世與認同（范銘如講評）

2.楊子霈／殖民／性別／情慾的多音對話——以吳濁流、王昶雄、鍾肇政小
說中的台日異國戀情比較爲例（許琇禎講評）

3.郭素娟／顏艾琳與江文瑜情色詩之比較（李癸雲講評）

4.鍾宜彥／「故鄉四部」版本比較研究（張春榮講評）

5.王蕙萱／髮與性別認同——〈柏拉圖之髮〉與〈薇薇的頭髮〉的分析與比
較（劉亮雅講評）

6.彭佳慧／藝術與文學中「閨秀」之比較與探討（吳瑪悧講評）

7.劉慧珠／從〈沙河悲歌〉到〈思慕微微〉——論七等生小說追尋／神話母
題的再現與變奏（張恆豪講評）

8.汪俊彥／在學院長大，在表坊說相聲——八〇年代賴聲川劇作之風格意識
與戲劇場域關係轉變初探（鴻鴻講評）

9.凌性傑／面對海洋的兩種態度——從《海洋遊俠》與《海浪的記憶》談起
（鹿憶鹿講評）

10.許家真／口傳文學與作家文學的結合、運用——以布農作家拓拔斯・塔
瑪匹瑪及霍斯陸曼・伐伐之作品比較（陳建忠講評）

11.林麗美／乙未文人的離散書寫——以丘逢甲、洪棄生、林癡仙爲討論範
圍（翁聖峰講評）

12.蘇益芳／論夏志清在台灣文學批評界的經典化現象（沈謙講評）

13.王文仁／台灣的「日本語文學」初探——從「日本語文學」的定義到語
言同化政策問題（林水福講評）

14.潘秀宜／回到出發的所在——陳若曦小說中「鄉土關懷」之文化轉變（黃
錦珠講評）

15.林致好／從《橘子紅了》跨媒體互文現象看現代文學傳播（柯裕棻講評）

16.顧敏耀／仙拚仙，拚死猴齊天——以械鬥爲主題的台灣古典詩文作品比
較（廖一瑾講評）

〈專題演講〉科學人觀點：曾志朗

〈座談會〉

主持人：楊照

主　題：創作者的幽微與私密情懷

引言人：阮慶岳、鍾文音、郝譽翔、駱以軍

◆2004 青年文學會議：文學與社會學術研討會

時間：93 年 12 月 4、5 日

地點：國家台灣文學館

1.黃恩慈／誰的傳人？誰的派？——試論王德威的張學與張派（莊宜文講評）

2.伊格言（鄭千慈）／關於一場酷刑的不在場證明——檢視七等生的現代主義，與其作品中的規訓或懲罰（張恆豪講評）

3.蔡明原／上海與台灣——新感覺的兩種實踐：以翁鬧與劉吶鷗的作品為探討對象（陳建忠講評）

4.王靖丰／鄉愁與記憶的修辭：台灣鄉愁詩的轉變（蔡振念講評）

5.曾琮琇／虛擬與親臨——論台灣現代詩中的「異國」書寫（李癸雲講評）

6.邱雅芳／荒廢美的系譜——試探佐藤春夫〈女誡扇綺譚〉與西川滿〈赤崁記〉（向陽講評）

7.徐秀慧／「中國化？台灣化？或是現代化？」——論陳儀政府時期的文化政策（1945/8~1947/2）（應鳳凰講評）

8.陳明成／反攻與反共：關鍵年代的關鍵年份——台灣文壇「一九五六」的再考察（李瑞騰講評）

9.汪俊彥／劇場裡的解嚴臺灣——《戲劇交流道》劇本集的臺灣圖像研究（王友輝講評）

10.尤靜嫻／遊目歐美，遊心臺灣——從林獻堂《環球遊記》看臺灣遲到的

現代性（江寶釵講評）

11.鄧慧恩／文化的擺渡——楊逵翻譯作品的社會意義與詮釋（楊翠講評）

12.陳政彥／原住民現代詩中的空間意涵析論（簡政珍講評）

13.曾基瑋／論文字書寫與口傳故事母題及主題之差異——以撒可努〈巴里的紅眼睛〉為例（陳器文講評）

14.蔡依伶／台灣日治時期階級意識的形塑——以《三字集》為例（蔣為文講評）

15.蔡孟娟／當代文學之佛學世應——論東年《地藏菩薩本願寺》（陳益源講評）

〈專題演講〉文學與社會：黃春明

〈座談會〉

主持人：楊佳嫻

主　題：誰的文學？誰的世代？

引言人：楊照、郝譽翔、高翊峰

張秀亞（1919～2001），筆名陳藍、張亞藍、心井。河北滄縣人，北平輔仁大學西洋語文學系、研究所史學組畢業，曾任重慶《益世報》副刊主編、台中靜宜英專（今靜宜大學）、台北輔仁大學教授。代表作有《三色菫》、《牧羊女》、《曼陀羅》、《北窗下》等，廣受讀者喜愛。其作品文字清新，意境飄雅，頗承中國「美文」的傳統，將台灣散文帶領到一個很高的境地，也影響了後來許許多多的散文創作者。

張秀亞全集

《張秀亞全集》 ◎全套15冊，25開，7400頁，2005年3月出版
國家台灣文學館◎出版　定價◎精裝6500元，平裝◎5000元（不分售）

計有新詩1冊、散文8冊、小說2冊、翻譯2冊、藝術史1冊，收錄張秀亞不同階段的作品集，重新排版編輯，包括其未結集、未發表作品，並特別企劃資料卷1冊，蒐輯其照片、手稿、年表、評論目錄等。
《全集》分別邀請瘂弦（總論）、蕭蕭（詩卷）、張瑞芬（散文卷）、范銘如（小說卷）、高天恩（翻譯卷）、賴瑞鎣（藝術史卷）、應鳳凰（資料卷）擔任總論及各卷導讀，篇篇精彩，並使《全集》更見充實，值得您珍藏。

資料卷
張秀亞和她的時代
（1919—2001）

內容有：
第一輯◎照片與手稿
第二輯◎書信與日記
第三輯◎年表與目錄
第四輯◎文學與創作
第五輯◎訪談與懷念
第六輯◎綜論與分論
本卷係為全集特別企劃，用不同的思考面向、多樣的史料，織就呈現張秀亞的一生——她和她的時代，幾乎與生命共長的文學生涯……在這裡，您可獲得完整的答案。

異同、影響與轉換：文學越界學術研討會
2005 青年文學會議論文集

發 行 人：吳麗珠
出 版 者：國家臺灣文學館
地　　址：台南市 700 中西區中正路 1 號
電　　話：06-2217201
傳　　真：06-2217232
網　　址：http://www.nmtl.gov.tw

策　　劃：財團法人台灣文學發展基金會・文訊雜誌社
地　　址：台北市 100 中山南路 11 號 6 樓
電　　話：02-2343-3142
傳　　真：02-2394-6103
主　　編：封德屏
執行編輯：邱怡瑄
內頁排版：林慧君
封面設計：不倒翁視覺創意工作室・翁國鈞

印　　刷：松霖彩色印刷事業有限公司
版　　次：第 1 版第 1 刷
出版日期：2006 年 2 月
定價：新台幣 400 元整
經銷展售處：國家書坊台視總店 02-25781515
　　　　　　五南文化廣場　04-22260330
　　　　　　文建會員工消費合作社 02-23434168
　　　　　　國家臺灣文學館籌備處行政組　06-2217201
GPN：1009500327　ISBN：986-00-4403-1

國家圖書館出版品預行編目資料

異同、影響與轉換：文學越界學術研討會
青年文學會議論文集 2005／封德屏主編.
—第1版.—臺南市：國家臺灣文學館,
2006[民95]　面；公分

ISBN　986-00-4403-1（平裝）
1.臺灣文學　－　論文,講詞等

850.322　　　　　　　　　95002096